碎雪

SUIXUE

白樵疆◎著

中国文史出版社
CHINA CULTURAL AND HISTORICAL PRESS

图书在版编目（CIP）数据

碎雪 / 白樵疆著 .—北京 : 中国文史出版社，2021.6

ISBN 978-7-5205-3036-1

Ⅰ . ①碎… Ⅱ . ①白… Ⅲ . ①长篇小说—中国—当代 Ⅳ . ① I247.5

中国版本图书馆 CIP 数据核字（2021）第 106369 号

责任编辑：徐玉霞

出版发行：中国文史出版社
社　　址：北京市海淀区西八里庄路 69 号院　　邮　　编：100142
电　　话：010-81136606　81136602　81136603（发行部）
传　　真：010-81136655
印　　装：廊坊市海涛印刷有限公司
经　　销：全国新华书店
开　　本：16 开
印　　张：29.75
字　　数：450 千字
版　　次：2022 年 3 月第 1 版
印　　次：2022 年 3 月第 1 次印刷
定　　价：69.00 元

即使身如碎雪，

也要飘舞出生命的曼妙

——题记

目录

第一章

一

正午时分，市邮电总局楼顶硕大的自鸣钟响起十二声沉闷的轰鸣，隔几条街的华丰饭馆里都能隐约听见。

在福兴街鳞次栉比的酒肆茶馆中，华丰饭馆堂口不算最大，档次不算最高，但年生岁月绝对算得上最老。如同很多大厨师一般，这家饭馆的大掌柜也长得肥头耳胖。他姓赖，已年近六旬，自接过他爹的锅铲、算盘，站上灶头、柜台，兢兢业业又经营二十多年光景，生意红火依旧。赖老板在父辈悉心调教下，十八般川菜厨艺不说道道精通，总归是样样难不倒。而他的独门绝技却在刀功上——切丝，丝细如发；切片，片薄如蝉翼。

此时，这家百年老字号的前后大厅、楼堂雅座早已食客满盈。前厅大堂内，堂倌儿的迎来送往声、报菜品声、算账声，食客们大声武气的摆龙门阵声、猜拳行令声、咳嗽吐痰声，饭桌间穿行的小商贩叫卖瓜子、花生、香烟声杂乱鼎沸，比川戏的开场锣鼓还热闹。

前厅十多张餐桌座无虚席。唯有斜对正门靠西墙角的一张桌子，一个穿深色风衣，年龄三十来岁的男子一人独坐。此人身形俊朗，面目清秀，三七开的分头，给人文质彬彬、温文尔雅的第一印象，而右眉骨上一道约莫半寸长的疤痕，却又令他平添几分刚毅之气。他闲淡的眼神，似乎对身边喧嚣浑然不觉，抑或很享受这种环境氛围。

他正翻阅着一份《新新新闻》报。在当时成都地界众多报刊中，这份报纸的观点立场比较右倾，但存活时间最久，发行量最大。旁边条凳上同时还放着几份最近两三天的《中央日报》《工商导报》，以及省政府办的《华西日报》，外加什么《建设日报》《成都快报》等乱七八糟的报纸。桌上四方，摆四副杯盘碗盏，中间是几样凉菜：卤豆腐干、凉拌猪头肉、切片老腊肉、油酥花生米，外加一柄白色细瓷酒壶。

一看便知，他在等人共进午餐。

自鸣钟沉闷绵长的尾音刚刚消失，国防部保密局蓉站的特工人员杨志贵跨进了饭馆。他身穿青布长衫，提着麻线编织口袋，一身小商贩装束。圆脸，笑眯眯的。他躬身向迎去的堂倌儿解释几句，随即扫视大厅一圈，似乎在考虑从何处开始他的推销。他很快有了目标，徐徐走到那位一人独坐的邻桌，从口袋里掏出一盒烟，向正在边吃边说话的几位食客推销起来："这几位哥子，叨扰一下，这是市面上新出的兰花牌香烟，来试下口味嘛，如果合口味，以后就多照顾照顾。"那几个食客话兴正热，其中一个接了烟点着，舞舞手敷衍道："要得要得，以后就吃这个牌子。"杨志贵哈哈腰，头已转向穿深色风衣，一人独坐的男子这边——这才是他真正的目标。

其实，从杨志贵进门那刻，刘建平眼角的余光已将其打量个遍。见对方已移步过来，只微微侧下身，仍不动声色地将视线落在报纸上。

"打扰先生，请品尝下这个兰花牌香烟，虽是新牌子，但绝对是正宗新都县柳烟烟丝，嘿嘿。"杨志贵恭敬地立在刘建平身边，左手提口袋拿烟盒，右手递来一支烟卷。

刘建平淡淡一笑，接过烟，送到鼻子下略微嗅闻，点头道："一点不拐，新都柳烟。"

"先生看的好像是昨天的《新新新闻》嘛。来，点起。"杨志贵的口气是讨好的，同时划燃一根火柴棍，为刘建平点上烟。

从第一眼开始，刘建平骨子里就对这个貌似憨态可掬的小商贩产生了一种不舒服的感觉。也说不上哪里不对味儿。其实扮啥像啥，本不足奇怪，也许对方还是一位经验丰富的同志呢。但还是因为那种不舒服的感觉，让他全身的每根神经末梢不由得紧绷起来。

难道等待已久的接头人终于出现了？虽然来人并非是他一心等待的老赵。

"是吗？"刘建平翻看下报头上的日期，随口道，"这几天事情多，能有时间坐下来看看报纸已经是难得的清福，管它是哪天的报纸。"

"对对，干我这行的还不是一样，一天到晚把鞋底板儿都踩成了烂尾鱼，有啥子办法呢，变了泥鳅就要钻泥巴。哪一天能如先生一样悠悠闲闲看看报纸，那就烧了高香咯。那句诗咋说的呢？这个、这个是'偷得……浮生……半日闲'啊，难得难得，嘿嘿……"杨志贵深有同感。他几乎掩饰不住喜悦，一张肉脸活蹦乱跳开来。只是稍感遗憾，把一句唐诗念得疙疙瘩瘩的，不过总是意思到了，想来也不打紧。于是便像老熟人般，不请自坐，向刘建平倾过身来，似乎在等待刘建平接话。

唐人李涉有《题鹤林寺僧舍》诗一首："终日昏昏醉梦间，忽闻春尽强登山。因过竹院逢僧话，偷得浮生半日闲。"倒也写得别有韵味。只是此刻从一个"小商贩"嘴里冷不丁冒出一句，咋听咋别扭。

刘建平哑然一笑，不慌不忙地径自拿过酒壶，自斟自饮一杯，还咂咂嘴，微笑着对杨志贵说："是啊，悠闲的日子总是难得。嗯嗯，哥子的烟不错，这华丰饭馆自酿的曲酒也醇厚有力道，要不要品一口？"

对方答非所问，杨志贵眼里闪过一丝惶惑，客气地摆摆手："吃酒……？不了不了，我们还是、还是……接着说、接着说嘛……嘿嘿……"

刘建平心口"咚咚"狂跳两下。"接着说啥子？说你这个烟？"他显得莫名其妙地反问对方。

"烟……有啥说头？"杨志贵意味深长。

为了安全，接头采用了双保险。刚才只是"明接"，对方已确切说出了暗语"偷得浮生半日闲"，刘建平要接口的是诸如"你哥子好才学啊，不过恰好鄙人也记得这首唐诗，你是不是说错了一个字，不是半日'闲'，而是半日'安'吧？"这样的话，这之后再进入"暗接"。由于当初并未固定"明接"与"暗接"的先后，又由于此时感觉不好，刘建平没有接口，而是直接进入"暗接"程序。但对方在自己先干一杯后，并没有按照几年前他与老赵的约定，客气爽快地自斟自饮半杯。难道对方匆忙中忘记了这个环节？

这当然是断无可能的。联想到之前的不舒服感觉，刘建平知道出问题了——来接头者极可能是个冒牌货。如果判断没错，此时饭馆里外必定已经布满接应的人。他暗暗自责，进饭馆前没有仔细观察周围的情况，还是疏忽大意了。他深吸一口烟，又缓缓摘下叼在嘴角的大半支烟卷，仿佛在细细品尝烟的滋味。该如何验明对方的确切身份？如何变被动为主动化解当前困局？他脑壳里如同有无数个轮子在飞快旋转。

正在这时，刘建平听见门外传来摩托车驶近、减速，最后歇火的声音，很快，就见三个下属：游方德、王大兴、李为成，穿着中山装便服进来了，正拿眼睛满堂子找他。

"咋个搞起在，缠了裹脚布？"刘建平对猴急般赶到桌子前的三个下属不轻不重地责怪道。警局的人都知道，这三人是他在刑侦队的得力干将，号称"三剑客"。

"对不起、对不起，刘哥。车到半路哑火，来晚一步。我们甘愿自罚三杯赔罪。这位是？"长着一对金鱼眼，精精干干，外号"油条"的游方德忙不迭地解释。同时发现并不认识坐在刘建平左手边的杨志贵。

刘建平把烟头踩灭，将手里的报纸随意扔到边上那一摞已经翻看过的报纸上，情绪很坏地吩咐三个手下："今天硬是碰到鬼咯。本来想趁到空闲安安心心吃几杯酒，看来都要蹉跎毬。"接着脸色一变，斜眼盯着杨志贵，冷言道，"这个人形迹可疑，马上带回去细加盘问。"

三个下属面对这突然的变故有些摸不清脑壳，但很快反应过来。他们对这位顶头上司从来都是绝对服从。

游方德眯缝着一双金鱼眼上下瞄了杨志贵一遍："我一来就觉得这虾子不受看，硬是有问题嗦。那就跟我们走嘛。"边说边一把拉起杨志贵，挽住了对方一只手臂。

头上寸草不生，外号"小和尚"的李为成也移到另一边，笑眯眯地挽住对方另一只手臂。

"你们做啥子？你们是、是些啥子人？"杨志贵此时也如三伏天突遇寒潮，完全蒙了头。

五短身材，长相憨实，外号"矮子"的王大兴从衣兜里摸出个蓝皮子小本儿，对着杨志贵的眼睛晃了晃，淡淡地说："看清楚，这是市警察局的证件。听话，跟我们走一趟。说得脱就走得脱，你慌个毬？"

杨志贵毕竟也是受过训的，知道情况有变。他挣扎着高声喊道："青天白日的，我犯了哪条王法，你们凭啥子抓我？"挣扎间，他一脚猛地蹬向餐桌，杯盘碗盏哗啦掉落一地。食客们纷纷向这边扭头，似乎并不惊讶，甚至还笑嘻嘻兴奋地看着眼面前发生的这一幕。在这乱世之际，这类闹剧算不得稀奇，几乎天天都在上演。

柜台、灶头两边跑的赖老板，此时正在油烟呛人的厨房里忙得不可开交，听见前厅有异，腆着大肚皮，穿过小天井抢跑过来，两手不停在围裙上搓着说："咋个的嘛？咋个的嘛？肯定是误会、误会。刘队长，您是老买主、老熟客咯，给兄弟一个面子，有啥子事慢慢说，千万不要动手。"

"我们又没有打他，又没有骂他，他自己要横扳竖扳的。"游方德出着粗气说。

"都不要动！都不要动！"随着一阵爆吼，饭馆外窜进七八个穿戴各式各样的人，手里提着短枪。

"我们是市警察局的，在执行公务。你们干啥子的？"王大兴朝围拢过来的持枪人慢腾腾问道，实则已认出一两张熟面孔。

一个头发花白的瘦高个儿拨开人，走到前头，很诧异：“刘队长，怎么会是你们？”

刘建平早在人堆里看到近前来的保密局蓉站特勤队队长高进，心中释然地一阵冷笑。他绕过踢翻的桌子，边往前边同样诧异道：“高队长？你们这是……”

“我们执行公务。你们几位这是要干什么呢？”

“我们在这里打牙祭，碰合适了也执行公务啊。”刘建平话中带了点调侃味。

高进收起手上的枪。“咋个回事？”他冲小商贩问道。

“他、他、他们……”小商贩挣脱被扭住的手臂，脸红筋胀地嘴打结巴。

“算了算了，话都抖不圆咯。回去说。”高进又转脸对刘建平说，“建平老弟，既是大家都是在执行公务，那就好说了。这里也不是摆龙门阵的地方。不如请你和三个兄弟到我们那里坐坐，一起把事情理麻清楚，相信你兄弟会配合吧？”他言语客气，口吻却不容商量。

“好啊。到哪里都差不多，既然高队长相邀，那就去你们那里吧。”刘建平态度洒脱。

“如果身上带到炮火在，还是麻烦交给我们保管下，免得闹出误会。齐子，去把车开过来。三娃，你负责开他们的摩托车。”高进很清楚地分派着任务。

“凭啥子？老子就不去……”游方德首先就不干了。

刘建平用眼色示意游方德三人不要生事。那三个才气哼哼地闭了嘴，心不甘情不愿地把身上的盒子枪交给对方，刘建平也掏出裤兜里的勃朗宁手枪。同时塞给边上的赖老板几张钞票，说：“酒虽然没吃成，打烂东西，还是要赔的。”

一行人鱼贯走出饭馆时，天色越发转阴，旋头风扬起路上的枯枝败叶，空中的乌云像破棉絮似乱飘着，只是在天际的边沿，分明显露出熹微阳光，在百年老字号华丰饭馆的镏金牌匾上留下淡淡光斑。

蜀人从来好事，喜热闹，一旦有了吹壳子的新鲜话题，更是兴趣盎然。那一拨持枪人前脚跨出饭馆门，后一刻食客们就开始发表高见了。

“那个卖烟的，死个舅子真装得像哈，我还就是没看出来，他娃儿是吃‘那碗饭’的。”

“看样子都是自伙子嘛，咋个自伙子抓起自伙子来咯？”

“肯定是两边都争到抓人嘛。”

“抓啥子人？”

“你龟儿子是瓜的嗦？肯定是抓地下党嘛，抓到就立功了嘛，你没看到现在到处在抓？”

“你就把省城的地下党抓完，前方真刀真枪打不赢人家，还不是空事一场？”

“诸位高客，麻烦你们了，老规矩哈，不要在我这个小店谈国事，好生吃菜喝酒，味道不好尽管说。”赖老板向四周连连拱手作揖。

“赖老板说得对，你我几个何必咸吃萝卜淡操心，祸从口出，言多必失，万一挨了误着，弄不好就逮进‘四大监’吃牢饭咯。”

食客口中的所谓“四大监”，地处成都市区宁夏街186号，是清朝末年四川藩、臬两司效仿湖广模范监狱修造的日式监狱，可容纳五百多人。监狱分内监（关押已决犯）、外监（关押未决犯）、女监和病监四个部分，成都民间俗称“四大监”。如今这里除了关押刑事犯，更是国民党特务机关关押所谓“政治犯”的魔窟。早年曾有个国民党自己人对外披露过监狱的状况：“大都承清之旧，简陋污秽，臭气蒸腾；压榨囚犯，种种作恶，罄竹难书，殊堪痛恨。”

食客们嘴上答应着“不谈国事”，却哪里会真正就此打住，只不过把议论评点的大嗓门压低了些。

二

保密局蓉站是一座独栋三层青砖洋楼外加楼后三排平房的格局。此地过去是洋人开的一家贸易公司。楼前有个三合土大院坝，一边是花台，栽着些万年青，一边是车库。拉开前院的两扇铁皮大门，就是成都最繁华的春熙路。这个保密机构自然不会对外挂什么单位吊牌，只在门柱上钉了块小木牌，上面用白油漆写着“5号”的字样，而局内人常称之为“小洋楼”。

二楼的一间办公室内，瘦高个儿的特勤队长高进换上校官军服，一头花白头发和黝黑的皮肤让人觉得他年岁不小了，但其实他上个月才过了41岁生日。高进侧边坐着个同样穿军装的年轻女子，二十四五岁模样，精心烫剪过的短发，瓜子脸，柳叶眉，稍高的颧骨冲淡了些本有的妩媚，此刻更给人冷漠寡趣，拒人千里的感觉。

高进为了把氛围整得随意点，用诙谐的口吻向坐在对面的刘建平介绍道：“建平老弟，这位是我们案情室的龚雅竹秘书。她可是我们站里的头号大美女、大才女哦。雅竹，这位是市警局刑侦队的刘建平，刘队长，你该听闻过他‘蓉城神探’的大名，哈哈。”

刘建平礼貌地点点头，对方还以矜持一笑。

“建平老弟，请喝茶。这是今年的蒙顶新茶。”

“不客气。”

“建平老弟，我们也算同行，过去工作上还多有互相配合，说白了，都是一家人。例行公事，要问几个问题。老弟不会介意吧？哦，我们已将中午的事通报了你们蔡局长，他的意思……”

“高队长有话尽管问。规矩我懂得起。”

“那好、那好。”

对话，或者说审讯正式开始。

“请问刘队长，今天中午你怎么会在华丰饭馆吃饭？”

“也没啥特别的原因。我们队上的兄弟伙平常都爱吃‘华丰’的菜。最近忙几个案子，晕头转向的，今天空闲些，所以约了三个兄弟一起打个牙祭。”

“唔唔，你先到？”

“是啊。”

“为啥呢？”

“我坐局里老黄的顺风车过去的。先到老范家坐了坐。他一个月前追一个贼娃子摔断了腿，现在还拄拐杖。他家住梓桐桥西街，离‘华丰’不远。都是兄弟伙，早该去看看的。”

“你和那个兜售香烟的小商贩究竟发生了什么状况，怎么就要抓他呢？”

“职责所在，不得不先扣下来。原本想带回去细细盘问，哪里想到弄成现在这个样子。高队长能否明言？”

“我只能简单说，我们是在执行任务。对不起，老弟还是先回答我的问题吧。你在那三个兄弟到饭馆之前都在干啥？”

“先点了几个凉菜，要了壶酒。”

“还有呢？再想想。”

“有啥子好想的。就等那几个缠了裹脚布的兄弟伙嘛。”

“你看报纸啦？”

“是啊，忙得几天没看了。”

“小商贩向你兜售香烟时，你在看哪份报纸？哪天的报纸？”

“报纸是饭馆里订的，至于当时看的是哪一份、哪一天的，一时半刻还真回想不起。堂倌儿把几天的报纸都给我了，也就随便翻翻。”

“是不是昨天的报纸？”

“都可能。”

“这个想不起也正常。那么你和小商贩应该有过交谈，你们具体说了些啥？

老弟是大名鼎鼎的神探，心细如发，既然动了抓人的念头，不可能把当时的事情都搞忘了吧？”

“高队长这个话有斤两。好嘛，我想想。对咯，他让我品尝下新出的兰花牌烟，又问我看的是不是昨天的《新新新闻》。对头，他是这样问的。如此说来，我当时应该就是看的头天的《新新新闻》。高队长，看哪一天的报纸很重要吗？”

“哼哼。接着你们都摆了些啥呢？”

“这个我倒是记得清楚。他提到报纸的事，我想着毕竟吃了人家一支烟，也该敷衍一句。就说能看看报纸也是一份清福。他说他也是苦命，说是把鞋底板儿都踩烂了。还说什么‘偷得浮生半日闲’。一个小商贩，假稀稀的咬文嚼字，你说怪还是不怪？”

“接着说、接着说。”

“接着嘛，嗯嗯，我吃了杯酒，说他的烟不错，‘华丰’自酿的曲酒也不错，还让他也品一口。我也就是一句客气话，想打发他走开，也就是‘端茶送客’的意思。他这个时候神情古怪，说话结结巴巴，还催到我‘接着说、接着说’，就像你哥子现在催我一样。”

“完了？就凭这点点事，你大神探就要无凭无据抓人家？”高进语带讥讽。

“无凭无据？难道我抓错了？未必他真的是小商贩？”刘建平还以讥讽。

高进微微一愣，递过去一支烟，掩饰住尴尬之色。

刘建平喷出一口烟，或许觉得刚才有所冒犯，又解释道：“我今天穿的是便服，对方多半不识相，说不定是认错人了，在给我递暗语。现如今，地痞流氓、土匪袍哥很不安分，还有，我们蔡局长专门打了招呼，最近地下党也在冒头，要我们警局上下多加留意，一旦发现可疑之人务必当即拿下。我也摸不清对方是哪路的，既然撞上了，只有先拿下再说。”

“不愧是神探，兄弟佩服。”高进恭维道，虽然仍带着丝丝不屑。

“神探不敢当。不过要是连这点法眼都没有，刑侦队的饭碗我也就端不稳咯。”刘建平揶揄道。“事情的全部经过就是这样。也怪我太一根筋，又或者是立功心切吧，嘿嘿。本来睁只眼闭只眼也就算毬的事。高队长，那个‘小商贩’是你们的人？多有得罪咯。”

“好说、好说。”

“好说？”刘建平哼笑道，侧脸看下一旁一声不吭的龚雅竹，换了语气，“高队长，你哥子问了这么多，我照单全收，现在是不是也该我请教下，你们又是因为什么事‘请’我来此做‘客’的？”

高进有些为难："刚才我说了，我们是在执行公务，有些事情现在确实还不方便说。以后会解释清楚的。"

这场看似聊天，实际上就是审讯的谈话，在高进的坚持下持续了两个多小时。彼此似乎都很有耐心，兴致很高，但高进绕来绕去还是那几个问题，尽管有时也扯点闲篇，诸如当下的战事，诸如彼此的从军经历，诸如前不久刘建平侦破的那桩钟表店抢劫案等等。直到觉得实在榨不出新鲜汁水，刘建平才被客气地请到临时休息室。这之后，他好吃好喝地在"小洋楼"里住了两天。中途高进还来问过两次，看似闲聊般的确认印证了几处细节问题。当然，刘建平的三名手下就没那么好的礼遇了，被关在潮湿的拘押室中接受审讯。因为他们对自己身陷牢笼简直是一头雾水，问什么就答什么，因为好像根本没什么需要隐瞒，所以还好，没吃其他什么苦头。

所谓临时休息室设在三楼通走廊中间的一个房间，里面陈设简单至极。一张行军床，床上一叠军用毛毯，一张小书桌，一把木椅子，一只搪瓷杯，一个温水瓶。

刘建平斜躺行军床，双手枕在脑后，左脚压右脚，悠闲地叼着烟，内心却不平静。

抗战刚胜利，他的单线联系人和领导赵英，向他传达了上级组织的指示，同意他希望回成都照顾母亲的申请。他当时的身份是重庆市警察局下面一个派出所的所长。托了些关系，走通了成都市警察局局长蔡文广的路子，总算调到成都警局，干上了刑侦队。由于破案得力，上司赏识，同事佩服，连市长都专门给他受过勋章。只两年多工夫，就坐上了队长位置。

离开重庆时，老赵约他在一家小酒馆见面，既是为他饯行，也是交代任务。老赵让他"于无声处听惊雷"，代号"惊雷"，深度潜伏，在关键时刻发挥作用。两人要了一壶酒，边吃边谈，兴致很好。离酒馆不远，有座叫隆音寺的寺庙，不时传出悠悠长长的钟磬之声。老赵随口吟出李涉的那首《题鹤林寺僧舍》，继而来了灵感，这才设定了只有他们两人知道的接头暗号，以及接头的时间、地点。当初刘建平还笑说，是不是复杂了点？老赵也不多解释，只叮嘱他务必牢记。虽然这种接头方式也难以确保万无一失，但毕竟多加了一把安全锁。

不得不佩服地下斗争经验丰富的老赵。事实证明，这套接头方式在关键时刻起到了作用，使刘建平临渊止步，赢得一线生机。

自从回成都后，刘建平与老赵再无联系。他只是按照约定，每个月的第一个礼拜六中午，固定在百年老字号华丰饭馆出现。当然，平常有时间他也会去。

次数多了，谁又会专门留意这些日子呢？每次他都会叫上游方德、王大兴、李为成，或者其他两三个手下，以作掩护。他第一次到华丰饭馆吃饭时，就装作不经意地要求赖掌柜多订几份诸如《中央日报》《新新新闻》《工商导报》《华西日报》等报纸，赖掌柜自然满口答应，连连感谢他提的好建议——这当然与那天他穿着警服有关。多数时候他会找借口先到一步，都是先点好凉菜和一壶酒，然后就随意翻阅堂倌儿送来的一叠报纸。当然，他主要是看“头一天”的那份《新新新闻》。

他按部就班，干着一个刑侦队长该干的事情。时间一天天过去，波澜不兴。他不知道老赵，或是老赵指派的某个未知的接头人会在什么时候出现，他一度甚至怀疑，他们还会不会出现，甚至想到老赵会不会已经遇难牺牲，自己会不会从此就与组织失去联系。老赵是名“老地下”，给他讲过很多隐蔽战线残酷斗争的事例，他不能排除这种可能。他苦闷焦虑过、彷徨无助过，又不断地自我安慰，坚定着信心。今天，终于等来接头人，却不料竟是一只黑森森狰狞的，要将他撕得粉碎的鹰爪，只因为这只鹰爪的指甲还嫩了那么一点点，否则，他已然万劫不复。

那么此次接头失败，自己身陷困境，究竟是什么地方出问题了？是真正的接头人被捕叛变，交代了接头的时间、地点、暗号？如果是那样，这个变节者为啥不来接头？又何必多此一举，用一个冒牌货？或是组织内部藏有敌人，事前探知了此次接头的情况，抢先来接头？那为什么“小商贩”却懂不起“暗接”的方式呢？真正的接头人又在哪里？更可怕的是——会不会老赵出了问题？……

无数的问号就像无数的针刺，扎满刘建平的浑身上下，又像一团理不顺的乱麻，让他坐立不安。

不过有一点刘建平能够确定，敌人并没有抓住自己太多把柄，或者说对方没有过硬的证据来揭穿自己的身份。否则，岂会客客气气、好吃好喝加以礼待。

“既来之，则安之”。看他们怎么收场？

刘建平闭上眼，朦胧中，仿佛有一双温婉、关切的眼睛注视着他，使他难以真正入睡……

三

刘建平的分析判断，大方向是正确的，而且正像他最愿意看到的那样，蓉站特勤队队长高进还真不知道怎么收场。

二十多天前，蓉站在城东方向的骆马场镇破获了中共地下组织的一处交通站。

原本准备立马拿下。站长徐耀庭随后又指示他再等等，先监控起来，看还有没有鱼儿上钩。两年前，保密局已获悉，成都军警系统有个代号“惊雷”的中共潜伏者，只是提供这一情报的军统特工人员一直未能进入中共南方局的要害部位，无法获得关于“惊雷”的更多讯息。而就在一个多月前，从同样的消息源，蓉站接到上面指令，最近中共南方局可能有一名代号“202”的人要到成都，并极有可能与“惊雷”联络，务必全力拦截。徐耀庭于是多了个心眼：也许此人就会走这条交通线呢？

果然运气好，两天后，太阳落山时，一个手提藤编行李箱，装束如小商贩，三十多岁模样的男子走进了镇上那家以杂货店为掩护的交通站。

第二天一早，杂货店掌柜带着“小商贩”并未如特工们预想的那样走大路，而是从一条他们之前尚未探明的小路往成都方向进发。从骡马场走路进城还需要小半天时间。

天空很阴沉，弯弯曲曲的道路两边草木丛生。也许是一路上环境太安静，让跟踪的人实在为难：远了怕跟丢，近了怕响动大被发现。负责此次行动的特勤队副队长冯关雄决定，放弃继续跟踪以期更大斩获的计划，就在路上动手，免得夜长梦多。

但抓捕行动并不顺利，被对方提前发现。杂货店掌柜和“小商贩”拼死狂奔，后面的便衣特工也撒腿狂追。本来预计好的密捕变成明码实价的追捕。

即便个儿高的“小商贩”腿长，个头矮胖的杂货店掌柜腿快，但也跑不过年轻体壮的六七个特工。眼看追近了，杂货店掌柜竟然掏枪开打，企图掩护“小商贩”撤退。一名特工闪躲不及，肚皮上着一弹。其他特工急红了眼，顾不得什么抓活的，举枪就是一阵乱射。枪声在旷野里震荡，惊得野鸡野兔四处乱窜。

又追出大约一里地。杂货店掌柜后肩被打中，趴在地上打光了子弹，束手就擒。“小商贩”不熟悉路况，没跑多远，一头跌落在一汪池塘里。被特工拉上来时，一身的污泥，头上还挂着些水草。

应该说这是一次算得上成功的抓捕行动，虽重伤一人，但毕竟该抓的都没跑脱，还截获了装在藤编箱里的收发报机。特工们将“小商贩”连同杂货店掌柜老婆和十来岁的女儿一并秘密押回“小洋楼”。

严刑拷打，过了两回堂，杂货店掌柜只承认自己是袍哥人家，受朋友之托专门负责带路送人送货进省城。至于“小商贩”的真实身份，按照道上规矩，不能打听。身上带的那把老掉牙的盒子枪，是他同样当过袍哥的父亲留下的，这次还是他第一次用。至于为什么要逃跑，还开枪，他振振有词道，那是把尾随跟踪追赶他们的人当成了劫道的刀客、棒老二，逼急了。其他的事就全然不知，打死也说不出什么了，只求放过老婆、女儿。

审讯“小商贩”更不顺手。全套刑具都过了一遍，仍一个字不吐。直到有一天听审讯他的高进说起，要将杂货店掌柜的老婆和女儿一起以地下党论处，他才似乎出现了犹豫、愤怒、无助的神情。第二天，他提出了交换条件——放过杂货店掌柜一家，他就竹筒倒豆子，一颗不留，全部“吐完”。

高进向站长徐耀庭汇报。他认为不论杂货店掌柜是不是地下党，或者如他所说是袍哥人家，本身已无多大价值。只要破下这桩案子，还不是一抓一串串，向上面报功时，多抓一个，少抓一个，根本无所谓。徐耀庭觉得有道理，同意交换条件。

当天晚上，高进亲自带几名特工，分乘两辆吉普车出了“小洋楼”。高进和一名特工随“小商贩”在第一辆车上。按“小商贩”吩咐，车出南门，绕向北门，中途又停留十多分钟，又才驶出西门。开了二十多分钟，“小商贩”叫停车。司机留在车内，高进和特工押着戴手铐的“小商贩”下车，等着后面的特工把杂货店掌柜一家三口带过来。两辆车的车灯都亮着。

“小商贩”走到杂货店掌柜面前，说：“这次添麻烦了，你们走吧，尽量走快些。”说完，他抬手轻抚下那个小女孩蓬乱的头发，微微侧身，示意他们动身。

杂货店掌柜想说什么，“小商贩”摆手拒绝。“走嘛，你们三口人命大。能走多远走多远，我不追你们。”高进在旁边点上一支烟，催促道，又吩咐一名特工将杂货店掌柜手铐解开。

杂货店掌柜垂下头，长长地叹声气。他确实也似乎无话可说，向“小商贩”抱拳一拱，忍着伤痛，带着老婆、女儿下了公路，很快消失在前途未知的夜幕中。

两辆车在原地停了快一个小时。高进对“小商贩”说：“随机选的路线，随机叫停车，时间又过了这么久，你该放心了，我不可能找得到他们，老实说，也没必要找，这种人在你们那边也就是个小角色，多得很，随他们自生自灭去，我关心的是你。可以打转身了吧？”

起风了，四野里除了树枝草叶摇曳的声响，剩下的就是一片死寂。“小商贩”木然上车。

回到审讯室后，“小商贩”仍是一脸木然，却把牙关咬得紧紧地。高进冷笑着——心知上当。没办法，吩咐继续用刑。终于，就在自认为是审讯高手的高进愤怒于自己被玩弄、欺骗，绝望于又碰上一个死硬对手，盘算着如何向站长大人交差的时候，“小商贩”居然开始“挤牙膏”。虽然不是以高进希望的那种“正常”方式，但总比什么都不说强吧。而要如实记录“小商贩”挤牙膏的过程和内容，恐怕也只有专门负责审讯记录的人，方有那份耐心多于才干的“能力”。

在这过程中，一直贯穿审讯者和被审讯者相互的折磨，前者的爆吼拷问，急不可耐，后者的死去活来，灵魂出窍。肉体与肉体，意志与意志的殊死较量，让双方都精疲力竭，难以为继。直到被审讯者又一次昏迷过去，从此再没有说出一个字。屠夫般的精壮打手们用几捅冷水也没能浇醒他，再掐住他的颈动脉，感觉不到一丝颤动。

蓉站如获至宝的“小商贩”，就像小孩们玩一只好不容易逮住的可爱的麻雀，一不小心，竟然给玩死了。

高进刚刚出去透口气，因为刑讯室充满血腥和人体排泄物的污浊空气，谁待久了都受不了。

当他再次回到审讯室时，发现一切变得出奇的安静，刑架上的“小商贩”已经没有气息，其余的人不敢吭气，他也差点背过气去。

四

扣下刘建平的第三天早上，刚一上班，高进带着个文件夹，硬着头皮走进站长徐耀庭办公室，他知道这位刚从重庆开会回来的站长大人肯定急着听他的情况汇报。

站长办公室面积很大，摆设简明，不显奢华。一张红木大办公桌，一把黑皮转椅已略显陈旧。房间中央，一圈沙发围着个有几分古香古色的茶几。倒是办公桌背后墙上悬挂的蒋介石戎装像，似乎新鲜出炉。

五十多岁的徐耀庭穿着少将军装，抹了发油的稀疏头发很认真严谨地向后顺溜着。因为睡眠一直不太好的缘故，鼻梁上的金丝眼镜难掩肿胀的眼袋。他是江浙人，到成都五年多光阴，已说得一口地道本土话。此时，他刚放下电话听筒，向高进指指那圈沙发，自己也移步过去。他的副官，或者叫贴身保镖徐孝凡，二十五六岁，五官周正，皮肤白皙，身板健硕，是徐耀庭到成都上任不久去北较场军校亲自选用的。徐孝凡与高进打个呼，伺候好茶水，才回身把门带上出去了。

一落座，徐耀庭就径直道：“查得如何了？捡要紧的说。刚才警察局老蔡又来电话，催着要说法呢。”

“是、是。”高进先把烟给上司敬上，点着，自己也点上一支，深吸一口。“我把该查的全部细细查了，又对照樊步兆和刘建平的审讯记录反复核对过几遍。我认为刘建平有大嫌疑，不过仍然难下最终结论。”他眉头紧锁，顺手将文件里的两份审讯记录递给徐耀庭。“请站长再把把脉。”

这两天高进确实没闲着。他对刘建平以及三个下属的说辞进行了一一核实。也让冒充“小商贩”的杨志贵把所谓的“接头”经过反反复复叙述了多次。杨志贵自己也承认道行还不深，关键处自己是有些那么点小紧张，急了点。回想起来，刘建平怀疑他有问题，好像勉强也说得过去。但是他“咚咚”地拍胸口肯定说，这个刘建平就是那个等着与自己接头的人。昨天下午，高进亲自去了趟市警局，得到的回答几乎众口一词：刘建平为人耿直正派，办案子更是一把好手，连报纸上都称他为“蓉城神探”。他还是个大孝子，对老母亲奉养甚恭。要不是为照顾母亲，他留在重庆，恐怕早就比现在发达了。局长蔡文广也摇着脑袋说，刘建平是通过自己在重庆警局任职的把兄弟介绍过来的，多亏最近两年有他，破了不少棘手案子，自己这个局长才不至于当得太狼狈。还说刘建平不像是会有问题的人，要蓉站慎重处理，尽快给个说法，不然他不好向下面的人交代。其实这些情况高进并非一无所知。毕竟蓉站与警局关系本就密切，堂堂一个刑侦队长的大致来龙去脉、平常表现他多少还是有所耳闻。

让高进腹疑的是，刘建平为什么会在“合适”的时间出现在了“合适”的地点，刚好又正在看“合适”的报纸。仅仅是，杨志贵说出“偷得浮生半日闲”后，他并没有“接口”，而是怀疑杨志贵有问题，要抓人。难道这一切真的只是巧合？如果不是巧合，就凭那三个“合适”，换了一般人，高进会毫不犹豫地按照宁可错抓也不漏抓的原则，先将其认定为共党，再通过严刑拷问加以印证。这本是他惯用的方法。但这次偏偏遇上的是同一阵营的人，而且是警察局长赏识的能人，同事眼中的耿直人，报纸上称誉的“神探”。高进有些吃不准了，大主意还是要站长大人亲自拿呀。

听了高进的汇报，徐耀庭慢慢翻着两份审讯记录，看完也不放下，而是缓缓起身，在宽大的办公室内悠闲踱步。他像是对高进，又似自言自语：

“凭现在手上掌握的这点东西，把他弄不死啊。接头嘛，按理说一个人去稳妥些，但他约了手下人。看报纸嘛，那几天的报纸都在手边，《新新新闻》

是本市发行量最大的报纸，看的人多，会不会刚好他就拿到头天的那张了？噫，说来也怪，成都这九里三分地界上怎么就有这么多杂七杂八的报纸？你们成都人怎么就那么热衷办个报起个刊？”徐耀庭突然偏头盯着高进，饶有兴致。

自己何曾想过这些与抓人办案屁不相干的事。不过高进太了解这位上司故弄玄虚、自作高明的文人雅士那一套脾性，也经常为此凑趣。便随口一嘻道：“屁事莫得，闲得慌嘛，还有何解？”

“哈哈哈。你啊，倒是说对了一些儿。”徐耀庭点着高进道。“身居闭塞之盆地，自然急于四方消息，偏又爱‘冲壳子’‘摆龙门阵’、好看热闹，机灵散淡、亦刚亦柔，如此之地、如此之人，焉能报业不兴？”

“长官就是长官，经站长一点拨，倒真是这个因由了。”高进习惯性恭维道。

倏忽间徐耀庭已抛开刚才的即兴发挥，回到正题：“至于接头地点嘛，你不是说他们刑侦队的人确实喜欢在‘华丰’吃饭么，大庭广众之下，也没啥不正常吧。关键是人家没‘接口’啊。”

徐耀庭又仰着头继续踱步。高进坐在沙发上也只能仰视着他。徐耀庭突然止步，冲高进俯身道：“他没有‘接口’，却自顾自地干了一杯酒，还问杨志贵要不要也喝一杯。你不觉得搞怪吗？”

高进把眼睛一鼓，“这个细节我倒没多想。未必问题就出在这儿？可是，樊步兆嘴里确实一个‘酒’字未提啊。”

“关于这个环节，我也只是那么一猜测。说起搞地下工作，共党的名堂之多，恐怕毫不输于我们。他们稀奇古怪的接头方式我们还见得少？说来说去，还是怪你那几个莽汉下手没有轻重，好不容易抓条鱼，硬是叫他们给弄死了。如果掌握好火候，说不定‘小商贩’樊步兆还会挤出更多有价值的‘牙膏’。”徐耀庭扭头看看两眼熬得通红的高进，不再深究，又坐回原位。

两人一时之间似乎都无从谈起。闷着头抽烟。

过了好一阵，徐耀庭以无所谓的口吻说道：“事已至此，没别的办法，只有放人。

“就这样放了？啥子说法？”高进不甘心似的。

“你也要说法？警察局蔡文广也要说法。要什么说法？就是一场误会嘛，大水冲了龙王庙嘛。”徐耀庭有些动气了。又自己往烟嘴里塞进一支烟叼上，高进忙咔嚓一声打燃打火机给点上。

徐耀庭舒缓了下语气，用食指敲敲几上的审讯记录：“就挤出这点东西，当然，这个已经不容易了。叫杨志贵去接头，本来也是带点撞大运的成分。巧了，撞上个刑侦队长。如你所说，他业务能力强，号称神探，深得老蔡赏识，还是‘模范警员’。当年他们两兄弟投笔从戎打日本人，老大战死沙场，他在滇缅前线身负重伤，也差点丢了性命。说他个一门忠烈也不为过。他身上这么多光环套着，不是板上钉钉，能说拿下就拿下？搞不好，就会如你们经常说的那样，叫什么呢？对了，叫‘猫抓糍粑，脱不了爪爪’。”

“站长，姓刘的有大嫌疑。说不定，他就是我们一直在查找的‘惊雷’。”高进咕噜了一句。

“那你、你给我拿个什么‘说法’来。”徐耀庭一个手心一个手背拍得啪啪响，一股火硬是又让高进点燃。“谁叫你们把人弄死了？只晓得玩得痛快。谁让那个杨志贵火急火燎的，一点沉不住气。还不是你选的人？”

“老面孔不敢用，就是怕撞上熟人。杨志贵刚从重庆调过来，看起来还是灵性的，样子也像个小商贩，哪晓得……”高进勉强解释着。

“这些事以后好好总结吧。”徐耀庭不想听高进多作无谓的解释。他神情怅然焦虑，“与共党重新开战到现在，国军战事日渐不顺，共军是越打越多，越打越能打。上面严令我们要确保西南后方稳定，加大对前线的支援。不把共党的地下组织清理干净，怎么稳定后方？最近虽然取得了一些成绩，但还远远没有达到可以高枕无忧的地步。你我肩负党国重任，必须全力以赴干好工作啊。”徐耀庭说得有点累了似的，狠狠地吸了几口烟，然后重重地把烟头摁灭在烟缸里。

“我听站长的。”高进也不想听徐耀庭唱高调，摆出一副绝对服从的样子。“站长说放，那就放嘛。”

“我们与警局的关系不能搞得太僵了，抓共党现在还离不开他们。况且蔡文广已经催了几次，说有桩大案子急等刘建平回去接手。”

“听说是益民银行经理陈思昆的女子被劫了。”高进点头道。

“所以，人，马上放。但隐患，必须尽快除掉。还有，以后少提‘惊雷’二字。心头有数就是了。”

高进知道，关于“惊雷”，目前在站内仍属最高机密之一。他慎重点头：“卑职遵命。”

徐耀庭神情淡定下来。两人又谋划了许久。

五

“建平老弟，实在不好意思啊，这个、这个大水冲了龙王庙啊，误会大了。”蓉站大院里，徐耀庭握着刘建平的手，满脸堆笑，亲自礼送刘建平。“本想着略备薄酒以表歉意。无奈老蔡说有件急案、要案非得老弟亲自出马，我也不敢强留了。改日吧。”

“没有关系，徐长官客气。既是误会，总有缘由，配合把事情弄清楚，应该的。今后还要仰仗徐长官多多关照。”刘建平也只好敷衍着。

“高进，刘队长他们的家伙事儿呢？”徐耀庭问高进。

“哦哦。那三个小老弟的已经奉还，这是刘队长的。”高进从裤兜里摸出一把手枪，送到徐耀庭手里。

徐耀庭拿在手中掂了掂，眯缝着眼睛打量下油光锃亮的手枪，赞道：“好一把‘花口撸子’，我听说建平老弟枪法精准，有此良器，合该相配。”

“此枪是我以前老长官的心爱之物，后来赏赐予我，所以很珍惜。”刘建平解释道。

“对对，我晓得，火线上你救了长官一命，自己却身负重伤。那位长官为此才将他的配枪奖赏给了老弟，此等官兵情谊，难得，难得啊！”徐耀庭一边感叹一边继续把玩着手枪，“此型勃朗宁，后坐力弱，击锤不凸，便于携带隐藏，最适合特工人员使用。建平老弟既为神探，行色隐秘的时候自然不少，正用得着。”

刘建平似乎并没有听出对方话中略带的一丝含沙射影，微笑道：“徐长官见识就是高。实话说，在警局，如我这个级别，一般配枪都是盒子炮。我是蔡局长特批同意用这把枪的。他说巴不得警局的人都自带炮火办公事，免得他还为枪械更换维修花钱呢。”

“哈哈，这个老蔡，就是喜欢做不亏本的买卖，完全一只‘铁公鸡’嘛。”徐耀庭仰头大笑，随手将手枪还予刘建平。

三个人又笑呵呵扯了几句闲篇，气氛很是融洽。高进说：“刘队长，站长执意要徐副官用他的专车送你。”

徐耀庭挽着刘建平的手臂送到车旁，徐孝凡抢先拉开了黑色福特轿车的后车门，态度友善。

游方德、李为成、王大兴三个已坐到三轮摩托车上。

刘建平与徐耀庭、高进礼节性地握握手，健步上车……

市警察局与市政府大院是两隔壁，中间有一人多高的围墙隔着，一道小门连通。这里过去是一个国军旅长的宅院。抗战时，这名旅长率部出川，首战就拼光两个团，自己也殉了国。旅长家眷不多，自愿将这处房产捐给政府，现在成了市警察局的窝子。

刘建平来不及回自己的办公室，径直穿过前房的过道，跨进后面的月洞门。局长蔡文广的办公室就在后院的正房内。

吊脚眉，又偏偏留着两撇八字胡，面色蜡黄，搭眼一看，活像一张黄纸，上下写了大小两个“八”字。这就是市警察局局长蔡文广的尊容。见到胡子拉碴的刘建平，蔡文广表现得很欢喜。“直接就过来啦？还是该先回家看看，休整半天，洗个澡，换身衣服嘛。”蔡文广温情地责怪着，听起来倒像是在表扬肯定。

刘建平自然听得出这份关心。“第三天头上了，局长大人肯定也着急、操心。我必须第一时间来报到，同时也把发生的事情汇报清楚。”他诚恳地说。

“我心头有数得很。”蔡文广不置可否地摆摆手。“我一早就肯定，是场误会嘛。我已经打了几个电话，催他们快点给个说法，总不能老是把我的人扣住。还好，现在没事了。刚才徐耀庭亲自来电话，还说随后会给我个书面情况说明。他们没有咋为难你吧，建平？”

“给局长添麻烦了。他们还算客气，好吃好喝的，不过菜的味道就比‘华丰’差远咯。”

警察局虽属地方政府管辖，但其实质仍然是个特务组织，实际操控权大都在军统，即使是蔡文广，从根上说，军统的色彩也是很浓的。只是因为他身为本土人，又是袍哥人家，根深蒂固，黑白通吃，方才不甘心自己主政的警局被蓉站完全操控。但不管怎么说，蓉站和警察局本就是沆瀣一气，蛇鼠一窝。刘建平当然知道这些错综复杂的关系，所以在蔡文广面前不便过多抱怨蓉站。

“哈哈哈，你娃儿就是好吃‘华丰’，我晓得，你们队的那伙人，三天两头就往那里跑，硬是那么好吃啊？我都许久未去过，经你这么一说，倒还真想起它的几道辣手菜了。哪天得空，你娃儿陪我去品尝品尝。”

“局长咋会去那种馆子，去的都是大川、帝都那些豪华饭店、餐厅嘛。”

“好咯好咯，不扯闲篇了。你也不要汇报啥情况，我说了，我心头有数。本来该让你歇息两天。不过刚刚发生了一桩大案子，特别棘手，也特别紧急，上面惊动很大，都在过问，严令警察局限期破案。建平啊，我这正焦头烂额，只有寄望于小老弟你这个‘神探’了。你再不回来，我就要亲自去‘小洋楼’要人了。你马上接手案子，务必尽快破案。”蔡文广越说越急迫。

刘建平看蔡文广啰里啰唆整了半天，自己却还一头雾水。“到底是桩啥案子，咋把局长急成这样子？”他习惯性抚着眉骨上的疤痕。

“哦哦。是这样。益民银行的经理陈思昆你晓得吧？他的女儿昨天下午被人绑架了……”

就在这时，一阵电话铃声打断了蔡文广。刘建平安静地听蔡文广接电话。从蔡文广的应答中，他知道是省政府来的电话，不外乎催促尽速破案。

放下听筒，蔡文广指指电话机：“看看，又催了。陈思昆就这么一个独生女儿，加上是中年得子，更是宠得不行。益民银行虽非官办，总行又在重庆，但在这省城大大小小几十家银行、钱庄里也算是挂得上号的了。陈经理的千金被人绑了，你想想，上头能不急？有啥需要支援的尽管提出来，我来安排。总之，务必把人给我活鲜鲜地找回来。”

刘建平起身：“我尽力办吧。”

蔡文广对刘建平没有拍胸口说狠话不是很满意，但他了解刘建平稳重的秉性，也不便多说什么了。走到比自己高出一头的刘建平面前，把手重重按在对方肩上，点点头。

第二章

六

益民银行经理陈思昆在铺着紫色地毯的书房里不停地转着圈，瘦削的一张脸，就连下巴上的几缕山羊胡也好似挂满了焦虑。四十出头，保养得很好的太太晋碧惠坐在沙发上用丝手绢揩眼泪。穿着国军校官军服的干儿子陈锐敏在厅房外宽敞的廊道上埋头踱步，不时撩开袖口看看腕上的手表。

陈思昆的结发妻子过世早，没给他留下一儿半女。晋碧惠进陈家门后这些年，除了女儿陈晖岚以外，不争气的肚子再无动静。年过半百的陈思昆也不再抱希望，只把个独生女视为心尖尖儿，百般呵护。翻年就满二十岁的陈晖岚，在省艺校美术专业就学，口口声声今后要当个女画家。国共再次兵戎相见后，陈思昆对眼下的混乱时局已然没有多大信心，早打算送女儿去美国，偏偏女儿执意不肯，加上晋碧惠舍不得，这事就一直拖下来。如今女儿被劫，生死未卜，陈思昆又悔，又怪自己硬不下心。

从昨晚到现在，一片愁云把个陈家公馆笼罩得不透一丝风。

正在这时，管家陈富财的儿子陈忠顺急急忙忙在门外喊“大伯、大伯”。陈思昆招呼他进来。陈富财是陈思昆转弯抹角的远房兄弟，给他当管家已十多年。

陈忠顺头上裹着白纱布，还浸出些许血污。左眼眶乌青，像是被击打过。“大伯，警察局刑侦队刘建平队长和孟厚良副队长来访，另外还有个姓游的警员，我让他们在正厅稍等。”他有些费力地禀报道。

陈思昆领着夫人、陈锐敏和陈忠顺快步来到外面的正厅。

陈思昆等进到正厅时，换了身黑呢子中山装，一副沉稳持重模样的刘建平正立在厅中，背对着厅门观赏中堂上的对联。

上联是“诚信待人待诚信之人”，下联是“和气生财生和气之财”。中间匾额题“理财益民”四个大字。

虽不太懂书法，但这敦朴端厚的隶书字体还是让刘建平生出好感。不由得想起童年的私塾先生，那位老人家也对隶书情有独钟。因为自己总是把毛笔字写得鬼画桃符，手板心还着实挨过几回打。老先生边打边训诫道：“字如其人，字都写得东倒西歪，长大了，人还不东倒西歪，晓得不？”看着他挨打，大哥刘建安在一边急得跳脚，却帮不上忙。倒是后来成了大嫂的黄秋月敢去拉老先生的手，“先生别打啦，小哥哥会写好字的。”正自回忆往昔，听见有人招呼，刘建平才转过身。

陈思昆竭力压住内心的焦躁和惶然，命佣人上了茶点，这才说到正题。

“刘队长，真是给你们添麻烦了。小女现在是吉是凶，委实让我们揪心。不知刘队长对解救小女有何良策？”

“是啊是啊，还请你们快快想办法救救晖岚啊！”晋碧惠早已忍耐不住，带着哭腔，近似哀求。

“陈经理不必太着急。蔡局长已有严令，务必救回小姐。我们定当全力破案。”刘建平好言安慰着。他指指随同来的刑侦队副队长孟厚良和立在门边的游方德，“我把孟副队长，还有游警官都带来了，他们都是破案高手，外面也已经作了周密部署。我们来，是想再了解些情况。”

从局长蔡文广办公室出来后，刘建平立即赶回刑侦队，招呼几名得力人员研究案情。身材精壮，豹鼻粗眉的副队长孟厚良向他报告了案情和已经开展的工作情况。

刑侦队是昨天下午四点半接到局长的命令，要求他们尽速全力侦破益民银行经理女儿被绑案。孟厚良不敢怠慢，一面建议局长立即安排加强警力，对出城者和河道上来往船只严加盘查，并将情况通报警备司令部，请予配合；一面将队里二十来号人能撒出的全部撒出去，又通知所有的暗探、眼线，要求他们抓紧打探消息，严密监控车站、码头、旅店，他自己则带人赶到陈公馆，对公馆里的用人、花匠、厨师、车夫、门房等上上下下进行询问，看有谁近来有无发现什么异常情况，同时也借机对这些人进行观察了解。

刘建平对作为副手的孟厚良所做的这一系列安排部署也提不出多少异议。虽然他内心觉得最好还是隐秘行事妥当点。但事已至此，容不得他改变。

据陈思昆和陈忠顺述说，平常陈晖岚都是住在学校，只是星期六下午回家住一晚，到星期天下午又返回学校。由于学校在城外，路途较远，一般都由陈思昆的司机李涛开着福特轿车接送，有时陈思昆和夫人也会亲自随车送到学校。恰好昨天中午夫妻二人要去赴一个早就约定的酒局，李涛又拉肚子，没法开车，陈忠顺主动接替，由他去送岚妹。

陈忠顺说，他和陈晖岚是下午快两点钟出的门。因为岚妹要买些王记糕点铺的芝麻糕，说带到学校与同学分享，所以他们没走惯常的路线，而是出南门后往右拐。在半月巷口，陈忠顺停了车，去巷里的王记糕点铺买芝麻糕，岚妹在车上等他。等他转回时，正碰上两个头上裹土白布，农夫装扮的大汉把岚妹架下车。其中一个大汉还将一把短刀逼在岚妹脸庞边。他们要将岚妹拉上旁边的一辆撑起了篷布的黄包车。爱美的岚妹肯定是害怕“划盘子”，一张乖巧的小脸如果被破相，那简直比要她命还可怕。也许是被吓蒙了，她没怎么反抗挣扎。陈忠顺丢下抱着的芝麻糕就要追过去救人，不料身后又有个人从后面拍了拍他肩膀，他一回身，眼眶上就吃了一拳。那人将他拽上车，用盒子炮顶着他的头，咬着后牙槽压低嗓门道：“叫你们当家的准备三十根黄鱼儿，两天后，一手交钱一手交人。还有，不准报官，不然的话，就打好棺材等着收尸！”陈忠顺挣扎着要往车下冲，头上却挨了一枪柄……等他捂着头上流血的伤口再次下到车外时，岚妹，还有黄包车都不见了踪影。他只好赶紧回家报信。

陈思昆两口子得知消息如五雷轰顶。慌乱一阵后，才想起通知干儿子陈锐敏赶来家中商议如何是好。

陈锐敏说，万事以救人要紧。必须尽快准备好赎金，同时也必须“报官”。他认为，在摸不清对方底细的情况下，要做好两手准备，以防人财两空。还说这种案子警备司令部帮不上多大的忙，还得靠警察局。但是陈思昆之前与警局没啥交道，只得忙不迭地向警备司令部司令王魁盛、市长邓继黍，还有省政府的一个什么厅长报说了小女被劫之事，希望他们督促警察局尽快破案救人。同时又让管家陈富财赶紧想法筹措所需金条。他虽是成都金融界的一方人物，家境也算殷实，但银行毕竟不是他一家人的，他不过是个有些股份的大管家。加上为人谦和，恪守本分，家底非外人以为的金山银山堆着似的，要立刻拿出三十根金条并不容易，只有四处筹措，实在不行还得去黑市上兑换些。陈富财昨天已筹措回十多根，今天上午又出门继续想办法去了，到现在都还没一点消息。纵使平生经历过不少风浪，到此刻，陈思昆也有些六神无主了。

把情况又听了一遍，刘建平沉思着。他对陈锐敏建议做两手准备是理解认同的，觉得这位年轻军官是个明白人。从孟厚良、游方德他们前期实地走访调查的情况看，陈忠顺的叙述好像也无纰漏。来陈公馆前，刘建平带人去了案发现场，那里是背街小巷，就是在白天行人也很少，所以也没能找到事发时的目击人。王记糕点店的店主回忆说，昨天下午两点过，确实有个年轻人到店里买了三封芝麻糕，但巷口发生劫人的事，他却是一无所知，当时也没听见什么动静。

事发到现在，已经过去一天了。陈晖岚人在什么地方？绑架者是什么来路？他们肯定还会联系陈公馆，以确定在什么地方交换“肉票”，那么他们会在什么时间联系，怎么联系？对方是否已经知道警方介入，会不会真的撕票？目前什么消息、什么动静都没有，让人心头不踏实。

刘建平以平和的口吻对陈思昆说：“陈经理，情况我们已大体了解。您的为人处事大家也都晓得，平时并未与什么人结怨，我分析，对方只是求财，暂时不会对晖岚小姐进行人身伤害。我们在全市已布置下众多人手，相信很快就会有消息。如果对方联系，您只管答应他们的所有条件。毕竟确保小姐的平安才是最重要的。”

“刘队长此话在情理。”陈思昆接连点头道。“钱财乃身外之物。我就是倾家荡产也是在所不惜的。只是这些歹人竟然用如此卑鄙手段，还狮子大张口，实在可恶，可恨！”

“刘队长，现在我们能做点啥，未必就这么干等着？”一直没插话的陈锐敏对面前情况不明的态势觉得不该乐观。

刘建平自然听出话意。他肯定地对陈锐敏微笑点头：“是的，现在只能等。我们一起等吧。哦，对不起，我要给两个同事单独说几句话，各位稍坐。”

说罢，刘建平招呼孟厚良和游方德一起到正厅外的庭院里，站在水池假山边，抽着烟低声说话。

一支烟抽完，天色已黯。刘建平和游方德回到正厅。他告诉陈思昆等，副队长孟厚良回队里掌握各方消息了，这里由他和游警官一起等消息。

陈思昆对刘建平在自己家亲自坐镇很是感动，好像是有了主心骨一般，忙命人备酒菜。他自己难有雅兴，还要顾着安慰夫人，就安排干儿子陈锐敏作陪。陈锐敏对晖岚妹子安危的担忧并不亚于陈思昆夫妇，哪来心情陪人喝酒吃饭。但除了他似乎也没人可陪，只得勉为其难。

留下游方德在正厅守着电话，刘建平和陈锐敏一前一后，在陈忠顺的引领下去到侧院的饭厅。

这时，天色已完全黑尽了。

七

刘建平和陈锐敏在装饰考究的偌大饭厅里就着几盘凉菜，慢慢饮着大曲酒。岚妹子在自己手上被劫，陈忠顺似乎自觉难辞其咎，这时也顾不得头上有伤，在一旁斟酒、递烟、斟茶，殷勤小心伺候着。体态丰腴的女佣周妈在厨房里备热菜。

“刘队长，你真能肯定晖岚不会有事？”陈锐敏态度变得诚恳多了。“说实话，我可没那么乐观哦。那些土匪、刀客、棒老二什么丧心病狂的事都干得出来。”

“对方既然冒险走了这一步，没拿到金条是不会轻易动人质的。”刘建平对这位警备司令部的少校副官也和颜悦色。“陈老弟，我从不把话说满，但请你相信，兄弟必定用心用力。好在他们给的期限是两天，我们现在只能等。希望我的人能先打探到点消息。”

刘建平嘴上说得踏踏实实，心头却不落底。他对自己的谋划能否奏效，并无完全把握，但只能一试。

“刘队长是神探，兄弟早有耳闻，拜托了。我敬哥子一杯，先干为敬！”陈锐敏仰脖，把满满一杯酒倒进口中。

“陈兄客气了，不敢当。”刘建平也把杯中酒豪爽地一口尽饮。

两人相视一笑，似乎已然是好兄弟般。陈忠顺忙着给二位重新斟满酒，也赔着笑。两人又没话找话地聊了一阵。

“刘哥，有消息咯。”游方德人还没进饭厅声音先到了。

刘建平微微立直腰身，看着跨进门来的游方德。“不要急，说清楚。”

“老孟刚刚来了电话，说……”游方德欲言又止，因为他觉得有旁人在，拿不准该不该说。

“都不是外人，说。”刘建平有些不耐烦。

“好嘛。”游方德看看陈锐敏和陈忠顺。“老孟电话中说，我们的人已经打探到陈家小姐的一些消息，不过还没确定。老孟请你马上回去，一起研究下那些消息。老黄的车子在大门等着。”

“孟副队长是这么说的？”

“我们撒出去那么多兄弟伙，多少肯定会有些消息吧。他是这样说的。”

刘建平站起身，对陈锐敏说：“但愿是好消息。老弟有没有时间，想不想随我一起去听听啊？要去，还是换身便装吧。”

“自然求之不得。干等着更着急。”陈锐敏对刘建平的提议满是感激。

刘建平让大门外的王大兴替换游方德在陈公馆值守，带着陈锐敏和游方德上了老黄的车。

车开出一条街，拐过弯，刘建平就叫车停在了没有路灯的街边。

“还要等什么人，刘队长？”陈锐敏纳闷地问身边暗影中的刘建平。

刘建平掏出烟点上，不置可否回道：“嗯嗯，等等看嘛。”

陈锐敏见游方德和司机老黄都不吱声，也自觉地闭上嘴。

一车人就这么安安静静地坐在车上。路上行人不多，有黄包车从车边过去，有拉架架车、推独轮鸡公车的下力人慢腾腾地走过，还有个要饭的叫花儿走到车旁朝窗里瞅，游方德递了支烟，将其打发走。不远处一家酒馆里传来吆五吼六的划拳声。

大约过了二十分钟，李为成骑着辆自行车过来了。他单脚着地，在车窗外弯腰向刘建平报告：“刘哥，你真神了。果然有人稳不起，现在已出门，喊了黄包车。”

“是哪个？”

“你猜猜看，嘿嘿。”李为成就这个时候都还嘻嘻哈哈的。

“快点说，哪有时间给你啰唆？”

“是那个周妈。人已跟上了。”

“她？”刘建平口气有些迟疑，随即吩咐道，“先跟上再说。你带路。如果跟丢了，叫你连办三天招待。”

“我们几个兄弟跟她一个老姆姆，不会出拐。”李为成又打个哈哈，跳转自行车引路了。

沿着陈忠顺昨天下午送陈晖岚去买芝麻糕的线路，老黄开的车来到陈晖岚被劫的巷口。

夜空中，刚好一弯半月探出云层，明晃晃的，给屋顶上的瓦片和地面的石板洒了一片青辉。孟厚良已带着八名警员等候在那里。

“周妈进了前头槐树街的一家私开的赌场。挂的是‘喜来客栈’的招牌。”孟厚良报告说。

“我猜也不会离此地太远。”刘建平回了句。他思考了一刻，然后开始交代，“现在情况不清楚，但又不能耽搁，就怕夜长梦多。我先摸进去探个究竟，其余的人听老孟的安排，哪些堵门，哪些把住路口。如果拿稳了我会发信号。”

“你一个人去不稳当。不如我们一起冲进去拿人。”游方德建议道。

“是啊，要去也是我们去嘛，咋个能让你队长冒险呢？”李为成讨好地附和着。

“我们要紧的是救人，不是拿人。现在情况不清楚，我们总共就这么十来个人，现在搬人又恐怕来不及。何况人去多了，动静太大，情急之下，万一对方对陈家小姐下黑手又咋个办？都不要说了。你们还不相信我吗？”刘建平不容再讨论。

“我也要去。”陈锐敏语气很坚定。

朦胧中，刘建平打量了一副公子哥派头的陈锐敏。他已感觉到这位年轻军官对陈家小姐非同一般的牵挂和担心。如果不给机会让他表现表现，不知要费多少口舌。他问道：“带家伙了？”

陈锐敏从裤兜里掏出把左轮手枪晃了晃。

“那么就这样，我怕碰到熟面孔，走屋顶。这些地方你兄弟肯定面生，就走大门，装着去找人。注意观察。最好不要被周妈看见。如果碰见，也要先稳住，切莫轻举妄动。大家听清楚，有啥子情况我们鸣枪为号，说不定吓死些龟儿子。”刘建平没有再拖延，一转身径自去了。

距喜来客栈院门二十米远左右，一株槐树粗茎宏枝。刘建平借着这株槐树几个腾身就上了并不太高的屋顶，半月星光背景中，像猫一般敏捷地悄悄向喜来客栈那边摸去。

喜来客栈大门。陈锐敏上得三级条石台阶，正要抬腿跨门槛，却被一个戴瓜皮帽的年轻瘦猴子点头哈腰地拦住。“先生是要住店？请问有没有事先预定啊？”

“就这么个大杂院客栈，还要预定？你看我像是来住你这种客栈的人吗？进去找个人。”陈锐敏语带讥讽，又要抬腿。

“喂喂，得罪、得罪。请问找哪个人？”瘦猴子还是嬉皮笑脸地拦着。

“我找张三李四王麻子，小兄弟，你是不是管得太宽啦？你们这里莫非开的是黑店吗？我就算是进去逛逛，开开眼，试试手气还不行？”陈锐敏说着就硬往里闯，同时顺手塞给对方几张钞票。

瘦猴子左右为难，看陈锐敏的装束，听他话中意思，像是个对客栈内情很清楚，且是有钱的豪客，怕是得罪不起，只好跟在陈锐敏身后，半是拦阻，半是带路似的。

过了门厅，绕过照壁，是个方方正正的大四合院。左右厢房里灯火亮堂，乌烟瘴气，男人的吆喝声，女人的嬉笑声，合麻将、洗纸牌、摇骰子声混杂一片。正厅位置起了两层木结构的楼房，看来是做客房兼作赌客抽大烟玩女人用的。一条甬道通向后院，小门口隐约有个戴毡帽的人坐着抽叶子烟。陈锐敏先往左边，顺着阶沿廊道慢慢边走边往房里看，确乎找什么人似的。又一个年龄稍长，堂倌儿模样的人过来跟在身后了。

陈锐敏装着不在意。他没发现周妈的影踪，也不知刘建平此时人在什么位置，有无发现。他意识到，这家客栈如果有什么猫腻，可能会在后院，但分明有人专守。陈锐敏一时无良策。只好继续一间间房子看过去。

“啪。”

后院方向传来一声枪响。紧接着又是几声。

陈锐敏不再犹豫，掏出手枪就向那道通向后院的小门冲去。守门人听见枪声，又见陈锐敏冲来，情知不妙，扔下叶子烟杆，侧身就抄起一杆长枪，刚拉开枪栓，一颗子弹已飞来，他身子一歪，还没完全栽倒，陈锐敏已纵身越过。跟在身后的两人一愣神，哪还有陈锐敏人影。

八

刘建平摸到喜来客栈屋顶后，稍一观察，猫腰来到后院墙头。正待再行观察，却已发现情况。

后院东头一排低矮房子，一扇门开着，透出微光，里面传出一个妇人的叫唤声：“富财大哥、富财大哥，醒醒，你醒醒啊！”

刘建平不敢耽搁，见四下没人，忙摸出裤兜里的勃朗宁，跳下墙头，沿墙根儿快速移动到那扇敞开的门旁，探头朝里看。一盏煤油灯下，只见周妈不停地摇晃一个五十多岁，身材发福的男人肩膀，富财大哥、富财大哥地叫唤着。

被周妈唤着“富财大哥”的，自然就是益民银行经理陈思昆的管家陈富财了。此时他斜靠土墙，气息奄奄。齐胸口以下还套在麻布口袋里。

“晖岚小姐呢？她在哪里？快说。”刘建平半蹲在陈富财身边，直接问最重要的问题。

周妈此时才发现刘建平，惊恐万状，抬手指着不知什么方向，结结巴巴地说：“他们、他们……要把、把晖岚……晖岚往往……往船上、船上搬……快救……”

刘建平立时明白了。

出喜来客栈后院门，一条丈余宽的水巷子直通锦江河。刘建平追出巷口时，月光中居高临下看得真切，河堤边两个人抬着一包大麻布袋，正要往停在岸边的一艘乌篷船上搬，还有个人站在船上准备接应。刘建平快速判断下局面，两步跃下石阶，冲上前一枪柄扪倒走在后面的一个，另一个因为所抬的重物失了重心，不由得趔趄下，被刘建平一飞腿踢在腰上，在地上滚两转，再也动弹不得。刘建平随即拔出手枪对着船上的人影吼道："不想死就快滚蛋！"说完枪口朝天，"啪"开了一火，算是发出信号，那家伙倒是干脆，三两下扯脱身上的夹袄，连船也不要了，"咕咚"一声扎进水里，玩命似的往河对岸游去。

刘建平刚松一口气，蹲下身准备解开布袋。就在这时，有人从暗处打来两枪，一颗子弹落在刘建平脚边，一颗擦过他的左臂。刘建平转身背靠着布袋，凭直觉朝右手河堤方向连开三枪，他同时听见客栈方向也响了一声枪，估计是陈锐敏打的，也无暇顾及。此时，被枪柄扪翻的人挣扎着晃晃悠悠站起身，岂料暗影处又两枪打过来，他"哼"了声，半截身子立时坍塌在刘建平胸口。警哨声已在四下里响起。

第一个赶到的是陈锐敏，脚跟脚赶到的还有打着手电筒的游方德，随后孟厚良和另一个警员也赶拢过来。

"快搜索下附近。小心打黑枪的人。"刘建平忍着手臂上的灼痛，在陈锐敏和游方德帮助下推开胸口上的人。

"估计那狗日的已经跑了。刘哥，你受伤了，事情大不大哦？"游方德在手电光里发现了刘建平身上的血迹。

"快解开看下，是不是陈家小姐？伤着没有？"刘建平坐直身体，急切关心的是人质安危。

还好，在陈锐敏解开布袋，取出塞在陈晖岚口中的布团后，她拼命地大口喘气，仿佛要把所有深秋时节清冽的空气全部吸进娇小的躯体。

"晖岚、晖岚！"陈锐敏摇着小姑娘的双肩。

"锐敏哥，我没事……"陈晖岚声音暗哑。

刘建平长吁一口气，抬头望向空中的弯月……

游方德为刘建平简单包扎伤口后与司机老黄商量，自己开车送刘队长去医院治疗枪伤。老黄明白他与刘建平的关系，乐得给个顺水人情。刘建平却坚持让陈锐敏把陈晖岚扶到车上，说要先送他们回家。刘建平又向孟厚良交代了一番善后事宜的处理。暗影中，发现孟厚良滚了一身泥，关心道："没伤着吧？"孟厚良前后拍下衣服，笑道："刚才听到枪响得急，赶过来时栽了一跟头，嘿嘿，没事。"

"刘队长，感谢的话兄弟就不多说了，容后表达。你赶紧去医院吧。"陈锐敏扶着陈晖岚下了车，对刘建平说。

“锐敏兄不必客气，快送晖岚小姐进家去吧。里面的二老还不知等得多着急呢。”刘建平温言道。

陈晖岚依偎着陈锐敏，居然也有气无力说了声“谢谢”。看着陈锐敏、陈晖岚进了公馆大门，游方德说：“刘哥，我们就去慈济医院吧，嫂子在那里呢，离这里也近。”同时把车发燃了。

刘建平心中一动，他没有理由不同意。

车已开进慈济医院大门，刘建平还是犹豫了，对游方德说：“我这一身是血的样子，肯定会把她吓着吧？要不然，还是自己处理下算了，反正伤得也不重。”

“嫂子是医生，还没见过血？你受了伤还要避到她，以后她晓得了，你更要挨骂的。再说，都快九点钟了，她还不一定在呢。”游方德说着已下车，绕过来拉开了刘建平这边的车门。

刘建平的嫂子黄秋月在这家医院既是医生又兼着护士长。今晚一个值班医生临时有点事要外出，请她帮忙代下班，现在那个医生办完事已回到自己的诊疗室，她正准备收拾下回家。

“嫂子，你快看看，刘哥受伤啦！”游方德大呼小叫地把刘建平扶进黄秋月的诊疗室。

黄秋月穿着一件蓝色暗花旗袍，薄呢子外套比旗袍的颜色更深些。她身材高挑丰腴，面如净月皎洁，一双眼睛，两池秋潭，安谧忧郁中不失暖意，虽经风雨，却愈加纯净，乌黑的秀发在脑后随意盘了个髻，婉雅、清爽。看见刘建平前襟和手臂上的血迹，她有那么短暂的惊吓，但很快镇静下来。

“快躺下。”她招呼游方德把刘建平扶到诊疗床上。

“这一身血不是我的。我是小伤。”刘建平笑呵呵的，不肯躺下。又责怪游方德：“我说不来吧，会把嫂子吓到的，你娃儿偏不信。”

黄秋月已观察清楚刘建平确实伤得不重，不过还是紧锁眉头：“没见你负过伤？不到这里来还能到哪去？躺下。”她吩咐着刘建平，语气中似有责怪，但分明又透露出关切。

刘建平无话辩解。当年在重庆，若不是她悉心照料，自己那一身的伤能好吗？他只好乖乖躺下，但马上又提醒说：“把白大褂穿上，免得弄脏。”

黄秋月这才露出一点笑容，点点头，好像是在对刘建平的细心表示赞许。

黄秋月又叫来一个护士帮忙。快大半年了，黄秋月时常带着这个叫何淑兰的护士到家里吃饭，摆明了就是将其介绍给刘建平做女友的。一家老小都很喜欢这个文文静静的女娃，只有刘建平表面客客气气，却没多少话交流。

游方德帮着脱下刘建平的上衣。黄秋月在何淑兰协助下开始清洗伤口。

看到刘建平前胸后背的伤疤，何淑兰嘀咕了一句："咋这么多伤疤呀！"没有人应答。刘建平也把眼睛闭上。他太熟悉医院里这种淡淡药水的气味。他在家里也时常嗅到。这种气味会勾起他不愿回忆却总要想起的在重庆那段三个月之久的疗伤记忆。

恍惚中，他又看见魁梧的大哥刘建安：蓝色军装被硝烟熏烤过，被血水浸泡过，右手提红缨大刀，左手握驳壳枪，双眼喷火，跃出阵地，雄狮般怒吼着杀向蜂拥而至的日寇……

"哥，哥……"

刘建平猛然醒来。他不知道刚才自己在梦中是否叫出了声。同样的梦，同样的画面不知做过多少次了。每梦见一次，他的胸口就如被一块巨大磐石压迫，掀不动，搬不开，总要难受好一阵。

天色已明。窗户外淅淅沥沥下着雨。游方德坐在床边的木椅子上歪着个脑袋打瞌睡。黄秋月背对着，在办公桌前看着什么书籍。刘建平"哼哼"了两声，用力坐起来，头有些发晕。

"我睡着了？"他问已经睁开眼睛的游方德。

"哥呢，你这一觉睡得好香哦。"游方德揉着眼睛说。

"醒了？"黄秋月也过来关心。"感觉如何？"

"你们一晚上都守到我在？我咋个就睡得这么死呢。"刘建平很过意不去。

"嫂子不让叫你，说睡眠对愈合伤口有好处。你想嘛，从礼拜六到现在，我们都没睡过好觉。特别是你，还要操心那么多事情。还受了伤，当然要睡……"游方德指手画脚地念叨。

"行啦行啦，咋像个啰唆婆。"刘建平怕游方德说出更多让黄秋月担心的事情，赶紧打断他。

"伤口缝了八针。虽然没伤着骨头，失血还是比较多。淑兰去食堂取早点了，吃完我们就回家。你都两晚上没回家，妈问了好多次，我打电话去你们队上问过，只说是出去办案子了。也不事先说声，现在倒好，人回来了，又挨了枪受了伤。"黄秋月一边说着，一边脱下白大褂。"我向童院长借了衣服，你将就下，原来那身我已经洗了，晾干了再拿回家。嗯，破了洞的地方还要补补。"

听着黄秋月的话，刘建平一点不觉得啰唆，只是"哎哎"地应着。游方德在一旁抿嘴笑。

九

吃罢早饭，又测量了体温，正准备回家，却来了位不速之客，把刘建平堵在病房里。

来访者波浪长发披肩（一看便知是春熙路“云裳美发厅”某位美发大师的杰作），穿件淡绿色风衣，左肩上还挂着精致的相机，双手捧一束鲜花，鸭蛋脸上淡妆薄施，唯双唇口红亮丽。向刘建平自我介绍，姓柳，名艳梅，是《新新新闻》报的记者。她听闻了昨晚发生在喜来客栈的交火事件，特地来采访新闻的“主要人物”。说罢，献上鲜花，以表敬意和慰问。

“你们的动作好快啊。以前不是老陶在跑刑事治安新闻吗？”刘建平嘀咕了一句。

“好新闻都是抢出来的，是吧，刘队长？你说的老陶职位升迁了，当了科长。”柳艳梅嫣然一笑，轻扶刘建平坐下。“我要拍张照，请配合下。谢谢！”

刘建平偷眼看了下黄秋月，发现她似乎觉得很好玩似的，抿嘴笑，没反对的意思，便很配合地左臂吊在白纱布兜起的胸前，端坐好。

“咔嚓、咔嚓。”柳艳梅连摁着快门。拍完了，不无遗憾地说，“可惜穿的是便服。如果是警服，就更英气逼人了。你们说呢？”她很自然问屋子里一直没与她有过交流的黄秋月和游方德，好像彼此已熟稔得很了。一边就掏出个笔记本，“刘队长，现在能问你几个问题吗？”

回成都后，刘建平一直很配合记者采访这类事，以前破了案子，凡遇记者，他都会态度友好，有问必答，深得报社记者好感，也因此，他的名字时常出现在报端，加之破案率高，久而久之竟博了个“蓉城神探”的名号。他觉得有这个名号总比没有好。他知道，这个热情漂亮的女记者一大早跑来医院之前肯定已去过警局，他暗自赞许这种敬业精神，也有意要满足对方的要求。不过当着嫂子黄秋月的面，他显得有些为难。

柳艳梅注意到刘建平吊着的胳膊，好像也意识到了自己的唐突，但又不想放弃。“实在抱歉，你受了伤，我本不该打扰的。可是，我到报社不久，好不容易争取到采访这件大新闻的机会，我想、想……”她有些无助地看看屋子里的三个人，特别是黄秋月。她觉得同为女性，该帮自己的，而且直觉告诉她，她面对的三个人中，黄秋月说话最管用。

黄秋月能读懂柳艳梅的眼神，看看手表，说：“就半小时以内。”

柳艳梅高兴得地连连感谢，同时也为自己的准确判断暗自得意……

两天后，《新新新闻》报用大半个版面刊登了署名“艳梅”的通讯稿，标题是：“刑侦队长智救人质，绑匪巢穴连锅端起”，成为当天的大新闻，读者再次领略了“蓉城神探”的风采。这是后话。

自从刘建平两兄弟参军，黄秋月工作后，一家人的经济状况逐渐宽裕，也正因为如此，母亲刘李氏才敢收留从乡下投奔来的小阳和小英子两兄妹。他们是刘李氏娘家那边的人，多少沾点亲带点故，管刘李氏叫表婶。刘建平回成都后，原来在城西居住的四间小屋已经住不开。征得母亲和嫂子同意，他花了几天时间，总算在青石桥附近选定了一处地方，租金合适，离慈济医院和市警局都不算远。

这是一处大公馆的偏院，原来的住户或许是家道中落，只好将公馆零散出租。刘建平租下的偏院有八间房，建造年生虽久远，但仍板扎耐用。除去用作厨房的一间，其余居室均为大开间，一色的方格绛漆镶木板夹层墙壁、木地板。房屋布局并不复杂：从刘建平自己选住的房间出门，顺廊道往左，通向后边的一块小坝子，那里搭了间茅厕；顺廊道右拐，再经过小英子、母亲的房间便是堂屋，堂屋开间最大，平时一家人就在此吃饭聊天。过堂屋，是嫂子黄秋月的房间，紧挨着是幺妹刘秀娟的住房，继续向右拐，又是两间房，一间作了厨房，一间作了杂货储藏室。堂屋外是前院，原来东墙那道与整个公馆通连的月门已砌砖封闭，又在南向本是公馆围墙处开了院门，简单装饰了个门楣，正对着院门立了道照壁，粉底正中，硕大一红漆正楷“寿”字，煞是醒目。如此，这处偏院也就有了自成一家的格局。最让一家老小欢喜的是，院子里居然有已然成材的皂角树、核桃树各一株。每年除了有或多或少的核桃吃，晒干了的皂角更可用来洗衣被、洗头。

刘建平不要任何人搭手，为搞整妥帖这处新居又足足忙活了大半个月，这才招呼一家老少搬进新居。他领着大家一间间房屋、前院后坝看了一遍，又对各房屋的用途、居住分配提出了自己的建议，大家莫不赞同。唯有一件事刘建平只字未提。那就是，他对自己的房间悄悄做了点小改造——隔出了一个足能藏下一个大活人的密室。密室通过一方可左右移动的接地壁板进出，外面再摆放一个小竹书架以作遮掩。一家老少竟无人看出其中名堂。他总觉得或许有一天会用得着这间密室。不久后，这处密室果然派上了大用场。

应付完柳艳梅的采访，刘建平才在黄秋月和游方德陪同下回到家。面对又是心疼又是责怪的母亲刘李氏，他少不得敷衍宽慰一番，最后还是黄秋月说养伤要紧，叫他赶紧上床再睡一觉才替他解了围。

从华丰饭店接头，到被“请”进“小洋楼”，再到解救陈晖岚，还因此挂了彩，刘建平确实身心极度疲惫，此时放松下来，倒上床果然又沉沉入睡。

迷迷糊糊中，他感觉鼻子痒酥酥的，眼睛没睁开却已忍不住笑起来：“小调皮鬼，啥时候溜进来的呀？”他下意识一举左手，却痛得咧了咧嘴。睁眼就看见四岁多的小侄女果果，一双亮晶晶的圆眼睛，一张粉嘟嘟的小脸蛋儿。

小丫头“咯咯”地笑起来：“二爸是懒猪，都睡这么久了，我还等你一起吃饭呢。”

刘建平侧头看看床头柜上的小闹钟，时针已指向十二点半。不禁自嘲道：“二爸真是个大懒猪，大瞌睡虫。把我们果果饿坏了吧？”边说边用右手撩开被子下了床。

“果果，喊你不要吵二爸，等他多睡会儿。”门帘一掀，刘秀娟风风火火地进来了，先用一双杏眼瞪了瞪果果，一扭头又对着刘建平开火：

“二哥，你是咋搞起的？咋就不小心些？穿一身黑狗皮就不得了啦？啥子事那么不要命嘛？你要把一家人吓死哇？”

“小海椒，你吼啥子？比妈还凶哦。走走，吃饭去。”刘建平不愿与年龄不大脾气大的妹妹多纠缠，主动挂起“免战牌”，用右手牵着果果往门外走。刘秀娟随手在衣架上抓了外套给他披上。

“幺姑，是我把二爸扭醒的。奶奶说，扭鼻子醒瞌睡。”果果仰头向刘秀娟邀功。逗得刘家两兄妹哈哈大笑。

屋外的小雨不知什么时候已停，只是院里皂角树、核桃树的树枝上还挂满了水珠。

到堂屋时，两兄妹还在逗果果玩笑。刘建平是有意要把气氛造得轻松点，不愿一家人老是拿他受伤的事念叨。

花甲之年的母亲刘李氏，人长得精精瘦瘦，常年戴顶黑色绲边灯芯绒帽。她见人齐了，招呼小英子上菜开饭。

一张漆色油亮的大圆桌，座序已经习惯：刘李氏居中，二儿子刘建平在其右，挨着的是幺女儿刘秀娟；大儿媳妇黄秋月在左，身边是孙女果果。小英子坐下首，还要随时照应大家。坐在旁边的是她哥哥小阳。小伙子二十二三岁，在市邮电局当勤杂工，身子略显单薄，五官倒是眉清目秀的。听妹子电话里说二表哥负伤，也赶来探望。

今天的菜肴比平常要丰盛，光带肉的小炒荤菜就有两样，中间还有口热腾腾的砂锅。母亲特别关照刘建平："你嫂子说你流了好多血，要补营养。我叫小英子做了鲫鱼豆腐汤锅，你要多喝些哦。下午再去菜市场选只老母鸡，和到黄芪炖给你吃，最补血。"

刘秀娟忍不住"扑哧"笑出了声："妈，二哥好像女人坐月子啊。"

母亲瞪了女儿一眼，教训道："女娃子家家的，说这种话不害羞！你二哥是一家的顶梁柱，伤了，流好多血，不该补补？要是他有个好歹，我们刘家的天就塌咯，看你还笑得出来！"说到这，老太太眼睛都红了。

刘秀娟知道自己又当了多话的大嘴巴，做个鬼脸，赶紧埋下头扒饭。刘建平看气氛不好，忙干笑几声说："妈，秀娟就爱开个玩笑。我一定多吃多喝，养得像猪一样肥，牛一样壮，你老人家可以放心了嘛。对了，果果也要多吃哈。"

"我才不要当猪，丑死了！二爸睡觉才像猪。"果果表示反对。满桌人一阵笑，连老太太也笑得把刚才在眼眶中的泪花流了出来。

"哎呀！"刘秀娟突然惊呼一声。

一桌子人全都奇怪地望向她。不知这疯丫头又犯什么神经。

刘秀娟自顾自笑得快把下巴掉进碗里。大家更是莫名其妙。

"秀娟，啥事这么好笑啊，快说说。"黄秋月微笑着催促。

刘秀娟好不容易止住笑，说："我们在这里大吃大喝，怎么就把门外那根'猪'搞忘了？"

"哎哟哟，还真是的，快快去叫人家进来一起吃。"老太太拍着额头说。

"哪个嘛？"刘建平问。

"还不是你那个跟屁虫。我回家时看见他在车上打瞌睡。"刘秀娟笑道。

"娟，快去喊德娃进来吃饭。"老太太吩咐道。

"我才不去。有些人明明是记得的，偏不开腔，还不好意思嗦？"刘秀娟一扭身。

"小英子。去。"老太太拿眼看已是满脸通红的小英子。

"去就去。"小英子把一根独辫子一甩就往外跑。饭桌前的几个人都会心地笑开了。

不大一会儿，游方德揉着眼睛进来了。

"你咋个还没回去，老是守到我干啥子？快吃吧。"刘建平对游方德笑道。

游方德欲言又止，不见外地大口吃起来。而刘建平却心头一动，一下明白为什么游方德要如此不放心地守在门外了。是的，昨晚那个打黑枪的是什么人还不清楚，到底是冲着陈晖岚来的，抑或就是冲着他刘建平来的，会不会还要出手？想到这，刘建平对游方德的细心，以及对他的安危维护暗自多了一份感动。

“吃慢点，没人给你抢。吃相和猪差不多。”刘秀娟嘲讽道。都知道她说的是谁。

游方德尴尬地抬头环顾下众人，不好意思地“嘿嘿”笑着说：“还真是饿了。”

“连头头儿都保护不好，让他受了伤，自己的胃口还没倒，行啊，不愧是‘油条’啊。”刘秀娟依然嘴不饶人。

“秀娟，越说越不像话了哈。”刘建平不能不发话制止了。“不怪德娃，是我自己不小心的。德娃，你吃你的。”

游方德端着碗停住筷，摇摇头：“娟妹骂我也没错，就是怪我们没坚持挡住刘哥，让他一个人去，想起来我都还后怕。”

“德娃！”刘建平忙止住游方德。然后又打个哈哈说，“我啥子阵仗没见过，几个棒老二还能把我咋子？不说咯不说咯。小英子，去倒酒来，想吃两杯呢。”

小英子刚要起身，黄秋月声音不大地说：“还是不沾酒的好。”

“听大嫂的。伤不好，不准沾酒。”老太太一锤定音。

刘李氏本想也数落儿子几句，但看见游方德难受的样子，还是忍住了，只是暗暗叹了口气。刘建平父亲是个乡镇郎中，一辈子信守着上辈传下来的“悬壶济世”的心念，最后却在行医中染上疟疾，丢下刘李氏独自一人，靠着点薄产带大三个儿女。

老太太虽识字不多，阅人视事却非寻常乡野老妪可比。她笃信“万般皆下品，唯有读书高”，不仅养大了三个儿女，还督促他们个个用功上学读书。她不指望儿女们大富大贵，光宗耀祖，只求他们活得硬气，不窝囊，堂堂正正做人，平平安安过日子。

抗战全面爆发时，老大刘建安，老二刘建平正在四川大学读书，一个快毕业，一个进校刚一年。有一次听回家来的哥俩谈论如何组织同学上街游行，打什么标语、喊什么口号、走什么街道线路，如何组织募捐支援抗日前线，遇到警察阻挡又如何应付。听得她心头七上八下，实在放心不下，干脆变卖了乡下的那点房产，带着幺女儿刘秀娟搬到了城里，又靠帮人洗缝衣被、粘贴火柴花贴补家用。一家子在一起，她心里踏实。不料，两兄弟又背着她嘀嘀咕咕商量着要投笔从戎，让她的心又悬在了半空。“国家兴亡，匹夫有责”的道理她懂，可是她更晓得，打仗是要死人的。早些年四川的军阀为争地盘，你打过去他打过来，不知道死了多少百姓子弟，光他们那个双河镇就有四户人家的男娃子送了命。万一两兄弟到了前边有个三长两短，刘家的天就真塌咯。她想阻拦，却说不出口，无奈地看着既想舍命疆场，又不愿昏头昏脑去当大头兵的两兄弟，瞒着自己一前一后考进了陆军校，只有装作不知情。

左思又想，她拿定主意。一天晚上，趁着几个娃儿都在家，把他们叫到挂着他们父亲炭笔画遗像的堂屋里，当着黄秋月，她把话挑明了。你们想上前头去打日本人，妈不反对，也挡不住。但是要答应我两条：第一个是老大安娃和秋月马上把婚事办了，看能不能给刘家留个后。第二个是老二平娃须等你哥先去，万不能两兄弟一起去赶死。设若你们两兄弟不答应，就等妈投了古井，先去见了你们老汉儿（父亲），没人管了，你们再去赶死。

母亲如此决绝的话让两兄弟着实犯了难。大哥刘建安长得魁梧雄壮，比兄弟还高出半个头。他对老弟说："还是听妈的话，我先上去。你在后方既可照顾到家里，又可以在军校多学些本领，再去收拾小日本，磨刀不误砍柴工嘛。"纵使刘建平有一万个不愿意，也只好暂且点头。后来，随着滇缅战事吃紧，急需增兵支援，他没再犹豫，毅然踏上征程。

母亲是在头天晚上才得到的消息，哭了一晚上，媳妇秋月劝慰了一晚上。第二天一大早赶到北较场的军校，她左右挽着秀娟和秋月，直到二儿子所在的队列消失在淡淡的晨雾中，她却没再掉一滴眼泪。国难当头，父子当兵、兄弟上战场的事，她听得多了。就在头天晚上，秋月还给她讲述了发生在安县的一个故事。有个叫王建堂的热血青年请缨杀敌，临行前，老父亲送去出征旗一面，中间大书一个"死"字，又书"赐旗一面，时刻随身，伤时拭血，死后裹尸""我不愿你在我近前尽孝，只愿你在民族分上尽忠"等字句。听得老太太也是热泪长流的。

好不容易熬到抗战胜利，老二建平带着一身伤好歹回到她身边，女儿秀娟长大成人，前不久师范校毕业，当上了见习小学教员，大儿媳妇秋月很争气，从一个小医院调到了在省城数得着的慈济医院，还当上了医生、护士长，一家人的日子也比以前宽裕多了，还住上了大房子。可是，大儿子建安却再也不能回来……

刘李氏觉得心尖儿被一把锋利的刀片削了下似的，不能再想下去，她还是要说点啥，好撇开那些不愉快的思绪。

"平娃，俗话说'救人一命胜造七级浮屠'，你能救下那陈家小姐也是积德，是应当的。不过你万事还要小心才是。现在世道这么乱，你们警察这碗饭不好吃哦。”

“现在哪个不说警匪一家啊，我看二哥干脆不要穿这身黑皮子啦，免得别人在背后对我们家指指点点的。”刘秀娟忍不住又插话。她最近刚加入了一个进步团体，里面有人知道她有个当警察的哥哥，私下里很有不屑之意。

“穿黑皮子的也不见得都是坏人嘛。”小英子忍不住低声嘀咕了句。

“我就晓得有人要打抱不平，但绝对不光是为二哥吧？好好好，算我多嘴。”刘秀娟冲小英子嘻嘻一笑。

“表婶，你看嘛，表姐尽欺负人家。”小英子噘起了嘴。

“我们可不是那种人哈。”游方德脸涨得通红地急声辩白。“别的我不敢说，在我们刑侦队，刘哥就容不下横行霸道、黑吃黑的人，凡是那些龟儿子，全都打发到其他地方去了。”

“秀娟说话就是冲。你二哥是那种人吗？德娃是那种人吗？”刘李氏用筷子点点幺女。

“我二哥当然不是啦，他是除暴安良、打富济贫的大英雄啊。”刘秀娟不敢再顶嘴，乖巧地给二哥碗里夹了块肉片。

“‘除暴安良’总还合适，那‘打富济贫’，听起来咋还是有点匪气呢？”刘李氏皱着眉头说道。

刘建平第一个哈哈大笑起来：“还是妈有水平，秀娟小老师，服了吧？”

一桌人全都被逗乐了。

十

吃过中午饭，刘建平叫游方德去门外附近观察下，如果没有异常情况就抓紧回队里，看下孟厚良善后办得如何，顺便把车还了。他自己倒不想急于在外露面。未知的危机并未解除，一动不如一静。自己受了伤，休息休息也是名正言顺。

大下午时，黄秋月带着何淑兰挎着药箱来家里为刘建平的伤口换药。其实这种事黄秋月一个人也能做。刘建平仍然装着不明就里，乖乖地配合她们。换好药，又闲聊了一阵。刘李氏不停地使唤小英子端茶送水，上点心、瓜子、花生。刘建平打起精神陪着无话找话。后来何淑兰说还要值夜班，婉言谢绝了晚饭，告辞了。

黄秋月送走何淑兰刚到堂屋门前，听婆婆娘正在数落刘建平：“你和淑兰认识时间也不短了，就不能多堆些笑在脸上？人家淑兰每次来，你都是这样不冷不热，你要急死妈嗦？你都这把岁数了，人家没嫌弃你是穿黑皮子的，你还嫌人家？不知好歹，枉费你嫂子一番好意。你不让我抱孙子事小，不给刘家续香火就是大不孝！”

刘建平一脸苦笑，不知如何应对母亲的责怪。黄秋月跨进堂屋，安慰婆婆妈说：“妈，你老也别太着急，这种事还要慢慢来。建平没说不同意，淑兰也没反对，我一叫她，人家就来了。等他们多接触接触吧。”

刚才脱口说出“续香火”的话，没注意大儿媳妇在旁边，刘李氏一时之间难免有些难为情。

“我能不急吗？他一直装疯卖傻的。以为我不晓得。”

刘建平硬着头皮说：“对对，不急，不急，再说、再说哈。”起身逃也似的回自己房间去了。

面对母亲的催促，嫂子的好意，他无从表达任何反对的想法，他也不能露出丝毫内心真实的想法，因为连他自己也不能正视、直面那些想法。然而，那些想法却如地心里的炽热熔浆，时时涌动在他脑海最深处。他小心翼翼地不去触碰。

第二天刚吃过早饭，游方德就到刘建平房间来了，同时还带来一个人——陈锐敏。

“早该来探望的，因为要向王司令报告前天晚上事情的经过，又处理了几件他交办的急务，所以这时才让方德兄引过来。实在抱歉！”陈锐敏表达着歉意。

“锐敏兄太客气了，你能亲自登门，兄弟很过意不去。”

三人客套一阵，刘建平让游方德把了解到的前晚的后续事情说说。

前晚上刘建平和游方德去医院后，负责善后的孟厚良安排人将被连锅端的喜来客栈一干人全部押回刑侦队，逐个审讯。他本人按照刘建平临走时的交代，紧跟着将陈富财、周妈带回了陈公馆。因为刘建平觉得，还是要给陈思昆留些脸面——公馆里的人由他自己处理。毕竟陈思昆是省城台面上的角色，家里出了内鬼足以令他颜面尽失，如果再要公开处理，岂不更觉羞辱。想来局长蔡文广也会同意给个顺水人情。

孟厚良他们到陈公馆后，就在正厅里“会审”了陈忠顺、周妈、陈富财。三个人岂敢再作抵赖，全都乖乖如实交代。

原来，陈忠顺平常主要是负责帮着他老子打理公馆内的事务，有时也去银行见习见习。他在众人面前装着循规蹈矩，实则早已染上吃喝嫖赌抽大烟的一身恶习。陈富财老婆几年前已过世，只给他留下了陈忠顺这么一根独苗，他全指望着这根独苗延续香火，所以一直对陈忠顺很娇惯，平时重话都不会多说。等他发现儿子顽劣不堪，再想匡正，为时已晚。又不敢让陈思昆知道，还得处处维护混账儿子的面具。前段时间，陈忠顺手气特别背，输了个精光。已多次找老子要钱，直到实在逼不出来了，还是不肯罢手，又在喜来客栈借了“水钱”继续赌，谁知道却越陷越深，终至债台高筑，脱不了身。“水钱”就是高利贷。虽说陈思昆给的月薪不算薄，但哪够还清越滚越多的烂账。债主天天逼，说他身在大财主家，咋会缺了钱呢？想赖账的话，就先把小命拿来，最便宜也要拿只手杆或脚杆来。陈忠顺走投无路，竟然打起陈晖岚的主意。他知道陈晖岚是陈思昆两口子的心头肉，为了陈晖岚，他们有啥舍不得的？他把这个心思说给喜来客栈人称伍爷的主事伍嗣五听，两下里居然一拍即合。经过几天的筹划，终于上演了劫持陈家小姐这出好戏。知子莫过父。那陈富财一听说小姐被劫，立时就往陈忠顺身上猜。他知道那个孽障儿子什么歪主意都敢打。趁着出去筹措金条的机会，与周妈嘀咕了一句，就直接去了喜来客栈，向那里要陈晖岚。还真让他猜测、分析对路了。只可惜他救人心切，没料到喜来客栈的人更干脆，直接把他诱到后院，也绑了，正准备着向陈公馆加码赎金。

“那个周妈又是怎么回事呢？”刘建平问。

游方德“咕咚咕咚”喝了两口水，才回道：“陈忠顺的妈死好几年了，周妈也是寡妇。他老子与周妈的那点意思，已被陈忠顺瞧出名堂。我们放了消息后，陈忠顺心头发虚，因为矮子守在那里，他不敢动身，怕引起怀疑，只好叫周妈找个借口跑一趟客栈通风报信、打探情况。周妈为了和陈富财修成正果，哪敢得罪那个小王八蛋，同时又担心陈富财出事，全凭他指使就是了。司机李涛那天中午闹肚子，也是陈忠顺叫周妈早上在李涛吃的稀饭里放了些巴豆粉。这样他就顺理成章地接替李师傅送陈家小姐了。还有，那天确实是小姐提出要买芝麻糕的。说来也巧。”

“嘿嘿，这个娃儿还计划得很周详，可惜人才咯。”刘建平打趣道。“那陈经理是如何处置的呢？”他又转脸问陈锐敏。

陈锐敏说：“弄清楚事情真相后，我干爹气得浑身发抖。陈忠顺交代，他与那帮人说好只是吓唬吓唬干爹，而且保证不会伤害晖岚，事成后他欠的高利贷不仅一笔勾销，还能分三根金条，所以他才答应的。富财叔也是护子心切，但毕竟为了救晖岚差点搭上性命。周妈更是个没脑壳的妇人，一心想着贴上富财叔，下半辈子好有个依靠。他们三个人都痛哭流涕请干爹开恩。干爹为人一向宽厚，还能咋办？只得把富财叔父子派遣到乡下守祖业去了。周妈呢，因为平时待晖岚亲，晖岚又喜欢她做的饭菜，倒是留下了。”

“老爷子仁义啊。”刘建平感叹道。

“喜来客栈那帮人也审过了。”游方德继续报告。“为首的叫伍嗣五。明面上是个商人，实际上是五龙山土匪舵把子曹一龙的人。昨晚上伍嗣五到戏园子去听戏吃花酒了，不在客栈。一听周妈说警方可能已经知道陈家小姐的下落，主事的伍嗣五又不在，那几个棒老二以为客栈可能已经暴露，为求稳妥，所以才慌慌张张要转移人质。这家客栈的骨干就是那么五个人，被‘黑枪’打死了一个，跳水跑了一个，被你打晕抓到一个，陈副官、陈哥子在客栈内打伤一个，加上伍嗣五。其余都是小喽啰。我们已经开始全城搜捕伍嗣五，但这龟儿子在江湖上混得久，估计不容易得手。”

“看来我们是与伍嗣五，甚至是五龙山的曹一龙结下梁子咯。”刘建平沉吟道。

“所以我更担心刘哥的安全啊。”游方德神情凝重。

“平常我也是本着尽量不招惹帮会、棒老二的原则行事，但是干我们这行，迟早会与他们纠缠上，总不能任由他们胡作非为吧。毕竟邪不压正，怕他个毬。对了，那个打黑枪的有啥线索吗？”刘建平更关心的还是这个疑问。

“客栈就那么些人，应该不是他们干的。除了你和陈哥子，其他兄弟都没开过枪。小和尚他们在现场只拣到几个弹壳，是盒子炮打的。别的就没发现啥了。伍嗣五、曹一龙还好说，也算是在明处，这狗日打黑枪的更难防。”游方德的忧心一点没减。

“前晚行动中，你没发现啥异常情况？”

“你和陈哥子动身后，老孟就安排兄弟们按照你的吩咐将街巷口子和客栈门把住。好像没啥异常啊。”

游方德无论如何也想不出凶险来自何方。而刘建平却隐隐有了个不敢肯定的猜测。

“刘队长，还是你料事如神，这么快就破了案。”陈锐敏想换个轻松点的话题。“你怎么就断定陈忠顺那小子有问题呢？说实话，我脑壳里也闪过会不会公馆里有内鬼的念头，但却没往深处想。”

刘建平微微一笑：“我哪有那么神。只是觉得城里那么多大户，为啥偏偏就选中了陈家小姐？劫匪大白天劫人，肯定不会随机选择对象，碰见哪个就劫哪个。再说，平时都是司机李涛接送晖岚小姐，偏偏那天他就拉肚子。平时的路线也不是那个方向，偏偏那天陈忠顺开车就走了绕路，要去买小姐爱吃的芝麻糕。还有，平常你干爹、干妈也会随车送下晖岚，偏偏那天他们外出赴宴，自然不能去送女儿，而这个酒局是早就定下的，陈忠顺必定是知情者。另外，除了公馆里的人，劫匪咋个晓得陈家小姐爱吃芝麻糕？恰好就在那里劫人？不要看陈忠顺说得严丝合缝，活灵活现，还演了一出'苦肉计'，细细一想，还是有漏眼。我本想直接将他拿下突审，但毕竟没有铁证，只是猜测。又担心劫匪另有耳目，万一漏了消息，恐怕对晖岚小姐不利，这才用了'打草惊蛇'之计。不过还是拿不准陈忠顺会不会上钩，哪晓得他硬是沉不住气。只是没想到周妈也裹在里面。"

"那万一陈家小姐上车后就不去买芝麻糕呢？未必陈忠顺敢要横，非去不可？"游方德问。

陈锐敏先说道："这有何难？晖岚不买，他就会另外编个借口，比如说自己要买，等等，反正也绕不了多远的路程，晖岚心善单纯，没有不答应的道理。"

游方德眨巴着金鱼眼："陈忠顺完全可以编个理由借口，直接把陈家小姐骗到客栈绑了嘛，那不是更省事，何必还演'苦肉计'？"

陈锐敏笑了，说："那就有两种结果，一是陈忠顺再也回不去陈家公馆，从此成为棒老二，跟着伍嗣五混。因为晖岚一旦无事，就会真相大白。二嘛，就只有既诈取了干爹的钱财，又将晖岚撕票，如此方能掩盖真相。这第一条，陈忠顺做不到。他还不会真想去当棒老二。这第二条，客栈的劫匪一般来说也不会做。因为他们要的是钱财，不到万不得已，岂会为了陈忠顺把事情搞大？"

刘建平冲陈锐敏比比大拇指："锐敏兄分析得不错，兄弟佩服。"

"刘队长，算了，我还是叫建平兄吧，你这个'神探'称号果然不虚，兄弟才真是佩服得五体投地。"陈锐敏向刘建平一拱手。

"也是事情急迫，我其实没有十足把握。"刘建平笑着摆摆手。

第三章

十一

宝贝女儿安全获救，陈思昆、晋碧惠夫妻俩如同深陷海底，又好不容易重新浮出水面，逃过一场灭顶之灾。

他们对解救女儿的刘建平等人感激不尽。听说连省主席王陵基办公室都给警局去了电话，一是对成功解救人质表示祝贺，二是建议警局要嘉奖刘建平等有功人员。自己还能不有所表示？陈思昆早想着要设家宴以示答谢，只因刘建平一直以有伤在身多有不便为由，一再婉拒，直到昨天陈思昆再次亲自致电恭请，才勉强答应下来。

这天晚上，陈公馆里外张灯结彩，颇有些节庆气氛。陈思昆请来的几位客人早早到了公馆。有成都警备司令部的司令王魁盛和夫人梁贤韵，市警察局长蔡文广和他的三姨太邱婉琴。还有一个特别的宾客，此人五十岁上下，穿着整洁的青色长袍，皮肤略显粗糙，但一双眼睛却温厚暖和。陈思昆向大家介绍，他是益民银行重庆总行来的视察专员孙远明，孙先生。本来还请了市长邓季粟夫妇，但对方另有应酬脱不开身。

此时，只有陈思昆内心视为主宾的刑侦队长刘建平还迟迟未到。陈锐敏在公馆门口已迎候多时。

“这个刘建平，咋个搞的嘛，还叫我们‘恭候大驾’哇？一点擦皮伤，他娃儿硬是养了一个多月，我看就是偷懒嘛。等下非得罚他几杯。”蔡文广觉得下属姗姗来迟，自己没面子，只好佯装生气。

话音未落，陈锐敏已引着刘建平跨进饭厅。蔡文广估计两人刚才已听见自己的话，也不露尴尬，夹着香烟的手指着刘建平哈哈大笑：“罚酒罚酒，说的就是你娃子。”

经过这些日子的休养，刘建平的伤口早已愈合，只是左手常揣在上衣口袋里，表示还没好利索。他一身便装，人显得很精神。一见满屋子的人似在专等自己，一连声地说着抱歉。陈思昆热情地握着他的手，不停说着欢迎的话，同时为他介绍其他宾客。

蔡文广夫妇自然是熟识的。一张国字脸，身形高大，一副职业老军人风范的王魁盛也远远见过，只是没打过交道。

最让刘建平惊诧的是那位重庆来的孙先生。当他们彼此握手，对方笑微微地说着久仰刘队长大名时，刘建平简直不敢相信自己的眼睛，有那么一刻如同置身梦境。但是他怎么可能认错人呢？不会错，对方就是他早思夜盼，犹如在黑雾迷茫的海上航行需要的灯塔似的人——他的直接上线赵英，此刻就这么真真切切地用充满热力的双手握着他的手。刘建平极力抑制住内心的激动，但却掩饰不住关切的目光。他一定是经历了不知多少惊涛骇浪，暗流险礁，看上去比分别时苍老了不少，唯有温和沉稳的神情没有改变。

“兄弟刚到成都，就听说了刘队长智勇双全解救晖岚小姐的美谈，还上了报纸哦。真是年轻有为啊，钦佩至极、钦佩至极！”孙远明担心刘建平失态，主动松开了手。

“前辈过奖了。”刘建平略一点头，恢复了常态。

宴会的气氛非常好。专门请的帝都饭店大厨师烹制的菜肴果然名不虚传。酒是定购的泸州陈年老窖。虽然碍于身份，王司令和蔡局长夫妇分别坐了主宾位，但大家都格外高看刘建平，争相向他敬酒。就连堂堂警备司令王魁盛也与他连饮三杯，直言其夫人梁贤韵与陈经理的夫人晋碧惠胜似亲姐妹，他们两口子也早把晖岚当作亲闺女了，此次得以脱险，全凭刘队长之功，必须得多敬几杯。陈思昆两口子更是说了很多感激的话，倒无意间把个警察局长蔡文广晾在了一边。刘建平自然明白功高不可盖主的道理，谦虚地表示，有王司令的亲自过问督促，有省、市政府的严令，更有蔡局长镇定自若、指挥有方，加上警员兄弟们用力，特别是锐敏兄鼎力相助，危急关头显身手，才使晖岚小姐转危为安。一席话，满桌子的人无不受用、欢喜。

宴会上最活跃的当属刚刚脱险的陈晖岚。王叔蔡叔孙叔、梁姨邱姨甜甜地叫个不停，对刘建平更是一口一个刘大哥亲热得很。她似乎已完全从被劫持的噩梦中挣脱出来，回想起那段经历，娇小玲珑的她，甚至有种小孩子历险刺激后的兴奋。她从陈锐敏那里听说了刘建平为救她所做的一切，甚至差点把命搭上。鼓着眼，张着嘴，仿佛是在听一个与自己有关又好像无关的惊险故事——陈锐敏的叙述，自然要比柳艳梅在《新新新闻》报上的通讯稿来得详细精彩。她还特别准备了一束鲜花敬献给刘建平，眼中充溢着对英雄的崇拜之情，搞得刘建平怪不好意思，同时又暗自欣赏小姑娘开朗豁达的性情，感觉与自家小妹秀娟相似。

酒酣耳热间，陈思昆的夫人晋碧惠却没由来地触景生情，感叹道真怕以后如此其乐融融的聚会越来越难得了。由此，话题不知不觉转到时局上来。

蔡文广点上支烟，随口说道：“时局确实不乐观，不过大片国土还在我们手里嘛。再说，胜败乃兵家常事，远没到不可收拾的地步，就算丢了东北也不足虑。”说罢，望向王魁盛。那意思分明就是，你军界的人，应该更清楚时局。众人也都像是等着这位司令长官发表高见。

王魁盛似乎有些为难，又不能避开不谈，那样显得见外。他用象牙筷夹了颗油酥花生米，慢慢嚼着说：“蔡兄高见，我很认同，暂时的失利不影响大局的。只要老美的援助不断，就凭我们坚如磐石的几百万赳赳国军，共产党要讨便宜，哪那么容易。至于我们西南，更是稳当得不能再稳当，诸位尽可把心放到肚子里头。”王魁盛对自己这番说辞很满意，笑呵呵地提议大家满饮一杯，把心放宽。

刘建平与孙远明不易觉察地相视一笑，彼此心领神会。

放下酒杯，陈思昆脸上挂着笑，口气却有些沉重：“你们这些党国要员看得远，底气足。我们经商之人可没那么踏实。现在虽然表面仍是歌舞升平，实则已人心惶惶。其他不说了，现在市面上物价一天一涨，再这样下去，用不了多久，不需两军对战，自己就垮咯。”陈思昆本来还有话说，才多长的工夫，老蒋几百万的虎贲之师就颓势尽显，何来“坚如磐石”？谁信！但他不能说这些犯忌的话。在金融界摸爬滚打多年，党政军界他都结识了不少人，不靠上几根大柱子，他也难以立足。但他始终拿捏着分寸，与他们保持一定的距离，守着既定的底线。

“所以还要靠你们这些金融大头与党国齐心协力，共度时艰嘛。”蔡文广接过话。“其实只要稳住粮价，别的就不怕。可是最近有些不法粮商开始囤积居奇，巴望着发国难财。”

“这年头乡下的青壮年不少被拉了壮丁，种田的人手不够，收成自然也受影响，加上目前国军也需要大量粮食往前边运，要稳住粮价，恐怕不易。”陈思昆摇摇头。

“兄弟担忧的更是捉襟见肘的政府财政哦，我们警局上上下下几百号人，三个月没发薪饷了。如果这帮人都吃不饱肚子，谁来看家护院？要是后院着火，咋个得了？想起这些我就脑壳痛。”蔡文广把忧国忧民的情绪表露无遗。停顿片刻，他又换了笑脸对着陈思昆说：“思昆兄，兄弟有难处，还指望着你扶一把。”

陈思昆搞不懂蔡文广话中之意，谦逊应道："文广老弟言重了，这次小女幸得无恙，我还不晓得如何感谢。只要用得着，定当效力。"

"你们打什么哑谜嘛？有事下来说。今天就是吃酒高兴，不说那些莫头莫脑扫兴的事。"王魁盛确实不愿多说敏感而又不愉快的话题。"孙先生，我敬你一杯，你可是思昆兄的贵客啊。"

"当不起，当不起，我不过是重庆苏老板遣来跑跑腿的。"孙远明答道。

"钦差大臣嘛，咋个说是'跑腿'的呢？哈哈……"待两人干罢一杯，王魁盛又饶有兴趣地请孙专员说说重庆的局势。孙远明为难地笑笑："这个、这个恐怕还是些莫头莫脑扫兴的事哦。"王魁盛眼睛一瞪，随即又是一通大笑，其他人也忍俊不禁。

十二

陈公馆里的宴会持续了近三个钟头。酒足饭饱，陈思昆安排的下一个节目是搓麻将。刘建平受伤的手臂还不利索，孙远明表示素不谙此道。陈思昆也不勉强，便由自己和陈锐敏陪着王魁盛、蔡文广凑成一桌。几个女眷也勉强凑成一桌。担心冷落了刘建平，又周到提议孙先生与刘队长多聊会儿，听说刘队长以前在重庆公干过，说不定还有共同知道的人事，有共同感兴趣的话题。

孙远明和刘建平欣然领受了陈思昆的好意。孙远明当着众人面邀约刘建平到院子里散步赏月，刘建平恭敬不如从命般大声满口答应。

入冬的夜空云淡星稀，月色朦胧。孙远明、刘建平在公馆里随意漫步、闲聊。不觉来到后面小花园的凉亭，四周翠竹掩映，新梅幽香，二人齐说此地甚好，不妨一坐。好歹保住饭碗的周妈十分殷勤，拉亮亭子里的小灯泡，泡上两碗盖碗茶，又送来温水瓶，道声客人自便，方才退下。

"老赵，哦，现在该叫老孙了，真没想到会是你。在重庆时你也没说过在银行工作啊。"确定四周无人后，刘建平压低声音激动地说道。

孙远明平和道："那是纪律规定，自然是不能说的。建平，我知道你有一肚子问题要问，先说重点吧。"

孙远明告诉他，蒋介石发动全面内战后，全国战场的形势变化很快，蒋匪军主力连遭重创，人民解放军全面反攻态势已经展开。从长远看，西南一隅既是敌人进行内战的后方，又很可能成为其苟延残喘、负隅顽抗的最后据点，势必苦心经营以图固守。据悉，蒋介石已经着手制订"川西决战"计划。国民党情报机构为消除后院隐患，近来对西南地下党组织加大了破坏力度，川东的地下组织首当其冲，多名重要负责人被捕，有的已经变节，成为敌人的鹰犬。受其波及，川西地下组织也损伤很大。正因为如此，中共南方局才决定派他到川康省委工作，以充实力量。

孙远明一直以益民银行重庆总行高级职员的身份作掩护，受南方局直接领导，除非情况特殊，一般不与其他地下组织横向联系，也因此在川东地下组织遭到破坏时得以保存下来。接受组织上派往成都工作的任务后，他当然可以辞了在银行的差事，一走了之。但这就意味着也丢掉了好不容易谋得的公开身份。经过考虑，他想到了一个更稳妥的办法。他向银行董事会主事苏老板提出，目前时局不明，须得未雨绸缪，建议适当加大成都分行的资金投放，以规避将鸡蛋放在一个篮子里的风险，加之成都作为省城，其金融商机随战事蔓延，抑或还有利可图。苏老板对此见解很是认同，当即决定派特员先期考察、联络，而他也就顺理成章地争取到了这个差事。四天前他乘长途客车安抵成都，除了向陈思昆报到外，已经与中共川康省委接上关系。老孙代号“201”，而他的助手是代号“202”的樊步兆，因为随身携带了收发报机，为稳妥起见，所以提前一个多月就动身了，沿途均由地下组织的交通站负责一段一段护送，同时也顺带了解下几个地方地下组织开展工作的情况。但是樊步兆没有按照约定的时间地点与孙远明在成都会合。据成都地下组织的同志介绍，由于工作疏失，骡马场的交通站已在一个多月前被破坏，交通员老汪至今下落不明。而按照计划，樊步兆正是要由老汪护送进城。

“老孙，你为啥不直接到‘华丰’与我接头呢？那不简单多了。”想到自己差点栽下悬崖，刘建平不解地问。

“直说吧，樊步兆既是我的助手，又是只与我保持单线联系的联络员。目前敌我斗争形势非常严峻，多一道安全屏障总要稳妥些，所以我原计划是安排樊步兆与你接头。建平，相信你能理解。”

刘建平听出了老上级语气中包含的诚恳和一点歉意，反倒不好意思起来。他肯定能够理解老孙的苦衷。诚然，老孙个人的安危绝不仅仅与他自身相关。而在失去助手这一安全屏障后，他实际上已经站到了第一线。刘建平不禁有些为老孙的安全担忧。

“地下工作从来就没有绝对安全的时候。”孙远明慢慢品了口茶。“樊步兆指望不上了，我只能直接与你建立联系。本来还想着去华丰饭店与你接头，没想到遇上了这么个机缘，倒是省去了周折。说说你这边的情况吧，建平。”

刘建平略为思考片刻，简要汇报了自己回成都在警察局潜伏的情况，又着重汇报了一个月前在华丰饭店发生的事情，以及解救陈晖岚过程中有人打黑枪的情况，同时谈了自己的初步分析判断。

“建平，看来你目前面临的情况还比较复杂，你的分析也很有道理。有人假冒樊步兆与你接头，虽然你侥幸没有陷进去，但保密局的人肯定已经盯上你了。宁可错杀也不放过，是他们一贯的狠招，特别是现在的局势下，他们更会像疯狗样逮谁咬谁。”

“老孙，你说了，现在是非常时期，正是我该发挥作用的时候，总不能因为保密局怀疑就啥事都不干吧。这次解救陈家小姐，也算立了一功，有蔡文广、邓季粟，还有王魁盛这个大司令撑着，估计他们暂时也不敢把我怎么样的。老孙，给任务吧！”刘建平有些担心老孙不给自己安排任务。

孙远明说：“上级的指示很原则，我们要在保存和积蓄力量的前提下，结合实际情况开展工作。我刚到成都，据省委的同志说，他们目前的重要工作是积极发展壮大农村武装，准备在有条件的地方组织武装暴动夺取政权，加速蒋家王朝的灭亡。建平，你一直是我单线联系的，重庆和本地地下组织并不知道你这个‘惊雷’的存在，所以，从现在开始，你也只接受我的领导。其实，我此次来蓉，目的之一，也是具体了解你目前的状况，必要时启动你这支力量。”

“老孙，我都听你的。你不晓得，重庆一别，这几年我都觉得自己是废物一个了，快成酒囊饭袋。我还担心、担心……嘿嘿，不说咯。”刘建平摸摸眉骨上的疤痕，自觉话不中听了。

“难得见你忸怩的样子，说嘛。”老孙和蔼地笑道。

“担心你出事了。那我不就与组织失去联系啦？那我该怎么办？”

“发生华丰饭馆的事情后，你有这样的担心很正常，因为接头地点、时间、方式，只有我们两人知道。”说到这里，孙远明又哑然一笑。“建平，既然你刚才提到了曾经的担心，那么就是此刻，按理，你也应该对我保持警惕吧？但你已经向我说了很多话了。”

刘建平愣住了。好半天才真诚地说：“老孙，我绝对信任你，你可是领着我向党旗宣誓的人啊。”

“谢谢！”孙远明向刘建平伸出热情的手，他们紧紧相握。

“建平，当时面对那个‘小商贩’，你既然心中已经生疑，本可以终止接头，不予理会，为什么要采取当场抓他的举动？从某种角度说，那不是会惹上更大麻烦吗？”孙远明慢慢剥着一粒炒花生，饶有兴趣地问。

刘建平明白，这是老领导在探试自己的“功课”有无长进。于是认真作答道：“虽然我几乎可以判定对方是个冒牌货，但是也不能排除他因为紧张而疏忽了接头的步骤暗号。我是说万一有这种可能性。我抓他回队上，总有机会再作验明。没想到这个‘小商贩’沉不住气，当场要拒捕，逼得高进只好现身，也就排除了那万一的可能性。另外，当场抓他，于我的身份倒也不奇怪吧？”

“嗯，你这叫‘尽忠职守’嘛，哈哈。”孙远明爽朗而笑。

饮口茶，孙远明换了低沉的语气：“建平，虽然胜利在望，我们面对的敌人也会更加凶恶、疯狂。你刚才说，如果与组织失去了联系该如何办，我想，只要我们在任何情况下都坚守住信仰，就一定会回到组织的怀抱。其实在我们组织中，有许多这样的无名英雄，他们活着是为了信仰，他们赴死也是为了信仰！”

刘建平已很久没有与老孙进行过如此的交谈，而老孙的话亦如过去一样，总会使他的热血像春潮般奔涌起来，使他时或迷蒙的视野碧空万里。

孙远明往刘建平这边凑了凑：“建平，你要想办法尽快弄清楚樊步兆究竟出了啥问题，以便我们对目前的处境有个尽可能准确的判断，看看哪个环节有纰漏。按理说，如果樊步兆出了问题，我和你肯定也已遇险，但现在看来，你起码是有惊无险，我这边也看不出明显的危险，这样是很被动的。就好比一个人在台上变戏法，台下的观众已经看出破绽，只是没有揭穿，变戏法的人又弄不清楚破绽究竟在什么地方，你说，这戏法还如何变下去？”

“明白，我尽快想办法。”

“不过，我必须再提醒下，你要非常谨慎小心，我们的损失已经很大了。”

刘建平重重点头，表示认同。又突然想到一直还没机会问老孙的一件事，虽然不知道该不该打听，但终究没忍住。

“老孙，我想问下，巫家栋还好吧？”

刘建平口中的巫家栋是他大学时的同学。两人虽不在同一个系，却比同班同学还要好，也都是以刘建平之兄刘建安为主的一个小团队的成员。这个小团队有十多号人，全是各大专院校的学生，刘建平的嫂子黄秋月当时也在其中。小团队经常聚会，彼此亲密无间。巫家栋后来参加了进步组织，在刘建平开赴滇缅前线两个月后，他也提前结业回了老家重庆，正式从事党的地下工作。再后来，刘建平前线负伤被转移到重庆医治，二人竟然不期而遇。刘建平伤愈后留在重庆干上了警察，他们更是经常见面，无所不谈。就在巫家栋准备将刘建平发展进组织时，接到了去南京工作的任务，于是他将刘建平介绍给了自己的上线——当时的赵英，现在的孙远明。

孙远明自然清楚刘建平与巫家栋的友情，也很理解他必有此问。笑道："更多的消息我不能说，但可以明确告诉你，家栋同志现在文武双全，依然在战斗。"

刘建平欣慰点头："这就够咯，是好消息！"说罢，一个念头在心里隐约萌动，但立即又被他按捺住了。他想起了嫂子黄秋月的叮嘱：果果的身世最好不要向任何人提起。

陈思昆、陈锐敏陪着王魁盛、蔡文广一直把麻将搓到快凌晨才收场。赢了钱的王魁盛、蔡文广很是高兴，又吃了消夜。王魁盛夫妇由陈锐敏护送先行告辞。蔡文广借故落在后面。待送走王魁盛，他有些抱歉地对陈思昆说，有事请教、相商。陈思昆自然满口答应，礼让至书房。蔡文广邀请孙专员和刘建平也一同参加。

喝着茶，抽着烟，蔡文广徐徐道来。

由于时局不稳，最近市面上粮价飞涨，全城经营粮食的米面店铺大大小小上百家，都是一天一个价，甚至一天就涨两三次价，有的因为无米面可卖，只好歇业，有的则囤积居奇，还想着继续抬价。城里有家大粮商，叫满仓贸易公司。老板袁仕君是这次"粮荒"的始作俑者。他联络了几家同行业主，大肆囤积。前不久他还利欲熏心，竟然通过五龙山的土匪曹一龙向一些大户派购，平价或低价收购粮食。那些大户不愿也不敢招惹土匪，加上人家毕竟还给了些钱，总比钓鱼不用饵料"耍白杆儿"强，所以也卖了些。袁仕君加价从曹一龙手上得到了四十万斤粮食，正筹划着适时出手，狠狠地赚一笔。岂料此事被市警察局缉私队探知，蔡文广拍板，以私通山匪，扰乱市场，牟取暴利为名，扣下了四十万斤粮食。

到手的肥肉，蔡文广自然不会轻易作充公处置。他找到市长邓季粟，哭丧着脸直叫唤警察局快揭不开锅了，装备也实在破铜烂铁得不成样子，该添置些了。一句话，再不拨银子，他这个局长撑不下去了。邓季粟也是焦头烂额。心想，四川公职人员的薪饷标准历来比其他省份低，这谁都知道，也不是我邓某人能改变的。你警察局的人歪名堂那么多，连你们都哭穷，其他人恐怕早饿死毬。但他又不好明说。摊开两手做无奈状，"到处都要钱，财政的口袋就那么大，我也变不来戏法，哪去给你局长大人找钱？你老兄办法多，你教教邓某人。"蔡文广等的就是这句话。干笑两声，"最近本局遵市长之命，严厉打击不法粮商，前几日查扣了满仓贸易公司的一批粮食，这不是钱吗？"邓季粟鼓圆了两眼，

"原来你哥子在打这个主意。跟你说，这批粮食咋个处置不是那么简单，哪里是两三天理麻得清楚的。再说，已经不少人盯上了，弄不好就拿去充军粮咯。"

蔡文广岂是被轻易唬得住的，"征购军粮主要由国军的军需部门负责，渠道不同，前一阵子他们已征调得差不多了，不差这四十万斤。你是'市长'，又不是'师长'，肯定要先顾着地方的安稳嘛。这批粮食与其堆到那里，不如死钱变活钱，先应应急嘛。"

说到这，蔡文广才向陈思昆、孙远明、刘建平抛出底牌："思昆兄，邓市长同意，用这四十万斤粮食作抵押，在益民银行贷笔款子，以解我警局的燃眉之急。你看这事……"

陈思昆捧着铜烟袋，把纸捻吹起火苗，却不急于点。"蔡局长准备贷好多嘛？"虽然脸上还挂着笑，但口气已有些公事公办的意味。

"我绝不会让益民银行做亏本的买卖。正好孙先生也在，可以帮你哥子拿个主意。建平端的是警察局的饭碗，看我说的是不是实话，也一起听下。"蔡文广一脸真诚。"货肯定是实打实的，都是今年的新米，就存在新南门外码头仓库。我也不为难思昆兄，就贷两万现大洋。不多吧？"蔡文广看看三人，"你如果同意，我就让刘队长来具体接洽此事。建平，开声腔嘛，看我说的是不是实话。"

刘建平心中暗笑。这个鬼心眼多的蔡文广，难怪要我旁听，这是要借勇救陈家小姐的刘队长的面子啊。不表态看来是不行。他只好附和道："是啊，是啊，兄弟们拿不到工钱，背后说啥怪话的都有。"

果然，陈思昆面色起了点微妙的变化。他听陈锐敏细说过解救晖岚的过程，人家刘队长当时是拿自己的身体为晖岚挡子弹，万幸只是负了小伤，这份情，千金难酬谢。再说，警局将陈忠顺交由自己处置，给他陈家的面子也实在不小。面子换面子，如果不还给对方这个面子，似乎说不过去，而且以后再遇难事，也别想仰仗警察局了。可眼下这个乱世，也许还有用得上他们的时候。只在片刻间，陈思昆考虑不过来更多的利害关系。他放下烟袋，向蔡文广拱拱手："蔡局长，这件事容我与同人们商议商议，如何？"

"商议是应该的、应该的。这样吧，明天下午，我让建平跑一趟，听准信。"蔡文广又把刘建平抬出来，而且把时限也定了。

"好说、好说。"陈思昆只得含糊其词虚应道。

送走蔡文广夫妇，刘建平也搭他们的便车一同告辞。陈思昆一脸愁容，毫无倦意，拉着孙远明商议。

“远明老弟，你是总行来的，见多识广。蔡文广提的这件事，你有何高见？”

孙远明客气道：“陈经理在金融界摸爬滚打这么多年，当之无愧的前辈。远明还要多多请教。”

“一家人就不说两家话咯。我是真想听听你的意见。”

孙远明笑着点点头。“俗话说强龙不压地头蛇，这蔡局长可是标标准准的地头蛇啊，这件事如果不接手，恐怕后患很多。”

陈思昆一拍手站起身：“老弟这话直爽。我也是如此想的。再说，还有人家刘队长舍命救晖岚的情谊、面子在里头。更何况，用四十万斤粮食作抵，贷两万元，从行市来说我们肯定划算。但是话说转来，有如许好事，他蔡文广咋会找到我益民银行呢？凭他警察局长的身份，我敢肯定，他在别家银行也是有股份的。你也晓得，现在军政界的大人物很多都在银行或者大商号里占有股份，有的银行干脆就是他们开的嘛。我只怕姓蔡的那抵押物不稳妥，万一赔了夫人又折兵，更怕的是惹出不晓得好多麻烦。”

陈思昆捧着个铜烟袋在房里打起了转转。“要指望蔡文广还款那是做梦。这粮食砸在我们手上，如何处理？几斤几斤地零售？我们做不来这个呀。转售粮商？他们又囤起来奇货可居，我陈思昆岂不是助纣为虐吗？也怪我，当初如果拉几个大脑壳来入股，遇到这种事也好抵挡。”

孙远明知道陈思昆所谓的“大脑壳”是指本地的军政界大佬。他不置可否苦笑下，表示理解。

陈思昆却还要继续解释：“本来王魁盛、邓季粟就提过几回，要入股益民银行，都叫我绕开了，就是不想和他们裹得太紧，怕惹麻烦。只是把他们存在本行的钱加了比别人多三成的利息，总算大家面子上都还抹得过去。王魁盛武夫一介，没啥坏心眼，邓季粟胆小怕事，但把钱财看得重，爱贪小便宜。可这个蔡文广，以前没打过交道，看来是个笑面虎，这样的人还当着警察局长，老弟，你说说，就凭他们，这个政府不垮杆才怪！哦哦，失言咯、扯远咯。”

孙远明呵呵笑起来。“前辈境界，远明钦佩。蔡文广这个老江湖心眼就是多。不过据我看，他倒不至于安心要给我们挖坑，或许只是他自己也拿不稳接下来如何解套，怕把自己掉到坑里，所以才找以前与他没有关联的本行贷款。他只要款子到手，至于这堆粮食会不会砸在我们手上，或是有没有其他麻烦，那他是一概不管的。”

“他自然旱涝保收，把我们悬在半空。”陈思昆气哼哼地说。

“这个担心也并非杞人忧天。不过我总觉得今年乡下的年景并不比往年差，这次闹粮荒，主要还是粮商在捣鬼。政府为了稳定后方，也不会坐视不管的。所以我认为持续不了多长时间。只要那批粮食货真，再把抵押借贷条款思虑清楚，应该可行。全市学校的老师、医院的医生，特别是几家大棉纺厂的工人，他们平常一般就是几斤、十多斤地买米，家里肯定都存粮不多。我们不如列个单子，以原先的市价集中卖给这些单位，再由他们自己去分配着卖。如此一来，我们也不亏，说不定还略有盈余，陈经理也落个‘理财益民’的实名。”

“那万一他们转过背又变卦，不要银子了，要粮食，我们哪里去弄几十万斤粮？”

“这个可能性不大，蔡文广哪能轻易把到手的银子又吐出来。他肯定已经与邓市长有了交易。即便是真要粮了，我们也能从川北、川南地方想办法，购买些过来就是。”

陈思昆要的就是“孙专员”的这番话。他比画着大拇指：“远明老弟，你这才是思虑周全啊。这样处置，简便易行，还稳妥。老弟此番来蓉，真乃我之‘及时雨’也！”他兴奋地在屋子里打了几个转身，有了个让孙远明意外的想法：“不如我给老苏去封信，请他同意你多留蓉一段时间，给我搭把手。目前时局，经营好成都这块盘子更重要啊。不知老弟意下如何？”

“远明在哪儿都是做活路的，全凭你们这些当家掌柜调遣就是。”孙远明淡然应道，心里却求之不得。

“老弟是爽直人，好好，明天我就写信。”

后来的事果然如孙远明所料。一个月后，由孙远明具体操办，联系了些市内的厂矿、学校、医院，以涨价前的价位将这几十万斤大米迅速销售一空，而且在一定程度上起到了平抑米价的效果，倒真让益民银行着实博得赞誉一片，陈思昆为此暗喜了好久。

十三

刘建平又在家里休息了四天。

蔡文广知道，这是在为“不明不白”被带到“小洋楼”受盘问闹情绪。他一天两次电话问候安慰，最后一次还将蓉站刚送到手上的情况说明念给他听了，大意是，由于所掌握的情报欠准确，误将刘建平等四位警员留置站内二日。好在现在问题已经弄清，几位警员绝无任何嫌疑，还望以党国利益为重，见谅云云。后来刘建平也确实在蔡文广那里看到了那一页纸的说明，哼哼冷笑说，情报都没弄准，就可以随便把我们兄弟伙整去，也太不把我们警局当回事。弄毛毬老子哪天也抓他们几个，再叫他龟儿子也“见谅、见谅”。蔡文光打个哈哈，却不敢表态。警察局毕竟不能和保密局硬碰硬，这一点，二人其实彼此都懂得起。蔡文广在电话里烦请他看在几百号兄弟分上，出面与益民银行接洽贷款之事。看看火候差不多了，这天早上吃过饭，他才“伤愈归队”，去向蔡文广报到。

蔡文广催着他马上着手贷款事宜，其他事都先放放。又拍着胸脯说了一通绝对信任他，警局离不开他的话，甚至抛出或许将他官升一级的暗示——自己身边不是还缺个副局长吗？刘建平也不多理会，从衣帽架取下蔡文广的公文包，往里塞进去一包东西。蔡文广知道那是什么东西，却装着有些不解地望着他。

“陈经理让他干儿子陈锐敏送了两百块大洋，说是给我疗伤。我留了四十，孝敬局长六十，其余的就分给队里的兄弟们救救急了。”

“陈思昆懂礼数。你留着嘛，还给我干啥子，不合适。”

“局长，你让我与益民银行接洽，缉私队的老彭不会有意见？前头的事都是他经手的哦。”刘建平换了个话题。

蔡文广也就不再假意继续推辞大洋的事，他从刘建平那里得这种小打小闹的好处也不是几回了。他知道刘建平的为人处世原则，想从对方手里捞出更多的油水是没指望的。

“彭学忠那里你不用担心。关键是你老弟这次救了陈家小姐，陈思昆要给你面子嘛，嘿嘿嘿。你抓紧办，款子到了后我还有大用场，总之是不会亏待你的……”蔡文广忽然意识到什么，忙住了口。

“啥子大用场？不就是补发薪饷，购置些装备吗？”

“这还不是大用场？你娃儿就不要问那么多咯，抓紧办就是。”

“局长，你不会是坑别人吧？那种事最好不要找我，你是了解我的。”

“咋个会呢？我本可以找其他银行的，也是凑巧，这次咱们帮了陈思昆，找他正合适嘛。你不用为他们操心，那些人都精得很，亏本的买卖是不会干的。”

刘建平知道推不掉这差事，且先办着看吧。

从蔡文广办公室出来，刘建平叫上游方德直奔益民银行。

陈思昆正忙得不可开交，很客气地请他与孙远明、孙专员具体谈。正合我意哦，刘建平心里嘀咕道。

孙远明将其引至会客室，游方德很懂事地带上门，在外等着。

“陈思昆安排我过问贷款的事，是要显示他公事公办。”孙远明说。

"老孙，你觉得这事办得还是办不得？"

"对益民银行来说，起码现在看不出啥问题，可以办。至于蔡文广打的啥鬼主意，你倒要多留意。我总觉得不会如他所说，就是解决薪饷和添置装备那么简单。总之，这事对我们构不成威胁和危险。"

刘建平心里踏实了许多。孙远明从刘建平的神情上察觉出什么，提醒道："你在那群人里不同流合污也就行了，但也不要过分'木秀于林'。太'干净'，太'君子'，就不像警察咯。"

"老孙，当初你让我回成都后，按自己的性情为人处世，不必刻意装神弄鬼。我觉得穿'黑皮子'的也不一定都是头上长疮、脚下流脓的人。好在这些年他们都了解我的做派了。当然，我会注意分寸的。"

"我知道，你还是警界的'模范警员'嘛。"孙远明笑道。"这样也好。不刻意的伪装，就是最好的伪装。"

两人又就贷款的具体事项一条二款地议了一阵。主要是孙远明连说带解释，同时也把那晚上与陈思昆商议的打算告诉了刘建平。先前还担心陈思昆被坑的刘建平更放心了。

"你我二人通过这单生意，就该有了'交情'，成'朋友'咯。"孙远明笑微微，意味深长地说。

"那是自然。孙先生难得来成都，我必定找机会尽尽地主之谊。"刘建平心领神会。

谈好条款，刘建平又交给孙远明四十块现大洋，并说明了来源，以及他是如何分配的。

孙远明说："看来这陈思昆还真念你的情。组织上确实也需要工作经费。不过你的开销也不小，堂堂刑侦队长，不能太寒酸咯。应付得过来吗？"

"你放心，我会注意的。贷款的事办成了，蔡文广肯定还有奖赏。我嫂子黄秋月的薪水也还可以，一家人过日子没问题。"刘建平认真回应道。老孙两次提醒他现在的身份，他不能不严肃对待。

由于蔡文广花了些钱上下打点，特别是给市长邓季粟下了一千元的"药引子"，加上刘建平脚也跑得勤，以查扣粮食作抵押贷款的事办得很顺利。用了五天时间，一切手续齐全，第十天头上，两万元现大洋就到了警察局账上，把个蔡文广欢喜得不停地抹八字胡。他兑现承诺，不过也只补发了警员一个月的薪饷，声称其余的款项要用来改良装备。因为解救陈晖岚有功，又专门向刘建平颁发了嘉奖令，奖赏现大洋五十元。同时也给予查扣不法粮商的缉私队长彭学忠同规格的奖赏。

领了赏钱自然要意思意思。这天中午，刘建平带着手下的“三剑客”来到华丰饭馆。前厅已座无虚席，只好要了二楼“观西岭”雅间。

“还是雅间好，清净，免得又碰到像上次那个死胖子一样的东西，惹晦气。”想起不久前的事情，李为成恨恨地干了一杯酒。

“小和尚，你这个娃儿就是嘴臭，还提那糗事，想扫大家的兴？”游方德在李为成光头上拍了下。

已经吃得差不多的刘建平还是“习惯性”地翻着几份报纸。听二人在斗嘴，放下报纸笑道：“在吃饭，什么臭不臭的，不倒胃口吗？来来，压一压。”说着端起酒杯对三人举了举。一杯干罢，又说，“坐大堂也有坐大堂的好处，人多，热闹，能听到不少新鲜事。干我们这行的，多听听，有好处。”

“也难怪刘哥是蓉城神探，看看这平常下的功夫，我们就是再学三年五载也赶不上。”李为成拍起了马屁。

“要我说，队长这人更是实在，不光请我们三兄弟吃饭，还分赏钱给我们，哪去找这么耿直的上司？”平时话不多，年龄还比刘建平长两岁的王大兴喝了酒也拍起来。

“兜里有了几个碎银子不要乱花，还要想到一家人的柴米油盐。”刘建平提醒说。

王大兴也曾出川打过日本人，硬是闯过无数生死劫难总算返了乡。由于是家中独子，上司开恩，让他脱了军服穿了警服。他父母年事已高，自己又有三个娃儿要养活，那点薪饷要维持平常开销也很紧巴。好在他媳妇能吃苦，在城外开了片荒地，栽种些菜蔬挑到城里卖了也能赚些小钱，刘建平的话于他而言，自然入脑入心。李为成也是一大家子，上有爷爷和奶奶，父母双亲，中间有一个腿残疾的哥哥，一个妹子还在读高小。残疾哥哥每天爬行在街边捡烟头，收拢里面残留的烟丝，再用纸片卷好，供爷爷和父亲吸用。他父亲快六十的人，天天拉个木箱架架车，干着挨家挨户收集、搬运垃圾的营生。有次他父亲干活不小心闪了腰，又舍不得花钱去医院治疗，伤病越拖越沉，到后来都快起不了床。刘建平听说后，赶紧托嫂子黄秋月请了医院的骨科大夫登门医治，两个月后，他父亲总算痊愈，还能接着做原来的营生。

唯有游方德，是一人吃饱全家不饿。听刘建平提起“一家人”，他将额头斜靠在端着空酒杯的手背上，充血的金鱼眼没了平时的灵气。

刘建平意识到自己无心的一句话，撩起了游方德的愁怀，正想着怎么化解下，李为成倒先把话岔开了。“我们哪敢胡吃海喝，还不是你刘哥办招待，我们才能打打牙祭。按理说我也该知足了。不过，刘哥，你啥时候再耿直点，带我们几兄弟到‘帝都’‘大川’这些大饭店开开洋荤，哪怕你少请几回‘华丰’嘛。”

“看看看，胃口还越来越高了哈。”刘建平手指点点李为成。“‘帝都’‘大川’，那是达官显贵、富商巨子去的地方。在那里面掌厨的都是做川菜的师爷级的人物。对了，里面还有洋厨子，专做西餐的，一块血乎淋拦的牛排，哐当一下摆你面前，你一个山猪儿，吃得来细糠吗？敢吃吗？”

一席话，说得游方德脸上阴转晴，和着王大兴嘿嘿直笑。

“何况我们也吃不起嘛。如果在那里吃一顿能管一个月都不饿肚皮，我才敢请你们去。”刘建平说。

“都是队长，为啥人家缉私队队长彭学忠就吃得起？”李为成有些不服气。

“你小子千里眼，看见啦？”游方德说。

“就是看见嘛。昨天晚上天还没黑尽，我到梓潼桥派出所办事回局上，路过春熙路南段，正好看见姓彭的和另外一个人往‘帝都’大门走进去。那个人我认得，是警备司令部军需处的，叫、叫胡茂林，和彭学忠是同乡，到局上来过几回。”李为成怕刘建平不相信，所以竭力说得很具体。

“姓彭的是啥人？能拿他和刘哥比？”游方德拍着李为成的光头，“你眼馋、嘴馋，你狗日的干脆去跟到姓彭的烂账混，那就可以天天把‘帝都’当狗槽，随便吃随便喝了。”

别看游方德和李为成经常打打嘴仗，作为同一批受训再一起进到警局当差的袍泽，平常好得似亲兄弟。

“我不过就那么一说，就挨了个狗血喷头，太冤了。不行，我得自己吃一杯。”

“还‘狗血喷头’，不光是山猪儿，现在还自己认自己是狗了。”游方德拍手笑道。逗得刘建平和王大兴也哈哈大笑。

趁着那三兄弟吃酒嬉闹，刘建平翻着报纸，却一个字也没看，心思早跑到另外的地方去了。

说者无心听者有意。李为成刚才提到看见彭学忠和胡茂林在一起，使他联想起昨天去蔡文广办公室，撞见骨瘦如柴的彭学忠正好拉门出来，猛一见面，对方立刻故作正常，却又掩饰不住亢奋、躁动的神情，活像老色鬼嗅到腥味儿样，拍拍刘建平的肩膀，咧嘴一笑，算是招呼了。

进门后，刘建平还玩笑似的说，“局长给老彭的奖赏比我多？看他就像中了头彩似的。”

“哪里、哪里，他虽说在查扣那批粮食上略有寸功，怎比得你智擒劫匪，英勇负伤，又奔波劳累贷下款子的功劳。派了他个小差事。”蔡文广打着哈哈，似乎不愿深说。

老孙曾提到，蔡文广拿粮食抵押贷款也许不会如他所谓的解决警员薪饷和添置装备那么简单，还让自己多留意。想到这，刘建平端起杯，示意大家共饮。然后语气沉缓地说：“说个正事。现在时局不稳，兄弟们辛辛苦苦忙一阵连工钱都按时领不到，虽说这次贷了款子，也只不过补发了一个月的薪饷。余下的钱呢？不是我信不过局长，而是担心他被小人算计，到头来还不是大家没有米下锅。这次陈经理答应贷款，也是看在我们兄弟拿命救回他女娃子的情分上，不能叫别人糟蹋了这笔钱。你们说呢？”

三个属下脑壳点个不停，齐说刘哥的话在理，咋办？全听刘哥的。

刘建平扫了雅间门一眼，再把声音压低些：“昨天我撞见姓彭的从局长办公室出来，神色怪兮兮的，当时我心头就不安逸。后来和局长谈事，他也支支吾吾。我总觉得有啥子名堂。我们不能当瓜儿，奸诈之人不得不防。”

李为成夹了块肉送到嘴里，边嚼边说：“他们缉私队的人花花肠子多得很，胆子也莽大，啥子钱都敢吃。姓彭的又会舔局长的沟子，所以他们更是有恃无恐。”

“被我们端了窝子的喜来客栈，就是姓彭私下罩护的黑店子嘛。”王大兴接过话茬，“他们缉私队收缴的大烟，交上去的就那么丁点点，好多又转手给了喜来客栈，供那些赌儿哥吃。我审过喜来客栈的人，都照实交代了的。不过局长硬是喊我们不准记录这个事情。说彭学忠和局长之间没有鬼名堂，鬼都不信。”

“不要扯到局长身上嘛。”刘建平不愿在下属面前过多说蔡文广的闲话。

“刘哥，你说咋个弄？”游方德来得干脆些。

刘建平扫了几个人一眼，又闷头抽了几口烟，才吩咐道：“从现在起，你们要轮流盯着姓彭的，有情况随时报告我。”

十四

东门城外二十里地，有个名叫“老营盘”的地方，历朝历代都是屯兵所在。警备司令部司令王魁盛手下的一团就驻扎于此。

作为警备司令部，王魁盛手里现在能掌握的只有三个团外加一个特务营的兵力。除特务营三百人作为宪兵驻市区，其余三个团分别驻扎在成都的东、南、北方向附近。

一团千把号人马的营房依山而建。

说是山，其实称之为坡更恰当。不过它是周围几十里地唯一的制高点。春夏时节，坡上草木葱郁，虫鸟嬉戏，景象不俗。可眼下入冬了，灰蒙蒙的天空下，原野寂寥，如同产后的母腹，全没了往昔鲜活的蠕动和激越。她在等待生命的再一次勃发。

这天下午，一辆漆水锃亮的黑色福特轿车开进了军营。通过营门时，两名哨兵齐刷刷地敬礼。车到团部门口才停下。

团长钟虹柄和参谋长谢志书得到消息已迎了出来。

面孔黑红粗犷，剃着寸头的钟虹柄见司令部的少校副官陈锐敏从驾驶室下来，正要给自己行礼，他的大巴掌抢先伸过去握住了对方的手，“陈副官，这些虚套就免了嘛。”侧身又将手伸向另一个穿棉大衣的俊朗男子，“这位必定是大名鼎鼎的神探刘建平，刘队长了吧？久仰、久仰啊！”他已从陈锐敏那里知悉这位刑侦队长因为救了陈思昆的宝贝女儿，深得王司令赏识。让他没想到的是，车上跟着又下来两位气质不凡的女士。一位穿着熨剪贴身的素色呢长衣，系一条橘红色毛围巾，另一位着棕色皮夹克，披肩卷发随意一束，戴一顶棕色皮质鸭舌帽，尽显新潮。陈锐敏介绍，穿呢长衣的是他军校曾经的同学龚雅竹，不过好像是忽略了，他没介绍这位女同学现在究竟在哪里任职高就，钟虹柄好像也粗心，竟没多问。穿皮夹克的是《新新新闻》的女记者柳艳梅，她与龚雅竹也是同学，更是最好的闺房密友。钟团长两手抱拳笑道，“军营是粗人打堆的地方，今天两位美丽女士光临，甚是难得，欢迎、欢迎。”对跟在最后边下车的那位，不用看就知道是个“小兄弟”，也点头笑着致意了下。那个“小兄弟”也不在意钟团长礼节的轻重，一双金鱼眼笑眯了。不过陈锐敏还是很正式地介绍：市警局刑侦队干员——游方德。

众人客套了一阵，相跟着进了会客室。

这个团当年是首批由北路出川抗战的部队，钟虹柄那时还是个小连长，硬是在战场上一步一步爬上来，成了当时还是团长的王魁盛手下第一员猛将，到抗战胜利回川时，王魁盛升了中将师长，他也已经在团长位置上坐了两年。

刘建平对这位比自己年长七八岁的抗日战将表示了足够的真诚尊敬。两人越谈越热乎。

“建平老弟，我们都是从死人堆里爬出来的呀，难得，难得哦。今天晚上咱们一定要好好喝几杯。狗日的小鬼子是被打回老家了，可当年一起出去的三十多万川军兄弟，回来不多啊。”钟虹柄感叹着。

“我比钟团长晚几年去的滇缅，刚打了几仗就负了伤，被转移到昆明，又稀里糊涂地被抬到一架飞重庆的军机上，好歹捡回一条命。把伤养好后，身板还是不争气，被长官逼着去干了警察，说来惭愧得很！”

“远征军难啊，能活着回来就不易了。再说，看老弟也是伤得确实不轻哦。”钟虹柄注意到了刘建平眉骨上的伤痕。

又聊了一阵，那边的柳艳梅不耐烦了，走过来提醒说：“钟团长，陈锐敏不好意思说，还是我说吧，你不会忘了我们今天是来做什么事情的吧？”钟虹柄与刘建平同时哈哈笑起来，起身道：“自然不敢忘的。好好，建平老弟，龙门阵留到晚上就着酒再摆，现在先去闻闻硝烟味儿。”

一团的射击训练场在营区的东南角。大约两个班的大头兵已经一切准备停当，见团长威风凛凛地领着一拨人走近，里面还夹带着两位面容姣好的女妹子，执勤排长就像上了发条的闹钟，抖擞起精神，小跑上前敬礼请训示。

钟虹柄不无炫耀地对陈锐敏说：“锐敏老弟，刘队长是司令特准的贵客，我可是把拿得出手的家什都拿出来了。长的短的都在这儿了，子弹管够，不要忍手。”

“就晓得钟团长耿直，所以我们才来贵团嘛。”陈锐敏恭维完，又转向刘建平。“建平兄，你先来。钟团长说了，不要忍手，只管尽兴。”

刘建平移步到铁管为架、木板为面的长条桌前，那上面一字摆开长枪短炮，有德造，也有美制，还架着一挺捷克式轻机枪。让刘建平眼热的是两支美制 M3 冲锋枪和两支英国造的斯登冲锋枪，四把油光铮亮的驳壳枪也很抢眼。他先拧起 M3 冲锋枪，向钟虹柄等人打了个招呼，提着枪走到射击位置，朝着五十米开外的枪靶就是一梭子。

成绩不是很好，刘建平似乎也不藏拙，坦然表示手生得很了。钟虹柄哈哈大笑着，也提了支 M3 冲锋枪过来与刘建平并排站着。一梭子过去，成绩似乎比刘建平还差些。他自嘲地说，还是当年打小鬼子有准头些。刘建平又提起驳壳枪打了十发，倒是弹无虚发，引来众人齐声叫好。

轮到两位女士登场。龚雅竹淡笑表示，本人从来不喜欢摸枪。刘建平打趣道，身为军人却不碰枪，倒是少见。一旁的钟虹柄听了，微微一怔，方知道，原来这位看似文静娇小的妹子竟是军人，不过他没吱声。柳艳梅前些年参加过军训，对打枪倒是兴趣很浓，她还坚持要刘建平指教她。

自从上次采访后，柳艳梅隔三岔五就会到警察局找刘建平，探听是否又有什么大新闻，有时也打电话去询问。那篇解救陈晖岚的报道得到同行和读者的好评，让她感觉良好，报馆更是专门安排她负责刑事类案件的新闻采写。她自然巴不得天天都有什么智擒匪盗、破解疑案之类的事件发生，哪怕是杀人放火、打架斗殴的事也好，才能让自己的报道源源不断，风头更劲。有次刘建平被缠得心烦了，说："柳大记者，你就不愿意天下太平些吗？我们是怕有事，你倒好，唯恐天下不乱嘛。"柳艳梅被这话刺得好半天回不过神，但随即就抬出自己的道理："天下太平了，我不就失业啦？再说，现在是太平的天下吗？你说！"刘建平只有哭笑不得的份儿。心里却倒觉得这女娃子的话不无道理，真要是天下太平，自己也无须担负"惊雷"的使命了。一来二去，两人还有点朋友的意思了。

一伙人呯呯砰砰打了快半个多小时，不亦乐乎。游方德玩得大呼小叫，过足了枪瘾。

同样被硝烟味儿刺激了神经的钟虹柄却意犹未尽，叫上刘建平和陈锐敏爬上营房后的坡岗，说去碰碰运气。他和刘建平一人提了一把驳壳枪，陈锐敏提一杆"中正式"。轻手轻脚转悠快两小时，果然运气不错，先是钟虹柄一枪击中一只灰兔的屁股，后是刘建平甩手一枪打在一只兔子的头上，逗得钟虹柄啧啧夸赞，说建平老弟技高一筹。只有陈锐敏打了几枪，一无所获。

在打猎的过程中，刘建平已经顺带将远处构筑的防御工事大致情况默记于心。

团部的厨师也是有些手段的。两只肥硕的兔肉切大块，下干辣子、酸泡菜、郫县豆瓣，加葱姜蒜。柴火大锅，先猛火爆炒，后文火烂煮。天擦黑时，一大盆红烧野兔肉已热腾腾香喷喷地端上餐桌。尚未入口，已让人垂涎三尺。其余几道配菜也是色、香、味、形一样不缺。

钟虹柄解开棉布军服衣扣，端起酒杯起身道："我老钟好久没有今天如此畅快了。来来来，大家先满饮一杯。"一桌人除五位客人，就是钟虹柄和参谋长。另有一个勤务兵在旁边伺候着。大家全都起立，笑呵呵地酒杯一碰，干了。

吃喝了一阵，刘建平正寻思如何套些有用的东西，陈锐敏倒是有意无意地先递话题。"早听说一团装备最精良，今天算是眼见为实了。"

一旁的游方德兴奋插话道："是哦，有些硬火，我过去摸都没摸过。嗨，啥时候我们警局也能装备点就好咯。"

“你娃儿做梦吧，我们警局能和正规军比？”刘建平嘲讽着自己的下属。“就今天我们泼出去的子弹，怕够全警局一年用的了。更不要说枪械的成色了，警局用的枪都是老掉牙的东西。”

刘建平的话挠到了钟虹柄的心痒痒处。军人，尤其是在战场上血里火里蹚过的军人，一说起武器装备，那话匣子一下就打开了。

“不是我老钟夸口，川军里，要比硬火，我一团哪个都不输。当然，这是王司令对我们的器重，可这份器重是靠我们全团兄弟们在战场上打出来的。只要司令部进了新家什，王司令肯定是首先满足我们。嘿嘿，前两天又拨了二十几箱，光轻机枪就三挺哦。要不是军需处姓胡的那东西抠门，恐怕还要多几箱子。就这样他还借口以旧换新，从老子这儿抬了几箱换下的枪械走，你说这狗日的算盘打得精不精。其实，他就是害怕老子倒腾军火，抢了他的饭碗，老子是那种人吗？”他又掰起手指，如数家珍般炫耀起他的武器配置。

参谋长谢志书将油光水滑的头偏向一边，捂嘴假意咳嗽提醒，钟虹柄却颇不以为然。“孙悟空没有称手的金箍棒，能一路打得那些杂七八古的妖精屁滚尿流？关云长手里没了偃月刀，能千里走单骑，斩关夺将而去？”说到这，又长叹一声，“哎，想当年随王司令出川打小日本儿，我们连八十来号人，能背上杆枪的才五十多个，好多还打不响呢，枪栓还要用麻绳套起。有的只好背把大片刀，或者提杆梭镖就去了战场。当年一团如果有现在这样硬邦邦的炮火，哪会有那么多兄弟回不来？”

陈锐敏端起酒：“钟团长不愧是司令的第一员战将，眼目下，有钟团长如此勇武气概，实乃成都民众之福。锐敏敬您一杯！”

“小老弟，你不要给我戴高帽子哦。说句掉脑袋的话，那些拿着全套美式炮火的嫡系部队都把战局弄得这个样子，凭我一个团就能支撑起一块天？过去跟着司令打鬼子，他指向哪我就打到哪，现在不管咋个说，我还是听他的，我一介武夫，难得伤脑筋。”钟虹柄说完，举杯与陈锐敏一碰，干了。

桌上的气氛一时有些沉闷。刘建平赶紧又把话扯到抗日作战时的武器装备上去。

总算尽欢而散。

临走，钟虹柄还拉着刘建平的手，欢迎他随时来过过枪瘾。又将城里住家的地址说了，也欢迎他有空去摆摆龙门阵。陈锐敏在一旁笑说，你们真是一见如故哦。钟虹柄爽直应道，还就是这个意思，我和建平老弟可是在战场上与小鬼子真刀真枪交过手的，这种兄弟现在是不多咯。

十五

回城时因为陈锐敏多喝了几杯，改由遵刘建平之命而不敢畅饮的游方德驾车。刘建平坐副驾驶位，陈锐敏与两位女士挤在后排。柳艳梅刚才在饭桌上和参谋长谢志书打得火热，被灌了几杯大曲酒，这会儿正兴奋着，呱呱呱地说个没完。

“今天最遗憾的是不准照相，如果能拍几张打枪的照片，那该有多神气。”

“就是，如果再把照片登在报上那就更神气了。只不过，那样一来，恐怕就没人敢娶你咯。”陈锐敏打趣说。

“打个枪就没人敢娶，照你这样说，穿军装的女娃儿不是更没人敢要咯？那本小姐问你，雅竹为什么就有那么多人喜欢呢？你不是其中之一吗？我可提醒你，雅竹单位上有个叫徐孝凡的，是他们徐老板的贴身跟班，他早就在追雅竹了，是你不可小视的竞争对手哦，咯咯咯……”柳艳梅嘴巴不饶人。

“艳梅，小心嘴巴长疮。”一直没言语的龚雅竹有些急了。

“雅竹，别跟你这位同学一般见识，他们当记者的，一天到晚东拉西扯、捕风捉影、半真半假胡说惯了的，不稀奇。”陈锐敏慢悠悠说，似乎并不难为情。

“好你个陈锐敏，敢说我瞎编新闻。”柳艳梅一听陈锐敏居然攻击她正干得兴趣浓的职业，不干了，“你倒说说，我写的新闻稿，哪篇是胡说的了？你问问刘大哥，我写他们解救你干妹子陈晖岚，是瞎编吗？正好，你也是当事人，你说，哪点瞎编了？”

“对对，那篇还真是写得不错，没瞎编，难得、难得。”陈锐敏自知理亏，准备缴械。

“要是刚才，我非罚你三大杯。现在只好另外给个惩罚了。这样，你请我们去‘帝都’喝咖啡吧，算便宜你。”柳艳梅得意地说。

“我没问题，反正与王司令请了假的。只要其余二位同意，就去吧。”

“都必须去。”柳艳梅很霸道地做了主。

刘建平听他们斗嘴，觉得有趣。在此之前，他已经与这三人一起聚会过两次。一次是柳艳梅做东，因为刘建平上次在医院带伤接受采访，而那篇新闻稿又大获成功，她要表示感谢，同时希望今后刘队长、刘大哥多提供精彩的新闻线索。还有一次是陈锐敏做东，也是为感谢他解救晖岚。两次都请了龚雅竹，但她都来去匆匆，丝毫没有提及与刘建平早就认识，刘建平也只好不点破。上次聚会，大家又提起解救晖岚的事，说到了发生的交火，无意中勾起柳艳梅想打枪的兴趣，缠着陈锐敏安排一次，刘建平也说好久没练练手了。见刘建平也有兴趣，陈锐敏立马答应下来。他向司令王魁盛禀报了刘建平队长想借部队场地练练手的“小心思”，王魁盛哈哈大笑着说，你看看、你看看，人家这是不忘军人本色啊！大笔一挥，“准”。这才有了今日的老营盘之行。

刘建平倒是愿意多与三人待一阵，不过他更想的是多与蓉站的龚雅竹接触。

“太晚了吧。”龚雅竹有些犹豫。

“雅竹，你都陪我这么久了，就好人当到底，再陪我坐会儿。现在也不晚，戏院、舞厅正热闹得很，我们只喝杯咖啡解解酒。”柳艳梅扭着龚雅竹的手臂，“未必是陈锐敏花钱办招待，你真心疼啦？”

“再要打胡乱说，就惩罚你办招待。”

“我办就我办，这几个钱吃不穷本小姐。只要刘大哥多给我些热新闻，我就能多挣稿费嘛。”

陈锐敏嘿嘿笑，柳艳梅也把头依在龚雅竹的肩上咯咯笑。刘建平打了两个哈哈，不置可否。

福特轿车是陈锐敏向干爹陈思昆借的。游方德把车开到目的地后，主动提出由他去陈公馆还车，就先行告辞了。余下四人来到帝都饭店的西餐大厅，找了个靠角落的位置，边饮着从美国舶来的咖啡，边聊天。留声机里放着一支不知名的西洋乐曲。不远处，有三个金发碧眼、西装革履的洋人围坐一起，叽里咕噜低声说话，看样子有点像华西坝上那些大学里的洋教授。另一桌却是五个穿长袍马褂的人，高声武气地，似乎在谈一桩买卖，与西洋格调的大厅氛围就有些不搭调了。

聊天主要是在柳艳梅与陈锐敏之间。刘建平更多的是在观察龚雅竹，觉得她显得兴味索然似的。刘建平在时而插句话之余，又把原有的一个想法做了个分析判断，决定一试。

其实，自从第一次聚会，知道龚雅竹与陈锐敏的关系后，他脑壳里就蹦出个念头，但一直拿不稳。恰好，这时柳艳梅看见了报馆的几个年轻同事进来，欢天喜地跑过那一桌去，迫不及待地吹嘘起今天的军营之行的经历来。

机会难得，刘建平说话了。“锐敏兄，你这位女同学好像不太爱说话哦。你可能还不知道，我和龚秘书早就在他们‘小洋楼’里认识了，或者就是因为这个，是不是有些扫了你们的兴头？”

陈锐敏很惊讶，瞪着眼把两人看看，“建平兄，你与雅竹早就认识？没听你们说过呢。不会的，雅竹一向话不多，你不要多心。”

“那也未见得。说不定龚小姐对我也颇有疑虑呢，毕竟是进过他们‘小洋楼’的人，所以她才不方便提起我们其实早就认识，哈哈。”刘建平讪笑道，掏出支烟点上。

陈锐敏是知道刘建平之前因为一场误会进过蓉站，也因此对他背着莫大嫌疑还全心全力解救晖岚更多了一份感激。但他对刘建平与龚雅竹居然在蓉站里碰过面确实不知情，龚雅竹也一直没提起过。他心中有些埋怨龚雅竹了。

龚雅竹似乎看出了陈锐敏的不快，语气平缓地说：“刘队长确实多心了。那天我不过是临时被叫去做个记录，一个小秘书，能有什么资格慢待甚至怀疑你这个大神探。至于没向锐敏说起我们之前认识，我还真没注意到。”

“对啊对啊，雅竹可不是那种势利小人。”陈锐敏说。

“果真如此，反倒是我心眼小咯。”刘建平抱歉地笑笑。然后话锋一转，“龚秘书，我想请你帮个忙，又不知会不会太叫你为难。”

“建平兄，你就叫她雅竹嘛，都不是外人，什么秘书、小姐的，听到都别扭。”陈锐敏说。

龚雅竹淡然一笑：“只要我帮得上，刘队长吩咐就是。”

“雅竹，你也不要一口一个‘刘队长’，该叫刘大哥嘛。你们两个人也真是，老改不了口。”陈锐敏两边纠正着二人对彼此的称谓。

刘建平沉吟着，似乎还是不好意思说。

“建平兄，你就爽快点，雅竹虽说在那种单位工作，但人还是很实在的。何况她也知道我们的关系，能帮的自然不会推脱，是不是嘛，雅竹？”陈锐敏很有把握地望向他的军校同学。

“还是要看什么事情的。”龚雅竹谨慎地申明，又怕不给陈锐敏面子，只好补了句，“刘大哥不妨说出来，我们一起商量着办？”

“那好吧。”刘建平下了决心似的，“雅竹，上次我和几个兄弟去华丰饭馆吃饭，一个小商贩向我兜售香烟，还说了些莫名其妙的话，我觉得他形迹可疑，便要带回队里细加盘问。哪晓得你们高队长突然带着人冒出来，还把我们几兄弟带回‘小洋楼’住了两晚上，分明就是怀疑我通共。你在场记录了的，肯定也懂得起他问那些话的意思。后来没弄出个子丑寅卯，口口声声道了歉，说是‘大水冲了龙王庙’，还望见谅。但是哪个晓得他们心头是咋想的？俗话说，猪尿包打人不痛但骚味难闻，把我们兄弟的脸皮骚了，这事情就算完啦？背着这么大的嫌疑，以后他们说不定想什么时候料理下就料理下我们。雅竹，你是局内人，我就想请你帮个忙，弄清楚他们究竟凭什么怀疑我呢？”

龚雅竹安静地听着，时或浅饮一口咖啡。她完全没有料到刘建平居然让帮的是这么个“大忙”。

陈锐敏也有些诧异。这件事落在别人身上还不得像做了噩梦不愿再提一样，刘建平却要主动提起，也不怕有“此地无银”之嫌？况且，这种事雅竹能帮上忙？敢帮吗？他只好将眼光投向龚雅竹。

“刘大哥，也只有你了，那些烦心事过去就过去了，再提，你就不怕别人更要怀疑了？”龚雅竹说的话，与陈锐敏想的不谋而合。

刘建平摸着眉骨上的伤痕，说：“没做亏心事，半夜不怕鬼敲门。反正都是背着嫌疑的，他们要更怀疑就更怀疑吧。这件事弄不明白，以后还有出头之日？就连混碗饭吃恐怕都难。所以我心头不踏实。再说了，我职业习惯，也有那么些好奇心。”

陈锐敏这时必须有个态度了。“就是，自己不追问，别人还不是照样怀疑。雅竹，这个忙你要想办法帮的。”

龚雅竹似乎真的有些为难了。她垂着眼帘，用银勺慢慢搅动咖啡，又浅浅饮一口。

刘建平把烟蒂摁灭在烟缸里，释然一笑：“我也是刚才突发奇想，这种事的确不太好办。雅竹，就当我这个做大哥的不通情理，别在意，这事就不提了、不提了。”

“这种事在我们那里也算得上是机密。”龚雅竹说，“我也只是那天临时做了下你和高队长谈话的记录人。”她停了下，似乎在分析思索，“高队长虽然没有向我透露案情，不过我既然参与了纪录，这件事的大概脉络我还是能分析出个一二。高队长他们一定是抓了个类似小商贩的人，审讯出了一些东西，于是安排人，冒充成一个兜售香烟的小商贩去华丰饭店接头。而你刘大哥恰好在某些方面与小商贩要接头的人特征吻合，由此才造成误会。”

“抓了个‘类似小商贩的人’？你怎么能确定？哦，对不起。我只是出于好奇。”刘建平笑道。“也许他们不一定抓了人，还可能从别的渠道得到所谓接头的情报吧？”

“如果是那样，去接头的人该是以什么身份呢？”龚雅竹淡淡反问。

刘建平恍然点头，表示认可。他注视着龚雅竹，很专心的样子。他要再等对方说些更实在有用的，尽管不抱多大希望。

龚雅竹却有些漫不经心道：“要弄明白事情的原委，其实也不复杂。一是拿到他们审讯那个真实‘小商贩’的记录。再一个，就是直接找参与审讯的人了解审讯的实际过程情况。”

龚雅竹把玩着银勺，忽又放下：“审讯记录我可以想法，看能否搞到。”

三个人一时都没说话。陈锐敏转头以征询的眼光看刘建平。刘建平抿着嘴唇，轻轻点着头。这才是他要的东西。“雅竹，你就这么信任我？”刘建平用调侃的语气说。

龚雅竹看看身边的二人，轻笑道：“我有什么办法，还不是被你们逼的。”马上又把笑容一收，说，“刘大哥，毕竟我们刚认识，彼此还说不上什么信任的话。我之所以帮忙，还是因为锐敏，他总不会害我这个同学吧。是不是，陈锐敏？”

陈锐敏和刘建平都会心地笑起来。特别是陈锐敏，觉得很有面子。

十六

三天后的一个晚上，陈锐敏打电话约刘建平见面，地点还是在这个咖啡厅，只不过就他们二人。

见四周没人，陈锐敏将几页写得密密麻麻的信笺纸递给了刘建平。刘建平略微吃惊，没想到龚雅竹办事如此利落。他没说什么，连忙细看起来。看完一遍，点支烟，又看。反反复复看一阵又歪着头想一阵。

陈锐敏静静地喝着咖啡。自从结识以来，又交往了些时日，他对刘建平越来越有了一种亲近感，说是有些着迷也不为过。刘建平身上具有的机敏、胆识，以及坦诚中的那么些若有若无的遮掩，还有浴血疆场、九死一生的经历，所有这些汇集一起，似乎就有了某种魔力，深深吸引着他，想要更多的交流了解，就像有时他觉得摸不透龚雅竹，却越是要探个究竟一样，反而让他欲罢不能。

常言所谓的朋友之间需得性情、趣味相投，方可长久。其实也不尽然，在陈锐敏看来，做朋友、兄弟，互相欣赏才是最要紧的。

“你看过吗？”刘建平抖抖手上的纸，问陈锐敏。陈锐敏摇摇头。

“不出面，托你转交，雅竹还真是只信任你老弟，是这意思吧？”刘建平笑道。他们之间说话已经比较随意了。

“应该是吧。她的这点小心思，可以理解，不外乎把我也套起。”陈锐敏说道。

“你老弟就是这么实在。还是看看吧，帮我也分析、分析。”刘建平把几页纸递过去。

“看了不就套得更牢啦？”陈锐敏故作心机老道。

刘建平用手指点点他：“还以为你实在，其实‘小心思’也不少。”

陈锐敏细细看了几遍审讯记录后说：“雅竹还建议，我倒觉得没必要再去找参与审讯的人了。从记录上就能看出是怎么回事。”

“愿听老弟高见。”刘建平饶有兴趣地说。

陈锐敏向刘建平要了一支烟，不客气地让对方点燃，这才不慌不忙地说：“建平兄，你该做过梦吧？”

“哪个又没做过呢？正常的人都会做梦。”

“说过梦话没有呢？”

“也许说过吧。”刘建平想起自己经常梦见大哥刘建安，还喊过他的名字。

“这就对了。这个叫樊步兆的人，说的就是梦话嘛。”陈锐敏笃定地说。

“何以见得？”

“雅竹抄录的这份审讯记录虽然不是全部内容，但她知道哪些是重点，而且完全是原汁原味的抄录。问的什么，答的什么，甚至审讯对象什么时候昏迷，都记录得清清楚楚。为什么昏迷？被严刑拷打了嘛。”

“受刑，昏迷了，所以说‘梦话’了？”

“人的意志力毕竟是有极限的，某种情况下，比如在肉体和精神被极度折磨的情况下，人的思想、意识是会超出自己控制范围的。这时候，人就会出现幻觉，就像有些人会梦游、说梦话，有时胡言乱语，有时又还会一问一答。清醒后，完全不记得自己说过什么。我们在军校时，教官讲过的。什么叫灵魂出窍？这就是。”

刘建平面无表情。他当然懂得这些常识性的东西。“如此看来，‘小洋楼’的人那天怀疑我，就是因为这个叫樊步兆的这些‘梦话’惹的祸？太可笑了。”

“雅竹分析得很准。你肯定符合那个‘小商贩’樊步兆要接头的人的某些特征。”陈锐敏又把记录拿起来翻找着什么。

“从记录上的时间看，他们连续审讯了十多天，到最后，这个叫樊步兆的人才开始说话。有时只说一两个字，有时是一两句话，中间又出现昏迷、停顿，然后又开始说。有的话还前后矛盾，有的重三巴四、颠三倒四，但他在‘梦话’中说到了一些关键、重要的东西，提到了时间——礼拜六中午，说到了地点——华丰饭馆，说到了应该是标示物的东西——头天的《新新新闻》。关于接头暗语，审讯者反复问，他反复答的就是两句话：‘偷得浮生半日闲’‘偷得浮生半日安’。另外又说了一些好像不相关的东西，什么‘老赵’，应该是他的同道吧，什么‘隆音寺’，应该是个地名，什么‘铁娃’‘小桃子’，难道是他的娃仔？还有这个，‘惊雷’，又是什么意思？是个代号？等等。但把他说的话连贯起来看，有件事情不难搞懂。那就是，在某个礼拜六的中午，在华丰饭馆，这个自称叫樊步兆的小商贩，要与一个看头天《新新新闻》报纸的人接头，接头暗号就是李涉《题鹤林寺僧舍》那首四句诗中‘偷得浮生半日闲’这句的某种组合形式。也许与其接头人的代号就是‘惊雷’？我都看得出这个意思，何况是那些搞情报的职业特工。”

“对头。”刘建平把一节烟灰抖进烟缸，戏谑道，“我礼拜六中午出现在了‘华丰’，看的又是头一天的《新新新闻》。时间、地点、标示物，这三个特征都符合。难怪他们要‘请’我去‘小洋楼’，换了是你，也会这样吧？”

“你要是再把李涉那首诗念上一两句，那你刘大队长恐怕更说不清、道不明了。换了我，多半也会‘请’你去摆摆龙门阵的。嘿嘿。”陈锐敏打趣道。

“这个樊步兆说梦话不打紧，差点把我赔进去啊。诚如老弟所言，好在当时我对那首诗不是很熟，不然，万一随口应答一两句，肯定就稀里糊涂遭勾牢实了，还不成冤死鬼？”听着陈锐敏的分析，刘建平表面上云淡风轻，实则心惊。

陈锐敏安慰道：“应该说，就是因为有了那些巧合，才弄出那场误会的。事情弄清楚了，老兄也就不必多虑了。”

“‘巧合’害死人啊。那么为什么雅竹还提出建议要找参与过审讯的人了解情况呢？”刘建平又提出一个新问题。

“这个嘛……”陈锐敏略微思索，笑道，“估计还是她那点‘小心思’吧。怕你不相信她提供的这份记录，叫你再找参与审讯的人核实嘛。”

刘建平点点头：“她真是心思缜密，同时对我还存有戒心。不过听了老弟的条分缕析，我这个所谓的‘神探’也不能不佩服。”

陈锐敏谦虚地摆摆手，“我说的这些，好多也应该是雅竹的意思，我不敢贪功的。”

“什么叫‘应该是’，此话怎讲？”

“雅竹在军校时，心理科目的成绩那是顶尖的，最能琢磨人的‘小心思’。刚才我说过，你看她抄录的这份记录，看似原汁原味，甚至显得有些拉拉杂杂，实则正是在用这种方式引导我们分析的思路，同时也表明了她对此事的看法。”

“嗯嗯，我看你老弟琢磨人的本事也不小。”刘建平笑道。

“你哥子叫我说了这么一大堆，不就是在考我吗？其实你早就有自己的答案了。”陈锐敏回敬道。

“兄弟莫谦虚。你和雅竹的分析很有道理，现在也只有这种解释了。”说到这，刘建平嘘一口气，“这个樊步兆啊，我还真没见识过如此的地下党。你老弟呢？”

陈锐敏自嘲笑道：“你们干警察的天天都在抓地下党，你都没见识过，我就更没有这份‘荣幸’咯。要我看，这个樊步兆也殊为不易，别的不说，就是要抗过那些刑具，也非常人所能。虽然他终究还是没抗过去，哎……”

“你好像还对他有几分佩服？或者是——同情？”

“你只要留心记录上记着他死前昏迷的次数，就不难想象他所受的折磨。都是血肉之躯，何况他还救了那个带路的掌柜一家，就凭这点，给他点佩服、同情，不为过吧？”

刘建平沉默了，心里五味杂陈。

为了尽快摸清华丰饭馆接头失败的原委，以免陷入更大被动，在一时之间没有其他渠道的情况下，刘建平决定走一下龚雅竹这条捷径。理由是，自己已然背负了嫌疑，即便是龚雅竹不愿帮忙，又甚至于向上司报告了自己的图谋，又能怎样呢？作为一个刑侦队长、“蓉城神探”，难道就该不明不白被当猴一样耍弄一回？就真的会傻乎乎地相信那一页纸的“情况说明”？敢于追查此事，换个角度看，不正说明自己有底气，还有怨气，这不也是在情理之中吗？但龚雅竹那样心思缜密，处事矜持的一个人，与陈锐敏的关系似乎也是不冷不热，为什么会甘冒如此风险帮自己这个忙？真的就是因为要讨陈锐敏的欢心？背后会不会另有原因？

“想什么呢，大神探？”陈锐敏问道。

刘建平抚着眉骨上的疤痕，咧咧嘴：“要想的事情多啦。我同意，樊步兆也算得上是一条硬汉。不说他了，说说你吧。你和雅竹同学到底是咋回事呢？云里雾里的，我都看不出个所以然。老实说，我原先还以为你和晖岚小姐有那么点意思呢。”

雅竹帮了这么大个忙，而刘建平对自己与她的关系还不甚了了，陈锐敏觉得有必要解释下。

“我和雅竹也只是同在重庆的军校待过一年多时间，她是侦讯班的，我在参谋班。后来她突然提前离校，据说是被保密局的人看上了。我结业后，干爹将我引荐给了王司令。一年多前我和雅竹在成都偶遇，才知道她在蓉站工作。她是江浙人，与徐耀庭夫妇是老乡。抗战时随家人避难到重庆，父母在日本人的轰炸中没了。家父多年前在益民银行重庆总行任事，我十多岁就跟着父母去了重庆生活。与雅竹同样不幸的是，我的父母也是被日本人的飞机炸死的。干爹陈思昆和我父亲是故友至交，在我父母罹难后执意认我为干儿子。我与晖岚完全是兄妹之情。她上次被劫，看着干爹着急要命，我能袖手旁观？这还要感谢老兄给我出力的机会呢。另外，再告诉你一件事，上次干爹请客，你老兄没看出来王司令两口子对晖岚很上心吗？”

“是啊，王司令为救晖岚小姐的事，没少敬我酒，差点就被他一个人把我灌醉了。”

“王司令有个幺儿叫云峰，在国军里做副团长，非常喜欢晖岚。他们老两口也一心要与干爹干妈打儿女亲家，嘿嘿。再说雅竹吧。也许是因为相似的遭遇，都是为着一报国恨家仇的想法去考的军校，所以在校时我和雅竹就有些同病相怜吧。谁知道还没出军校大门，小日本已经被打跑了。重新见面后，交往多了起来。一个女娃儿，身在异乡为异客，举目无亲，我自然要多份关心。虽说徐耀庭夫妇也很关照她，待她像闺女，但我总觉得她活得不轻松，有时间就约她出来散散心。这次去老营盘，也才专门邀了她。”

“不只是同情吧，你喜欢她？”刘建平问得很直接。

“应该有那么点意思吧。”陈锐敏有些无奈地一笑。“雅竹人长得漂亮，学校时好多男生就在她背后流口水。可她总像个冷美人，不爱说笑，不太容易接近。”

“对你也如此？”

“对我当然还不至于，我肯定是她接触最多的一个男生了。不过我总觉得还是看不透她。越是这样，我还越想探个究竟。你说怪不怪？”

“男人的征服欲吧。而且是不是与徐耀庭的秘书徐孝凡有关呢？有竞争，才有动力嘛。”刘建平打趣道。

“徐孝凡喜欢雅竹，我一点都不奇怪。如果不喜欢，那才奇怪。”

“你就不担心成为他的手下败将？”刘建平继续打趣道。

陈锐敏咧嘴一笑，两手一摊，一副无所谓、走着瞧的派头。

刘建平只好接着刚才的话题，“不过我也有同感，雅竹的确有点拒人千里的派头。你觉得她心机太深？就是我们说的‘小心思’。如果说她为人谨慎，那她为啥又肯帮我的忙呢？担着很大的风险啊。是因为她喜欢老弟，所以难以推辞？”

“你问的这些问题也是我想要知道的。老实说，我还真没想到你哥子要雅竹帮忙的是这件事。而且她居然就帮了。还有更玄的……”说到这，陈锐敏有些迟疑。

“啥东西那么玄？”刘建平笑问。

“雅竹对我说，你如此急于搞明白这件事，除了你说的那些原因外，其动机嘛，也许还有种可能，那就是，你真的是共党分子，所以急于弄清危险来自何处……”陈锐敏有些尴尬地看着刘建平。

刘建平暗自倒抽一口冷气，也瞪大眼睛望着陈锐敏。两人就这么对视了好一会儿。最后还是刘建平忍不住笑起来：

“这个‘龚秘书’‘大才女’，她揣摩起人来太厉害了。你老弟同意她的‘精辟分析’？”

陈锐敏耸下肩膀：“道理上说得通。”

“如果这样的分析成立的话，那么雅竹肯帮我，其动机也有另一种可能，那就是，她也是共党分子。”刘建平冲陈锐敏诡异地眨眨眼。二人同时笑起来。

“我真是服了你和雅竹。”陈锐敏边笑边摇头。“不管怎么说，她肯帮这个忙，我还是很高兴的。也许就是给我面子，嘿嘿！”

第四章

十七

清代吴好山《成都竹枝词》云：“名都真个极繁华，不仅炊烟廿万家。四百余条街整饬，吹弹夜夜乱如麻。”写尽当年这座古都“既崇且丽”的繁华景象。

刘建平和孙远明登上已显破败的东门城楼，向东边郊野望去，薄雾缭绕中映入眼帘的远山、近水，竹林、草舍，像一幅寥寥几笔勾勒晕染出的水墨画。再回望市区，同样隐隐绰绰看不十分真切的千年古都，一条条“回”字形的街道，宽窄错落，一片片凹凸起伏的青灰色屋宇，舒缓蔓延。

刘建平和孙远明都深深沉浸在眼前的景象中，久久静默着。不需要更多的交流，他们也知道彼此在想些什么。一轮崭新的太阳，即将照耀这方曾经几多繁华，而今却已浑浑噩噩，暮气沉沉，正在走向衰亡的土地，而带给她的必将是亘古未有的万物复苏、沧桑巨变。他们愿意为了迎接这一天的早日到来拼尽全力，甚至泼洒尽一腔热血。

四下里还安静，除了附近有几个小男孩在玩泥蛋子，几乎没有游人。

“都快中午了，这雾气居然还没散尽。”刘建平好像在自言自语。

“太阳一出来，它就会无影无踪。”孙远明语带双关。

这是礼拜天，蔡文广晚上要在帝都饭店设宴，专邀益民银行的陈思昆经理，还有重庆总行来的孙专员，答谢他们在贷款方面的相助方便。他特别安排刘建平作陪。刘建平说自己那晚在陈公馆答应过孙先生，有时间要陪他游览一番成都，正好，他今日可以先把这个诺言兑现了。蔡文广连说，该的该的，我不管你白天陪他游览啥地方，只要晚上准时把客人带到“帝都”就成。

一大早，刘建平一身便服与老孙碰了头。二人信步于古城的大街小巷。一路下来，刘建平都很留意是否有“尾巴”跟着。在确定身后干净安全后，他陆陆续续将这些年搜集掌握的成都地界上的军队布防、官兵士气、武器配置，以及军警特宪组织架构、人员关系，还有社情民意等各方面的情况向老孙作了更为详尽的报告。老孙表示，这些情报十分重要，对他下一步在成都开展工作很有帮助。

在少城公园茶舍，刘建平报告了从龚雅竹那里获悉的有关樊步兆的情况。孙远明久久没吱声。刘建平虽然看不出他表情的任何变化，却观察到他手里的茶碗在微微抖动，自然能感受到他内心的沉重压抑和怅然悲哀。不用说，樊步兆与老孙的关系是紧密，甚至是亲密的，而如今，樊步兆的生命带着这许多的云遮雾罩的疑窦落幕，老孙该有怎样的心境？刘建平无语安慰。

“建平，你想知道我对步兆的看法？”过了许久，孙远明才说话，口吻平和。“老实说，现在我也不知道该如何评价他，我个人也无权评价。也许现在下结论还为时过早。”

“哦……”

觉察到刘建平眉宇间闪过的失望，孙远明沉吟片刻，又说：“我相信那份审讯记录是真实的，也同意你的分析。正因如此，我们都能够想到，他在敌人魔窟里所经历的一切苦难。如果他熬不住酷刑，本可以直接招供，但我们两人，起码我吧，到目前为止，并未因为他落入敌爪，这说明什么呢？”

刘建平点点头，明白了老孙的意思。而这个意思他是认同的。他点上支烟，顺带点着了那份审讯记录。

看着即将化为灰烬的信笺纸，孙远明说：“我和步兆在一起工作快六年了。他原先在武汉一家报社工作。调到重庆后，以小学教员身份作掩护，继续在我直接领导下工作。那个‘铁娃’，恰如陈锐敏的分析，就是他的儿子，今年该有七岁了。而‘小桃子’其实是他的爱人，也是我们的同志，负责交通工作。在步兆来成都前，我已安排他们母子转移了居住地，目前是安全的。‘隆音寺’嘛，你也去过，我和步兆常在那里见面……”

过了好一阵，孙远明饮口茶，换了个话题。“虽然你让龚雅竹帮忙的那番说辞在道理上也能成立，但她能一语点破更深的玄机，也是符合逻辑的，不可小视啊。还有，她担着这么大的干系帮忙，其真实动机究竟是啥？你不是也拿不准吗？所以，还要对她保持必要的警惕。”

刘建平一直担心老孙会对自己通过陈锐敏和龚雅竹刺探情报提出异议，现在听他的口气似乎没有太责怪，稍稍安心了些。

“未必她还真是自己人？”他带着点玩笑似的口吻，不想老是这样沉重地谈话。

老孙淡淡笑了下，沉吟片刻道：“你用这话封陈锐敏的嘴，倒也恰如其分。不过，你对他似乎很有好感？”

“怎么说呢？接触下来，我觉得他本质不坏，对我也高看一眼。之所以我敢于尝试着让龚雅竹帮忙，一定程度上也是因为比较信得过他。有他在前面挡着，总要好些。”

“这层关系对我们工作很有用，但还是不要掉以轻心。”

在城楼上，刘建平报告了另一个更要紧的情况。

三天前，按照刘建平的吩咐，李为成和王大兴交替跟踪警察局缉私队长彭学忠，先是发现他和穿便装的警备司令部军需处长胡茂林在二泉茶座一间茶室喝茶。怕被发觉，没敢近前偷听。一小时后，胡茂林开车离去，彭学忠却换了间茶室，一个人在里面。过了不多久，一个穿长夹袍，戴礼帽，鼻梁上架墨镜的中年男人迅速地溜进那间茶室。过了半小时，里面的两人一前一后出门。李为成跟戴墨镜的，王大兴跟彭学忠。在路上，李为成听见有个乱发像鸡窝的人叫“伍爷”，那戴墨镜的人却装着没听见，偏着头直往前走。李为成笑嘻嘻拦住喊“伍爷”的人。

“兄弟，你叫谁伍爷呢？都没人理你。”

“人多，他肯定没听见。不要看他架了墨眼镜片儿，我还能不认识他？喜来客栈的伍嗣五嘛。老子在他那儿输得差点没裤子穿，打光沟子咯。”

“你当真没看错人？老子也正找他，不过我是向他催债的。”

“哥子，你我之前未曾谋面，我哄你干啥。明明就是他嘛，前段时间客栈被警局端了，听说还死了人，现在我要翻本儿都不好找个熟地方，火冲得很。不过，就他现在的处境，就算是碰见熟人，怕也不敢搭理哦。”

在两人说话之际，李为成眼看叫伍嗣五的人已在行人中消失，顾不得再敷衍，赶紧小跑着追过去。还好，追过半条街，又发现了跟踪对象。直到拐进一条背街，看着伍嗣五进了一个小院门。李为成记下地址，暗自高兴，这功算是立定了！

果然，听了王、李二人的跟踪情况报告，刘建平大大地给予了夸奖，特别又对李为成多夸了几句。

省城里大小茶馆有五百余家，大的可容纳百多人，小的也就十来张桌子。茶馆多为帮会的舵把子开设，其功能和茶客对象也不尽相同，三教九流、各行各业相对固定。比如少城茶园，学校教员经常在那里聚会，商业场的桃原茶园，是五金交易场所，提督街魏家祠茶社，皮革商爱去。而华荣茶厅，以及胡茂林、彭学忠、伍嗣五碰面的二泉茶座，多是从事地下枪弹交易的人讨价还价的地方。刘建平对这些名堂自然了如指掌。联想起在老营盘听到的，胡茂林在武器配备上以旧换新的伎俩，再把诸多情形综合起来分析，已经可以得出一个判断。

“老孙，你不是说要搞农村暴动吗？没枪弹怎么得行。这是个好机会哦。”刘建平说。

孙远明来回踱着步，好一阵才停下。“我同意你的分析判断，他们肯定是要倒腾军火。其实这也不奇怪。现在像蔡文广这类人，一方面，还心存幻想，另一方面，他们要尽量多捞钱，到了幻想破灭时，溜之大吉，靠着捞得的万贯家私逍遥过日子。”

他又来来回回地兜起圈子。“机会虽然难得，不过风险也不小……”

“我不敢说万无一失，但觉得值得一试。估计他们很快就会交易了。”刘建平态度谨慎，向来不说满话。

“那好。”孙远明似乎下了决心。“不过，这件事要办成，光靠你一个人的力量显然不行。刚好最近省委要开个会，我请示省委同意后，通知五龙山游击队的卿松队长尽快带几个人进城，一方面参加会议，一方面相机配合你行动，这样把握要大些。”

刘建平很高兴。“好好，一旦有新情况，我马上报告，再确定具体的行动方案。”

这天上午，游方德急匆匆进了刘建平办公室，说彭学忠和后勤科科长贾兴旺从警备司令部拉回来二十多箱枪械，卸车时好多人在武器库房看热闹，连局长都到了场亲自验货，还大声夸赞彭、贾二人会办事。

“都有些啥货色？”刘建平问。

“大概有六十杆中正式步枪，十多把盒子炮，还有些子弹。我搭眼一看就晓得一多半都是二手货，不值几个银子的。”游方德不屑地说。“不过蔡局长当众说了，这只是第一批。”

彭、胡二人近日频繁见面，彭学忠又与伍嗣五碰头，今天警局又购置回武器。看来必须抓紧行动了。

下午三点刚过，负责跟踪监视伍嗣五的李为成打来电话，报告说伍嗣五出门去了东城外沙河回水沱小码头，在一只小货船上待了不长时间，又返回铁匠街那个独门小院。刘建平意识到，必须采取行动了。

刘建平以回家看望下近日身体不适的老母为名，骑着三轮摩托出了警局。在几个街区外的电话亭，他给孙远明打电话。他们已经约定，这几天孙远明都会在银行“加班”看账本，随时保持联系。电话中，刘建平报告了刚刚了解到的情况，以及对彭学忠、伍嗣五可能会很快行动的判断。两人再次对相应的应对计划做了明确。

一小时后，刘建平回到刑侦队，召集副队长孟厚良，以及游方德、王大兴等几名得力警员，简单通报了情况：发现了喜来客栈头目伍嗣五的行踪，要马上实施逮捕。他让游方德和王大兴分别挑选三名干员，做好行动准备。专门提醒注意保密，所以人不要太多。又把孟厚良单独留下。

“厚良兄，有些情况我想单独与你通通气。”刘建平抽着烟，很慎重地说。

“哦哦。”敦敦实实的孟厚良做认真倾听状。

“你觉得彭学忠这人咋样？”刘建平好像不经意地问。

孟厚良微微一愣，想了片刻。“他也是队长，我多个副字，不好随便点评的。”

刘建平吐出一串烟圈，不以为然地笑了。“什么正的副的，不都是人干的。凭你赵兄的能力，就干不下一个队长？说实话，你比兄弟我还长两岁，却给我当了半年多的副手，委屈哥子咯。”

孟厚良立时鼓大双眼说道：“建平，在你手下我是绝无二话的。”

刘建平摆摆手。“你还没回答我刚才的问题呢。我们两兄弟还不能敞开说几句过心的话？”

“彭学忠这人吧，鬼名堂多。说句你不要多心的话，别看老蔡好像很信任倚重你刘队长，其实彭学忠才是他老蔡的贴心人儿。”

“哦呵，老兄眼睛毒嘛。这些年他暗中踩着压着我们刑侦队，让我们爬了不少坡坡坎坎，确实够阴的。”

“是啊，上次配合‘小洋楼’在三倒拐附近抓地下党，明明是从他们设卡的地方跑脱一个，他却栽在我们头上，说我们没堵上缺口。”

“所以你也见不惯他？也是，你要是当他那个队长，保准比他强。”

“我倒不是想当队长，但是于公于私，我就吐句实话，兄弟我还真是早看他不顺眼了。”

“那好。现在就有个机会出出他的洋相。前些日子矮子和小和尚无意中发现姓彭的和伍嗣五有接触，我觉得很是蹊跷。为了不打草惊蛇，暂时没动伍嗣五。让他们一面严密监视伍嗣五，一面留意姓彭的行踪。后又发现彭学忠最近频繁地和警备司令部后勤科的胡茂林接触。你说，他们在一起会有啥勾当？”

“还用说，姓彭的肯定又在倒腾大买卖。这龟儿子一天到晚就干这些事嘛。”

“所以说，我觉得火候到了。我们先把伍嗣五拿下，定会搞清楚他们的勾当。如此，岂不是要叫姓彭的出洋相？弄不好，他这个队长位置就要悬起。到那时，我们一起展把劲，帮你哥子挪个位置。”

孟厚良浓黑眉毛下的眼睛忽忽一闪：“听刘队长调遣就是。”

“之前吧，有些情况还不明朗，我也就没与你哥子沟通。厚良兄不见怪吧？”

“你掌管着全局，哪里需要事事与我通气。再说，我最近也有个案子在手上没结，你老弟肯定也是照顾我，不愿多劳烦我。”

十八

铁匠街七号小院里，才下午五点过，伍嗣五和姘头林如娥早早地在卧室烧了两泡大烟，继而又喝起了小酒。

伍嗣五四十多岁，眯缝眼，高鼻梁，脑壳顶上一片瓦的发型。他在江湖上已混迹多年，一直顺风顺水，三年前又跟五龙山寨的舵爷曹一龙拜了把子，替曹一龙在省城开办掌管喜来客栈，其余各种门路的生意也一直红红火火，没少赚钱，深得龙哥赏识。前段时间，曹一龙帮满仓贸易公司的老板袁仕君收粮，让他负责具体经办。他在与袁仕君钱货两清，新南门码头仓库办完交割后，转身又将此消息及时透露给市警局缉私队的彭学忠。彭学忠在得到局长蔡文广指令后，当即扣下了那四十万斤粮食。曹一龙听说此事后，哈哈大笑，直夸老伍的生意经念得漂亮！随即带话给他，说目下时局不稳，为应对可能的乱局，要他想办法弄些枪弹，以便扩充山寨实力，同时还可以倒手点给其他“山头”，赚上一笔。

哪料到，就在这当口，伍嗣五大意失了荆州，栽了大跟斗，一不小心把苦心经营，生意红火的“客栈”一锅鲜汤打倒完。他又不敢就此去五龙山寨向龙哥交差，同时还舍不得省城花天酒地的好日子。每天只能东躲西藏，走路都是埋着脑壳，害怕遇到熟人，见到巡警更是能绕过去绝不迎上去。昔日伍爷昂首阔步穿街过巷的风光洒落满地，不知什么时候才捡拾回来。他深怪自己鬼迷心窍，居然听了陈忠顺那个赖皮娃儿的话，去打陈思昆闺女的主意。之前对陈思昆也没多做了解，没想到表面好像有些迂腐，也不和帮会打交道的他，关键时竟然能搬动大人物出面相助，害得自己偷鸡不成蚀把米。连罩着客栈买卖的彭学忠都埋怨他太鲁莽行事，事先也不通报相商一下。

为今之计，他伍嗣五只有想法办成曹一龙交代的事情，倒腾一批枪弹上山，或许可以将功折罪。好在最近这件事已有眉目。

因为查扣粮食有功，蔡文广也奖赏了彭学忠。彭学忠真是里子面子都有了，自然觉得欠了伍嗣五一个大人情。所以，当伍嗣五提出想再次“合作”搞些枪弹时，彭学忠很耿直地答应下来。蔡文广用查扣的粮食抵押贷了款，还想着钱生钱，交代与警备司令部军需处长胡茂林有同乡关系的彭学忠，以添置警局装备的名义，用这笔钱倒腾些武器，再狠狠赚上一笔。彭学忠大有想什么来什么，一顺百顺之感。欢欢实实、紧锣密鼓地与胡茂林、伍嗣五左右商议，讨价还价。

现在，这笔买卖眼看就要开花结果，伍嗣五的小酒也才吃出些滋味儿了。

“看伍爷今天面带喜色，难得啊。伍爷多吃几杯，等会儿我再给唱上两曲助助兴。想听《尼姑下山》，还是《西厢记》？随便点哈。”娇滴滴说话的是姘头林如娥。三十岁模样，穿着花哨，卷发披肩。早年跟班学唱清音，终了也没成什么气候，只能在戏园子里混碗饭吃。靠着风韵犹存的一点姿色，和伺候男人的高超技艺，半年前做了伍嗣五的姘头，日子才算有了些起色。她最近搬家来到铁匠街，知道的人不多。还请了个叫杨娘的帮佣。正是这个原因，伍嗣五在喜来客栈被端后躲藏于此。

“你也看出老子有喜色？嘿嘿，也难怪，察言观色本来是你们这行的看家本事嘛。”伍嗣五在林如娥打着厚厚脂粉的脸上扭了下。

“这段时间难得见你舒展眉头。这下好了，伍爷有喜事我的日子也才有盼头。我让杨娘叫了伍爷爱吃的张鸭子，等下就送来。”林如娥又把酒杯满上。

“酒还是不能多吃。晚上我有大事要办，办成了，再与娘子喝他个颠鸾倒凤啊……”伍嗣五最后一句居然拖起了戏腔。与口中的“娘子”碰杯干后，他忽然想起前天在街上被人叫的事，一丝疑云掠过脑海，心神有些不安起来，为了消解这莫名的犹疑不安，“呲儿”一声，又吃了一杯。

天色暗下来。传来敲门声。

“一定是张鸭子到了。杨娘、杨娘，快去开门接鸭子。”林如娥冲窗外叫着在厨房的帮佣。

听见开门声，却没怎么听见说话声。

伍嗣五心头一惊，正要反身去掏枕头下的枪，可是已经晚了。门帘子一挑，两个人两支枪已顶上他的脑门。

林如娥张开嘴，却发不出声……

冲进屋的两人，一个是孟厚良，一个是游方德。收了伍嗣五的盒子枪。游方德麻利地给他戴上手铐。

刘建平挑帘进屋，让跟在后面的李为民将林如娥带出去。然后他点燃一支烟，微笑着对伍嗣五说：“对不住了，伍爷，打扰了你的雅兴。不过也是没办法的事，我们端着政府的饭碗，有些问题还是要弄个清楚，希望你配合。你看咋样？”

伍嗣五梗着脖子斜着眼：“今天老子走背时运，栽在你们手上，要咋个死法，随便，何必多话。”

“就是犯了死罪，也还能将功抵罪，只要你乖乖地把该说的说清楚，好好配合，我也许可以替你做个证、求个情，免你一死。你要死抗，我们就换个地方摆龙门阵。到时候恐怕伍爷你充不了几分钟的好汉。”

“你们这些在道上混的，经常爱说的一句话不就是‘好汉不吃眼前亏’吗？还是当这种‘好汉’聪明些。”游方德戏谑道。

“要不然先跟我们回警局，尝尝那些刑具的味道？”孟厚良板着脸说道。

“不就是绑了益民银行经理的千金女娃子嘛，不错，是我做下的事，你们不是早就晓得了吗？还有啥没弄清楚的？”伍嗣五一脸不屑。

“我也不与你打哑谜，说说你和彭学忠的事嘛。”刘建平说道。

伍嗣五惊诧地瞥了眼刘建平，垂下头不吱声。

“伍爷实在要充好汉，兄弟佩服。那我们就真的只有换个地方说话了。”刘建平笑微微说。

别看伍嗣五嘴壳子硬，终究架不住三个人你吓我哄，没大一会儿就泄气散架，有问必答了。

据伍嗣五交代，最近他确实在与彭学忠谈一笔枪弹买卖，这两天总算谈妥敲定下来，约好今晚八点半钟在东门沙河回水沱小码头办交割。在刘建平的不断追问下，他同时也将与彭学忠几年来合作发财的事情，包括他前不久向彭学忠提供袁仕君从曹一龙手里购粮的消息，帮助彭学忠又立功又吃钱等情况都交代了个遍。

时间还不到七点钟。刘建平安排人看牢了伍嗣五，和孟厚良来到小客厅。

“没想到彭学忠与伍嗣五勾结如此之深，看来这回扳倒他是没得商量了。但这么大的事，不给局长报告下，似乎说不过去吧。”刘建平显得有些犹疑不定。

那孟厚良好像已经看见彭学忠倒台，自己坐上缉私队队长位置的风光景象，哪能容许半路有闪失。他一改平日少言寡语的敦厚做派，鲜明表明态度：“抓奸拿双，抓贼拿赃。姓彭的像条泥鳅，滑得很，不逮他个‘现行’，仅凭伍嗣五的口供办不死他。可是你我兄弟也懂得起，如果报告了局长，我们兄弟这一场肯定就白忙了。”

“我自然懂你的意思。只是万一局长事后怪罪下来，不好过关哦。”刘建平犯愁得很。

“将在外军令有所不受，怕啥子。只要我们拿下姓彭的，局长也只有‘大义灭亲’了，说不定还会奖赏我们，还能咋个？”孟厚良语气坚定。

“话是如此，但这事确实太大。不管怎么说，局长待我，包括你哥子，还是够意思的。如果不打个招呼就动姓彭的，将来面子上抹不开。老兄还要多多体谅兄弟我的难处。”刘建平愁眉依然紧锁。

孟厚良不便过分强硬。“那你说咋办吧？未必真就这样便宜他姓彭的了？”

“我虽然也巴不得扳倒姓彭的，不过规矩还是要的，不好擅自行动。”刘建平抚着眉骨上的伤痕，“现在离交易时间还有一个多小时，这么长时间不报告说不过去，而且应该当面报告，讲明利害关系，我想局长也不便公然包庇。哥子辛苦一趟？”

刘建平的话让孟厚良心头有点鬼火冒，觉得刘建平太过稳当，又不好明言。

“不是在下偷懒，确实事关重大，我想还是你队长亲自报告才合适。”孟厚良推辞说。

刘建平理解地点点头，算是认可。然后交代说：“你带兄弟们提前一小时秘密出发去回水沱，先把接货的船控制住。我八点前准时来码头，到时候我们按局长的指令行事。”

两人又商量了下行动中要注意的事项，刘建平这才带上游方德和王大兴二人，骑着三轮摩托出发去找蔡局长。路上他对二人说，此行名义上是去找局长报告，其实是为掩人耳目。如果真找到了，那今晚的行动肯定泡汤，兄弟们就白忙一场了。两名下属心领神会，齐赞刘哥主意高。他又叮嘱道，这出戏只有我们三兄弟晓得，千万保密，漏了口风会连累其他人，那就不地道了。

他们第一站到了帝都饭店，刘建平让二人在大门附近等着。他独自一人走到饭店门口时，早有穿着西装，打着黑领结的年轻服务生迎到跟前招呼。刘建平掏出证件晃晃，随口问，警察局蔡局长在哪间雅厅？服务生恭敬回答，今晚蔡局长未曾光临。刘建平脚下未停，直接走到迎宾柜台，迅速操起上面的电话，波动号码盘。电话通了，接听者是孙远明……

从帝都饭店出来，天上飘起了细雨丝。三人又回了趟警局。刘建平让游方德先从政府大院进去，再从侧门溜进警局，探明蔡局长的专座轿车已不在院子里，这才急急忙忙地向门卫打听蔡局长是否还在局里，当然，得到的回答是他已下班离开了。他们就用这种先暗中打探虚实，再明着找人的办法，在蔡文广的住家公馆，以及蔡局长“可能去”的酒馆饭店、茶楼戏院、歌厅舞场留下了寻找蔡局长的足迹。其实他们在悦来戏院确实发现了蔡文广，之后，他们悄然转身，又向别的地方“寻去”。

十九

东城外的沙河浊浪蜿蜒，河两岸各有一条车行道，道外则是碧树森森，翠竹葱茏。早些年，这处河道还是个昼夜不息的热闹场，游舫往来，酒色飘香。抗战期间日本飞机来轰炸时，城里人最常到此跑防空警报，更顺带着催生了两岸林盘间的饮食生意，直是草舍青青，食客喧嚣，成都人惯常苦中寻乐的脾性，由此可见一斑。不过时至如今，这里曾经的勃勃人气已然消弭。沙河大小码头众多，回水沱小码头是其中之一，仅可容两三艘平常小篷船停靠。一入夜，四下里灯火稀疏，人迹甚少，偶尔一两只夜捕的小鱼舟在河道里撑过去又撑过来。

八点刚过，刘建平亲自驾着摩托到达小码头，把摩托车隐藏在路边的杂草丛里。已埋伏在附近的李为成出来，报告说他与四名警员已选好埋伏位置。刘建平让王大兴也留下埋伏，又再次叮嘱，不要盲动，给信号再出手。

此时，雨丝一阵比一阵密地飘着。

孟厚良带的人已控制住接货船。他戴着顶船工的斗笠在船边迎上刘建平，听说没找到蔡文广，一下来了精神。

就在刘建平带着手下于沙河边“等君入瓮”之时，远在城里“小洋楼”值夜班的蓉站特勤队队长高进，接到了站长徐耀庭从家里打来的电话，说临时想起一件事要交代下。原来，前几天在五龙镇乡下，当地警所抓到了一名五龙山游击队的小队长。两天前，抗不过酷刑的小队长招供了。据其交代，他之所以和另一名队员此时下山，是因为队长卿松进省城开会，顺带搞些武器去了，纪律约束较松懈。不料刚回家，还没来得及与久违的老婆亲热一番，就被保长发现报告了警所，这才被捕。另一名队员侥幸逃脱。根据那个小队长提供的游击队驻地位置，警局立即调派警力，又拉来两支地方民团，对游击队驻地进行了突袭，但一无所获，估计是那名逃脱的队员回去报了信，游击队提前转移了。蓉站之前对此事毫不知情。徐耀庭是今天下午快下班时，才无意中从省政府的《匪情简报》上看到。起初他对这条简报并不太在意，只是觉得蔡文广贪功吃独食，想凭警局一己之力拿下五龙山游击队，简直是自不量力，也不怕崩掉大牙，白白丧失了一次聚歼五龙山游击队的机会。回家后，他却越想越觉得五龙山游击队队长卿松进城这件事不可小视，因此打电话给擅长审讯的高进，要他明天一早去警局，亲自提审那名被捕的游击队小队长，看能不能挤出更多有价值的情资。

高进放下听筒，一口茶汤还未入喉，忽地暗叫一声“不好”。因为就在一小时前，代号“反光镜”的秘密特工也来了电话，向他报告说，今晚警察局刑侦队在沙河回水沱小码头有个“钓鱼”行动，为的是抓一个涉嫌倒卖军火，吃里扒外的内鬼。本来，只要不涉及共党，或其他异己分子，高进是没多大兴趣费神过问这种狗咬狗的琐事，当然，他也十分乐见警局内部的互相撕咬。他在电话中笑呵呵对“反光镜”说：“蔡文广这个老袍哥，自以为方方面面都摆得平、抹得顺，暗中还想与我们‘小洋楼’分庭抗礼，这回就叫他自己敲锣自己唱，看他咋个收场。你只管盯紧了刘建平，如有异常，立即报告。”而刚刚徐长官电话中讲得分明，五龙山游击队队长卿松已经进到省城，其目的之一也是为了军火。多年特工生涯养成的灵敏嗅觉，让高进本能地意识到，这两件事也许极可能存在关联，何况还有他一直怀疑的刘建平参与其中。高进决定暂时不向站长报告，而是连忙召集能召集到的行动人员，乘三辆三轮军用摩托向沙河回水沱小码头赶去。

船舱里点着一盏煤油灯。伍嗣五戴着手铐蜷缩成一团，耷拉着头，游方德和另一名警员立在他身后。刘建平气定神闲：“伍爷，我再提醒你一次，只要你好生配合我们拿下彭学忠，我一定为你开脱罪责，保你一命。但是，如果你要耍花招，你肯定就是第一个喷血的。”

伍嗣五已知道刘建平身份，也知道就是这位说话看似和和气气，却分明寒气逼人的刘队长带人端了他的客栈。有如此手段的人自然不好轻易哄过。还是那句话，好汉不吃眼前亏，能拖一阵是一阵，保命要紧。他顺从点头：“已到这一步，我只求立功减罪，绝不敢耍花招。你刘队长的话，我信。”刘建平吩咐游方德，只“关照”好伍爷，别的不用管。游方德拍拍腰杆上的“硬火”说，伍爷该是个知趣的人。

刘建平抬腕看看手表，孟厚良提醒，时间差不多了。几个人都戴上了斗笠披上蓑衣，押着伍嗣五来到甲板上。游方德将伍嗣五的手铐解开，但贴身跟着。

从河堤上的公路到码头下梯坎，再到停船的位置还有十来米的距离。

已过八点半，公路上没有一点动静。孟厚良忍不住扭头问伍嗣五：

“你和姓彭的约定的时间没错吧？敢耍老子，老子就叫你下河喂乌龟王八。”

伍嗣五一再肯定接货时间地点联络信号是双方商量几次才定下的，不会错。

说话间，远处传来汽车行驶的声音。很快，又见两道光束在树林间晃动自西而来。“狗日的，还真来了哈。”游方德兴奋起来。刘建平和孟厚良躬身进了船舱。

一辆美式吉普车在正对码头的公路上调了个头，再靠边停住，没关车灯。片刻，一道手电光对着河道里闪了三下。伍嗣五举起手电筒也朝对方闪了三下。刘建平在船舱里吩咐，你们去吧。

游方德让伍嗣五在前，二人相跟着下了船，打着手电筒向河堤走去。快接近堤坎时，对面问道：“是老伍吗？”接着一束手电光穿过雨帘射来。

“老彭，不是我还是哪个哦？”伍嗣五把手电光也朝对方晃了晃，继续走近。游方德在他身后三步远跟着。

“还跟着个兄弟？”对方又问，同时手电光朝游方德射过来，戴着斗笠披着蓑衣的游方德为慎重，假意用手臂遮挡着光束，实则是怕对方认出自己。

“你不是也带着个嘛。”伍嗣五已经走到车头，看见了穿着雨披站在车门口的彭学忠和他身边的跟班。

“唔唔，这是我小兄弟，黑娃。路上耽搁了下，等急了吧，我们抓紧些。这是第一批，等几天我筹够下一批，仍是在这个时间、地点交割。老规矩，我们还是郫县到灌县——县（现）过县（现），钱货两清。噫，我看你娃儿咋打个空手呢？”雨披里的彭学忠更显得瘦骨伶仃，仿佛不堪重压。

伍嗣五毕竟在江湖上混了多年，这时倒也沉得住气。他知道四周都是警局的人，身后还跟着一个，只要自己言行上稍有差池，立即就会血溅三步。

“又不是才打一两回交道，放心好了。我先验货，只要货不假，我马上叫船上的兄弟把‘黄鱼儿’送过来。肯定县（现）过县（现）。”

“嘿嘿，你哥子还真是个老江湖，行事好稳当。看吧。”

彭学忠拉开后车门。伍嗣五近前，用手电光照进去。车的后座码着两捆长枪，一捆八支，另有两支美制 M3 冲锋枪，两个绿色木箱，一个麻布口袋。彭学忠说木箱里是子弹，麻布口袋里是八支盒子炮，弹夹满仓。

伍嗣五慢腾腾地用手电光照射着，妈的，果然都是好货色，真要成了交，这一票的收益可不会少。可惜咯，他心头一阵难受。

“咋样，看清楚了？”彭学忠见伍嗣五有些发愣，在后面催问。

伍嗣五缓缓转回身，无声地叹口气：“清楚、清楚。我这就通知船上的人。”

说着，食指和中指伸进口里，一声尖利的哨音在雨夜响起。

彭学忠正在暗笑这些棒老二鬼名堂多，他哪里知道这是孟厚良事先约定好的信号。哨音一响，忽然从四周围上来一群穿黑衣端长短枪的人。彭学忠大惊失色，伸手就想去掏枪。贴心跟班黑娃也急着抽枪。但是黑影中扑上来的人已麻利地下了他们的枪。

“老伍，你这是啥意思？黑吃黑，黑到我头上咯？”彭学忠愤怒至极，想向伍嗣五冲去，无奈双臂被别住了。

“老彭？真的是你？”刘建平和孟厚良这时已到跟前。他用手电光照着彭学忠的脸，声音很大，口气很惊讶。“我还以为伍嗣五在乱咬，这是咋说的呢？”

“你、你们？刘、刘，你们咋个在、在……”

“老彭啊，一两句我也给你解释不清楚。我想这里面肯定有误会，我们还是一起回去当面向局长报告。”刘建平客气地说。

就在彭学忠还想挣脱时，公路外侧三面忽然射来一片手电光束，接着有人爆吼：“所有人都不要动，你们已经被包围了，都在枪口下，哪个敢动就打死哪个！”

吉普车边的人全都像冰雕一样的僵住。还没等回过神，黑暗中的人又喊道：“放下枪，把你们的手电筒关了，不要成活靶子，我们不想流血死人。”

“听他们的。”刘建平率先把手枪放在地下，关了手电，同时吩咐其他人放下枪，关了手电筒，不要乱动。这下，就更是只有被除河道一方的三面的手电光射得眼花缭乱，却分辨不清周围的情况了。

“啥子人？啥子名堂哦？”孟厚良低声说。也不知道他在问谁。

“情况不明。大家千万不要乱动。我们在明处，打起来要吃亏。”刘建平压低嗓门说，他已察觉到孟厚良并未将枪放下，而是做了假动作，将手枪夹在了腋下。

黑暗中的人又发话了：“其余人退后。麻烦彭队长，把车慢慢向前开十米，放心，我们只要货，不要人。”口吻低沉了些，但透出凛冽的威严。“希望你配合，不要动歪心眼，不然，你就试试我的枪法，看能不能一枪打爆你的脑壳。”

“这这这，我……”彭学忠不知怎么办才好。

“老彭，保命要紧，为兄弟们好，还是照他说的办吧。”刘建平说，招呼其他人往河滩堤坎上慢慢后退了几步。却将彭学忠独自留在原地。

“快点！”黑暗中又传来暴吼。

彭学忠无奈转身，跨进驾驶室，打燃火。吉普车缓慢向指定的方向开过去。

行进过程中，有那么几秒钟，车身挡住了一些手电光。

就在这转瞬即逝的片刻，不甘心煮熟鸭子要飞走的孟厚良，飞快地从腋下抽出枪，朝车前方的那道手电光连开三枪。就在枪响的同时，刘建平大叫一声“卧倒”，顺势扑向身边的孟厚良，两人一起倒地，也是在同时，枪声响成一片。

“卧倒、卧倒！”刘建平继续大喊着。

混乱中，他已听到身边有人中枪倒地。孟厚良趴在地下边开枪边嚷叫着：“兄弟们不要怕，他们人不多，捡起枪，给我打。”

公路上的吉普车停了片刻，随即快速驶离。四周的手电光熄灭，但仍有子弹射来，压得连孟厚良都不敢再举枪射击，更别说其他人捡枪还击了。十来秒钟后，四周安静下来。细雨中，硝烟迅速飘散。

刘建平摁亮手电筒，跨前几步捡起自己的枪，招呼人赶快清点伤亡情况。孟厚良气得直跺脚，嚷叫着要追赶。刘建平说，来不及了，救人要紧。清点结果是，彭学忠的跟班黑娃身中两枪，已经咽气，刑侦队两名警员重伤，其中一个是游方德，大腿上中了一弹。再有就是不见了伍嗣五，估计是趁乱溜掉了。刘建平吩咐王大兴赶快驾三轮摩托送游方德和另一名受伤警员去就近的医院救治。他和孟厚良等人留下勘察枪战现场。

就在这时，又听见远处传来马达声。刘建平心中暗惊，忙招呼众人分开隐蔽在公路两侧。不一会儿，两辆三轮摩托疾驶而来，在码头位置停住。

“是警局的兄弟吗？”有人在大声喊话。

刘建平知道是“自己人”，这才和其他人从隐蔽处走出来。近前一看，为首的竟是蓉站的特勤队长高进。

高进没有多寒暄，快速了解下事情的经过，一边查看着现场，一边明确地告诉刘建平等人：袭击他们并劫走彭学忠和车辆、武器的，是共党五龙山游击队。至于他为什么这么确定无疑，却只字未提，其他人也不便多问。他还告诉说，刚才在赶过来的路上与一辆吉普车交会过，因为听见枪声，他急着赶到这里，但又怀疑那辆吉普车有问题，所以安排一队人尾追去了，只是现在还不知道有无结果。王大兴开的送伤员的摩托车他们倒是拦住盘问了两句，随即放行。

高进的话听得刘建平颇为不安，却也只能干着急。陪着高进等人继续勘验现场。他们在彭学忠开的吉普车短暂停留处发现了少量血迹，虽经雨水淋泡，但仔细看仍能分辨。

“我肯定射中那个要彭学忠开车的人了！”孟厚良按捺不住兴奋。

“有可能。”高进沉声说。“我们马上赶回城里进行搜捕。”

雨下得更密了，落在树枝草叶上簌簌作响。而此时刘建平感觉到的也正是严冬的浸逼。

二十

市警察局会议室的气氛很沉闷。参加会议的人抽的抽烟，喝的喝茶，谁都不愿多说一句，怕的是惹火上身。

会议主持，市长邓季粟居中而坐，却如坐针毡。他本来不想蹚这潭浑水，无奈蔡文广死缠烂打，非要他“亲自”主持召开这个狗屁的什么联席会。把警备司令部、保密局蓉站、省保安大队、宪兵队大大小小的头头脑脑弄到一堆，共同商议地下党劫夺武器案件的处置。

事情发生后，蔡文广深知此案非同小可，已经牵涉共党游击队。而只要粘上了共党，麻烦就大了，弄不好就会将他这个堂堂警察局长搭进去。事发已三天，他不能再拖延，必须来个三堂会审，堂而皇之地摘除自己的责任。

会议开始，警察局刑侦队队长刘建平报告了他们抓捕绑架民生银行陈思昆之女陈晖岚的主犯伍嗣五，由伍嗣五的交代，挡获了警察局缉私队队长彭学忠倒卖的枪支弹药，在现场又遇五龙山游击队袭击的经过。当然，说是五龙山游击队，是因为蓉站高进队长如此说，刑侦队事先并不知情。

蓉站的高进报告了他们处置的情况。据他说，他的人昨晚追击彭学忠驾驶的吉普车，最终在盐市口附近找到了那辆车，而且在车里发现了被打晕的彭学忠。不过车里的武器已不知去向。盐市口那一片，抗战期间被日本鬼子飞机轰炸过，经过这些年陆续恢复重建，商情人气渐聚，街巷已经四通八达，他们在周围进行了一番搜寻，但一无所获。由于彭学忠身上疑点很多，人已被带回站里。经过初审，他交代了卖武器给伍嗣五，想赚笔钱解决缉私队活动经费不足的问题。他拒不承认与共党游击队有丝毫关联，只以为伍嗣五是二道贩子，图个转手赢利，至于这批武器的下家是谁，他概不知情。但这些都是他的一面之词。高进认为目前还不能撇清他是否与游击队存在关联的嫌疑。

事情的经过大致清楚了，但由谁来下个结论却似乎成了难题。徐耀庭不表态，一副好整以暇的样子，两眼望着天花板。他明知道大家其实都在等他发话，因为抓共党没有谁比“小洋楼”更专业，更权威，更有发言权。但他偏不吭声，成心要看看邓季粟、蔡文广的笑话。

由于事情多少涉及手下的军需处长胡茂林，加上也是碍着蔡文广的面子，警备司令部王魁盛司令心不甘情不愿地到了会。他听了一阵，好像与自己关系不大。不就是卖了些枪弹给警局嘛，至于你警局的人再要倒卖给哪个，甚至于交给游击队，和我又有多大关系呢？不过徐耀庭幸灾乐祸的臭模样也着实讨厌，挂着个少将军衔，干的尽是鬼祟之事。再看看胡茂林那个龟儿子，也装出一副事不关己的样子，还以为老子不晓得你娃儿背地里卡油水吗？不是看在你是邓锡侯老长官什么鬼亲戚分儿上，老子早就一脚蹬翻了。王魁盛厌烦地眯缝着眼皮，养神。时局一天不如一天，自己手底下三千多人的部队又将面临什么样的命运，何去何从呢？王魁盛确实提不起精神。

市长邓季粟，五十五六岁的样子，人生得细长，穿深灰色中山装，戴着黑框眼镜。他早年留过洋，回国后在大学当过几年教书匠，也曾是个立志报国的热血青年，后来不甘寂寞步入政界，却失意多于得意。一年前，在各方势力明争暗斗又相互妥协下，才把他推上市长位置。战战兢兢做过来，四面讨好，八方作揖，这个市长当得殊为不易。但他又最怕别人关心他、同情他，甚至照顾他。这么累，要不让贤吧，别干了？他才舍不得。舍不得的当然不仅仅是曾经的报国之志，更有市长头衔下实实在在的利益。警察局出了事，他这个市长也脸上无光，平时从蔡文广那里还得了很多实惠，再者，虽说他是一市之长，但与黑白通吃的警察局长相比，毫无实力可言，逼急了，他还真有些怵蔡文广翻脸不认人。躲也躲不过去了，没办法，只有硬着头皮把戏文唱下去。

“老蔡，事情主要涉及你的人，你说说想法嘛。”邓季粟对蔡文广说。

蔡文广假咳两声，显得有些尴尬。他已打探到消息，彭学忠在“小洋楼”里确如高进所言，只承认了倒卖军火，并未往他这个局长身上推祸事，所以此时还是有些底气的。

“今天把诸位请来，在下是诚惶诚恐啊。治下出了这样的事，都是我管带疏失之过，惭愧、惭愧。但请大家放心，我绝不会偏袒属下。”

蔡文广提高了嗓门：“彭学忠身为缉私队长，平时表现也还勤勉，立过功、受过奖。缉私队经费拮据确属事实，他想从中赚几个，解决缉私队的办案花销，其心可悯。要说抓共党，我们警局也没少抓，他彭学忠也抓过的嘛。所以，说他通共，我是不相信的。关于这一点，我希望高进队长拿出切实的证据，最好不要轻易下结论。在成都这地盘上，帮会众多，什么‘协盛社’‘邻联社’‘联欢社’，不一而足，那些社员，哪个腰杆上不别炮火？还有，时下大小土匪也是数不胜数，势如莎草，剿而复生，他们更不是打空手的人哦。另外，那些豪门旺户买武器的也多的是。”

说是不偏袒，但在座的人都听得懂蔡文广话中的别意：彭学忠人不错，倒卖军火，情有可原；需要枪弹的人多了，也不一定是游击队才需要。结论：彭学忠绝对与游击队没有勾结。

“王司令，对这件事有何见教呢？”邓季粟客气地把目光投向王魁盛。

王魁盛将茶杯重重地搁到桌上。“我还真没搞清楚，今天要扯个什么名堂。警局要添置些武器，按说，该从兵工厂进货。但那不是花销大吗？眼下我警备司令部也正在换些装备，有多余的，匀出些，收个成本价码，也算是互通有无，共同维护地方治安，很正常嘛。彭学忠从中倒腾点，按蔡局长的意思也是事出有因，情不得已。还不是你市长大人供给短缺。当然，政府缺钱，也怪不得你。说到底，是共党游击队太狡猾，捡了大便宜。如果真是他们干的，要查要抓的是他们嘛。”

“王司令看问题精当、精当！”蔡文广忙不迭地附和恭维。王魁盛的话简直让他如沐春风。

邓季粟似乎也松了口气，借坡下驴地摇摇头。“市财政现在是捉襟见肘，确实对警局的弟兄多有亏欠。说句难听的话，他们可是在替全城百姓看家护院啊。身为市长，我心里实在不好受。”

“邓市长言重了。”蔡文广说。“你也有你的难处，眼下都难。邓市长放心，不管多难，我警局全体警员必当忠于职守，维护好社会秩序。”

“拜托、拜托！”邓季粟拱手道。

冷眼旁观的徐耀庭看着这几个人一唱一和，心里阵阵冷笑。

邓季粟笑眯眯地请徐耀庭发表高见。

徐耀庭差点把心头的冷笑挂在嘴上了。木愣着一张脸，干巴巴地发表起“高见”来。

“本人原是要去趟重庆公干的。发生了这么大的事，既然蔡局长有请会商，所以也就耽搁一天吧。刚才蔡局长、王司令已然发表卓见，说得都在理。不过，事情恐怕还不是这么简单吧？”他环视一下众人，口吻更冷了。

“可以肯定地说，劫走武器的就是共党五龙山游击队。那么，他们又从何得到如此准确情报的？还有，彭学忠受胁迫驾车逃窜，可是游击队并未难为他，只是将其打晕，这又该如何解释？是手下留情，还是苦肉计？我们现在知道的是，行动中只有他与游击队的人有过接触，而且时间不短。恕我直言，对他倒腾军火是否受人指使、真实的动机目的，我们不感兴趣。”说到这，他似乎无意间扫了蔡文广一眼。“我感兴趣的是——究竟是谁向地下党游击队提供了情报？不是彭学忠，又会是哪个？”徐耀庭的脸色变得冷峻、阴狠。“是那个伍嗣五，还是其他人？”他突然停下，慢悠悠点上一支烟，没了下文。

蔡文广没料到徐耀庭如此不给自己面子，强压火气，说：“徐站长言之有理，倒还真不能排除伍嗣五的嫌疑。我刚才说了，手下的人出了这样的事，都是我管教不严所致。但不管咋说，通共这顶帽子我就不敢往头上戴了。”

“我说老蔡啊，话不要说满了。你老兄如何能给每个手下作担保？几百号人哦。”徐耀庭温言冷语道。

“就这么不长时间，徐站长的人已先后把我警局的两名队长‘请’去‘小洋楼’，也太高看我们警局的人了，哈哈。”蔡文广忍不住还以讥讽。

徐耀庭好像突然来了灵感。“不是‘高看’，是警局的‘能人’多嘛。正好，刘队长也在，我想听听建平老弟对这个问题的见解。”

刘建平有些不知所措的神态，为难地看看蔡文广，又看看众人。“我刚才已经如实报告了刑侦队行动的经过，至于消息是如何走漏的，我目前也两眼一抹黑。”

“说说嘛，大神探，怕啥。不要尽是我们几个老混蛋在这东拉西扯，说不定真正的‘高见’在你们年轻人那里。”王魁盛对刘建平是颇有好感的，这时鼓励道。蔡文广也点点头。

刘建平迟疑片刻，说：“这件案子我们队的孟厚良副队长也是了解的，而且当晚的行动也主要是他在一线指挥。关键时刻也是他临危不惧，打响第一枪。而我当时更多去顾及兄弟们的安全了，想起来，本人很是惭愧。所以我建议听听他的看法。”

孟厚良有些紧张和激动。前天上午，《新新新闻》的女记者柳艳梅到了刑侦队，当时队长刘建平在医院看望受伤的警员，只好向他了解前晚在回水沱小码头的交火事件。孟厚良有些为难。

“昨晚才发生的事，你这么快就晓得了，听哪个说的哦？”他问。

柳艳梅得意地一笑：“这有什么奇怪的。上次喜来客栈的事，我还不是第二天一大早就来采访了？昨晚沙河边那么大的动静，后来盐市口一带还戒严了，我们还能不知道出了大案子？”

柳艳梅自然不会告诉对方，消息的来源正是刘建平。当天一早时，她接到刘建平电话，说：“你不是吩咐了，有精彩的案子要及时说声吗？现在就有一桩。”正想责怪对方吵醒自己美梦的她顿时连声道谢。刘建平说案子详情可以去采访自己的副手孟厚良，他本人今天可能都不会在办公室，而且叮嘱她千万别泄露了消息来源，否则孟副队长会有顾虑。

“昨晚的事不同于上次解救人质那么简单，情况复杂多了，我不便多说，柳记者还是找我们队长了解吧。”孟厚良推辞道。

“不就是抓了劫匪头目伍嗣五吗？其实与前次解救人质的案子还是相关联的呀。刘队长这时又不在，我哪等得起。孟大队长，就不要谦虚了，就捡能说的说嘛。”柳艳梅央求着，又像变戏法般从包里拿出一听美国骆驼牌香烟塞到孟厚良手里。

孟厚良只好“勉为其难”地接受了采访。开始还迟迟疑疑，后来就滑溜顺口了。他把如何在街上发现并跟踪伍嗣五，在其姘头家中如何将其擒拿，逼其交代出军火买卖的勾当，如何现场挡获交易人，又如何突遇共党游击队，他本人如何冒险率先开火，最终击退游击队，对方极有可能多人或死或伤等等过程介绍了一大通。在叙述中，他几乎是不自觉地巧妙突出了他个人在这之中发挥的“重要作用”，同时对人犯伍嗣五趁乱逃脱，挡获的军火又被游击队劫走则一笔带过，只强调，目前正在全力缉拿。

柳艳梅对孟队长的叙述大加赞赏，说是条理清楚、细节精彩。夸得孟厚良都有些不好意思了。

“也好，孟副队长说说也好。”王魁盛插话道，“我看了昨天的《新新新闻》，上面就写了不少孟副队长在这次行动中的事嘛，他应该了解情况。”

孟厚良听到王魁盛提起昨天的报纸，略显尴尬，同时又有几分自得。报纸上柳艳梅写的那篇新闻他津津有味地偷偷看了好几遍，那上面确实有他不少的“闪光点”，窃喜自己也总算出了一次风头。见大家都在等他说话，只好理理警服衣领，显得郑重其事。“刘队长过谦了。当晚刘队长带人去向蔡局长报告案情，耽搁了好一阵……”他斜一眼蔡文广，似乎觉得此话不妥，赶紧带过。

“卑职确实一直在一线行动。之前我们还真是不知道彭队长会现身现场，更不防‘螳螂捕蝉，黄雀在后’。我也反复想过，向游击队通风报信的人应该是在我们内部，但肯定不在我们刑侦队。”

“哟嚯，孟副队长说得如此肯定，何以见得呢？”徐耀庭饶有兴趣地问道。

孟厚良蛮有把握地说：“行动前，我们队里专门采取了保密措施，所有参与行动的人都是临时召集，临时交代清楚任务，那之后再也无人单独行动过。最重要的一点，在我打响第一枪后，现场发生激烈交火，游击队还击得火力十分猛烈，我们的人当场一死二伤。如果我们的人当中有共党卧底，他们一定会投鼠忌器，不会那样胡乱射击吧？”他环视众人，见无人应答，很为自己的分析得意，说话的底气更足了。“所以，我敢保证，问题不会出在刑侦队。至于是否是伍嗣五漏了风，又或者是彭队长那里某个环节疏忽大意了，我不便瞎猜。我觉得，眼下我们一方面要花力气进行内查，另一方面还要加紧搜捕地下党，他们的人和劫去的武器肯定还在城里，而且有人肯定还中了枪，从当时现场情况分析，中枪的还极可能是头目。只要抓住了他们的人，内鬼自然就容易查了。”

王魁盛先自嘿嘿笑道：“难怪耀庭兄夸警局‘能人’多，我看这位孟副队长就分析得头头是道嘛 。要不然，就这么办？”

“我觉得可行、可行。看诸位意见如何？”邓季粟巴不得早点收场。但还要看徐耀庭的意思。

徐耀庭小心地理理往后顺溜的稀疏头发，略微沉吟。“王司令都发话了，我们还是要听的。”王魁盛虽然现在实际掌管的部队不多，但毕竟凭以前打日本人的军功授了中将军衔，又是川军大佬邓锡侯的铁杆兄弟伙，徐耀庭不能不给个面子，所以先虚晃一枪。但随即话锋一转：“那么彭学忠该如何处置呢？他的嫌疑就算了？从刑侦队遇袭经过看，游击队的行事并非十分周密，反倒是显得有些匆忙粗疏，就算他与共党没有瓜葛，但如果他在被挟持后，稍有反抗，也不至于一车的枪弹就那么顺利地落入敌手。刘建平队长顾及的是大家的安全，但于他彭学忠，就是贪生怕死。还有一点别忘了，游击队在交火前，指名道姓要他开车。交火发生时，他可是安稳地待在车上。这样的人，不处置，说得过去？另外嘛，警察局出了倒卖军火的人和事，老蔡也高姿态检讨了自己的疏失，我也理解。他又不是三头六臂，现在连个帮手都没有，目前的时局下，这样怎么行呢？”

邓季粟听得一头雾水，蔡文广也猜不透徐耀庭葫芦里卖的什么药，等着他的下文。这只老狐狸今天咋尽说半截子话呢？

徐耀庭提议，烦请王司令、邓市长、蔡局长，还有保安大队来参会的一个参谋长留下，他有话要说。

参会的其他人自觉起身，出了会议室。

二十一

会议室外，高进在等他的徐长官。刘建平走过去，掏出烟递给他，还有意亮亮烟盒，笑道：“兰花牌的。”

高进哼哼哈哈有些尴尬地笑起来。“建平老弟还记得那一章？你不是小肚鸡肠的人嘛。”

“哪里、哪里，哥子说笑了。我只是希望你们能像上次对我一样，礼待彭队长。毕竟都是一个锅里舀饭的。”

“难得老弟如此念旧。放心，不会为难他。”

见两人有说有笑，孟厚良也凑过来搭讪。高进说：“孟副队长刚才一番说辞滴水不漏，先就把刑侦队洗刷个干干净净，哈哈哈。”

“如此说来，搞不好你高大队长又要请我们去‘小洋楼’做客咯？我可是熟门熟路，高队长招呼一声，我保证随叫随到。好在你们的饭菜还合我口味。”刘建平也打趣说，实则话中有维护手下孟厚良之意。三个人又一起哄笑起来。

谈笑间，会议室的门开了，王魁盛打头，一行人鱼贯而出。刘建平观察到徐耀庭的情绪比刚才会议时好多了，与王魁盛有说有笑地话别。而蔡文广却藏不住郁闷之态，一张脸阴云密布，勉强礼送着自己请来的客人。

徐孝凡驾车，徐耀庭和高进并坐后排。高进早已察觉身边的长官面带喜色，不由试探道：“站长有喜事，能否透露点？我也沾点光。”

“不是我的喜事，就是你的。”

“我有啥喜事？眼看着这次又白忙一场。”

“怎么能说是白忙呢？你就要当警察局副局长了，嘿嘿。”

“恭喜高队长！”开车的徐孝凡倒是反应快。

高进却一时有点恍惚，似乎不相信自己耳朵，就像一只饥肠辘辘的狗，不相信突然吊在面前的一块肥肉。他一个布鞋匠的娃儿，从小特务干起，把脑袋别在裤腰带上，靠着脑瓜儿灵动，追杀异党分子心狠手辣，好不容易混了个特勤队长，就以为祖坟冒青烟了，哪想过还能在堂堂市警察局坐上副局长位置。虽说论起级别和实权，他这个特勤队长比起警察局副局长毫不逊色，甚至实权更大，但在一般人眼里，身为警察局舵爷，才真正是威风凛凛四方通吃的大脑壳角色，至于特勤队长是个啥货色，反而不甚了了，只有实打实打个交道，方知其厉害。

徐耀庭很欣赏高进这副被意外之喜打懵的德行，慢条斯理地摸出一只两寸多长的青玉烟嘴，高进忙忙慌慌敬上一支烟，给上司点着。

徐耀庭浓浓吸上一口，才告诉说，在去警察局之前他就打好了主意，今天这趟可不能白忙活，非得从蔡文广口袋里掏一把“干货”。所以，他刚才在会议上先把“价码”垒得高高的，之后在小范围讨价还价时，他亮出的低价就是：

彭学忠的事可以不深究，但鉴于他嫌疑未清，缉私队长是不能再干了。这是其一。其二嘛，警局前不久在获悉五龙山游击队宿营地准确位置后，组织的突袭居然扑空，加上此次出了这桩纰漏，又让游击队钻了空子，这些都是因为蔡局长公务太繁忙，管带上顾此失彼。在此非常时期，这种状况必须改观。为此，他推荐蓉站得力干将高进去给蔡局长搭把手，以副局长之职，协助其主抓破获中共地下组织之要务。

“你想想，我开出的价码他们能不买账吗？”徐耀庭自我炫耀道。“不然的话，我们就扎扎实实地查他个底朝天，挖出萝卜带出泥，他蔡文广赌得起这一局？邓季粟跟他穿连裆裤，也脱不了干系。王魁盛这个警备司令，虽有绥靖地方之职，但为一个警察局副局长的位置，他也犯不着与我为难。所以嘛……”

“站长真是棋高一着啊。”高进又是点头又是摇头的。却也不便只顾自己高兴。“站长刚才说，彭学忠的缉私队长也要拿下。是不是也考虑了我们的人选？”

“那当然。警察局是何等重要的所在，这些年都快成蔡文广的私家军了，那怎么行？”徐耀庭把眼睛一鼓。

“站长又推荐哪个去呢？”

“就叫孟厚良去干吧。当然，是不是就真要顶彭学忠那个位置，还要看老蔡的意思。”

“我明白了。不过外界评警局，说后勤科最亲（当然是最亲局长蔡文广），缉私队最肥，刑侦队最苦，而专门对付地下党的侦缉队最横。老蔡舍得把缉私队这个肥缺给孟厚良？”

“我本意就是让厚良去侦缉队，原来的队长老朱，上岁数了，最近有些跟不上趟，让他回站里吧。”徐耀庭说。

高进叹口气说：“站长这些年与蔡文广斗法，可是没少花心力。要我说，何必给他姓蔡的客气。警察局本来就归我们蓉站节制，人财物统统可以给抓在手里。哪需看他脸色。”

徐耀庭不动声色，说：“未必你还不晓得，在成都这九里三分地界上，他老蔡可不是跑龙套的角儿，三教九流、黑道白道哪有他不染指的？袍哥帮会里，论辈分，他还是舵爷级的人物，就是论军统，他也是‘老人’了。当年，差一点就是他到站里来做站长，提你的‘领口’。”徐耀庭望向车窗外，沉吟片刻，“也许是他最后志不在此，更主要还是上面担心他独自坐大，难以制衡，所以才有我从江南水乡到了你们这天府之国。强龙不压地头蛇啊，这种情况下，我也不便明火执仗，事事踩他一脚。况且，我向来主张攻心为上，大家商量着办事，嘿嘿，效果不是一样好吗？”

看着徐耀庭情绪未受影响，高进也只好点到为止，转而继续恭维：“站长的智谋，高进学无止境、学无止境。就拿孟厚良说吧，这小子毛病虽有，但求上进、肯做事、懂规矩，胆大手狠，站长能栽培他，足见慧眼识才。”

“这只是其一。更重要的是为了保护他这面‘反光镜’。你想过没有，你带人赶去回水沱小码头，其实已经差不多暴露了厚良。凭刘建平的脑袋，稍加分析排查，谁向你报告的行动时间、地点，会很难吗？加上上次厚良打的黑枪，刘建平还能不警觉？所以，厚良如果继续待在刑侦队，说不定什么时候就把性命搭上了。且不说刘建平是否是地下党，即便不是，他也再难容下厚良了。”

“还是站长思虑周全，如此替属下安危着想，卑职很感动。”高进的话尽显感佩。

“现在正是用人之际，能减少些损失就尽量减少吧。”

“只是厚良离开了刑侦处，那个刘建平又如何监控就是问题了。”高进说。

徐耀庭将一截烟灰弹到车窗外，饶有兴味地问高进：“你干这行也有些年头，知道一名特工的最高境界吗？”

高进抹了抹花白的头发，斟酌一阵说道：“这些年受长官教诲，自然还是有些心得。卑职觉得，特工嘛，首先身手要不错，再有就是还要有脑壳。正所谓‘文武皆备’。看看，我头发都熬白了。嘿嘿。”后面一句分明有表功的意思。

徐耀庭缓缓点下头，仿佛沉浸在自己的思路里。“是啊，一般而言，一名特工能达到‘文武皆备’已属不易。但以我之见，特工的最高境界，是‘动如脱兔，呆如木鸡’。特别是这‘呆如木鸡’，好多人修炼一辈子都上不了这步台阶。你看刘建平，人年轻，办事不显山露水，中规中矩。平常如破了此等大案，报纸上早就有他的名号了，可这次呢，倒是孟厚良成了新闻人物，他今天又把孟厚良抬到桌面，把出风头的机会再次拱手相送，自己躲在后面看好戏文儿，这就是‘木鸡’之态啊。”

“他在‘华丰’出现过，这次游击队劫走军火，他又在现场。我不相信就这么巧。管他是‘木鸡’还是‘铁鸡’，反正不是良种鸡。”听上司对刘建平颇有赏识之意，高进有些不服气，咬着牙巴骨说。

“此人要么是党国的难得人才，要么就是党国之隐患。你去警局上任后还要多加留心。”

徐耀庭看着车窗外的街景，既像是对高进，又似自言自语：“有诗云：‘试玉要烧三日满，辨材须待七年期。’慢慢陪他玩吧，如果真有问题，迟早会露出马脚的。”

此二人对刘建平的怀疑在一点点堆积。

那晚把彭学忠带回“小洋楼”审讯后，徐耀庭和高进又传召了安插在警察局刑侦队，代号“反光镜”的蓉站秘密特工——孟厚良。详细听他报告了擒拿伍嗣五、挡获彭学忠，之后被人偷袭，劫走一车枪弹的前后经过。

“刘建平提出行动前要向蔡文广报告，确实说过让你‘辛苦一趟’的话？”高进问。

“他是叫我去的。我当时多了个心眼，怕万一事后蔡局长真的追查起来不好应付，所以建议这么大的行动，还是他队长‘亲自’去报告要好些。而且我觉得，刑侦队干这么大动静的事，必须及时向高队长报告，但之前一直没机会，只有他不在，我也才方便向你报告。”孟厚良如实回道。

“这事办得不错。”高进先表扬一句，接着又问，“假如你答应自己去找蔡文广呢？”

“那又能怎么样？”徐耀庭在旁边插进话来，指指孟厚良，“刘建平的目的不就是避开你嘛。如果是你去向蔡文广报告，只要你一离开，他照样有办法去安排他要安排的事，你不就是这样吗？”

高进和孟厚良对视一眼，没法反驳。

“还有，我敢断定，他已经摸透了你的心思，即使你同意去找蔡文广报告，你也不会真报告的。因为你舍不得放过这次扳倒彭学忠的机会。他不是提醒并允诺你可以取而代之吗？”徐耀庭笑嘻嘻地盯着孟厚良。

“这个、这个……”孟厚良尴尬地咧咧嘴。

“如此说来，他刘建平也未必是真的找不到蔡文广咯？”高进说。

“如果此人有问题，你这个问题就纯属多余。就算他没问题，也不等于说他不想扳倒彭学忠。”徐耀庭语带讥讽。

高进自嘲地拍拍额头，对上司深表佩服。他又向孟厚良提出另一个感兴趣的问题。“在现场，你为啥不听刘建平的话，放下枪呢？就不怕被对方发现，一枪轰翻你？”

孟厚良神情肃然，答道：“卑职深受徐长官和高队长信任，岂敢贪生怕死。”

高进嘴角微撇一笑：“这个、这个当然了。还有其他原因吗？”

孟厚良沉吟下，说：“别看对方叫唤得凶，手电光乱射，其实最初我就觉得他们人不多。如果他们人多，肯定要来缴我们的械，也不会让彭学忠开车过去，要连人带车一起劫走，所以我敢赌一把。”

高进点头，又问：“你开火时，刘建平将你撞倒在地，是这样吗？”

“是的，当时我见车辆已经开动，再不动手就晚了，所以开了火。他确实一下就把我扑翻在地。”

“这么说，也许还是他救了你一命咯？”高进斜视了对方一眼。

“说不清楚。乱枪打来，哪个晓得会打到哪个。也许是我，也许还是他。毕竟我们这方是一死两伤。”孟厚良说，这倒是真心话。

徐耀庭又插话道：“是啊，就是这个‘乱枪打来’，让我们对刘建平的所有推测看似都不成立。幸亏厚良那一枪打得及时，否则，我们的对手就赢得太轻松、太顺利。高进，你继续。”

“站长一定晓得我要说啥，是不是？”高进笑道。

“你不是在想刘建平救厚良的事吗？”

“是、是。我在想，他扑倒厚良，有可能是担心厚良受伤，但也可能是阻止厚良开火……甚至于他带头放下枪，一切听从对方吩咐，不也可以解释为在配合对方吗？”

徐耀庭嘉许地点点头，伸出右手食指道：“还有一点。对方为什么一定要彭学忠驾车？他们不会驾车？又或是故意要把我们的视线往彭学忠身上引，以便把水搅浑？如果是这样，他们也确实达到目的了，哼。”

说到底，他们都认为，彭学忠怎么也不像个共党。倒是那个刘建平，越发叫人不放心。

但是据孟厚良报告，自从上次华丰饭店的事件后，他对刘建平的行踪都进行了一一了解，确实没有发现什么异常之处。反倒是因为自己匆忙执行徐耀庭和高进密谋的“宁可错杀，不留隐患”指令，差点露馅。

那晚捣毁喜来客栈，解救陈晖岚，孟厚良在刘建平和陈锐敏走后，安排其他警员去守堵院门、路口，自己则快速绕到河边守候。因为他在刘建平到达前，已经对客栈周边的环境进行了勘查。他凭直觉预计到，如果客栈内有事，这条水道是最佳的逃跑线路。果然，刘建平在河边追上了劫匪。先是短暂的格斗，后是鸣枪为号。孟厚良迅即判断，月影下那几个人影中，肯定有刘建平在内。此时不动手更待何时？他心一横，开了黑枪。如果就此机会瞎猫碰死耗子干掉了刘建平，既完成了上面交给的任务，又能立功，说不定还能升职，因为一旦刘建平毙命，自己在刑侦队由副转正也该是顺理成章。至于会不会伤及其他，甚至伤及人质陈晖岚，就不在他考虑范围了。事后看来还是轻率了些。尽管事后刘建平似乎并未怀疑自己，但孟厚良却一直心头发虚。他当然知道刘建平不会轻易放过打黑枪的人，定会细查。而刘建平破案的心思和手段又确实远非常人可比，自己说不定什么时候就露了馅。好在徐耀庭认为一击不成不可再击，恐捅出大娄子，让他放弃再次动手，只是叮嘱继续密切监视刘建平的动静。

见上司今天情绪不错，加上自己也恰逢喜事，高进觉得该破点财了。“站长，今晚我在帝都饭店略备薄酒，完了再找个地方松乏松乏，感谢您多年栽培提携，请务必赏脸。孝凡老弟也一起哦。”

徐耀庭打个哈哈，说：“孝凡就不用去了。孝凡啊，你晚上该约雅竹一起去喝喝咖啡，嗯，看场电影也行。成天跟到我老头子，没趣。”

“谢谢长官，孝凡遵命。”

“就看你有没有本事把雅竹请动咯。”徐耀祖笑道。

第五章

二十二

刘建平回到家，吃饭当口天黑下来。他去母亲房间探望。老太太最近有些感冒，一直卧床。陪着母亲说了一阵闲话，他这才推上自行车出了院门。

不大一会儿工夫，刘建平赶到了老孙约定的碰头地点。

东大街一条小巷内，一家名曰“雅居”的古玩字画店，门脸不大，掀帘子进去，里面倒是宽敞。正对面为玻璃柜台，顺东西墙壁，一边是摆放瓷器古玩的货架，一边则悬挂着十来幅字画。

按理说，经营这种买卖哪有晚上开门的？光线阴暗，货品成色真伪难辨。但这家店主却反其道行之，一副愿者上钩的做派。

刘建平自然明了其中奥妙。店主白天开门多是为了“卖”，而晚上开门却是为了“买”，买那些出手者不便或不敢白天露脸的货品。当然，敢开如此夜店，店主鉴赏货品的能耐也必定有其过人之处。大手电筒加放大镜观、鼻子嗅、舌头舔、牙齿咬、手指摸、水里泡、文火炙，手段繁多，不一而足。这样的夜店纯属守株待兔，平常难有人光顾，正所谓“三年不开张，开张吃三年”。

柜台旁边有道窄门，穿门而过，一方天井豁然眼前。三面均为布局严谨的居室屋舍，专供买卖客人鉴赏，抑或喝茶聊天、交流心得、洽谈生意。店主将刘建平引进其中一间房，正见孙远明手里捏着丝绸把玩着一方古砚。见刘建平进来，忙热情招呼在茶几一侧的楠木太师椅落座，同时对送茶来的店主客气地解释：他和这位朋友有笔生意要谈。穿深色缎面长袍马褂的干瘦老头自然是懂得规矩的，安排一个伙计敬上盖碗茶后，和善地说了句“请自便”，转身回避开了。

成功截获武器后，为慎重起见，刘建平只在公用电话里简短与孙远明交换了一下情况，得知行动成功，一颗石头落地。但很多细节和疑问仍急于了解，只是限于一般情况下他不能主动联系老孙，而是等待被联系。孙远明知道他的心思，尽量简洁地讲了下情况。

五龙山游击队队长卿松带着三名得力队员进到省城，落脚于游击队在城里的一处秘密据点。卿松参加完省委的会议后，就静候着行动的消息。接到孙远明行动通知后，卿松立即带人提前赶往沙河回水沱小码头附近，在刑侦队设伏外围埋伏下。随后的行动还是比较顺利。包括卿松在内的八个人，一人持一把手电筒，光束乱射，造成人数众多的假象，仓促间起到了迷惑作用，只是由孟厚良率先开枪引发的现场交火出乎意料，卿松被子弹射中。危急关头，卿松忍着伤痛仍然逼停了彭学忠的车，上了副驾驶位。枪顶之下，彭学忠只能乖乖从命。半路又遇高进带的三辆三轮摩托。会车不久，其中一辆在后面掉头紧紧跟上来。卿松严令彭学忠加大油门。车进城门时，他让彭学忠吩咐守门的三名警察拦住后面的摩托，说是形迹可疑，要细加盘查。那几个警员认得彭学忠，一听有情况，立时满口应诺，从肩上扯下长枪，严阵以待，反倒没多留意旁边同样穿着雨衣的卿松。摆脱追踪者后，卿松命彭学忠将车开至盐市口附近的一条巷口，趁对方不备，一枪柄将其击晕，然后摁了三声喇叭，自己也已至虚脱。事先等候在此的接应人员赶紧将车内武器和卿松转移到藏身的据点。

“这次行动总的来说是成功了，但是也着实险象环生，还差点误伤到你。”孙远明说。

“主要还是怪我大意了，以为能控制局面，没料到发生了交火。”刘建平说。

是否告知卿松，参与行动的刑侦队里有自己人，就这个问题老孙征求过刘建平的意见，担心的就是怕发生误伤此类特殊情况。当时刘建平认为没有必要。其原因有三：首先，既然老孙到目前为止只告诉了自己五龙山游击队会参与行动，但没有告诉自己游击队在城里的秘密据点在什么地方，说明组织上还有所考虑，也许认为时机不成熟，不必让自己知道。自己也要顾全大局，不让组织为难。其次，相对应而言，自己的身份少一个人知道，自己的安全也就多一分可能。再次，也是最为主要的一点，是他以为自己能够“控制局面”。以为只要卿松队长带的人一出现，自己再领头“乖乖服从”就万事大吉了。

“建平，现在我要告诉你，盐市口附近有家泰和酱品作坊，那就是游击队设在城里的秘密据点。”孙远明说。“当天晚上，蓉站特工去作坊搜查过。好在我们的人已提前将枪弹放入腌菜大缸。卿松队长被藏在又黑又潮湿，气味怪异的地窖里，里面还堆满了坛坛罐罐，如此才躲过了搜查。这个据点平时很少起用，本地地下党组织知道的人也极少。”

“‘小洋楼’的人怎么会出现在回水沱？”刘建平忧虑道。

“时间已过去三天，经过反复观察，作坊那边没什么异常情况，看来敌人并不掌握这个据点。”孙远明说。“五龙山倒是传来消息。就在卿松带人下山的第二天晚上，一个小队长违反纪律，私自带着一个队员下山，结果被当地的保长发现，报告给了乡警所。这个小队长被捕后受刑叛变。好在另外那个同样偷跑回去看望家人的队员摆脱了追捕。游击队临时负责人警觉性高，及时转移了宿营地，躲过了敌人的突袭。”

“那个小队长也不该会知道这边的行动吧？”刘建平问。

“估计此次卿松下山没有注意内部保密，不能排除那个小队长知道卿松进省城是为了搞武器。”

“但他不可能知道我们行动的具体时间、地点，如果再排出组织内部其他泄密可能，那么我就可以断定，向‘小洋楼’提供消息的人就在我身边。”刘建平很笃定。

孙远平神情凝重说：“虽然我们希望利用彭学忠这颗烟雾弹迷惑敌人，但看来效果有限。而因为这次行动，你身上的嫌疑又再次加重却是一定的。蔡文广最近对你态度怎么样？”

“联席会议后，这只老狐狸因为总算撇清了自己通共的嫌疑，好像松了口大气。对我还是‘一如既往’吧。”刘建平哼笑道。

“这也算个好消息。”

孙远明和刘建平自然不可能完全揣摩得透蔡文广的心思。

蔡文广提议的联席会议结束后，亦喜亦忧。喜的是，总算摆平了倒卖枪支，涉嫌通共的事，彭学忠也随即放回。念在他鞍前马后为自己捞钱，没往自己身上推祸事，还算耿直的分儿上，蔡文广安排他去下面的派出所挂了个所长头衔，以示“处置”。私下又许诺，等风头过去，再换个油水多些的位置。彭学忠无话可说，自认倒霉。忧的是，徐耀庭将高进塞进警局，占去了副局长的交椅。这不是往老子眼里揉沙子吗？不是往老子热被窝里塞进来一条蛇吗？蔡文广鬼火冒。

其实蔡文广也一直在思考彭学忠与伍嗣五交易失败的事。他当然不会相信彭学忠通共之说。那娃儿除了“通钱”，别的什么都不会通。那么会不会是伍嗣五呢？彭学忠很会揣摩他的心思，之前并没详细汇报与伍嗣五交易的事，就是怕他这个局长担大干系，他也乐得省麻烦。过去彭学忠将查扣的走私违禁物品私下倒卖，他也只受进贡，不问具体细节，两个人心照不宣，这就叫“留有余地”。不过这次不一样了。彭学忠放回来后，他专门详细问了伍嗣五的情况，以及他们前前后后交易的经过。他觉得，像伍嗣五那样的货色，图的还是个财字，加上头次还干过绑架陈晖岚的勾当，这种人怎么说也断不会与地下党有染。余下的那就是刑侦队的问题了？

蔡文广把自己关在办公室里大半天，八字胡的毛都快捋光了，还是理不出个头绪。他暗中安排人核实过，当晚刘建平和游方德、王大兴确实满城找过自己，要当面请示重大行动指示，最后由于时间紧迫，他们才放弃了寻找。蔡文广心头虽不快，觉得什么大不了的事，非要当面报告？难道不可以先在电话里报告下？但他又说不出口。案子涉及警局内部的缉私队长，能不算大事？是大事，当面报告不是更详细稳妥吗？从行动过程中的细节看，刘建平似乎也没什么地方表现异常。当游击队围袭过来时，他带头服从对方指令，叫自己人放下枪，关灭了手电筒，不要乱动，还劝说彭学忠也听从对方吩咐去驾车，交火发生时，他喊警员们卧倒。这些行为都不失保命为先的理智之举。这个举动与孟厚良看似勇猛无畏，先敌开火的行为相比，很难说孰是孰非。孟厚良先敌开火（极可能射中了游击队员），但也直接导致己方一人丢掉性命，两人重伤。此间得失还真说不清，道不明。

徐耀庭那天单独与他一起时，曾含蓄提醒他，“你那个爱将刘建平本事不小啊，说不定什么时候给老兄放个惊雷，但愿别把大家的魂给吓飞了。”

最近以来发生的几桩事情，刘建平都是当事人，未非他真有问题？“小洋楼”或明或暗在警局安插了不少人蔡文广是知道的，但刘建平应该不会是那边的人，可是否与地下党存在某种关联，他又还不敢肯定。不过刘建平向他上缴了从伍嗣五处搜得的购武器的几根金条，就实际效果而言，这次的买卖还是做成了，为此他还不得不夸赞刘建平。

思虑再三，蔡文广决定保持“老调门儿”，打个“和牌”，就当啥事没有。这也才让刘建平感觉蔡文广对自己“一如既往”。

“老孙，卿队长的伤不要紧吧？”刘建平关切问道。

孙远明似乎有些迟疑。“建平，今天这么急约你，除了交换下情况外，还有件棘手的事，就是卿松同志的伤。”

“只要需要我做的事情，你只管下任务。”刘建平沉稳道。

孙远明点头赞许。原来，卿松在行动中负伤后，作坊的老张懂点医，对伤口做了简单处理，但射入肋骨的子弹一直没取出。因为敌人似乎已经掌握了卿松进省城的确切情报，又将过去对卿松的通缉令重新张贴出来，上面印有卿松的头像，虽然是好几年前的相片，但此时再要贸然护送卿松出城，其危险自不待言，老张他们未敢轻动。谁知从昨天起，卿松的伤情加重，发起了高烧，昏睡时间很长。老张已束手无策。

“肯定是伤口严重感染了。”刘建平焦急说道。“必须尽快取出子弹。”

“敌人对大小医院、诊所，甚至药铺店子都加强了监视、管控，组织上确实想不出其他办法。我知道你嫂子是医生，所以……”

刘建平将烟蒂用力摁灭在烟缸里：“我去向嫂子说。现在也只有靠她了。”

“我对你这位嫂子不是太了解……”

“我嫂子分得清楚黑与白。”

“我实在不愿将她牵连进来。”

“我也不愿。但目前只有她了。”

临走，孙远明买了几刀夹江宣纸，准备送给陈思昆。刘建平则选了把造型古朴的紫砂壶，价钱不贵，但能哄蔡文广乐呵一下。

二十三

与孙远明分手后，刘建平急匆匆赶回家。来到黄秋月房间门口，小声叫嫂子。他知道她在哄果果睡觉。

房门轻轻开了一半。黄秋月穿件对襟紫色毛衣，探出身，很诧异地望着刘建平，但她立即明白肯定有要紧事，因为刘建平绝少到她房间来找自己。

“等下，我披件外套。”

黄秋月再出来，轻轻掩上门。微笑着看刘建平：“有事？”

“果果睡着了？”

“嗯。说吧。看你吞吞吐吐的，有啥难办的事？”黄秋月一边说着，一边先自朝堂屋走。

坐下后，刘建平说：“是有件难事，要麻烦你。”

“快说。”

“我有个朋友，受了伤。是、是枪伤……”

“很重？人在哪里？我们医院吗？”

“很重。不过人没在医院。是这样的，这个朋友曾经帮过我，对我有情义，所以我必须要救他。”

“嗯。”

“但是他的身份不适合去医院。”

“这两天好像对医院查得很严。”

“他目前在一个安全的地方。但是伤情加重了。”

“你是要我去看看？”

刘建平点头。黄秋月不再说什么，起身回房间去准备些用得上的纱布、棉签、药品等。

叮嘱小英子照看好果果，刘建平和黄秋月出了家门。

刘建平仍然骑自行车在前面带路，黄秋月叫了辆黄包车跟上。在离泰和酱品作坊还有一条街时，刘建平停下，等黄秋月也下了车，然后一起步行。这是必要的谨慎。

冬夜清冷，街灯昏暗，行人稀疏。黄秋月的皮鞋跟踏响着青石板路面。遇上有坑洼处，刘建平简短提醒一下，同时留意着后面是否有“尾巴”。

这么些年过去了，刘建平虽然偶尔顺道接送黄秋月上下班，但至今仍不太习惯与她这样相伴而行。他习惯的是以前和哥哥刘建安，还有黄秋月的三人行，或者是与他们那个小团队的一帮年轻人，有说有笑地穿街过巷。

那时候，这个有十来号人的小团队经常聚会，在节假日相约去春游，或是一起畅谈对某本书籍、某篇文章、某首诗词的心得，或是一起看夜场话剧、电影。一群年轻的生命活蹦乱跳，潇洒恣意地畅想憧憬着未来。黄秋月是女生中最好看，也是相对安静的一个。哥哥刘建安是男生中年龄最长，最高大健硕，也是最豪爽开朗的一个。他总是说些能逗得大家开怀大笑的话，也总是能言众人未言之道理，想众人未想之问题，自然也就成了这群人公认的领袖人物。

刘建平很乐意处处维护哥哥在小团队中的“领袖”形象，但并不因此减少对黄秋月的关注和关心。她柳眉不展，他情绪不好；她开心喜悦，即使秋雨绵绵，他也觉得晴空万里。

然而，在追逐爱情的赛道上，大哥刘建安始终一马当先，到后来，更是常把秋月挂在嘴上，一说到她，声音就那么柔和，再不像平时的大嗓门，眼睛里流露着暖暖的，甚至是迷蒙的色调，再没有平常的坚毅和宏阔。而从小心思细密敏感的刘建平也在那种忽喜忽愁，牵牵连连的内心纠缠和挣扎中，默默发力，但他追逐的脚步，几乎被大哥忽略不计，也似乎没有在黄秋月心池荡起涟漪。

直到有一天，刘建平在哥哥书桌上，随手翻开一本他正在看的书，却发现里面夹着一张诗稿，字体娟秀，刘建平一眼就认出是黄秋月手笔。内秀的黄秋月喜欢新诗，有时自己也忍不住有感而发地写上几首，但从不轻易示人，除了刘家两兄弟，因为他们毕竟是一起长大的。不过眼前的这首诗，刘建平却从来没看见过。他好奇展阅。诗名为《一瓣雪花的分量》，末尾的字句写道：“一瓣雪花的分量 // 足以浇灭 // 西山枫林的焰火 // 却不能浇灭 // 你的容颜。”落款是一个“月”字。书页中还有黄秋月一张三寸大小微微侧面的头像相片，背面写着：赠亲爱的华。

那一刻，刘建平寒彻肺腑，恍然梦醒：是该自己退出“赛道”的时候了。

他不知道自己是如何离开哥哥的寝室，又是怎样一个人去到锦江河边一直呆坐到深夜。

第二天中午，他独自去到学校附近一家小酒馆，想把自己灌醉。却不料，平时与他最谈得来、走得最近的同学巫家栋不请自来。竟是多话没说，坐下就与他你一杯、我一杯喝起来，喝得酣畅淋漓，喝得昏天黑地，喝得二人以筷击碟，唱起了那首《叫我如何不想她》：

天上飘着些微云
地上飘着些微风
啊
微风吹动了我头发
教我如何不想她……

枯树在冷风里摇
野火在暮色中烧
啊，西天还有些儿残霞
教我如何不想她……

二人笑着，泪花翻涌，唱啊唱，喉咙嘶哑了还唱……

刘建平没有时间去回想一幕幕的过往。前面就是酱品作坊的木质大门了。

他让黄秋月在原地等着，自己前去敲门。打开小门的正是作坊负责人老张。彼此对上暗号，刘建平招手让黄秋月过去。

进门约十米远，十来包塞得满满的麻布口袋，码起有半人高，似乎是刚进的原料，还来不及搬走，不过刘建平显然明白其真实用途，在需要时，它就是拒敌的掩体。绕过“口袋阵”，是一个宽敞的大晒坝，南边几间房是办公所在，靠北墙摆放着三排用来装泡菜、腌菜之类的大缸，足足有二十多个。他估计，那批枪弹就在其中的大缸里。穿过凉棚，再拐过作坊，进一侧门，才是用作员工宿舍、伙房的生活区。一路上没见一个人影，后来老张告诉他，之前已吩咐下去，不相干的人全部集中在一间屋里。

老张四十六七岁，背略微有些驼，满脸刀刻般的皱纹，穿件半新的棉长袍，戴顶毡帽，叼着尺多长的叶子烟杆儿，但不怎么接火。

来到最里面的一间房门前，老张示意了下刘建平。刘建平意会，有些抱歉地请黄秋月稍等。后者似乎对刘建平这种神秘兮兮的过场并不在意，很配合地立在原地。

老张带着刘建平进房间后，又过了两道门，才来到卿松的床前。屋里还有个穿工装的年轻人守护着。老张介绍，他是随卿松的通讯员，姓包，都叫他“包谷”。其余两名队员已撤回山上去了。

“大松，大松。”老张叫着卿松。

昏黄的灯光下，卿松吃力地睁开眼。

“组织上派来看望你的刘建平同志到了。”老张介绍道。

刘建平上前一步，将卿松垂落在铺盖外的右手握住，看着这个气息奄奄，面容虽然苍白，但难掩孔武之气的大汉，他忽然觉得对方像极了自己的哥哥刘建安，业已产生好感。

“卿松同志，上级让我来看望你。放心吧，我们一定会治好你的伤。”

卿松咧咧嘴，挤出一丝笑，表示感谢。

“我带了医生，人很可靠。不过她并不知道我们的真实身份。她只晓得你是我过命的兄弟。其他的，就什么也别说了。现在，我去叫她进来。”

刘建平交代完，转身去叫黄秋月了。

黄秋月似乎对屋里的其他人视而不见，只是认为灯光太暗。老张忙点了几盏油灯，又摁亮三只手电筒。黄秋月这才开始对伤员进行仔细的检查。

其实用不着更多检查，伤员的情况明摆着，伤口严重感染，必须立即手术。

在黄秋月对伤口作了条件允许的处理后，老张带刘建平和黄秋月来到外间房，三人站着就说起话来。

“建平，伤员必须尽快手术，再拖延会很危险。”黄秋月不容置疑地说。

“还是怪我啊！”老张长叹一口气，很自责。

“好在前面的伤口处理得还不错，加上他体质好，所以才能拖到现在。”黄秋月说。

“能不能在这里进行手术？”刘建平问。

“能在这里最好……”老张欲言又止。

“不行。这里根本不具备条件。”黄秋月还是不容置疑的口吻。

刘建平和老张对视一眼，不再吭声。老张点燃了叶子烟，刘建平也掏出烟点上。看着他们焦虑为难的样子，黄秋月放缓了语气：

“目前城里能做这个手术的医院很少。而且说实话，这个手术光靠我，还真没把握。必须请我们医院的童院长主刀。他是留过洋的，医术高超。”

见两人还是不吱声，黄秋月又有点急了：“还是快决定吧，建平。”

刘建平将烟头一扔，用脚踩灭，下决心说：“就这样。老张你派个人护送黄医生立即到慈济医院。黄医生，请你到医院后，立即联系童院长，做好手术准备，动静不要大，越少人参与越好。我们尽快将伤员送到。”

老张之前已接到指令，一切听这位刘建平同志指挥。他转身安排人去了。

刘建平很难得地直视着黄秋月，说：“这次真是添大麻烦了。”

“见外的话就不说了吧。”黄秋月停顿片刻，还是没忍住内心的那份担忧，“建平，你不会有事吧？”

刘建平心中又是一热，同时涌起一阵深深的歉疚。直到此时，黄秋月放心不下的还是他的安危，似乎全然不觉，她自己也已陷进危局之中。刘建平甚至有些后悔，自己凭什么要将她牵连进来？

刘建平宽慰道：“干我这行的，江湖上总有几个朋友，他们都不是坏人。这个忙我必须帮。”

“你认下的朋友肯定不是坏人。只是……”

“童院长这个人，还靠得住吧？”刘建平转移了话题。

“你不是认识他吗？”

“了解不多。他好像对我印象不太好。嗨，我也就是随口一问。”

黄秋月淡淡一笑：“他对吃你们这碗饭的人，似乎都不太感冒。”然后又很认真地补充说，“童杰，童院长，他是个好人。”

“你认为是好人，那就错不了。”

互相认可对方认可的人，意味着彼此的真诚信任。

在老张安排的一名人员护送下，黄秋月先回慈济医院去了。

刘建平和老张抓紧时间商量下一步怎么办。

“黄医生，是我嫂子。”

不知为什么，刘建平要将黄秋月与自己的关系告诉老张。

“这个，组织上没说明。你也可以不说的。”老张说。

“我想让你知道这层关系。”

"我晓得了。"老张重重点下头。"我们绝不会牵连她，也不会牵连医院的其他人，我保证。"

刘建平一下明白，自己要的，原来就是这句话。他很想与老张握个手，但并没付诸行动。他将自己刚才想到的计划对老张说了，征求意见。

"就是有点风险也必须冒。我马上安排。"老张听完后立即表示同意。

二十四

晚上九点过，一辆板车拉着个用破旧棉被盖着的病人，急匆匆往慈济医院而来，两旁还有两个人相跟着照应。车到医院大门，黑影中蹿出两个黑衣人，一个高，一个矮，都戴着黑色礼帽。

"停下、停下。"他们拦住了板车。

"我们送伤员急诊，你们挡路干啥子？"拉车的人停下脚，尽管天气很凉，但仍用巴掌抹了下额头上的汗水。

"干啥子？检查！你们都是哪里的人，拉的是啥子人？"矮个子黑衣人拍拍腰杆上，表示有炮火在身，是公事人。

"你要检查，行啊，等我们把伤员交到医生手里，你们慢慢查嘛。"拉车的说罢就要迈步。

"吔嘿，给老子嘴臭哈，你娃儿以为开玩笑嗦？"高个子黑衣人斜挎着肩膀，移到拉车人面前，"我们是奉命检查，任何人不得例外。不给老子说清楚，你们就进不去这道门，信不信？"

"好说，好说。"送伤员来的三人中，年长的那位这时忙赔着笑脸，本来就有些驼背，这下弯曲得更厉害了。掏出烟卷分别给两个黑衣人敬上，边擦燃火柴棍边说，"我们是盐市口泰和酱品作坊的，鄙人姓张，是管事的。今天下了班，几兄弟没事，就到外面小酒馆吃了几杯，哪晓得与隔桌子的人因为一点小事闹起来，我这位兄弟肝火旺，还给人家动了手。结果被人家打惨咯，看嘛，脑壳开了花，心口儿低下还挨了一刀，眼看快不行，我们才赶紧送来医院抢救。求两位兄弟，给个方便如何？"说着，还撩开被盖给对方看。

车上人，头上乱七八糟裹着满是血污的绷带，只露出小半个脸，上半身同样血糊糊地缠着些布条。看样子实在伤得不轻，而且还散发出一股冲鼻的酒味。高个子黑衣人不由得摘下帽子在鼻子边扇了扇，说："你说话还实在些。你留下做个笔录，人送进去吧。"

矮个子黑衣人带年长的那位去门房做记录，高个子黑衣人则随板车后面往医院里去。看来他还是不放心，要脚跟脚看着。

医院门诊室正好有一男一女两个医生，都穿白大褂，戴着口罩。见到送来的伤员，他们简单询问了几句，就安排送去手术室，说是要立即抢救。

高个子黑衣人一扔烟头，还是要往手术室里闯。被那位戴眼镜的男医生挡住了。他抬手指指两扇玻璃门上“手术重地，闲人免进”八个大字，向高个子黑衣人摇摇头，转身，进了手术室。高个子黑衣人愣愣地，似乎没回过神。待再要推门，却又被旁边伸出的一只手臂拦下。他扭头一看，觉得身边这位穿着件有些陈旧的黑呢子中长衣，戴着顶灰不溜秋鸭舌帽的人好眼熟，但一时又想不起在哪打过交道。

“兄弟，记不起在下啦？”那人笑呵呵地，“警局刑侦队，刘建平。”

高个子黑衣人一拍额头，“哦哦哦，对对对，正是刘队长嘛，大侦探嘛。你这是……？”

刘建平打个哈哈，搂着高个子黑衣人的肩膀朝一边走，对方不由自主，只得跟着。拐个弯，来到另外一通走廊，刘建平亲热地邀对方在候诊用的长木椅上坐下，又递上烟。

“我来看看两个受伤的兄弟。唔，就是那晚在沙河回水沱出的事。我记得那晚兄弟你也到了现场。想起来好悬啊，我也差点躺这里了。”

“对对，我随高队长到了现场的。”

“兄弟是叫……叫……”

“不劳记挂，兄弟名叫苟来富。名字是难听点，没办法，爹妈取的。”

“哈哈哈，兄弟爽直，好好！外面还有位兄弟？”

“是，李二娃，我们一个组的，我组长。嘿嘿。对了，刘队长是什么时候来的？怎么先没看见呢？”

“我来了一阵了，才看了那两位兄弟，陪他们说了会儿话。可能你们主要注意力放在盘查伤病号去了，对单个进出的人反倒不太留心。”

苟来富被一语点中工作中的疏漏，有点不好意思：“哎哎，失礼得很。都听说了，刘队长对手下兄弟关照得很，我们都羡慕哦。”

“有缘分才在一起混碗饭吃，都不容易，相互照应着，该的。你们高队长，人也不错。嗯，刚才兄弟是要进手术室？我听说是有个人打架，伤得不轻。”

“是啊。说是喝了酒，与人发生纠葛，被打伤了。我是想跟进去看看究竟是什么伤，也是职责所系嘛。”

“还在查那个中了枪的游击队？我们警局的人这几天也四处打探着。哎呀，要是老孟一枪把他撂翻就万事大吉了。何苦还辛苦兄弟伙些。”

“对啊，完全可能的，也许那家伙已经死翘翘了呢。”

“不怕一万，就怕万一，你们站长和高队长的安排肯定有道理。你兄弟敬忠职守，对的、对的。不过手术室那地方最讲究干净卫生，人家医生不让进，那是人家的规矩。你还不知道吧？刚才那位男医生，就是这家医院的院长，叫童杰，喝过洋墨水的，做事最较真。这样，等手术完了，再详细了解吧，我也一起参加。干刑侦嘛，维护治安是分内之责，既然碰上了，不理不问说不过去。”

“还是刘队长想得把细。”

“你看这天气，凉飕飕的。我正要出去整点酒菜，不如我做东，叫上外面的李二娃，我们一起到我那两个兄弟的病房吃几杯？”

“倒是好。就怕外面有啥情况……”

“这么晚了，还会有几个人到医院？就算来了，等会儿到门诊室、病房走一圈不就弄清楚了？看兄弟的吧，实在不行就我们喝，让他在外面守倒也可以。”

“你刘队长都这么体恤下属，我也不好委屈自家兄弟。要得、要得，就叫上他。今晚也是有缘，遇到刘队长，有口福哦。不过，值班时喝酒，万一高队长晓得了……”

“他又咋会晓得呢？小酌几杯，去去寒气，就算他晓得了，有多大的事？走走。”

刘建平带着苟来富和李二娃两个特工，在病房里与游方德和另一名受伤的警员你敬一杯我还一杯，就着油酥花生米和油汪汪的卤猪头、猪蹄，吃喝得有说有笑，畅快之极。

五个人，三斤酒，一滴不剩。两个伤员趴床上呼呼大睡过去，苟来富和李二娃自然是喝得最多，一个脸红脖子粗，一个面色发青光，舌头打起了绞绞，为站里的秘书龚雅竹到底与男人上没上过床争吵不休。

“脸盘子可以，皮子白净，但冷得像根白冰棍，哪个男的会喜欢哦。”

“萝卜白菜各有所爱，徐孝凡那娃儿就喜欢她嘛，像条狗样围到她转。说不定已经上手咯，嘿嘿。”

“他娃儿？我看不一定化得开那根冰棍。不过，站长两口子硬是把龚雅竹当自己女娃子待，听说两口子倒是起劲撮合他们。”

“不是兄弟我吃了酒提虚劲，只要给我一晚上，我就能把她化成一摊水。”

“不怕得罪你哥子，就凭你麻杆样的身板儿，多半也就是提虚劲哦。哈哈哈。”

刘建平听他们如此不堪谈论龚稚竹，十分厌恶，却没奈何。也就趁这个当口，说要去趟茅房。他点上支烟，向手术室走去。快两个小时，估计手术应该差不多了。走到门口，看见手术室门正从里面拉开，医院的童杰院长和医生兼护士长黄秋月前后出来。

“情况咋样？”刘建平急切地问。送卿松到医院的老张，和另外两人也围过来，其中一个是游击队员包谷。刘建平向老张使了个眼色，老张会意，忙叫包谷去盯着还在那边病房扯酒话的特工。

黄秋月看看院长童杰，没说话。童杰明白这是要让自己介绍手术情况。

“幸好及时送来，手术顺利。”童杰说话很简短。

“谢谢童院长！”刘建平真诚地说。老张也忙着道感谢。

“童院长回去休息吧，这里就交给我和淑兰。”黄秋月说

“先别忙。实在抱歉，还要麻烦下童院长。”刘建平说。

童杰疑惑地看看几个人，但很快理解了刘建平的意思。淡淡一笑，说：“没事，这是例行公事。就让他们来吧，我这儿等着。”

刘建平礼节性地点点头，转身去叫那哼哈二将。

苟来富一听说手术完了，酒意立时减去不少，与李二娃尽量保持着步伐的平衡，随刘建平一起来到手术室门口。

“救、救活啦？”苟来富鼓起眼睛，也不知他究竟在问谁。

“不进去看看？人还在手术台上。”童杰说，语气透着倦意。

“喝、喝过洋墨水的就是有手段哦。你敢肯定，不、不是枪伤？”苟来富伸长脖子对着童杰，话问得很直白。

虽然心中早已有底，但此刻刘建平还是捏了把汗。

“枪伤？”童杰好像听到一句笑话似的，用手指戳戳自己的左心口，“如果是一枪打在这个位置，不说喝过什么‘洋墨水’，就是上帝也救不了他。”

“还是进去看看，放心些。”刘建平建议。

一干人进到手术室。但见手术台上躺着的人头上新裹满了纱布，只露出眼睛鼻子嘴巴，胸口部位也已经包扎好，左手臂插着输液管，鼻孔里插着输氧管。一名女护士在旁看护着。

苟来富围着手术台转了半圈，实在也看不出个所以然。他又要来病历本，把两张纸翻来覆去几遍，除了看见有“左胸部刀刺伤”“脑部挫裂伤”之类的

文字外，对其他的内容就两眼一抹黑了。趁这个工夫，刘建平也假意盘问了老张诸如在哪里发生打斗、伤人者是否在逃等问题。

查了，也问了，一切正常。苟来富和李二娃正觉得无趣，不知如何收场，外面又跑来一个特工，说是又有拉病人来的，苟来富脖子一梗，看看去吧。

刘建平咧嘴冷笑了下，看不出来这小子留了一手，原来外面还有个暗哨呢。他示意老张他们帮着护士何淑兰将卿松移送到特护病房，自己则随童杰、黄秋月来到院长办公室。

“童院长，这次实在太谢谢您，添麻烦了。”刘建平再次表达谢意。

童杰看上去比刘建平长两岁，中等个头，眼镜片后的眼神有些冷漠，挺阔的鼻梁，给人倔强甚至傲慢的印象。刘建平因为有时接送黄秋月，所以与他有点头之交，了解确实不多。原来以为此次只需黄秋月帮忙，却不料惊动了童杰，而他竟然出手相助，刘建平深受触动，觉得说再多的感谢话都不为过。“不要老是感谢了。救死扶伤，是医者天职，无论是什么样的人，到了医院，都是病人，我们都要救治。”童杰说得一板一眼。

见刘建平有些尴尬，黄秋月忙解围道：“院长，建平是真心感谢你的。”

刘建平看见童杰有了很和蔼可亲的笑容，心思细密敏感的他隐约感觉，这位童院长与嫂子黄秋月关系似乎非同一般。一个月前，何淑兰曾经在他面前含含糊糊提到，说童院长平时在医院对医生护士要求很严，但凡发现工作上的疏漏差错，训起人来绝不客气，唯独对秋月姐总是一团春风。容不得多想，因为黄秋月又对他说道：

“不过啊建平，现在的确不是说感谢话的时候。想想下一步怎么办吧。看那些人查得多紧的，你那位朋友能在医院里住下吗？”

“那他什么时候能恢复？”刘建平问。

“一周内下地。”童杰接话道。

“什么时候能挪动呢？我是说不在医院住，换地方。”

“三天，三天后可以离院护理。”童杰回道。

二十五

刘建平离开后，黄秋月给童杰的水盅倒了开水，端到童杰办公桌上，自己无声地站在对面。童杰俯头翻着本病历。半响，他抬头温和地看着黄秋月：“想说什么吗？不知怎么开口吧？”

黄秋月低头一笑："你想听点啥呢？"

童杰合上病历本："我问，你答。当然，你愿意回答的话。"见对方点头，他开始问道："第一个问题，中枪的究竟是什么人？"

"建平说是他一个很好的朋友，救过他的命。我之前已经说过的。"黄秋月如实回答。

"一个警察要救，而特务要抓的人？土匪？毒枭？江洋大盗？不会是共产党或者所谓的异己分子吧？"

黄秋月无语。

"第二个问题。你知道这很危险吗？你真的以为我们就是在面对一个普普通通的受枪伤的伤员吗？"

"建平的朋友，就是我的朋友，但我确实不知道他是什么人。对不起院长，给您添麻烦了。"

"我说的是你的'危险'，不是说我的'麻烦'。"童杰舞舞手，"上头打了招呼，凡枪伤治疗必须报告。这倒好，堂堂警局刑侦队长就弄了个中枪的来，掩耳盗铃，瞒天过海，在特务眼皮子底下做手术，还要伪造病历，谎称脑壳受伤，包裹得严严实实，不就是怕被人认出来吗？秋月，你该知道这是多危险的事。"

"建平不是特别为难，不会找我帮忙，我能不管？你知道，建平干着现在的差事，什么样的兄弟朋友都要结交些，我又不好多问。听说他这个朋友曾经犯过事，还被政府通缉着，这回也是为别的朋友打抱不平强出头，结果挨了枪子。院长，如果出了什么事，算我头上嘛。"黄秋月口气也有些急了。

"说小娃话了吧。"童杰眼神又温和起来。"坐下、坐下。喝口水。"他把面前的搪瓷水盅推到黄秋月对面。"看看，才问了两个问题就急了。那好，换个问题。为什么不干脆就说那个人没抢救过来，手术失败了呢？"

"建平说了，那样他们就会马上验尸，不就露馅了？"

童杰缓缓点头："不愧是刑侦队长，心思缜密。可是那些特务也不是吃素的，能瞒多久呢？"

"估计建平也想到了，不然他不会问什么时候病人可以出院。只要病人不在，医院就应该没事吧。院长，要不是我没把握做这个手术，真不会麻烦您。"

童杰訇然起身，眼镜差点落地，忙用手扶住。"秋月，你、你……什么意思嘛？我是怕麻烦的人吗？一口一个'院长'的，我……"

"好好，老童、老童，我不说客气话了。"黄秋月也站起身。她生怕童杰情急之下说出自己最怕听到的话。

一起共事三年多，黄秋月自然早已感觉到童杰对她默默的关心、呵护，就连其他一些同事偶尔也会拿她和院长开几句含蓄的玩笑，而她只装作不懂。

童杰留学期间曾经与一个女同学相好过。结束学业后，虽然已是抗战最后阶段，但他仍执意回国，要为抗战献一份力，而女同学却拒不同行，从此分道扬镳，到现在他还孑然一身。

“老童，时间不早了，你回宿舍休息吧。这边的事情，建平一定会有办法的。”黄秋月说。

“我还是陪着吧。”

“不用不用，明天你事情还多。这里有我和淑兰就行了。”

童杰临要出门，又止步，有些突兀地丢下一句话：“希望他救的朋友不是土匪大爷，也不是江洋大盗、毒枭。”

黄秋月愣在原地。不是这些人，又会是什么人？答案也许不难猜测。

一大早，高进就在办公室忙活开了。这几日他特别亢奋，抓紧清理手上的档案资料，准备将一些重要线索、资料交代清楚，尽快去警局履新。

瘦脸、龅牙的副队长冯关雄推门进来，把镔铁饭盒放在高进办公桌上，揭开盖。“刚出笼的老韩家包子，队长请用。”说罢又为高进续好茶水。

高进扔下一个文件袋，斜眼看着冯关雄，笑说：“看你娃儿，比老子还兴奋。巴不得老子早点挪窝，好转正吧？”

“我赌咒发誓，哪个龟儿子有这个想法。兄弟们都舍不得队长走的。”冯关雄讪笑道，“再说，凭兄弟我这两刷子，怕是也坐不下你这位置哦。是不是？”

“想套老子的话？”高进塞了个包子进嘴。“算你娃儿还有些自知之明，也晓得自己有几斤几两。”

“不敢奢望、不敢奢望。嘿嘿。”

“不过你脑瓜儿也算活套，对党国也够忠心。”高进又拿起个包子。“这老韩家的包子就是味道长，从小我就喜欢吃。那时候一年到头也吃不上几回，除非我家老汉儿运气好，有哪天多卖了两双布鞋，才开恩买一笼来香个嘴儿。哎，以后到了警局那边，隔得远，要再吃，就不方便咯。”

“那还不简单，还是兄弟我给哥子送过去嘛。”冯关雄谄媚道，明知高进扯闲篇，吊自己的胃口，还是只有稳起。

高进哈哈大笑，差点呛着。“关雄啊关雄，我就欣赏你娃儿这点见机劲儿。好好。不卖关子了。实话给你说，站长已经定了，队长还是先由我兼着，你主持特勤队的日常工作，看表现，如果行，就正式任命你为队长。”

“谢谢高哥栽培，我一定、一定……”冯关雄乐得一身打战。

“废话少说了。”高进打断道。“你要弄清楚，啥是‘表现好’？一句话，就是多抓共党和那些异己分子，懂吗？我整理的这摊子资料、文档，你还要尽快再熟悉些，下来还有些事再仔细交代你。”

“懂得、懂得。”

高进把余下的几个包子风卷残云罢，喝口茶，掏出手绢揩干净嘴巴，重新料理起桌上的文件袋。随口问：“这两天手上杂七杂八的事情多，没时间多过问。撒出去的人有啥收获没有？”

“按你和站长的吩咐，兄弟们在大小医院、医馆、药铺，车站码头各要道都盯得紧。五龙山游击队队长卿松的通缉令也四处张贴了。悬赏金也从五千升到一万。现在倒没发现什么异常情况。每个小组的活动都有详细记录报告，在你桌上呢。”冯关雄眼睛一扫，已看见了那份文件夹，于是用手示意了下。

高进拍拍额头，拿起文件夹打开，快速浏览起来。很快，其中一份三天前的报告引起他的注意。报告上说，当日晚，有泰和酱品作坊的人，将一名因酒后斗殴受伤的工友送到慈济医院手术抢救。高进侧头望向窗外，但眼神是虚空的。

“泰和酱品作坊？”他自语道。

“有啥不对头的地方？”冯关雄弓腰问道。

“嘶……泰和酱品作坊，是不是盐市口那家？那晚我们的人就是在附近发现彭学忠和车辆的，后来我还亲自带人去那一片搜查过，也去过这家酱品作坊。”

“对对，当时也没发现什么问题。”冯关雄回忆起来。

“有这么巧？你马上把苟来富叫来，我要细问。”高进吩咐。

“今天又该他们小组值班，我马上让人换他回来。”冯关雄不敢怠慢，转身出了门。

大约一小时后，冯关雄带着苟来富进到高进办公室。高进直接就开问：“来富，你再把 22 日晚上的情况说下，有没有异常情况？”

苟来富挠挠头：“没有啥子呀。我们的记录报告还是很仔细的。”

“我是问记录以外的事。你没守着手术吧？”

“没有，人家不让进嘛。我看了病历，是刀刺伤，还有头部挫裂伤，人已快不行了。对了，队长，那个中枪的游击队不会已经蹬腿了吧？”

“哼，你娃儿尽想好事。天上落金蛋子，砸昏你狗日的才是好事。他中枪后还能押着彭学忠开车进城，而且还打晕了姓彭的，你能想出他到底伤得是轻是重？我再问你，你并没有亲眼查验伤口吧？”

“这倒没有。”

“那你凭什么就能肯定那个人不是枪伤？我是咋交代的？”高进的脸色变得难看起来。

“我……我，我本来是想跟进手术室的，姓童的院长就是不让进，后来又碰见了警局的刘队长，他也劝我还是照顾下医院的规矩，所以……”

“刘队长？刘建平？”高进瞪着眼问。

“是啊，就是他。我也觉得他说得在理，硬闯进去的话，可能当时就要和那个童院长干场合。不、不太好吧。”

高进愣了片刻，慢慢坐下。把语气放缓了。“你把那晚上，从送那个受伤者到医院门口开始的经过，仔仔细细说一遍，不许漏掉一点点儿。”

苟来富到现在也不晓得高大队长发的是哪股神经。没办法，他只好挠着头皮子，边回忆，边叙述，甚至连刘建平如何请他和李二娃喝酒的事也不敢隐瞒。

高进围着办公桌转圈儿。听苟来富说完经过，他歪着脑袋不动了。过了会儿，他问：“你没发现刘建平与那三个作坊的人有交流？你觉得他们之前彼此认识吗？”

“刘队长盘问了那个姓张的作坊老板，也就是问问斗殴的经过。后来他说这种事太多，管不过来，还是让下面的派出所去查办。他们之前应该不认识。”

“高哥，你是怀疑那个刘……”冯关雄插话道。

“我怀疑哪个了？哪个都可以怀疑，都可以不怀疑！”高进不给冯关雄表现聪明的机会。因为他就没有停止过对有“前科”的刘建平的怀疑，无论什么人和事，只要牵涉刘建平，他脑壳里就要多打几个转转，就会冒出一串串的问号……

高进开始布置任务：“关雄，你马上带人去记录上说的那家小酒馆，核实下当晚那伙人斗殴的情况。狗娃，你给我盯死了那个受伤的人。有情况立即报告，去吧。”

二十六

苟来富心头有些窝火，最近几天他又是蹲守，又是盯梢，没有拉伸睡个好觉，竟然大上午就被高进叫去洗刷了一顿。未必前晚手术那人真有啥问题？他思前想后，还是觉得没什么地方不对头。

回到慈济医院门房，苟来富越想越气。他叫上李二娃，直冲冲去到卿松住的特护病房。门外的包谷没挡住，只得跟进病房来。护士何淑兰正在给病人换输液瓶。病床上的卿松好像睡着了，鼻孔上插着输氧管。

“护士小姐，麻烦你把他头上、身上的纱布解开。”苟来富一副公事公办的样子。

那晚给卿松手术时，黄秋月并未叫上何淑兰。直到伤口缝合后，才叫来她帮着护理。虽然不明就里，但何淑兰从黄秋月的叮嘱中明白，这位伤员身份特殊，要精心护理。此时，何淑兰挂好输液瓶，白口罩上方两双黑晶晶的眼珠难掩慌乱。“刚换了药，你们要干啥？”

“验伤。”苟来富说得很干脆。

“你们又不是医生，验啥伤？”何淑兰下意识地伸手虚拦住。

“你晓得我们是什么人。公务在身，你配合下。”

“不行。万一伤口感染了咋办？”此时的何淑兰已经镇定起来。

“就是嘛，我家大哥好不容易捡回条命哦。”包谷也在边上帮腔。

“小女娃子，这么多废话呢。”一旁的李二娃捏了捏自己的塌鼻子，又虚张声势地撸撸袖子。“要我们自己动手吗？”

“我做不了主，要给院长、护士长报告。你们先出去，不要为难我嘛。”

何淑兰的话在情理，苟来富两人一时不知如何应对。就在此时，黄秋月走了进来。这两天她和何淑兰轮换着护理卿松，连家都没顾得上回。她几乎随时留意着这间病房的情形，稍有空闲就要来看看。当她听说了苟来富他们的意思后，先是竭力反对，不同意。苟来富就像吃了秤砣，铁了心，和李二娃两个如两只绿头臭苍蝇嗡嗡乱叫。

黄秋月不胜其烦，抬手止住两只苍蝇的嗡嗡，“你们实在要看也行，不过必须留个字据，写明如果因此造成伤口感染，愿承担责任。”

苟来富长脖子一梗，“写就写，吓哪个嘛？”

“黄医生，你……”包谷在一旁急了。

黄秋月对他摇摇头。

字据写好，还摁上了红手指印。黄秋月亲自上手，小心翼翼解开卿松头上的纱布。卿松似乎被扰醒了，睁睁眼，又合上，听凭摆布。

苟来福和李二娃眼鼓鼓盯着黄秋月一层层解开病人头上的纱布，当揭开最后一层棉纱布时，但见头顶近两寸见方处，毛发剪掉，一道缝合的伤痕隐约可见，上面还涂抹了些黏糊糊的膏药似的东西。

“看清楚了吧？”黄秋月问。不等两个迷迷瞪瞪的特务回过神儿，已重新开始包扎。

“唉唉，慢慢。”苟来福说着又端详着卿松的面容。卿松紧闭双眼，固定输氧管的胶布在鼻梁上横起两条斜起两条，几乎搞成一张大花脸，就连边上的包谷也觉得“面生”，两个特务一时之间更难将这张脸与通缉令上卿松几年前的头像对上号。

“行了吗？还要看身上的伤口吗？”黄秋月毫不掩饰自己厌恶的语气。

“看啊，要看。”苟来福不依不饶。

“你们简直是胡闹！”随着一声怒喝，童杰疾步而来，冲到两个特务面前，“这里是医院，是病房，不是你们的审讯室，你们懂不懂起码的规矩？”

苟来福没料到惊动了院长，他上次就领教过童杰冷傲的态度，知道这不是个好对付的人，但又抹不下脸面，也横眉冷眼地说：“我们执行公务，哪管你啥子规矩哦。”

“那好，既然你不讲医院规矩，就叫你们的上司来，我也叫市政府、省政府的人，还有报社的记者来，我们一起评评，该不该讲医院的规矩。”童杰毫无惧色，振振有词。

苟来福不尴不尬地打个哈哈。他本来就是借着所谓的“验伤”发泄下被高进训斥后的窝囊气，也就此在手下面前展现一番自己的“敢作敢为”，同时试探下医生护士的反应。但凭他一个小组长，又岂敢真的把事情搞大？再者，他也知道，已经缝合过的伤口，即便是让他看，又能看出啥名堂？加上从刚才那两个医生护士的反应看，还算正常，心念到此，丢下一句话：“反正伤已经验过，老子才没得闲工夫陪你清谈。”冲李二娃偏偏头，走了。

包谷长舒一口气，很敬佩地看着童院长。而同样长舒一口气的还有黄秋月与何淑兰。

何淑兰和包谷自然不知内情。前晚手术时，多亏童杰灵机一动，在卿松的头上略施手脚，才有此时的有惊无险。想起平常有些书呆子气，说话不太会拐弯的童杰，紧要处也能多个心眼，紧张之余，黄秋月竟有点忍俊不禁。这只不过是一个闪念，她很快又产生了更大的担忧：这一关总算过了，接下来还会遇上什么麻烦事呢？不行，必须马上将刚才的情况告诉刘建平。

冯关雄带着两个人去盐市口那边核实情况。

按照笔录记载，当晚泰和酱品作坊的几个工友是在附近的小酒馆与人发生斗殴的。小酒馆酒招“醉春风”，店铺不大，只有五张桌面。店家主人是个中年男人，姓罗，因为凉拌菜整得好，人称“罗拌菜”。听说来人了解前晚上发生的斗殴事情，忙放下手里正在打整的一个猪头，从厨房出来。

“前晚上确实一前一后来了两拨人吃酒，其中一拨三个人，有个壮汉刚来不久就吃醉了，不晓得咋个搞起的，几句话不对就和邻桌吵闹起来。”罗拌菜介绍说，“这种事常有的，都是扯酒疯嘛。”

“晓得他们是哪里人吗？”冯关雄问。

“好像其中有附近泰和酱品作坊的人，他们那一桌是三个人，另外一桌是两个人，面生。”

“还动了刀子？”

“嗯，听说伤了一个。”

“‘听说’？”冯关雄把眼睛一斜，“你的意思是没看见？”

“是啊，他们先是吵起来了，阿弥陀佛，后来就一窝蜂跑到街上打开了。街上黑漆漆的，我本想去看盘热闹，又怕万一挨了误伤划不来，还要顾着看铺子，就没敢出去。”

“那你咋晓得打伤了一个？”

“后来听到铺子里吃酒的人说起的。”罗拌菜用油腻腻的围裙揩着手，笑呵呵地连连点头，表示将知道的全说完了。

冯关雄很失望，很无趣。把店铺里又慢慢扫了眼，他脑壳里闪过一个念头，去那家酱品作坊看看？但最终还是没去，因为他嗅到厨房里飘出的阵阵炖肉的香味，脚杆好像不太愿移动了。

“也快中午了，罗拌菜，听说你凉拌菜味道安逸，弄几样你拿手的来尝尝，再打两斤曲子酒来。”冯关雄摘下头上的黑礼帽，招呼两个手下落座。

罗拌菜立时笑开了花：“哎呀呀，我这个小铺子都是下力气的人才来的，难得有像你们几位这样的体面人光顾。今天我罗拌菜肯定好生弄几道菜。稍候、稍候。”连连答应着进了厨房。

吃过中午饭，高进继续在办公室忙着，但心头始终不踏实。上午苟来富来电话报告，已经对22日晚进医院的那个人验过伤了，没发现什么异常情况。语气中颇带有自我夸耀的意思。结果却是自讨没趣。因为高队长听了后，只冷冷回道：“马后炮，有用吗？何况你验得明白吗？”

下午两点过，冯关雄也回来了。报告了去盐市口那边核实的情况，与笔录完全吻合。看着冯关雄潮红的面颊，高进料定是中午喝了几杯，也不点破，只是心头的狐疑仍难驱散。特工的直觉让他决定亲自到慈济医院走一遭。

令高进始料不及，甚至懊悔的是，当他赶到慈济医院时，那个22日晚上因斗殴受伤的人，已经出院。

为把事情弄清楚，高进叫人请来院长童杰，以及当晚参与手术助理的护士长黄秋月问话。

虽然未曾谋过面，但高进早已知道这家医院的护士长黄秋月与刘建平的关系。当黄秋月跟在童杰身后走进医院小会议室，高进与之点头致意那一刻，一股电流贯冲头顶，一句久违的诗文瞬间浮现："蓦然回首，那人却在灯火阑珊处。"更有甚者，多年养成的惯于奇思怪想的特工思维，让他心念一闪：有嫂如此，难怪他刘建平至今不娶。高进收住心神，开始问话。

小会议室里烟雾弥漫。被叫来问话的黄秋月安静地捧着个水杯，不时轻声咳嗽下，童杰起身把玻璃窗打开。这个细节自然逃不过高进的眼睛，撇下嘴角，心头哼笑一声。

该问的问了，该答的答了，该搜的病房也搜了。

名叫宋庆汉的病人是午饭时出的院，交清了全部医药费。尽管医生一再提醒，最好多留院一段时间，但对方亲属执意要接人走，还说住久了怕付不起医疗费。院方也不能强拦，毕竟病人已无生命危险。事情就这么简单。

高进摁灭烟头，挤出点笑意："麻烦二位了。我们也就是了解下情况。没事了，你们去忙吧，借会议室用下。"

童杰一声不吭，和黄秋月相跟着出了门。

高进一股邪火心头涌，表面却冷冷的，用更冷的目光盯着苟来福，间或又扫冯关雄和其他几个手下一眼。

"咋个搞起的呢？"他开口了。

苟来富知道躲不过，硬着头皮回话："上午我才去验了伤，他那个样子也不该出院啊，没想到，这这……"

"验伤？验个毬的伤！"高进竭力将声音压低，歪头指着苟来富的鼻子，"你娃儿不提老子还没有这么气。自作聪明，擅自做主去验伤，打了草，惊了蛇，人家还不跑快些，晓得不？"

"人在你眼皮子底下出的院，就没看到？"冯关雄问。尽量把火往苟来富身上引。

"中午那阵人来人往的，实在顾不过来，也许、也许漏眼了。"苟来富脑壳垂搭到胸口上，就像断了脖子的鸡头。

“医院后门呢？”冯关雄问。

“后门一直安排了人盯着的，绝对没有发现有伤病号送出，那里本来也清净。”苟来富脖子忽地一昂。

“就是因为清净，所以人家才不会走后门。以为都像你这么莽吗？”高进讥讽道。他自然明白，在类似医院这种公共场所蹲点盘查，只能凭特工的经验和眼力，如果不是非常特殊情况，不可能搞“人人过关”。缓口气道：“你把中午时的情况详细摆一遍，不要有遗漏。”

苟来富一副有苦难言的烂相。中午确实是进出医院人比较多的时候，除了就医看病的，搬运药品货物的，还有医院里上下班的，病人亲属朋友来探视的、送饭的。他叫李二娃去喊了两碗臊子面，刚吃了几口，正好警局的刘建平开着福特轿车从院里出来，到了门口，减慢车速向他们打招呼。大约二十分钟前苟来富也是看见刘建平开车进的院门，说是要接姓游的兄弟出院。当时他还“啧啧”夸赞，好阔气的车啊！刘建平随口道，向朋友借的。此时再看见车要出门也觉正常。后窗口，前两天晚上一起在病房喝过酒的游姓警员挑开车窗的纱帘，笑嘻嘻地向他招下手，还甩了包烟过来，喊声，兄弟伙辛苦了。他端着碗，用拿着筷子的手舞了舞，同样笑嘻嘻道着谢，猛又想起早上在高队长办公室的情形。当时高队长话里话外似对这个刘建平不甚放心。一转念，他打算还是走拢去瞅瞅。恰在此时，一架板车又要出门，拉车的都戴着白口罩，车上东西用白布裹着。拉车人嘴里直呼前头的车不要挡路哦！苟来富转身要上前查验，拉车的人忙对他说，传染病死的，要拉倒郊外处理，吓得他以手掩鼻连退几步，而刘建平已经一踩油门，一溜烟出了院门拐弯不见了。

“又是他……”高进淡淡冷笑下。狠狠吸了口烟，看看几个手下，压住火责怪道：“我说兄弟伙些，办事下点细要得不？不要尽顾到一张嘴要得不？忙完了正事，我请你们敞开肚子吃喝要得不？”

冯关雄强忍住一个酒饱嗝，以副队长的姿态也瞄了瞄其他几个，好像高进责怪的人中并不包括自己。弄得高进哭笑不得，不过这种时候还是给他留些面子，吩咐道：“留三个人继续在这里盯梢，关雄，你几个随我去泰和作坊。”

二十七

入冬后，泰和酱品作坊里分外忙碌，生意红火，来进货的人很多，一些老主顾还要派人送货上门。

作坊张老板手里拿着叶子烟杆儿，这里指指、那里点点，里外招呼，正忙得不可开交时，高进带着一帮人上门了。张老板只好赔着笑脸把他们请进自己的办公室，又是茶水又是烟卷伺候周到。

“看这光景，生意不错嘛，张老板。”高进也不客气地坐在老板的竹椅上，摸摸面前有些潮湿黏糊，如同也在酱缸里浸泡过，不知哪朝哪代的老古董办公桌。

“我这小作坊，主要是腌制大头菜，本大利薄，表面风光。”张老板虚应道。

“张老板过谦了。这省城里虽说有比你‘泰和’摊子大的酱品厂，不过小买卖赚大钱嘛。这么好的生意，在这里做活路的人，工钱一定挣得不少吧？”

“大行市标准，反正不会亏待下力气的工友。这年头讨口饭吃，都不容易，是不是？”张老板将叶子烟杆儿插在腰带上，亲自给众人续着茶水。

“‘工友’，这称呼好，好，哈哈。”

“时下大家都这样叫，赶点新潮嘛。”

“张老板待工友真是情同手足，还亲自送吃酒斗殴受伤的工友去医院，难得啊。”

张老板一愣，立即明白过来，“你是说前几天那回事啊？人是我招的，出了人命我可是担待不起，不能不亲自送啊。”

“那么现在人呢？”高进话锋一转，直视张老板。

“你是说宋庆汉？我把他送到医院，救了他一命，够意思了吧？他吃了酒，肝火旺，跟人家动起手脚来，又不是因工受的伤，本来我也可以不管的。”

“我在问人去哪了？”高进紧追不放，提高了嗓门。

“他有个同乡亲戚，也在城里打短工，我刚听说把他接出院，说是医疗费太贵，住不起了。”

“接哪里去了？”

“这个我还真不晓得。也许回简阳县乡下老家了吧。反正我是仁至义尽了，也不可能再收留他。”

“他那个亲戚是干什么的？叫啥？”

“好像是在一个货站做搬运工，也姓宋。没顾上多问。”

“这个宋庆汉的老家具体在简阳什么地方？还是不晓得？哼哼。”

“现在农闲时节，他是进城打打短工，我们也没问那么细。”

“这几天一直在医院照料他的那个、那个叫啥包谷的娃呢？我想见见。”

“咳，就不要提那个娃咯，在我这也没干几天，哪晓得和宋庆汉硬是投缘，上午来结了工钱，说是要跟庆哥一起走，你说怪不怪？我才懒得留。”

张老板有问必答，笑脸依旧。高进却在心里阵阵冷笑。抬眼看见屋里南墙上的一副陈旧对联，摇头晃脑地念道：“人有七情六欲，味有酸甜苦辣，横批，泰和味正。哈哈，张老板，这对子写得很有些味道嘛。”

“祖上初通文墨，这幅字是我爷爷留下的，倒不敢不恭敬。”张老板认真地说。

“‘泰和味正’。唔唔，我怎么觉得这泰和的‘味’有些变呢？”高进戏谑地望着张老板。

“泰和老祖宗传下来的‘味’是不会变的。”张老板笑脸依旧，还把叶子烟杆儿点着，有滋有味地吐出呛人的浓烟。

高进斜眼瞧着这个穿着打扮不像老板更像工头，表面作古正经实则嬉皮笑脸的驼背，直想放声大笑，忽又记起站长徐耀庭说的那句话，“呆如木鸡，快若脱兔”。面前这个作坊主现在不也在装木鸡之相吗？从苟来富验伤，到那个神秘的伤员消失，才几个小时，岂不是比脱兔还快？而他这个逮兔子的人却总是慢半步。下一步该怎么办？马上抓人，严审？如果对方死抗到底，如何收场？大小是个工商业主的身份，万一事情闹大了，自己手上又拿不出个证据，怕是要触霉头。把这里再搜一遍？他们也许不会将一个无法行动的重伤者一直藏在此处。不过那些枪弹倒是极有可能藏匿于此。因为彭学忠就是在这附近被打晕的。从距离上分析，当时人和枪弹藏在这里最为便捷。看似冒险，却能收“灯下黑”之奇效。虽然那天晚上他亲自带人搜查过，但那是大排查，并未将此处作为主要嫌疑点，搜查也就难免不那么上心，加上又是晚上，到处黑咕隆咚的，容易漏眼，现在再搜查一遍也在情理之中，即便搜不出什么，谁又能怎样呢？

想到这里，高进已拿定主意。他和和气气地说：“张老板，你这泰和酱品究竟变没变味，想必你内心是清楚的。既然你如此肯定，就不会介意我们再把你这宝地过过眼吧？”

张老板一愣，随即听懂了。他面露难色，看看一圈屋里人，个个都皮笑肉不笑的，知道躲不过，“你们公家人做事认真，我还能不配合？请便、请便。”

高进仔仔细细盯了张老板片刻，站起身，吩咐冯关雄带人把作坊大门关了，从里到外，地方要一寸一寸过，人要一个一个验，就是耗子窝也不能放过。他觉得人手不够，又借作坊里的电话通知行动队再调派六个人来，同时通知附近的警局派出所，支援几名警员来维持秩序，一副不弄出名堂不罢手的架势。

冯关雄和苟来富各带一组人，一组从作坊的后院开始搜，确实连耗子洞都没放过。搜到前院坝子头时，还是一无所获。另外一组对作坊里的人，无论是做工的，还是来办事进货的，一个一个细加盘问、记录，但也毫无头绪。东逛逛，西瞧瞧的高进脸色越来越难看。冯关雄和苟来福来到他身边，一个撇撇嘴，一个摇摇头。张老板隔着十来步远的距离，笑呵呵地看他们。

“都没有发现？”高进不甘心地问。“都搜遍啦？”

“实在想不出还有哪里没搜了。”冯关雄说。

高进一时无话。苟来富轱辘着眼珠，转圈四下打量，忽然有了发现。

“喏，那些大缸子……”他朝坝子北边摆放的几排大酱缸噜噜嘴。

高进眼睛一亮，余光扫向不远处的张老板，恰好瞄见对方也正似乎漫不经心地环顾四周，包括那些半人多高罗汉肚似的大酱缸。

“给我挨个捅捅。”高进咬着后牙槽吩咐道。

一旁的张老板眼看着这伙人要对酱缸动手，驼着背跑过来，急切地请求:“这些酱缸里的咸菜还有豆酱封存的时间还不够，跑了风漏了气就真要变味的。”

“张老板放心，如果影响了你生意，你只管把这批货送到春熙路5号，我们高队长全包了，是不是，高队长？”苟来富讨好地望向高进。

“动手吧！”高进一声令下。

张老板气得直跺脚，有几名工友看不下去，想上前理论，他连忙拦下，怕把“戏”演过了。

上午，刘建平打来电话，告诉老张说，“小洋楼”的特工去验了卿松的伤，分析敌人肯定已经有所怀疑，为防万一，必须立即转移卿松，同时提醒老张注意作坊安全，特别是那批武器的安全。另外，他已经让一直看护卿松的通讯员包谷自行回山了。老张感觉到了危险的逼近，紧张思考着应急之策。当务之急肯定是如何处置藏匿的武器。情急之下，也想不出更稳妥的法子，只好将那批武器连同平常使用的枪支藏进三个硕大竹筐里，上面覆盖大头菜之类的腌制品，安排两名精明人员用架架车拉出了作坊。之后的十多天，他们白天拉着车专捡背街小巷叫卖零售，但故意把价格抬高了些，自然生意清淡。到了晚上，又专寻小旅店住宿。如此，竟然安安稳稳度过了危险期。直到监视作坊的特务有所松懈，对从作坊出去的盘查得细，对外面进去的倒不是特别在意，老张这才派人通知他们，又将几筐“货品”拉回作坊，重新隐蔽起来。这些都是后话。

第六章

二十八

接到黄秋月的电话，刘建平得知有人去查验卿松的伤，立即决定转移卿松。在确保卿松安全问题上，他不敢有一丝大意。

他把卿松接到了自己家里。

他明白这不是个好办法，但他清楚记得老孙的话：要千方百计保护卿松同志。这个时候，他没有其他选择。

已是晚上八点过。卿松就躺在刘建平的床上。斜对着临时又加放了一张小床，那是给游方德用的，此时他拄着拐杖去小英子房间摆龙门阵去了，或许也是故意回避下。刘建平自己则打了地铺。

虽然人仍很虚弱，但卿松的神志这会儿清醒，刘建平已亲自照料着他吃下了一碗蒸鸡蛋和一碗白米粥，黄秋月也为他的伤口换了药，正收拾药箱。三人之前一直都没说话。这时卿松说了句谢谢。黄秋月微笑点点头："你的伤口恢复不错。"说完，拎着药箱出去了。

"建平，我还是觉得这样不行啊，对你，还有一家人，这太危险了。万一有个……"卿松十分焦急。

刘建平摆手阻断对方："情况紧急，只能这样安排。老孙有交代，你的安全比啥都要紧。最危险的地方，说不定就是最安全的地方。另外，游方德与你一起住，遇上紧急情况也好掩护下。他是穷人家的娃了，人我是信得过的，只是还没给他交底，这段时间正好你可以再给他开开窍。"

"我明白你的意思。"卿松又无奈地叹口气，"不知作坊那边情况如何？"

"下午我以客户的身份去了个电话，正是老张接的。从他话中分析，特务去过了，虽有怀疑，但一无所获，目前看还是安全的。"

"多亏你处置及时。下一步怎么办？"

"我会尽快请示老孙。你只管把这里当自己家，安心养伤，遇上紧急情况，就按我们商量好的办，到暗室避避。"

刘建平又说了一番宽慰的话，让卿松先休息。把门轻轻关好，他来到小英子房间门外，听屋里传出一阵阵压低了的笑声，知道又是游方德在逗小英子开心。他推开虚掩的房门进去。见他进来，游方德和小英子忙捂嘴止住笑。刘建平看游方德斜卧在小英子床上，小英子则倚在一张小圆桌前。

“你娃儿好福气哈，刚打个转身就跑到人家小英子的闺房里头嘻哈打笑，小心崩开了伤口。”刘建平假意瞪了游方德一眼。

“是我让他进屋的。”小英子替游方德解围道。她知道他们有话要谈，想出门去，被刘建平叫住，态度温和地对她说：“小英子，这段时间要多辛苦些了。我下午的话都记住啦？”

“二表哥放心，你的话每个字都记到我脑壳里。”

“那我再考考你，看搞忘没有。”

小英子抿嘴一笑，把眼珠转了转，掰着指头说：“这一嘛，是要多做有营养的伙食；这二嘛，不要对外人说起家里多了个人；三是平常把院门关严，有人来先要把那位宋大哥藏起来；四嘛，看好果果，最好不让她知道除了小德叔，还有位伯伯住在二爸屋里。咋样，全对吧？”

刘建平满意地冲小英子比了个大拇指：“小英子就是聪明。特别是要看好果果，好在今天中午那会儿她没在家。可以对她说，小德叔受了伤，要上药，不干净，所以嘛就不要进去。行，你去看看表婶吧。”

小英子出门后，刘建平搬过一个独凳，坐在离床不远的地方，掏出烟给游方德点上，自己也燃上一支。

“我还是下床来吧，小英子非逼着躺这儿。”游方德觉得不自在。

“你伤还没好利索，就躺着。”刘建平拦住。

“刚才我是故意找些话逗小英子笑笑，她有点紧张。”游方德解释道。

刘建平赞许地点点头。从中午转移卿松到家里，刘建平忙里忙外，还没来得及与游方德单独说过话，游方德也不问，完全按照他的意思做就是了，一副理所当然的态度。

沱江边上的石板滩镇有户魏姓豪门大户，除拥有众多良田外，镇子上一小半的商铺都是魏家的产业，在成都也有公馆，做着绸缎、药材等生意。魏家还养着十多个会些拳脚的家丁，配了长短枪，对外打着民团的旗号。

游方德十七岁那年，天大旱，水田裂开踩得下脚掌的豁口，何来收成可言？而田租、捐税却分文不能少。那时游方德父亲已得了痨病，废人一个，连吃带治病花销很大，上面还有个七十多岁的奶奶要供养。妹妹槐花只有十三岁。一家老小就靠母亲苦吃苦做地支撑着。游方德在县中学读书，父母望子成龙心切，非逼着游方德不准停学。实在没办法，母亲狠下心把妹妹槐花送进了魏家做使唤丫头，换来的是免除两年的田租。可是槐花就要在魏家做十年的使唤丫头。母亲对游方德说，妹子在魏家有饱饭吃，有好房子住，有好衣服穿，不吃亏，我们自家还少了一张吃饭的嘴巴呢。游方德懵懵懂懂，更弄不清妹妹在那片高墙大宅的庄园里，究竟会是福是祸。

转过年，父亲死了。这之后，清贫的日子倒也没多大波澜。游方德放寒暑假回家就尽量帮母亲多干些农活，有时也去魏家庄园看看妹子，匆匆说几句话。问问她过得怎么样，槐花总说过得好。说自己给五姨太当使唤丫头，五姨太识文断字，待下人不错。中学毕业时，游方德顺利考取了成都警察局办的一个训练班，结业后就穿上了警服，也算是光宗耀祖了。可是奶奶和母亲等不及享他的福，竟脚跟脚撒手人世，留下他和妹妹槐花相依为命。母亲下葬那天，漫天雪花中，兄妹二人在坟前跪了一天，哭了一天，几乎成雪人。

游方德找到人称魏先生的庄园主，提出想带槐花去城里，两兄妹一起也好互相照顾。魏先生六十岁上下，生得一副弥勒菩萨像，红光满面的，肉嘟嘟的腮帮子直往下垂，绝看不出是个天天离不得鸦片烟枪的人。他对游方德还客气，说了些安慰两兄妹的话。但对放槐花出魏家这事却不松一丝口风。“当初是看你们家遇上坎坎难关，才好心收留槐花这女娃子。刚来时她黄皮寡瘦，这些年在我魏家养得白白净净，出落成水灵灵的大姑娘了。契约上写得清楚，要帮佣十年，我不能坏了规矩吧？放了槐花，我这还有那些桂花、菊花、桃花，要是也跟着学，我咋收场？德娃，你现在也是吃公家饭的人了，出息了，也懂事了，替我想想，该是这个道理吧？你放心，我是定不会让槐花在魏家吃半点亏的。等时间到了，只要她还想走，我一天也不多留。”

一番说辞，硬是叫游方德哑了口，无言以对。他也知道，凭自己那点薪饷，要赎出妹子，完全是白日做梦。槐花不愿哥哥为难，一再让哥哥不用担心自己，她能够照顾好自己。游方德一万个不情愿，却也只得留下妹子继续在魏家帮佣。

魏先生膝下两男三女，大儿子是正房所出，在川军潘文华所属部队里任团长，除了现任县长是魏先生的堂弟外，做团长的大儿子就是魏家最为倚重的顶梁柱了。小儿子魏良琪是五姨太所生，与游方德同年岁，小屁孩时，他们还在一起玩耍过，后来就一直在成都念书，一直读到省立大学。说是念书，其实功夫多用在追花逐月上了，去舞厅戏院赌场，与青楼女子一起厮混的时间比去课堂的时间多多了。

这年夏天，学校放暑假，魏良琪坐着家里的小轿车回到庄园，正跟父母瞎编着在学校如何用功，不经意看见槐花端茶进来，刚才还如簧似的巧舌忽然变得僵硬起来，虽在双亲面前不敢太造次，眼睛却还是轱辘般跟着槐花转。当妈的看不下去，假意咳嗽一声。魏良琪反应极快，干脆夸张地上下打量槐花，很惊讶的样子：

“哎呀呀，这是哪个哦？是槐花吗？才半年时间，长成大妹子咯，我差点没认出来。”

槐花埋着头，小声招呼：“二少爷回来啦。”迈着碎步出去了。

五姨太端起盖碗茶，忽然想起什么，说：“女大十八变嘛，难怪你认不出。琪儿，妈晓得你喜欢女花花儿，不过也不要花迷了眼哈。”

“哪会，哪会呢？”魏良琪嘻嘻一笑。

说是不会，那魏家二少爷还真就被槐花迷住了。在城里看多了浓妆艳抹，胭脂气能把人熏昏的女花花，眼面前出现个清水出芙蓉般的女孩，魏良琪已然是魂不守舍。自那天起，他总是找各种理由缠着槐花。叫槐花削桃子皮了，叫槐花绞热毛巾了，叫槐花找要穿的干净衣服了，似乎槐花成了他的使唤丫头。他还偷偷送槐花礼物，丝巾手绢，带玉坠的小折扇，香皂香包，反正这些哄女孩的小玩意儿他多的是。槐花却一样也不要，急得他团团转。他有时还到槐花的房间无话找话说，说累了居然躺到人家女孩子家的床上，东闻闻西嗅嗅，又说腰杆痛了，叫槐花给揉揉。槐花是又羞又恼，不过知道他是老爷和五姨太的心头肉，也奈何不得。趁着槐花给自己捶打腰杆，魏良琪突然翻过身子在槐花脸蛋上亲了一口，惊吓得槐花哭着去向五姨太告状，他却在槐花床上哈哈大笑。五姨太没听槐花说完，就轻言细语地开导，琪儿是逗你玩儿的，过几天学堂开学，走了就没事了。

这天晚上，魏良琪按不住心头的燥热，鬼使神差地溜到槐花房间外，见房门关着，但窗户却透出亮光。他哪里知道，此时槐花已伺候老爷和五姨太安寝，天气太热，她到下人的厨房里打了点热水，正关在屋里擦身子。魏良琪悄悄摸到窗户下，踮着脚往里瞧，无奈窗帘挡着，但他听见了屋里搅水声，立时猜到槐花在做什么，只觉周身的血管要炸裂似的，槐花那雪白娇嫩的胴体在他眼前急速地旋转，他整个人也旋转开来。他用随身带着的小刀去拨弄关门的木门柄。他来过槐花房间，知道房门是如何别着的。他小时候就用这方法成功地拨弄开过庄园里好多房门，觉得特别好玩，也没人因此责怪过半句，爹妈反夸他聪明。

这一次他当然还是为着好玩。这一次他还是成功了。

那块并不长的木门柄被他拨开了。但魏良琪并不曾想过，他开启的这扇门，对他和槐花意味着什么。

接下来发生的事，就像一匹脱缰的野马，谁也别想控制它的方向了。

二十九

一支烟抽完，游方德见刘建平还不开口，忍不住了。“刘哥，你别为难了。啥都不用说，我晓得该咋做。”

刘建平理解地笑笑：“有些话不必多说，但又不能不说。德娃，你信得过我吗？”

游方德心头一热：“刘哥，德娃不信天不信地不信鬼不信神，就信你。你说上天，我就不入地，你说打鬼，我就不拜神。”

刘建平用手指点点游方德：“嘿嘿，你这张嘴啊，还就是抹了油，溜溜儿快。”

“我说的是真的。”游方德鼓起金鱼眼，“刘哥，你是好人，能让你出手相救的，肯定也是好人，我当然也要出力。”

刘建平听着这话耳熟，记起黄秋月也说过类似的话。“你不想知道他是啥人？”他盯着游方德。

“我说了，他肯定是‘好人’。”游方德鬼聪明得很，他觉得有些话不必点破。其实在他和刘建平之间，早已气息相同，甚至是血肉相连了。

那是个酷暑天，即便刚下过一场偏东雨，雨水也好似没落地就在半空蒸发掉，酷热依旧。魏家派了辆马车来接游方德，说是槐花病重，让他赶紧回去看看。游方德没顾得多想，请了假，换身便服就跳上了马车。

马车直接把游方德拉进了魏家庄园。弥勒佛般的魏先生和五官小小巧巧的五姨太，还有牙齿焦黄的管家魏老四都在花厅等着。魏先生吩咐下人敬了茶，又绞了热水帕让游方德揩揩一头的汗水。

游方德心头发慌，有种不祥的预感。顾不上打量从未踏进过的花厅陈设，尽量压抑住内心的不安，问道：“我妹子咋样啦？她人呢？”魏先生一脸凝重，再不像平常大胖子菩萨般憨笑，魏老四也在一边长吁短叹，五姨太不知是真是假，抹开了眼泪。游方德只觉脑壳里轰的一声。“槐花到底咋啦？你们快说话呀！”他喊道，挨个看屋里的人。

“德娃，你不急。慢慢给你说。”魏先生摸索着拿起茶几上的铜烟袋。

魏老四咳嗽一声，叹口气说：“没想到槐花这女娃性子这么刚烈，就一点小事嘛，她就想不开，何至于、何至于啊……”

“你说啥？哪个想不开？槐花？她……”游方德眼睛里几乎喷出血。

五姨太开口了：“昨天晚上，槐花在我屋里收拾屋子，不小心把老爷最喜欢的细花瓷茶碗打烂了，我就说了她几句。也不晓得是不是话重了些，她她……就投了井啊……这个女娃子啊……”说着，五姨太还真的抽抽噎噎哭起来。

游方德愣在那里，人完全蒙了傻了，刚才还通红的脸一霎时变成乌青，嘴唇咬出了血也浑然不觉。五姨太一定是在开玩笑，因为某种原因要吓唬自己。或者是槐花干错了事，他们不想留了，就用这种借口赶槐花走。不要就不要吧，我正求之不得。槐花怎么会投井呢？上次见面她还让哥哥放心，说自己会照顾好自己，还说等帮完魏家，以后就到成都去照顾哥哥。游方德腿发软，踉踉跄跄往厅外走。他要去见妹子槐花，接她离开这个鬼地方。他要去问问槐花，究竟受了啥委屈，他们怎么会说你投井了呢？有哥哥在，天大的委屈也要为你做主，投井做啥，那古井水多凉啊，我的傻妹子啊！我不信，我要问遍这庄园的每个人，你为啥要投井……

游方德没迈过花厅的高门槛，一头栽倒……

魏先生宅心仁厚，说他待槐花如自己的半个闺女，所以打破常规，在一个偏院为槐花搭设了灵堂，还用好木料打了口棺材，槐花的穿戴也是五姨太安排人专门置办的，又安排人陪着一言不发的游方德守灵。三天后出殡，虽没走正门，不过魏先生和五姨太还是亲自出面送了一程。

游方德把妹子槐花葬在了奶奶和父母旁边，让他们在地下团聚。这次是游方德一个人守在墓地了。这次他没哭，只是一个人不停地烧纸钱。烧了一天。

游方德回成都，管家魏老四受魏先生委托，一直送到村口才下马车。掏出五块银圆，说魏先生特意嘱咐的，破例给槐花结算了工钱。游方德客气地拒绝了，说安葬槐花已花费了魏先生的钱。

车夫还是那天来接游方德的魏老汉，六十多岁的人，在魏家干了一辈子，没儿没女，光棍一个。游方德自幼就认识他，母亲说过，魏老汉与她娘家还沾点亲带点故，所以，私底下游方德叫他一声三舅。

魏老汉驾着马车，抽着叶子烟，偶尔虚晃一下鞭子。好半天，他突然冒出一句话：“这是啥子世道啊……”

“三舅，槐花说过，您老人家平常对她很关心的。我替她谢谢了。”坐在后面的游方德答话道。

魏老汉又好半天没吱声，但游方德发觉他好像在揩眼泪。

这几天里，庄园里虽有人帮着料理槐花的后事，除了叹息槐花性子刚烈，似乎槐花投井就没其他事由了，游方德也并没去问遍每个人，因为在他问过几人后便知道问不出什么的。但他不相信，仅仅是因为打烂一个茶碗，受了五姨太的责怪，槐花就会不管不顾地去投井。此时，游方德心思一动，想从魏老汉这里探探究竟。

“三舅，您老人家觉得槐花值吗？”

魏老汉摇摇鞭子，黄泥巴色的老马加快了些步伐。“槐花，那就是刚打蕾的花骨朵儿啊。能值吗？”

“那她到底为啥就要想不开呢？”

魏老汉不吱声了，只是重重叹气，吧嗒吧嗒抽烟。太阳明晃晃的，照得人两眼冒金星，老马也跑得口里冒出白沫。快正午了，田野里见不到一个农人的身影。

一路无话。

直到游方德跳下车，打招呼告别，魏老汉临走，突然没头没脑地说：“前几天二少爷也才回学堂，不过坐的乌龟壳汽车，不像我们，骨头都要抖散架咯，皮都要晒脱咯。人比人，气死人。德娃，凡事只有认命啊，人是抗不过命的。哎……”

望着慢慢驶去的老马车，游方德回味着魏老汉的话……

游方德回警局后，家里发生的事没向谁提一个字，平常嘻嘻哈哈，爱说爱笑的一个人变成了闷葫芦，只要有空闲，不管早晚，他就会换身便服外出，有时一整天也不见他人影。谁也不知道他去了什么地方。刘建平自从一认识，就很喜欢这个表面油滑、爱耍点嘴皮子，其实却难掩质朴的游方德。发现游方德最近有些异样，他也关心过，家里是不是出了什么事？游方德只是挤出点笑，摇头。

游方德没忙别的事，就是在盯魏家二少爷。

那天魏老汉临走，冷不丁提到魏家二少爷，如同三伏天当头泼来的一盆冷水，让他从一片混沌懵懂中惊醒。他明白魏老汉话中有话，但还不能确定。隔了两天，他又偷偷回了趟石板滩，趁夜色摸到魏家庄园背后的马车院，闪身进了魏老汉住的破草屋。忙活了一天的魏老汉正在煤油灯下打草鞋，就见游方德扑通一下跪在了面前。“三舅，您是我和槐花的老辈子，今天德娃就要您一句话，槐花是被魏良琪害死的，是吗？”

槐花为啥投井，那二少爷为啥第二天一大早就急急忙忙回了成都，庄园里的人哪个不心知肚明？可是魏先生下了封口令，哪个又敢说半句呢？

游方德长跪不起。魏老汉一杆接一杆地抽着叶子烟。怪只怪那天没管住自己的嘴，既然有了初一，就不怕十五了，一把老骨头了，也没啥好怕的了。想到这，老人终于重重点了点头……

游方德的心再次被一条一缕地撕裂，但却感觉不到痛。唯有一个念头，要为妹妹槐花讨个公道。

游方德盯了魏良琪不多久，就知道他在哪个学校读书，魏家城里的公馆在什么位置，他平时常在哪家舞厅跳舞、哪家餐厅喝酒、哪家戏园子看戏、哪家赌场青楼厮混。做到这些，对一个受过训又干着刑侦的警察来说并不难。他很谨慎，几乎连自己都不相信，他能一次次克制住难以克制的冲动。因为魏良琪身边一直有个穿黑色短褂腰别盒子炮的家伙不离左右，他没合适的出手机会。他当然不知道，这是魏先生刚刚安排的家丁，任务就是保护二少爷。

机会出现在一个月后。

一个星期天，骄阳似火，暑热难耐。下午时分，锦江河里游泳泡澡纳凉的人很多。魏良琪和家丁也在河里嬉戏玩耍。沱江边上长大的娃娃，没几个不爱游泳戏水的。他们专门从城里的公馆过来，这里离魏良琪读书的学校不远，他打算在河里消了暑热，再到几天没去的学校会会几个世家同学，约到一起晚上去戏园子看戏。他不会想到，此时在河岸边的一丛芦苇后面，一个人的心脏正伴随着急促的喘息声咚咚跃动，一双比河水还浸凉的眼睛已经盯上他许久。那是多年前曾经与他一起在沱江水流里扑腾过的小伙伴游方德的眼睛。

家丁与二少爷比赛着谁游得快。他自然要让着二少爷，这样二少爷才欢喜，二少爷欢喜了，说不定就会赏他一两块银圆。不觉间，二少爷已将家丁抛在后面十多米远。家丁也没在意，还是有意放缓着速度。就在这时，他好像听见了二少爷呼叫他的声音，但不是很确定。他踩着江水，尽力往上直起身，寻找二少爷的身影。他看见七八米开外的二少爷，一只手舞着，半个脑袋在水面，同时有个人正从二少爷身边快速游走。他暗叫一声“不好”，拼命游过去，一下托住直往下坠的二少爷，使出吃奶力气向岸上游。

但一切都晚了。当家丁把人拖到岸边的树荫下，二少爷已气息全无。魏家二少爷死了。

三十

那天正好是刘建平值班，接到警局下面的派出所报告，说是一个富家子弟在河里淹死了，陪伴的家丁坚称他家少爷是被人所害，闹着要警察赶快抓凶手，问他凶手是谁，他又支支吾吾说不明白，他们只好上报刑侦队。

刘建平当时并没觉得多大的事，锦江河里年年夏天都要淹死人，那龙王爷才不管你是少爷公子还是平头百姓家的娃，该收谁的命就会收。他带上照相机很快赶到事发地。

事发已一个多小时，河边还围了不少人看热闹，几名警员在维持秩序。刘建平前后左右地对着死者拍了些照片，又问了那个仍然六神无主的家丁些问题，不外乎就是姓甚名谁，何方人氏，什么时间下的水，在水里都怎么玩的，最后才问到关键问题：

“你不觉得你家少爷就是意外淹死的吗？或者是腿抽筋了，或者是被水草或是其他什么东西缠住了，好多人都是这样淹死的。”

家丁一个劲摇头：“我家二少爷水性不差，要不是有人害他，不会出事的。我还看见当时有个人从他身边游走，肯定就是害他的人。”

“你看清楚那个人了吗？”

“我急着救二少爷，没时间多看。但肯定那个人对二少爷干了啥子事。”

“河里游泳的人那么多，也许那个人刚好从你家二少爷身边游过去。还有，你为啥这么肯定有人会害他呢？你家二少爷与什么人结了仇？”

家丁语塞，只是仍执拗地摇头。刘建平见也问不出什么，只好答应会继续查，让家丁赶紧通知魏家的人先收尸。

刘建平回到警局已傍晚。他在办公室坐了一阵，饭也懒得吃。然后他去了东院的警员宿舍。这里住的全是在城里没家室的单身警员。游方德也住这里。

四人间的寝室里黑漆漆热烘烘，只有游方德一个人穿条大裤衩躺床上睡大觉。刘建平拉亮灯泡，用脚踢踢床脚，游方德翻身坐起，一头大汗，叫了声“刘哥”。刘建平让他穿上衣服，说是要带他出去一趟。

二人骑着自行车，不快不慢地相跟着往锦江河而去。快到下午出事现场的地方，刘建平先下了车，游方德也不吭声地乖乖下车。

他们在离河堤不远的地方找了个长石条坐下。两人开始抽烟。天上有星光，河里有渔火，蛙鸣蝉嘶响成一片，微风习习，确比城里凉爽多了。他们互相看不清对方脸上的表情。一支烟抽完，刘建平从裤兜里摸出把木梳子递给游方德，说："被一个看热闹的小娃捡到的，我给了他几个钱，算是买的吧。"

游方德接过来一摸索，顿时什么都明白了。这是他最近一直带在身上的槐花妹子的唯一遗物。

"我听说刘哥下午到过这里出现场。"游方德说。

"是啊。"

"淹死了一个人？"

"是啊。"

"他就是淹死的。不是我害的。"游方德长吁一口气。

"愿意说就好。来，把事情都说给我听。"刘建平态度很和缓。

他下午在现场时，无意中看见一个七八岁的小男孩在人群中东钻西拱，手里还拿着个小木梳，觉得眼熟。他不经意叫过小男孩，说愿意出钱买他手里的小木梳。小男孩很乐意，说是在那边芦苇丛里捡到的，本是女娃子用的玩意儿，于他不算是好耍的玩具。刘建平记得春节时，他买过同样款式的四把木梳，一把给了嫂子黄秋月，一把给了妹妹秀娟，一把给了表妹小英子，后来想起游方德也有个妹子叫槐花，于是顺便多买了把，让游方德带给妹子，当时还把游方德着实感动了一阵。四把木梳上面都雕着两瓣梅花图案，所以刘建平觉得眼熟，又了解到溺亡者是石板滩的人，与游方德老家是同一个地方，联想到最近游方德沉默寡言的反常表现，他已猜到，家丁口口声声说有人害了他家二少爷，也许与游方德有关系。所以这才将游方德带到此处，没想到游方德倒也干脆，主动提到了下午的事情。

游方德把自己家里发生的事情全都说给刘建平听了。说到槐花的死，他终于忍不住抖动双肩哭起来，哭得同样是七尺男儿的刘建平也心头发酸眼眶发热，拍着游方德的后背："傻兄弟，这么大的事，你都不说一声，就一个人扛着。"停了片刻，又问，"魏家二少爷真不是你害的？"

游方德止住哭泣，控制下情绪。"我是想着要弄死他，替槐花报仇讨回公道。但是没想到那狗日的太不经事，我才说了两句，他就吓丢了魂。"

"你具体说说。"

"我跟了魏良琪好久，就是要向他讨个说法。槐花不能就这样不明不白地死啊。今天下午我看见他们在河里耍得欢天喜地，好像根本就忘了槐花是咋死的。河里人多，我觉得是个机会，也下了水。发现魏老二一个人时，我一个猛子潜到他跟前。当我与他面对面时，他认出了我，瞪大了眼睛，想说话又说不出来。我就问他，你狗日的为啥要害槐花？你狗日的要为槐花偿命，我要替槐花报仇，要收拾你。他脸色惨白，嘴巴张开，又是点头又是摇头，很难受的样子，接着我就看他人要往下沉。我也有些蒙了，明白那娃儿可能出了毛病，正不知怎么办，他竟然喊了一嗓子，声音怪吓人的，我不敢停留，赶忙游上岸，躲在芦苇丛后面观察。后来那个家丁把魏老二拖上岸，再后来，晓得他死了，我就回警局了。刘哥，我真没动手，或者是我把他吓死了？那能怪我吗？”

刘建平相信游方德说的是实话，暗自舒了口气。从魏良琪尸体表面看，没有丝毫搏击、挣扎的痕迹，甚至连一小块瘀青也没有。刚才游方德在床上时，他也留意过，周身同样没有与人撕扯、搏击过的痕迹。魏良琪在最后时刻还叫喊了家丁。如果是游方德出手的话，这些情况应该都不会存在。

“你看他快不行了，没想过救他一命？”刘建平问道。话一出口，连自己也觉得这个问题有些匪夷所思。

游方德倒好像并没感到这个问题的不可理解，更不会意识到对方之所以提这个问题，是出于什么目的。他回答得很直白：“我想过，但是还没拿定主意，他叫喊家丁，我知道家丁就在附近，害怕黄泥巴沾裤裆，不是屎也是屎，纠缠不清，所以赶紧离开了。我想着家丁会救他的。”

暗影中，刘建平微微颔首。游方德的回答合乎情理。

“如果真的是你弄死了他，我还真不知道如何帮你。”刘建平对游方德说。“下面的事，我来应付。”

第三天头上，局长蔡文广传话说，魏家那位当团长的大少爷找上门了，指名道姓，警局刑侦队的游方德是害死他二弟的凶手。原因自然是与游方德妹子槐花有关。因为一件小事，在魏家帮佣的槐花想不开投井身亡，其兄游方德怀恨在心，伺机报复，所以害死了魏家二少爷。局长蔡文广倒也干脆，下令将游方德先行收押，给刑侦队两天时间查明案情。鉴于一开始是刘建平出的现场，当时的队长顺水推舟，让刘建平一手经办此案。早有准备的刘建平没有推辞，当天晚上就一身便装只身去了魏家在成都的公馆。

接待刘建平的正是身为国军团长的魏家大少爷魏良成。据说其父魏先生因痛失爱子，已卧病在床。

魏良成三十二三岁，中等个子，显得彬彬有礼。他是专门从驻防地重庆赶回来的。刘建平按礼节，在灵堂向死者的灵牌鞠了躬，上了香，魏良成还了礼。二人随后在茶室进行了一番对话。

“魏团长，你们说警局刑侦队的游方德害死了良琪公子，不知有何证据？”

“我是军人，不绕圈子。家父坚持指认游方德害死了良琪，虽然没有直接证据，不过我了解全部事情经过后，同样认为，良琪的死，游方德脱不了干系。”

“就因为他妹妹槐花投了井，就认定他是凶手？”

“他有害良琪的动机。”

“动机不等于行动。凭动机，不好定罪吧？游方德虽然是警员，但如果他真的敢下此狠手，我们刑侦队第一个就容他不得。再说，万一，我是说万一，万一良琪公子与别的什么人有过节呢？”

“不会的。舍弟即便平常处事难免孟浪，心肠还是蛮软的，也吃得亏，出手大方，谁会要他的命呢？只有游方德。”

“魏团长刚才说到动机，我就想不明白了，槐花又不是良琪公子所害，游方德要报复，也不该找他呀。说句得罪话，那也该找直接造成槐花投井的人吧。比如，魏老先生，或是五姨太？哦哦，抱歉了。”

“这……”魏良成语塞。

刘建平也不点破。“难道槐花之死与良琪公子有关？果真如此，游方德嫌疑确实很大，我们还需全面细加调查。”

看对方沉吟不语，略显尴尬，刘建平觉得火候到了。“魏团长，良琪公子出事后，在下受命调查，不敢懈怠。我问过游方德，他因为妹妹槐花的死，对魏家确是心存怨恨，但也仅此而已，只怪他妹子心智未熟，自毁性命。说游方德因此害死良琪公子，未免太过牵强。我查验过，良琪公子身上没有一点撕扯、搏击过的痕迹，从当时现场的情形分析，游方德手段再高，也不可能杀人于无形。想必魏团长应该查看过良琪公子遗身，也已了然。所以，我猜想良琪公子会不会是在戏水过程中身体突然不适，最后……”

魏良成眯缝起眼睛抽烟，仅此几个来回，他已完全领教了面前这个身形俊朗，说话有条有理的小警员的厉害。只见对方又从上衣兜里摸出张纸展开，说：“我到市里几家大医院去碰了碰运气，还真有收获。这是在慈济医院查到的良琪公子的病历，三个月前，他因为心脏不适去看过医生。不知府上知不知道这件事？这是我做的笔录。”

魏良成有些惊异地接过那张纸。二弟小时候经常闹心口痛，这个他是知道的，但后来就没再听家里人提起过，还以为人长大了，那毛病早没了。

刘建平继续正色道：“魏团长，我也当过军人，也不绕圈子。我觉得这件事最好到此为止。良琪兄弟英年殒命，实在令人痛惜，但也没理由去冤枉另一个家事不幸的年轻人。您说呢？还望尊府上下节哀顺变。”

魏良成一脸凝重。其父逼着他要缉拿真凶，但人家刘警员一番分析、说辞，丝丝入扣，在情在理。再纠缠下去，把良琪做下的丑事抖搂出来，弄不好堂堂魏家就会背上“玷污其妹在先，陷害其兄在后”的恶名，岂不是自取其辱？还是罢了，罢了。

一件不大不小，官方和民间都很关注的事件，就这样化解消弭。此事再经各家报社多加渲染，无形中让各方对刘建平的能耐又高看一眼。

三十一

魏良琪溺亡风波之后，游方德算是跟定了刘建平。他太明白，要不是刘哥从中斡旋，凭着魏家的势力，自己是不会轻易过关的。刘建平经过这次事情后，也格外留意游方德，发现这是个恩怨分明，重情重义的年轻人，如今却孑然一身，举目无亲，于是平常对他的关照也就比其他人多了些，有时还把他带回家，改善下伙食。一来二去，游方德在不觉间似乎已然是刘家一员。加上这小子脑瓜灵，嘴巴甜，办事情还稳当，尤其招刘李氏喜欢。有次老太太说起自己两个儿只剩下一个了，游方德涨红着脸说，您老人家要是不嫌弃，就当我是儿子，不就又是两个儿了嘛？逗得老太太边抹眼泪边笑，也没拒绝。从那以后，游方德就“干妈、干妈”的叫上了。眼见他和小英子相处日久，彼此有了爱慕之意，老太太甚至有意撮合。说话做事一贯风风火火的刘秀娟更是常拿这事打趣游方德和小英子，有意无意间把二人的关系“明确”了。

刘建平一直没向游方德挑明自己的真实身份，他想着再多观察下。但此次情势急迫，他只能选择绝对信任游方德。

“刘哥，我这里你就放一万个心。”游方德见刘建平手抚着眉骨疤痕不说话，再次表态道。“干妈那里你倒是要好生编套说辞……”

“你心头有数就行。”刘建平站起身，“我去看看老人家。”

刘建平将游方德送回自己的房间，又陪着卿松和游方德说了阵话，再次交代了进出暗室的要领，这才来到堂屋。

果然，母亲和黄秋月等在那里。屋里已生了火盆。老太太抽着烟袋，黄秋月在织毛线，看形状，好像是条围巾。

见刘建平进屋，黄秋月先开口说话了，还特意压低了声音：“建平，妈一直心头不稳当，我给她解释了，说那就是你一朋友，受了伤，没地方去，暂时在家养几天……妈，你自己问建平吧。”

刘李氏放下左手里黄澄澄的铜烟袋，右手指间仍夹着冒烟的草纸捻，说：“我是要弄清楚他的来路嘛。你们不要以为我一个老婆子就啥子都不晓得哦。一家人平平安安才好啊。”

“妈，嫂子说的都是真的。儿子在外面总要结交几个朋友，朋友有难，能不帮？你和爸以前不是一直教我们，多个朋友多条路吗？”刘建平起身给母亲的茶碗续上水。

“可是我看你们神经兮兮的，总觉得有事瞒着我。家里一下住进两个负伤的人，哪有这么怪的事？德娃不说了，是自家人，该照料的。那姓宋的究竟是你啥朋友？”刘李氏这把岁数的人，不是那么好哄的。

刘建平太了解母亲的精明，正不知如何解释。旁边的黄秋月帮腔了：“妈，实话对你说，我也不了解这位宋大哥，但既然是建平认定的朋友，该帮的忙我就帮了，我相信他不是坏人。”

“妈，我的话你不信，嫂子的话你可是一直都信的哦。这回也不信啦？”刘建平故意将母亲一军。见母亲听了这话略微尴尬，接着话头又说：“实话说吧，我这朋友也是下力气的人，最爱打抱不平，他一个兄弟在码头上做搬运，叫工头克扣了不少工钱，忍不住去论道理，反被打了一顿。他去帮忙，结果与那边发生冲突，那边就动了枪，伤了他。刚好最近政府又在找一个受了枪伤的地下党，如果他被误抓了，进到局子里头，又是皮鞭子，又是老虎凳、辣椒水，还不屈打成招吗？还不把命丢脱？过去他帮过我，现在他有难了，我能不救？没办法，只好先把他安置到家里来。妈，你老人家一句话，救还是不救，不救也好办，明天我就把他扔街上去。”

一席话把老太太说得一愣一愣的，终究还是被哄住了。她心疼地望着宝贝似的二儿子，“看你说得口干舌燥的，来，吃口茶。”亲自端起自己的茶碗，刘建平忙接过喝了口。

“既然是这样，我晓得该咋做了。”刘李氏神情若定，“啥扔大街上，你以为我听不出你在说反话？就让你这位朋友安心在我们家养伤好了。秋月，我们多教教果果，小娃家家，不要在外面说漏了嘴。秀娟那边也最好提前去打好招呼，最近就不要带同事朋友来家了。还有小阳那儿，也提前说声。”

“还是妈想得周到。”刘建平不失时机地夸赞道。同时也把自己房间有暗室，遇上紧急情况可以躲藏的事老实坦白了。

刘李氏似乎安心多了，起身准备回自己屋歇息，黄秋月忙放下针线伴送。

刘建平独自一人在堂屋点燃烟，看着昏黄的灯泡发愣。好多事情他要考虑，要分析判断，又觉得那些事情就如一团乱麻，理不出个头绪。在卿松和母亲面前，他说得头头是道，在游方德面前甚至也摆明了绝对信任的态度。但躺在自己房间里的卿松，无疑就是颗不定时的炸弹。今天不得已的行动给全家人可能带来的风险，自己真的做好了承担的准备了吗？特别是黄秋月，她真的能理解吗？先是在医院，现在又是在家里，自己一次次将她牵连进来，她有什么责任和义务要与自己一起冒险？但是她不是已经这样做了吗？今天在医院，当听说自己准备将卿松转移到家里时，她没有迟疑，还忙着与童杰一起安排如何趁乱混出医院大门。那架拉尸体的板车就是她到停尸房事先与工友打好招呼，再按照她掐好的时间出现在大门口的。

吱呀一声推门声，黄秋月探进半个身子。刘建平愣下神，将燃到手指的烟蒂摁进烟灰缸，站起身，好像有些犹豫。黄秋月跨过门槛，将门虚掩上点，过去拿起了刚才放着的针线，似乎要转身离开。

“谢谢！”刘建平说。

黄秋月将一对柳眉微微一扬：“谢啥？只要过了妈这一关，她安心就好。”

“今天幸好你及时通知，不然可能就出大事了。”

“你交代过的，有情况必须马上报信。累了一天，你也早点休息。”黄秋月又准备转身。

“对不起啊！”刘建平又冒出一句。

黄秋月看了刘建平一眼，对方却垂着眼帘。“我知道你的意思。建平，你要老是这样，我就不安逸了。你以为我是胆小怕事的人？”

“不是，我只是……”

“当年几所学校组织游行请愿，要政府停止内战，一致抗日，你们都不让我去，可是哪回我又没去？”黄秋月干脆坐下了，“还记得有次游行到省府门前，警察来维持秩序，也不知咋搞的，双方就冲突起来，你哥在前面与警察对打，你和巫家栋夹护着我往回跑，你还替我挨了一警棍，头都流血了。忘了？”

“没忘吧。”刘建平咧嘴笑了下。“后来建安被抓了，你还急哭了呢。”

“我那不是怕妈担心吗？”黄秋月辩白道。“再后来，要不是为照顾妈，我也是要和你们一起去参军打鬼子的，哪怕和建安一起死在战场……”

“我知道、知道。不过那是以前，现在……”

“现在当然不同了，有果果在，妈也上了岁数，哪个不想过几天太平日子，不惹事最好。我也不去计较你是在外惹了事，还是遇上事，怕有什么用？你今天虽然把妈哄住了，就算哄不住，她可能会责怪你，但未必真的不管？你也对她说对不起？你对我说对不起，是啥意思呢？把我当外人……”黄秋月说到这儿，语气里已掩饰不住委屈，她连忙控制住自己。她清楚，建平是愧疚不该牵连自己，怕连累自己，但是她恰恰就是不能接受这份愧疚，至于为什么不能接受，她也许没有，或者不愿去深思细想。

难见黄秋月这样连珠炮似的话语，刘建平挠着头，感动，更深的愧疚，更多的敬佩……五味杂陈，不知说什么好。这么些年了，他对黄秋月似乎没多少话说，而又有那么多想说的话憋在心头，有时憋得心口痛。到此时了，他能说的也还是只有“谢谢”“对不起”，连自己都觉得无聊，甚至可笑。同样，黄秋月平常与他也没多少话说，即使有时他顺道接送她上下班，路上也说不了几句话。

但其实他们相互都说过一些话，说过一些在彼情彼境下脱口而出，之后没忘，但都不再提及的话。

那是几年前在重庆说过的话。

那年，刘建平所在部队奉命在滇缅前线阻击日军，血战三天三夜，阵地几次失而复得。杀红了眼的旅长亲自到刘建平所在连队前沿督战。当时一发炮弹眼见落下，旅长的警卫员还在发愣，刘建平已一个飞跃，将旅长扑倒。那个警卫员当场身碎而亡，刘建平被炸成重伤，旅长安然无恙。后来在旅长一路关切过问下，又是汽车又是飞机，才将刘建平辗转送到重庆后方医院。而恰在此时，远在成都的黄秋月几乎同时得到了丈夫刘建安在一次作战任务中失踪，生死不明，以及刘建平负伤的消息。黄秋月哪里还待得住，二话没说，将尚在襁褓中的果果托付给婆婆妈刘李氏，只身赶往重庆，准备继续沿江而上，到前边去寻找丈夫的下落。在沙坪坝的一处部队医院，她先找到了刘建平。

看见刘建平伤势严重，十分危殆，黄秋月犹豫了。部队的长官坚决不同意她一个人到前方。且不说一路上交通艰难，危机重重，同时也没法确定刘建安比较可靠的位置。因为身为特务连长的刘建安是在敌后失踪的，与其一同执行任务的一个班的人全部没有在规定的时间返回。部队长官表示将尽全力继续寻找刘建安连长的下落。刘建平也竭力劝阻，让她回成都等消息。

黄秋月最终决定留下，一边照料刘建平，一边等候丈夫的消息。

医院里住满了前线转移回来的伤员，医护人员人手紧缺，黄秋月自然地穿上白大褂，加入其中。她脸色苍白，嘴唇紧抿，绝少言语，哪里需要人手她就出现在哪里。只有在刘建平病床边，才挤出难见的微笑。好多个夜晚，刘建平在懵懵懂懂中感觉到有一只冰凉的手，轻轻梳理他额前的发丝，耳边还时或响起轻轻的叹息，或许是低泣。可是当他醒来，睁开眼睛时，看到的还是那张皎洁如月，带着一丝笑意的脸庞。他们言语不多，静静相守，在云雾笼罩的山城共同等待奇迹的发生。

黄秋月到来后，医院自然将护理刘建平的事情全部交付与她。她照料着刘建平按时服药，为他清洁伤口、换药，又去市场上买菜，单独给刘建平做营养可口的饭菜。在她精心照料下，刘建平的生命之舟奇迹般地驶出了逼仄的死亡之谷。

但他们没能等来另一个奇迹。一个月后，他们等来了最怕等到的消息。一个与刘建安一起执行敌后侦查任务的士兵，在几近绝望的情况下，居然穿过层层封锁线，回到了国军阵地。而他带回的消息是，包括连长刘建安在内的其他战友全部牺牲。

骤闻噩耗，黄秋月再也支撑不住，扑在刘建平肩上失声痛哭。刘建平拥着黄秋月，默然流泪。

“我答应过哥，他不在了，我在，我一定会保护你。”

他反复地说着这句话。大哥刘建安临出发前确曾嘱托过他，如果自己牺牲了，秋月就由他来照顾。当时他跳起来直摆手，责怪哥哥不该说晦气话。哥哥拍着他肩膀笑道，亏你也是个军人，尽说吉利话，子弹就不找你啦？如今一语成谶。

几天后，刘建平突然高烧不退，黄秋月强忍失去丈夫的悲痛，寸步不离地照料他，人已极度憔悴。当刘建平从昏睡中醒来，劝慰说：“去休息会儿吧，我不会有事的。”她的回应是：“建安不在了，你怎么能再有事？有我在，就不能让你有事！”

这样的话，在以后的日子里，他们没再说过第二次。直到刘建平伤势好转，黄秋月回了成都，直到后来刘建平也回成都工作。

三十二

这天虽然既不过年又不过节，只是个寻常的星期天，刘李氏却起了个大早，铺排着小英子准备中午的酒菜。今天家里要请客。

说起请这位客人，老太太还要感谢慈济医院的护士何淑兰。前两天，何淑兰听说刘李氏身子不爽，登门探望，在床面前陪着老太太摆了小半天话，不知怎么的，无意中就说到院长童杰对秋月姐好，有那么点意思。老太太一听，来了精神，逼着淑兰下细说说。淑兰小脸涨得通红，后悔自己多嘴，只好硬着头皮承认，医院里的同事们私下里有些议论，是否当真，自己不敢乱猜。老太太可不管是实还是虚，又追问了些童院长的家事经历，兴奋地认定：这两人太合适不过！

秋月的终身大事一直是她的一块心病。

黄秋月老家在雅安。六岁那年母亲去世。在县中学教书的父亲很快续了弦。后妈对她始终不冷不热，刻薄相待。本来就天性文静的她变得更加少言寡语。夹在中间的父亲无计可施，干脆将她送到双河镇舅舅家。舅妈一直无生育，两口子对黄秋月的到来满心欢喜。舅舅范守成在镇上的邮政所工作，与镇上的刘郎中素来交好，两家人经常走动。那时刘李氏还没有幺女儿秀娟，只有两个玩泥巴的男娃，所以也很喜欢黄秋月。

黄秋月比刘家老大刘建安小两岁多，比老二刘建平只小半年。虽说天性文静，但到底是小女娃，经不住刘家两个哥哥的蛊惑，时常和着大哥哥、小哥哥上树摘果、下河摸鱼在外疯玩，好生畅快。镇子东西两头的娃有时会闹点冲突。西头这边领头的自然是比同岁娃个头要高的老大刘建安。不过老二刘建平出手也不轻，有次扔出的一个鹅卵石将东头的一个男娃脑壳打流了血，吓得两兄弟不敢回家。大人们只得拉住黄秋月追问两个娃仔的下落。可她却低头不语，只作不知。转过背，她偷偷跑到镇子外的榨油坊里，向躲在那里的两个哥子通风报信。说爹妈已经向对方家长下了好话，赔了些治伤的钱。他们说了，只要回家，认个错，肯定就不会打屁股的。

三个娃之间有时也要闹点“派系斗争”。一会儿是他和她好，孤立另一个，一会儿又反之。但矛盾主要在小哥俩之间，黄秋月始终是他们结盟的对象。黄秋月也乖巧，尽当和事佬。大哥哥送的糖人儿她接过，含在嘴里甜甜地笑。小哥哥给的一捧大小如枣，五彩斑斓的鹅卵石她收下，一颗颗举在阳光里细细欣赏，后来还装在玻璃瓶里，时不时取出来把玩，视为宝贝。那可是小哥哥顶着烈日，在河滩上刨寻几天的收获。她有什么好吃的、好玩的，却是均分给大哥哥、小哥哥。

青梅竹马，童趣烂漫的日子好似滔滔岷江，周而复始，水漫无痕，却终将悄然远遁，渺然无期。三个小人儿亲密无间，一天天长大。

到黄秋月十三岁那年，他们之间才真正爆发过一次也许意义深远的矛盾。

那年春节，刘、范两家吃团年饭，席间刘李氏与黄秋月的舅妈打趣，说：“这几兄妹亲热得活像一个妈生的，秋月也是越长越乖，硬是讨人爱。不如就把她说给老大，做我大儿媳妇，你当舅妈的愿意不嘛？”

黄秋月的舅妈笑弯了腰：“那才好呢。你看老大，长得人高马大，将来肯定成大器，说给老大，那是我们秋月的福分哦。”

“秋月这女娃心静好学。”刘郎中插话道，“她经常来我医馆看我给病人把脉开方，还说长大后也要当郎中。比我两个莽子儿强多咯。他们啊，才对老子的医术不感兴趣哦。”

黄秋月的舅妈拍手道：“那不正好，秋月以后成了刘家大媳妇，再拜你这个公公为师，保不定就成女郎中了，好歹你刘家行医也算后继有人了嘛。”

“那才好呢！”刘郎中笑开了花。

“秋月没了妈，她老子又不管。这事我做主了，倒是你们当娘、当老汉儿的不许反悔哈。”黄秋月的舅妈一副认真样。

大人们一阵哄笑，全然不顾几个娃在场。三个娃已到了听得懂这些玩笑话的年龄。老大建安嘴里含着肉骨头直嘿嘿笑。秋月害羞了，耳根子烧红，咬着筷子不吱声。老二建平闷头刨饭，刚才还红通通的脸颊早变白了，一肚子说不清、道不明的委屈只有用白米饭使劲往下压。

以后几天，刘建平不和大哥、秋月说一句话，上学也独往独来。直到秋月把自己舍不得用的一支铅笔送给他，并且声明，她“只有这一支”，直到老大表现得似乎根本就不记得有“提亲”这一说了，大家才又和好如初。但事实上，这次“提亲”，谁也没忘记。

后来，刘郎中病故，刘家两兄弟和黄秋月先后去了省城上学。黄秋月舅舅因为性情迂执，得罪了上司，差事也丢脱，只好回雅安另寻活路，也就差不多把黄秋月托付给了离省城较近的刘李氏。刘李氏安家省城后，黄秋月好像自自然然地成了家庭一员。

地处川西山区的雅安，钟灵毓秀，雅丽婉韵，历来就有雅雨、雅鱼、雅女三件宝之说。长成大姑娘的黄秋月越来越讨刘李氏的欢心，要把她说给老大建安做媳妇的心思从来就没放下过。要说刘家两个男娃都不差，老大魁梧豪爽，说话高声阔气，好争论、善鼓动；老二清秀俊朗，心思细密敏感，更喜欢倾听和做具体事情。刘李氏心知肚明，自己的两个儿子都对秋月有心意，但按排序也只有先大后小了，这也是没办法的事。再说，那年提亲，她其实是用玩笑话说的真意思，既已提过，当然还是要撮合老大和秋月的。

不过刘李氏并不知道的是，两兄弟实际上早已经在为爱的赛道上展开了追逐。但这确乎是一场并不那么“公平”的竞赛。其原因，也许还是与那年的“提亲”分不开。因为有过“提亲”，老大在赛道上战旗猎猎、底气十足，老二也为了这个原因，先自减了几分力道，只不过还不愿早早退出比赛，还要挣扎前行。一个占得先机，一个败局注定。当然，谁能说清，秋月又何尝不是因了那次虽然久远，但又烙印在记忆的“提亲”事件，再加之后来刘李氏不间断的暗示，直至明确指引，而自觉或不自觉地划定了自己的“归属”。

秋月不仅人长得好看，成了自己的大儿媳妇后，还一直那么孝顺、贤惠，有主见、明事理，刘李氏就说不出一个不好。秋月平常说话不多，轻言细语，在情在理，帮着自己操持里里外外，把一个家料理得有条有理。可惜老大命薄无福，不能与这么好的媳妇一起白头。而更让老太太悔恨不已的是，自己为啥没有早点替他们把婚事办了呢？偏偏要等到老大临上前线了才想起办，竟至于他们都没能生个一儿半女。果果虽然招人疼爱，可毕竟不是两口子亲生，而是秋月从外抱养的。

那年，老二刘建平上前线不久，秋月突然抱回一个女婴，说是自己的一个好朋友所生。好朋友难产没救活，死前将孩子托付给了秋月。再要多问，秋月却只是淡笑说，反正以后我就是她妈妈，你老人家就是她奶奶。一向强势的刘李氏心中虽有不快，却听得出秋月难有的不容商量的口吻，便也就坡下驴，欢喜道，这娃儿生得倒是惹人爱，要是个男娃儿就更乖咯！果果一天天长大，奶奶、奶奶地叫得刘李氏心中暖烘烘、甜滋滋，真是把个小人儿当成亲孙女了。但自己再怎么舍不得，终归不能老是这么拖着，耽误了还年纪轻轻的秋月。她有时也催促过秋月：有中意的人，就随他去过自己的小日子吧。可秋月全当耳旁风，要么笑笑，不置可否，要么就像没听明白。这一点，倒是像极了老二刘建平对付何淑兰的态度——揣着明白装糊涂。老太太不糊涂，更有隐隐的担忧。她担忧的是秋月与建平。提起成家大事，两人都不急。万一老二心头还没放下秋月……那成何体统？自己以后怎么有脸去见地下的刘家祖宗？

但是，当有一次秋月表露出想搬出去单独过的意思时，刘李氏却坚决反对：“你一个人带着果果咋过？不是让外人说我刘家寡情薄义吗？”

“我就是怕外人说些闲话……”黄秋月小声嘀咕着。

“我不管外人咋说，你是我刘家大媳妇，不住家里住哪里？除非你哪天再嫁了人，才能搬出去过。”

当时刘建平已经回成都警局工作，知道这事后也劝过黄秋月：“现在是乱世，一家人在一起互相有个照应，再说果果还小，何必搬呢。”

把秋月母女留下是一回事，担心小儿子和秋月万一会怎么样了又是另一回事。在处理家务事上一贯麻利开明的刘李氏，唯独在这件事情上纠结矛盾着，提不起、放不下，也开明不起来了。

听了何淑兰无意中泄露的关于秋月和童杰的话的当天晚上，刘李氏以不容置疑的语气，安排刘建平亲自去邀请童院长到家里做客。刘建平和黄秋月很是诧异，为啥呢？“为啥？你那个朋友不是人家童院长救的？当我不晓得？该不该感谢？秋月在医院，恐怕也有要麻烦人家的地方，该不该感谢？”

“妈，现在家里不是多了个‘人’么，这时请客，怕不方便吧？”刘建平提醒道。

“是啊。要不缓缓，妈？”黄秋月也附和说。

“这事不能缓。人在平娃屋里，互不碰面就是。再说，平娃屋里不是有那个、那个暗室吗？实在不行就藏下。其实要我说，根本就不用那么费事，就算他们知道人在家，也不碍事。关了门就是一家人嘛。”

老太太几句话，让刘建平和黄秋月面面相觑。刘建平心中更是滋味多多，“关了门就是一家人”，这是从何说起，谁跟谁是“一家人”啊？不过他们都知道母亲的脾性，话说得如此笃定，“旨意”就基本上不可违了。

“妈究竟是啥意思，咋突然想起请童院长？”只有两人在时，刘建平问。

黄秋月自然已猜到老太太的用意，而且也能猜到，是淑兰多了嘴。

“请就请吧，表示个谢意也该的。把宋大哥藏好就行。”她淡淡地回道。

“既然你都没意见，那我去请就是。只是不晓得人家给不给面子，能不能请得动。”刘建平自嘲地说。

“还有刘大队长请不动的客人？”黄秋月戏谑了一句，转身走了。

第二天早上，在童杰的办公室，刘建平向对方说明来意，真诚相邀。

“秋月怎么没对我提过呢？”童院长觉得很奇怪。

“家母的意思是……”

“原来不是秋月的意思？”童院长不觉得自己是否有些不礼貌。

“我们全家都希望您能光临。”刘建平还是很真诚。

“那我还是问问秋月。”童杰几乎就没遮掩的意思。

刘建平只觉得牙巴上一股酸水直冒，愣了片刻，只好去找黄秋月。

“我早就说了，我没那么大的面子。”刘建平装着没事样，用玩笑口吻抱怨。

黄秋月瞄了他一眼，摘下口罩，径直去了童杰办公室。

“童院长架子还这么大呀，是不是要我们全家都来请，才请得动您啦？”

黄秋月不温不火。而刘建平听了“我们全家”这句，心头暖和多了，同时又有些自嘲忽冷忽热的情绪。

“哪里会、哪里会。”童杰一脸灿烂，“我自然要听听你的意思嘛。”

“都是我妈的意思。”黄秋月淡笑道。

“好好，我去，我去。”童杰一点没觉得黄秋月的话似乎前后矛盾。

刘建平和小英子早早照料着卿松、游方德吃了饭，又预备下一些糕点，把房门关严实了，就在宽敞的堂屋逗着果果玩，一边等着客人上门。

卿松到家里已平安过去好几天，伤情在好转，不过刘建平仍然绷紧了神经。高进到警察局就任副局长时，在欢迎大会上言之凿凿地说，在回水沱小码头被击伤的游击队的人肯定还躲在市区，要加紧搜捕。这期间，刘建平与老孙碰过一次面，报告了转移卿松的经过。老孙很赞同他在紧急情况下采取的避险措施，再次要求他务必保护好卿松，在伤情允许时，尽快想办法将其转移回游击队。

何淑兰第一个到，一来就去厨房帮忙了。她是刘李氏和黄秋月坚持邀请的，刘建平没理由反对。

童杰后登门，穿着西装革履，外面是一件合身的粗呢深灰色长大衣，戴顶同样颜色的礼帽。刘建平在门口接过他提来的大包小包礼品盒，迎进堂屋，将其介绍给母亲。

老太太今天也是穿戴一新，人显得很精神。瞄着一身儒雅之气的童杰，她脸上堆满欢喜，也没客套闲聊几句，就招呼大家在饭桌前就座，还执意让童杰挨着她右边坐，又让建平挨着童杰，便于给客人敬酒、夹菜。小阳挨着刘建平。黄秋月还是坐在她左边，带着果果，旁边是何淑兰，再是秀娟。小英子在厨房忙着，暂时上不了桌。

“妈，您老‘下旨’，我们才好开席哦。”刘建平打趣道。

平常不大饮酒的刘李氏也不推辞，端起面前的酒杯，笑眯眯地说：“我老太婆过六十的人了，难得像今天这样高兴。淑兰倒是常来，童院长可就是稀客了，学问又大，不嫌弃我们家，还帮了秋月不少忙，我说啊，大家就先敬童院长一杯。”

刘建平连连带头称好。黄秋月迟疑着，也端起杯子。童杰慌忙起身，急急摇头：“当不起、当不起。该我敬大家的。”说着，又忙端起自己的杯子。

刘建平也起身，用手虚压童杰的肩膀：“童院长快请坐下。您今天本来就是贵客，怎么能让您先敬酒。还是听我妈的，先敬您吧。”

童杰还要坚持客套。刘秀娟一向快人快语，早忍不住了。“你们这样让来让去，还叫我们吃吗？好难得有这么多好吃的，我嘴里都要伸出手来抓咯。”

“娟，今天有客在，说话斯文些哈，也不怕人家笑话。”刘李氏瞪了眼幺女儿。

童杰带着点求助的样子看看黄秋月，后者只当没意会。他没办法，只好说：“那我恭敬不如从命了。谢谢！”言罢，将一杯酒饮尽。大家也或多或少地喝了点。刘建平自然陪着干了杯。刘李氏又忙着不停用公筷给童杰夹菜，慌得童杰连连道谢。

刘秀娟看不过去，忍不住说：“妈，想吃啥，自己夹，万一你夹的菜不合童院长口味呢，不是难为人家吗？”

童杰嘴里还嚼着东西，听了这话赶紧表态：“对对。哦，不是，都好吃，好吃……”

“也是哈。秋月，童院长是稀客，你该晓得他喜欢吃哪些菜，你说，我来夹。”刘李氏话一出口，何淑兰拿着筷子的手捂了下嘴，忍住了笑，而黄秋月却不知如何作答。

刘秀娟早就觉察到了母亲今天请客的真正心思，觉得她太露骨了，“妈，你一口一个‘贵客’，弄得人家童院长都不自在了。要我说，还是随便点好，是不是，童院长？”

“奶奶说的是‘稀客’，不是‘贵客’。”果果突然大声说道，一桌人都哈哈大笑起来，总算化解了方才的尴尬。

刘建平端起酒杯，对童杰说：“这杯酒我敬童院长。我们以前交往不多，但您的风范，建平久仰，还有好多事要感谢您的侠肝义胆。”

“言重了，刘队长。”已喝了两杯酒的童杰脸色泛起红晕，经过接触，他已逐渐改变了对刘建平的看法，觉得这位穿警服的刑侦队长做的事绝非下三烂，而是只可意会不可明言的事情，正如他自己也有着不能与外人言说的另外一个身份——成都民盟组织的成员。

两人碰下杯，干了。刘建平殷勤地为童杰盛上一碗酥肉炖萝卜汤，说是解酒。

“建平，你也给淑兰舀碗汤嘛。”母亲提醒他。

“我来给淑兰姐舀。”刘秀娟为正在迟疑的哥哥解围。

这一次刘建平是分明看到何淑兰投来的含着些幽怨的目光。他暗自叹口气。他明白，何淑兰对自己一直以来的这种不冷不热，若即若离的态度不满意。其实他几次下决心，要快刀斩乱麻，表明意见，却又总是顾及母亲和黄秋月的心意，不忍说出让她们失望的话。他觉得这顿饭吃得好累。但他又能埋怨谁呢？母亲操心秋月的终身大事，那是关爱开明之举；童杰追求秋月，那是人家的选择和权利；母亲和秋月竭力撮合自己与淑兰，那是母亲和做嫂子的分内之事。都没错，都合乎情理。

刘建平警觉到自己有些分心，于是邀身边的小阳一起喝了杯酒。

他没料到，马上就有让他更“累”的情况出现。

三十三

外面传来铁门环敲击声。刘建平放下酒杯，侧耳细听。

“这个点儿，会是哪个？”刘秀娟疑惑地说，显得有些紧张。她知道二哥的屋里除了游方德，还有个叫宋大哥的神秘人物。

“大家继续吃，我去看看。”刘建平说着出了堂屋。他先到厨房给小英子做了个手势，让她通知游方德二人。然后点上支烟，才不疾不徐地走到院门口，大声问道：“哪个敲门？”

“建平啊，是我，老孟。还有高局长。”

刘建平听出了孟厚良的声音，略微一惊，但很快镇定下来。他轻轻回走几步，看见小英子已回到厨房，知道那边已经在行动。又才重新走到门边，把抵门杠抽开，拉开两扇厚实的木板门。但见孟厚良和高进穿着便装，笑微微地一前一后站在门外。孟厚良手里也提着些礼品之类的东西。

“哎呀呀，怎么会是二位哥子大驾光临哦？快快请进、请进！”刘建平作出惊喜状。

“高局长早就说要到刘队长府上拜访，恰好今天空闲些，让我带路过来了。”孟厚良抢先解释说。

高进到警局赴任后，征得徐耀庭同意，立即改组了侦缉队，并提议让孟厚良担任队长。至于原本说好的缉私队长人选，则“礼让”蔡文广定夺，也算给足了对方面子。蔡文广正求之不得，遂将另一名心腹，后勤科长贾兴旺挪到了缉私队队长这个肥缺上。虽然已如愿当上了队长，但在刘建平这位年轻老上司面前，孟厚良还是态度恭敬。

“没搅扰吧，建平老弟？”高进也表现得很熟络。

“哪里、哪里。来得好不如来得巧，今天家里正好请了客人，备了几样小菜，我们今天要好好吃几杯酒。”

说着话，三人礼让着进了院门。刘建平将门关好，并解释说，“老人家吩咐的，说关好院门，心头踏实。”高进表示理解，随意地东张张西望望，一边说，这处住房好，不显山不露水，闹中取静。他好像很有要挨个房间参观下的意思。刘建平呵呵笑道："就是个公馆的偏院子，高局长有兴趣，等下我带你随便看看。我们还是先去吃几杯，暖暖身。"同时高声招呼厨房的小英子赶紧添碗筷。高进不便拒绝，随主人进到堂屋。

见又来了客人，一桌的人都礼节性地站起身。高进连连表达着歉意，说不知道府上正在宴请客人，实在是来得唐突，太搅扰了。刘李氏倒也很热情，说来的都是客嘛，平常想请还不一定请得到。大家又客套、礼让了一番，才重新就座。秀娟说去厨房帮忙再做几个菜，带着果果去了厨房。高进坐在了刘李氏左手边，刘建平移到他的下手，陪在一旁，他的下手则是孟厚良。黄秋月只好移到童杰旁边原先刘建平的位置，何淑兰跟在她旁边落座。

这次刘建平没再让母亲先发话，直接就端起酒杯敬上了："本来今天是遵母亲大人之命，略备薄酒，感谢一直以来童院长对我嫂子的关照，对了，还有淑兰。没想到，两位哥子大驾光临。他们一位是新就任的警局副局长，我的顶头上司，一位是我一口锅里刨过饭吃的好搭档，现在也荣升侦缉队队长了。今天寒舍实在是蓬荜生辉。这杯酒，我敬二位哥子。"说罢，满饮一杯。他似乎在不经意间，向高进解释了今天在家设宴的由头。刚放下杯子，还没吃两口菜，他又给高进斟满酒，一脸诚恳："高局长，本该属下祝贺你，你倒先登门探望，敬你一杯，谢了！"

高进将手搭在刘建平端酒的手上，"建平老弟，啥子'属下属上'的，以后都是自家兄弟，不说见外话。我今天和厚良看来运气不错，碰上这满桌的好酒好菜，来来，我们一起吃一杯。"

在礼数周全地敬了刘李氏后，高进又端起杯。"童院长，黄医生，前几日因为追查一个病人的下落，在医院多有劳烦叨扰，还望海涵，我也是职责所在，不得已、不得已。今天借伯母的酒我自罚一杯，就算赔罪。"

童杰一板一眼回应道："我们当医生的，医治伤病，也是天职，就算患者犯了死罪，该医的还是要医的。高局长既是例行公事，哪说得上'得罪'二字。"说罢，一口干了。

高进碰了个不软不硬的钉子，咧嘴干笑两声。刘建平不失时机插话道："是啊，各人有各人的分内职责。前些时候高局长还在'小洋楼'时，将兄弟我几个请进去住了两天，好吃好喝地礼遇有加，那还不是职责所在，我也没放在心上嘛。"

高进没料到刘建平又提那桩旧事。先是欢迎登门拜访，这下又成心给自己难堪，东一榔头西一棒，算什么招数？他只得硬着头皮应付。“那真是天大的误会。好在大家吃的都是同一碗饭，建平老弟自然理会个中苦衷。好，我再吃一杯酒，算是也给老弟道个歉。”

刘建平哈哈大笑：“是我失言，失言了，一起干了这杯。”

从刚才几个人的言谈中，刘李氏已听出了些名堂，这时也端起酒杯说话了：“高局长，这杯酒我敬你，以后还麻烦你多多关照平娃。我老太婆一个，也不会说你们的官话，不过我们刘家也是讲礼讲信的，人家对得起我们，我们就必定会对得起人家。”

高进听得出老太太话中带着硬气，装出惶恐不安的样子：“老人家客气了，谁不晓得您家风严正，教子有方，培养的两个儿子都是国之栋梁。老大建安兄为国捐躯，世人敬仰，建平老弟也是抗日英雄，现在又是蓉城神探，论才干并不在我之下，要说关照，还是互相关照的。”

一番说辞，倒哄得刘李氏心头发酸，脸上的神情也和缓了许多，连刘建平也不得不佩服高进的一张油嘴。但其实高进已感觉到这番应对的吃力。

一个多小时前，冯关雄向高进报告，监视慈济医院的苟来富他们跟踪童杰，发现他去了刘建平家。严密监视童杰、黄秋月最近的行踪是高进的安排。听闻此报，他灵机一动，童杰既然带着礼品去了刘家，自己何不也做个不速之客？一来自己刚到警局履新，拜访下属从礼数上挑不出毛病。二来也可以更全面地了解下刘建平——这个他极其怀疑的对象，说不定还有意外收获呢。拿定主意后，他马上叫了孟厚良作陪带路。

进门前，高进仔细观察了刘宅外围。这处住宅应该是一个公馆的偏院，门也开在侧面，估计是某个大户人家破落后，将公馆零散出租。看得出两边也都是公馆，青砖围墙起得很高。门前的青石板街面很清净，足能开进一辆轿车。街对面是一长溜杂树和蓬草，往下，是个木材堆放场，往左拐，附近又是热闹的菜市场。从这里到慈济医院，再顺道去市警局，路程不算远，这显然方便刘建平的嫂子黄秋月上下班。

为改变被动应对的局面，高进换了个话题，装着突然想起的样子：“咦，对了，我听说游方德住在这，怎么没见人呢？”

“他的伤还没好，腿脚不利索，在我屋里躺着。已吃过了。”刘建平随口回答说。

“老弟对下属真是关怀备至，高某钦佩。”

“他家事不幸，现在是孤身一人，都是兄弟，也不能总在医院里待着，所以我把他接家里来，好在我嫂子是医生，吃药、换药也还方便。”

“德娃这个娃确实身世可怜，不过人也还懂事，我认他做干儿了。他平时跟着建平出公差，没少受累，这回负伤了，我们自然是要管的。”刘李氏插话说。

“好事，好事啊。这下老人家又有两个儿子了，该恭喜，该恭喜！”高进很兴奋地端起酒杯，看下众人反响似乎不热烈，心头冷笑：只许你们拿话烧烫我，我也灌点酸汤给你们喝，滋味不好受吧？

前面高进哄老太太那套家风严正，教子有方的话，说得虽有些谄媚，倒也似乎带着些真情实意，而刚才“恭喜”老太太又有两个儿子的话，就带着故意撩伤疤的意味了。刘建平皱皱眉，担心地瞄了母亲一眼。

刘李氏听了高进的话，神情如常。“建安身为军人，为国捐躯是他的本分，我这个当妈的虽然舍不得，不过也没啥后悔的。德娃年纪不大，做事做人也还实实在在，没那么多花花肠子，有这么个干儿，我欢喜，大家就为这个吃一杯咋样啊？”

“应该，应该！”一直没怎么说话的孟厚良带头把酒干了。

一桌人又吃喝了一阵，也没再斗嘴，气氛还算和谐。

吃完饭，刘建平陪着高进等人品茶抽烟，又扯了一阵闲篇。高进提出去看看游方德，顺便参观下。刘建平没有丝毫犹豫，带着高进和孟厚良就去了自己的房间。

推开门，只见游方德正侧身在床上呼呼大睡。三人走拢到床前，刘建平叫了几声，他才如梦方醒似的。

“哎哟，高、高局长啊，还有老孟，你们什么时候来的？”

“高局长和孟队长专门来看你，还带了慰问品哦。你娃儿还不道个谢？”刘建平提醒说。

“不用、不用。”高进说，“今日闲暇，来建平老弟府上拜访下，顺便看看你，伤口没大碍了吧？”

游方德撩起铺盖，让他们看自己包扎着白纱布的左腿：“好多了。”

“兄弟，看来你只有躺床上过年了。这都怪我啊，哎！”孟厚良满是愧疚的样子。

“孟队长咋说这话，咋就怪到你头上了？”游方德不解地问。

“怪我当时没听刘队长的命令嘛，脑壳一热就开了枪，害得你挨了游击队的枪子。要不是刘队长把我扑倒，说不定我也遭起咯。”孟厚良话说得越发恳切了，还感激地看了刘建平一眼。

刘建平慢悠悠抽烟，笑道：“我只顾保命了，说来惭愧。”他嘴上说话，却一直留意着高进，因为后者正漫不经心地打量着房间。刘建平指指那张小床，说：“我这段时间就睡小床，晚上方便照顾油条。”

“油条，你娃儿真是好福气哦，有队长亲自伺候。”孟厚良说。

“你老孟还不清楚？刘哥就是个活菩萨嘛。”游方德嘻嘻笑道。

几个人在刘建平房间里东拉西扯了半支烟的工夫才出来。绕过后院，从另一头上了廊道，瞧眼厨房，又看了隔壁的房间，这间房既像杂货间，又像住着人，因为里面也摆放着一张小木床。高进有些疑惑。刘建平解释说：“我表弟小阳平常住在邮局，有时回家来，就住这间房了。”高进“哦”了声，表示理解。对刘李氏、黄秋月还有刘秀娟、小英子等女眷住的房间，他们没好意思进去，只顺廊道在门口瞄了瞄。

几个人来到院坝里，正碰上童杰和黄秋月从堂屋出来往刘建平的房间去，黄秋月向刘建平解释说，童院长要去看看德娃的伤口恢复情况。

高进抢先道谢：“费心了，童院长！”

童杰也没多搭理，正要抬腿继续朝前，果果从厨房跑出来，喊道：

“妈妈，你又去二爸屋里，奶奶和表孃说了，那里不干净，这几天不要去。”

小英子慌忙追出来拉住果果。果果不干，一边挣脱一边说：“你们大人就能去，为啥偏不许我去看小德叔呀！”

黄秋月转身，有些气恼地瞪着果果。高进面露狐疑，也不刻意掩饰地拿眼观察刘建平。刘建平只作不知，笑呵呵地走过去一把抱起果果，说：“果果最乖，小德叔敷了药，气味不好闻，小孩子就不去哈。等会儿二爸给你买小风车玩。”

果果一贯听二爸的话，听说有玩具耍，不再坚持犟路了。但嘴里还嘀咕着：“你们大人能去，偏就不让我去看小德叔……”

三十四

送走高进和孟厚良，童杰和黄秋月也看完了游方德的伤情，大家就在堂屋吃茶，陪刘李氏摆龙门阵。刘李氏有意无意地问起童杰的身世，甚至生辰八字。童杰很礼貌地一一回答。刘李氏暗暗记下，很满意童杰的态度。后来她提出，说难得有空闲，你们年轻人也不要耗在我老婆子身边了，不如去外边逛逛，或者看场电影。早在家待腻歪了的果果第一个就表示赞同，拉着妈妈就要出门。童杰笑着点头，应该是很乐意的意思。何淑兰是不置可否。黄秋月没料到老太太还有这一招，一时不知如何是好。

“去就去嘛，反正我都好久没看过电影了。”刘秀娟也一副兴高采烈样子。

“你就不要去了。在家帮着小英子收拾下厨房。”刘李氏看都不看幺女儿。

“我就不是‘年轻人’啦？妈自己说的话不算数。”刘秀娟嬉皮笑脸地呛着母亲。

刘李氏语塞，又不便把话说白，心头只怪幺女儿不懂事。

其实刘秀娟哪里是“不懂事”，而是有自己的想法。这么些年，她越来越看明白了一件事：二哥和大嫂情义相投，心意相知。只是有一道无形的高墙隔阻在他们中间，只是他们彼此都把那份情和意埋藏得太深太深。他们明知道，一旦高墙訇然倒塌，展现在面前的就是芳香四溢、开满鲜花的原野，而他们似乎谁都没有勇气尝试着去逾越，抑或推倒那堵高墙，而是陷在萧瑟荒芜的原地，竭力回避，甚至是逃避。

大嫂要把淑兰姐撮合给二哥，母亲现在又要把大嫂撮合给这个童院长，为什么就没人想过撮合撮合二哥和大嫂？大哥、大嫂，还有二哥，在秀娟心中都是最优秀的人。大哥勇敢，二哥聪明，大嫂端庄聪慧。勇敢的大哥不在了，为什么二哥和大嫂就不能勇敢地去推倒那堵高墙？他们还在无望地等待什么呢？

刘秀娟从来没像现在这般为二哥和大嫂着急。但她又能怎样呢？在这个家里，除了偶尔给母亲小小的顶撞两句，捣一点微不足道的乱，哪有她说话的份儿。有一次，大嫂带果果去了公园玩，二哥也不在家，就她和小英子陪着母亲吃饭。母亲不知怎么就发起感叹来：“要是你二哥早些成个家，再给我带几个孙儿，哪会像现在，吃个饭也冷冷清清，没味道。他还就不着急，三十岁的人啦。”刘秀娟壮起胆子回道：“明明有现成的一对儿，妈就是装眼睛瞎。我们都觉得大嫂和二哥多好……”小英子竟然也傻乎乎“嗯嗯”地点了几下头附和。母亲没等刘秀娟说完，将水烟袋重重地往桌上一放，用少有的狠劲说：“死女娃子，安了心要气死我吗？你要再敢提这个话，我撕烂你嘴巴！”吓得刘秀娟从此再不敢提一句关于二哥和大嫂的事。但性格倔强的她，又岂会甘心呢？所以时不时还是要捣点乱。她也曾装着没心没肺的样子，分别试探过二哥和大嫂的意思，岂料二哥根本不搭理她，大嫂则是直接叫她闭上大嘴。

刘建平眼见局面尴尬，只好出来解围：“妈，就让秀娟去吧。淑兰、小英子、小阳，都去，帮着看好了果果。”

“你呢？”母亲问。

“我有事要和德娃谈，就不去了。快快，你们抓紧些出门，不要忘了给果果买小风车哦。”刘建平笑呵呵地催促着众人。

刘李氏本意是让建平和淑兰，秋月和童杰一起多相处一些时间。但儿子是家中半个家长，既已如此安排了，也不好过分拂意，毕竟今天的主要目的不在他和淑兰身上，同时她也心知，儿子放心不下那边屋子里的人

“你们都回来吃晚饭，将就中午的饭菜。”老太太叮嘱了一句。

此时的刘建平心中疑虑丛生。夜猫子进门，哪会有好事。高进突然到访，所为何来？他一时也琢磨不透。来到自己的房间，卿松已经从暗室出来，躺在了大床上。经过这段时间的治疗和调养，他身体恢复很快，同时还蓄起了黑刺刺的络腮胡。这是刘建平让蓄的，说这样可以改变些容貌，也许以后用得上。

“这个高进，阴得很，我看他这回登门，就没安好心。”游方德斜卧在小床上，正和卿松小声说着话。

“还好吧？”刘建平问卿松。

“先前练习过，熟门熟路了，何况现在伤已好多了，躺里面和躺床上一样舒服，没事。”卿松笑道，把身子往床头上面撑起了些。刘建平细心地帮着将枕头垫好在他头下。“就是你们在屋里吃烟，弄得里面也烟味很浓，差点咳嗽。好在忍住了。”卿松又笑道。

刘建平略微一惊：“这我倒没想到。”

“二位哥子，你们要说事情，我出去下。”游方德撑起身，去拿床头的拐杖。

“都是自己人了，还回避个啥？”卿松劝阻，迟疑下，又郑重道，“正好你们两兄弟都在，有件事我一直想着还要向你们道个歉。”

刘建平又是一惊，看眼同样愣怔的游方德：“老卿，这个话从何说起？是不是我和德娃哪里不周，让你多心了？”

卿松见刘建平一副紧张不安的神情，歉意道：“嗨，是我没说清楚。刚才在暗室里，我听那个孟厚良提起回水沱码头的事……当晚怪我行动指挥不当，才误伤了方德，想起来都后怕，我还不该向你们二位道歉？”

刘建平松口气，拍拍卿松的手：“我为这事已经向老孙作了检讨，责任在我，与你老卿没关系。”

“卿队长，我的卿大哥，我敢对天发誓，我德娃可是一丁点都没责怪你的意思，你千万不要在心头打疙瘩哦。”游方德也急着申辩。

“老卿你看看，把德娃都吓成狗熊样了。”刘建平笑道。赶紧换了个话题，“来来，我们一起分析下。德娃，刚才你说高进没安好心，为啥？”

“我也说不清。还有那个姓孟的，现在摆明了就是与高进一伙的。这两个人登门，能有好事？”

“建平，你怎么看？难道他们怀疑我藏家里了？”卿松既已表达了道歉的意思，此刻自然更关心眼面前的问题。

“高进始终认定受伤的游击队员，甚至就是你卿松队长本人还在城里。至于他是否怀疑你藏在这里，倒不一定。他此次登门，应该主要是来踩踩地皮，探探我的虚实。”刘建平说，“不过，所谓来者不善，这个高进嗅觉很灵敏，就像狗鼻子，万一他闻出啥味道，那就会出大事咯。”

“那我还是挪个地方，不能牵连这一家老小啊！”卿松焦急起来。

“你伤没好利索，咋挪动？况且又能去哪里呢？现在城里盘查得紧，作坊老张那里也已经不安全。”刘建平说。

“只要能出城，我就有办法脱身。上次在医院，他们不是也没认出我吗？”卿松说。

“虽说如此，但我们不能心存侥幸。老卿，你不必太过着急。目前也只是分析可能的危险，会不会真有危险还不一定。容我再考虑下。”他嘴上这样说，心里却明白，既然可能有危险，就要尽量避免。

其实刘建平一直在设想谋划转移卿松，但始终没考虑成熟一个稳妥万无一失的方案，加上卿松的伤口尚未痊愈，就算回到营地，在那种艰苦条件下，万一伤口感染，伤势再次加重，岂不前功尽弃。

游方德拿不出啥好主意，只在一边干着急。这段时间与卿松朝夕相处，两人谈了很多很深的话，他明白了很多小道理大道理。他明白了为啥父母一辈子苦做苦吃，贫困的锁链却似永远无法挣脱。为供他读书，还要把妹子槐花卖进魏家庄园做丫头。他明白了，为啥槐花受辱而死，自己却无处申冤，仇未报成，还差点被抓去问罪的真正原因。他明白了，这世道为什么有那么多的不公平。他明白了，刘哥令自己那么佩服的真正原因，绝不仅仅是一般的为人正直、善良，或是仗义，而是如卿松队长所说的，是因为内心怀揣着的那份理想和信念，使刘哥具备了征服他的人格魅力。他愿意成为像刘哥和卿队长一样的人，就是豁出一条性命，也要跟着他们砸碎这丑陋不堪的世界。

“我要加入你们！”

一天晚上，他当着刘建平和卿松的面，终于说出好多天来憋在心中的这句话。

刘建平和卿松都微笑着看他。他脸涨得通红，紧张地左右望望二位哥子：“我说的是真心话，你们要相信我德娃。其实我早就猜到刘哥是什么人，只是他不点破，我也就不敢明说。”

刘建平重重地拍着他的肩膀：“鬼聪明，好样的，德娃！”

“我们相信你！”卿松也拍着他另一边肩膀。

游方德咧嘴嘿嘿地笑。

而此时，他却只能陪着二位哥子犯愁。隔了好一阵，他有了个主意。

“高进和孟厚良这两个龟儿子实在可恶，不然我们想办法除掉他们？这样就没人怀疑我们了。”

刘建平摇摇头，不好责怪游方德的简单、毛躁，而是耐心地开导：“他们今天到家里来，难保没其他人知道，如果前脚刚离开，后脚就被人干掉，‘小洋楼’的人岂不是更要怀疑这里？再说，这两个人身手也不可小看，哪有那么容易干掉。”

其实，刘建平之前也难得地动过杀心，只不过对象单指孟厚良。

喜来客栈解救陈晖岚，有人打黑枪。他当时就对孟厚良起过疑心。事后他将当晚参加行动的警员挨个捋了几遍，除孟厚良以外，他对手下警员的家世、脾性、身手，甚至一天三顿吃几斤几两、睡觉打不打呼噜都了如指掌。他们都不该会是打黑枪的人。这些年，凡是品性不端，恶习难改，或是明里暗里与“小洋楼”有牵连关系的，他都以各种理由借口“请”出了刑侦队，要么是推荐擢拔，要么是推荐到油水更多的位置，要么就明示手下“三剑客”不时给他们些坡坡坎坎爬，让对方在刑侦队混不下去，自己走人。好在蔡文广也没过多为难他，只要刑侦队能破案子，换几个人又算啥？而刘建平唯独对半年多前才到刑侦队的孟厚良所知不多。只知道他老家在绵阳那边，前些年也在军队干过。平常言语不多，待人和和气气的，服从上司也是没得说。但刘建平还是觉得此人背景模糊，吃不透，所以一直观察、提防着。客栈后门河堤边，打黑枪的人在将近二十米远开枪打伤自己，还打死一名劫匪，足见枪法有准头。在刑侦队，除了自己，还有个枪法甚好的人，就是孟厚良。当时交火时间短暂，其他警员很快赶到。如果是客栈的同伙，如何能顺利脱身？后来他又发现孟厚良滚了一身泥，对方只说是赶得急，摔了一跟头。

由此，刘建平虽不敢断定什么，但对孟厚良还是多了一分防备。所以，直到抓捕伍嗣五之前，他才告知了对方行动计划，而且还编了一套说辞，打消其可能的疑心。

回水沱小码头，卿松带的人围过来时，自己已经招呼众人不要乱动，而且也相信不会有人乱动。一来，刑侦队警员一贯听从自己的命令，不到万不得已，大家乐得保命要紧；二来，自己当然了解，彭学忠就是个又贪财又怕死的人，被黑暗中的数个枪口指着，只会乖乖听令。恰恰就是这个孟厚良，竟然敢于违抗自己的命令擅自开枪。虽然自己立即将其扑倒，但还是击伤了卿松，又引来还击，彭学忠的跟班黑娃丢了性命，游方德和队里另一名警员重伤，差点导致整个行动失败。如果说要扳倒彭学忠，再取而代之，在当时自己劝导彭学忠依令行事，将车开过去的情形下，目的其实已经达到，彭学忠的死活，以及那批枪弹的去向，于他孟厚良已无多大关系，大可不必再冒险开枪，陷众兄弟，包括他自己于危境。有如此亡命徒般的狠毒和手段，其真实的身份也就不难猜测了。他事后也问过李为成，得知在自己和游方德、王大兴离开林小娥家，去找蔡局长"报告"案情后，孟厚良吩咐警员看好伍嗣五和林小娥，却单独出去溜达过一阵。如此种种行迹已经表明，如果不是组织内部有人泄密，那么向高进报告刑侦队行动时间、地点的，不是孟厚良，还会是谁？再后来，孟厚良干上了侦缉队队长，毫不避讳地成了"小洋楼"的人，成了高进的跟班，今天居然还一起"登门拜访"。

老孙不同意刘建平除掉孟厚良的想法。"既然你都看穿了孟厚良的羊皮狼身，对方也应该意识到，一旦动手，你的嫌疑最大。干掉一个孟厚良也许不难，但还会有人接替他。起码你对他已经了解，对付起来心中更有数。"

刘建平对老孙的这番话深以为然。现在游方德又提出要除掉高、孟二人，刘建平想起了老孙的话，自然不会同意。

"你们安心养伤，我再想想。"他安慰着二人。

三十五

从刘府出来，高进一改方才有说有笑的劲头，而是皱着个眉头，像个闷葫芦似的。回到警局办公室，孟厚良给他沏上盖碗茶，小心翼翼地试探着问道："有啥不对头的地方？"

高进用茶盖轻轻撇着浮茶，反问："凭你的鼻子，嗅出啥味道没有？"

"没有啊。我还真觉得一切正常。"孟厚良歪着头想了想。"彼此打了几句嘴仗，又很快罢兵，气氛还是好的嘛。"

"对刘建平的卧室，你没觉得有啥问题？"高进斜视了孟厚良一眼。

孟厚良一怔，像两把扫帚似的粗黑眉毛皱成一团，又散开，如此反复了几次，才用不是很确定的口吻说道：“那间卧室好像比较窄，放了两张床，显得有些拥挤……”

高进矜持地笑笑，不置可否，慢慢饮了口茶。孟厚良顺着卧室的“线索”继续回忆着。“是他们不让那个叫果果的小女娃去刘建平的屋子？不过刘建平的解释也算合乎情理吧？”

“就因为有个伤员，抹了膏药，不干净？不要搞忘了，果果是黄秋月的女儿，而黄秋月是个医生，医生的娃会忌讳这个？”高进不相信地摇摇头。

“也不一定。有些医生就特别讲究卫生，不让娃儿沾医院里的东西，怕被传染啥的。看得出，黄医生就是个讲究的女人。”孟厚良试着反驳道。

“我也看出，那个果果很亲她二爸，平常不会不去二爸房间的。德娃呢，也差不多就是一家人的身份了，果果叫他‘小德叔’，平常应该也是亲热的，现在大人们却不准她去看这个‘小德叔’，是不是太不近人情了？”高进按照自己的思路分析着。再瞅瞅眨巴着眼睛做思考状的孟厚良，又继续着分析，“前段时间，刘建平也负过伤，在家休养了好多天吧？也要打针吃药抹药水，未必小女娃也没去二爸房间看过？如果能去看二爸，就不能去看‘小德叔’？”

“对啊！”孟厚良一拍手。“照高队长这般分析，说不定刘建平屋里就是有见不得人的名堂。”

高进使劲拉扯着自己的右耳垂，继续说：“就算不是他房间里，还有别的房间呢？我们又不可能一间间细看，那个偏院，七八间大房，要藏个把人还不容易？当然，这只是我的假设。你说的也有道理，那黄秋月的确是个讲究的女人，万一当真不让女儿沾伤号病人，也是可能的吧。”

孟厚良抓抓头发，有了主意：“小女娃的事好办，我马上去慈济医院，了解下以前那个小女娃跟她妈去没去过医院？”

高进点点头：“你就不要亲自去了，太招眼。我安排关雄他们办，不仅要了解这件事，凡是与黄秋月和那个童杰有关的事都要仔细打探。”他起身原地打了个圈，说，“从现在开始，我们要密切注意刘建平的动静。”他又想起站长徐耀庭关于“呆若木鸡，动若脱兔”的高论，想起前两次行动慢半拍的教训，吩咐道：“厚良，你尽快安排几个侦缉队外勤人员，把刘建平住家监视起来。我再让站里在他附近街道设几个临时检查卡，加强对来往路人的盘查，这次我们不能再大意了。下一步咋办，我得向站长报告。”

“厚良领命。”同样是新官上任急于立功的孟厚良一脸兴奋。

孟厚良离开后，高进处理了些杂务，又一个人吃着茶、抽着烟，又独坐默思良久，看看天色，这才操起电话，拨通了站长徐耀庭家。那边接听电话的是徐孝凡。

“孝凡老弟吧？我老高啊。站长下班回家了？劳烦你禀报声，我有重要事情要向他报告，看方便不。”高进很客气。

“是高队长啊，我和站长刚回。你等下……”停顿片刻，话筒里又传来徐孝凡的声音，“站长请你马上来，一起吃晚饭。”

“谢谢老弟！”

徐耀庭到成都赴任之初，连换了两处居所都不甚满意，后来还是高进为他选了现在这处颇有明清风范的庭院式府邸，很对徐耀庭附庸风雅的脾性。府邸里平常人不多，除去徐孝凡，门卫室有三名特工轮流执勤，一个面相敦厚的女佣王妈，专门伺候徐耀庭夫人汪芝芬的起居、出行陪伴，以及房间的日常清洁卫生。但明眼人都知道，这个王妈身份并不简单，极可能是徐耀庭专门物色的一名秘密特工，只是徐耀庭不说，大家也不点破，估计都是要瞒住汪芝芬。负责厨房一摊子的是个矮胖的中年汉，大家叫他老万，还带着一个打下手的小徒弟。老万原来在一家不大不小的饭馆掌灶，红案白案都拿得出手，只因寡言少语，不善交往，在省城餐饮界始终寂寂无闻。用成都土话说，徐耀庭就是个好吃的“饮食菩萨”。老万是他到成都就职不久很偶然发现的宝贝疙瘩。老万做的菜品不仅合徐耀庭口味，更是让平日吃东西挑肥拣瘦的汪芝芬赞不绝口。也没开多高的价，徐耀庭便将老万延揽至府邸作了专职厨师。徐耀庭为此事还颇自得地喟叹，这个三教九流、各行各业，但凡要想出头，都离不开“吹捧”二字。你不自吹，别人又不帮你吹，你就是有天大本事也难为人知，只能屈居一隅，大材小用了。言语间有那么一丝以伯乐自诩的意味。也就免不了一些知情的下属，比如高进之流，经常用老万这件事来吹捧徐长官惜才爱才，更善发现人才。

高进赶到徐府时，徐耀庭和夫人汪芝芬，还有徐孝凡、龚雅竹四人已经在饭桌前等他了。徐耀庭亲热地招呼他快快落座。好在这些人时常在徐府吃喝，也就不必说更多客套话了。五个人，徐耀庭和高进喝曲酒，另外三位喝红酒。

“看你样儿，中午整了几杯？”徐耀庭浅饮一口，笑着问高进。

高进忙着端起杯：“我敬站长。”一口干了，才有些难为情地说，“是、是。中午和厚良去刑侦队刘建平家拜访，正赶上他们请客，被拉着好歹吃了几杯。那刘建平还真是好酒量，看得出，我和厚良都不是他对手。嘿嘿。”

徐耀庭不易觉察地略微一愣，自然明白高进这番解释是为了告诉自己，他如此急着赶来是与他们一直放心不下的刘建平有关。不过，再急也要先把饭吃好了再说。所以也就继续不急不缓地招呼着大家吃喝。接着又似突然想起，叫徐孝凡打电话，看能不能找到孟厚良，干脆让他也来一起喝两杯。徐孝凡去客厅打电话，很快回来报告说，孟队长还在警局，立马就赶过来。徐耀庭很高兴，让徐孝凡多给龚雅竹夹菜。

“雅竹，我们一起敬站长和芬姨一杯，好吗？”徐孝凡亲热地向龚雅竹提议。后者抿嘴笑笑，端起红酒杯，也不再待徐孝凡说话，自顾说道：“站长，芬姨，敬你们。”言罢，径自饮尽杯中很少一点红酒。

“我也干了。”徐孝凡为显得与龚雅竹同步调，也忙把杯中的红酒干尽。

“雅竹啊，你也不等等孝凡，看把他急得。”汪芝芬笑着责怪道。

“不怪雅竹，是我慢了半拍。”徐孝凡替龚雅竹解围。

徐耀庭知道夫人的心意，这时也端起酒杯笑呵呵地说：“军人嘛，就要步调一致。这回我和夫人敬你们两个年轻人，要一起喝哦。”

“对对，你们要一起的。”汪芝芬附和道。

徐孝凡忙拿过红酒瓶，先给龚雅竹的酒杯斟上一点点，给自己的杯子就斟得多些。徐耀庭颔首赞许。

这下龚雅竹似乎避无可避了，只好端起杯，落落大方地说：“长官有令，敢不遵命？不过还是应该属下先饮为敬。”说罢，又一口干了，还冲徐耀庭和汪芝芬亮亮杯。又对还在发愣的徐孝凡说：“该你了。”

“谢谢站长、芬姨！”徐孝凡也干了，但略显尴尬。

徐耀庭侧头看看夫人，有些无奈地一笑，把酒干了。汪芝芬有些不快，勉强抿了一下酒杯。

汪芝芬与徐耀庭结婚多年，夫妻感情也很不错，唯有一件憾事：至今膝下无子。为此，汪芝芬常在外人面前愧疚自责。龚雅竹与她和丈夫是老乡，她对这个家世不幸的女孩子有份很重的怜爱之情，加之随丈夫远到成都，虽然表面上迎合着丈夫，说成都这样好，那样安逸，与江南水乡各有其妙，实则一直不太适应这里的生活，唯有龚雅竹还能用家乡话陪着聊聊天，解解闷，由此二人就更亲近了不少。而徐孝凡在她心里已是半个儿子。她早看出，这“半个儿子”心仪雅竹，她也觉得合适、般配，有意撮合两个年轻人很长一段时间了。可平常对她百依百顺的雅竹，就是在这个问题上含糊其词，态度模糊。说拒绝吧，没明言；说愿意吧，行动上又时常不合辙。就像刚才敬酒，雅竹分明就是故意要把孝凡晾在一边。她后来又听说雅竹还有个军校的同学，叫陈锐敏，在警备司令部任少校副官，二人似乎走得越来越近，她也就越发替徐孝凡着急起来，加紧了撮合力度。刚才的小挫折，自然有些影响她的情绪。

“雅竹，不要欺负孝凡哦，他是个实诚人。”汪芝芬放下酒杯，淡淡地笑着再次责怪雅竹。

“他一个大男人，又是站长身边的大红人，我一个小女子，怎么会，又怎么敢欺负他？芬姨偏心了。”龚雅竹说罢，头都低下了，似乎想起了自己的身世，有些难过。

汪芝芬这才觉得责怪雅竹的话确实重了些。一时不知如何化解，求助地看向丈夫和对面坐着的高进。

徐耀庭自顾自地吃菜喝酒，一副“你惹的祸，你自己消”的样子。高进只好硬着头皮上阵了。

“雅竹这话有些赌气了。手心手背都是肉。谁不晓得芬姨待你和孝凡像待自己的娃，这里都快成你们的家了，她做啥事都只为你们好，怎么会偏心呢？来来，我借站长的酒敬大家一杯，眼看快过年了，预祝今年大家万事顺遂。特别是你们两个年轻人，跟着站长建功立业，以后肯定是好事连连。我先干了。”

高进一番说辞，周周全全，虽然一句“好事连连”，语带双关，却找不出不妥，龚雅竹也不便拒绝。大家高高兴兴共饮了一杯。

不一会儿，孟厚良到了。刚落座，徐耀庭就端杯提议道：“再过三天，厚良就该过生日了。来，我们大家提前祝他生日快乐吧。”

众人先是一愣，这才明白刚才徐长官突兀邀请孟厚良的用意，随即纷纷举起酒杯，笑呵呵地望向孟厚良，说着祝贺的话。看着孟厚良还一脸懵懂，高进笑道：“厚良，你归队不久，可能还不知道，能让徐长官记住生日的人，都是他赏识器重的人哦，还不快快干了此杯，再好好谢谢站长的厚爱。”

孟厚良感动得差点落下眼泪，结巴着连连道谢，一仰脖子干下满杯。徐耀庭和蔼地点头微笑。

总算酒足饭饱。徐耀庭这才把高进、孟厚良招呼到他平时在家里召集会议的小花厅，要听他们报告情况。刚坐定，徐耀庭又提议叫龚雅竹、徐孝凡一起参加。见二人面有难色，他嘿嘿笑问：“是不放心孝凡，还是雅竹？”

高进迟疑着：“孝凡是站长的贴身，自然没有不放心的道理。只是，龚雅竹，她一直没介入关于刘建平的事。哦，除了上次我询问刘建平时，临时做了下记录。此时让她参与进来……对了，还有个情况，我之前没有报告站长……”

“什么情况？说嘛，你都没及时报告的事，应该不是好大的事。”

“据我们掌握，最近雅竹似乎和刘建平有些接触，当然，都有她的两个同学在场。一个是王魁盛的副官陈锐敏，另一个是记者柳艳梅。他们与刘建平应该是刚认识不久。”

徐耀庭微笑着摆摆手。“我这里也有个情况，你们还有所不知。前段时间，刘建平向雅竹打听，想弄清楚上次发生在华丰饭馆那件事的真相。雅竹就将审讯樊步兆的记录抄给了他。”

高进大吃一惊。“有这事？站长如何知晓的？”

“雅竹向我报告，我同意的。”徐耀庭悠闲地吐着烟圈，看看一头雾水的两个属下，觉得很好玩。等高、孟二人确实茫然无措，找不出答案了，才慢悠悠解释道：

“刘建平不外乎想知道我们为什么怀疑他，究竟怀疑他什么。否则，能吃得下、睡得着？所以，他要想法弄明白事情的原委也在情理中。我知道你们有个担心，怕他了解实情后会有所警觉，是吧？”

见二人默认，徐耀庭摇头道：“其实不然。我问你们，猫抓老鼠时，面对一只爱跳爱跑的老鼠和一只安安静静不出窝的老鼠，哪一只更容易被抓到？当然是前一只嘛。如果刘建平真有问题，在了解我们并未掌握多少不利他的证据后，也才会放下心，才会重新出窝，跳起来、跑起来……啊啊，这个，我们也才有更多机会观察他、了解他嘛。总之，我们是没有什么损失的。而这些，有好多都是雅竹的分析和观点，我是完全赞同。雅竹虽然只是个文职人员，又是个女娃娃，但对情报分析却颇有些独到见解，你们也不要不服气。特别是她主动向我报告刘建平向她打探情况的行为，说明她是遵守纪律的。还有，通过这次为刘建平帮忙，雅竹应该在某种程度上取得对方信任，起码是好感。让雅竹多与他打打交道，想来也不是坏事吧？哈哈。”

要论玩此类手段，高进和孟厚良比起面前的长官自然还差了些火候，二人再也无话可说。

三十六

龚雅竹、徐孝凡一前一后来到小花厅。龚雅竹被一屋子烟雾呛得咳嗽了几下。徐孝凡忙去将紧闭的落地窗户开了一点。徐耀庭打了个哈哈，摁灭烟蒂，招呼雅竹坐在自己身边的另一张沙发上。又示意高进，可以说情况了。

高进也灭掉烟蒂，开始简要报告今天中午去刘府“拜访”的情况。

听完高进的汇报、分析，徐耀庭笑微微地看向龚雅竹："雅竹，上次你报告了刘建平在打听我们究竟怀疑他什么的情况，还把审讯樊步兆的记录给了他，说起来，你对他也应该有所了解了。先谈谈你的见解嘛。"

龚雅竹见一屋子的人都朝向自己，似乎有些诧异，赶忙解释道："我是通过军校同学陈锐敏认识他的，也是因为这层关系，他向我打听情况，我拿不准该不该帮这个忙，自然要向站长请示报告。我的确向站长建议，让他了解实情也无妨，但站长如果不同意，我也不敢帮忙的。"

"雅竹，这个你不要紧张。"高进宽慰道，"我们已经知道事情的原委。"

"对对，我是说，你和他打过交道，但之前涉及他的一些事情毕竟没有直接参与，看问题应该更客观，所谓旁观者清嘛。大胆说说你的想法。你觉得高队长他们的分析有道理吗？说错了也不要紧的。"徐耀庭鼓励着。

龚雅竹轻叹一口气，将两只白皙修长的手指揉搓着，低头整理了下思路，才说道："按照刚才高队长介绍的情况，反观刘建平自华丰饭馆那次行动之后的表现，没错，他是值得怀疑。但我同时认为，对他，我们现在也就只能仅仅怀疑罢了。"

"只能仅仅怀疑罢了？"高进哼笑一声。"雅竹，我没听懂你的意思。你是说我们现在对刘建平只能继续怀疑，而不能做点什么？"

龚雅竹打个抿笑，反问道："高队长凭着这些分析、猜测、怀疑，又急着向站长报告，想怎样呢？"

"自然是希望站长加以重视，最好是尽快采取行动。头两次，我们就是行动迟缓了，贻误战机。当然，是我的失职。"

"按照高队长的逻辑，难免陷进'先入为主'的泥潭。因为怀疑，就更加怀疑，用前一个怀疑，去推测、印证后一个怀疑。但是，我觉得，怀疑是不能证明怀疑的。根据怀疑采取的行动，搞不好，就成了盲动。"龚雅竹保持着平和的口吻。

高进的脸色变得有些难看了。"'捕风捉影，闻风而动'，这是站长经常教导我们的，难道只是一味怀疑，全然按兵不动？"

龚雅竹望向徐耀庭，在得到肯定的眼神示意后，方才继续说道："怀疑一切，固然是我们工作的基本要领，但我觉得，取得铁证，再拿人办案，才是我们的不败之本。这也是站长经常告诫我们的话。"

"不行动，怎么取得铁证？"高进竭力掩饰着自己的不快。以前还真是小瞧这个女娃子了，说起话来一套一套的，胡搅蛮缠，不好对付。他一边给徐耀庭敬上一支烟，一边干笑着说："雅竹，你就是要我们只怀疑刘建平，而不要我们对他采取行动，是这意思吧？好在站长大人晓得你和他认识，要不然，就凭你和他最近经常在一起吃饭、喝咖啡，还去过老营盘这些行为，我不知道站长会咋样，反正我会怀疑你与他关系不一般，或许在包庇他。哈哈。你继续说，继续说。”

“老高，你还真是‘怀疑一切’了？雅竹不过就事论事嘛。”一旁的徐孝凡忍不住替雅竹鸣不平。

徐孝凡是站长跟班，高进心头一直比较忌惮这个年轻人，平时都是客客气气，礼数周到，此时也不好驳他面子，只好又打个哈哈：“孝凡老弟‘护花’好心切，我就是开个玩笑，想来雅竹也不会多心。”

“都是同志，一家人嘛，大家放开谈各自的想法，有点意见分歧也是正常的。”徐耀庭很宽容地打着圆场。

“高队长刚才的话，我怎么会多心呢？是的，如果我私自向刘建平提供情报，不说怀疑，直接把我抓起来也是该的。你们既然了解掌握刘建平的行踪，自然也就知道我和他最近有接触，不奇怪。”龚雅竹似乎一点不在乎高进带刺的话，像一名学生在课堂回答老师提问般，继续认真说道：

“我并非一概不赞成行动。也许我没有将意思表达清楚。我是说，刘建平身上确实疑点不少，但他这个人绝非等闲。他居然敢向我打探消息，说明并不怕我们如何怀疑他。关于这一点，我特别向站长报告过。我觉得，就凭对他居所的格局，特别是对刘建平房间有奇怪的感觉，还有那个小女孩的表现，就怀疑他藏匿了从医院消失的那名伤员，会不会有些牵强呢？我们当然可以假设，他也许会走‘灯下黑’这一着棋，但刘建平是出了名的孝子，对他嫂子黄秋月也十分敬重，他就真能不管不顾，甘冒连累一家老小的风险？我觉得不太像他一贯谨慎周全的行事风格。以他现在的身份，我们如果贸然行动，万一又像上次华丰饭馆一样弄巧成拙，怎么办？请神容易送神难，这次解释起来，恐怕更难了。当然，高队长一直在一线工作，实战经验比我多多了，也许他的感觉是准的。最后怎么处理，还是要站长下决心。”说到这，龚雅竹止住了话头。

被龚雅竹顺带奉承了两句，高进脸色柔和了些，却一时找不到话说。说什么呢？还是那个老问题，因为对方是刑侦队长、蓉城神探、抗日英雄，也算是有头有脸、有局面的角色，总不能像对付普通百姓那样直接冲进他家里翻箱倒柜、搜查拿人吧。龚雅竹话里话外，都在替站长作想，似乎也挑不出多少毛病。

“我有个想法。”孟厚良抬抬屁股，“龚秘书刚才话中的意思，是怕弄错了又给站长添麻烦。不如就由警局动手，弄错了，也与站长无关。咋样？”

高进一听，恨不得过去扇孟厚良两嘴巴。徐耀庭都怕惹上麻烦，那蔡文广是瓜儿？能同意？他若不同意，就只有身为副局长，专司捉拿共党的自己上了。但万一真的弄错了，扑了空，屎尿盆子稀里哗啦还不全扣自己头上？他瞅见徐耀庭脸露怪异的微笑，生怕要拍板，忙抢先说道：

“以刘建平现在的身份，如果由警局出面动他，肯定要事先征得蔡局长的同意，否则，不好收场，毕竟我也是刚过去。但是，这种情况下，要让他同意对刘建平采取行动，这只老狐狸未必会背这口黑锅。况且，警局去和站里去只是个名义，并无多大差别，他刘建平不会不懂。”

徐耀庭两手一拍沙发扶手，站了起来，习惯性地慢慢转圈子。“你们的分析都有各自的道理。只不过你们对所谓‘行动’这个概念理解不太一致。雅竹虑事周全，倾向于稳妥行事，取得准确情报后，再一击而中。这其实也是一种‘行动’。高进和厚良担心夜长梦多，倾向于采取直接行动，就是直接去搜查拿人嘛，但这确实是要冒一定风险的。特别是我们在刘建平身上已经失手过一次，闹得不尴不尬，如果这一脚再踏空，我这张老脸确实就不光生好看了。”

听徐耀庭话里意思，高进失望地轻叹一气。

徐孝凡平常也参与过一些案情分析，眼见一屋子人都没言语，觉得自己可以表现下了，遂用轻松的语气说道：“要我说，既然高队长他们已经又部署加强了监控，也不在乎这一时半刻。又或者，既然怀疑刘府有名堂，高队长和老孟，就再来个‘深入虎穴’，杀他个‘回马枪’，如果得手，岂不是奇功一件？”说罢，还朝心仪的人挤挤眼。龚雅竹还以会心一笑。

就连一心想立功的孟厚良听了这主意，心头都打鼓，何况高进。他嘿嘿笑道：“孝凡老弟，你这是要叫我和厚良去干图穷见匕首，血溅当场的事啊。这和直接杀进去抓人也无多大差别吧？不是兄弟我不敢，只怕一旦出了拐，还是要给站长惹麻烦。”话里面也等于承认——并无完全把握刘建平就肯定在家里藏了人。只是没人点穿他。

徐耀庭总结似的说：“如果说受伤的游击队员，也许就是其队长卿松还在城里这个判断是正确的，那么就证明我们前期的严密盘查是有效的，没有给他们转移逃脱的缝隙，或者让他们感觉到了极大的风险，不敢轻举妄动。孝凡说得对，现在既已有了针对性更强的监控部署，就不怕他露头。至于下一步怎么办，容我再考虑，时间在我们这边嘛。不早了，孝凡，你送雅竹回家吧，我和高队长、厚良还要说说警局那边的事。”

告别汪芝芬，龚雅竹和徐孝凡出了徐府院门。天上飘起细碎雪花，只在昏黄的街灯光影里，才能看见她们若有若无的身影。徐孝凡左手环搂着汪芝芬送给雅竹的一纸袋糕点，右手捏一柄黑布雨伞，却没撑开，因为雅竹说，雪花洒在脸上的感觉真好。而他感觉真好的是，能与雅竹一起漫步。

“高进这个人，鬼心眼多，刚才没惹你生气吧？”徐孝凡关心道。“要不是站长在，我就不会那么客气了。”

“也不能全怪他。大家就是干这个工作的。你没必要为我出头顶他，毕竟他资历比我们老。”龚雅竹语气温婉。

“站长都那么信任你，他居然阴阳怪气说那些，我自然忍不住了。哪个敢欺负你，我就不认哪个。”

徐孝凡感觉到雅竹无声地笑了笑，应该是一种谢意的表示。他信心大了些。“雅竹，你和那个刘建平，还有那个陈副官，真的是经常一起？陈副官对你……你们是同学，你对他……和你对我……”徐孝凡信心没了，说不下去了。

“孝凡，你说，要是刘建平真的是地下党，我会不会惹出大麻烦，有负站长的信任？”龚雅竹忽然有些担忧起来，好像并未听见刚才徐孝凡的话。

“不需要担心这个。你只是经过站长同意，向他提供了一份审讯记录。刚才，我们都明白你分析的意思，就是怕给站长惹麻烦，一片好意。站长咋会怪你？”徐孝凡安慰道，似乎并未意识到，龚雅竹已经将他刚才的话题轻轻带过，就像轻风带走一片碎雪。

第七章

三十七

天气格外寒冷。从川西北雪岭上刮来的劲风，夹着碎雪，一阵紧过一阵，打在路人的脸上，冰凉生痛。人们从箱底里翻出最能御寒的衣裳披挂在身，两手抄在袖笼里，脖子缩在衣领围巾里，匆匆赶路。平时漫街乱窜的叫花子，此时也找了避风的角落，蜷缩在一堆破烂中，有气无力地向路人乞讨着。唯有黄包车车夫，脚板翻飞，嘴里不断喷出热雾。

这天是星期天。中午时分，帝都饭店二楼的松鹤厅宾朋满座，好不热闹。服务小生端菜的、送酒的、斟茶的、递热毛巾的穿流往返，脚不停手不住。

宴席的主人是保密局蓉站站长徐耀庭及夫人汪芝芬。客人有警备司令王魁盛及夫人，市长邓季粟及夫人，市警察局长蔡文广及三姨太，副局长高进，还有省政府的两名厅长及夫人、蓉站的几个处长、科长及夫人。徐耀庭的贴身侍卫徐孝凡，蓉站秘书龚雅竹，王魁盛的副官陈锐敏也在座。此外，还有位特邀嘉宾——市警局刑侦队队长刘建平。

昨天下午，徐孝凡和龚雅竹专门到刑侦队送请帖，代表徐耀庭邀请刘建平队长于第二天中午帝都饭店赴宴。还特地解释说，上次徐站长就承诺过，改日要专门设宴向刘队长致歉意。眼看快过年了，徐站长夫妇以私人名义设宴，请了相关宾客小聚，刘队长是重要的特邀嘉宾，务请大驾光临。

龚雅竹看出刘建平有碍难之色，半开玩笑说："徐长官下了死命令，如果请不动刘队长，叫我们就不要回去了。刘队长，不会忍心我们流落街头吧？"

刘建平只好笑着点点头："难得徐长官还记得上次说过的话，我敢不遵命？"

快下班时，蔡文广看似闲逛般到了他办公室，不经意地问："收到帖子啦？"

"正在犯难呢。我一个小警察，值得他那么一个大脑壳器重？到底啥意思嘛？"刘建平没有一丝攀了高枝儿的欢喜，反而是一脸愁容。

"你也不要看轻了自己，大小也是个队长，还是神探嘛。"蔡文广拍拍刘建平的肩膀。"另外，徐耀庭当然也是想缓和下我们警局与'小洋楼'的关系。

光靠他们，地下党抓得完？徐耀庭是个聪明人，头次抓住我们的小辫子，得了便宜，现在卖个乖，也是该的。没事，就去吃喝他一顿又何妨。”

尽管心中总觉不踏实，但刘建平也实在找不出像样的理由不去赴宴。上午临出家门时，他又特别叮嘱游方德，一定警醒些，万一有事，要立即打电话到帝都饭店告诉自己。旁边的卿松觉察到了他隐隐的不安，问道：“建平，这两天不是风平浪静吗？你还这样不放心，难道有啥不对头？如果你感觉不好，要不然我就先想法混出城，反正我的伤也好得差不多了，跑不行，走路还是可以的。”

刘建平皱眉道：“高进、孟厚良两天前刚来‘拜访’，紧接着附近几条街上就设了检查点，盘查来往行人。不能排除就是专门针对我们的。恰在这个时候徐耀庭又请赴宴，感觉上自然不好。”

“刘哥放心去就是，家里有我，龟儿子哪些敢乱来，我手里的炮火也不是吃素的。怕他个毬！”游方德从枕头下摸出擦拭得发亮的盒子炮在手里扬了扬。

“我就是怕你不冷静。记得，万事以保护卿队长为重。”刘建平再次提醒道。转头又对卿松说，“关于转移的事，我已经有了些打算，也做了点准备。等我先去把徐耀庭的宴席应付完了再细商量。”

开席前，东道主徐耀庭端杯起身，有先致个辞的意思。他今天穿着团花马褂，头上的稀疏发丝仔细梳理过，兴致很高，状态很好。

“各位、各位，请允许鄙人先拉扯几句，见谅了！”

徐孝凡带头拍响了巴掌。徐耀庭含笑点头致意，清清嗓门：“进腊月了，我怕接下来更不好选日子，就今天吧。徐某略备薄酒，一是给大家拜个早年，二是对大家过去一年来对兄弟我及夫人的相帮关照表示感谢。也许大家心里面会纳闷了，眼下国军战事不顺，蒋委员长前几天刚刚辞去了总统之职，怎么还有心情把酒言欢，过个什么年啊？”说到这，徐耀庭缓缓巡视了众人一圈，像个卖狗皮膏药似的卖起了关子。见大家沉吟不语，他释然一笑，“我不这么看问题。胜败乃兵家常事，共军一时得势，但面对党国，毕竟是蚍蜉撼树，终归难逃被歼灭的下场。委员长辞去总统职位，是不愿诿过于他人，这是他作为领袖的大胸襟，岂不令吾辈肃然起敬？面对暂时的困难，相信他决不会真的抽身世外。李宗仁代总统也非等闲，我们对他还是要抱有信心。所以，诸位，我们没必要惊慌失措、自乱阵脚。年还要照过，酒还要照喝嘛。来来来，让我们为委员长的健康，为国军的最终胜利，为党国的长盛不衰，共饮了此杯！”徐耀庭率先将酒一口而干，冲四周亮杯。众人纷纷起身，男人们尽饮，女士们也象征性地略抿一口。这之后，徐耀庭又携夫人汪芝芬绕着长条形餐桌挨着敬酒，向宾客们拜着早年。

眼看徐耀庭和夫人向自己座位移步过来，刘建平礼貌地起身，将面前的酒杯端在手上。

“建平老弟啊，你一定吃好喝好，不要拘礼。”徐耀庭亲热地说。“对了，刚才忙着招呼客人，还没顾得上问候问候你母亲，老人家身子骨还硬朗吧？”

刘建平客气地虚应着。徐耀庭夫妇又客套了几句才离开。

坐在刘建平左边的陈锐敏将身子向他靠近了些，小声道：“徐长官对你是礼遇有加哦。哪像我这等小角色，一语带过了事。喂，怎么看你兴致不高呢？”

刘建平挑起一大块糖醋鱼往嘴里送，咽下肚，又用小汤勺挖下一块红烧狮子头，放在自己碗中，方才调侃道：“好酒好菜的，我兴致高得很。你倒是没咋动筷子，一肚子酸醋水，是不是没胃口啊？”说着，向斜对面挨着坐的龚雅竹和徐孝凡瞟了瞟。陈锐敏不由自主也跟着瞟过去，正好，徐孝凡正殷勤地往龚雅竹盘子里送煎饺。

“我至于嘛？昨晚上我们还一起看了电影呢。”陈锐敏不屑地一咧嘴，“雅竹刚才给我解释了，是那个芬姨硬将她拖来的，说这是家宴，她也没办法，你看，她过来了。”

刘建平不用转眼，已知道他们正在谈论的龚雅竹确实已经向这边走来。她此时天青色旗袍裹身，步履优雅，少了平时的军人呆板气。

“雅竹，哪用你动步，我正想着过去敬你一杯的。”陈锐敏站起身，迎着龚雅竹。

“我说过是敬你吗？”龚雅竹白了陈锐敏一眼，转脸对刘建平微笑道，“我来敬刘队长。刘队长，谢谢您能光临，我总算完成了徐长官交代的任务。敬您！”

“我才是自作多情哦。”陈锐敏讪笑道。

“该我感谢你才是，上次帮了那么大的忙。”刘建平话语恳切，后面一句，他特意压低了声音。龚雅竹不置可否地笑笑，不接这个话题。转过身，对陈锐敏举举红酒杯说：“我也没说不敬你啊，来。”

陈锐敏得意地向刘建平眨眨眼，将酒杯与龚雅竹的酒杯一碰。

酒席进行了将近一个小时，刘建平听见饭厅西墙角立柜上的电话机响了，但似乎谁也没在意。一个年轻服务生走过去拿起了听筒，很快，他将听筒放在一旁，走到高进身边，伏耳说了句什么。高进用餐巾揩了下嘴，起身去接电话。

刘建平觉得这个电话时间很长，心中有了种不祥的感觉。

高进走到正与旁边的王魁盛聊得起劲的徐耀庭身后，躬腰汇报着什么。徐耀庭脸上的笑容慢慢僵硬起来，直至消失。听完高进的报告，他又起身迈过邓季粟，对蔡文广低声说着什么。蔡文广一边听着，眼光就向刘建平扫过来。

此时，一桌的宾客应该都意识到发生了什么事，渐渐降低了说话声，直至都安静下来。徐耀庭发现了这一状况，和缓地说：“没啥大事，大家继续吃好、喝好。”

蔡文广起身打个哈哈：“小事、小事，不会影响大家兴致。哦，对啦，建平，你过来下，说个小事情。”

蔡文广先离开座位，向餐厅西头移步过去。那里是供客人就餐前后茶饮休憩的地方。徐耀庭和高进也跟着过去了。三人都没落座。

见刘建平近前站定，有些莫名其妙的神情，蔡文广先开口了：“建平，是这么回事。一小时前，徐长官的人跟踪了两个在庆丰茶馆接头的地下党，当场抓获一个，另一个乘乱从后门跑了。现在蓉站、宪兵队、保安团，还有警局的人正在联合搜捕。根据种种迹象判断，逃脱者很可能就躲藏在你住家周围一带。我们的人搜查到了你住家边，有兄弟晓得那是你刘队长的家，建议就不搜了。可是也有人觉得还是该看看。因为附近一些大户人家，包括政府官员的人家都是搜过了的，不进你家看下，后面的活路也不便进行下去。徐长官和高副局长很为难……”

“是啊，建平老弟。”徐耀庭结过话茬，“换了别的什么人，好办，没商量。可涉及你老弟，这事就要慎重了。我这里刚在为上次的误会表示歉意，那边万一又弄出大家不愉快的事，岂不笑话。”

高进递给刘建平一支烟，再分别敬烟给徐、蔡二人，又特地为刘建平点上火。这才说道：“警局侦缉队的兄弟打电话向孟厚良请示，他也不敢做主，这不，把电话打到这里了，要我定。有徐站长和蔡局长在，我哪能定夺呢？这、这……”

“建平，徐长官有这份体恤的意思我觉得够给我们警局面子了，反正也不是啥子大事，就让他们进家里瞟一眼，也不掉身价嘛。你看如何？建平、建平？”蔡文广发觉刘建平好像有些走神，脸色也不太好看，以为他又要闹情绪，便连呼了两声。

刘建平用手理理头发，干巴巴笑了笑。

徐耀庭又发话了：“高进，今天应该是冯关雄在调度人手？既然建平老弟不痛快，你打电话，让他们不要去骚扰刘队长家了。”

“是、是，我马上吩咐下去。”高进意味深长地盯了眼刘建平，就要朝电话机走去。

刘建平抬手虚挡了挡：“没必要难为下面的兄弟。徐长官如此礼遇，我已经万分感激。局长说得对，又不是啥大事，要进家里看看就看看嘛。高副局长，你让他们尽管查。徐长官、局长，请归位，宴席还没结束呢。”

“建平老弟，要不你给家里去个电话？”高进很周到地提议。

刘建平摆摆手，表示不用。几个人像没事般重新各自归位。高进在返回座位前拿起电话听筒交代了几句什么。

身边的陈锐敏察觉到刘建平脸色不好，有些心不在焉，知道一定是发生了什么严重的事情，同时又看见龚雅竹投来疑惑关切的目光，他心中也不安起来，默默端杯与刘建平面前的酒杯碰了下，刘建平侧头对他挤出一点笑，端起杯干了。

时间仿佛是静止的，凝固在虚无的空气中；时间又仿佛如一支响箭，飞向未知的目标。

终于，墙角那部电话机再次刺耳地响起。高进直接起身快步跨过去操起了听筒。

刘建平端坐不动，右手却悄悄贴近了裤兜，里面是他从不离身的勃朗宁手枪。但他清楚，此时此景，这把他视之为兄弟、朋友的手枪，也帮不了自己什么忙。

刘建平居然没发觉蔡文广什么时间已来到身边，拍拍他的肩膀，向他递个眼色，走到离餐桌几步远的地方等他。刘建平尽量镇定地起身跟过去。

“建平，赶紧回家一趟，千万千万要冷静，这里话不多说。”蔡文广语速极快。

那边的电话铃声又响了，刘建平听见高进在接听，问道：“游方德吗？你找刘队长？……”

刘建平已经快步冲出。

三十八

快到中午时，刘秀娟才与伙伴们分手，顶着寒风碎雪往家赶。不久前，经学校一位教员介绍，她参加了一个团体。最近团体里的人员在开展募捐活动，为的是帮助穷苦人家和那些无家可归者度过寒冬。

中途她本打算顺道去春熙路的百货商店逛逛，给一家老小购置些春节礼物。她有这个心思许久了。从半年前开始，她能领取不多的薪水。过去逢年过节都是二哥、大嫂送礼物给她，她想孝敬母亲一包烟丝的钱都没有，更别说给二哥、大嫂，还有果果、小英子、小阳买礼物了。现在她有这个能力了。她好多次想象着，当自己把一件件礼物送到一家老小面前时的情景：母亲乐得合不拢嘴，二哥夸、大嫂赞、小果果欢呼雀跃……可是，当她走到百货商店大门口时，才想起自己已经把积攒的钱全捐出去了。她有些后悔、懊恼，也许不该捐那么多的。她使劲甩甩头，赶走不愉快的心情。因为她知道，母亲和二哥、大嫂如果知道自己帮助穷人的善举，同样会夸赞自己。

不过遗憾总是有的。她想起去年春节时，二哥给她和小英子的礼物是棉手套，给大嫂的是一条橘色毛线围巾。她当时还说二哥偏心，围巾好漂亮啊，哪像棉手套，又土气又便宜。大嫂听了这话有些急，忙将围巾塞给她。她再不懂事，也是不会接受的。二哥打着哈哈笑道，你没买过礼物，以后你上班挣钱了，也给大家买个礼物，那个时候你小女娃才晓得，选礼物有多费脑筋。这才化解了大嫂的尴尬。

其实，她说那个话就是故意逗二哥和大嫂的，也是故意说给母亲听的。只是母亲似乎并未听出自己真实的话意。自从那次她对母亲明确说出二哥和大嫂就是合适的话，遭到母亲一顿训斥以后，凡说到二哥和大嫂，她不得不小心些。

刘秀娟赶回家时，小英子早把饭菜做好，专等她回来一起吃中饭了。

“你个疯女子，学校都放假了，还一天到晚不落屋，肚皮就不晓得饿？”母亲一边嗔怪着，一边又往女儿碗里夹了一夹炝炒萝卜丝。

“那边两个人吃没有？”刘秀娟关心着二哥房间的人。

“早吃了。这会儿应该在摆龙门阵。”小英子答道。

自从二哥房间里住进游方德和那个宋大哥后，刘秀娟一次也没去过二哥房间，但从二哥谨小慎微，大嫂、母亲时或流露出的紧张情绪中，她猜测到这个宋大哥身份极其特殊，容不得半点闪失。尽管她以前觉得二哥没必要当警察，被人在背后指指点点，但她从不怀疑二哥的人品。神秘的宋大哥住进家里后，她甚至隐约感到，二哥正在做的事也许正是自己想做的。因为这半年来她在学校，在参加的那个团体里面，已经接受了不少新思想，她懵懂地向往着一种全新的世界，并愿意为之早日到来做些事。

就在这时，门外有些嘈杂，接着传来了敲门声。刚刚吃了几口饭的刘秀娟丢下碗筷，站起身，紧张地看着母亲。刘李氏也神色大变，忙叫小英子快去二表哥房间帮忙。小英子飞快地出了堂屋。

“开门、快开门！”院门外有人大声叫着，敲门声也急起来。

二哥、大嫂不在家，刘秀娟的担当意识油然而起，把齐耳短发一甩，起身往外去，也没管母亲的劝阻。

敲门声和吆喝声更烈，大有破门而入的势焰。刘秀娟估摸着那个宋大哥已经藏好，索性抽开抵门杠，横抱在手。

院门“哐当”一下被撞开，涌进六个拿枪的人。两个穿军装，三个穿便衣，而为首的一个干瘦男子穿着黑警服，此人正是前不久因为倒卖枪弹被免职的市警察局缉私队原队长彭学忠，现在的身份是警察局下面的一个派出所所长。刘秀娟自然不会认识他。

“你们要做啥？”刘秀娟怒目问道。

“我们奉命搜查逃犯，莫要阻拦。”彭学忠很不耐烦。舞了舞手上的盒子枪，扭头招呼其他五人，“兄弟们搜吧，搜仔细咯。”

“哪个敢！”刘秀娟把门杠一横，“你们晓得这是谁的家？”

彭学忠撇嘴哼笑：“刘大队长的家，哪个不晓得？”

“晓得还敢搜？”刘秀娟又气又惊，已知来者不善。

“晓得了就更要搜，搜的就是你们家！”彭学忠一边冷硬回道，同时提着盒子枪就往前窜，却不防被刘秀娟用门杠当胸一推，打个趔趄，差点摔倒，幸好被一个宪兵扶了一把。彭学忠脸都气歪了，缓一下劲，突然冲上去照着刘秀娟就是两耳光。这么些日子来所受的窝囊气终于撒出来了。

刘秀娟手中的门杠一松，顺势扭住彭学忠，一口咬住了对方右耳。

彭学忠比刘秀娟个头还矮些，又是个小身板，拼命想挣脱，却不能如愿，痛得杀猪似的嘶声号叫。

没人能想象刘秀娟此时此刻的心理。也许是从小到大从未受过被人打脸这般羞辱的原因，也许是她知道一旦让这些人进屋搜查的可怕后果的原因，也许是她再没有别的方法避免那个可怕后果出现的原因，总之，她已经抛开一切。现在要做的只有死死咬住面前这个豺狼的耳朵。似乎只有这样，她才能保全二哥，保全母亲和大嫂、果果，保全这个家，保全德娃哥和那个未曾谋面的宋大哥。她听不见豺狼的号叫，听不见豺狼的同伙的吼拦，也听不见母亲和小英子的惊呼。

她甚至没听见那声夹杂着风雪，将把自己如花般盛开的生命带走的枪响……

彭学忠捂住血淋淋的耳朵，看着慢慢软塌在地的刘秀娟，又看看手上那支枪口还在冒出一丝青烟的盒子枪，有些愣神。一个老妪和另一个女子已呼天抢地扑向躺在地下的女子。

“啪”，一声枪响。一颗子弹擦着彭学忠那只完好的左耳朵飞过，打在后面的照壁墙砖上。同时有人大叫道：“姓彭的，不要走，老子和你拼咯！”

彭学忠侧头看去，一个男人提着把短枪，一瘸一拐地正顺着廊道奔过来。他有些迷糊地认得，那是刑侦队的游方德。

“事情整大咯，老彭快撤……”有人拉着他快速后撤，背后又是一声枪响。

风雪，无边无际的风雪。听得见亲人的呼唤，却发不出回应的声音，看得见回家的道路，却迈不动沉重的脚步。我是真的回不去了吗？不，我偏要！可恶的风雪，你刮吧，你拼死地刮吧，我拼死也要回去。妈妈在叫我，二哥在叫我，大嫂和果果在叫我，我能不回去吗？我还有好多话要对他们说啊。等着，我这就回来了！

刘秀娟慢慢张开眼睛，看见了那些她急着要见的亲人们，看见了他们满脸的泪水。她想安慰他们。她露出了一丝笑意。

“幺女儿，你总算回来啦，你不要吓妈呀！”母亲哀求似的说着。

“幺姑，你不要一直睡觉嘛。”果果哭泣着摸她的脸。

刘秀娟转动一下眼珠，大嫂忙说：“这是在医院，你受了伤……会没事的……”

“我受了伤？为啥不能在、在家里啊。”刘秀娟有些失望地说。

“等你伤好了就回家……”二哥眼睛红红的，一张憔悴的脸却也笑着。

“家里……还好吧？”刘秀娟回想起了那场殊死搏斗。

“放心，都好，是你把他们赶跑了。家里人都好。”二哥知道小妹在担心什么。

“我就是不能叫那些……狗东西……祸害我们家。”

“我妹子最勇敢！”二哥夸奖道。

“秀娟，不要说话了，好好休息。”大嫂说。

刘秀娟轻轻摇头：“我要说，好不容易回来……要说。妈……”

“妈在、妈在。妈的乖女儿，有话就说吧，妈听着呢。”母亲的眼泪又涌出了眼眶。她毕竟与做郎中的丈夫一起生活多年，生死的情形也见识过不少，此时，她心知女儿状况不好，只能强忍巨大的悲伤，要听女儿说什么。

“二哥和大嫂……好啊……妈呀，你老人家……”

“秀娟，好秀娟……别说话，别……”黄秋月万没料到，秀娟要说的话竟然与自己和刘建平相关，想要阻拦，但更大的悲痛让她背过脸，一任泪水无声长淌。

“妈晓得……晓得，不说咯、不说咯……”刘李氏用力握着女儿冰凉的手，流着泪不停点头。

刘秀娟露出了笑意。又偏头冲另一旁的果果说：“果果要乖，快快长大……好可惜，幺姑没给你……买成礼物……”

刘秀娟轻轻合上眼。

风雪停止了。家乡的原野上开满了鲜花，宽阔的河面银光闪烁，天空中一道迤逦的彩虹直垂脚下。秀娟飘然抬步，随彩虹翩翩升腾，向着追撵而来的亲人们含泪挥别……

三十九

灵堂就设在院子里，用竹席篾笆临时搭建，院子其他地方也搭了凉棚，生了三盆取暖的炭火，摆了些桌子板凳，放了些盐炒瓜子花生。

虽是一个女娃子过世，但毕竟是市警局刑侦队长的妹子，到刘府致哀吊唁、打丧伙的人还着实不少。刘建平警局的同事兄弟，政府里相识的职员，平常有走动的在省城的亲戚，刘秀娟的同学、同事，还有黄秋月医院里的同事，附近的街坊邻居等等。刘李氏悲痛已巨，卧倒在床，迎来送往、招呼应酬的事全靠刘建平和黄秋月担着。刑侦队一帮兄弟打点起精神，端茶送水，前后支应。小英子要负责厨房那摊，预计着总有二十多号人要吃喝，忙不过来，只好在外面请了个掌灶师傅。

柳艳梅等不及龚雅竹和陈锐敏，打听了地址，又到商场去扯了块上好绸缎作祭幛，先过来了。快进院门，正好碰见孟厚良送一个中年男人出来：“我代刘队长再次感谢金科长了，恕不远送，走好、走好。”

“应该的、应该的，孟队长请留步。”

“哦哦，柳记者，你也来啦？”孟厚良一身便装，转脸看见了柳艳梅，忙热情地迎着。

“孟队长在这里帮忙？辛苦了。”

“建平哪应酬得过来。有些客人呢，下面的兄弟又不一定认得，再说……”

“再说他们又没个官衔，格局差点？”

“柳记者就是快人快语，嘿嘿。这个话也没得错。比如刚才那位，好歹是县政府里的一个科长，代他们县长来致礼，你说，让一般的兄弟招呼，于礼数上就不太妥吧？”孟厚良兴致很高地解释着。

柳艳梅巴不得孟厚良话兴浓，正好借机多了解些“资讯”。

“连县份上的都惊动了，刘队长的面子好大呀。”

“这个也不奇怪。头次他们县里发生一桩灭门惨案，还是建平老弟带我们去破的。县老爷差点下跪谢我们。你说，他能不派人来致个礼吗？”

“昨天中午发生的事，报纸上都还没个只言片语，怎么就传开了呢？可见这次的事情非同一般。好好的一个妹子，怎么就在家里被人打死了？孟队长，你给我说说嘛。”

“这个、这个，具体情况我也不是很清楚。估计还是场误会吧。你也别多打听，上面已经打了招呼，这件事不能登报的，你还不晓得？”孟厚良不愿多说这个话题，好意提醒道。

柳艳梅恍然大悟，难怪报社没安排自己采访这个“大新闻”，还以为被其他同事捷足先登了。不过想来也不奇怪，自己人打死了自己人的亲妹子，再怎么说，对政府都是“家丑”，岂能让满天飞的记者随意挥洒文字？

院子凉棚里挂满了祭幛，坐着不少人。柳艳梅一眼就认出了黄秋月。尽管她的面容比起在医院认识时苍白、憔悴了许多，但婉雅的气质依然。黄秋月正与似乎是医院的同事在谈话，看见柳艳梅，也立刻认出，忙起身迎过来。

“柳记者吧？谢谢您了！”她努力地微笑了下。

“叫我艳梅吧，秋月姐……”柳艳梅握住了对方双手，感觉是冰冷的。

“怎么会这样呢？怎么会……”柳艳梅觉得自己的眼泪涌出了眼眶。黄秋月的眼睛也红了，凄然笑着摇头，替柳艳梅擦去泪滴。柳艳梅突然意识到，自己这样的问题有些唐突，或许会被误解为是出于记者的职业习惯，忙自己擦了眼泪说：“我去给妹子上香、烧纸。”同时从挎包里拿出绸料送给黄秋月。

“难为您有心了。建平在堂屋陪他们蔡局长说话，得空了我叫他来招呼您。”

堂屋里，蔡文广正在长吁短叹地安慰刘建平，说了很多要往宽处想、节哀顺变的话。刘建平两眼布满血丝，闷头抽烟，也不多搭话，只是时而点下头。蔡文广皱着眉看刘建平：

“建平，我说了这么多，你究竟听进去没有哦？事情嘛，确实万不能料到。你是我得力干将，妹子遭此不幸，我很难过。昨天也是我劝你同意他们进家里看看的，却不想会出这么大的事。你若要是怪我蔡某人，我也没话说。”

刘建平将烟头扔地下，用棉鞋底踩灭，惨淡一笑：“我咋会怪局长？他们铁了心要整我，这一劫，早晚躲不过。”

“这话又从何说起？”蔡文广很惊讶的样子。“不瞒老弟，昨天徐耀庭亲自向我，还有王司令、邓市长解释过了，我也对事情经过做了了解。昨天‘小洋楼’的人抓地下党，确有其事，被抓到的那个现在就关起在。我还亲自问过彭学忠，他说当时被你妹子咬住耳朵不松口，挣扎之间，不小心手里的枪就走了火，他也不是有意要开枪的。建平，这些事情你要想通透了，不然，你心头就翻不过这道坎。”

刘建平只是冷冷笑着，不再搭腔。蔡文广无奈地捋着八字胡，一脸烂相。

别看他嘴巴上劝导刘建平一套一套的，其实内心也甚是知晓，此事绝非简单。那天刘建平匆匆离开帝都饭店后，虽然宴席依旧进行，徐耀庭依然谈笑风生，却难掩莫名的烦躁。高进随后也提前离席，估计是去安排善后事宜了。

散席后，一杆女眷相邀着去到另外的茶室搓麻将，只有王魁盛、徐耀庭、邓季粟和蔡文广一直留在松鹤厅抽烟喝茶。后来徐孝凡进来向徐耀庭低声报告了刘秀娟的死讯。徐耀庭叹口气，有些沉重地对其他三位说道：“真是没想到，本来一件简简单单的事情，竟至搞出这么大的纰漏。”

其他三位尚不清楚事情的全部，都有些困惑地看着徐耀庭。后者这才把发生在刘府的事情经过，特别是刚刚获知的刘秀娟重伤不治的消息告诉了他们。王魁盛皱着眉用力挠头。邓季粟两眼望向天花板，嘴巴张开，很久没合拢。蔡文广则快速地掂量着这件事的严重性。

“老徐，这件事你们做得是不是过火咯，不太地道吧？”王魁盛先发声了。“前次你们就把刘建平关了两天，没弄出个名堂，今天又让人家的妹子死于非命，到底啥意思嘛？”

邓季粟“嗯”了声，表示有同感，却不敢多话。

徐耀庭一副百口莫辩的样子：“王司令，我晓得你们几位都很器重刘建平这个年轻人，说实话，我也蛮欣赏他的才干。上次请他到站里配合调查，虽是误会，但确实是事出有因，想必你们也知道些原委。今天这事，肯定是百分之百的意外。你们都看见的，刘建平虽说只是个刑侦队长，但我们还是很顾及他的面子，所以才先征求了他的意见，然后再让下面的人进的家门。哪料到下面的人行事鲁莽，弄成这个样子。虽说直接肇事者是名警员，哦，就是上次倒卖枪弹的彭学忠，但搜捕行动是我们站上启动的，所以我心头也不好受。”

“有这么巧？”王魁盛说。“上次这个彭学忠就栽在刘建平手里，这回竟然是他去搜查刘府，还打死了人家的妹子。这个、这个，不会是公报私仇吧？”

徐耀庭取下眼镜，用手绢擦拭着，一脸无奈、无辜：“我今天劳心费力请大家吃饭，还因为上次的误会专门请了他刘建平，就是想表示个歉意。我有必要兴师动众演这么一出‘折子戏’？就冲他这么个小小的刑侦队长？至于为什么是彭学忠带人进刘府，具体情况我现在也不清楚。老蔡，你说呢？”

蔡文广干笑两声：“当然不至于了。耀庭兄说得对，在我们面前，刘建平就是个后生娃嘛。”但心里却想，你徐耀庭要导演一出“折子戏”，还不是小菜一碟？甚至把我也当成一个看客，不，还充当了跑龙套的小喽啰，和着你们去蒙刘建平。你狗日的现在又故意强调“直接肇事者是警员”，想把火往老子身上引。

蔡文广自然不会将自己的这些猜疑告知刘建平。他现在要做的是稳住刘建平，争取大事化小，不要再弄出更多麻烦事。

“建平，你不要老是闷起，心头究竟是咋想的？给个话嘛，不然老哥子我不晓得咋办。”

“你局长大人都说就是一次意外，我还能咋想？我现在的头等大事，是把秀娟的丧事办妥，好好把她安葬了，不让她再受半点委屈。”说到这，刘建平有些打哽，眼睛也红了。平缓一下，才接着又说，“正好向局长请示个事情。”

“你尽管说、尽管说。”蔡文广巴不得有什么能帮上忙的事。

“家母吩咐了，秀娟虽是女娃，但还没出阁，理应送回老家祖坟安葬。我下午想先回去安排下墓地的事。别人办我不放心。想用下局里的车。”

“小事嘛，就用我的车。”

“那就太谢谢局长了。另外，家母也随同我先回老家。现在她把自己关在屋里，任谁哪个来，一概不见。我想让她回老家住上一段时间，有乡下的亲戚、老邻居陪着说说话，心情也许会慢慢缓过来。”

“建平，你想得周全，这样就好啊。先把要紧的事情办妥，其他的，我们下来再细说。”蔡文广总算松了口气。

看这情形，刘建平不至于立马会有什么过激举动。其实，他也不相信刘建平会做出什么傻事。凭他对刘建平持重、沉稳性格的一贯了解，即使刘建平会有所反应，也会周密计划妥帖，才会付诸行动。那么他会如何行动呢？撂挑子，不干了？这好办，只需好言劝慰就是。冲着徐耀庭、高进他们要“说法”？这倒是一场好戏，起码可以叫他们出出丑，也还解气。但实际意义不大。未必还会与“小洋楼”硬碰硬？胳膊又怎么拧得过大腿哦。剩下的嘛，就只会对彭学忠下手了。姓彭的死娃中了别人的借刀杀人之计，死不足惜，老子还巴不得他早点死。这些其实都不重要，关键是徐耀庭、高进他们为何始终扭住刘建平不放呢？难道刘建平真的有见不得人的尾巴藏着？但他们肯定还没有拿到真凭实据，所以才要花样翻新地找刘建平的麻烦。面对这潭浑水，自己可要小心了。

蔡文广有些走神，直到刘建平再次叫他，才假意叹口气："生死无常。老弟还是看开些，照顾好老母要紧。只要看你掂量得出事情的轻重急缓，我也就放心了。老人家既然一概不见外人，我也就不去搅扰了，你代我请安吧。抓紧收拾，尽快动身。"

"让局长费心。"刘建平随蔡文广起身。

"对了，老家那一带还太平吧？听说最近周边的共党小股游击队有点活跃，当心些。"蔡文广叮嘱道。

刘建平苦笑着说："人家怀疑我是那边的人，你局长又怕我遇到那边的人。"

"这些疯话少说些。"蔡文广瞪了刘建平一眼。

"局长放心，不管哪边的人，只要敢挡路，我这回就给他来个'遇魔杀魔，遇佛杀佛'。"一句充满杀气的话，却让刘建平漠然出口。蔡文广心头"咯噔"一下，也不再多言，只照例拍拍对方肩膀。

回到警局，蔡文广还在咀嚼刘建平那句话——遇魔杀魔，遇佛杀佛。虽说刘建平处事一向稳重，断不至于主动惹事，但兔子逼急了也会咬人。亲妹子死于非命，任谁都难咽此口恶气，在这节骨眼上，万一再被人招惹，也难保一时性起，大打出手。如此，岂不乱上加乱？且不说刘建平究竟"底色"是红是白，光是搅的这一锅糨糊，也够自己手忙脚乱了，说不定"小洋楼"正好借机把火引到老子身上。当家不惹事，惹事不当家。如今之计，平安熬过这一段为妙。想到此，蔡文广定神下来，操起了电话筒。他要尽其所能保得刘建平安然出城。

四十

刘建平驾驶着警察局局长的座驾，一路顺畅地出了城区。中途遇着两处检查卡，他也只是放慢了车速。穿警服的警察，穿军装的宪兵，着便装的特务似乎都达成了默契，并未拦车检查。有值勤的警员认得刘建平，还冲他点头微笑下。刘建平估计这一切都是蔡文广提前打了招呼，甚至向"小洋楼"那边通了气，加之自己又开着蔡文广专车的原因。他又想起上午自己对蔡文广说的"遇魔杀魔，遇佛杀佛"那句话，嘴角闪过一丝冷笑。

小英子抱着果果坐在副驾驶位。后排是母亲刘李氏和五龙山游击队队长卿松。卿松穿着件旧棉长袍，戴顶毡帽，肩上挂个黑布褡裢，鼻梁上还架着副黑框眼镜，留着络腮胡，与抓他的通缉令上的形象已相去甚远。

从昨晚到临出门，刘建平对外声称，家母因为失去女儿太伤心，不想见任何人，其实是把卿松转移到了母亲的房间。刚才出门上车时，卿松和小英子搀扶着刘李氏，刘建平拿一些简单的包裹，牵着果果。在场的人多在向老人家问安致意，倒也没多注意旁边那个显得有些土里土气的乡下穷秀才似的男子，总是将其视为老太太乡下的晚辈吧，谁也不去多留意。就连同样在刘府帮忙，实则监视的孟厚良，也只是瞟了卿松一眼，就赶紧着去问候老人家了。刘建平不经意地叫着卿松“三表哥”，提醒他扶母亲上车时要慢着些，小心碰了头。

刘建平不时从后视镜中观察着后边是否跟有尾巴。行驶一段后，总算放了心，悄悄长吁一口气。

天色放晴了，一缕难见的阳光穿过厚厚的云层、雾霾，照射在汽车挡风玻璃上，映红了刘建平憔悴不堪的脸庞，也映红了在小英子怀中熟睡的果果的小脸蛋。

公路前方出现了一队人，刘建平减慢车速。十多个面黄肌瘦，穿得破破烂烂的人，被几个丘八兵用一根长绳捆连着胳膊，不断吆喝催促赶路。

“现在还拉壮丁？”小英子嘀咕道。

没人回答她。当然都知道是怎么回事。刘建平将车停在路边，大家默默地看着一行人缓缓而过。

“作孽哦！”刘李氏啧啧叹道，“大的怕有五十，小的怕只有十六七岁哦。拉去当炮灰，能抵事？啥世道啊……”

又行了一段路，福特轿车弯进道旁一处僻静的林盘。刘建平先下车，点上支烟，四处查看一番，对车里的卿松说：“就这里吧？”

卿松推门下车，也四下看看，点点头。

要分手了，卿松转身对车里面的刘李氏说：“伯母，我在此作别，再给您老人家磕个头！”言罢，摘掉毡帽，扑通一下，跪在铺满焦黄竹叶的地上。

好半天，刘李氏开口了，语气平和：“娃，起来吧，昨晚上不是磕过啦，咋动不动就磕头哦。平娃，快拉他起来嘛。”刘建平伸手扶起卿松。卿松已是热泪长流。

刘李氏也不禁擦了擦泪花，叹口气道：“娃，昨天一晚上我没咋给你说话，莫要多心啊。秀娟走了，我是锥心痛，但那是她的命数，怪不得你。眼下是保活人要紧。走吧，以后做事当心些。”

“您老家一定保重身体，侄儿还要来看望您呢。”卿松拱手作揖。又向小英子道别，说了不少感谢她这么些日子精心照料的话，这才披好褡裢，往林盘南向走。褡裢里面是刘建平早为他准备好的几本账簿和几件换洗衣裳，因为他现在的形象就是按照一个小账房先生设计的。刘建平向母亲打了个招呼，随即追上卿松。二人拐过一大笼竹林，停下脚。

“老人家如此仁厚，这个时候了，还配合着掩护我，我真是无以为报！”卿松抹去脸上泪迹，握住建平的双手。“秀娟妹子的死，我会愧疚终身。要是我早几天离开家里，就不会……”深深的自责再次袭来，让他痛苦地把眼闭上。但同时在他的内心深处，也曾经闪过几次责怪刘建平的念头。明明感觉到了危险，为啥就不听从自己的意见，先一步转移呢？但他马上又因为产生这个念头更加责怪自己。在没有万全之策，绝对安全的情况下，刘建平没有转移自己，错了吗？为此还搭上了亲妹子的性命。何况自己也没有坚持转移，不是也心存侥幸吗？怎么还能忍心怪他呢？这么些日子朝夕相处下来，他们早已是生死相许的同志、兄弟。

刘建平摇摇头：“老人家说得对，现在保活人要紧。从此地分手，你确定安全了吗？要不要我再送一程。还有，身体吃得消不？”

“这里离打石坳只有几里远，一路过去应该没问题。到了那里就有我们的人了。至于身体，已经没有大碍，走慢点就是，我不是说过吗，跑不行，走路还是可以的，放心。”

从昨天开始，这一刻或许是刘建平紧绷的神经稍微松弛一些的时候。秀娟离去后，他强忍悲伤，紧急思考着应变之策。他向在省城的几个老家亲戚报了信，请他们到家里帮忙料理秀娟后事。他觉得，此时家里人越多越好。把秀娟“接回”家后，他又赶紧将卿松装扮一番，转移至母亲房间。对外则说老人家不想外人打扰。通谙事理的刘李氏自然明白，随时可能降临的危险并未解除，虽然没有心情去搭理向她磕头的卿松，倒也一改平常的执拗强势，很配合儿子的一应安排，叫咋做就咋做。刘建平知道，这是母亲不愿再给他这个儿子添难增愁。他又与卿松商量好了今天的转移方案。到此刻，一切竟如此顺利。

“建平，我相信我们还会见面！”卿松紧紧握了下刘建平的手。

“保重！”刘建平还以紧紧一握。

看着卿松高大的背影消失在竹林外的小路上，刘建平再次长吁一口气。卿松安全转移，自己总算不辱使命。可代价实在太大，秀娟年轻的生命因此凋谢。他心头又涌起一阵悲痛，赶紧往停车处走去。现在的位置实际上与老家双河镇方向已偏离不少，还得抓紧赶路。

刘建平驾车赶到双河镇时，夜幕已笼罩下来。他们落脚在刘建平称之为“二表嬢”的亲戚家。二表嬢是书香门第的闺女，处处礼数周到，与刘李氏特别合得来。二姨爹姓曾，六十多岁年纪。曾家大儿子曾兴堂在场口不远开着一间榨油坊，儿子媳妇规矩懂事，还有两个闺女也早已出嫁。一家人的日子虽说不上多殷实，但总还能衣食无忧。

二姨爹，刀条脸，深眼窝，腰板挺直，长须垂胸，为人真，处事诚，骨头硬、心肠热，是非曲直掰得清、摆得明，经常将“吃得亏，才打得拢堆”这句话挂在嘴上。他虽非袍哥会社中人，但早年参加过四川保路运动，提着大头刀，和着一群人攻打过成都府。因了这些缘故，他硬是被方圆两乡一镇封了个“闲大爷”名号，推也推不脱，就连真正的土匪、袍哥也敬他三分。但凡乡里之间有了矛盾，如果乡保长出面也劝不听、搁不平，当事双方就都愿意恭请曾大爷到场请吃“讲茶”断公道。有一次，曾大爷卧病在床，硬是强撑着叫人用滑竿抬到茶铺里，就躺在滑竿上听完矛盾双方的申诉，没吭一声腔，两边的人自觉羞愧无趣，只得自行把事情摆开、心结解开，客客气气、商商量量握手言和。

二姨爹虽然并非趋炎附势之人，但内心还是很器重刘建平警局刑侦队长的身份，觉得有个侄儿如此，自己脸上也光生了许多。刘建平同样十分敬重这位长辈。小时候，二姨爹教授的那些拳脚功夫，让他和大哥刘建安不仅筋骨强健，且胆魄坚毅。将母亲托付于此，他很放心。

简单吃过晚饭，小英子带着果果先睡了。刘李氏与闻讯而来的一些亲戚故旧拉扯家常。不外乎大家一起陪着刘李氏长吁短叹，抹几把眼泪。刘建平见母亲精神尚可，更放心了不少。忙着和大表哥曾兴堂连夜联系了匠人师傅，又打着火把去实地筹划明天墓地的修造。

第二天一大早，他和大表哥陪着几个匠人，在经过简单的敬天敬地敬各路鬼神的仪式后，墓地修造破土动工。他一点不敢马虎，时不时客气地提醒匠人师傅，把活路做仔细些。

到了中午，刘建平和大表哥把几个匠人请到镇上的馆子，好酒好菜招待。匠人师傅都感谢他的仁义，一再表示，活路会弄得周周正正、巴巴适适，放心就是。

在乡下，即便是有些手艺的匠人，一年到头也难得打几回牙祭，肚子里经常清汤寡水。面对眼前的酒菜，他们一脸兴奋。但乡下人讲究礼数，夹菜、吃酒仍保持着尽可能的矜持和从容。每上一道菜，他们也必定惊呼："够咯、够咯，大兄弟不要太破费。"

说起当下的日子，大表哥小声告诉刘建平，乡坝头这几年的日子越来越不好过，真正能把肚皮填饱的不多。收成不算好，但名目繁多的苛捐杂税更是压得人透不过气。他掰起手指细数着，除去田赋，还有诸如灯油守夜费、打更费、马路费、新年招待费、雇送壮丁费、电杆费，以及其他说不出名的稀奇古怪的税费。

这些情形刘建平当然也知道些。他听着，没多说什么，只是又叫了两个荤菜。他感觉自己在座，几位匠人都很拘谨，同时他也确实没心思吃喝。于是托大表哥招呼好师傅们，自己先回到墓地。

双河镇刘氏和曾氏家族的祖坟紧挨着。这是一片小山岗，柏树森森，灌木丛生。周围静极了，只有些寒鸟在林间嗖嗖飞跃，凄凄鸣叫。小时候，刘建平、刘建安两兄弟有时会带着黄秋月，和镇上的其他娃到这里摘野果子吃。

刘建平来到父亲坟前，扯了把枯草，擦拭着墓碑上的青苔。又去到大哥刘建安的坟前，做了同样的事。这是大哥的衣冠冢。里面除一件军装，还有黄秋月一手置办的一套四季衣裳，外加大哥以前用过的钢笔、水杯等小物件。衣冠冢是母亲执意要修造的。她说人不在了，魂要归故土，终究一家人要聚到一起才好。

刘建平又把附近的几包刘家祖坟一一简单收拾干净了些，这才找了块石礅坐下。

他一遍遍看过周围的座座坟茔，却不敢多看正在修造的秀娟的那座……每当视线掠过那新翻的泥土，嗅到从中散发出的霉潮气味，他的心就一阵刺痛。但此时，滚烫的泪水还是如泉般不可遏制地涌出、涌出。

他抬眼望向枯枝纷乱之外的灰色天空，想要大声嘶吼。

卿松临别时说，对于秀娟的死会愧疚终身。当时他没有过多应答。因为在他心中，秀娟的离去，最不可原谅的正是自己。是自己的疏忽大意、轻敌，才导致了秀娟的牺牲。

接下来，还会面对什么样的危机与风险呢？刘建平无法预知。为此，他前晚找了个空隙，单独和黄秋月商议，提出将母亲和果果暂时安置到老家来的想法。黄秋月一听就答应下来。刘建平还试探着提出，让黄秋月也一起暂避乡下。因为经历了秀娟的事情后，他心中一直存在的隐忧更重了。既然徐耀庭、高进他们一直怀疑自己营救了游击队员，使了那么多手段要将自己拿下，从事理上分析，也应该会对为卿松做手术的童杰、黄秋月产生怀疑。如果真的如此，童杰、黄秋月，甚至虽然被蒙在鼓里但毕竟护理过卿松的何淑兰都面临危险。他将自己的担心告诉了黄秋月。

“你是不是太多虑了，建平？”黄秋月安慰道，“我们只是尽医生的职责。他们现在根本无法证明宋大哥受的就是枪伤。就算怀疑，又能如何？他们什么人没怀疑过？再说，我能躲，童杰，还有淑兰又往哪里去躲？如果我们都躲了，未必你还能留下来？”

自己能躲吗？当然不能。这场缠斗还没到落幕的时候呢。刘建平不得不承认，黄秋月的话在理。但他仍提醒说：

“合适的时候给老童说下，最近还是要小心些。那些人，太阴狠了。”

黄秋月注视了刘建平很久，才幽幽低语道：“我们都要小心。特别是你。秀娟已经……我真怕家里再出事……”

刘建平把头深深垂下：“是我……是我对不起秀娟……”

黄秋月迟疑了下，说：“建平，我本不想问的，现在秀娟都走了，能告诉我，宋大哥究竟是什么人吗？你和他到底是什么关系？”

刘建平使劲抽着烟，抱歉地摇摇头：“这些……我说过的。”

看着两眼布满血丝，憔悴、痛苦的刘建平，黄秋月不忍心多难为他，换了个关心的问题：“明天回老家，安全吗？”

刘建平告诉她，原本想趁送秀娟灵柩回老家安葬的时候将宋大哥带出城，又担心到时候人多眼杂，防不胜防，“他们”的人要是掺杂进来，更不好应付，所以自己才决定先行动身。

下午四点过，刘建平将修造墓地的事一再拜托大表哥，又耐心听罢母亲的一番嘱咐，才驾车返回省城。

第八章

四十一

孙远明久久地握着刘建平的手。

他前天晚上已经知道刘建平家里发生的事，本想尽快去致哀，不巧的是要参加省委的一个紧急会议，之后又见了几个统战对象，耽搁了。今天中午在陈思昆家听陈锐敏说起，刘建平送母亲回老家，要晚上才返回。不想，刘建平刚返回城，顾不上回家，就主动来找他见面了。

车停在距益民银行一个街区外的小巷里。刘建平抓紧时间汇报着近几天发生的事，特别是将卿松安全送出城的经过。

“建平，我要代表组织谢谢你！”孙远明又紧紧握住刘建平的双手。“建平，我告诉你一个振奋人心的消息吧。最近我们接到了新华社发表的新年献词，你听听这标题，‘将革命进行到底’，何等的气魄！应该是毛泽东主席的手笔。目前，长江以北的战事，我们的胜利已成定局。很快，我大军就将挥师南下，解放全中国，建立新的人民政府，一个没有剥削、没有压迫，不受任何帝国主义欺凌的新中国就要诞生在我们的手里。为了这一天的到来，我们有无数的同志，无数的仁人志士献出了生命。秀娟妹子虽然不是我们组织的人，但我从其他同志那里听说，她已经参加到一个进步的外围团体，她也是为了光明的事业而献身的，我们不会忘记她！”

刘建平重重地点头。他感激着，同时也佩服着老孙，就这么短短一番话，就让自己几天来一直冰凉的内心感到了股股暖流、莫大慰藉。他庆幸自己遇到了一位长者般的领导。

刘建平在重庆养伤期间，过去川大的同学巫家栋带着他任教学校的一帮中学生到医院慰问抗战负伤的国军战士，二人不期而遇。

巫家栋个子匀称，一表人才。他书读得又多又杂，能言善辩，口若悬河。自打刘建平将他引进以大哥刘建安为首的小团队后，起先他还能规规矩矩多听少说，但隐忍不久，就按捺不住了，时常会对身为“领袖”的刘建安的某些说辞论调发表不同意见。刘建平记得，二人争执最激烈的一次，是关于救亡强国之路该如何走。刘建安坚定主张，强国必先强军。中国必须要像世界列强一般，有自己的坚船利炮和强大国防军，才不会人为刀俎我为鱼肉。中国人抵御外侮，从来就不缺前赴后继者。可惜鸟枪怎能抵挡住大炮，金戈铁马又岂可与枪林弹雨抗衡。而巫家栋坚持认为，中国积贫积弱任人宰割的悲剧之所以一再上演，国防力量落后是果，不是因。根本原因还是制度腐朽、吏治腐败。中华民族要实现碧血千秋，国祚永延，须如我辈乃至下一代青年，豁得出碧血，先革了旧制度的命方可达成。

为维护大哥的权威，刘建平嘴上不表态，但内心倾向巫家栋的观点。后来二人匆匆一别，一个去了滇缅前线，一个回到重庆，彼此再无音讯。重庆奇遇后，同学时就十分要好的二人更是时常相聚，有说不完的话。有时刘建平就留宿巫家栋的住所，彻夜长谈，畅快淋漓。就在巫家栋准备向刘建平亮明自己中共地下党员真实身份时，却突然接到调往南京从事情报工作的任务，情急之下，他向刘建平介绍了自己的上线领导——赵英。后来，当时的赵英，现在的孙远明成了刘建平的上线领导。

就刘建平当前的处境，孙远明要求他务必沉住气，要以静制动。现在的难点在于，他必须做出“合乎常情”的反应，但这个度，拿捏起来并不容易。

办完秀娟的丧事，刘建平和黄秋月从老家返回省城，各自照常上班。

临近过年，城里的治安状态有些混乱，因为街上的地痞流氓也要过年，偷盗抢劫、抓拿骗吃，为追债讨债打破脑壳的事比往常多起来。刘建平的刑侦队忙得不可开交。家里没人做饭，他索性就吃住在局里。游方德的伤也好多了，搬回了警局宿舍，虽出不了外勤，帮着审审人，做个笔录还能行。

有天晚上，刘建平刚审完一个人犯，独自在办公室啃着火盆边烤热的两个馒头。蔡文广竟直推门跨进来，含着冒烟的烟嘴儿，笑眯眯地。“就吃这个？辛苦辛苦。建平，这一段，要不是你把治安这一摊子扎住，我怕是板凳也坐不稳哦。”

“局长说笑话，还有你摆不平的事？”刘建平随口敷衍。

“那些共党、异己分子就那么好逮？他们额头上又没刻字。可是没办法，省主席王陵基、王大人逼得急，‘小洋楼’徐耀庭闹得凶，我也只有尽力而为吧。人手都安排给那边了，所以就还得劳烦你这班弟兄，把治安给我维持住咯。”

“局长既然还让我端着这个饭碗，我还不是一样，职责所在，尽力而为吧。

再说，现在我除了维持治安，也干不了别的，未必局长还放心让我去抓共党？”刘建平喝了口水。

蔡文广尴尬地翻翻白眼，对刘建平的话不置可否。因为事实上高进确实与他打过招呼，以后就别再让刑侦队掺合抓共党的行动了。他找个凳子坐下，说：“我说建平啊，你娃儿最近老是给我不咸不淡说些话。是我借你谷子还你糠啦？你心头不畅快我是晓得的，但事情已然出了，局里，警备司令部，还有蓉站三家也联合调查了，那就是一次意外事件，误会嘛。彭学忠自己发虚，开溜了，没了影踪。我也懒得管他的死活。这事只能就此作罢，你还要我这个当局长的咋样呢？”

“‘误会’，又是‘误会’。看来我是被‘误会’缠上咯。”刘建平冷笑下，旋即又似乎觉得不妥，换了个语气，“局长不要多心，你一直关照我，建平清楚，所以才没撂挑子。”

蔡文广起身，拍拍刘建平的肩：“这就对了嘛，不枉我如此信任你一场。建平啊，我放句话，你要是心里实在过不去这道坎，不如干脆把彭学忠收拾了，本局长绝不追究。那个龟儿子，死不足惜。”

刘建平略微一愣，旋即苦笑着摇摇头：“局长把我当土匪、刀客啦？”

蔡文广在他跟前又立了一会儿，轻叹一气，走了。

直到腊月二十八了，刘建平才与黄秋月赶回老家，陪着母亲在二姨妈家过了个没有欢声笑语的春节。好在还有果果和大表哥的几个娃崽跑跑闹闹，不至于太凄清。二姨妈一家很是体谅，专拣些平常的家常话摆，尽量消融着他们因为刚刚失去亲人的悲伤。其他亲戚、邻里也多来串门，摆些闲龙门阵为刘李氏解闷、宽心。刘建平很过意不去，和黄秋月在母亲的斟酌、安排下，将带回去的年礼用心分包，视亲疏远近、家境宽窄状况，或一斤茶叶、四封糕点，或二斤红糖、五斤面粉，或一床被面、一块布料等等，一一礼送。不够，又旋在镇子上采买来补上。为避免疏漏、失礼，在送礼之前，他们还征求二姨爹夫妇的意见。二姨爹说，“‘刀头’不在大小，在热咯嘛。”又怕两个年轻人听不懂，解释道，“乡下人说的‘刀头’，就是‘礼物’的意思。‘热咯’，就是送的时间不早不晚，恰好合适。”

既是“闲大爷”，二姨爹自然很关心时局变化，刘建平就几次看见他戴着老花镜认真阅读不知从哪里弄到的《中央日报》。一天下午，天气晴好，二姨爹坐在后院的一把竹椅上，吸着半人高的叶子烟杆与刘建平谈到了当下时局。

“建平，你在省城见多识广，你给我摆摆现如今的时局，究竟是个啥势头，莫非真的要变天了？”

刘建平记得小时的私塾老先生教过的一句话，叫作“长者问，不辞让而对，非礼也”。在这位自己很敬重的长辈面前，自然不能虚与委蛇，但于情理，于晚辈的身份，有些话还是不便直说。

“侄儿在您老面前，岂敢言‘见多识广’？只是人在省城，杂七杂八的消息晓得要多些。我能不能先请教您老人家，就单凭您在乡下的见闻，觉得时局会如何变化呢？”

二姨爹“叭叭”地使劲吸几口叶子烟，微微颔首，说：“我虽久居乡野，不过也晓得现在的时局乱得很啊。老话说，天下大乱方得大变、大治。但是这天下终究归哪个呢？你说我是‘匪’，我说你是‘匪’。‘匪’是啥东西？那些估吃霸占，只管自己吃饱，不管别人饿肚皮的人才叫‘匪’，这样的人能大治天下？我们平头百姓弄不清楚那么多，也管不了那么多。只要不饿肚皮，能太太平平过年生，这天下任他咋个变，都行。”二姨爹长叹一声，“不过话又说回来，二姨爹是既怕变天，又不怕变。”

“二姨爹这个话有意思。”刘建平笑道。

“说句不怕你侄儿子笑的话，承蒙众人抬举，硬尊我为‘闲大爷’，有儿有孙，日子嘛比上不足比下有余，我还图啥？所以怕变天。本以为小鬼子被撵跑，平头百姓的日子就好过了，偏偏屋里头自己人又打起来。你看看周围，那么多人做死做活，照样饿肚皮，照样卖儿卖女。那么多人的日子都快过不下去，好像也该打一场，该变变天了。那我为啥又不怕变呢？我一不偷二不抢，行得端，坐得正，我怕啥？要说这个‘闲大爷’的活路嘛，我是早就不想做咯。”

“二姨爹这是在帮政府的忙。”

“你以为我想帮？还不是乡公所那些吃公家饭的人要么只拿工钱不做事，要么就是自己屁股没有揩干净，咋能服众？就拿这禁烟来说，政府说是禁烟，除开抓几个穷烟鬼做做样子，哪个又真去禁了？可是，若不把这大烟给禁住，也不得了啊。好多原先还有点家底的人家，一沾上大烟，人瘦得麻儿一样，烟枪就是丢不脱，就非得败光家产才了事。还有这个派壮丁，只要给钱，就能说脱，拉起走的，还不都是穷人家的娃。这些事，我管得完？管得到？只有能管多少算多少，他们能听我多少算多少吧。天变不由人，人变不由天啊！”

“好一个‘天变不由人，人变不由天’。”刘建平两手一拍，不停点头。“有些人怕变天，但天不遂他的愿，该变还得变。有些人就指望着变天，纵使天王老子也挡不住。二姨爹洞明时事，侄儿真是佩服！”

二姨爹捋着胸前的长须，和刘建平相视而笑，但刘建平分明感受到了二姨爹笑声里。除了豁达，还有那么一点点无奈。

四十二

夜幕罩下，四季春小茶馆里仍然稀稀拉拉有些茶客。老虎灶上的炉眼还有几孔坐着铜壶，冒着蒸汽。斟茶的年轻堂倌儿提起铜壶，挨桌掺上一轮滚烫开水，三脚两手收拾好茶客走后的茶具，桌子揩净，竹椅摆正，然后又傍着灶台取暖，争分夺秒地与负责灶头的小师弟扯上几句闲篇，打几句嘴巴仗。他无须特别留意，就晓得什么时候茶客的碗里又该掺水了。当临街的棉布门帘撩开，一股冷气迅即扑进低矮的瓦房茶舍时，他晓得，又有吃夜茶的客人来了，在瞄一眼来客是几位的同时，已经一手提铜壶，一手抄起相应的茶具，满脸堆笑迎了上去。

年轻堂倌儿这会儿倒是特别留意东墙角那三位茶客。看他们直腰挺身的坐姿，知道他们腰杆上别着炮火，只能那样坐着。再看他们的穿着、举止，也不像道上的土匪袍哥。那么就多半是公事人了。他小心伺候着，起先还尖起耳朵想听他们在摆些啥子事，但人家说话声音很低，他又不敢露出自己的好奇心，所以也就放弃了。他师傅告诫过，干他们这行，成天听得多、见得多，只是有些事不能说，有时候还要装瞎子、聋子、哑巴。好奇心太重，说不定要给自己找麻烦。

堂倌儿眼力不错，那三人正是市警局刑侦队的游方德、王大兴、李为成。他们正在商议一件大事——除掉彭学忠。

最先提出这个想法的是李为成。自从刘秀娟出事后，他一直在等刘建平发出收拾彭学忠的招呼。可左等右等，也等不来队长的一句话。有次他实在忍不住了，直接问刘建平："刘哥，未必这件事就算啦？"

"你要咋子？"刘建平反问他。

"咋子？把姓彭的烂虾皮收拾了嘛。不然外头还以为你刘哥、我们刑侦队好欺负。"

"你少给我惹事！"刘建平情绪不好，厉声喝止，此后再无下文。李为成也对王大兴和游方德提过自己的想法。王大兴闷起不吭气，游方德牙齿咬得咕咕响，却也不表态。今天快下班时，刘建平唤了他们三人一同回家，说是嫂子做好了饭，等他们去改善伙食。饭后，刘建平有事出了门，他们辞别黄秋月，闲逛中，李为成提议吃碗夜茶，随意进到这四季春茶馆，实际上是成心要逼他们拿话说了。

总算二人都表示了与他相同的意思——收拾彭学忠。

“你也不要想得太容易了。”一向稳重的王大兴提醒道。“现在姓彭的鬼影子都没有一个，到哪里去收拾他？再说，队长肯定是不会同意的。”

“这件事自然不能让刘哥晓得。”李为成似乎胸有成竹。“我想过，队长肯定巴不得干掉那个瘦猴子。但他一贯替弟兄们着想，不会叫我们冒风险。他替我们想，我们就不替他想吗？就甘愿当个缩头乌龟？只要你们答应干，具体事情包给我，我就不信找不到他瘦猴子。”

“你娃儿说得对，队长待我们如亲兄弟，秀娟妹子平常待我们也是热情巴巴的，她是我们大家的妹子，此仇不报，你我这些当哥的，丢死先人的脸！”王大兴一拳打在桌上。

二人又拿眼睛看游方德。

“看我咋子？刚才我说了，最想收他命的就是我！”游方德咬着牙说。“我的妹子槐花没了。我把秀娟当亲妹子……”他垂下头，说不下去了。他腿上的伤已经痊愈，可“心伤”难愈。这段时间，每当想起倒在血泊中的秀娟，他的心就如针扎一般。自从进入刘家，秀娟经常与他抬杠斗嘴，那是不把他当外人。恰恰因为这个，使他在刘家感受到了大家庭的温暖。也正是秀娟的玩笑话，促成了他与小英子关系的明确。有一次他还厚着脸皮表示，以后要好好感谢秀娟这个“大媒人”，逗得秀娟哈哈大笑。

王大兴和李为成都知道游方德与刘建平一家非同一般的关系，理解的同时拍拍他的肩膀。

“你准备从哪里入手？”王大兴问李为成。

“姓彭的和警备司令部的胡茂林是老乡，一对烂兄弟。我只要盯住胡茂林，就不怕揪不出彭学忠。你我兄弟就是干这个的，早晚的事。”李为成很有把握的样子。

“这件事就限我们三个知道，千万不要走了风声。”王大兴说。又专门盯了游方德一眼。

游方德迟疑下，点头道：“放心，我不会对刘哥说。只怪我那天没一枪丢翻狗日的，叫他活到现在。”

李为成兴奋地端起茶碗“咕咚咕咚”就是几口，扭头叫道：“幺师，掺茶。”

王大兴看看两个兄弟的茶碗，才不大一会儿工夫，汤色全无，犹如两碗白开水，遂有意说点轻松话：“给你们一起吃茶，简直丢人得很。说了好多回，吃茶要小口慢饮。你看人家那些老茶客，中午一碗茶，一屁股坐到天黑，碗里茶水还像刚泡的。你们呢，半个钟头，清花亮色咯。”

两个小兄弟不好意思地嘿嘿地笑起来。好长时间他们没有这样笑过了。

从这天起，李为成将能丢下的事情尽量丢下，一门心思寻找彭学忠的踪迹。他的人缘广，除了在警备司令部门前守候跟踪军需处长胡茂林，还含含糊糊地向消息灵通的人打听。当然，他也很注意方法。先是扯闲篇，故意将话题往刘队长妹子被杀那件事情上引，让对方主动提到彭学忠。他相信，只要对方知道彭学忠的一点音讯，定然会随口冒几句出来。他自认为做得天衣无缝。

游方德和王大兴也没闲着，时时留心有关彭学忠的消息。不过他们行事更隐秘，还几次提醒小和尚要小心谨慎。

几天时间转眼过去，李为成开始有些焦躁起来。这天下午，他眼看着胡茂林坐在一辆军车上出了警备司令部大门，知道那小子出公差了，只得慢腾腾往警局走。在一个街口却撞见缉私队长贾兴旺，也是回局里。两人搭伴一路闲谈。李为成又把话往“那件事情”上引。贾兴旺“呸”地吐口痰：

“彭学忠那个龟儿子就不是个东西，明摆着就是公报私仇嘛。倒卖枪弹，自己沟子不干净，叫你们刑侦队抓个现行，倒了霉也是活该。他居然借到搜查地下党，把你们队长亲妹子打死。也是你们刘队长涵养好，没事人一样，咳，搞不懂。你几个兄弟也是，硬是稳得起，都没得一句话说。换了是我，老子非得活刮了他……嘿嘿，兄弟多嘴了，算我没说哈。”

李为成被呛得脸色青一阵白一阵。只差吼出“老子就是要收拾他”的话。不过总算忍住了。

“不说‘活刮’，赔个礼道个歉总该嘛。龟儿子转个背还就消失了，太不地道。我要是晓得他狗日的下落，肯定要问个一二三。”李为成故意套话了。

“找他还不容易？前两天我还在广和路的澡堂子看见他。不要看他身上没有二两肉，还就喜欢泡澡堂。”贾兴旺随口说道。“他毕竟在缉私队干过队长，算我的前任，以前相处也过得去，所以我面子上还是要敷过去。我还劝他，一直躲躲藏藏也不是办法，大家都是场合上的人，事情说清楚就完了。他龟儿子说，就是怕说不清楚，所以要避避风头，还叫我不外传碰见他的事。”

李为成按捺住性子，“哼哼”笑道：“狗日的还逍遥得很嘛。”不再继续这个话题。

二人在警局院子里分了手。贾兴旺看着李为成乐颠颠的背影消失后，赶紧朝局长蔡文广办公室而去。

听了贾兴旺的报告，蔡文广惬意地点上支烟，夸了一句："事情办得不错。那小子没啥异常反应？"

"鬼聪明得很，还给我稳起端起的。"贾兴旺笑道。

蔡文广也笑道："刘建平手下就没有不聪明的人。"

彭学忠因为打死了刘秀娟，玩起了失踪，蔡文广料定这是徐耀庭、高进一手安排的。最初他对这事还无所谓，后来仔细一琢磨，感觉不对。虽说彭学忠一直是自己一条忠诚的哈巴狗，但那是以前。如果现在他真的已是"小洋楼"使唤的人，万一将以前在自己授意下倒卖武器，以及其他一些见不得天的事情出卖给"小洋楼"，徐耀庭不就又逮住自己的小辫了？那还了得！他很清楚，蓉站里有个政训科，专门搜集党政军人员的情报，并实施监控、调查。一旦有把柄落如其手，要么听凭他们摆布，要么或明或暗地被拿下。很快，他的担忧得到证实。有一天徐耀庭突然请他到"小洋楼"，说有事相商。

见面后，徐耀庭也不绕圈子，直说道："请哥子来，主要是我们碰碰搜捕地下党的情况。另外嘛，也通报下关于彭学忠的事。经过我们调查，排除了他通共嫌疑，不久前，他已正式加入我们蓉站。"徐耀庭观察着蔡文广的神情。

蔡文广一点也不惊讶，洒脱一笑："人往高处走嘛。"

徐耀庭摆摆手："彭学忠毕竟曾经是你老哥子的得力干将，我不专门打个招呼，怕你要多心。"

"你们既然觉得他是人才，尽管招用就是。不过我倒觉得，此人虽在道上混了不少年，但处事还是鲁莽了些。你看看，上次倒卖枪弹惹了事，才隔几天，这次又惹了多大的事啊。"

"我就是看在他对道上情况熟悉，肚子里那些乱七八糟的事情装得多，才同意收容他的。接连惹出这两桩麻烦，他肯定也在警局系统混不下去，于你老蔡，他已是废物一个，而于站上，还能废物利用，哈哈。不过，文广兄啊，这件事希望就限于你知情了，如果传出去，有些人会真以为当初是我们有意安排彭学忠去搜查刘建平家，我难得解释。"

蔡文广自然听得懂对方话中之意，这不就是在告诉自己，彭学忠肚子里装的，说不定也包括你蔡某人的那些"乱七八糟的事"。

"耀庭兄这话是不是多余了？未必你们还没'利用'过他这个'废物'？把兄弟当三岁小娃啦。"蔡文广觉得有必要反击下对方。心里想，明摆着就是你们安排彭学忠去的刘府，真是不打自招。

徐耀庭眉头一扬，略显尴尬，也打个哈哈掩饰过去：“如果老哥是三岁小娃，就不知有多少自以为聪明的人，其实还在襁褓里吃奶嘴儿哦，哈哈哈。说到底，你我都是一家人，有些话，说穿了反而没意思。”

与徐耀庭那次谈话后，蔡文广越加不安。如果说以前他对彭学忠闯祸后是死是活无所谓，那么现在则全是如何尽快除去这个“麻烦”的念头。他一直盼着刘建平能出手。那天晚上，他专门去刘建平办公室试探：“你要是一直耿耿于怀这件事，不如干脆把彭学忠收拾咯，本局长绝对不追究。”但对方似乎兴趣不大，后来也没什么动静。无奈，他只得一边吩咐另一个心腹贾兴旺尽快搞清彭学忠的行踪，一边筹划着下一步该如何着手。亲自安排动手？他觉得风险大了些，徐耀庭、高进他们也不是吃素的，弄不好就会惹上大麻烦，又或许正等着自己出手，再抓一个现行，一举搬掉自己，他们正求之不得呢。恰在这个时候，贾兴旺报告说，最近刑侦队的小和尚李为成在向人打听彭学忠的消息。他立刻顿悟：刘建平可以沉得住气，他手下的那“三剑客”岂能忍下这口恶气？

“局座啊，下一步咋走？”贾兴旺问。当上缉私队长，油水比以前更多，在市面上更吃得开了。四十岁出头，长着一双眯缝眼的贾兴旺很想为局长多跑跑腿。

“下一步，嘿嘿，自然会有人登台唱戏。”蔡文广端起老谋深算的架势。“兴旺，你盯紧他们几个。但是记住咯，只盯住，千万不要出手。”

四十三

成都最有名的公共浴室，当属西御街的健康浴室和悦来场的沂春浴室，光顾者大多是军政要员、富商巨贾及其太太小姐。而广和路这家名叫“裕泉汤”的浴室，里面只有大小澡堂池子四口，可同时容纳将近二十号人泡澡。如此规模、档次，虽不入流，不过生意总算不错，天气转暖前，这里天天也是宾客盈门。

彭学忠自打当上缉私队长，捞得的钱财越来越多后，冬天去浴室的次数也越来越多。他觉得这人世间再没什么比泡澡堂更舒服的享受了。凡是求他办事，疏通关系者，除了送钱送物，好吃好喝招待外，最重要的就是陪着伺候他泡澡堂。当然，这之后再去听听曲、看看戏、吃个花酒，也是应有程序。如今落难，没人再围着他团团转，但泡澡堂的嗜好却一时半刻放不下。他隔三岔五都要一个人，或邀上两个一同受训的学友溜进“裕泉汤”享受一番。他以前泡澡，只固定在“健康”“沂春”两个浴室。现在情况下，那里肯定暂时不能去了，熟人太多，不稳当。退而求其次，“裕泉汤”也还是过得去的所在。

他一般都是先在热气腾腾的大池子里泡上一阵，然后又转入水温更高的小池子里闷坐大约一刻钟，随后才躺在镶了白瓷砖的水池边。这时，专门负责为客人搓背的秦师傅就会过来，征得同意后，用拧干的热毛巾，前后左右、上上下下搓擦起来。在搓擦去痂垢的同时，又施与手法繁多的按摩，管叫客人骨肉酥松，血脉通泰，如醉似仙。这一套整完，他就会躺在休息室的通铺床上，品一阵芳香四溢的盖碗茶，然后再招呼来掏耳朵、修脚的师傅伺候，还不耽搁天南海北地与陪伴或周围的人摆些不着边际的玄龙门阵。

倒腾枪弹失手，丢了缉私队长的差事，还差点背上通共之罪，彭学忠觉得自己倒了八辈子血霉。怪谁呢？蔡文广竭力为他洗脱通共嫌疑（当然也是为其自保），好歹安排了个派出所所长的差事，还答应风头过了再起用，也算很耿直对得起他。不过他老彭把事情一肩膀全杠下来，蔡文广心头肯定也有数。蔡文广，怪不着。至于伍嗣五，虽然可恨，但被逼无奈下先保命，换了自己，又能咋样？沙河边，自己不同样为了保命，在人家枪口下只能服服帖帖听任摆布么。蓉站的人好不容易逮住机会，要在警局安插人，肯定会揪住此事做文章，顺势拿掉自己也不奇怪。说到底，这都是刑侦队刘建平那几爷子下的黑手。他彭学忠这么些年黑白道上也是有局面的角色，这口气岂能咽下？正东想西想着如何才能搬回这一局，高进却约请他在一家小酒馆见面了。他有些诚惶诚恐，不知是福是祸。见面一谈，才搞明白，原来高进要“收编”他。

高进对他说：“我觉得老兄是个人才，不用可惜了。我们徐长官也很赏识你，说你脑瓜子活，市面上的人缘广，肚皮里装的东西多，正是我们需要的干员。”

彭学忠自然知道保密局的厉害，以前他虽动过也去军统混混的心思，但碍于蔡文广待他不薄，怕背个脚踩两只船的皮皮，最终两边不讨好，所以也就打消了念头。如今落难，情势已今非昔比，能进入蓉站，求之不得。后来又听高进说警察局系统还有些人早就是“小洋楼”的人，虽然这并非新闻，但当听说这些人中就包括孟厚良，他还是有些吃惊。看不出姓孟的表面一脸憨厚相，原来戴着这么厚的戏脸壳啊。这下他更没二话了，赶紧表白起忠心来。

高进让他听从孟厚良提调，他也不计前嫌一口同意。高进说：“你最近脑壳里全是在想，如何才能报刑侦队的一箭之仇吧？哈哈。只要你成了我们的人，还怕没机会？”

果然，机会很快就来了。那天孟厚良向他传达高进的指令，率队去青石桥一带搜查“逃脱”的地下党，必须挨家挨户，绝不遗漏。孟厚良还提醒道，刘建平家就在那一片，自己毕竟与其在一个队共过事，不便亲自出面。他一听就来了精神，拍着胸口说，“别人怕他，我怕个毬，就是要专门查他家。我去！”

憋着一肚子一雪前耻的怨恨、怒气，他带人扑向刘府。哪里料想到，在刘府竟遇上要与他拼命地刘秀娟。他竟然在急火攻心的状态下向刘秀娟开了枪，自己也差点命丧游方德的枪下。懵懵懂懂被人拉着跑出刘府，惊魂未定，后来又听说刘秀娟不治身亡，他才晓得事情整大了。他多少也了解刘建平，别看他平常不温不火，装出一副绅士派头，实则心思缜密，手段阴狠，“小洋楼”虽然怀疑他，却无从下手。这回打死了他亲妹子，还能放过自己？更何况还有他手下那帮兄弟伙，个个也不是省油灯。他越想背心越是阵阵发凉，额上浸出一层冷汗。到此时，方才隐约感到，自己是被高进、孟厚良当枪使了。没办法，只得慌张地直接找到高进讨主意。

高进笑嘻嘻地安慰道：“好大不了的事？误会嘛。你要是实在害怕他们寻仇，暂避下风头也行。站里刚好在青羊宫办了个游击培训班，我请示下徐长官，要不然你去那里。只要你自己当心点，安全绝对没问题。”

就这样，彭学忠没等事件调查完，托人给蔡文广告了假，匆匆去青羊宫那个游击培训班，取个“余入海”名字报了到。

那个培训班有五十来号人，多是各地的地痞流氓。培训的目的主要是对付共党游击队，还有个目的没好直说，其实就是为了在局势崩塌，万不得已的情况下与共军游击周旋，迎接反攻。彭学忠毕竟在警界多年，受过专门训练，很快就在培训班混了个小组长的头衔。

起初，彭学忠确实老老实实待在培训班，不敢随意外出。时间久了，他没发现有什么人在找寻自己，心想，是不是过于胆怯，自己吓自己哦？孟厚良有次去看他，告诉他刘府那件事情已有了调查结论，他是在执行公务的过程中失手打死的刘秀娟，属于过失，刘建平对此也没作申辩。孟厚良让他安心受训，以后就不一定回警局工作了，徐长官和高局长会另外安排他更重要的任务。彭学忠紧绷的神经轻松了许多，加上培训班也不如刚开始管束严紧，那澡堂的诱惑越发难以抵挡。有一天，他顶帽子、戴口罩、穿棉袍，溜出培训班，叫了黄包车直扑他以前从未去过的“裕泉汤”。

有一回，就有二次。渐渐的，去的次数多了。不过他还是保持着必要的警惕，每次外出都捂得严严实实，有时还要邀请上两个长得壮实的学友同伴，以充“保镖”之用，反正他也不缺钱，办个小招待不算什么。他心想，等到培训班结业，或许高进他们真要委以重任，凭自己的才具，何愁在“小洋楼”那班人里混不出头？到那时，刘建平敢动老子？老子还要与他算总账呢。想到美妙处，彭学忠胆气又粗了些，有时就会招呼堂倌儿切一斤卤牛肉，秤两斤椒盐花生，再来一坛黄酒。逍遥完，酒醒，摸着那只被刘秀娟差点咬掉的耳朵，又暗自责怪，狗日的，你现在狂个啥子？真以为平安无事啦？脑壳要脱了接不起哦。

彭学忠当然料想不到，他还真就在“裕泉汤”把自己的脑壳要脱了。

李为成无意中获知彭学忠消息，很是得意，赶紧告诉了游方德和王大兴两兄弟。三人一合计，决定咬住这条线索，尽快掌握对方的具体行踪。

彭学忠每周要去“裕泉汤”两次。第一次时间不太固定。但第二次却比较准点，都是在星期六下午的三点左右。游方德他们决定就在这个时间段，在澡堂里寻找机会收拾掉彭学忠。

这天星期六，又是个细雨夹碎雪的寒冷天。游方德三人计划好再去寻寻机会。他们从下午一点过就开始在“裕泉汤”外的一家小酒馆里守候。

快三点，他们发现了彭学忠。三辆黄包车，彭学忠在第一辆，还是捂得严严实实。后边两辆车里坐着两个壮汉。

待彭学忠三人走进浴室约一刻钟后，他们三人也装着互不相识，先后进入“裕泉汤”。游方德选了个离澡堂比较近的床铺躺下，一床被单盖身，只露出一双半睁半合的眼睛。王大兴和李为成在相隔不远的床铺各自躺着。他们之前已有两次跟随彭学忠进入“裕泉汤”熟悉其环境，知道如何避开对方，而且也已向堂倌儿打听了，彭学忠现在叫“余先生”。他们当然也做好了意外撞见的准备。如果真的撞见，就只能装着是巧遇，打算好了将对方臭骂一顿完事，直接动手肯定不行。

经过观察，不出所料，彭学忠三人已不在休息室，应该是在澡堂里泡起了。又等了快二十分钟，两个壮汉腰上裹一条、肩上披一条白毛巾，脚踩木屐，“啪嗒、啪嗒”从澡堂里往休息室走来。走过游方德床前时，其中一个正在对另一个说笑：

“老余一把干柴棍，就是经得泡。哪像你我兄弟哦，不泡都是一身板油，再多泡一会儿，怕是要把人家的池子真的弄成油汤锅毬。”

另一个说：“里头太闷，久了我才遭不住。还是他凶，还要搓背，就他那个光架子，也不怕搓散架咯，嘿嘿。”

待二人过去，游方德翻身坐起，向那边的王大兴、李为成使个眼色。二人会意，相跟着游方德进入厕所。确定左右没人后，游方德低声说道：“现在是动手的最好时机。”

简短商议后，游方德也不再多言，径直向澡堂走去，王大兴跟在后面。

撩开布帘，澡堂里蒸汽弥漫，就是面对面，也彼此看不真切。由近及远，四口汤池里有十多个人在泡澡。有的在聊天吹牛，声音在密闭的澡堂里嗡嗡响；有的坐在池子里，独自无语享受。

“秦师傅，秦师傅，有人找。快点。”这是李为成在门口喊话。

“噢噢，来了来了。”正在给客人搓背的秦师傅连声应道。又对趴着的客人抱歉道：“余先生稍稍休息一小会儿，我马上就回。多包涵哦！”

“都老熟人了，不客气嘛。”客人头不抬，身不动，懒洋洋回道。

随着那个秦师傅的应答，游方德很快确定了目标位置，向尽头的小池子靠过去。仅穿了汗衫的秦师傅与游方德擦肩而过时，瞄了一眼这位穿戴整齐进澡堂的客人，没几步，又侧身让过一位没脱衣服的矮个子。这里头除了自己，都是一丝不挂的光侗侗，咋一下窜出这两个呢？这种情况虽不多见，但偶尔也还是有的，比如有急事要找某个正在泡澡的朋友之类的。所以他也没再多想，匆匆向外走。出了澡堂门，四下看看，会是哪个找呢？正觉奇怪，想往前台去问问，就见一个戴着顶鸭舌帽，裹着棉袍，鼻梁上还架了副黑框眼镜的年轻后生笑嘻嘻过来了。

“秦师傅吧？是我找您。来来来，到我铺位说话。”

年轻后生一口川东口音，不由分说，拉着秦师傅就往自己躺的铺位走。坐下后，又周到地将被子披在秦师傅的肩上，再敬上烟卷。

“秦师傅，您这手技法，我真是佩服。是这么回事，我有个穿开裆裤的毛根朋友，干啥子都不成器，我就想，不如介绍他给您做徒弟，吃碗稳当饭。不晓得您老人家愿不愿意哦？”

“嘿嘿。”剃着圆滚滚光头，活像个屠夫的秦师傅摊开两手翻了翻，“这么个遭罪的行当，有啥好学的？我是没得办法了，也干不来其他事情。”

“您老客气。我朋友是个老实人，没得花花肠子，保准错不了的。这样，我先给您老人家摆他几件事，就晓得他有多实诚了。”年轻后生抬抬屁股，让自己坐得更舒服些。

秦师傅一看这架势，忙摆摆手：“我现在手上有活路，客人还等到在，莫得空多摆谈。要不然先约个时间，大家见个面，老弟觉得如何？”

年轻后生正犹豫，忽然看见自己的两个弟兄已从澡堂里出来，直向前台去了，也就连连点头：“要得、要得，说定咯，我明后天再来。您忙、您忙，告辞。”

起身抱拳拱拱，向门外走去。

秦师傅扯下身上的被子，忙往澡堂去，心里却在想，这个娃儿才搞怪，临走也没报个名号。不过他顾不得多想，他担心的是如果耽搁太久，那位瘦精精姓余的先生或许会不高兴，那今天的赏钱就要打折扣了。

澡堂里仍是云蒸霞蔚，雾气浓浓，说话声、浇水声、木屐拖地声响成一片。秦师傅见那位余先生依旧保持着自己刚才离开时的姿态，盖了条白毛巾，俯卧着。

“抱歉得很哦，余先生，来，我接着给你搓。”秦师傅揭下客人身上的毛巾，在池子里浸透、拧干、抖开，再卷成筒状，开始为客人搓背。搓了一阵，客人纹丝不动，毫无反应。秦师傅顿感不妙，这一惊，汗如雨下。两根手指递到客人鼻孔，哪还有气息？秦师傅脑壳里打个炸雷，向前台跑去……

四十四

彭学忠命丧裕泉汤浴室。高进得知情况后立即在电话中向徐耀庭报告。

徐耀庭一阵阵冷笑：“好啊，我还真没小看他们。既然如此，你就安排刑侦队抓紧破案吧。我倒要看看那个‘神探’如何破案。这边我叫关雄他们也同时展开调查。”

“站长确定是他们下的手？彭学忠在道上多年，也许还有别的仇家……”

“不是他们还会有谁？彭学忠是什么货色我当然清楚。但为什么早不丢晚不丢，偏偏在此时丢了一条小命？”

“事情会这么简单啊？”

“高进啊高进，你怎么也说起如此幼稚的话来？就算不是他们下的手，扔一堆破麻线团叫刘建平去撕理，也总是好事嘛。”

“两边同时侦办，万一刘建平发觉了，会不会……”

“发觉了又怎样？各有各的章程。这个问题很复杂吗？”

高进听上司已经不耐烦地扎下话筒，只得自嘲地一笑，心想，这个问题当然一点不复杂，我不就是想逗你下，让你展示下预见英明、老谋深算嘛。

高进与蔡文广的办公室就隔了几间房。他看看墙上的挂钟，思索片刻，起身去找蔡文广了。

正准备下班的蔡文广对彭学忠之死非常惊讶。心头却乐开了花。彭学忠这个隐患一除，即便他已经向“小洋楼”抖落了对自己不利的东西，但现在死无对证，还怕个毬！

“徐站长向局长通报过彭学忠现在的身份吧？所以他的死非同一般。”高进盯着对方的眼睛说道。“我已报告徐站长，他很重视，要我们警局尽速破案。局长看安排给哪个去办比较合适？”

“是啊，老徐给我说过的。谁有这么大的胆子，敢动蓉站的人？”蔡文广捋着八字胡。“不过我倒觉得，既然是站里的人，肯定清楚彭学忠目前干着啥事情？住在哪里？吃在哪里？而这些情况不说我们警局，甚至连我也是一无所知，查办起来会绕多大一圈，太费事。何不请你们……哦，请他们……”

“最近站里调派了些力量临时支援重庆方面，实在抽不出人手了。再说，那边和这边，各有章程。徐站长的意思我们警局还是要按刑事案，该咋办就咋办。”

“那就交给孟厚良的侦缉队，他人手多，力量强。”

“厚良他们最近有好几条地下党的线索在手上，你局长是知道的，哪来空闲管这种刑事案。”

“这不是一般的刑事案哦，你不是说彭学忠之死‘非同一般’吗？万一就与地下党有关呢？”

“我是说彭学忠现在的身份非同一般。但总归算个刑事案。如果真牵扯出地下党，再叫侦缉队接手也不迟。”

“你娃儿绕来绕去，就是让人家刘建平去侦办嘛。”

“局长定夺。”

两人各怀心思，咧嘴一笑。

蔡文广摇摇头，叹口气道：“只怕刘建平没那么傻，不会接这个烫手的活路。”

“哪有刑侦队长不办案子的？刘建平现在大部分时间吃住在局里，把他请来，我们一起和他谈下。”高进很有把握，接着又好像不经意地补了句，“当然，还不知道他此时在不在局里。嘿嘿。”

蔡文广岂能听不懂这话中之意，一把撩起电话听筒。

见刘建平一身警服进来，蔡文广和高进都笑呵呵起身相迎让座，蔡文广递烟，高进端茶。

“二位局长大人，这是唱的哪出戏码？这么晚不下班，还如此礼贤下士，倒搞得我心头十五个水桶打井水。”刘建平淡笑道。

蔡、高二人相视，哈哈大笑。高进用眼神征求了下蔡文广的意见，后者微微颔首。

“建平老弟，请你来是因为有件要紧的案子……”

“既是办案子，招呼下来，我们去办就是，何必弄得这么正儿八经的。”刘建平有些不解。

高进弹掉一节烟灰，斜眼瞄着刘建平：“彭学忠死在澡堂子里了，这件事你知道吧？”

刘建平一怔：“啥时候的事？在哪里？如何死法？”

“一小时前。在广和路裕泉汤浴室。死法嘛，可以断定，是他杀。因为他的脖子被扭断了。”

见刘建平一时无语，蔡文广开口了：“建平，我们想让你尽快查清此事。你看……”

“我？不太合适。至于原因，你们二位长官应该清楚。说穿了，我妹子死在他手里，现在他死了，你们却叫我去破案，不合适。我该避嫌。”刘建平果然不愿接手。

蔡文广望向高进，意思是，你会说，你来。后者会意，笑盈盈接口道：“建平老弟，今天下午你都在局里吧？”

“在啊，有个案子结案了，我一下午忙着整理卷宗，还没出过门。”

“这不就对了嘛。彭学忠一小时前伸腿归西，你一下午都在局上，还避啥嫌？谁个不知，哪个不晓，你刘队长不仅能力没得比，公私也分得清爽，绝不会干假公济私的卑鄙猥琐之事。彭学忠误伤秀娟妹子，大家都难过，但事情已有结论，你气量宽宏，没再纠缠计较。要是不接手这个案子，反而显得格局狭隘，这又何必。还有，我也不瞒你说，彭学忠上次闯了祸后，徐站长念及他也算个可用之才，至此党国用人之际，勉强同意收编他进站里，目前正在青羊宫受训。这件事对外自然不宜伸张，但也不算多大的秘密，何况他现在人已死，更没必要保密了。所以，对他的死，徐站长还是比较重视，指名道姓希望你来把事情查清楚。看看，徐长官多器重于你。所以，建平老弟，这个案子非你莫属啊。”

高进呱唧呱唧整了一大通，倒真是把刘建平搞得有些无言以对的样子。“既然他已是蓉站的人了，何不就交由站上……”

没等刘建平说完，高进就堵了回去：“我也提过，徐长官说实在抽不出人手，抓地下党还忙不过来呢。这样，我再争取下，让他派个人协助你办案。再多，怕是真不行。”

“就这么定了。建平，你也不要有啥顾虑，和办其他案子一样，该咋办就咋办。”蔡文广此时拿出了局长的派头。

刘建平看看二人，苦笑着摇头，却再无推辞。

刘建平回到办公室，一边整理着桌上的卷宗，一边思考着刚刚接手的这件麻烦案子。

其实不用多想，他首先就把重点嫌疑对象确定在自己身边的“三剑客”身上。最近一段时间，他总觉那三人有什么事瞒着自己，说话做事支支吾吾。特别是李为成，经常找各种理由在外溜达。现在彭学忠突然毙命澡堂，而恰好那三个今天下午都不在队里。油条说要去帮一个刚到城里做小生意的老乡寻个铺面，矮子和小和尚借口要一起去了解一桩偷窃案的线索。

有这么巧？到现在还没人影，刘建平心头冷笑。他收拾好桌面，换好便装，出办公室后交代值班的警员说：“看见油条回来，给他说，约上矮子和小和尚到我家里，我找他们有事情说。”

骑上自行车，很快就到家门。刘建平发现院门上的锁不在，知道定是黄秋月在家。他有些迟疑，又有些迫不及待地推门而入。

“我回来拿几件换洗衣服，顺便收拾下屋子。”来到堂屋，黄秋月打量下刘建平。“看你咋瘦了好多？”

“哪里哦。”刘建平笑着摸摸下巴。

过了春节从老家回来后，他们碰面不多。大半个月前，黄秋月专门炖了猪蹄汤，打电话让刘建平和游方德回家吃夜饭，恰好王大兴和李为成也在，刘建平就都叫上了。

那是秀娟走后他们几兄弟第一次在家里吃饭，或许是想起了以前秀娟妹子在时大家斗嘴说笑的热闹情景，心头难受，都闷头吃喝，少有话说。只有黄秋月忙着给这个夹菜为那个舀汤。刘建平因为要去见孙远明，打个招呼先独自出了门。余下的游方德三人也匆匆吃完，要想帮着收拾碗筷，被黄秋月“赶”了出来。天色尚早，他们在街上随意闲逛。后来李为成提议去四季春小茶馆吃夜茶，实则是因为刚才那顿饭吃得压抑，又让他动了要收拾彭学忠，为秀娟妹子报仇的念头，急着要另外两兄弟表态。

“我约了德娃他们在家谈点事，不晓得你也在……”刘建平微微垂头，点上支烟，对黄秋月说。“最近还好？想果果了吧？”

“想还是有点想。不过和妈在一起，还有小英子照顾，我也没啥不放心的。”

“你和老童那边没啥情况？哦，我的意思是……”刘建平担心对方误会，想要解释。

“都很正常。我照你说的，提醒过他。不过……”黄秋月似乎还有些话不知当讲不当讲，见刘建平抬眼看自己，明白对方很重视自己没说出口的话。

“他好像加入了个啥组织，显得有些神秘。前几天还请我一起去参加聚会，说是可以接受些新思想。我因为临时来了个危重病人，走不开……没去成。”

“哦？”刘建平心头“咯噔”一下。“现在形势下，最好不要参加这些活动。”

“我就不能接受些新思想？就该落后？”黄秋月带了点调侃的语气。

“我当然不是那个意思，我是说……”

“好啦，我明白你的意思，会当心的。我去给你下碗挂面，用酒精炉，很快的。”言罢，黄秋月起身往外走，就好似很确定刘建平尚未吃晚饭一样。

“彭学忠死咯。就是害秀娟那个家伙。”刘建平说。

已走到门口的黄秋月停下脚步，没回头，又冷又硬地吐出两个字：“活该！”

不大一会儿，黄秋月端进来一大碗热腾腾的酸辣面，上面还铺着一块煎鸡蛋。

看着刘建平“呼哧、呼哧”大口吃面，黄秋月暗自叹口气，说：“慢点吃。要不把妈接回来？你这样一个人在外面，饱一顿饿一顿，时间长了怎么行？你是负过重伤的人。”

“再等等。局上食堂的伙食可以。倒是你，一天三顿不要太将就了。”刘建平埋着头，边吃边说。“你这酸辣面的手艺吧，比面馆子里的一点不差，不，还要好吃。”

“这鸡蛋，还是淑兰上次送妈的。”黄秋月说。

刘建平略一停筷子，没答话，又继续吃着。

“淑兰很懂事……你和她就这样老拖着？”黄秋月有些小心翼翼。

刘建平掏出手绢揩下嘴，盯着面碗，说：“我知道淑兰是个好女娃。不过我和她真不合适。你既然提起这事，正好，就请你这个当嫂子的代我把话给她说明。我实在说不出口，别把人家耽搁咯。”

“淑兰也不合适，你到底要找个什么人才合适？你……”黄秋月突然意识到自己失言，忙假装咳嗽来掩饰。她当然想起了秀娟“离开”前的遗言。她甚至知道，此刻，刘建平也会想起。

秀娟临终前说的话也许外人听不十分明白，他们二人却十分明白。

气氛有些尴尬。刘建平端起碗，将酸酸辣辣的面汤喝个精光。黄秋月抢过碗，说了句“我来洗”，出了堂屋。

四十五

黄秋月实在想不出有什么东西可以招待客人，便捧了几把生花生，从坛子里舀了一瓶酒，又烧开一壶水，沏下四碗茶。忙完这一套，才说值夜班，要回医院。游方德坚持要送，被她拦住，说天还早，出巷口叫辆黄包车就是。

“嫂子真周到，啥子都弄得巴巴适适的。”游方德叹道。

“可惜我没这样的嫂子，嘿嘿。”李为成挠着光头感叹道。

“你娃儿抓紧给你大哥找个婆娘嘛，虽说他腿残了，人还是忠厚老实的，只要不挑挑拣拣，总有合适的。”游方德热情建议道。

“哪有那么容易哦，为这事，家里老娘、老汉儿都急死咯，把街坊邻居求了个遍，附近的媒婆子能找的都找了，到现在还是没说成一个。”李为成长吁短叹，“吱儿”，一杯酒下了肚。

“说句不怕你娃儿多心的话，你大哥这种情况，只能是瞎子找瞎子，驼背找瘸子，那就般配合适。”

两个人你一言我一语，摆得闹热。好半天才似乎发现另外两个都不吱声，尤其是刘建平，一直青风黑脸。这才收住话匣子。

四个人围着饭桌剥花生，只有刘建平间或小饮一口酒，那三个却再不敢端杯。

“你们两个的‘双簧’唱够了没有？够了，那我们还是说说另外一件事。”刘建平斜着身子，扫视了一圈。“哪个先说？”

“啥子事哦？”李为成一脸懵懂样儿。

“啥子事，下午你们都干啥子了？说。”

“我是……报告了的。”游方德底气有些不足。

刘建平冷笑一下，也不搭话，又冷冷看着三人。王大兴一直机械地剥着花生，见大家都不吱声，终于下了决心，酒一喝，杯一掷，说：“反正该办的事做成了，何必再瞒，也瞒不过队长。”

“王矮子，你……”李为成还想阻止。

王大兴也不理会，“噼噼啪啪”把收拾彭学忠的事摞了个底朝天。最后说：“秀娟一直叫我王大哥，她是我们大家的妹子。她的仇非报不可。事情办了，任凭队长责罚，我王矮子绝无二话！”

刘建平没发火。面前的三个兄弟与秀娟都很熟咯，每次他们到家里，只要秀娟在，都会端茶递水热情相待。他们自然也知道自己与秀娟兄妹情深，为秀娟报仇，既是为秀娟，也是为自己。

“你们咋就不听我招呼啊……还有，我们是警察，咋能像那些土匪一样行事？”刘建平轻轻叹口气。

“狗日的彭虾子，烂龙一条，恶棍一根，弄死他百回，也抵不了秀娟妹子的命。刘哥还怜惜他吗？还要‘明正典刑’？能办到吗？”李为成见刘建平并未怎么责怪，胆子反倒大起来。

刘建平耐着性子说道：“秀娟的仇当然要报，但现在本不是时候。现在倒是弄死他了，但麻烦也大了。他已经投靠‘小洋楼’，是徐耀庭、高进他们的人。他死了，徐耀庭、高进却要我们来侦办此案，你们说麻烦不麻烦？”

“这不是正好？我们自然就办成个‘无头案’。”李为成不以为然。

“事情要是那么简单就好了。什么人会在这个时候想要姓彭的命？稍微有点脑壳的人都会首先想到，就是我刘建平。除了我，就是你们三兄弟嘛。别的案子我们能破，偏偏这个就办成‘无头案’，他们能信？”刘建平眉头紧锁。

“那高进叫我们办案子，是啥意思？”王大兴问。

“华丰饭馆我们得罪过他们，就一直怀疑我，又拿不出证据，只好弄些坡坡坎坎给我爬，给我出难题，说不定就有短处被他们抓到，才好对我下刀子。现在叫我们来办这个案子，他们还要派人协同办案，就是要成心看我们的笑话。我虽然有不在现场的证据，但你们却脱不了嫌疑。收拾你们，不就等于收拾我吗？”

听着刘建平的分析，那三个人神情凝重起来。

“你们再把事情经过说来听听。”刘建平吩咐道。

三个人陆陆续续把事情经过报告了一遍，中途还互相做了补充说明。

“你们选择的下手地点还是对的。”刘建平说。又发觉这话有认同、鼓励的意思，忙将话锋一转，“可是你们就没想过，事情过后，万一被浴室里的那些堂倌儿，那些在浴室里卖瓜子、花生、香烟的小贩，那些修脚、掏耳朵的师傅认出来，一旦指定你们三个人去过‘泉裕汤’，这案子还用破？亏你们还是干刑侦的。”

游方德说：“我们想过这个问题，还是很小心，尽量不引人注意。”

“那个浴室以前我们从没去过，与那里的人不熟。就进去这么三回，那些人应该记不得我们。当然，那个秦师傅或者认得小和尚。当时情况下，也是没办法。”王大兴说。

"那个秦师傅岁数不小了，哪有那么好的眼神。再说，我也尽量乔装打扮了，连口音都是川东那边的，嘿嘿。"李为成做个鬼脸。

"是贾兴旺把彭学忠的行踪告诉你的？"刘建平追问道。

李为成肯定地点头，又不服气补了句："他就不说，我早晚也会找到那龟儿子。"

刘建平抚着眉骨上的疤痕，没有再问什么。那三人见此情景，也默然以待，不敢打扰。

刘建平大小案子办得不少，却从来没办过这种案情已经"明了"的案子。听了游方德三人报告的下手经过，他虽然略微心安了点，但未知的因素还是太多，指不定某个环节就有纰漏。他想起老孙说过的那句话："合乎常情。"下午，在高进、蔡文广向他下达侦办此案的任务时，他的"反应"是"合乎常情"的，那接下来呢？看来也只有按平常办案子的程序去"反应"了。

"都听到。"刘建平招呼三人，他已经考虑清楚，开始一条二款交代着，那三兄弟只有点头的份儿。

事情谈妥，刘建平安排李为成和王大兴去办正事，单单将游方德留下。

游方德耷拉着头，准备挨批。这是他预料中的事。他预料得很准……

第二天上午，刘建平带着游方德、李为成赶到裕泉汤浴室正式办案。

浴室因为头一天出了人命案，已经被辖区内的派出所叫了歇业，老板和伙计倒是都在，随时听候询问。刘建平他们就在浴室的前厅摆开架势，一一询问、笔录。辖区内的派出所所长也参与到场。

当那个秦师傅进来时，游方德和李为成都有些不自在，埋着头装着整理记录本。

"你们问吧。"刘建平才不管他们的窘态，跷着二郎腿，吩咐两个属下。

游方德向李为成使个眼色。后者无奈，将大盖帽压低些，清清嗓门，开始询问。

"你就是秦师傅吧。听说是你第一个发现死者的？"

秦师傅望着对面一身警察制服的四个人，有点紧张，答话也有些结巴。

"这么说，你怀疑是那两个穿着衣服进入澡堂的人下的手？"李为成问。

"我就离开……离开那么一会儿，再回去，那、那两人都不见了，该、该是他们哦。"

"你看清他们长啥样子没有？"

“澡堂子里头，咋看得清。”

“你说因为有人找，才离开澡堂的？哪个找你？找你是为啥子事啊？”

“一个、一个男娃。说要给我介绍个徒弟。”

游方德插嘴问道：“这个男娃你还认得到不？”

秦师傅瞄着李为成，好一阵才摇摇头：“没啥印象咯。听口音，该是川东那边的人。”

“那个人不会是拿话哄你吧？”李为成问。边上的游方德假意咳嗽，才没笑出来。

“他说得那么当真，也、也听不出是在哄我。”

刘建平插话进来：“老哥子，要仔细想清楚哦，你的证词很重要的。”

“我那个时候慌到要回澡堂子里做活路，约好等两天再见面。所以、所以顾不上多摆谈，实在没啥印象了。”

“做伪证是要吃官司的哦。”那个长着一张马脸的派出所所长也提醒道。

“我一个平头百姓，与那个余先生素不相识，何苦为他撒谎日白？我说的句句是实话，你们随便查。”秦师傅毕竟有岁数，有阅历，到此刻已不那么紧张，说话也利落多了。他自然不知道，他的回答也让询问的人轻松了不少。

又程序性接着唤人询问。快结束时，蓉站的荀来富也赶到浴室。自我介绍，是站里派来协同办案的。刘建平见是上回在医院打过交道的熟人，很热情地招呼着。

“哎呀呀，几位哥子办案硬是抓得紧。兄弟一早去了警局，才晓得你们已到这里了，赶忙撵过来，还是迟到了。我也是奉命行事，一切全凭刘队长支派。”荀来福戴着顶礼帽，依旧是一身黑，像麻秆的身体微微躬着，表现得谦逊低调。

“都晓得，你老弟是蓉站的干员，我们大家商量着办吧。”刘建平也很客气。介绍了刚才的询问情况，又叫游方德把笔录递上。荀来福嘴上说着客气话，看得却很仔细。

带着秦师傅，一拨人又再次看了案发现场，再次询问了当时的情况。秦师傅已经完全神情如常，有问必答，无一遗漏。

“该了解的都已经了解了。来富老弟，我看就让浴室重新开业吧，没必要耽搁人家的生意。”刘建平说。

“刘队长心肠好，该的，该的。”荀来福满口答应。

离开“裕泉汤”，他们又去了附近一家小医院的停尸间。彭学忠的尸首就临时放在那里。揭开白床单，刘建平面无表情，非常专业地仔细察看。游方德和李为成只匆匆瞟了几眼，就退到后面抽烟去了。

“没有挣扎痕迹。”苟来富同样看得仔细，见刘建平一直不吱声，先说话了。“也许根本来不及挣扎，脖子就被扭断毬。这手法，干净利索，倒是便宜了这虾子，嘿嘿，你说呢，刘队长？”

“命该如此，说不上便宜不便宜。”刘建平脱下白手套，随口敷衍道。

下一站，四个人去了青羊宫。先在一家小酒馆吃了午饭，才由苟来富去办了交涉，请出昨天与彭学忠同去浴室的两个年轻壮汉。后来方知，他们本是两弟兄，姓卢。

这两弟兄来自仁寿县，从小练得些皮毛功夫，在地方上要横耍霸，很吃得开，遂被县上送来参加了这个游击培训班，说是送两兄弟各奔好前程的机会，实则相当于送瘟神般。

“我到现在还稀里糊涂的。我们两个刚从澡堂出来，一支烟还剩一节节儿，那边秦师傅就大呼小叫起来，说是出了人命。”卢家老大说。

“哪个晓得会是老余呢？他搓背时，我们给他招呼了声，才出的澡堂。他还笑我们两弟兄不会享受，是乡巴佬、土狗。”卢家老二说。

“事发前，你们就没发现有啥不对头的情形？”刘建平问。

两弟兄想想，摇摇头。

“看得出，两位小老弟对人情世故也经历过不少，称得上是年轻才俊。以你们来看，会是啥子人要加害他呢？”刘建平用闲谈的口吻问道。

老大有些不好意思。“你哥子过奖。在老家那一坝，倒是没人小瞧我们弟兄。在省城就不一样咯。其实我们与老余交道也不多，他喜欢办我们招待，出手大方。但我总觉得他水深得很，好多话说一半留一半，有次无意中说漏了嘴，他好像以前干过警察，很吃得开。他这种人，必定四通八达，交往很广，有兄弟伙，恐怕仇家也不少。说不准，说不准的。”

与卢家两弟兄谈完，刘建平又请苟来富出面，再唤几个培训班的人来了解情况。均表示对老余这个人的底细知之不多，加上上面本来也打过招呼，受训的学员之间不要互相打探对方情况。

大半个下午过去，几乎一无所获。游方德和李为成不停打着哈欠，一脸倦意。刘建平问苟来富：“来富老弟，我们忙了这么一大阵，一点有用的线索没发现。你有何高见？”

苟来富倒不慌不忙，说：“也没白忙。你们办刑事案子，不是经常用那个啥子‘排除法’吗？今天我们也算‘排除’了些啥吧，嘿嘿。”

“老弟果然有些道行。不错、不错。”刘建平很是佩服。“那下一步，我们该如何着手？我还想听老弟见解。”

“刘队长不要老是取笑兄弟，我听凭调遣就是。”

“老弟客气了。”刘建平思索片刻，说，“要不然，我们去彭学忠住处一趟，看看有无记事本、账本之类的物件。特别是他的财产状况，要弄清楚。常言说，人为财死，鸟为食亡。根据我以往办案子的经验，好多人就是因为一个‘财’字，或去害人，或被人所害。彭学忠因为上次倒卖枪弹的事，被下到派出所后，听说搬了家，目前我们尚不知他居所何在，这件事就麻烦老弟了，免得大家多跑冤枉路。如何？另外，再劳烦你查查他在培训班留下的私人物品，我们就不进去了。”

苟来福听明白了刘建平话中意思：彭学忠现在是蓉站的人，你们该知道他住所。他没理由推辞，只好爽快答应了。“好的、好的，这个我来办。听说他一直一个人独自逍遥。他的住地我也回站上问问。”

四十六

第二天下午，苟来富就向刘建平报告了彭学忠死前最后一个住址，他在一家旅店长包了一间客房。事不宜迟，他们立即前往。

据店家介绍，彭学忠是两个月前包的房，住了大约一个月，之后就很少见面。这自然是因为其人去了青羊宫培训班，刘建平他们也没向店家解释。

“最近有啥人来找过他吗？”刘建平边察看房间，边问店家。店家支支吾吾，表示没有。房间不大，除了些换洗衣服，私人物品几乎空无一物，不说记事本，就连一片纸都没有。联系到店家刚才有些慌乱的答话，刘建平料定，房间应该是已被“小洋楼”的人提前搜查过了，而且警告过店家保密。他不露声色，还是细细查验着。

“没啥有价值的东西。这个龟儿子，在道上混得久，狡兔三窟，说不定还有其他窝子呢。”苟来富说，显得很失望。

“‘排除法’嘛。”游方德打趣道。

“上午我又去了青羊宫，查了他储物柜，除了一些现金，也没别的发现。”苟来富说。

接连几天忙下来，案子依旧毫无线索。中途他们还去“拜会”过警备司令部后勤处长胡茂林，因为他与彭学忠是同乡，素来交好，想从他那里获得些线索。

但胡茂林几乎是怒目相对。

“我好好的兄弟，就这般惨死于非命。我看啊，这个案子没那么复杂，好破得很！关键是你们敢不敢破！”他气哼哼说道。

“那我倒要请胡处长指点迷津咯。”刘建平嘴角挂一丝笑。

“大家都是明白人，何必戴着戏脸壳演戏。兄弟还有公干，失陪了。”言罢，胡茂林拂袖而去。他与彭学忠既是同乡又是拜把子兄弟不假，彭学忠死于非命他很气愤伤痛也不假，同样不假的是，这位绝对信任自己的兄弟在去青羊宫培训班前，将这些年通过各种名堂挣得的钱财全部托他代为保管，而今，自然也就全部归其所有。若不是顾及这笔横财，对拜把子兄弟的死，他当然不会就此了事。

“这狗仗人势的龟儿子东西，刘队长不必与他一般见识。”苟来富在一边劝慰说。

刘建平无所谓地淡淡一笑。心里想，姓胡的说得倒是不虚，这出戏还得戴着戏脸壳接着演下去。你苟来富这条狗不是也陪着我们在演吗？

苟来富确实陪着“演”了这么些天。他自认为上次在医院吃了刘建平的亏，所以这次说话办事都格外谨慎，始终多了个心眼，同时记牢高进的叮嘱，不敢再擅自做主。与刘建平他们分手后，他赶紧将相关情况报告给了高进：刘建平办案，确实一切正常，看不出一点猫腻。高进在电话里如此如此交代了一番，他觉得踏实多了，等着接下来的好戏上演。

苟来富要等的好戏，就是直捣刘建平的“巢穴”——刑侦队。

按高进的设想、徐耀庭首肯的编排，要等刘建平把头排锣鼓敲够，唱、念、做、打玩得差不多了，好戏才开始。

这天，高进把刘建平请来他的办公室，态度友好地询问案子侦办进展情况，说是徐长官在催促。刘建平如实报告：毫无线索、毫无头绪。高进请刘建平说说对这个案子的看法。刘建平有些为难，但还是说道：

“这类凶案，按理说要从死者的社会关系入手，确定最有可能具有作案动机的对象。但是，彭学忠的社会关系太复杂，一时之间摸排不过来。我觉得难点在此吧。”

高进深表赞同：“是的，是的，‘作案动机’，这确实是关键。不过，我听说，那个胡茂林倒是认为，这个案子并不难破，关键是不敢破。他此话是何意？”

刘建平撇撇嘴：“他的话再直白不过，我本人就有‘作案动机’，我自然‘不敢’破案。”

“这龟儿子咋这么说话？简直是、简直是……”

“高副局长，今天你不找我，我也会找你。”刘建平打断对方的话。“我一开始就说了，我不适合侦办此案。要说动机，明人不说暗话，任谁都会认为我刘建平就有要他彭学忠命的动机。你们又坚持让我办。事到如今，不晓得背后好多人在看我的笑话。”

高进很诚恳：“建平老弟，我们是绝对信任你的。当然，可能当初只顾着急于破案，确实考虑不周。那你说，下一步咋办？”

“也好办。先把我的嫌疑洗刷干净，我才能理直气壮办案。”

“咋个洗刷？”

“先查我，再查我刑侦队那些兄弟。不瞒高局长，我也怀疑过我那些兄弟，一一严问过，调查过。但那是我个人查的，肯定不能算数。我想麻烦你亲自出马，彻查清楚，也算帮兄弟解了这困局。”

高进“犹豫”再三，总算答应下来。

对刘建平，自然不必多查，案发时他人在局里，没有作案时间。要查的重点对象必定是刑侦队的其他人。

调查的方式也不新鲜，老套路——挨个询问。

高进对刘建平说：“为服众，就按你的意思，由我亲自带人来查，免得外人说闲话。”

刘建平表示感谢。

询问的重点是：案发当日下午，人在何地？做何事？有何证明？

刑侦队二十来号人，查起来很快。刨去当时在队里办公的人，再刨去说得清、道得明，人证物证俱全，绝对没有作案可能的其他人，余下的“三剑客”——游方德、王大兴、李为成，麻烦要大些。

因为他们当天下午同时外出，居然去看了场电影，看的是美国巨星卓别林的喜剧片。但是他们找不出其他证人证明他们确实去看了电影。

他们只能互为人证。

至于物证，游方德和李为成拿不出来。还好，王大兴想起来，看完电影后，把三张电影票带回家给小女儿玩了。经得允许，他蹬上自行车赶回家，很快将那三张电影票送到高进手里。庆幸说：“好在女娃子有存心，没弄丢。”

高进把玩着电影票，皮笑肉不笑。票上的时间、地点都与“三剑客”的交代吻合一致——案发时，他们确实正在电影院笑得人仰马翻。

高进还直接问过三人："你们是刘队长的'三剑客'、好兄弟。彭学忠害死刘队长妹子，你们就没想过要他一命偿一命？"

游方德回答："我在梦里头杀了他上百回。至今后悔，当时咋没一枪打死他。"

王大兴回答："说不准，万一碰上，说不定就忍不住，会动手。"

李为成回答："锤子，不想杀他才怪。不瞒你说，我就是在四处找他龟儿子。没想到，想要他命的还不止我一个。可气，狗日的没死在我手上。"

三人的回答，大同小异，合情合理。

高进还问过："咋就想起去看电影了？有那么好看？摆来听听。"

三人的回答同样相差无几。早听说那电影片笑死人，正好那天手上没啥活路，小和尚提议，三人就去了。何况他们也不是头次干这种事。电影片里好笑的段子多了。他们各人捡了些片段当笑话摆给高进听。王大兴嘴笨，干巴巴摆了两段。游方德没耐心，也简单摆了两节算交差。李为成摆得最细，还蹦蹦跳跳、连比带画，边摆边把自己先笑岔了气。

高进说："我咋觉得没那么好笑呢？倒是我看你小和尚，就像演猴戏。"

李为成捂着笑痛了的肚皮说："那些好笑的段子比演猴戏强多了，摆是摆不出来的，要去看，才笑死人。"

隔天，高进一个人溜进总府街智育电影院，看了，果然也随着看电影的人，被银幕上那个杵文明棍、走八字步的小矮人儿逗得哈哈大笑。

电影片中的内容，与三人的描述没大的出入，证明他们确实应该看过。

查了两天，包括刘建平在内，刑侦队人人似乎都与彭学忠之死无关。

高进将情况报告给蔡文广，蔡文广打着哈哈说：

"我还以为会看出'好戏'呢。既然是你亲自调查了，那么应该可以排除他们那拨人的嫌疑了。还是让刘建平继续接手往下查，能查出个啥就算啥咯。"

高进对刘建平转达了蔡局长的意思。刘建平也没推辞，说："好，我接着查。但能不能有结果，我确实不敢打包票。"

高进很理解："尽力而为吧。"

临分手，高进突然又说："你老弟办案无数，遇见过'互为人证'这种事？你信吗？好比一窝贼娃子，互相证明没偷东西，哈哈哈。开个玩笑，老弟去忙吧。"也不等刘建平搭腔，转身走人了。

当天中午，刘建平带着"三剑客"去了华丰饭馆。端着酒杯对三人说："这第一杯酒，你们三兄弟对我，对秀娟的情义，我谢谢了。"

重新满杯，又说："这第二杯酒，我是真心实意请你们，以后万不可再鲁莽行事。万一你们出事，我如何对得起你们的家人？拜托了。”

直到又喝了几杯后，酒桌上的气氛才慢慢松缓过来。毕竟大家觉得，他们乘坐的小船，已经驶过风高浪急的航道。

“多亏刘哥‘鹅毛扇’一摇，料事如神。不然，这次不容易过高进这关。”李为成提议另外两兄弟敬刘哥一杯。

那晚在刘府，听罢三人说完收拾彭学忠的经过，刘建平觉得最可能出纰漏的地方，就是他们三人不在案发现场的说辞。他叮嘱三人说：“我料定你们拿不出不在现场的过硬证据，与其东遮西掩，牛头不对马嘴，不如就坚称你们三人今天下午一起溜出去看电影了。三人为众，互相证明，也是没办法的办法。至于在哪里看的，看的啥电影，有无门票这些事，对你们应该不是难题吧？抓紧办妥咯。”之后又一起商议了不少细节问题。

看着三个兄弟吃喝得很开心，刘建平也灿烂着一张脸，尽量和着说些轻松话题。

第九章

四十七

一场倒春寒过去，春天才真正姗姗而至。川西北的雪山峻岭在和煦的阳光下“滴滴答答”，消融的雪水穿山越岭而来，锦江水因此春潮细浪、岸柳重绿，古色古香的川西平原因此沃土滋润、万物复苏。

比春天的脚步更加迅捷的还有人民解放军前进的洪流，由北往南，轰然而下，势不可当，漫过了长江天堑，漫过了中华民国的总统府。

刘建平的心情难得如此爽快、敞亮。

侦办彭学忠一案，高进除了偶尔过问下，似乎也没有理由再步步催逼。外面有些闲话，不外乎说他“踩假水”，假侦办，真拖延，有意庇护手下人。他明白这是高进吹的风、散的花，目的在于泼些脏水贬损自己，还有可能是牵制自己。他只当没听见。后来又听说裕泉汤浴室那位秦师傅突然辞工回遂宁老家了，他更觉踏实。

秦师傅一直是刘建平心头悬着的石头。那天他特意让李为成、游方德参与询问秦师傅，目的就是试探下对方。他问李为成：“秦师傅真就没认出你娃儿？他为啥突然回老家了？”李为成挠着光头说：“其实我也不敢肯定。那天询问时，他老是盯着我看，看得我心子把把都打战。”

还是王大兴经的事多，说：“要我看，又或者他就是认出了小和尚，甚至油条。但看到问话的人一身警服，他还敢说吗？像秦师傅这种人，见多识广，啥人啥事啥阵仗没见过？一把年纪了，当然晓得祸从口出的事理，惹不起，就只有躲得起了。”

刘建平对这番分析深以为然，暗自庆幸遇到的是秦师傅这般懂事不惹事的老江湖。

老孙要回重庆一趟。因为总行早就催促，要当面听他报告成都分行这边的情况，同时他也正有向南方局汇报请示工作的想法。临行，他约刘建平见面。刘建平提议在华丰饭馆见。

老孙带来的尽是好消息。解放大军在一座座城池、一片片乡村插上胜利的旗帜，这些大势自不待细说。卿松回到营地，枪伤已痊愈，正在积极扩大队伍，准备迎接最后的解放。酱品作坊的老张他们趁敌松懈，已经将那批截获的武器偷运出城，交到游击队手里。这两个消息着实让刘建平高兴。老孙提醒他，敌人是不会甘心失败的，他们必定更要全力经营西南，以做最后顽抗。下面的斗争还会很残酷、凶险，务必要保持警惕和冷静。要求他首先要保存好自己，只有这样，才能在关键时发挥作用。

送走老孙后，刘建平又与黄秋月赶在清明前，回老家祭扫了亲人，就便将母亲、果果及小英子接回成都。一家人重新团聚，虽然以前的日子再难重现，好在大家正慢慢走出失去亲人的阴影。只是果果偶尔会不经意地提起“幺姑”，惹奶奶悄悄抹去眼泪。

何淑兰很少上门了。这个文静懂事的姑娘终于明白，在刘建平心里没有她的位置。是她主动向黄秋月表明的意思。她说家里给她提了门亲，男方在省府里当职员，人很本分，家境也过得去。黄秋月不知道说点什么好，叹了几声气，倒惹得何淑兰反过来关心她。

“秋月姐，大家都晓得童院长对你好得很……你何必老是拖着嘛？一个人过，还带着果果，够辛苦的了。”

单位同事中，还没有人这样当面直白地提到过自己与童杰的关系。黄秋月不便责怪，淡淡笑道：“你小女娃，就不要操心我的事了。”

黄秋月回家向刘李氏和刘建平说了何淑兰已另外提了亲的事。至于何淑兰说道的自己与童杰的事却只字未提。刘建平毫不掩饰自己的一身轻松。母亲却啥话没有，当晚也没吃几口东西就睡下了。

与淑兰的事总算有个了结，不会耽误人家小姑娘了。刘建平内心轻爽了许多。只可惜，他的这份轻爽并未持续多久。

童杰有个一起留学国外的同学，名叫傅绍聪，是成都民盟一个小组的负责人，与妻子杨莲秋在慈惠堂街开了家诊所，就叫绍聪诊所。大半年前，傅绍聪将童杰发展进组织。

童杰在几天前就接到通知，下个礼拜天小组要聚会，主旨是报告当前时局，发表各自见解。他们这个小组共五人，因为此次聚会是以朋友故交名义召集，话题虽敏感，但并不涉及组织机密，所以傅绍聪还特意说明，与会者可以带一位志趣相投的人士参加，如可能，可以将其作为今后发展进组织的对象。

童杰再次邀约黄秋月，说："现在已到山雨欲来风满楼的时候，你不能老是两耳不闻窗外事。就是几位老朋友聚聚，随意摆谈摆谈，然后吃他傅绍聪一顿，他夫人叫莲秋，灶台上的手艺那是很不错。对了，她名字中也带一个'秋'，与你有些缘吧？嘿嘿。一起去听听，没坏处的。"

"那我是以啥身份去呢？"

"说是同事吧，太过宽泛，应该是朋友比较准确，就算给我个面子，好吗？"

眼见童杰一脸诚恳，已然说出"给个面子"这般平常很难出口的话，黄秋月心软了，想起童杰对自己诸多超越了一般"同事"意义上的照顾、帮助，虽记得刘建平的叮嘱，却不好意思一再拒绝。何况她毕竟也很想了解下时局，便答应了。

这天天气格外好，轻风暖阳。上午九过点，黄秋月穿着深蓝色旗袍出了院门，快到巷口时，已看见西装革履的童杰等在那里。聚会时间是十点半钟，童杰提议步行而去，黄秋月微笑点头。

一路上都是童杰说黄秋月听，讲得最多的还是他与傅绍聪留学时的趣事趣闻。

"老童，真的就是朋友聚会吗？不会是啥组织活动吧？"黄秋月还是觉得不大踏实，小心问。

"几个人经常在一起，吃吃饭、聊聊天，你说是组织活动吧，不像；说不是组织活动吧，好像也算。咳，管他呢，人以群分，物以类聚，只要志趣相投，一起聚聚又何妨？"

听童杰这番东拉西扯，黄秋月莞尔一笑，也不再多问。

一个气宇轩昂，一个清雅端庄，二人沿着蜿蜒的街巷迤逦而行，引来不少路人注目。

快接近目的地，童杰轻扶了下黄秋月的手臂，加快了脚步。

诊所铺面房门半掩，门柱上挂着"停诊"木牌（这是安全的信号），附近的商铺营业照常，街面人来人往，几个小娃甚至还在诊所门前的檐廊下玩闹。

童杰推开半掩的房门，带着黄秋月一边往里走，一边叫着："绍聪、莲秋。"

没有应答，要在平时，长着一张娃娃脸的傅绍聪，或是长着一张瓜子脸的莲秋已经笑盈盈地迎将上来。

童杰皱皱眉，有些迟疑地带着黄秋月穿过用作诊疗的前屋，进到后院，立在天井中的假山旁继续叫着绍聪、莲秋。就在这时，左右厢房的门几乎同时"吱呀"一声打开，分别窜出两个穿便服、提短枪的精壮男子，将他们围住。堂屋宽敞的檐廊下走出一个穿中山装，戴黑色礼帽，一口龅牙的男人，有些惊讶地说："这不是童院长、黄医生吗？"

童杰脸色煞白，一把挽住黄秋月的胳膊，盯着对方。

"不认识啦？上次我和高队长去过你们医院，打听那个、那个突然出院的伤员去向，鄙人姓冯，冯关雄，保密局蓉站特勤队副队长，想起来了吧？"

四十八

刘建平一天都待在家里，逗逗果果，陪母亲说说话，搬把藤椅在院子里，沐着暖阳翻几页闲书，望着天空的云朵发一阵呆。下午又酣睡了一大觉。

天快擦黑时，刘建平开始频频看手表。黄秋月早上出门时，说了是去会几个大学时的朋友，午饭后就回家。果果本来想撵路，被奶奶拦下，说："果果乖，你妈难得出去见个朋友，今天就让她丢脱撒手出趟门。"

但此时，天色已晚，如果有什么特殊情况，以黄秋月的细心，应该会打个电话回来告诉一声的。刘建平有些惴惴不安了。

小英子已把晚饭准备好，立在厨房门前等候着。母亲刘李氏也已端坐于饭桌前，捧着烟袋听外面的响动。果果拉着刘建平在院门口，伸长了脖子朝巷口望。

饭菜重新热过两遍。一家大小这才一起哄着果果，各自吃了点东西。

天更晚了，刘建平再次打电话到医院。一小时前他已经向医院打过，得到的消息是黄医生并没在医院。这次，他向医院值班人员表示要找童院长。片刻后，对方回答，童院长上午就出去了，现在还没回，已有好几拨人在找他。刘建平慢慢放下话筒，燃上一支烟。

"不会出啥事吧？"母亲问。

刘建平勉强笑下，劝母亲回房休息，说自己还要打几个电话。待堂屋里只剩他一人时，坐立不安的他不再掩饰内心的焦躁和强烈的不祥之感。他回想起黄秋月曾说过的话：童杰好像参加了个什么组织，而且还有意拉她参加聚会。今天她出门，不会就是与童杰一起去参加聚会吧？她说的是去会同学朋友，也许是怕自己担心甚至阻拦才找的托词。想到这里，刘建平左掌右拳重重一击，整个人呆立住了。

刘建平抚着眉骨上的疤痕，紧张地思索该如何着手打探消息。

这时，一阵电话铃声突兀响起。刘建平一把操起话筒，强压住提到嗓子眼的迫切，很平常地"喂"了声。他多么希望话筒里传来的是黄秋月温润的声音。

“建平老弟吗？我，老高。”

刘建平心头“咯噔”一下，很惊讶：“高局长？这么晚了，没想到啊。有何吩咐吗？”

“你马上来趟‘小洋楼’，有事相商，行吗？”

“哦，好的。”刘建平略微迟疑地答道。

高进放下话筒，对坐在沙发上的徐耀庭报告：“刘建平马上过来。”

徐耀庭撇撇嘴：“这个时间点，他恐怕已成热锅上的蚂蚁了咯，哈哈。”

今天上午，徐耀庭得到冯关雄报告，参加绍聪诊所聚会的人全部落网，其中就包括慈济医院院长童杰、护士长兼医生黄秋月。

在抓获的人中，徐耀庭对童杰和黄秋月非常感兴趣。吃过午饭，他通知高进赶到站里，两人商议了一阵，决定要一起旁听对童杰和黄秋月这二人的审讯。他安排冯关雄负责审讯，并面授审讯重点。龚雅竹负责记录。

先审童杰。冯关雄的开场白很直接：“童院长，我们彼此以前就认识。今天既然在诊所不期而遇，我就不得不在这个地方问些话了，希望你能配合。”

“要问什么就抓紧，完事后我还要回医院查病房呢。”童杰显得很烦躁。

“急着回去？好啊，我也希望我们抓紧点。”

对去绍聪诊所的缘由，童杰咬定就是去会老同学。自打二人都从国外回成都后，他们就一直常有来往，难道老同学之间互相走动，一起聚个会、吃个饭也犯法？

“为啥黄秋月，黄医生会和你在一起？”冯关雄问这话时，两眼死盯着对方。“她不会也是去拜访‘同学’吧？”

一直埋头记录的龚雅竹也不经意地抬眼看了童杰一下。

童杰不以为然：“是我邀请她的。有问题吗？”

“为啥要邀请她呢？”

“我想邀请她，所以就邀请了。”

“你和她是啥关系？同事？那么多同事，却偏偏邀请她？志同道合的同志吧？抑或是其他啥子关系？”

童杰沉默了。此时，在隔壁房间透过双面镜观听审讯的徐耀庭和高进对视一眼，那意思分明是说，冯关雄这话问中要害了，方才还气势逼人的童杰居然哑口。

童杰摘下眼镜，掏出手绢擦拭着镜片。又过了一阵，说：“可以不回答这个问题吗？因为这涉及我个人隐私。”

“凡是在这个地方的谈话，都属机密。童院长不要有顾虑，还是请回答吧。未必这是个很难回答的问题？”

“她、她是我女朋友……”话一出口，童杰如释重负，重新戴上眼镜。“今天就是带她去见见老同学的。”

“女朋友？啥意思？”冯关雄眨巴着眼睛，装出一副迷惑状。“我们知道，童院长向来礼待职员，视之为家人、朋友。医院里女医生、女护士也不少，往宽处说，她们不也算得是你的‘女朋友’吗？嘿嘿。”

童杰表现出被羞辱的愤怒，厌恶地鄙视着对方，紧抿嘴唇。

冯关雄却依然保持着戏谑的微笑：“这又是个很难回答的问题？”他扭扭上身，坐得更舒服些。“那我再提示下。你所谓的‘女朋友’，是不是我们这些粗俗之人所说的‘未过门的媳妇’啊？或者再说文雅点，就是‘未婚妻’啊？”

“不回答？那就是默认咯？嘿嘿。”冯关雄惬意地点上一支烟，接着用开导的语气说，“这就解释得通了。你与黄医生应该是恋人关系，所以今天你才带着漂亮的未婚媳妇一路同行去了诊所，想在老同学跟前显摆显摆。这有啥好隐瞒的？医院里的人都晓得你一直在追求黄医生嘛，童院长还不好意思承认？你们这些人啊，酸味儿重，还好面子。”

听着冯关雄喋喋不休的话，童杰把眼镜摘下又戴上，反复几次，仿佛一腔的烦躁、憋屈、怒气都发泄在眼镜上面了。他想站起身，却被后面的两名特工死死摁住。他大声说道：“你简直俗不可耐。是又如何？我就是喜欢秋月，就是在追求她，又如何？与你们屁相干！”

“哈哈，童院长这样的斯文人也说脏话咯。承认了就好。”

黄秋月被带进审讯室。她步态安稳，平静中透出冷傲的神情。冯关雄一收面对童杰时的戏谑、嘲弄，态度变得和蔼，甚至有那么点谦卑。

后来，当徐耀庭略带讥讽地向他指出这一点时，他挠着脑壳自语道：“不觉得呢？”

隔壁房间的徐耀庭不经意地缓缓摇了两下头，不用看，他也知道高进正目不转睛地观察，不，应该是观赏着双面镜对面的黄秋月。他感觉到了高进有些急促的呼吸。这点本领对他而言已是本能。其实就他自己而言，又何尝不是带着观赏的眼光在观察这个气质脱俗的女人呢？

黄秋月对冯关雄友善的，甚至有些讨好的态度及问话似乎毫不在意，概不领情。

“我不明白你们为什么带我到这里来。”这是她说的第一句话。

当她听说童杰已经承认一直在追求她，与她是恋人关系时，在短暂惊诧、迷惑后，用淡淡空蒙的语气说了第二句话：

“我没有义务，也不想回答你的任何无聊的问题。”

冯关雄用龅牙咬住下嘴唇，龚雅竹放下手中的笔，面无表情地枯坐着。

徐耀庭示意终止了对黄秋月的审讯。与高进回到办公室后，他调侃道：“关雄也算是站里的老人了，对付童杰还有一套，可是面对这个黄医生，就有些荒腔走板，找不到调咯。”

高进恭敬地敬上一支烟，话却不太恭敬：“那是因为站长有过吩咐，对黄医生要讲礼貌，文明审讯嘛。打也打不得，骂也骂不得，如此捆了手脚审讯，难。”

“我一直说凡事攻心为上。能客客气气把事情办了，不好吗？我就见不得你们动不动就用刑。再者说，黄秋月是抗日烈士的遗孀，人又这么优雅，就是叫你亲自审，还不是要注意礼数，是吧？”徐耀庭瞥一眼高进，语带调侃。

高进心思灵动，已经意识到长官意有所指，只装出丈二和尚——摸不着头脑的样子。徐耀庭也懒得纠缠，一本正经道：“对刚才的审讯说说你的看法。”

“童杰书生气，倒是爽快承认了他对黄秋月的意思。黄秋月虽没承认，但也没否认。接下来，就按站长编排的意思演好这出戏，肯定有意思得很。”高进奉承道。

“你也觉得很有意思？哼哼。”徐耀庭缓缓饮口茶。“与刘建平交手几个回合，虽然确实很有意思，可是你觉得我们又占了多大的上风呢？除了把人家的妹子搞死掉，实在是所获无几……”

二人一时无话，似乎都在回忆与刘建平交手的过程。

自从在华丰饭馆第一次碰撞，刘建平进入蓉站视线，到刘建平主动向龚雅竹打听被“请进”“小洋楼”的缘由，再到沙河边游击队劫走枪弹，继而搜捕受伤的游击队员、通缉进入省城的游击队长卿松无果，他们对刘建平的怀疑一直没有停止，且还在不断加重。他们也采取过诸般措施想要消除这个不确定的隐患。孟厚良受命寻机下手，在喜来客栈背后打黑枪，差点就要了刘建平的命。后来高进携孟厚良“拜访”刘府，感觉异常，怀疑刘建平家中有猫腻。徐耀庭受到徐孝凡建议杀个“回马枪”的触动，与高进、孟厚良秘密策划了具体方案：借着徐耀庭年前宴请各方的惯例，顺带邀请刘建平赴宴，乘此机会安排人以搜捕逃脱的地下党为名，由彭学忠带人闯入刘府查他个底朝天。他们当然考虑过各种可能性。但是如果让警局或是宪兵队、保安大队的人去，怕抹不开脸面，敷衍了事；如果完全派站里的人去，又怕一步踩空，不好收场。徐耀祖灵机一动，笑说，没有人比彭学忠更适合扮演这个“钟馗”了。高进连连称妙，说，如果真有斩获，他立功受奖也是该当的。倘若扑空，又闹出什么“不愉快”，那么“公报私仇”这口锅他也自然要背。没想到，彭学忠不仅抹开了脸面，还因报仇泄愤心太切，闹出了人命。也罢，死人就死人吧，有什么了不起，如果能就此给刘建平重重一击，他们也乐见其成。但似乎效果不大，刘建平没被击倒，反而那个受伤的游击队员（甚至不排除就是游击队队长卿松本人）却自此再无踪影，那批被劫走的枪弹也似泥牛入海了。再后来，彭学忠在裕泉汤浴室死于非命，几乎可以肯定刘建平与此事脱不了干系。他们以为这又是一次逮住对方狐狸尾巴的机会，于是故意让刘建平侦破此案，又并不刻意遮掩同时进行的调查。然而，刘建平再一次化解窘境于无形——彭学忠案至今还是毫无头绪。关键是他们似乎也找不出什么理由责难对方办案不力，因为他们自己的调查同样没有进展，拿不出任何证据证明彭学忠为刘建平所害或是受其指使的其他人所害。

扰乱之、消耗之、牵制之，如果对方自乱阵脚，露出破绽，再将其摧毁之，这是目前徐耀庭对付真实身份尚未最终核实的刘建平的总体方略。所以，如何处置童杰，特别是黄秋月，他已经有了腹稿，也告知了高进。

四十九

徐孝凡客气地将刘建平带到徐耀庭办公室。见他进来，徐耀庭和高进都起身相迎。三人礼让着在那一圈沙发上落了座。徐孝凡敬上盖碗茶后退出。

“不知二位长官这么晚召见，有何指教？”刘建平见徐、高二人装模作样，一脸为难，却又掩饰不住猫捉老鼠般的兴奋。他虽然心中焦急，却也摆出莫名其妙的架势。

“这个、这个……”高进看看徐耀庭，“还是我来说吧。建平老弟，之所以急着叫你来一趟，实是有件为难事要向你通报。今天上午，站里端掉了民盟一个小组的窝点。负责人叫傅绍聪，其另一个身份极有可能还是中共地下党的人。今天他们有个聚会，参加者被全部收网。这其中，就有慈济医院院长童杰。让我们始料不及的是，你嫂子黄秋月，黄医生也在里面……”高进止住话，看着刘建平。

担心的事还是发生了。

刘建平大口吸着烟，胸口发闷，头也有些晕眩。好一阵，他才摁灭烟头，坐直了身体：“建平感谢二位长官告诉我这件事。但我可以负责地说，我嫂子绝对不是你们要抓的人。”

徐耀庭轻轻梳理下光溜稀疏的头发，和蔼地发话了：“建平老弟啊，一段时间以来，我们也打过不少交道，中间你可能对我们还有些误解。但坦率地说，我一直很欣赏你的才干。我经常和高进说起，要是能多点你这样的人才，实乃党国之幸。无论你心中怎么想，我们对你还是抱着诚意的。比如这次吧，你嫂子这件事，我们完全可以不必给你通报，我也犯不着这么晚亲自见你。还不是考虑到老弟你是难得人才，前途远大。说到底，我们还是自家人嘛，对不对？”

刘建平正色点头，继续听徐耀庭心情很好地卖弄嘴皮子。

“今天你嫂子出现在那个诊所，我很惊奇，也很遗憾。至于她是不是我们要抓的人，这个需要一个核实过程，想来你会理解，当然，我们会抓紧核实。请你来，就是及时通报下情况，以免老弟又产生什么误解。另外你也尽可放心，我们一定会礼待黄医生，绝不让她受委屈。这个我是专门打过招呼的。”

“是啊，站长对黄医生很是格外关照。”高进接过话茬。“不瞒老弟说，其他人我们已经转到‘四大监’去关押了，唯独黄医生是留在站里的，衣食起居已经安排了专人料理，唔，就是你熟识的龚雅竹秘书。你抽时间再给黄医生送些换洗衣服就行了。”

刘建平很了解“四大监”恶劣的环境条件，听说黄秋月尚未移送那里，心中暗自舒缓了些。但是徐、高二人的话也很明白：黄秋月不能马上走人。

“徐长官，我请求见我嫂子一面，能给个方便吗？”刘建平说。

“当然可以。总不能让你老弟白跑一趟嘛。”徐耀庭很爽快，跟着又很直白地补充道，“你也正好劝劝黄医生，只要配合我们的工作，就可以早点回家。今天下午她的态度可是有些、有些不配合啊。什么问题也不回答，就连很简单的问题也不回答。比如说，那个童院长已经承认，与她是恋人关系，她还是一句话没有。这就不大好了嘛，对不对？”说完，徐耀庭饶有兴味地瞄着刘建平。

“是吗？好，我会劝她的。”刘建平抚抚眉骨上的疤痕说。

徐耀庭笑呵呵的：“如此甚好。高进，你带建平老弟去看看黄医生吧。”

告辞徐耀庭，刘建平在高进带领下去看黄秋月。

他们来到三楼一间房间门前。刘建平记得，这是他上次住过的房间。开门的是龚雅竹。

“高队长。哦，刘队长。”龚雅竹微微有点意外的样子。

黄秋月坐在靠窗的一把木椅上，昏黄的灯光里，她神色平静。看见刘建平，似乎并不奇怪，只是微微皱下眉，未起身。

“还好吧，嫂子？”刘建平问。

“还好。”黄秋月答，停下，又问，“果果咋样？”

“就是急着找你，我们哄她，说你值夜班，我来时已睡下了。放心。”

一时无话。刘建平看看高进和龚雅竹没有要避开的意思，知道不可能与黄秋月单独相处。只好对黄秋月说：“徐站长、高局长很照顾，有需要就提出来。他们问什么你就照实说，说清楚就能回家。”

黄秋月有些疑惑地盯了下刘建平，没吱声。

“照顾好自己。我明天带些换洗衣服来。果果有妈和小英子照管，你别太挂念。”刘建平又转向龚雅竹，“麻烦龚秘书，照顾好我嫂子。我已经给徐长官说了，她绝对不是蓉站需要的人。”

“刘队长放心，我会尽可能照顾好黄医生的。”龚雅竹轻声说道。

临告别，刘建平看见黄秋月表面平静如秋潭的眼中，却似溢满了不舍与无助。

刘建平强忍心底深处涌动的酸楚，向龚雅竹拱拱手，大步出了房间。

刘建平推着自行车沿着已经行人稀少的街巷慢慢步行，黄秋月刚才临别时不舍与无助的眼神挥之不去。

刘建平清楚记得黄秋月曾提到过，童杰参加了某个组织，还几次邀她参加聚会。现在看来，童杰加入的是民盟组织，而黄秋月应该是童杰想要发展的对象。或许徐耀庭和高进也是如此判断的，正如徐耀庭所言，她的真实身份还需“核实”，否则，她不会受到所谓的“礼遇”。他将自行车架在路边，找个廊檐下的石礅坐下，慢慢点上支烟。

夜色如浓墨，街灯如萤火，空气潮湿沉闷，有股酸腐味。

刘建平抽完最后一根烟卷，将烟盒捏成一团，使劲扔了出去。“你们就变着花样来吧，老子奉陪到底！”他在心里狠狠说道。

刘建平蹬着自行车在寂静的街巷飞快穿梭。赶到警备司令部门口，借着警卫室窗口的灯光看看手表，已经快夜里十点。他向站岗的两个哨兵中的一个出示了证件，麻烦请通知陈锐敏、陈副官出来一见。长得牛高马大的哨兵在仔细确认证件上的相片与刘建平本人一致后，咧开大嘴笑道：“原来你就是那个神探啊？今晚倒是见到真身咯。请稍等，我这就去打电话。”刘建平挤出点笑意，接过证件揣好。

大约过了十分钟，陈锐敏从警卫室匆匆出来，一身便装。

“建平兄，请我吃酒也不至于这么晚嘛。”陈锐敏边打趣边走到刘建平面前。

刘建平挽起他的胳膊就朝街对面走，来到一株榆树下。

刘建平说：“我如果还有心情吃酒就好咯。”

“这么晚，你从哪里过来的？”

“‘小洋楼’。还见着雅竹了。”

虽然看不清陈锐敏的表情，但刘建平能感觉到他一脸的惊诧。

“建平兄，你慢慢说。”陈锐敏已经明白事情重大。

刘建平三言两语把黄秋月被抓进蓉站的事情说了，侧头看着陈锐敏：“也不晓得得罪了哪路神仙，最近我们家真是祸事不断。老弟啊，你哥子我枉自背个‘神探’的名号，遇到这种事可是点法没有，只好厚着脸皮来劳烦你搭手相帮。”

“你来找我，是把我当兄弟，见外的话就不说了。真要说客套话，就冲你冒死救了晖岚的情义，你有难了，我能不管？”陈锐敏言辞恳切。“你也别太着急。事情虽然棘手，但从目前的情况分析，转机也不是没有。你一定也听说过，包括他们已经认定的政治犯，只要不是头头脑脑的大人物，也有通过打点关系放掉的。刚才你说童院长承认与嫂子是、是……”陈锐敏突然有些口迟。

“恋人关系。”刘建平干巴巴冒出一句。

“我觉得——文章就可以由此下笔。”

刘建平没搭腔。他再次对陈锐敏的机敏暗自赞赏。因为在他的分析中也是这样认为的，尽管他是那么不愿意这样认为，甚至有些抵触。

“你也这么认为？”话一出口，刘建平自觉不妥，显得什么事自己都想到前面了，赶紧以不经意的口吻继续道，“这个问题我也费解，经你一说，看来还真不失为一条可行之道。”

相识不久，但相交不算浅。陈锐敏对刘建平的家事已有所了解。他相信自己的直觉，刘建平对他的嫂子黄秋月存有一份非同一般的感情，尽管与刘建平一起时，甚至很少提及黄秋月。现在黄秋月身边一下冒出个“恋人”，不知这位仁兄心中是个什么滋味儿。陈锐敏没时间，也不忍去多揣测，他急需考虑的是如何才帮得上忙。

“这种救人的事无非是疏通关节，借力打力。”陈锐敏已经有了主意，“我明天一早回趟家，让干爹出面摆上一桌席面，把王司令、邓市长，还有蔡文广请上，由他出面给这几位‘大脑壳’把事情摆开，再请他们分别向徐耀庭施压，或许有效果。”

“要惊动陈经理，不好吧？”刘建平犹豫着。

“这件事就我来安排，你只管听我准信。对了，我再联系下雅竹，一是套点消息，让她帮着出出主意；二是拜托她照顾好嫂子。如果她有时间见面，我再通知你也来。”

听着陈锐敏一条二款地安排，刘建平觉得不能再虚意客套，因为这一切安排正是他需要的。

“有劳兄弟了。”他紧紧握住陈锐敏的双手。“行，明天我先给嫂子送些衣物。然后就在办公室等信。不过你方便向王司令请假吗？”

“自从上次救回晖岚，我觉得王司令对你一直很有好感。秀娟妹子遇害，他在我面前表示了对你的同情，还骂徐耀庭他们做得太过分。我就直白报告是为你帮忙，他肯定同意的。”

“想不到王司令如此抬爱，我真是无以为报。”刘建平感叹道。

五十

第二天一大早，陈锐敏趁着王魁盛和夫人梁贤韵吃早餐的时候，简单报告了刘建平嫂子黄秋月被抓的事。王魁盛敲着个煮鸡蛋，皱起眉头说：

“他家还真是麻烦事不断。妹子刚死不久，嫂子又被抓。”

梁贤韵放下手里的汤勺，瞟一眼王魁盛：“你们就晓得一天到晚抓这个抓那个，弄得鸡飞狗跳，人心惶惶。”

王魁盛用筷子敲敲盛满白米粥的细花瓷碗：“有人要抢你这个饭碗钵钵，能不抓吗？”

“他嫂子不就是个医生嘛，能犯多大的事？”

“刘队长很肯定，说他嫂子绝对不是‘小洋楼’该抓的人。”陈锐敏在一旁补充说明。“是那个叫童杰的院长带她去的，他与黄医生是恋人关系。至于童院长的情况，现在还不清楚。”

“啧啧，人家一个女医生，跟到未婚夫去串门，结果被抓了，好荒唐的事。”说到这，梁贤韵又换了商量的口吻，“魁盛啊，我看刘队长这个年轻人，稳稳重重的，倒是与我们家云峰有几分相似，哪会是坏人。他可是舍命救过晖岚的，如今他嫂子被抓，你能帮一把就帮一把。一个女人家，就真能抢你们的饭碗钵钵？”

王魁盛与梁贤韵膝下有两个儿子，老大从小喜欢读书，全无将门虎子的一点气息，一门心思在大学里当教授，做学问。好在老二王云峰继承了他老子的从军尚武血脉，两年前已授少校衔，升为国军副团长，现驻防西安一线。王魁盛深知目前国军战事不利，越来越为小儿子的安危担忧，几次想将其调回自己身边，但又碍于面子，张不开口。因为他历来训导小儿子：军人以服从命令为天职，要么战场上杀敌立功，要么战死疆场，马革裹尸。内心的这些纠结，他哪里敢在妻子面前多说一句，除了让当妈的徒添担忧牵挂，于事无补。小儿子喜爱陈思昆的宝贝女儿陈晖岚，夫妻二人对此早已了然，将晖岚娶进王家作幺儿媳妇的念想也不是一两天了。他们几次试探过陈思昆两口子的口风，晋碧惠倒是满心愿意，陈思昆态度模糊，但并未反对。无论怎么样，刘建平救了或许会成为幺儿媳妇的晖岚，王魁盛和梁贤韵始终对他抱有极大好感。

听妻子提到刘建平救晖岚的事，王魁盛不再多话，低头呼哧呼哧吃东西。直到把一碗米粥喝完，才问陈锐敏：

“如何帮他？”

陈锐敏如实报告了自己的想法。一边又给王魁盛舀了一碗米粥。

“你最近与刘建平过从甚密，就不怕他真是‘那边人’？‘小洋楼’一直对他存疑哦。”王魁盛瞥一眼陈锐敏。

“因为救晖岚我才认识的刘队长，说实话，对他很佩服，愿意与他多接触。不过请司令放心，如果他真是地下党，我知道该怎么办。”陈锐敏见王魁盛没任何表情，继续道，“‘小洋楼’对他有怀疑，他也主动给我提过，不过那就是一场误会。不管怎样，单就做人来说，我觉得刘建平不坏，司令不是也这样认为？”

王魁盛忍不住笑了：“你娃儿，就晓得我喜欢听啥话。好啦，现在情况不明，我也不便贸然开口。就按你的想法，抓紧去找下你干爹，争取晚上几个人碰下头，再作计议吧。他出面召集，于身份，合适。”

吃早饭时，刘建平告诉母亲，他昨晚已经在电话里联系到嫂子。她因为医院突然接收了一些前线转移回的伤兵，昨天与朋友聚会完就直接赶回医院了，一直忙到深夜，这两天恐怕都不能回家，嫂子让带些换洗衣物送去。这种情况以前也有过，母亲并未起疑，吩咐小英子去大表嫂房间收拾好一个包裹交给刘建平。刘建平又在自己房间翻找出一本印度诗人泰戈尔的诗选小册子，塞进包裹。

到“小洋楼”送了衣物，刘建平赶回刑侦队，坐等陈锐敏的消息。十点半左右，他接到陈锐敏电话，让他中午去帝都饭店西餐厅，龚雅竹答应在那里见个面。同时也简单说了下向王司令报告以及请干爹陈思昆出面宴请几位大佬的情况。

十二点过不久，刘建平、陈锐敏等来了穿着便装，脸色略显憔悴的龚雅竹，身后还跟着个人——花枝招展的柳艳梅。

顾不上招呼龚雅竹和柳艳梅吃面前的西餐，陈锐敏就问上话了：“雅竹，嫂子在里面还好吧？你们没为难她吧？”

“徐长官专门关照过，怎么会为难黄医生？今天早晨，我吃的什么，她就吃的什么。”龚雅竹抿了一小口咖啡，随口道。

刘建平注意到，龚雅竹并未亦如陈锐敏那样称“嫂子”，带着那么点公事公办的意味，加上觉得这种时候她还有闲心带着个不相干的柳艳梅，不由得暗自不快，但脸上满是诚恳：“添麻烦了，雅竹，谢谢！”

“刘大哥不必客气，既然站里安排了，我会尽量照顾好她的。”

“哎呀，都啥时候了，你们还酸文假醋的说客套话，硬是急死人了。”柳艳梅手拍餐桌，显然，龚雅竹已经将黄秋月被捕的事告诉了她。“快想想办法嘛。那种地方，我宁愿去跳锦江河，都不愿多待一分钟。”

“对对，先不说这些客套话了。”陈锐敏摆摆手，“雅竹，你说说，怎么才能尽快把嫂子救出来？”

龚雅竹看看两个男人期待的神情，话也就说得很直白了：“虽然黄医生的确不像是我们要抓的对象，但是既然进去了，就不会轻易出来。现在也没其他好办法，抓紧花钱疏通关节就是了。能先吃点东西吗？我只有一个小时时间，艳梅也还饿着。”

“你请，你们请。”刘建平抱歉地笑笑。

“我说过饿了吗？风风火火把我叫来，就为稀奇这顿西餐？”柳艳梅侧头责怪起龚雅竹来。

说起龚雅竹与柳艳梅所谓的“同学”关系，也是很偶然。那是龚雅竹被徐耀庭在军校看中，刚调到蓉站工作不久。成都报业界联合举办了一期新闻采访写作速成班，凡有兴趣爱好者均可报名参加，目的是为成都报业界吸收些新人。柳艳梅当时还在大学尚未毕业，但立志以后要当一名记者的她还是报名参加了速成班。蓉站很担心这个速成班会向参加者灌输“异端邪说”，徐耀庭特地安排龚雅竹也去报名参加，实则监视。就这样，她们二人竟然成了同学。一次上完课，她们不期然一路同行去春熙路购物。途中却遇到了两个地痞街娃扭搔，先是嬉皮笑脸言语挑逗，直至对穿着打扮妖媚新潮的柳艳梅动手动脚。柳艳梅气得挥着手提包大骂流氓。可让她始料不及的是，一转眼，那两个流氓一个捂着肚皮，一个捂着脚杆痛叫着在地上打起滚来。她正莫名其妙时，龚雅竹已在前面淡然催促：走呀，还想看热闹吗？自那以后，柳艳梅就粘上了在她眼中身手不凡的龚雅竹，即便后来知道龚雅竹从事的工作后，也没妨碍她们成为闺蜜朋友。

陈锐敏却管不了那么多："就这么简单？疏通关节，三岁小娃都懂。你倒是说点有用的嘛。"

龚雅竹咽下一块面包，又在用刀叉切牛排。听着陈锐敏的抱怨，头也不抬，说："我就是打杂的一小秘书，能有多大主意？不怕刘大哥笑话，我本来就说没必要见面，你坚持要见。我来了吧，你又怪我说的没用。"

陈锐敏哭笑不得："龚小姐脾气不小。好好，算我慌不择言，小生这厢赔过了。"

柳艳梅抢过龚雅竹面前的餐盘，挑眉道："你沉得住气，本小姐可没那风度。快说，说完了再吃。"

龚雅竹瞥一眼陈锐敏和柳艳梅，"扑哧"一笑，赶紧用餐巾擦擦嘴唇。

"雅竹，现在不是斗嘴的时候。"陈锐敏说，"你再帮着想想，除了疏通关节，还有没有其他切实点的办法。"

刘建平点燃一支烟，静静地看着龚雅竹。

龚雅竹整理好餐巾，又小饮一口浓香的咖啡，方才说道："审讯黄医生和童院长时，我在场记录。童院长说与黄医生是恋人关系，所以才带她去老同学家聚会。其实这一点很重要，从逻辑上讲，也许可以排除掉黄医生的嫌疑。只是、只是黄医生并未认可她与童院长的恋人关系……"说到这，龚雅竹与陈锐敏、柳艳梅的目光一触而过。那两人也几乎同时读懂了她眼神里的含义。

就在前不久，陈锐敏邀约龚雅竹和刘建平、柳艳梅到草堂郊游，一碗茶没喝完，刘建平有事先行告辞，看着他玉树临风般的背影，柳艳梅叹口气说：

"我就想不明白了，这么优秀的男人，怎么还单身着呢？多可惜啊！"

她歪着脑袋，眼珠儿滴溜溜打了几转，一拍手："我知道了！"

"你知道什么？一惊一乍的。"龚雅竹说，"你可不要这山望着那山高，你最近不是在狂追报社那个风流倜傥的副主编吗？叫欧阳什么来着？"

"你别打岔。"柳艳梅合拢双手，将下巴放在上面。"你们别忘了，大神探家里还有个漂亮嫂子哦……"

“疯丫头，尽说疯话。在背后这样说人家，不好。”

“也只在你们面前开个玩笑嘛。还别说，在黄医生面前，我怎么就觉得自己少了好多女人的自信呢？可是也怪，我一点不嫉妒她，还很喜欢她。”

“雅竹说得对，就是这样玩笑也不能乱开啊。”陈锐敏认真叮嘱道。

后来只有陈锐敏与龚雅竹单独一起时，龚雅竹以闲聊的语气说：“或许艳梅的话不无道理。你不觉得刘建平和黄医生很合适吗？为什么不能结合在一起？碍于封建礼教？他们都是接受过新思想的新青年呀。”

“你怎么也讲疯话？”

“现在就我们两人，说说有什么关系。”

“我不说，太不仗义。”

“我看你脑袋里也装满了腐朽。不说不说了。”

此时，陈锐敏自然能领会到龚雅竹眼神里的含意。没办法，现在不是顾及刘建平感受的时候，本来也回避不了这个问题。

“我说嘛，龚秘书的思维就是不可小视。”陈锐敏接过话。“我和刘兄也商议过，觉得这是个突破点。”

刘建平说：“都想到一起了。童院长与嫂子的事我多少知道些，能不能请雅竹提示下嫂子，让她承认与童院长的关系？外面的事我和锐敏兄抓紧办。”

“好，我劝劝黄医生。”龚雅竹郑重点头。

“还有，既然摆明了他们的关系，将童院长一并救出的可能性会有吗？我怎么看他也不像你们所谓的‘大鱼’。”刘建平又提出一个新问题。

龚雅竹说：“如果童院长在那个组织里并非要员，脱困可能性就大些，而且还有个办法可以试下……”说罢，要伸手从柳艳梅面前挪回自己的餐盘，被后者一把摁住：“又说半截话。说，什么办法？”

“你不是一天到晚像无头苍蝇似的到处找新闻吗？面前就这么大个新闻，柳大记者莫非老眼昏花看不见？你以为真叫你来吃西餐打牙祭？美得你，松手。”

被龚雅竹一顿呛，柳艳梅懵懂地看看刘建平和陈锐敏。瞬间三人都明白了。陈锐敏击掌道：“此计甚妙。刘兄以为如何？”

刘建平略显迟疑：“既然你们都觉得可行，不妨一试吧。”

“好个龚大小姐，你这女娃子心机太深了呀，原来是叫我来做事的。”柳艳梅用手指戳了下龚雅竹额头。

“你不愿意？还是不敢做？”龚雅竹切着牛排问。

“我巴不得能帮上刘大哥、秋月姐的忙，有啥不敢？本小姐现在就写，汝可立等。”柳艳梅做着就要在提包里取笔和本的样子。

陈锐敏捂嘴冲刘建平窃笑道：“刘兄，我们两兄弟何其幸也，遇上两大才女咯。”

“呸，我才不当才女。本小姐只愿是个大美女。”柳艳梅一瞪陈锐敏，大家都被她逗得哈哈大笑。连刘建平也难得地笑出了声。他知道，这是他们三人有意要他放轻松点，心中的暖意更多了些。

事情大致有了眉目，四个人这才抓紧吃东西。边吃着，龚雅竹又含蓄叮嘱柳艳梅，此则“新闻”需得把握好了方寸，否则也许会惹来麻烦。柳艳梅早已不是初出茅庐，自然心领神会。不过后来在刊发这则新闻时还是遇到了些小麻烦，原因正是她追求的那位欧阳副主编不同意登载，说内容敏感。禁不住柳艳梅一再纠缠，又几经修改，总算在第三天，一则题为“人心惶惶咄咄怪事，医院院长护士长无故失踪”的新闻稿在《新新新闻》上登出。新闻稿报道了两位医者失踪的事实，对可能是因为被当局密捕作了隐约的猜测。新闻稿对童杰当年放弃留美优厚待遇，毅然回国参与救亡的义举，以及黄秋月抗日烈士遗孀的身份着重渲染了一番。新闻一出，一时成为街谈巷议的热门话题，自然也有些读者将其视为了一则准花边新闻。好在刘建平母亲大字不识，小英子也一点不曾听闻，自始至终竟然对这条新闻一无所知，这是后话。

陈锐敏是一大早赶到陈思昆家的，向干爹说明了刘建平嫂子被抓，想请干爹出面帮忙的事。陈思昆一口答应，还说事不宜迟，时间就定在当晚，没等陈锐敏告辞离开，就写好了请客的帖子，吩咐人赶紧分头去送。

天刚黑尽，客人们前后脚进了陈公馆。大家入席后，陈思昆举杯简略致辞，大意是说，端午将至，略备薄酒，邀几位哥兄老弟一聚。

客人中，王魁盛自然知道这顿酒宴的真实目的，但也不点破。蔡文广在前次营救陈家小姐、又以粮食抵押贷款后与陈思昆已然多有来往称兄道弟，此番受邀，此时摆出一副要专心享用美酒佳肴的劲头，连连说着不胜打扰之类的客套话。但坐在他斜对面的刘建平心里明白，对蓉站昨天在绍聪诊所的行动蔡文广不可能毫不知情。而穿戴规整，作古正经的市长邓季粟反倒是真的可能对陈思昆酒宴后面的用意没做更多寻思。

大家对刘建平在席一点不奇怪，因为人家救过晖岚小姐，陈思昆宴请他，自在情理中。

酒宴进行得很热烈。刘建平和陈锐敏以晚辈身份频频殷勤敬酒，直把王魁盛、邓季粟、蔡文广喝得豪情万丈。

酒宴过多半，晋碧惠提议，让男人们继续吃喝，她与几位姐妹不如到后面亭子里松散下，且听几支月琴小调，她今晚专门请了一位在省城颇有些名气的师傅来为大家助兴。几位夫人齐声叫好，说早就受不了男人们的烟熏火燎。

待夫人们离去，陈思昆也很快将话题转入“正题”。

“建平，这么大的事，为啥不给我说？”蔡文广首先不悦地责怪起来。“还要劳烦思昆兄来说。这几日我回了趟老家，此事竟一无所闻。但设若你早些言语一声，我出面，未必就把事情弄不清楚？”

刘建平难为情地笑笑，不做解释。

陈思昆忙说：“这事不怪建平老弟。请大家端午小饮一叙是我早已定下的，只不过恰好今天听闻了他家里出事。”他起身走到刘建平身旁，一只手放在刘建平肩膀上，“刘队长是我陈家的恩人，冒死救过晖岚。有恩不报非君子。不晓得就算了，既然晓得了，我就要抹下老脸皮，替他拜请你们几位，搭把手，想想法，救出他嫂子。一切支应所需，由我来办。”说完，他缓缓扫视着那几个沉默不语的“大脑壳”。

刘建平赶紧起身，向陈思昆和其他人弓腰拱手致礼。

“思昆兄，不必着急上火，大家一起商议商议嘛。多大的事？”王魁盛打破了沉默。

听闻堂堂王司令有此言，邓季粟和蔡文广紧绷的面皮也松弛下来，附和着说：“对对，商议商议。”

五十一

或许是有感于陈思昆表现出的仗义，或许是出于对刘建平的赏识、同情，又或许是各自掂量分析后，得出了童、黄二人绝非党国重犯、要犯的结论，事情并非不可为，做个顺水人情也没啥关碍，又或许是“三杯吐然诺，五岳倒为轻”的缘故，总之，王魁盛、邓季粟、蔡文广都乘着浓浓的酒意拍胸口，一定出面向徐耀庭说话，共同施压，让其尽快解套放人。

另外，该疏通打点的还需抓紧办。这方面蔡文广显得也很豪爽，主动说：“兄弟的三姨太和徐耀庭的夫人平常爱凑在一起搓几圈麻将，走得近些，倒不妨走走这条路子。徐耀庭在乎他夫人是出了名的嘛。至于高进，我亲自找他说话。”

“如此甚好、甚好！文广兄与那边交道多些，不妨再想想，还有何人需要打点疏通，你说，让锐敏列个单子。”陈思昆生怕端着贡品找不着庙门。居然又对陈锐敏说：“对了，你那个姓龚的军校女同学，带家来过的，我看人不错，也打点拜托下，看能不能给他们站长过上话。”

陈锐敏有些尴尬，看眼刘建平，勉强点头：“是、是。”

随着商议的眉目越来越清晰，大家的酒兴又热起来。边吃喝边商议，似乎问题已然不是问题。陈思昆不停劝慰着刘建平放下心，该吃吃，该喝喝。临告辞，陈思昆又执意往刘建平兜里塞进一张支票，让他自己也想法去疏通些关节。后来，陈锐敏又告诉他，对王、邓、蔡三位的夫人，干爹也送了厚礼，还专门给蔡文广另加了一份礼。这样做的目的是要那些女眷督促自己的男人兑现承诺，施与援手。刘建平内心对这位古道热肠的长者充满感激。

随后两天，刘建平心中像压着块沉甸甸的石头，却一刻没闲着。老孙不在，酱品作坊老张那边按老孙的要求，也暂时停止了联络，就是能联络，恐怕他们也帮不上忙。手下的“三剑客”，照例是小和尚李为成跳得最高，闹着要硬闯“小洋楼”救出嫂子，游方德和王大兴也随声附和，自然被刘建平三言两语“弹压”下去。现在，只有靠他自己解决当前的困局。

“四大监”那边，他安排游方德出面去打点一位在里面当个小头目的同乡，一方面尽可能多套点消息；另一方面关照着童杰，尽量让他少遭罪。童杰参与过救治卿松。刘建平叮嘱游方德，在那位同乡身上多花些钱，务必在第一时间掌握审讯童杰的情况，以便做好应变准备。又在帝都饭店大张旗鼓地设了两次酒局，请了些平常有些交道的各色人等，拜请他们帮忙想办法。尽管他明白作用不大，只是必须要有这个姿态，做给徐耀庭他们看。更多时候还是陈锐敏陪着他，在陈公馆等候各路消息。

三人中，蔡文广表现最积极。陈公馆赴宴的第二天晚上，他就以三姨太的名义邀请了徐耀庭夫妇到府上一聚。其间就说到了自己的属下刘建平嫂子黄秋月的事。据蔡文广在电话里向陈思昆言，徐耀庭表现得很理解，但也为难，不过答应尽快查明案情，如无问题，立即放人。蔡文广特别说明，已经通过三姨太以一支稀罕的玉簪向徐耀庭的夫人汪芝芬表示了“意思”，汪芝芬满口答应会在丈夫面前说话。

王魁盛也难得地主动“拜访”了徐耀庭，直言：“那个童院长究竟是个什么身份我不管，人家黄医生不过是随未婚夫一起去串门，也被扣下，未免小题大做了吧。别忘了，她可是抗日国军的遗孀。”

又特别强调："我知道你们一直放心不下刘建平，但在没有拿到过得硬的证据前，有些事办起来还是要讲个分寸吧？他官不大，名气却不小，现在也算自家人。另外嘛，我与陈思昆的关系，徐兄想必是清楚的。就冲他救过晖岚，这事我说几句话，你不会东想西想，以为我干扰你们办案吧？"

徐耀庭用郑重的语气同样表示，非常理解王司令的关切，我们一定尽快查明事实，绝无有意为难刘建平的意思。

邓季粟虽挂着市长头衔，但他清楚，在徐耀庭眼里，自己就是个摆设。所以，他只在电话里很客气地向徐耀庭表示，刘建平当上刑侦队长后，在维护地方治安上出力颇多，自己十分赏识刘建平的才干。此次刘建平拜请帮忙，实在不好推辞。同时也觉得他的嫂子黄秋月，纯属是因为未婚夫的原因才误打误撞去了绍聪诊所，想来应该没啥危及党国的利害关系，所以自己才不揣冒昧，打个电话了解下。徐耀庭在电话里一个哈哈接一个哈哈，三言两语"客气"打发了事。

综合以上汇拢来的信息，刘建平和陈思昆、陈锐敏反复揣摩分析，一时觉得问题并不大，起码黄秋月应该很快解套；一时又觉得徐耀庭在玩把戏，没句实话。

这天上午，刘建平直接去了"小洋楼"，向门卫提出想面见徐长官。门卫表示，徐长官已经交代过，今天公务多，一律不会客。刘建平提出想见下黄秋月，也被婉拒。他表面镇定，心中那块石头却不断加重。母亲已经问过几次嫂子什么时候回家，他都以医院里忙脱不开身搪塞过去。

刘建平悬着胸口那块石头又去了陈公馆。刚浅饮了几口茶，与女主人晋碧惠没说上几句话，陈思昆就急匆匆回府了。换了件家居服，边扣纽扣边跨进正厅门，说："建平啊，我估计着你会来，所以抓紧处理了些杂务就往回赶，还是晚到一步，失礼了！"向刘建平拱拱手，招呼他坐下说话。

正说着话，陈锐敏也到了。上午上班不久，他总算把龚雅竹约出来匆匆见了一面。得到两个消息。一是无论龚雅竹如何劝导，黄秋月对自己与童杰是否是恋人关系一直拒绝表态。说这是自己的私事，不想与其他人计议。不过她真诚地感谢了龚雅竹的关照。二是徐耀庭稍后可能还要找刘建平谈谈。所谈内容，大概还是要让刘建平再劝劝黄秋月。

"一泡屎，拉出来，才晓得是干是稀。此话，话丑理端。能谈，就是好事。"陈思昆捋着山羊胡说。

三人正揣摩着徐耀庭在玩什么名堂，墙角的电话机响了。陈思昆亲自接起。

电话是蔡文广打来的，找的人却是刘建平。

“老蔡急着要见你，抓紧回局里吧，就不留你吃午饭了。”陈思昆放下听筒又对刘建平说。“有啥情况，我们晚上再碰头。”

蔡文广拉着刘建平在办公桌左边的两把太师椅上落座，显得很急切、亢奋：“这几天我是变着花样找徐耀庭，缠着他说你嫂子的事情，现在事情总算有些眉目咯。”

刘建平拱手致谢。又给对方敬上支烟。

“高进这个龟儿子，假巴意思，半推半就收了好处，嘴巴上说会向徐长官进言，我看啊，指望不大。”蔡文广向刘建平赴过身来，“老徐刚才主动来电话了。他说从目前掌握的事实看，虽然不能完全排除你嫂子的嫌疑，但问题应该不大，可以保释……”他留意着刘建平的神情。

刘建平腾地起身，对着蔡文广深施一礼：“局长，大恩不言谢，容建平日后慢慢报答！”

蔡文广似乎等的就是这句话，要的就是刘建平此时的感恩戴德的表示。“建平，你我之间何需客套，互相帮衬是应该的嘛。说不准老哥哥还有请老弟搭把手的时候。”他虚扶了下刘建平，待对方重新坐下，才缓口气，说，“不过，他们开出的条件，有点这个、这个……”

“不就是保释金吗？或者要什么人出面作保？”刘建平问。

“这两样自然不会少，但也不难办。大不了我出面作保，再不然加上王司令，面子够大了嘛。”

“那他们还开出了什么保释条件？”

蔡文广斜视着刘建平，好半天才一个字一个字说道：“他们要你嫂子与童杰院长，立即举行——婚礼。”

刘建平脑子里“嗡”的一声，受过伤的眉骨一阵刺痛，两眼茫然地盯着蔡文广。

二人对视着，没话说。过了会儿，还是蔡文广先开了口：“建平啊，这两天关心童院长和你嫂子的人很多，全市医院的医生护士向省政府和市政府递了联合请愿的状子，一些慈善组织也闹嚷着要政府拿话说，因为慈济医院就是他们出钱办的。加之报纸上也出了新闻，来凑热闹，明里暗里替童院长、黄医生鸣冤叫屈，向政府施压。我估计徐耀庭那只老狐狸快招架不住了。不过，他也是耗子钻风箱——两头受气，实在也有苦衷。绍聪诊所一案，他们已然报上去，上面下令深挖严查实办，如果就这么简简单单把人放了，对上无法交代哦。”

“为什么要他们立即结婚呢？”刘建平摸着眉骨上的伤疤。

“徐耀庭说，如果要放人，理由只能一条，童杰是因为要带未婚妻去介绍给同学朋友认识，所以二人才去的诊所。让他们尽速结婚，是要向各方证明，童、黄二人确系恋人关系。如果不结婚，他们就没理由这么快放人，就可以慢慢核查。”

蔡文广略一沉吟，又说：“建平啊，虽然他们开出的条件确实有点稀奇古怪，但仔细想想，好像也合乎情理。况且，童杰自己也承认了与你嫂子之间的恋人关系，这婚事早办晚办都是办，我看这条件，可以接受，不仅救了你嫂子，连童杰也化险为夷。他可是我们省城医学界的青年才俊，如果出不来，我都觉得可惜。此外，真没其他路子可走了。”

刘建平此时已然恢复如常，挤出点笑：“局长的见识我向来钦佩。既然如此，就这么办吧。”

蔡文广一拍膝盖：“只要你想通了这个道理就好。”他又捋捋八字胡，“现在只剩一个问题了。据高进说，你嫂子到现在还一句话没有，更不要提承认与童杰的关系。这就不好做下文咯。”

“我去给嫂子说。”刘建平神情笃定。

蔡文广颔首道：“嗯，老徐也有此意。他让你下午三点半去趟‘小洋楼’，要亲自把一些事情交代下。还专门让我和高进也要参加在场，说什么你是我警局的人，最好还是当着我们两个局长的面把事情摆清楚。无论如何，你务必说服黄医生，该配合还是要配合的。”

五十二

在陈公馆吃罢晚饭，刘建平匆匆赶回家，在院坝里摆好竹椅、小茶几，又叫小英子沏好两碗盖碗茶放妥，这才搀扶来母亲坐下，说是要一起赏月。他将铜烟袋装上烟丝，取来纸捻点燃，吹熄明火，递送到母亲手里。刘李氏不作声地接过。

明天就是端午了，当空的月亮正圆，光洁如洗。皂角树、核桃树的枝叶在习习微风中沙沙作响。小英子带着果果在厨房为明天要包的粽子做准备。

“有话就说，有屁就放。”刘李氏不冷不热丢出一句话。

刘建平心头“咯噔”一下，难道母亲察觉了什么？他抬头看着月亮，没搭腔。

“没见过这么圆的月亮？”母亲有点不耐烦。“我就晓得你有话说。看你娃儿还要瞒我多久。”

“是啊。好久没见这么圆的月亮了。嗯，就该这么圆。嘿嘿。”刘建平干笑两声。“妈就是精明过人。我真有事要禀告。嫂子和童院长要结婚了。”

“哐当”，刘李氏的烟袋落地，愣在竹椅上。“你、你说啥？再说声、再说声。”

刘建平拾起烟袋，凑近母亲耳边：“嫂子、黄秋月，和童杰，那个童院长，要结婚咯。你老人家高兴吧？”

“真的？你不是哄妈？”刘李氏站起身。

“我敢拿这件事开玩笑？真的、真的。日子他们都自己定好了，就后天，农历五月十六。”刘建平笑嘻嘻地说。

“哦哟，妈呀，这是天大的好事啊！你还瞒我干啥？”刘李氏在原地打个转。“秋月呢？她咋不给我说？不好意思？这有啥不好意思？童院长，好娃儿，有出息。他们两个的生辰八字我先前是找先生看过的，相生得很哦。我还担心人家看不上秋月呢。你刚才说啥？后天？咋这么急？这事要赶紧、赶紧铺排，免得手忙脚乱的。”又打个转，“嫁妆行头、婚房布置、酒席、请客的帖子、雇花轿，这、这……啥都没准备啊。”

刘建平看着又喜又急的母亲，月光下的脸上依然保持着笑微微的模样。他确定母亲并未知晓黄秋月目前的真实情况。

“秋月人呢？这么大、这么急的事，也不给我商量下，到底不是亲娘啊。”稍微平静下来的刘李氏有些不悦。

“妈，这你就错怪嫂子了。她和童院长确实太忙，前面转回来好多伤员在他们医院呢，军队医院容不下。我明天就去接她回家。婚礼时间是童院长定的，嫂子先不同意，说还没征求你老人家的意见。是我代你老人家答应下来的。急是急点，不过也算了了你一桩心事嘛。”刘建平语气和缓地解释着。

“婚礼的事你老人家也别操心。房子，童院长在医院里是有的，客人嘛，我心头有数，除了我们家在城里有走动的亲戚，其他的不外乎就是他们彼此的同事、同学、朋友，当然，我也有些兄弟伙要请。我已替他们在帝都饭店定好了酒席，如果嫌闹，你就在家待着。婚礼结束后，我们一家人再在家里吃顿饭，算是行个家礼。童院长和嫂子是新式人，讲究一切从简，我看也好。”

“火碳落脚背啦？这么急。你们该不是还有事瞒着我吧？”刘李氏还是觉得心头不踏实。

“妈，不是我说你，你老人家管好家中大事就行了，这些细枝末节，你何必操那么多心。童院长这么急，自然有人家的原因，我们咋好多问？反正你都认定他是个好人，嫂子跟他一起，你不是也放心吗？”刘建平轻言细语地继续开导着母亲。

刘李氏借着月光，仔细打量下儿子，似乎找不出他话中的破绽。“太急咯、太急咯。”她嘀咕着。

刘建平悄悄长舒一口气——母亲这一关总算暂时过去了。

今天下午三点，刘建平在徐孝凡的引领下，准时出现在徐耀庭的办公室。徐耀庭，还有蔡文广、高进已经在等着，正在说什么好笑的事情。

刘建平落座后，双方没有多客套，直奔主题。

徐耀庭说：“建平老弟，事情如何办，蔡局长应该给你交代了。不瞒你说，为你嫂子的事我这里还真没少花脑筋啊。”

“是啊是啊，我都难得见到，为放个人，徐长官竟然这么为难。怕你不理解，这不，还专门把局长和我叫上，要给老弟再解释解释。”高进接过话茬说。

“都是自家人，想必老弟能理解我的苦衷。那个办法，你觉得可行？”徐耀庭和蔼问道。

不等刘建平表态，蔡文广抢着代为回答：“可行，当然可行。建平晓得这里面的利害关系，对吧？”

见刘建平点头，徐耀庭如释重负般喘口气。“那就好。如此一来，总算上下左右大家都有条路子走了。说实话，我还担心老弟不乐意呢。其实换个思维想，说不定我们这样处理，还促成好姻缘一桩。那童院长和黄医生，一个是白面书生似玉郎，一个是高雅脱俗比酥娘，般配至极嘛，啊？哈哈哈。”徐耀庭开怀大笑起来。

“耀庭兄真是菩萨心肠哦，嘿嘿……”蔡文广也干笑道。

“现在的问题是，黄医生始终没有一个明确态度，这可不行啊。”高进说。“建平老弟，你要再亲自劝劝她，把道理讲清楚，不然，徐长官、蔡局长就真是活菩萨，也帮不上忙。”

“让你们几位长官如此周折费心，建平很是不安，一并道谢了。我嫂子和童院长本来就合适，家母也很认可童院长，上次高副局长在我家做客时一定也看出那个意思了。几位长官放心，我一定劝嫂子不要有什么顾虑，和童院长好了就是好了，婚礼早点办也没啥不可以。”

看着刘建平一脸诚恳，一本正经，徐耀庭脸上的笑容有些僵硬起来，眼中闪过一丝失望。“建平老弟，还有句话我要交代清楚。为了避免外面不懂事的人胡说八道，我也少些啰唆解释，这婚礼还要尽量人多热闹些，场面要大些才好，对了，还要像那些有身份有局面的人户那样，在报纸上登个诸如新婚志喜之类的告示，明白？”

“报上登个婚讯，简单，我安排警局后勤科的人去办。”高进附和道，“至于整热闹点，也不费事。把该请的客人都请到就是，我是肯定要去讨杯喜酒吃的。地方嘛，我看就定在‘帝都’，那里气派。”

刘建平很用心地边听边点头。

刘建平是在龚雅竹在场的情况下，再次与黄秋月见面的。看着身穿白衬衣，面色略微憔悴，却依然保持着平静如常的黄秋月，刘建平心中又一阵酸楚。

听刘建平亲口说要自己承认与童杰是恋人关系，还要尽快举行婚礼，黄秋月猛然起身，瞪大眼睛直视着刘建平，就像不认识面前这个人一般。

刘建平回避着黄秋月的目光，却不经意地带着点求助的意思望了下龚雅竹。龚雅竹似乎很理解，接过话头劝道：“黄医生别急，请坐下。我也给您提过这件事，可能、可能话没说透，您不太相信。现在刘队长在，慢慢听他说好吗？坐下吧。”

黄秋月坐下，视线却并未从刘建平脸上移开。

刘建平整理下思路，说：“嫂子，你和童院长只是去老同学家串门，却刚好碰上人家在抓人。如此一来，肯定也背上很大嫌疑。童院长已经被关在‘四大监’，而你的情况一时半刻也说不清，麻烦是不会小的。好在外面很多朋友肯帮忙，为你们说话、担保。就是龚秘书也出了力的。”说到这，刘建平迅速观察下黄秋月，发现她已经不像刚才激动，似乎在认真听。便接着说道：

“徐站长虽然有心放一马，但职责所在，对上对下都要有个交代，他也是万般无奈，自有苦衷。你不承认与童院长的那种、那种关系，不马上举行……婚礼，徐长官他们没理由放人啊。不仅你回不去，童院长也吉凶难测……嫂子，你好好想想，童院长一直对你很关心，连妈都说他是个好人。你不想救他？”

刘建平慢腾腾掏出烟盒，很费劲地捻出一支，叼在嘴角，又在身上摸索着火柴，似乎找不到了。龚雅竹像变戏法般，递给他一盒火柴。

趁着刘建平点烟，龚雅竹也说话了：“是啊，黄医生，刘队长讲的这些都是实情。那么多人在帮忙，别枉费了大家的好意。”她迟疑下，“我觉得，先答应下来。人出去，安全了才是最要紧的。”

黄秋月用有些诧异的眼神瞅了龚雅竹一眼，又望向刘建平。刘建平肯定地点点头。

黄秋月紧抿的双唇松弛了。盯着刘建平，淡然道：“我明白了。好吧。”

“你同意就好。”刘建平微笑下。“徐长官说了，让我明早来接你。婚礼后天举行，我会准备妥当的，放心。”

“后天？看来你们是什么都排定了。”黄秋月略带讥讽地一笑，随后提出一个问题。“结婚是两个人的事。我倒是同意了，那边童院长的意见呢？他同意吗？”

刘建平一怔，转头瞄一眼同样有些发愣的龚雅竹。“他不会不……同意吧？这样，我马上去见他，他一定会同意。”刘建平的态度从迟疑转为肯定。

当他再次提出要见徐长官并且很快见到后，向徐耀庭转述了黄秋月的疑问。

“他会不同意？”徐耀庭同样很惊讶，觉得这不该是个问题。“童院长不是亲口表白他喜欢黄医生，在追求她吗。他会不同意结婚？”

“喜欢、追求，不等于同意马上结婚吧？”刘建平客气地说。“虽然我料想童院长会同意，不过毕竟是件大事，我还是去见他一面，把该说的说清楚，也要他有个思想准备。请徐长官允准。”

“准、准，赶紧去。”

狱警把童杰带进房间时，刘建平迅速打量了一番。一只眼镜片破了，胡子拉碴的脸上有块淡淡的瘀青。游方德曾向他转述自己那位同乡的话，在拜托同乡关照之前，童杰刚到“四大监”时，因为不满意发馊的饭菜，大声怒骂，被一个狱警敲了一警棍，估计那块瘀青因此留下。不过从总体看，他应该还没受过重刑。

对于马上与黄秋月举行婚礼这件事，童杰最初的反应还以为刘建平在开玩笑，有些气恼地责怪道：“你是不是担心我坐了几天牢，变迟钝了？拿这种事来试探我思维正不正常。”待听完刘建平平心静气的解释后，他倒真有点发蒙，不知所措。

“怎么会这样？秋月会同意？她真的会？不会吧？”童杰连连发问。

“她同意。”刘建平看看站在旁边的狱警，加重了语气，“童院长，你也要同意！”

童杰不停地搓着双手，又是摇头又是点头，最终点头答应。

五十三

第二天一大早，刘建平借局里的吉普车，把黄秋月接回家。车一开动，刘建平就抓紧教她如何应对母亲的说辞，当然，另外还有好多事也要交代。

“昨天我去见了童院长，他同意了。我和他商量定，你们婚后就住他在医院的住所。今天他出狱后，别的事情不需管，主要是把屋子收拾打整好，该添置的马上添置，再考虑下他要请的客人，起码医院里的同事能去的都请上。他父母在内江，肯定是赶不上婚礼了。你父亲又远在雅安，也来不及通知，只有以后寻个时间走动走动吧。我们这边的亲戚在城里的不多，我只好把局里的弟兄叫上。徐耀庭他们要求热闹点，就是他们不要求，我觉得也该热闹下，凭啥不热闹呢？当年你和大哥的婚礼就太简单了。这次我们把婚礼定在帝都饭店举行，好好热闹热闹。那里的一应事项都由陈经理安排人帮忙料理。昨晚我在他家吃的饭，他听说这事后很高兴，执意要帮忙，这回多亏他了，出钱、出力。我的意思，妈明天也别到场了。‘帝都’的事办完，看是不是晚上在家里一起吃个饭。这事等会儿回家你和妈再商量。你自己也要准备准备。果果的事我也和妈说好了，就不跟你过去了……”

“你有完没完啊！”黄秋月突然爆发。“你们是非要把我嫁出去才甘心吗？还热闹热闹，你们考虑过我的感受吗？好好，我都听你们的，就是求求你，不要在我耳边啰唆废话，我听够啦！”说完，扭头向着车窗外，泪水无声流淌。

其实刘建平自己都厌烦自己的多话，但不说话，又憋闷得慌。经黄秋月一通怒呛，才似清醒过来，不再吱声，径直开车回家。

进了院门，黄秋月已恢复平静，笑微微地抱起果果，在红扑扑的脸蛋上亲了又亲。和女儿亲热够了，才开始按照刘建平所授套路，应付起刘李氏一连串的问题，居然也没露出破绽。刘李氏反复念叨着：“真是火碳落脚背啦。”但也没更多别的意见，毕竟这是她一直期望着要办的事。

刘建平顾不得在家吃饭，转身又出门忙去了。虽说是新式婚礼，但毕竟时间太紧，饭店那一块还有不少事情要确定下来，一些重要客人需他亲自送帖子，童杰那边他也必须再去一趟，交代一些细节。他真心要把黄秋月的婚事尽量办得妥帖、体面。

直忙到天黑，刘建平才又赶回家里。一家人已经在等他吃晚饭。游方德和小阳也在。

“今天你们几个娃可以吃几杯酒，就当是提前庆贺秋月了。我也吃一杯。”刘李氏兴致很好地提议，让小英子抱来一坛子泡酒。

刘李氏执杯在手，有话说。大家都安静地等着，包括果果。

“秋月自小我就喜欢。她进我们刘家门时间也不算短了，我们婆媳相处得这个好啊，让别人家都羡慕。建安走后这些年，我更是把她当亲闺女，她也把我当亲妈待。”说到这，老太太有些动情。稍停片刻，才又接着说，“秋月啊，不是妈要撵你走，你还年轻，老是一个人过总不是长策。这下好了，你和童院长在一起过日子，妈是真心为你高兴。童院长是个好人，有本事，有出息，跟了他，妈放心。明天我就不去凑热闹了。来，妈先给你道喜。大家都把这杯酒干了。”

一干人学着刘李氏的话纷纷向黄秋月道喜敬酒。

万不妨果果也端起饭碗作酒杯：“妈妈，我也给你道喜了，干杯！”

刘李氏笑着一把抱过小女孩，两滴混浊的眼泪却溢出眼眶。

“这是为啥呢？”游方德重重放下酒杯，双手抱头突然闷声冒出一句。

“好好的，咋说这话，德娃？”刘李氏不解地问。

“你是喝多了？”一旁的小英子在游方德臂弯上打了下。“脑壳发昏说胡话了？”

“我是说，嫂子这事办得太、太快了。我都没准备好送啥礼物呢。”游方德知道自己刚才失态说了胡话，赶紧挤出点笑敷衍道。

“以后呢，你和小英子的婚事就不要办得匆忙哦。”平常话少的小阳也很见机地打着圆场。

“对对，你们两个可不许给我弄那个啥、啥，就是你们爱说的‘突然袭击’。”刘李氏用筷子点点游方德和小英子。“不准像大嫂，这么大的事也不提前吱声腔。”

“都听干妈的，嘿嘿。”游方德这次是真的笑容满面了。

“我说过要嫁给你吗？就凭你颠三倒四说胡话的傻样，还不一定呢。”小英子又推搡下游方德。自从游方德在家养伤后，二人的关系已越发亲密，也敢在众人面前斗嘴打趣了。

黄秋月勉强吃了个粽子，放下筷子，说：“妈，你们慢慢吃，我回屋还要收拾些东西。”

刘李氏望着黄秋月的背影消失在门外，又用有些疑惑的目光看刘建平。二儿子却并不理会，正把一杯酒倒入嘴里。

黄秋月一走，大家都默然不响了。刘李氏感觉气氛不对，说：“一个个像霜打过的茄子，咋都没精打采的呢？秋月办婚事，你们不高兴吗？我们家该是有好久没高兴的事咯，哎！”

“高兴啊！”刘建平笑呵呵地说。“你们几个盯着我干啥？难道我不高兴吗？”

“高兴、高兴。来刘哥，我敬你一杯，这两天真是把你辛苦了。”游方德与刘建平碰杯。

“二表哥，我也敬你。哥，你也来，我们一起敬二表哥一杯。”小英子向小阳提议道。说着话，眼圈却有些发红。

就在一小时前，游方德刚进家门，小英子瞧个空，把游方德拉进自己房间，当着自己的哥哥小阳，劈头盖脸就问：“大表嫂咋就要嫁给那个姓童的眼镜？二表哥咋办？你给我们说实话，究竟是咋回事？急死人咯！”

“啥叫二表哥咋办？”

“你少给我装瓜儿！你不晓得二表哥心头苦？还有大表嫂，今天就没看她露个笑，那神情，哪个看了哪个心里发酸。”

“我有啥办法？这都是被狗日的‘小洋楼’那些人逼的。连刘哥都莫法呀。我这心口还填了沙埋了土，堵得慌。”

“你说啥子？哪个逼的？”

“哎呀，你们就不要东问西问了。说了你们也不懂。给你们打个招呼，刚才我说的话，万不要对干妈说半个字。”

小英子两兄妹被游方德的话唬住了，虽然并不清楚事情的原委，但都明白了二表哥和大表嫂的无奈，心里更为平常待自己如亲妹子、亲兄弟的哥哥、姐姐难过。

刘建平又赔着笑脸和一桌人喝了几杯酒，实在坐不下去了，对母亲说：“我到嫂子那里去下，明天的事还要给她交代几句。”

刘李氏忙说：“对对，这一摊子事都是你在办，我又帮不上忙。虽说是新式婚礼，该讲究的礼数还是要的，免得人家看笑话。”

刘建平进到黄秋月房间时，后者正坐在床头面对一堆衣物发呆，脚边是打开的楠木箱，很大。刘建平知道，从小到大，这口箱子一直伴随在黄秋月身边，是当年她离家时父亲瞒着后妈为她置办的唯一家当。见他进来，黄秋月才下意识拿起一件衣服整理起来，不搭理人。

刘建平移步到书桌边，不请自坐。他记不得已有多久没踏进过这间房，此时倒慢慢扫视了一遍，最后将目光停在了身侧的书桌上。书桌垫着红色绒布，上面摆放些相片，用整块玻璃压着。刘建平一一端详相片。有这一家子的合照，有大哥和黄秋月与母亲的合照，那是他们结婚当天请相馆的师傅到家里照的。有黄秋月抱着刚满周岁时的果果照的。更多还是以前刘建安率领的一帮年轻学子郊游时的合影照。那张张洋溢着欢快笑意的青春脸庞，是那样纯净、青涩，又仿佛带着些微迷茫。其中一张合影照，背景是锦江河边的望江楼，大哥和他都穿着军装。刘建平自然记得，那是大哥临出征前线时照的。照片上笑得最开心的无疑是站在正中央的大哥了，因为在他身旁是腼腆而带着丝忧伤微笑着的黄秋月，第二天他们俩就将拜堂成婚。在黄秋月、刘建安身后站立的是刘建平和他最要好的同学、朋友巫家栋，同样咧嘴笑着。

刘建平闭上眼，不忍再看。他又嗅到房间里一阵淡淡的消毒药水的味道。他心中有些乱。见黄秋月还是不理会自己，只好先开口了。

“对不起。”

“你好像就会这一句话。没事，我认了。”黄秋月的声音就像从冰窟里发出，带着浸人的寒意。

“你这样说，我更不安……”刘建平垂下头。“实在没别的法子了。我也不想……这事的确突然了些。”

黄秋月停下手里的活，悄然叹口气，说：“不怪你。怪我自己，没听你的招呼，还是跟他去了。所以说，这是命。”

“好在童院长人不错。你也说过，他是好人。你跟他，我、我们都放心。”

“我是说过他是好人，但我没说过要嫁给他……不说这些了。反正我也做不了主，你们都安排好了的。本以为会在这个家待一辈子呢，终究还是留不下……”

刘建平听得此话，眉骨上的疤痕又是一阵刺痛。默然片刻，换了个话题：“以后你和童杰一举一动务必要小心些，他们不会就此作罢，肯定会监视，不能给他们一点把柄抓。”

黄秋月点点头，又开始整理衣物。见刘建平垂着头，似乎找不到什么要说的，又似乎还想说点什么。便舒缓了语气，说：“好了，别尽说我。说说你吧。我的事算了了。你呢？总不能打一辈子光棍，还是抓紧给果果找个‘好人’当二妈吧。”

刘建平感觉到了黄秋月语气的舒缓，甚至是无奈的调侃。也便自嘲笑道：“我一个人野性惯了，可能还真不适合过小日子。就这样吧。”

“妈还急等着抱孙儿、续香火。你不是孝子儿吗？以后就听老太太天天催念吧。要不然我再在医院看看有没有合适的？对了，我看那个柳记者对你很有好感的。呵呵，你肯定又觉得不合适。”黄秋月自笑着摇摇头。还没等刘建平接话，又想到一个人。“那个龚小姐人长得漂亮，待人接物好像很有分寸，倒是应该对你的脾性。咳，可惜干的是那种差事，虽说这几日她照顾我很周到，但毕竟知面不知心，不合适。”

“淑兰的事好不容易才收场，别再耽误其他‘好人’了。”刘建平冲黄秋月拱拱手。“再说，陈锐敏正追着龚雅竹。岂止不合适，完全就是不行嘛。你怎么越来越婆婆妈妈了，一天到晚就着急着给我介绍堂客，高抬贵手饶过我吧。”

“你们不是也急着要把我嫁出去吗？哎呀，咋又说这些了。不说了、不说了。”停顿一会儿，黄秋月接着道，“妈上了岁数，秀娟走后，她身体一直不太好，你不要惹她生气哦。”

“我晓得。你以后还是要经常回来看她。再说，还有果果在家里。”

“我还是想把果果带到医院……”

正说到果果时，小女孩一掀门帘已经跑进屋来，先是弄乱妈妈刚收拾好的衣物，后又去翻箱子。两个大人也不理会，继续着看似逐渐轻松的话语。

“哇！好漂亮的石子儿！”果果手里拿着个玻璃瓶，里面是色彩斑斓的小石子儿。“妈妈，你啥时候有的，都不给我玩。”

黄秋月有些不知所措，愣在那里。刘建平看得分明，一时之间眼睛也似乎定在了玻璃瓶上。这不就是自己多年前送给她的吗？他还记得，为寻找这些石子儿，自己足足在烈日暴晒的河滩上刨腾了两个下午。因为拣这样的五彩石，就须得在阳光烈焰下，方才易于寻获。

“妈妈，这是哪来的？是你小时候玩的吗？”小女孩两眼盯着玻璃瓶，嘴里发着问。

“是的，是妈妈小时候玩的。一个小哥哥送我的……”

“妈妈，你怎么在流眼泪？舍不得给我玩吗？”

黄秋月慌乱地抹抹脸颊，冲女儿笑道：“不是妈妈舍不得。是放的时间久了，忘记了。你喜欢，就拿去玩吧。别弄丢了。”

“我拧不动瓶盖。二爸，你帮我。”

刘建平接过瓶子，轻轻就拧开了。瓶盖绝不会是很久没拧过，也许还经常拧开。他心中一动——五味杂陈。取出一颗递给果果，自己双指夹一颗，对着灯光，似在观赏，嘴里说道：“这么多年，色彩还是没变。”

“人为什么要长大呢？要是像这些石子儿就好了……”黄秋月幽幽的，像在自语。

“长大不好吗？你不是天天盼着我长大吗？”果果边玩着手里的石子儿，边回了妈妈一句，反倒将两个大人逗出苦涩的笑容。

小女孩好像突然想到一件重要事情，竟然暂时放下了可爱的石子儿，瞪着大眼问妈妈："刚才奶奶说，明天你要搬到医院和童叔叔一起住，还不要我跟着去。是因为你和他要结婚？啥是结婚啊？"

黄秋月最担心的问题还是从果果嘴里问出来了。

懵懵懂懂的小孩子总是有很多问题，总是有些问题让大人不知如何回答。诸如"我是怎么来的？"这个问题，做父母的就很难回答，多半只有用什么"路边捡到的"这类玩笑话搪塞过去。好在一般的小孩问过几次也就似乎忘了，他们或者能感觉大人们是在哄自己，至于为什么他们始终不正面回答倒也并不再去探究。

果果也不例外，问过类似问题。但最让一家人难以回答的问题是两年前提出的。她向妈妈问起了爸爸。别的小朋友都有爸爸，我的爸爸呢？所有大人——妈妈、奶奶、二爸、幺姑、表娘、表叔，他们的回答都是一样的：果果的爸爸出远门，要很久才回家来——这当然是他们早已共同商量好了的回答。

刘建平曾经在一次闲谈中问过黄秋月，打算什么时候告诉果果她真实的身世。黄秋月叹气说："当年老幺妹将果果托付给我时，一再嘱咐我，永远不要告诉果果她的身世。而且即使有一天他生父家栋出现，同样不能告诉他。她要我就把果果当自己的亲生女儿。可是这个问题我真还没想好。好在现在果果还小。不着急吧。"刘建平当时也只好陪着叹口气，不再深说下去。

刘建平抱过果果，为黄秋月解围道："你一个小娃家家的，哪来那么多问题。走，我们出去看大月亮，二爸给你讲月亮仙女下凡的故事。"

"我不嘛。妈妈还没回答我的问题啦。"果果挣扎着不要二爸抱。

"妈妈咋会不带你呢？我们要住在一起的。"黄秋月说。

"我不去。我要和奶奶、二爸，还有表孃住一起。妈妈也不许去。"果果说。

"你还讲不讲理啊？妈妈不去，咋和童叔叔结婚？"黄秋月已经顾不得选词造句了。

"表孃说，你本来可以和二爸结婚的，就你偏不。"

"啪。"黄秋月一巴掌打在果果脸上。

小女孩先是一愣，似乎明白自己说错话，闯了祸，因为妈妈从来没有打过她。她像其他做了错事的小孩一样，因为很大的委屈，因为害怕受到进一步的责罚，紧接着"哇"一声放声大哭起来，同时一头扑进刘建平怀中。刘建平紧紧抱住果果，鼻子发酸，想责怪黄秋月，却看见她背转身，两肩不停抽搐。

"果果、果果，刚刚还好好的，这是咋啦？给奶奶说。"门外传来刘李氏的声音。

刘建平不愿其他人看到此时黄秋月的状况，赶紧抱起果果抢先一步出了屋。见母亲已到门边，还有小英子、小阳、游方德也跟在后面。刘建平把果果递给小英子，笑道："没事、没事，果果舍不得她妈妈明天走。小英子，你这个当表孃的，快哄哄，不要说些小娃听不懂的话嘛。"

小英子好像意识到果果的哭闹或许与自己有关，不敢多言，抱过果果去了自己房间。

刘建平立在院坝里的树下默默抽烟，游方德和小阳在一旁无言地陪着。小英子在屋里吟念着一首童谣，哄着刚刚受了委屈的果果，声音轻柔，但院坝里听得真切：

八月十五桂花香
贼娃子翻墙偷水缸
聋子听到忙起床
哑巴一路喊出房
跛子赶忙追出去
爪手赶紧来帮忙
强盗吓得落荒逃
阴沟掉到鞋子头
出得门来人咬狗
捡坨狗来砸石头

一首吟念完，屋里传出果果"咯咯"的笑声，比小英子的声音响亮多了。刘李氏捧着烟袋跨出堂屋，笑说："到底是娃，刚才还哭得那么凶，转个背就没事咯！"

第十章

五十四

自打入冬后，有雾都之称的重庆，天黑不久已是浓雾笼罩，黏稠不化。

一所装饰现代的寓所内，一对男女刚刚从颠鸾倒凤、风浪云雨中平息下来，裹在被窝里深情互望，缠绵不舍。恰在这时，卧房门突然被猛然撞开。两个穿黑风衣的精壮男子，手持短枪，向粉色大床扑将过去，掀起被盖，一人一手摁住了床上赤身裸体的男人。同样一丝不挂的女人一声惊叫，拼命扯过被盖一角捂在酥胸前。门口又走进一个穿黑呢子大衣，头戴黑礼帽的中年男人，双手背剪来到床前，扫视一眼局面，走几步从地上捡起睡衣递送给还紧紧揪住被盖一角的女人。

“办个事情咋个总是这样毛毛躁躁，没看见还有女士在吗？”他责怪着依然摁住床上男人的两名手下。“松手。想来巫先生不会做无谓反抗的，是吧？”瘦削的脸上挤出一丝嘲讽的笑意。

半小时后，客厅里只剩刚才在床上被擒的一男一女，各自穿着棉袍睡衣，手端斟好红酒的高脚杯，相对无言。也不知过了多久，身材丰满，眼神妖娆的女人开口道：“家新，事已至此，还是按刚才江先生的意思办吧。”

被唤着家新的男子，一张原本清秀白净的脸，此时却堆满不知是恐惧、愤怒还是哀愁、沮丧的表情。听得女人的话，他狠狠盯了对方一眼：“想不到我巫家栋行走江湖十多年，最终栽在你向青婉手上。哼，红颜祸水，一点不假！”

“其实我早知道你原名叫巫家栋。”叫向青婉的女人嫣然一笑，“我们相处虽然时间不长，可我是真心觉得与你在一起好快活，我是真心喜欢你。但我也要混碗饭吃吧？刚才江先生说了，只要你点头，一万美元立刻交你，或者打到你指定的银行。有了这笔钱，还怕啥。完了这边的事，我保证与你远走高飞。”

“哼哼，落在他们手里，完得了吗？”巫家栋连连冷笑。

“刚才江先生不是答应了吗？我了解，他一贯说话还是算数的。”向青婉起身走到巫家栋面前，轻抚着他白皙的脸庞，柔声道，“家新，哦，不，家栋，人活着，不就是图个快活吗？他们的手段你该是晓得的，何必非要去尝尝那个生不如死的滋味。我可舍不得的。”

巫家栋默然良久，一口饮尽杯中酒，阴森喑哑道：“我是真没得选咯……”

三天后，中共重庆地下组织的一个分支机关召开会议，八名参会人员刚到齐，就被早已埋伏的军统特工悉数拿下，其中也包括那个叫巫家栋的人。紧接着，重庆地下党的两名重要成员也相继被捕。令地下党组织困惑的是，明知内部出了叛徒，一时之间却难以确定究竟是谁。非常时刻，只能按组织纪律和惯例，安排凡是与被捕人员有联系的人员全部转移。至此，一场腥风血雨才算渐渐平息。

徐耀庭将手中的两张纸片抖了抖，扫视一眼端坐于会议桌周围的站内骨干人员：

“这是共军第二野战军司令员刘伯承，政治委员邓小平于十一月二十一日，向西南四省我军政人员发出的忠告书。一共四条，分别针对我军队、情治特工（诸如在座诸君）、政府公职人员，乃至于最下面的乡保人员。不外乎是要让我们放下所谓的‘屠刀’，立地成佛。这哪里是忠告书？就是‘招安’书嘛。”

“简直欺人太甚！”徐耀庭将那两张纸重重拍在桌上，环视面无表情的众下属，“都看过了、听说了吧？还有人不清楚？就大大方方阅读嘛，没必要偷偷摸摸，共产党搞赤化的能耐我们都领教过。还是我来给你们读一段吧。”徐耀庭扶下眼镜，故意带点揶揄的口吻读了起来。“‘国民党特务人员，应即痛改前非停止作恶。凡愿改过自新，不再作恶者，均可不咎既往，从宽处理。’看看，还是这一套老把戏，在座的都是与共产党势不两立的党国忠诚卫士，如果他们真的打下了江山，能饶得过你们？我相信大家是不会被刘、邓之言所迷惑的。”他摘下眼镜吹了吹镜片上其实并不存在的灰尘，慢腾腾又戴上，用沉稳的语气继续说道：

“我也不瞒诸位，目前局势确实十分吃紧，重庆已危殆。但是，我们绝不可因此丧失掉信心，我们的美国盟友绝不会坐视共党攫取江山，再者，胜败乃兵家常事，不到最后，输赢尚可两说。当年共党起势之时，食不果腹，衣不遮体，破枪钝刀，惶惶如丧家之犬，连占山为王的土匪都不如，竟也侥幸成就今日之局面。难道我们现在的实力还不如他们当初？我积聚西南的几十万国军精锐，难道是吃素的？比上青天还难的蜀道易守难攻，天府之地自古以来就有不少国邦在此自立门户。只要我们以一敌十、敌百，固守待变，就一定能赢得局面大翻盘。即使局面再度暂时失控，我们也还有另一个宝地可以据守，那就是台湾。据我所知，最高层早已着手铸造这个最后堡垒，其实这也不是什么秘密了。大家只要打开地图略为审视便可明白，台湾，其战略价值何等重要。单就防守而言，那片阻隔大陆的海峡，比之长江所谓的‘天堑’，岂可同日而语？”说到这里，他好像被自己的精辟分析和豪言壮语所打动，站起身，提高嗓门，“上峰有令，值此党国危亡之际，凡能抱定玉石俱焚之决心，与共产党殊死一搏者，必要时可转移台湾，必定论功行赏，加官晋爵。所以，我希望在座诸君，从现在始，不要有后顾之忧，只需加倍勤勉工作，为固守西南，固守成都，拼尽全力！”

坐在徐耀庭右侧的高进起身带头鼓起掌来，其他人也只好有样学样了。徐耀庭坐下，点燃一支烟，招手让大家坐下，然后冲高进扬扬下巴：“高副站长，你也讲两句嘛。”

已然佩戴上校军衔的高进再次起立，将头一点：“是。刚才徐长官的训示，令我等深受教诲、倍感鼓舞。诸位，我在这里只说一件事，那就是，党国对忠诚卫士从来就不吝奖赏。高进不才，唯有一份与共党不共戴天、誓死捍卫党国的忠诚！这些年虽然或有寸功，却实在不值一提，但徐长官却仍将我提拔为副站长，委以重任，这份信任，高某就是粉身碎骨也难以报答。我相信，各位同人必定愿与高某一道，精诚团结在徐长官麾下，为固守成都，再建功勋！”

这次是徐耀庭带头鼓掌了。待掌声停歇，他又慨然说道：“高副站长这一路走来，经风霜、历刀剑，殊为不易！看看他这一头华发吧。为着这份对党国的忠诚，他舍弃了很多孝敬双亲的机会，留下太多无法弥补的遗憾。幼子夭折、夫人早亡，至今孤身为家。我劝过他，抓紧再成个家吧。可他总是回答我说，党国之基尚未筑牢，党国无存，何以家为。每每想起他这话，我都感慨良多啊！”说到此，徐耀庭竟是眼眶发红，声音打哽。众人不知是同样受了感动，还是为了配合长官的抒情，均是一脸肃然钦佩。徐耀庭伸直腰板，振奋道，“希望大家，当然也包括我本人，都要向高副站长学习，以党国伟业为重，誓与成都共存亡，不成功便成仁！”

参加会议人员同时起身，七嘴八舌争相表态——誓与成都共存亡，不成功便成仁！

徐耀庭很满意会议效果。散会后，他把高进带到自己办公室。他们还有更重要的事商议。

“‘反时针’快搞好了吧？上面又在催了。”待高进落座，徐耀庭直接问道。

高进欠欠身：“争取明天送站长审定。”

“这么快？不错嘛。”徐耀庭赞许道。

“正如站长之前所说。做‘真’并不难。以‘假’乱‘真’，确实要花些功夫。我已尽了心力起草计划，无奈自恨才疏学浅，也不知可行否，还要站长大加匡正才是。”

“我发觉自打你当了副站长，说起话来越来越文绉绉的，装斯文打官腔了。”徐耀庭揶揄道。

“卑职岂敢在站长面前班门弄斧。”

“嗯？你是说我也装斯文打官腔？”

“这、这……”

徐耀庭看着高进先愣怔后恍然的神情，终是没忍住，仰头哈哈大笑起来。高进也只好陪着笑了两声。多日以来，他们间或都会如此这般苦中作乐一番。人们通过不知从哪里冒出来的传单、偷偷收听广播，或是口口相传的信息，广为传播着刘、邓大军的“四点忠告”，一时之间，闹得沸沸扬扬，难以控制。尽管蓉站和警局也破获了几个地下组织，抓了些散发传单的、偷听电台的，但仍然根本无法阻止不胫而走的消息蔓延开去。

“好啦，不逗趣了。”徐耀庭敛住笑意。“现在的时局就不用我多说了。重庆随时可能易手，他们的‘最后计划’早已经拟订，我们这边也必须加快。共党奸细无孔不入，防不胜防。因此我才决定弄两个计划，一个真，一个假。这也是无奈之举。所以你务必精心草拟，同时要绝对保密。”

高进站起身，立正：“卑职还是那句话，为党国尽忠，以报站长知遇之恩！”

“很好，很好。来，坐下说话。我们再来谈谈‘反时针’的事。”

在全线溃败之际，对市区设施进行最大限度的破坏，给共产党留下烂摊子，并潜伏下尽可能多的特工人员实施扰乱破坏，给新政权制造最大麻烦，为将来的反攻创造条件，这就是此二人口中的“最后计划”，代号“反时针”。

第二天，高进就将阴阳两份计划放在了徐耀庭面前。

徐耀庭仔细看罢，又就诸如潜伏人员配置、联络方式、武器和通讯电台存放，以及如何选择自来水厂、电厂、大棉纱布厂、军工厂、主要商业区等重要目标、关键部位实施最有效破坏，如何转运销毁市政档案、贵重物资等等诸多细节问题做了探讨，提出修改意见。

两个人足足秘密商议了两个多小时，不觉已到午饭时间。徐耀庭吩咐徐孝凡从食堂打来饭菜，又从木柜里摸出一瓶洋酒。

高进暗自一笑，因为他知道此物的出处。最近蓉站接收了不少逃出所谓“沦陷区"的保密局特工人员。初来乍到，都想方设法紧赶着向新单位的头头脑脑敬贡，或是为拜码头联络感情，或是企求捞个好差事。除了"硬通货"，还有送什么古玩字画、名贵器物、玉石玛瑙、洋烟洋酒的，花样繁多，不一而足。高进家里和办公室早就堆满了诸如此类的东西。

二人在办公室继续边吃边谈，不过话题已不再是关于"反时针"，而是他们一直很感兴趣的刘建平。说来也怪，最近他们每隔一段时间就要谈起刘建平，且一谈起，话性就浓，就像两个赌徒凑到一起免不了要谈谈最近手气是背还是顺一样。

"自从把他嫂子嫁出去后，好像安分了不少吧？"徐耀庭笑着问。

"是的。这大半年以来，他是该上班上班，该下班下班，该办的案子办着。有时还带着几个手下去华丰饭馆打打牙祭。一句话，未见其异动。好像那场'婚礼'对他毫无触动，还真稳得起。"高进一撇嘴。

"也不尽然。"徐耀庭抿一口酒，摇摇头。"用你们的话说，他也许是痛木了。婚礼后第三天，他旧伤复发，高烧不退，还被他嫂子和童杰接到医院去住了两天。还'毫无触动'？哼！"

"是的。我当时还去医院探望过，他那时人已烧迷糊，嘴上全是泡，根本认不出我是哪个。"高进也抿一口酒。"黄秋月和童杰好像一直守在他身边。那个场面很感人啊。我还替他担心，该不会说什么胡话吧？比如念叨他嫂子名字之类的。"

徐耀庭笑着用筷子点点高进："你小子，花花肠子就是多。"

"岂敢、岂敢……"

徐耀庭冲高进两眼一鼓，继而两人又是一通大笑，直笑得徐耀庭捂胸咳嗽。

"所以，哪能说'毫无触动'？那还是人吗？"徐耀庭缓过气，接着刚才的话茬。

"是、是，所谓'英雄难过美人关'，他刘建平也不例外。"

"不，你又错了！过不去美人关的就当不起'英雄'二字，最多是血气方刚、一怒为红颜的一条氓汉罢了，当然，他们相较凡夫俗子，或可称'英雄'。"

"那站长以为刘建平是？……"

"你不是说他现在像个没事人一样吗？如果真是这样，那就说明他'过去'了。过去了，就是真英雄啊……"

二人一时无话，气氛变得有点凝重。好一阵，徐耀庭释然一笑，说："也不打紧，毕竟他现在'未见异动'，假如他敢有'异动'，要当什么真'英雄'，随时可将其拿下，让他变成狗熊嘛。”

“我有种预感，如果他是真‘英雄’，甚至就是埋在我们军警系统的那颗‘惊雷’，那么他肯定会对‘反时针’感兴趣。所以，卑职觉得，还是不能放松对此人的防备。我一直记得站长说过的‘木鸡之态’这句话。他现在无所事事，装‘木鸡’，也许是因为没有接到任务指令。”

“你分析得很对。我们在不少城市的‘最后计划’之所以未能达到预期效果，就是因为计划被对方提前截取掌握，以致前功尽弃，让共产党轻易站稳了脚跟。这种事情绝对不能发生在你们身上。我是丢不起这张老脸的。”徐耀庭咽下一片回锅肉，就一口酒，“我虽没有统兵作战的经历，但对战场上讲究攻防兼备的战略战术还是颇为认可。其实在秘密战场上，也须如此。一味被动防守，只有挨打的份儿。对了，他嫂子和那位童院长小日子过得怎么样啊？”

“与刘建平一样，安分守己得很，连医院门也难得出。我一个多月前就把监视他们的人撤了。现在站里人手确实不够。”高进如实报告。

徐耀庭似乎突然想起什么事，以拳捂嘴自顾自笑了起来，惹得高进莫名其妙看着他。

“要说花花肠子，你高进还真不少，唔，我又想起前次枪毙傅绍聪两口子，你居然叫童杰去收尸，有意思。”

“傅绍聪两口子亲属都不在省城，他们既然是同学、朋友，甚至是同志，这点忙还是该帮的。咳，我这点套路，还不是得益于站长的点拨指教。”

“虽说是老套路，以此敲打敲打他们也没坏处。”徐耀庭笑着摇摇头，不再继续这个话题，转而吩咐道，“我明天要去趟重庆，当面向毛局长报告我们的‘反时针’。除孝凡外，你再挑选两个手脚得力的随行，因为我这次还要接一个‘活宝’回来，上面交代了，必须保证他的安全。”

“哦？啥子‘活宝’如此贵重，要站长亲自接？”高进一下来了兴趣。

“此人原名叫巫家栋，年纪不大，却是中共地下组织的一名干员。他早年在成都上大学，后来去了重庆，再往后又去了南京，在日军谍报部门都是挂了号要重点缉拿的人物。半年前他潜回重庆。听说重庆方面颇花了些功夫才将其捕获。好在这个‘活宝’这些年可能是过惯了花天酒地的滋润日子，还没上什么手段，他就弃暗投明了。在重庆，他将池子里能捞的鱼虾都捞得差不多了，已无更大作为。考虑到此人早年在成都活动过，上面专门调他来协助我们继续‘捞鱼’。”

高进一拍手：“果然是个宝贝疙瘩，确实要严加保护，可不能摔烂毬。”

“正是。他来后，吃住行就由你亲自安排，再调派些得力人员供他使用。他也挂了上校军衔，所以，你对他还要客气些。”徐耀庭略停顿，又道，“听重庆那边说，此人果然有些道行。为掩饰自己叛徒身份，他安排自己与其他参会人员同时‘被捕’，又在监狱里表演了一番‘坚贞不屈’给狱友看，再当着狱友被‘转移关押’，着实给原来的老东家摆了一道迷魂阵。”

“这么说，他现在的真实身份共党组织极可能尚未掌握？”

“所以，他来之后，关于他的身份必须保密，必须控制在极小范围内。为求稳妥，就在站外附近给他寻个居所吧。”

五十五

诚如徐耀庭、高进所见，刘建平这大半年完全是“安分守己”过来的。

老孙直到两个月前才又回到成都。陈思昆在家里设宴为其接风，招呼刘建平去作陪。他们寻了个机会匆匆交谈了几句。老孙告诉他目前暂时没有新任务，继续做好潜伏。

夏末时节，成都及周边地界发了场大水。川西坝子，地势低坦，河道密集，尽管得益于古老的都江堰水利工程阻洪分流上游来水，但由于好些年来地方政府疏于维护修缮，每至夏天仍难免遭受程度不同的水患。而今年的大水来势甚猛，冲毁低洼处民房无数，溺毙者众，需安置无家可归的灾民尤众。各级政府焦头烂额，因为财政拿不出多少赈灾安置费用，再加上层层克扣，只好互相推诿扯皮在先，敷衍塞责在后。用市长邓季粟的话说，这场大水在目前时局之下不期而至，真是“屋漏偏逢连夜雨”。刘建平倒是带着队里的一帮兄弟跑前忙后，劝捐筹款、送米送衣、搭建草棚，尽量帮着灾民办些实事。他还接纳了一户房屋垮塌的灾民到自己家暂时栖身了十多天。但面对更多凄惶无助的灾民，他也无能为力，唯有摇头叹息。

蔡文广曾提醒他：“建平，你是警局刑侦队的队长，不是民政局的科长。救灾，有个意思就行了嘛。这天灾常随人祸，还是把精力多放在维持治安上，对那些趁浑水摸鱼的不法之徒可不能轻饶。”

刘建平暗想，作为警察局长，这倒是句人话。嘴上却说：“请局长放心，哪个敢打灾民的主意，我绝不手软。我们警局也是端政府饭碗的，在救灾上出把力不为过吧？还不是为你局长大人脸上贴金。正好，我这几天四处劝捐，不如局长也发发善心？”

“哈哈，好你个猴精崽儿，倒是先打起我的主意来了。”

“善有善报，局长不是最信这个吗？”刘建平咧咧嘴，随口笑道。

蔡文广一愣，旋即又是一通笑。掏出皮夹，悉数取出里面大钞，说：“此言不差。这个钱交给别人我还不放心呢，交给你，没话说。”

忙完救灾，差事闲下来，刘建平心里反倒空落落的。耳听解放大军节节胜利的消息，他恨不得如当年那样，投身到硝烟滚滚的战场，冲锋陷阵，为最后的胜利发出嘶吼。可是在为数不多的几次碰面时，老孙依然笑微微地让他耐心等待，而他分明感觉到老孙却在一刻不停地紧张忙碌。要不是因为这期间为侦破市区内接连发生的两件惊动很大的命案，分了他不少心神，真不知如何挨过百无聊赖的日子。

寒冬再次降临，正当刘建平越发感觉有劲使不上时，突然接到老孙的暗号通知：上午十点，在望江楼见面。

刘建平一早处理了些杂务，看看时间差不多了，叫上游方德，二人一身便服骑自行车出警局，往东门而去。

此时的成都俨然一座兵营，街面上拥堵着大小军车，喇叭震天响，从前线溃败而来的散兵游勇在酒馆饭店胡吃海喝，然后一抹嘴皮，抬脚走人，又蹿到街巷吆五喝六，寻衅滋事，欺男霸女。如果店家胆敢撵着收饭钱酒账，轻则砸桌凳、摔碗盏，重则一顿老拳、几记枪托，骂骂咧咧道：老子脑袋别在裤腰带上在前线打仗保护你们，吃一顿饭算看得起你这个破小店，还敢收酒钱饭钱，真是不打不省事的东西！凡遇此情形，本在附近巡逻的警察也赶紧溜得远远的，就算有宪兵队维持秩序，但每每也是息事宁人，不了了之。

看着这幅乱哄哄的景象，游方德愤愤然道：“都说胡宗南治军严得很，想不到现在这些兵痞丘八与土匪、棒老二差不多。”

刘建平冷笑道：“溃，则不成军嘛。不要看他们现在还像螃蟹八只脚横行，殊不知早已深陷蒸笼，只等我们把下面的灶火再烧旺些，那时候，哼哼……”

游方德被这比喻逗得哈哈大笑。

二人曲里拐弯绕了几圈，确定没有尾巴跟踪后，才来到望江楼下一家红墙青瓦的茶铺。刘建平独自进去与老孙见面，游方德在外闲逛警戒。

刘建平挑帘进入一间茶房，但见一位戴礼帽、着棉袍，架黑框眼镜、留八字胡的长者正在悠然品茗，不由一愣，旋即失笑——不是老孙还是谁。

双双落座，老孙温和笑道：“等下再说我这身行头。”待幺师冲开茶汤离去，才又道，“等急了吧？我说过，总会有任务给你的，现在就有个重要任务。”

老孙告诉他，我方已经获悉，敌人制订了溃败前对成都市区实施破坏的最后计划，上级命令：尽快截取计划，粉碎敌人的阴谋。

“我们目前对这个计划所知甚少，只知道它是由蓉站制订并组织实施。”孙远明压低声音说。“你和他们老打交道了，对其人其事了解多些，所以组织上决定将此任务交给你，要抓紧着手。”

刘建平重重点头。

“再说说我这身行头的事吧。因为有个坏消息。”孙远明皱下眉头，“巫家栋叛变了。”

“哪个、哪个？家栋？巫家栋？”刘建平有些不相信自己的耳朵，连声急问。

“是的，就是他。”孙远明神情严峻。“前不久他在重庆遭保密局一个女特工色诱，身份暴露被捕，随即叛变，成了敌人的一只鹰犬，不少同志已被其所害。据刚刚得到的可靠消息，几天前他到了成都，化名南志新，身份保密。由于他当年在成都参加进步组织，后正式入党，虽然不久就被组织安排回重庆工作，与川西组织断了联系，但毕竟对这边我方的组织及人员还是有些了解，因此不可小视其危害。两天前，曾经与巫家栋同在一个进步组织的三名同志突然先后被捕，极可能就是落入了他的圈套。”

“那么老孙，你的安全怎么办？”刘建平虽然明白了老孙为什么要如此装扮的缘由，但仍为他的安全深感忧虑。因为巫家栋无疑对这位老上级太过了解，也许只需用鼻子嗅都可能让老孙随时面临不测。

老孙摆摆手：“放心，我现在已经转入地下。昨晚向思昆老告的长假。只是有愧于他的托付，在这个时候撂下挑子。好在他是个明白人。”

昨晚，陈思昆听罢孙远明告假的说辞，尽管心中甚为不舍，但也表示了足够的理解。

“我也看出来了，远明老弟是干大事的人，我岂能强留。临别之时，老朽倒有一事请教。”陈思昆满面愁容，捧着烟袋习惯性在书房里转圈子，脊背似不堪重负，快成弓状。“关于时局，我们先前也谈论过不少，现在火炭真就要落脚背了，我这一大摊子，该如何是好啊？老弟不妨指点下迷津。”

孙远明早已料到陈思昆定有此问。思索片刻，说：“远明自然看得出思昆老的为难。最近些日子，已有多家银行的大掌柜带着家人、细软离川避祸。总行的头头脑脑也已开溜。对您老而言，其实就两条路，要么留，要么走。为啥要走呢？肯定是为一个‘怕’字。怕什么呢？怕共产党来了会‘共产共妻’？想来您老是不会相信‘共妻’之荒唐说法的。那就是怕‘共产’。不瞒思昆老，远明闲来无事，倒也想过这个问题。共产党之‘共产’，是其追求的远大人类社会理想，简单说来，就是要建立一个没有压迫剥削、人人自由平等的世道。这与您老信奉的‘理财益民’好像有相同之处，都是为了一个‘民’字，难道那样的世道不好吗？远明想不出您要走的理由，就为舍不下的家业？”

“家业？”陈思昆苦笑下。“我虽然大半辈子经营钱庄银行，天天与钱打交道，可我还真不是钻到钱眼里的人，说到底，钱财都是身外之物。别人我不知道，我自己的家物儿有几斤几两心头有数。除去这处宅子和老家的三十多亩田土，手头也没多少硬货。要带，又能带走多少？学人家，到美国或是香港当寓公，坐吃山空，能维持多久？再说，晖岚死活也不走啊。”陈思昆已然是在自言自语似的。站定，望着孙远明：“可不走，毕竟这心里又不落底，慌乱得很、慌乱得很啦。”

“您一向乐善好施，前次发大水，就没少捐银钱，加之又不屑于搞那些歪门邪道，自然积蓄有限。您一个奉公守法、与人为善的银行业主，我想那自称文明之师的共产党解放军定然不会为难您，说不定对如您这般贤明的金融界人士还会多有依仗，因为将来的新政府也需要办金融、开银行嘛。”孙远明耐心地开导着。“据我所知，不仅晖岚小姐，就连嫂夫人也是不愿走的。一动不如一静，思昆老，留下吧。”

“听君一席话，胜读十年书。所以我说，老弟真是难得的人才啊。”陈思昆重新坐下，脸上的愁云消散了不少。“最近政府那边不停地催促，要各家银行把资金尽快转到台湾去，老朽自然还拖着。如若留下，那么下一步我该如何应对呢？还想听听你的高见。”

“就是这个‘拖’字正好！”孙远明一拍膝盖。旋即又从衣袋里掏出一账本。“我已经备好一本假账册，表明益民银行目前应收贷款多未到位，现金短缺。这样足可抵挡一阵政府的催逼。只是库里的‘硬货’还需想法转移一些，以防他们狗急跳墙。”

“老弟思虑周全。”陈思昆冲孙远明挑下大拇指，双手接过账册，“转移现银的事我早已着手，所谓‘狡兔三窟’嘛。”

“看来思昆老早就定下‘留’的主意咯，何来‘慌乱’之说？”

“没有刚才老弟给的‘定心丸’，我还真不落底呢。这下好了，是祸是福就任随他去吧。”

孙远明收回与陈思昆作别的思绪，对刘建平说：“建平，我知道巫家栋与你的朋友情、同学谊绝非一般。上次我们刚见面，你就迫不及待打听他的消息。”

此时刘建平已从刚才的惊愕、痛苦、恼怒等杂乱情绪中缓过神来，平静道：“请组织放心，建平分得清敌我。还有个情况，我想现在应该向你汇报了。巫家栋是我侄女果果的亲生父亲。”

老孙蹙眉片刻：“还有这种事。以前为啥不报告？”

刘建平深吸口气：“以前吧，我把它当成了家事。加上我嫂子最不愿意外人知晓此事。自从我大哥牺牲后，她是真把果果视为和我大哥的孩子了……”

老孙轻轻点头：“我能理解。不过我还是有必要了解下具体情况。简单说来听听。”

“我也是回成都后听嫂子说的。”刘建平说。

当年在刘建平大哥刘建安为首的小团队中，黄秋月有个十分要好的同学，也是自外地来省城读书。由于在家中六兄妹里占老幺，家里人都叫她老幺妹，团队里也是她岁数最小，大家还是叫她老幺妹。毕业后，她和黄秋月一起去了一家小医院当护士。老幺妹长着个娃娃脸，一笑两酒窝，活泼天真。老幺妹不知什么时候迷恋上了能说会道的巫家栋，但凡巫家栋与刘建安辩论，她都永远第一个为之鼓掌叫好，即使并未听明白辩论的内容。巫家栋却对她不冷不热，高兴了搭理下，不高兴了半句话没有。老幺妹为此常在黄秋月面前忧愁伤感。有天，巫家栋乐呵呵来找黄秋月，说好不容易买到两张话剧戏票，想请秋月晚上一起去观看。还半开玩笑说，以前建安、建平可以陪你，现在他们都上了前线，小生愿意代劳。又说自己可能很快要回趟重庆老家，时间或许很长，希望秋月陪着看次戏，就当是为他饯行。黄秋月没拒绝，转过背却将戏票悄悄给了老幺妹。老幺妹当晚收拾得漂漂亮亮，欢天喜地去了戏院。据后来老幺妹向黄秋月叙说，看到来人是老幺妹，巫家栋不停地打哈哈，对她很是殷勤，看完戏又带她去吃了夜宵，还喝了不少酒。在送她回医院宿舍的路上，伴着夏夜阵阵似有若无的花香，二人从未有过地居然情话绵绵起来。再后来，巫家栋将老幺妹牵进了道边的树丛草地……第二天，老幺妹特地去感谢了黄秋月，一脸红晕掩不住幸福娇羞。黄秋月隐约不安。过了一星期，老幺妹眼睛红肿着找到黄秋月，边哭边说巫家栋回重庆了。临走前他们见过面。巫家栋话里话外都表示记不得那天晚上的事，因为酒喝太多了。还说他这一走不知什么时候能回来，叫老幺妹最好把他忘了，自己去追求更好的幸福生活。这之后，老幺妹肚子显怀，医院同事侧目而视。她更清楚家中父母哥嫂绝不容她败坏门风。但她不顾黄秋月的一再劝说，竟然辞了工作，暂居在一户小租房里，执意要生下孩子。待得临产，才自己坐了黄包车去医院找到黄秋月。苏醒后的老幺妹明白自己难产大量失血的状况，哭泣着将孩子托付给了黄秋月，而且特别嘱咐，不要告诉她家里人，更不要告诉巫家栋孩子的事，她说巫家栋不配做孩子的父亲。黄秋月流着泪一一应承，表示她会把孩子视为己出。这之后，黄秋月去了现在的慈济医院工作，所以知道果果身世的人极少。

“不说老幺妹太单纯，就连我当初又何曾想到巫家栋会变成一条毒蛇啊！”慨叹罢，老孙又道，“组织上已尽可能通知以前与巫家栋有过交往的其他同志，或转移，或提高戒备。当年他将你引荐给我后就去了南京，并不知道后情如何。如果不是工作所需，按纪律，组织上不会告诉他你的情况，他也无权打听。所以，他应该不确定你现在的真实身份。”

“就没考虑过除掉他吗？让一条疯狗在外面四处乱咬总是太危险。”

“能除掉他当然好，组织上已经做了安排。但是要选择个好时机却并不容易，他现在是‘小洋楼’重点保护的对象。”孙远明观察了刘建平片刻，问，“你打算动他？”

“如果有机会，不行吗？”刘建平反问。

孙远明品着茶，思虑着说：“也许巫家栋自认为至今组织上还没有掌握他现在的真实身份，按常情，他应该迟早会来拜访你这位老同学、好兄弟，一探究竟。如此，相对来说你动手的机会要多些。只是……”孙远明轻轻叩好茶盖，似有犹豫。

“老孙，我明白你担心啥。放心吧。一、我刚才说了，我分得清黑白。同学、朋友也好，果果的生父也罢，那都是以前。现在，他巫家栋就是个可耻叛徒，合该受到惩处。二、我会谨慎行事，机会不到绝不轻易出手。”刘建平一脸肃然。

“有此两条，我想组织上会同意。”孙远明一扫刚才的凝重之色。“我再加一条，刚才说了，组织上已有寻机动手的安排，所以你这边切莫强求，切莫打狗不成反被狗咬。”

“我会谨记。”

“最近家里还好吧？”谈完工作，只要有时间，孙远明一般都会关心下刘建平家里的情况。其实这也是他工作的职责所在。

“还好、还好。”

孙远明听出了对方语气中的敷衍，一时之间反倒不知如何继续这个话题。

自从到成都重新与刘建平接上关系后，孙远明曾经关心过他的个人问题，还开导说：“我们共产党人也要食人间烟火。有合适的对象，组织上会同意你成家，而且那样也许更有利于掩饰你真实身份。”但刘建平总是肯定地说：“真没合适的人。”

成功营救卿松后，有次见面，孙远明提到了黄秋月。除表达感谢、赞许外，甚至很含蓄地提示：身边就有如此优秀的女性，为什么就不能在一起生活呢？那一刻，一向持重沉稳的刘建平竟支支吾吾搪塞了好半天。深谙人情世故的孙远明已然心中明了，却没再继续纠缠。黎明就在眼前，或许待到天光大亮时再关心这件事也不迟。他回到成都后，了解到刘建平为营救童杰和黄秋月所做的一切，甚至撮合二人结为夫妻，心中很不是滋味，既为童杰、黄秋月脱险感到欣慰，又替刘建平隐隐感到遗憾，却无从安慰。

在约定以后的联络方式后老孙先行离去。刘建平没有急于动身，而是一个人继续品茶。除掉巫家栋虽然很紧迫，但毕竟要寻得、等待时机。而截取敌人的行动计划则是刻不容缓，不能坐等。他要抓紧思考如何下手。

刘建平很自然地首先想到了一个人——龚雅竹，这个擅长揣摩别人“小心思”而自身却让别人很难揣摩的蓉站女特工。尽管最近半年陈锐敏、龚雅竹、柳艳梅多有聚会，彼此之间似乎已经相当熟悉热络，但龚雅竹之于刘建平，仍像一个摄影师想要拍摄的某样物件，始终难以准确聚焦。时而觉得清晰可辨，一眨眼，又觉得还很模糊不清。上次她帮了自己，这次还会吗？上次自己有说得过去的理由，为的是个人，她或许是看在陈锐敏的面上，或是估计了帮忙的最坏后果也不至于很坏，所以才敢于将审讯樊步兆的笔录送给自己，这次她还敢吗？一旦提出这个请求，自己的真实身份还能掩藏吗？可是，不从她那里入手，还能有别的渠道吗？看来，无论如何都要试一试。老办法，先找陈锐敏。

五十六

慈济医院是由省城的几家慈善组织共同举办的，官方虽有资助，但主要的办院经费还是靠民间募集。当年办院的初衷主要是为救治出川抗战负伤而转移回来的川军将士。医院规模只有三十多张床位，但由于延聘了留美归国的医学博士童杰担当院长，童杰又很上心于招揽人才，其医疗水平不觉间已在省城名列前茅。童杰虽名为院长，实则只负责医治伤病，其他一应杂务另有医院董事会派人料理，这也是当初童杰答应挂名“院长”的原因。

童杰和黄秋月的家安在医院西南角的一个独门小院里，四间青砖瓦房，碧树翠竹掩映下，幽静安谧，除刚结婚那两天不时有人登门朝贺，平时上门的人很少。夫妻俩一天三顿大多在医院食堂用餐，多数时间也是各自在岗位上忙碌。

这一天，小院迎来一位不速之客——巫家栋。

一见面，巫家栋就一口一个秋月、秋月亲热地叫。巫家栋一身黑呢子大衣，头戴礼帽，脚蹬锃光发亮，出自成都名牌鞋店“华胜鞋家”的皮鞋，手提一个硕大皮革公文包。黄秋月当时刚在住院部处理完一个病号回到门诊室，一眼认出对方。

“家栋！真是你啊？”黄秋月很惊喜地主动伸出手。但巫家栋却咧着嘴笑哈哈地张开了双臂。黄秋月无奈一笑，只好象征性地与对方来了个西式拥抱礼。

已临近中午，黄秋月交代好工作，将巫家栋带回家，顺便绕了几步到食堂打招呼，烦请送些饭菜到家里，又向巫家栋歉意道：“来不及在家里做饭了。”巫家栋也不推辞，一副客随主便的架势。

黄秋月泡好茶，让巫家栋在客厅稍坐，转身忙着将火盆端到院里，刨出炭灰，重新加木炭生火。

巫家栋哪里坐得住，就立在屋檐下看黄秋月生火。

当年，巫家栋也是黄秋月众多暗恋者之一，只是碍于黄秋月身边早已经有了关系更亲密的追求者——刘建安、刘建平两兄弟，他自知毫无半分希望。明知没有希望却放不下幻想，在确定自己即将离开成都前，他仍然抱着幻想给黄秋月送去了戏票，而其结果在他看来分明是自取其辱。最终这份屈辱感发泄在了不明就里的他的崇拜者老幺妹身上。他那时总爱与刘建安辩论，抑或抬杠。除了观点确有相左的原因，其实也有他不愿承认的嫉妒之心作祟。他不甘心黄秋月总是用仰慕的眼神注视刘建安，想让她明白，她仰慕的对象并非口吐莲荷、永远正确。他其实早已看出黄秋月的另一个默默追求者——刘建平的烦恼（他甚至更希望后者能占得先机）。他曾经鼓励过刘建平：窈窕淑女，君子好逑，你和建安既是亲兄弟，更皆为君子，你为什么就不能再大胆、直接、热烈些呢？刘建平只是苦笑，并不搭腔。那次他陪刘建平在小酒馆借酒消愁，击碟而歌《叫我如何不想她》，既是为朋友惋惜，又何尝不是在为自己的暗恋之情一放挽歌。他把自己的心思深深掩藏起来，以敢为真理辩的阳光热血青年面目与大家友好相处。再后来，一心要干番大事业的他加入了进步团体，进而正式加入中共地下组织，不久又奉命提前结束学业回了重庆，与成都的同学朋友匆匆一别再无联系，只是在重庆巧遇了在医院疗伤的刘建平。

这么些年过去了，无论是地下工作的需要与否，巫家栋的身边其实并不缺女人，但从未有让他真正倾心的，直到再次回到重庆，遇上了那个像极了黄秋月，实则是军统女特工的向青婉。温柔乡里，他连自己是如何暴露的都没搞明白，就稀里糊涂被保密局拿下，后来他曾一再暗自自嘲：“什么‘老地下’，完全是蠢猪一只。”

如今，多年的梦中情人就活生生在眼前，经过岁月时光的浸润，已如秋之果实般饱满，成熟的韵味暗香扑鼻，比之妖冶的向青婉更加动人魂魄。巫家栋心里像开了酱品坊，什么味儿都有。说不上是痛苦、懊恼，抑或是无奈、憋闷，更有恶毒的念头填满胸腔：自己走到今天这一步，原来很大程度都是拜黄秋月所赐，如果不是因为向青婉长得像黄秋月，自己会那么快被她五迷三道拿下吗？他被自己突然冒出的这个念头弄得很不舒服。就像当年，听闻刘建安战死疆场，黄秋月失去了丈夫，他竟然有些幸灾乐祸，为此也不舒服了很久，还把自己臭骂了上百次，不相信他一个“阳光热血青年”居然会如此下作阴暗，丑陋不堪。

巫家栋长吁一口气，大声对黄秋月说：“我参观下，可以吗？”

“就这么四间房，你随便看。”黄秋月说。

客厅、卧室、书房、厨房，全都干净清爽，布局简约雅致。但巫家栋总觉这个家缺了点什么。只一会儿工夫，他已参观巡视完毕，折身回客厅坐下。缺什么呢？他还在嘀咕，却见黄秋月已将炭火盆端回屋里，嘴里说：“这天气，没个火盆真坐不住人。”

一听这话，巫家栋哑然失笑，已有答案——这个家缺的就是烟火味儿。

“听说你半年前结了婚，看这小日子过得还行嘛，该祝贺。可惜我今天来得唐突，尽顾着赶来见面，竟然忘了带点礼物，真是该打。”巫家栋对洗完手陪坐一旁的黄秋月说。

黄秋月为客人的茶碗里续着热水：“都是老朋友了，这么些年没见面，你能来看我，说明你巫家栋不仅有礼，还有情义，还提啥礼物不礼物。”

“也是也是，肯定是以前我们大家亲如兄妹，大大咧咧、随随便便惯了的原因，我才忘了该有的礼数……当然，我们之间原本无须这么些虚套的。”

黄秋月点头称是，又问：“见着建平了吗？还有其他同学老友呢？我们还时常提起你的。”

“当年我去南京后就与建平失去了联系。不久前我回了重庆，才听说他早已调回了成都。这次我一到省城就打听你们的消息，知道建平在市警局工作，你在这家医院上班。我今天是临时到这边办事，所以就绕了几步先来看你了。不妨的，我就这两天一定要找他好好畅叙下。”

黄秋月心中暗藏了一个念头，以为巫家栋会首先问起老幺妹儿，但似乎老幺妹儿并不在他记忆中。“你现在在哪里高就啊？”黄秋月问。

“高啥就啊，我几天前刚到成都，准备盘下一家相馆，好歹混口饭吃。今天上午就是去与相馆经理面谈，离这里不远，顺道就先过来看你了，等你说了建平现在的住址，我会尽快抽空去找他的，也好拜见下伯母，当年可是没少吃她老人家做的饭啊。”巫家栋随口道。

“这么说，你要在省城久居了？”黄秋月脸上闪过一丝慌乱。

“是啊，重庆现在乱得很，我想来省城试试运气，反正人地都熟，老同学、老朋友们也可以重聚了！”巫家栋笑道。“哎呀，这么些年兵荒马乱的，大家一定过得都不容易。秋月，你怎么样？听说你有个女儿，多大了？长得像你还是像建安兄？女儿嘛，可不能像他，五大三粗的，哈哈……”刚笑到一半，巫家栋忽然止住，抱歉道，“对不起，这个时候，或许我不该提起建安……”

“没关系的。”黄秋月淡笑下。

“那年你到重庆寻找建安兄下落，又照顾建平那么久，偏偏你刚返回成都，我却与建平在医院碰了面。秋月，说实话，我其实还真怕见不着你的面了……”或许自感话中有失分寸，巫家栋又立马换了腔调，“好在你现在又有了新的家庭，我真为你高兴。小日子过得肯定甜甜蜜蜜哦，对吧？嘿嘿。”

“家栋，你可是一点没变，说起话就没个完。”

黄秋月没有正面回答，反而取笑了对方一句。这么些年过去，以前那个小团队的同学朋友星散各处，再难聚首。她时常会想起他们。而最忘不掉、抛不开的正是这个巫家栋。当年，她何尝没有感觉到巫家栋悄悄投射而来的热烈而幽怨的目光，又何尝没有依稀意会到其中的含义。但她都装作视而不见。她欣赏巫家栋的才华横溢和慷慨激昂，有时甚至支持其与自己的恋人刘建安相左的观点论调。即便是后来巫家栋对老幺妹做出那样的不堪之事，她在对巫家栋气愤，在对老幺妹同情并深怀愧疚之余，内心里仍然没有就此将巫家栋打入十八层地狱。或许他本是爱着老幺妹的呢？只是因为某种不得已的缘故，才无奈选择了分离。她那时就隐约觉察到，巫家栋或许从事着不便为外人道的秘密活动。但这些还不是她经常想起巫家栋的主要原因。主要原因是——果果。她答应过老幺妹，永远保守果果的身世之密，即使是面对果果的亲生父亲巫家栋。“他不配做父亲！”老幺妹临死前说的这句话，以及说这话时寒彻肺腑的绝望神情，她至今清楚记得。她深爱着果果，甚至将这个“女儿”视为自己对牺牲了的丈夫的在天之灵的最大慰藉。她幻想着果果就这样无忧无虑长大，像一株嫩芽，远离人世间暴风骤雨的侵袭。现在，巫家栋突然出现了。他刚才的言语，分明是认为果果是自己和建安的孩子。他可以不知、不问，自己能不说吗？刚才他说他要久居成都，自己为什么心中忐忑，而当他说果果是建安女儿时，自己为什么又有那么短暂的庆幸？接下来该怎么办？

黄秋月感觉心口憋得慌。恰在这时，听说家里来了客人的童杰赶回了小院。

食堂的菜肴很大众化，黄秋月一再表示歉意。平常难得饮酒的夫妻二人只得频频劝饮客人。酒倒是市面上难得一见的洋酒。黄秋月下午还有预约了的病人，不能陪酒。童杰说下午自己刚好空闲些，主动挑起陪酒担子。巫家栋很是高兴，大大咧咧嚷道："那我可要与童兄一醉方休咯。只怕你们家酒不够啊，哈哈哈。"

见面不久，童杰似乎就喜欢上这位新朋友的豪爽、幽默。已经几杯酒下肚的他竟然也学着酸秀才的调门说道："客人何为言少酒，尽需沽取对君酌。来，干了！"

黄秋月不易觉察地皱皱眉，微微有点奇怪，平常并不好酒的童杰怎么突然酒性这么浓。不过她也没再更多计较。也许是家里难得有客人，就是高兴吧。她陪着吃了些饭菜，说了会儿话，看看时间差不多了，让两个男士继续慢慢吃菜喝酒，又让巫家栋留下吃晚饭，说待会儿去菜市场买了菜回来自己做。

出房门来到小院，听着身后传出的笑声，黄秋月驻足片刻，才向门诊部而去。路上有个扫地的员工客气地向她打招呼，她却毫无回应。到了门诊室，刚换上白大褂，她忽地又转身出去，径直去到医院值班室。那里有部电话机。她向正在整理一堆报纸信件的谢大姐点点头，操起了话筒，拨号。电话很快接通。

"喂，是建平？不不，我就是找你的。"接电话的正是黄秋月要找的刘建平。她知道，自从自己住到医院来后，刘建平没有特殊情况都会回家陪母亲吃饭。

看着黄秋月出了门，巫家栋一巴掌拍在童杰肩膀上："老童，你真是幸运啊，找了秋月做夫人！你可晓得，当年，她可是我们男生心中的维纳斯，女神哦，哈哈哈，来来，我敬你一杯，以示祝贺！"

几杯酒下肚，童杰已经脸红筋胀，回应道："维纳斯？对对，女神、女神。但是，神，那是不食人间烟火的。我真幸运，讨了个女神。哈哈。来来来，喝酒、喝酒……"

巫家栋一怔，旋即笑道："和凡夫俗子仰慕的神在一起，难道不好？你老童不要身在福中不知福。"

"神，中看不中用的……"童杰将杯中酒一饮而尽。

巫家栋皱眉道："老童，何出此言？莫非真吃醉酒了？"

童杰似乎也觉失言，扶扶眼镜架，讪笑道："扯远了。怎么就说起神、神话来了，嘿嘿……"

巫家栋又拍拍童杰的肩膀，很真诚地说："老童啊，刚才秋月也说了，我和她，还有建安、建平两兄弟，当年都是无话不说的朋友。你我今天又是一见如故。你要是信得过，有啥话就别闷起，尽可向我这个既是外人又不算外人的人一吐为快，是好是歹都不要紧，该烂在肚子里的我就肯定烂在肚子里。"

童杰用有些迷蒙的眼睛盯着对面那张白净坦诚的面孔，似乎有些拿不定主意，继续讪笑着摇头："其实也没啥，本来就是我一厢情愿，也怪不得秋月的。不过呢，有句话你老弟倒是说对了，你或许是我可以一吐为快的最佳对象。来，喝起。"

巫家栋到此时已经听出些眉目。

到成都后，高进用了半天的时间向巫家栋介绍成都这边的情况，包括以前破获中共以及其他进步地下组织的情况、目前手上掌握的线索、重点怀疑对象等等，其中就说到了刘建平。巫家栋一听到刘建平的名字顿时竖起了耳朵，来了精神，要高进将其情况尽量说细点。

"老兄认识此人？"高进问。

"岂止认识，当年只差一步我就发展他了，就成同志加兄弟了。"

高进双手一拍："我说嘛，这个刘建平绝对不简单，问题大得很嘛。"

"因为我去了南京，后来在赵英手上他是否修成正果，就不得而知了。"

高进斜了巫家栋一眼，明白无误表示，很反感"修成正果"这个用语。

巫家栋尴尬一笑："用词不当，玩笑话。此人一身正气不假，估计也不会搞什么警匪一家，哦哦，对不起，又用词不当了。但他是个大孝子，一直放不下家里的老母，尤其是他哥子战死后，他更放不下了。所以，说不定后来又缩回去了。"

"缩？他是个会缩的人？我才不信。"高进冷笑道。

"你们怀疑他就是'惊雷'？"

"如果说果真有个什么'惊雷'藏在军警系统内部，那么我觉得嫌疑最大的就是他。"

"你们早就对他实施了监控？"

"他肯定是我们关注的重点对象。时断时续也安排了人跟踪他。但这一套对他根本不起作用，他想让你跟，跟十天八天都没问题，不想让你跟，两条街就没了影儿。其实，彼此都心照不宣罢了。当然，他大致的活动行踪我们还是清楚的，不过仍然没用，因为我们清楚的行踪都是正常的。”

“如果那么好对付就不会是可能的‘惊雷’了。”巫家栋取笑道。“只可惜我对后来赵英是否发展了他不得而知。对了，我原来的上线赵英极有可能目前也在成都。完全可以设想，如果赵英当年确实拉刘建平入了伙，那么他们一定会在成都见面，赵英也一定是他的上线。你们之前监视了刘建平那么久，就没发现什么蛛丝马迹，比如他接触的人里面有没有从重庆来的？”

高进歪着头想了想，不太肯定地摇摇头。不过在几天后他想到了一个人——益民银行有个叫孙远明的人，从重庆总行来，与刘建平有过接触。他立即安排人去了益民银行调查，但据银行经理陈思昆说，此人已在几日前为避即将到来的战乱去了香港。虽然手下拿到了孙远明的照片，但那时唯一可以辨认其真伪的巫家栋已经一命呜呼。

而此刻的巫家栋还在和童杰吃喝着，竭力想从对方嘴里套出些有用的东西。因为他从高进嘴里听到刘建平真实身份存疑很大后，就暗暗把下一步的工作重点放在了刘建平这位“老友”身上，同时更念念不忘要挖出老上级赵英。他并未急于去见刘建平，想先从外围着手，收集些情况。而这个外围的最佳突破点自然就是童杰和黄秋月了。他听了发生在这二人身上的如何去参加秘密聚会被捕，又如何仓促举办婚礼结为夫妇，以及刘建平在营救他们的过程中的表现的故事后，对他们产生了浓厚兴趣，当然，这里面本也包含着对黄秋月念念不忘的兴趣。

“童兄不愿深说，也可理会，毕竟我们还是初次见面。”巫家栋独自饮了一口酒，咂咂嘴。“不过，即便老兄不说，你想说的话兄弟我也能揣测一二。”见童杰疑惑地望过来，巫家栋赶紧不好意思地摆摆手，“家栋酒后失言，童兄见谅！”

“不不，老弟才情，我已领会，倒想听听你的高见。”童杰果然被吊起了胃口。

五十七

巫家栋故作矜持地搓着双手，用不是很确定的口吻说：

“听童兄方才话中的意思，似乎对目前的夫妻生活不太满意吧？也是，我刚才初进这个家门，总感觉有什么地方不大对头。后来看见秋月生炭火，恍然明白，原是少了些过日子的烟火味儿……”说到这里，他停下来，注视童杰的反应。

见童杰表情木然，并未解释或反驳，巫家栋知道自己的话没有走偏，于是继续说道："夫妻之间，原本要有滋有味才好。如果真如你所言，守着个不食人间烟火的'神'过日子，那真是寡欢少趣没滋味儿了。"

巫家栋两手一摊，"可是，为什么我们心中如此优秀的女人，和你老兄在一起就成了神呢？你刚才又说不怪秋月，又是啥意思？未必你不是因为喜欢她、爱她才与她结婚的？未必她不是因为同样的原因才选择了你？我真不相信，秋月会是一个蛮不讲理的女人。作为她的老朋友，我真的很希望她的生活过得幸福，因此，我才真的很想知道究竟是什么原因，你能告诉我吗？我能帮上你什么吗？"他真诚地望着童杰。

童杰被巫家栋的情真意切触动了。心想，难得遇上这么个合适的听者，说说就说说吧，不然憋在心头快憋出毛病了。他叹口气，给两个酒杯斟上酒，趁着酒兴打开了话匣。

"刚才看见我书房那张大沙发了吧？我告诉你，自从结婚第一晚开始到现在，那就是我的专用卧榻。为什么？因为秋月从一开始就说了，我们不过是假夫妻。又为什么？因为我带她去参加了一个朋友聚会，被抓进了牢房，她为了救我，只好与我假结婚。我原以为她毕竟还是认同我，起码对我有好感的，虽然仓促之间也许一时难以适应，但相处日久，终究还是会过上夫妻的生活。可是我错了，这么长时间过去，她待我仍是最初的那种相敬如宾的态度。不，不，不是我们所谓的夫妻那种'相敬如宾'，而是真正的客客气气、朋友相处似的。她什么都可以为我做，为我洗衣，打扫房间，有空还做做我喜欢吃的饭菜。但她是不会让我亲近于她的。难道我会厚着脸皮再三央求吗？抑或是使强用蛮吗？当然不会。我尊重她的意愿，只能尊重。这就是我现在的生活，或者说我和秋月的生活状态。"童杰一口气说完自己憋在心头很久的话，觉得轻松多了，自顾自地干了杯中酒。

巫家栋对童杰的故事早有所料，并不惊诧，但是，当所料情形得到印证，多年前听说刘建安战死沙场后产生的幸灾乐祸的感觉又再次出现，不过这次他并未为此自责、愧疚，而是真实地感觉到了一种莫名的窃喜。当然，他此时的表情是凝重的，忧虑的。"怎么会这样？怎么会这样？"他似究问对方，又像是在自问，表现出完全不相信的样子。

过了一会儿，巫家栋说："虽然我和秋月已多年不见，但当年的事我还记得很清楚，她和建安感情确实很深。难道事隔这么多年，她还不能释怀于牺牲了的建安？就不能重新开始自己的生活？都什么年代了，她不至于还要给自己立个‘贞节牌坊’吧？不妨，待会儿我倒要开导开导她，大不了与她辩论一场。”

“万万不可。”童杰没料到巫家栋会有这样的想法，开始后悔刚才的一番畅所欲言了，赶紧摆手说，“你的好意我明白，但那样做是帮不上忙的，反而会让秋月觉得我太不君子。之所以出现现在的状况，主要还是我可能还不够好吧。我刚才也是一吐为快，可能有些意思表达不清楚。”

“老兄相信，就是冷硬的石头也有焐热、焐化的那一天？”巫家栋语气略带戏谑。“秋月传统，我看你也未必现代。”然后又换了历经人情世故的口吻道：“童兄啊，你的一片痴情让我很感动。但是，说句对秋月大不敬的话，你莫见怪。第一，她未必就真的会被你感化。第二，人心这东西，远非你我以为的那么简单。你想过没有，她除了放不下牺牲了的丈夫，会不会还有其他什么放不下的人和事？”

巫家栋观察着有些茫然无措的童杰，认定对方或许听不出自己话中恶毒的祸心，因为他是那样真诚地关心着对方，替对方分析研判着各种可能的事因。见对方仍然一脸懵懂，他决定借着彼此的酒兴再冒险把话说得直白些。

“我刚才说过，当年，秋月在我们那一群人中就是个女神，仰慕者、追求者，甚至暗恋者众多。坦白地说，如果不是兄弟还有点自知之明，也会是其中之一吧，哈哈……因为我非常明白，无论是谁，无论他多有才俊，也争不过早已占得先机的刘家两兄弟。可惜啊，有些兄弟伙没看透这点玄机，当然只能铩羽而归咯。”

“刘家两兄弟？”童杰虽然酒意很浓，但关键的话还是能抓住。

“对啊，建安、建平和秋月自小一起长大，那是如假包换的青梅竹马，他们喜欢秋月再正常不过，秋月对两兄弟的感情自然也非比别人。实话说，当年我还很同情建平，觉得他太礼让建安。追求爱情，怎么能如谦谦君子。或许是天性宽柔，建平始终，哎……”巫家栋摇头慨然一叹，见童杰听得认真，便接着道：

“我与建平在重庆巧遇后，得知了建安牺牲的消息，我还隐约提过，让他照顾好秋月，其中的深意他应该听得明白。后来我去了南京做生意，大家音讯隔断。我还一直以为这些年他们或许已经携手相将，走到一起，那不是顺理成章的事吗？哦哦，老童，我说这话绝没有贬损你的意思。此次来蓉，我才打听到，原来是你老兄最终抱得佳人归，与秋月成了一家人。说实话，没见面之前，我还自问，是何方贤能之辈，竟能俘获秋月的芳心，今日一见，方知童兄满腹学问，卓尔不凡，兄弟佩服之至。怎么，你还不知道这些事？你看，酒撵话、酒撵话，一不小心就把过去的陈年旧事说出来了，童兄就当是笑谈，嘿嘿……”

一个人，被不知名的病魔纠缠不清，成天猜测着病因，又不敢真正面对。突然有一天，有人明明白白告之此病的来龙去脉，该有何种心景？而此时童杰的心景就正如这个病人般。他直勾勾地盯了巫家栋片刻，摇头苦笑下：“对对，笑谈、笑谈……”一杯酒又倒入口中。

即使再不谙人情世故，童杰也隐约感受到了巫家栋话中似有“杂质”，但一时之间又品不透对方是何用意，何况巫家栋的话已经击中他不愿面对的事实。自从黄秋月肯定说出他们是假夫妻，而他所企盼的真正的夫妻恩爱生活遥遥无期的那刻起，不觉间，他已经将刘建平纳入了他与黄秋月“家庭病因”的猜测范围，尽管他很不情愿，甚至觉得自己是胡思乱想，但有一次在与黄秋月闲谈中，他还是有意提到了刘建平，说：“建平这个人也是，一大把年纪了，怎么就没急着安个家呢？这点倒像你，不是为了救我，恐怕也不会嫁给我吧？”

黄秋月说：“是啊，妈天天催他。你看医院里还有合适的女娃没有，有就再给他介绍个。”轻言细语支应开去，倒让他自觉没趣，却又不甘心，说：

“以前我对他没什么好感，后来接触多了，发觉他这个人很不简单，人不坏，就是不大看得透。你应该更了解他吧？”

“既然不是坏人，那就该是好人。”黄秋月回答干脆。

童杰后来还有意试探过两次，但黄秋月总是一笔带过。他也总算明白，黄秋月压根就不想与他多提刘建平。他不敢再试，生怕黄秋月洞察了自己猥琐的心思。自从有了心病后，有时回刘家看望老人和孩子，一家人一起吃饭聊天，他开始留心观察黄秋月和刘建平。观察的结果似乎一切正常。但越是这样，他反而越是苦恼。他不断在心中研究分析刘建平，就像面对病人的疑难杂症那样条分缕析，严谨科学。研究分析的结果又加重了他的苦恼。因为他找不出对方不如自己的地方，除了二者从事的职业不同。甚至他发现对方身上拥有的一些品质恰恰是自己所不具备的。他当然能理解到，当初为了营救自己，刘建平所耗费的心力，所承担的风险。他当然也想到过——难道刘建平就仅仅是将黄秋月作为嫂子，而不是同时作为一个优秀的女性对待？但自己与秋月的“婚事”不正是他一手操办的吗？每念及此，童杰发现自己根本就没有资格对刘建平产生所谓的嫉妒或怨恨之情。于是他又发现，自己似乎已走入了迷宫。巫家栋刚才的一番话在很大程度上证实了他以前的一些猜想，但孤独无助的苦恼却有增无减，更未因此找到走出迷宫的路径。

“我听懂了你话中的意思。”童杰放下酒杯，用平淡的语气说。“不过，你老弟作为秋月和刘建平的老朋友，给我讲这番话，是不是有些……”

巫家栋一愣怔，转瞬点头两手一拍：“我还以为童院长身处象牙塔，一心学问，疏于人情世故，想不到也是能雅能俗，佩服佩服。今天也不知怎么了，就管不住我这张臭嘴。也许是与童兄一见如故，也许是老毛病又犯了，遇见自以为不平的事就爱辩个分明。殊不知，对你童兄耿直了，却对秋月和建平有些大不敬。不过，我绝无坏心眼。你对我掏心窝子，我也要坦诚相对，不是吗？如果你愿意，有些话我是不怕当着秋月和建平的面明说的。”

“别误会，我其实很欣赏老弟的坦诚和看问题较真、透彻。”童杰把身子坐得端些，“既然话摆到此，或者就当是笑谈，巫先生觉得我该如何自处呢？”

“还要继续？”巫家栋故作为难地开着玩笑，“你就不怕我乱说三阵，假如话说过头了，把人得罪光，你大院长恐怕要下逐客令，搞得我酒都吃不安逸了，嘿嘿……”

“何至于。说好了，就是笑谈嘛。”童杰宽解道。

“那好，今天就算是吃醉了说酒话。”巫家栋也打点起精神，往童杰身边凑凑。“我大致清楚了童兄和秋月的状况。依兄弟愚见，要解决这种状况，既复杂也简单。”

“唔唔，愿听其详。”童杰也用打趣的口吻鼓励道。

“复杂嘛，就按童兄刚才的意思办，努力做好自己，假以时日把‘石头’焐热、焐化了，自然是皆大欢喜。简单嘛，两条，要不你消失，要不然让建平消失。”

童杰心中“咯噔”一下，一颗油酥花生米含在嘴里忘了咀嚼，自己深藏的一点心思打算又被对方击中了。

一个月前，对家庭状况万般无奈甚至心灰意冷的童杰，鬼使神差地向远在美国早已为人妻的前女友发了通语焉不详的电报，而对他的脾性了如指掌的前女友竟轻松读懂了一切，很快回电，除礼节性表达了对老友的挂念之情外，主要是诚挚怂恿鼓动他尽速前往美国，并承诺将为他的工作生活提供最为周全完备的帮助。之后的十多天，前女友又连续发来两通电报，声称已为他联系好一家私立医院，对方热切期盼他尽快入职。在最后的电报中，前女友还委婉地表示了对他的夫人黄秋月同样的欢迎之意。面对前女友的盛情，童杰一时兴奋，一时烦躁，前一分钟拿定了主意，后一分钟又犹豫否定。他再一次试探黄秋月：

“现在时局乱得很，真想一走了之，眼不见为净。”

“现在乱，说不定很快就不乱了。你不是很期待这天？怎么这会儿反倒想走了？”黄秋月很奇怪。“再说，能走哪里去呢？”

“比如美国。”

“你当初不就是从美国回来的吗？现在又想过去，还不如不回来。”

“当初是抵御外侮，抗日报国。”

“现在不报国了？”

“现在起码不会亡国灭种。多我一人，不，多我们俩也不多，少我们俩也不少。”

“不要拉上我，我是哪里也不会去的。”

“你不去，我未必一个人去？”

“老童，你不要考虑我。你是完全自由的，我可不想成为你的羁绊。”

“我不过是随便说说，看你这股认真劲儿。不说了，不说了。”

自从摸清黄秋月明确的态度后，童杰虽然憋闷，但几乎已经打消了“一走了之”的念头，如今经巫家栋这番“指点迷津”，这个念头又不可遏制地萌动起来。

“你这个主意吧，说起来简单，做起来恐怕就不简单了。”童杰表现出一丝失望之情。“当然，前者倒确实简单。不就是我走嘛。可是又凭什么叫人家建平消失？”

“说好了的，不过是笑谈。”巫家栋笑道。“我不过是就事论事罢了，你再要我出什么馊主意，如何让建平消失，那我就黔驴技穷了，未必也如你老兄那样，让当局抓他进大牢？哈哈哈……”巫家栋被自己的幽默逗得大笑。“再说，那建平本来干的就是抓别人的差事，又怎么能叫别人抓呢？别看他上过火线，我了解他的，其实本质上是循规蹈矩的人。”

童杰也被这个“馊主意”逗笑了。与巫家栋碰下杯，浅饮了口酒，说：“建平这个人可不简单，人不坏，但要说循规蹈矩，我看也未必。”

“那是肯定的。他怎么能是坏人？想当年，我与他在重庆时彻夜长谈，忧国忧民，愤世嫉俗，那情景仿佛就在昨日。我敢说，他即便是干了在政府看来是什么不规矩的事，那也是利国利民的好事。”

“嗯嗯。”童杰点头同意，却欲言又止。再开口时，讲的只是先前刘建平营救自己和黄秋月的经过。

巫家栋暗自失望，盘算着如何要把童杰刚才咽下去的话再勾出来，但他已经没有机会，因为屋外传来一阵脚步声。

五十八

“建平！”巫家栋立刻认出推门而入的刘建平，尽管对方还来不及解开口罩、摘下皮帽、脱下厚厚的棉袍。

“家栋！”刘建平微笑着回应，同时张开双臂接受了已经绕过餐桌扑来的巫家栋的拥抱。

“我还说抽空赶紧去看望伯母和你呢，没想到你竟然这么快就出现了。”巫家栋说。

“嫂子，哦，秋月打电话告诉的消息，问我有没有时间过来趟。听说你这个多年未见的老朋友在此造访，我哪能没时间？看看，顶风冒雪就赶来了。”刘建平说。

“哈哈哈，还是秋月办事周全，我怎么就没想到这层？”巫家栋说。

童杰已趁着二人亲热寒暄的工夫添置了一副碗筷杯盏，又启开一瓶洋酒，邀刘建平入座，说：“可惜没啥可以下筷的东西了，要不然我去食堂请师傅再弄两个菜来。”

刘建平边落座，边扫视下餐桌，笑道：“有这盘油酥花生米，还有这盘香肠腊肉，够了够了。”旋即又将刚才童杰给斟上的小半杯酒添满，再给巫家栋的酒杯同样满上，然后端了高脚酒杯，满脸是笑对巫家栋说，“家栋，老朋友又见面，我借花献佛，这第一杯酒，我满心满意敬你，干了！”

巫家栋有些为难，苦笑道：“我的量你还不知道？之前已经和老童喝得不少了，再这样喝怕是……”发现对方瞪眼过来，只好改口，“好、好，干了、干了。”

刘建平转怒为喜：“这才像话。”一口先自干掉满杯，冲对方亮着杯，直到看见对方也显得很艰难地干完，才将酒杯放下，哈哈大笑。接着他又准备敬童杰，却只给两只酒杯斟了一小半酒，二人碰下杯，正准备干，巫家栋不乐意了，嚷道：“不行不行。你对我满心满意，对老童就半心半意？不公平。还是要满杯的。”

“你咋还是像以前，一天到晚的‘公平’啦，‘不公平’啦挂在嘴上？”刘建平打趣道。“老童是真没啥量的。喝半杯，于他而言，就是公平。满杯，就是不公平。”

“一家人就是一家人，看看，明明是不忍心，还给我扯横筋。”

“满上满上，干就干，今天就是要喝个痛快！”童杰抢过酒瓶。

三个人你劝我敬，嘻哈打笑闹哄哄扯了一阵酒，越发有了亲热的氛围。

“家栋，你还是当年的脾性，能说会道，爱吵爱闹。老童平时话不多，酒很少，今天硬是叫你几扇子就扇起火苗，像变了个人似的。”刘建平笑道。“我就奇怪了，初次见面，你们喝了这么长时间，就有那么多龙门阵摆不完？说来听听。”

“想听？除非你再自饮一杯，哈哈。童兄，你的意见呢？该不会也护着他？”

童杰但笑不答。刘建平端起杯，说："反正也难得喝到洋酒，干就干。"

"你跨进门那一刻，我们正说到你，谁知说曹操曹操到。"巫家栋见刘建平掏出烟盒，伸手要了一支，就着刘建平的火柴点燃。"说你什么？老童说你这个人不简单，摆了你救他出狱的事情。我呢，就说起我们当年在重庆彻夜长谈那些豪言壮语。总之，我们一直认为，你是个好人。是吧，童兄？"童杰点头认可。

"我如果是坏人，你们两个也不会好。"

刘建平话音一落，三人同时大笑。

又扯了一阵闲篇，巫家栋似突然想起："对了，建平，向你打听个故人，老赵。我到南京后就与他失去了联系，回重庆后多方打听，又一直都不确切。只是听一个朋友说起，有次在成都匆忙间碰见过他一面。你在成都见过他没有？这么多年了，还真是想念他啊。你是知道的，我一直很敬重这个老大哥，从他身上学到了很多东西，终身受益。"

"怎么，你不知道他在成都？当年还是你介绍我和他认识的，咋就断了联系呢？"刘建平有些疑惑。

"你见到他了？"巫家栋差点站起身，又意识到什么，重新坐稳，但还是难掩兴奋。"太好了！"他看看一边的童杰，含蓄补充说道，"俗话说，人在江湖身不由己，关系再好，不一定联系多。但我与老赵绝对不会相忘于江湖的。"

看着巫家栋干净细嫩的泛着红潮的脸庞，听着他爽朗的笑、深情的话，刘建平一时之间有些神思恍惚，多年前与其亲密无间、热血互燃的情景历历在目。

杀人，于刘建平本不该是个问题。在滇缅前线的阵地上，他曾手提轻机枪横扫冲上阵地的日军，也曾两手双刃突入敌群，左刺右劈敌尸累足。但现在要杀的对象却是面前这个曾经的好朋友，曾经一条战壕的战友。无论这个人已经祸害了多少战友同志，并且正在继续向更多的战友同志伸出魔爪，其中也可能包括自己，甚至连黄秋月、童杰也可能会一网兜住。但他还是无法将其视为如日本鬼子那般的野兽。这就成了个问题，自己真能下得去手吗？

中午回家陪母亲吃过饭，刘建平正考虑着给陈锐敏去电话，让他约上龚雅竹和柳艳梅，大家晚上一起小聚下，却先接到了黄秋月打来的电话，告诉他巫家栋此时正在医院的家里与老童吃酒，问他有没有时间赶过去，一是见见老朋友，二是帮着老童陪下酒，因为她感觉这顿酒不会很快结束，担心老童会喝醉，闹出什么笑话就不好了。第三个原因，或许也是最主要的原因，黄秋月迟疑着终究没说出口，但刘建平已隐约猜到，应该是想与自己商量下，是否告诉巫家栋果果的身世。

虽然已经做好与巫家栋谋面的思想准备，但刘建平没想到对方这么快就找上门来，他自然不会轻易放过这个机会，来医院的路上他一直在思谋着、权衡着。自从前线负伤撤出战场，再到加入地下组织，这么多年过去了，他很难动过杀心。孟厚良打他的黑枪，他动过除掉对方的杀心，被老孙劝阻；彭学忠害死秀娟，他动过灭掉对方的杀心，却被游方德三兄弟抢先下手，为此还给他带来很大麻烦。而这次，他确信自己对巫家栋不仅起了杀心，而且很确定，但凡有一线机会，就要采取行动。因为对方的存在对整个组织都是极大的威胁。

但此时，当谈笑风生的巫家栋活生生就在面前，他为什么感到了一丝丝的不忍？

刘建平用手掌抹一下发烫的面孔，接着刚才的话，说："去年老赵就到了成都。我请他吃过几次饭，略尽地主之谊吧。我也向他打听过你的消息。"

"他目前在哪里做事？"巫家栋随意问道。

"好像在学校当先生。他不愿细说，我也不便多问。和当年在重庆时一样，那时他也不谈及自己的工作。"只在一瞬间，刘建平便选择了隐瞒。虽然老孙已辞去益民银行的差事，他也可以对巫家栋实言相告，但如果今天不能除掉对方，必定会给陈思昆带去麻烦，还可能让对方从中挖出也许对老孙不利的信息。他不能冒这个风险。

"那年我去了南京，后来你和他在重庆常见面吧？也没告诉你他在哪里上班？"巫家栋有些不相信。

如果不知道巫家栋现在的真实身份，他如此扭住追问赵英的行踪，刘建平自然会觉得是在情理之中，这是对一个多年不见的老朋友关心关切的正常表现。但此刻，刘建平非常明白对方关心的目的是什么，对方问得越急越多，他刚才的那点"不忍"就消失得越快，血越来越热，心越来越冷。

"你去南京后，我们见面不是很多。不过恰如你所说，每次见面，我确实都受益良多。当然，有些道理或许太深奥，我一时还没想明白，好在他也并没有强迫我明白。至于他究竟从事何种职业，不告诉我，总归有原因吧。其实我们在省城各忙各的，也就是一起吃过几次饭。巧了，他今天上午倒是给我电话，说他准备去香港长住，明天动身，问我晚上有没有时间聚下。我理解，他的意思是告个别吧。"

"你说老赵要离开成都？还这么急？"巫家栋问。

"他是这么说的。我也觉得突然。不过现在时局这么乱，忙着避祸的人多的是。从半个月前开始，要弄一张飞机票就已经难上加难了。要不我们今晚一起去见他？咳，我才是多此一问，你肯定是要去的，对吧？”刘建平自嘲地拍下额头。“地点就在华丰饭馆，老赵喜欢那里的酒菜。”

巫家栋眼神里飘过的狐疑，像一瓣雪花转瞬即逝。

巫家栋没想到获得赵英的消息会如此之快，如此之容易，早知如此，何不早点与这位老同学、老朋友会面。难道真是踏破铁鞋无觅处，得来全不费功夫？多年的“地下”生涯养成的警觉告诉他：这或许是个凶险的陷阱。但急于在新组织中立下奇功的心态又动摇着他的警觉。

即便刘建平现在的真实身份已如所怀疑的那样，即便自己现在的真实身份已经暴露，但对方也是刚刚得知自己在黄秋月家，匆匆赶来，他又有多少时间来布置陷阱？况且，自己在重庆编排的那出与参会同志一起“被捕”的戏文，应该不至于这么快就被识破，刘建平知道自己现在身份的可能性应当是微乎其微。如果自己拒绝前往，无论什么理由，显然都是虚伪可笑的，前一刻还在急切打听老友消息，转瞬之间却避而不见，谁信？当然，信不信倒无关紧要，紧要的是，赵英身为中共南方局的干员，其活动范围横跨成渝两地，在组织中的地位十分重要，拿下他，岂止是奇功一件，完全是足可以令自己在新的阵营里安身立命的又一绝佳投名状。不入虎穴焉得虎子，富贵还需险中求。在重庆，在南京，什么险象环生的局面自己没遇见过，未必就怕了这一遭？这样的机会，万不可失之交臂！

巫家栋悄悄用手臂挤压了下别在左肋的短枪。

高进曾提醒过他，现在的刘建平身手不凡，枪法有准头，假如有天打上交道，务必多加小心。

对于刘建平的拳脚功夫和不俗的枪法，巫家栋并不惊奇。因为在重庆时，他听刘建平说起过自幼习武、军校受训以及后来在战场上的厮杀情形。就是他自己，也早已不是当年只会耍嘴皮子、笔杆子的“二杆子”书生了，在南京时，死在他枪下、刀下的日伪人员也非一两个，“冷血杀手”这四个字，他自认也是担当得起的。

不过巫家栋还是记得三天前外出时，高进笑嘻嘻呼着他的新名字再次提醒：“志新老弟，万事多个心眼。”转脸又特别叮嘱身边的两名特工道，“你两个更要打起十二分精神，如若南先生有个半点闪失，我先取了你们项上人头。”

他那天是去“拜访”一个当年同在一个读书小组的老友，他笃信这位老友后来一定加入了中共地下组织。事实证明，他的判断相当准确。与那位老友久别重逢，相谈甚欢，尽管碍于纪律，相互之间不能表明身份，但他们都心领神会——他们还如当年一般，是志同道合的同路人。当然，当天晚上，这位老友就被高进亲自带人秘密逮捕。躲在门外黑暗处的他，看着特工们将从老友家中搜得的油印机、宣传单放进囚车，看着老友一家四口挣扎着被特工推上囚车，他只是摇头轻叹一息，再无别的感觉。

随着眼神里的狐疑如一瓣雪花飘过不留痕，巫家栋兴奋回应道："你说的本就是废话，我当然要去见老赵。"

刘建平高兴地双手一拍，抬腕看下手表："哦呀，都四点过了，不如我们此时就动身，既可以雪中散步醒下酒，又可以边走边聊。"他向不知什么时候已头垂在一边，沉入梦乡的童杰努努嘴，压低声音，"再说了，客走主人安，我们也不要老是赖在这里。"

巫家栋哑然失笑，同样压低嗓门："看来老童的确不胜酒力，怪我怪我。"

二人相帮着将童杰架进卧室，照料他睡下，直到听见匀速的鼾声，才轻脚轻手退了出去。巫家栋还想捡整下碗筷，被刘建平止住："秋月有洁癖，我们越帮越乱。还是让她自己收拾吧。"

他们哪里知道，他们刚一转身，童杰就睁开了眼睛头枕双臂，陷入沉思。

此时天空灰暗，米粒似的碎雪漫天飞舞，在枝叶、房顶和路面低洼处堆积了浅浅的一层白。刘建平压压皮帽，又仔细戴好口罩。巫家栋也缩缩脖子，紧了紧围巾。

五十九

刘建平和巫家栋一起去诊疗室向黄秋月辞行，婉拒了对方的一再挽留。巫家栋提议说："等两天大家约起一道在建平家再聚，我本该早点去看望伯母的，对了，还有果果小侄女。"刘建平附和道："行啊，又不是不见面了，吃饭喝酒聊天，以后多的是时间。"言罢，短促地盯了黄秋月一眼。他相信她能明白自己话中的意思。

巫家栋挽着刘建平胳膊刚走出医院大门，突然又拍下自己的额头："出拐咯、出拐咯！"

"咋个啦？"刘建平不解。

"我们刚才是把老童扶到卧室床上的？"

"是啊，有什么问题吗？"

巫家栋忍不住“扑哧”笑了，说：“就是这个拐了。老童说，自从秋月上门，他就一直睡在书房的沙发上。刚才，我们是不是把他扶错地方了？”

刘建平不由停下脚步。

“你不知道？”巫家栋有些诧异。“老童说他们本就是假夫妻。只是苦了秋月，哎！”

“假夫妻？家栋，你行啊，老童什么话都给你摆，还说我们是啥‘一家人’，他可是没对我如此坦白。”刘建平戏谑道。

巫家栋自嘲一笑：“都是酒撵话，撵出来的。你又不忍心劝他酒，当然听不到他的坦白了。”

“嗯，可能还就是这个缘由。”刘建平点几下头。

寒风夹杂着碎雪穿街过巷，路上行人比平时少了许多，就连那些兵痞们也少有在街上闲荡，多半是聚在酒馆、茶铺里嘈杂闹嚷。

刘建平和巫家栋倒是对这天气很惬意似的，挽着手臂在泥泞的街道上信步由缰，踉踉跄跄往华丰饭馆方向而去。走到一个街口，刘建平扯扯巫家栋手臂，打个酒嗝，说：“你没觉得后面有两个人跟着我们吗？我们打个赌，看是跟你的还是跟我的？我赌，是跟我的。”

巫家栋酒意已浓的样子，眼角瞟瞟背后，嘻嘻笑道：“和蓉城神探一路，就算是跟我的，未必还怕他个毬哦？”心里却在怪自己那两个跟班太大而化之，似乎根本不在乎被发现。转念一想，也不能怪人家，不是要确保自己的安全吗？

刘建平用手指点点对方：“对头，在成都这九里三分地界上，有本神探在，哪个敢咋子？”挽着巫家栋继续往前，“再说了，我也是被跟惯了，哪天背后没人做伴了，还觉得少了点东西。”

“怎么回事？听你这话，意思是后面的人肯定是跟你的？”巫家栋偏头问。

“难道真是跟你的？走走走，走拢再慢慢摆。”

“他们为什么要跟你？凭什么就不是跟我的？”巫家栋却扭住这个话题不放，就好像不服输似的。

“老兄问这个话，太小儿科了吧？”刘建平龇笑。“你还不知道，我现在身上背着多大嫌疑。”

“哦？他们怀疑你什么？”

“一两句话说不清楚。他们爱怀疑就怀疑吧。老子不做亏心事，就不怕半夜鬼敲门。”

巫家栋还想继续问什么，被刘建平止住：“算了，还是走拢再摆、走拢再摆。”

二人不急不缓，走走停停，后面两位也如影随形。足足一个来小时，总算到了华丰饭馆。刘建平熟门熟路领着巫家栋上二楼，挑帘进入一间名叫“岷山雪”的雅间。

进店前巫家栋已把饭馆的外围环境粗粗观察了下，他觉得无须太过担心自身安全。这里离蓉站已经不远，只隔三个街区，附近还有个派出所，再加上身边跟着随时可以出手的两个保镖，而且他无论如何也看不出刘建平对他构成的一丝一毫威胁，更别说布置了什么陷阱。现在该布置陷阱，张网以待赵英的反倒是他。

巫家栋急于找个机会与保驾的特工碰个头，最好能通知蓉站赶紧将华丰饭馆包围起来。见刘建平在点酒菜，他问堂倌儿：“茅房在哪里？”

刘建平随意接口说：“等下我带你，一起去。”

等他们上完茅房重新回到楼上雅间，一口小火炉已安置妥当，上面的砂锅里汤花翻滚。

刘建平兴致勃勃地招呼巫家栋：“老赵是个大忙人，也不一定准点。我们吃起等他。”

“嗯，好鲜香的汤锅，嗅着这味儿，咋感觉又饿了呢。中午在秋月家真没吃好，尽喝酒去了。”巫家栋也挽挽袖子，忙着往锅里夹肉菜。

酒是华丰饭馆自酿的曲酒，入口即化，滋味绵长，劲道却不减半分。刘建平不乏溢美之词地向巫家栋介绍着这酒的妙处，搞得对方不喝都不好意思。

巫家栋哪里品得出酒的妙处，他此时更多的是在设想当赵英出现时应该采取的行动。刚才去茅房，他瞧见两个保镖坐在离楼梯口不远的大厅里一张饭桌前，正在点菜。但刘建平脚跟脚在一起，让他没机会与他们联络。看来，通知蓉站派人来是不可能了，只有靠自己相机行事。最简单，也最有效的办法是，一旦赵英出现，立刻用枪逼住对方，包括身份不明的刘建平，然后大声叫喊楼下大厅里的两个跟班。如果赵英，连同刘建平胆敢反抗，那就别无选择，果断开枪。抓不住活的，能当场击毙共党要员也是了不起的战果。这些念头在他脑子里打了几个转，他甚至在意念中暗自操演了几遍掏枪的动作。在如此近距离，不会有人能从自己的枪下逃脱，他有这个把握和自信。总算拿定了主意，巫家栋有了些好整以暇的心情，又提起刚才的话题。

“刚才我们打赌的事你还没说清楚，你到底背了什么嫌疑被人家跟踪？”

刘建平哼笑一声：“运气差嘛。事连事，堂堂刑侦队长竟然就成了他们的嫌疑人。”然后将自己如何成为嫌疑人的经过大致讲述了一遍。“你说，发生了那些事情，他们能不怀疑我通共，能不跟踪我吗？不过，我还是那句话，习惯了，跟就跟着吧，就当是保镖。”

巫家栋自然是清楚刘建平讲述的那些事情，只不过是从高进口中得知。他装着听得很认真，听罢，也没发现什么破绽，从刘建平的角度，完全可以自圆其说。于是他换了个话题：“既然你很确定那两人是跟你的，刚才在路上为什么还要与我打赌，未必你同时觉得他们也许是跟我的？我倒好奇了，你又凭啥认为，我屁股上也会长尾巴？”

刘建平含笑打量对方一刻，吐出一口烟圈：“家栋啊，我们之间还要打哑谜到啥时候？”

刘建平看似平淡实则突兀的话，让巫家栋有点难以招架。因为对方的话含义模糊，既像是在说，我知道你的身份，所以不排除你被人跟踪，但又没明确指出究竟是何种身份。

“这是啥话，信不过你，我还跟你跑这么远来见老赵？”巫家栋毕竟不是等闲之辈，眨眼之间已巧妙地将难题踢了回去。

“既是如此，干一杯？”刘建平举杯笑道。

看对方干了杯，刘建平也干后接着说：“因为有一次我与老赵一起，也是到这里吃饭，也是在路上，也有人跟踪。老赵很警惕，虽没明说，但我感觉得出他的谨慎。直到我告诉他，后面那人八成是跟我的，他才稍微放心下来。当年你和老赵是什么关系？既然老赵有可能被跟踪，你难道就不会？”

“那你又凭什么就断定打赌你会赢，他们就是跟你的？就因为背的那些嫌疑？万一今天就是跟我的呢？”巫家栋继续追问着，大有当年激辩的架势。

“因为如果是跟你的，你一定也会如老赵那样，有点小紧张，而且会及时想办法摆脱。哪能真的会因为和一个徒有虚名的‘神探’一起就无所谓的道理。恐怕早一溜烟不见影了。”

“哈哈哈。我有那么不堪吗？”

这次是巫家栋主动端起杯，与刘建平一饮而尽。刘建平的一番分析推断，表达的意思很明确——在他心目里，巫家栋还是以前的巫家栋，和老赵没两样。

“建平，听了你刚才的话我很高兴，也很感动。为什么？因为这才是一种信任。这么些年了，物是人非在所难免，但我们的友谊和信任没有变。”巫家栋感叹完，又说，“特别是你干着警察的差事，又那么了解老赵的情况，竟然还是如此看重朋友之义，难怪童杰说你不简单。难得啊！”

刘建平眉头一蹙：“家栋，你这话什么意思？我是干着警察的差事，还冤枉背着嫌疑，但卖友求荣的事我也是干不出来的。”

“我不是在对你表示钦佩么，没听明白？”巫家栋往刘建平碗里夹了个鱼丸。“建平，你什么都好，就是太看重小家。我就不明白了，当年你热血报国的豪情到哪里去了？要说顾念伯母，当年为什么就能和建安兄脚跟脚去前线打鬼子，那时舍得下，现在就舍不下？你知道，我也是家中独苗。可是，忠孝难两全。说起来，我也很对不起父母，含辛茹苦将我养大，我却常年在外，竟是没尽到一点孝心。对了，那年老父来成都看我，你也见过的。与你相比，我真是无颜见爹娘啊。可是，我不后悔！”

“当年是救亡图存，忠孝难两全，迫不得已。现在呢？说白了，就是同室操戈嘛，我没兴趣参与其中，也就自然不必为忠孝选择犯难了。”

“难道你对现状很满足？难道你不想有所改变？凭你老兄的才能，完全可以为更好的明天做点事。你不觉得黎明就在眼前吗？此时正是你建功立业的大好时机，否则，就太迟了。”

“建功立业？”刘建平嘲讽地瞟下对方，“你真以为我这个‘神探’有好大能耐？我他妈连自己的家人都保护不了，还建什么功立什么业？被人怀疑跟梢、打黑枪，我干受了；妹子被人家害死，我屁没放一个；我兢兢业业干差事，戴着个‘神探’帽子，原以为或许还能混个更高的位置，蔡局长也有提携之意，可到最后，差点连现在的饭碗钵钵都打倒；秋月被抓，为了救她出来，我到处求爹爹告奶奶，最后厚着脸皮去劝她嫁给童杰，厚着脸皮劝童杰娶自己的嫂子，外面不知多少人看笑话。今天不是你，我一肚子苦水向谁倒？你今天不说我还不知道，原来秋月和童杰婚后的日子是这样……你以为我好受？我心头在滴血，你信吗？你当然信，因为我们是老朋友，往事都清楚……”刘建平语气中满是酸楚苦涩，给两个酒杯斟满，才继续道：

“我对现状满足？哪个龟儿子才满足。可是不满足又能咋样？我除了不会卖友求荣，还能做些什么？像你和老赵那样提起脑壳要？我能吗？建安不在了，这个家就指望着我了。我要是哪天真把脑壳要掉，老母亲怎么办？谁为她养老送终？这些年，我看得太多为了理想信念把脑壳要掉的人。就拿童杰那个同学傅绍聪来说吧，两个月前在城外塔子山，两口子被枪毙了。因为没有亲属收尸，他们居然想起了童杰，让他去为老同学料理后事。秋月陪着老童倒是去了，但完事后老童人都变了个样，听秋月说，受了很大刺激。你想想，如果那次没把秋月和童杰救出来，和傅绍聪两口子上刑场的，说不定就有他们两个，我现在想起来都后怕，童杰不受刺激才怪。我理解你和老赵，坦白地说，甚至也佩服你们。为这个，我敬你一杯。”

巫家栋着实被刘建平这一席话闹得迷迷糊糊了。怎么听怎么都觉得这是掏心窝子的肺腑之言，爽直坦诚，或者说饱含深情也不为过，对老人的孝，对朋友的义，对黄秋月的情，不遮掩对现实的不满，不隐蔽对未来的期许，都表露无遗。他都有点替刘建平担忧了，等会儿，当自己用枪逼住赵英时，他该会有多震惊，面对两个朋友，他该多为难，该作何选择？

“建平，我能理解你的难处。其实今天老童还说了不少他和秋月的事情，我听了很吃惊。他居然说守着秋月就像供奉一尊神。我就不明白了，你难道忘记当年重庆离别时，我是怎么劝你的？这么些年了，你和秋月还没走到一起，看看现在，弄得你们三个人都不痛快，何必呢？”巫家栋叹息着。他自己的日子过得一团糟，人不人，鬼不鬼，眼前有人日子同样痛苦、无奈，他有种莫名的快意，他想聊着别人的不痛快消解些自己的郁闷。

刘建平抚着眉骨上的疤痕，陷入长时间沉默，许久，才吐出两个字：“承诺。”

“什么？承诺？”巫家栋好像没听明白。

“对。承诺。当年建安去前线时，交代我照顾好秋月，我答应过……我们不谈这个好吗？来，喝酒。”

六十

天早已黑尽，风夹着碎雪扑打在窗玻璃上沙沙响。楼上楼下食客们的喧哗声比最初减少了些，两壶酒所剩不多，小火炉已加了三次木炭。

巫家栋尽管不断提醒自己少喝点、少喝点，也因为要面对即将出现的紧张局面而不敢松懈，但经不住刘建平真情表白，衷肠流露，久别重逢的两个老友，或借酒消愁，或为往事干杯，不知不觉中他还是喝了不少，加上先前在童杰、黄秋月家也没少喝，此时真有些眼花耳热。他已经提了几次：“老赵怎么还不到？你们是约定在此见面吗？”

“我看老赵可能有什么事绊住脚，来不了咯。”刘建平歪着头有些吃力地看了一下手表。“也罢，人生何处不相逢，也不在一时一地。不过总是有些遗憾。”

“真、真不来啦？”巫家栋一手托着腮帮子，瞪大双眼，满脸失望。但奇怪的是，他又隐约感到一丝轻松，因为他实在喝多了，开始担心自己应付不了与赵英见面后的局面。“要不我们再等等？”他终究有些不甘心。

“已经快三个小时，他肯定不会来了。有次我们约好见面，结果他也有事耽搁了。这种情况，我是很理解的，你说呢？”

巫家栋明白刘建平话中之意，你和老赵干的是一样的事，什么突发情况都会遇到，爽个约，不是很正常吗？于是点头道，“也是，当年在重庆，我也爽过与你的约。”

“天不早了，酒也吃爽快了，打道回府如何？”刘建平说。“我估计楼下那两位也等得不耐烦了，嘿嘿！”

“你就那么肯定，那两位不是跟着我的？”巫家栋笑道，因为赵英的爽约，虽很遗憾，但也确实大有如释重负之感。

“如果是跟你的，那么我敢肯定，他们二位是你的同路人，不然你怎么能放心大胆与我一起吃喝这么久。”刘建平一愣神，压低声音，“莫非老兄说的是真话？”

“是我的同路人也不奇怪。你要知道，到处都有我们的人嘛，哈哈哈。”看着刘建平将信将疑，明明有点惊讶却又装得无所谓的样子，巫家栋开心大笑。“建平啊，这顿酒喝得真是痛快，哎呀，我是太久没这么痛快过咯！来，我们一起再唱一个，如何？”

巫家栋抓起筷子，兴致勃勃地提议。刘建平自然明白他所谓的“唱一个”是指什么。略微迟疑，笑着捻筷在手。二人筷子敲杯碟，小声哼唱起多年前曾经让他们欲罢不能的歌：

天上飘着些微云
地上飘着些微风
啊
微风吹动了我头发
教我如何不想她
……

刘建平结完餐费，与巫家栋各自穿戴好，相携下楼。两人脚下都有些不听使唤，不过巫家栋问题更大些，半个身子完全靠在了刘建平身上。

底层大厅内，还有四桌客人，楼梯口的一桌只有两个身形壮实，穿着棉衣的客人在慢慢饮酒吃菜抽纸烟，相互之间没怎么交流。看见楼上的二位下来，也忙叫过堂倌儿结账。刘建平用眼角余光一扫而过，再次确认，以前应该没见过这两个货色。想来也是，“小洋楼”不会安排那些平常冲在头排的特工担任巫家栋的保镖满街逛，如果那样，不是相当于满世界昭示他巫家栋是何许人吗？

走出店门，路面和街道两边的屋顶上已经铺上一层薄薄的白，只是街面被脚踩轮撵弄得有些乱七八糟，而仍在飘落的雪花继续努力着，要重新覆盖掉这些乱七八糟。

“还是我送你吧，黑灯瞎火的。”刘建平说。“要不然到我家去将就一晚上？”

“不用、不用。我就在春熙路口子上，不远。”巫家栋满嘴酒气直往刘建平脸上喷。

“你娃子醉成这样还逞强，万一跌倒阴沟里就好耍了。莫非、莫非那两位真的是你跟班，那我就可以不管你，交给他们吧。”

巫家栋摇摇晃晃，嘻嘻笑道：“管毬得他们跟哪个，我还是跟你稳当。”巫家栋大声武气，好像也不怕外人听见。“把我送到春熙路百货商场就行。我改日再登门看伯母。走走，这风吹着，雪飘着，正是爽快。”

在从医院到华丰饭馆的路上发现有跟踪后，刘建平几乎已经放弃动手的念头。“小洋楼”竟然如此看重巫家栋的安全，专门安排了两名特工跟随，一方面表明了他们对巫家栋利用价值的重视，另一方面也足见其对组织的极大威胁和危害。尽管如此，刘建平还是感到时机不对。

他之所以说出今晚要与老赵在华丰饭馆见面，引诱巫家栋一同前往，首先为的当然是寻找机会。他觉得只有这个“诱饵”才足可以令对方心动。华丰饭馆地处市中心，离蓉站不远，附近还有派出所，对方应该觉得比较安全，容易麻痹松懈，便于找机会下手。其次，他也考虑了万一无法动手，由于老赵的“爽约”，起码可以让对方一时半刻困惑于老赵是否真的离开了成都，这或许能为老赵的安全起到一点作用，至少争取一点安全的时间。

眼看此时的巫家栋，酒气冲天，步履蹒跚，因为老赵的“爽约”，以及之前酒桌上老友的“倾诉衷肠”而彻底放松下来，似乎已经解除了对自己的警惕、防备，刘建平又看到了动手的机会。

当然，他其实一直就没有真正放弃过动手的念头。否则，他刚才也不会那么辛苦，甚至是痛苦地向巫家栋“倾诉衷肠”。

刘建平架着晃荡不停的巫家栋，左右看看，好像在找黄包车。可是在这行人稀少的风雪夜，即使有寥寥无几的黄包车，也是正拉着客人艰难跑在路上。

“走走走，这天气正好醒酒，反正又不远，就几步脚到。”巫家栋反倒扯着刘建平往前走。

“你娃儿劲还不小嘛，看把我也绊倒哦。”刘建平大声说道。“我们走条近道，往这边走，慢点，小心脚下。”他相信后面的跟班能听见自己的话。

从华丰饭馆门口往左，是福兴街的东段，过完路口右拐，就是叫水井巷的小街。小街长百多米，一边是普通居民的低矮瓦房，另一边则是青砖起高墙，里面住的自然是大户人家。小街中段靠高墙一边有口古井，井台宽敞。这口古井的水与市区内绝大多数的井水一样，虽然清亮，水质却不好，即便是烧开，也难掩苦涩味，用来洗涤衣被物什、洗脸烫脚、夏日冲凉都没问题，就是不能食用。有好心人在井台边安了简陋的石桌、石礅，供人在此小憩，摆龙门阵、交流发布各种市井消息，使这里逐渐成了巷子里最热闹的场所。出小街，再横穿一条街面，绕过两个小路口，已然来到成都最繁华的街道——春熙路。

刘建平对这一片的街巷再熟悉不过，眯着眼睛都能走几个来回。他不知道巫家栋是否熟悉这些道路，但他可以肯定，后面两个跟班是绝对熟悉的，因此他们应该想到，他们保护的对象正在被同伴寻了近道送回住地，无须担心。

巫家栋在刘建平的搀扶下，高一脚矮一脚走着，嘴里还叽里呱啦地说个不停，一只手舞来舞去。刘建平不时哼哼哈哈回应着。

进入水井巷街口，雪风似乎舒缓了许多，四只脚踩踏在有些凹凸不平湿滑的青石板路面，更显蹒跚。好在临街的住家户门窗透射出些朦胧灯火，不至于完全看不清路。

来到井台边。刘建平将巫家栋半推半扶着在一块石凳上坐下，喘口粗气：“不行了，得歇口气。”他偏头瞟一下后面，两个人影就立在大约二十米开外，也不刻意隐蔽，连咳嗽声都能隐约听见。两个老友喝醉了，互相搀扶走到半路歇口气，太正常不过，何况此时也没有其他路人经过，他们自然没什么可担心的。

“就在这里吧。”刘建平似乎在自言自语，人已经绕到巫家栋身后，左手搭在了对方肩上。

“嗯，这里好。给我来支烟。”巫家栋抬起左手，也不回头。

“不抽了，反正你也不会。家栋，就此上路吧。”身后的声音平淡中还透着些许温和。

巫家栋的身体突然僵硬。“上路？上哪去？”他的声音微微发颤。

“你应该知道。因为你走错了路，还能去哪儿呢？”

几粒碎雪打在脸上，感觉不到冰凉或灼热，巫家栋依然保持着僵硬的姿态，因为此时他的感觉完全在后背，有个尖锐的物件正抵在那里。他知道那是个什么东西，他同样知道，只要他敢轻举妄动，那尖锐的物件就会在瞬间刺穿他的身体。

“建平，我拿你当兄弟、朋友，你不该这样对我，这不公平。”他柔声虚弱说道。

“那些因为你而被祸害的兄弟、朋友、同志，对他们，公平吗？”背后的声音里已经没有一丝暖意。

沉默一会儿，巫家栋语气凄楚道：“原来你什么都知道。我不怕死，我怕的是生不如死，我，没得选择……”

听闻此言，刘建平不知怎么一下想起樊步兆，那个曾经差点使自己万劫不复的人。他无声地叹口气：“我也同样没得选择。”

“不，建平，你可以选择，你可以放过我。我保证，不会有人知道今天的事。我还保证，远离江湖，就此消失，世界上从此再无巫家栋这个人。好吗？留家栋一条命，为我那可怜的双亲，让我最后略尽人子之孝。”

“难道被你所害的人就没有双亲？没有妻儿？”背后的声音变得冰凉。

巫家栋僵硬的身体逐渐瘫软下来，苦笑一声：“我早该想到，老赵怎么可能不拉你入伙啊。建平，你想听听这么些年我为组织出生入死的故事吗？成天提着脑壳东奔西跑，四处卖命。本指望留在南京，能在解放区过几天太平日子。可一声命令，又叫我回重庆。我是一万个不愿意啊。但是我不是服从命令回去了吗？事到如今，我又得到了什么？就看在这个分儿上，不可以将功折罪吗？还有，你确实是徐耀庭、高进一直怀疑的对象，但我并未建议蓉站立即拿下你，为什么？因为我不忍，你我毕竟是多年的兄弟，岂是其他人可比的？我不忍，未必向来重情重义的你，就真忍得下心取我性命？建平！”

刘建平搭在巫家栋肩上的手不经意间松弛了稍许。巫家栋敏锐捕捉到这微小的变化，内心燃起星烛般的希望：“想当年，我们无话不说，可以说比亲兄弟还亲。就拿你和秋月的事情来说吧，当年我是如何鼓励你，后来又是如何宽慰你的？还记得在那家小酒馆吗？看你那么痛苦难解，活生生要憋出毛病，为了陪你，我生平第一次喝那么多酒，后来还是你送我回的宿舍，就像今天你送我一样。在重庆时，我又是如何再次鼓励你的？就是刚才，我都还在关心你。难道这不是比亲兄弟还亲才能言说的事情？当年，你其实肯定感觉到了我对秋月的好感，那是多好的一个女人啊。可是，我从未在秋月面前流露出过一丝一毫对她的好感。为什么？还不是为了你和建安。今天，就是死在你兄弟手上，死之前，我还是要再次祝福你和秋月，你们才是本该成眷属的有情人。童杰，他不配，秋月本身对他也无任何爱意可言……”

“行了。你以为凭三寸不烂之舌就能躲过本该受到的审判？”刘建平打断了巫家栋越来越顺溜的话语。他不得不承认，巫家栋的口才比之当年有过之无不及，句句戳在他最脆弱处，撩拨在他最提不起放不下，欲罢不能的地方。他无法解释，自己何以会留给巫家栋这么长的时间絮絮叨叨。拖泥带水，本是行刺者之大忌。如果换了另一个不曾相识的叛徒，也许早就把该做的做了。

“你还好意思提到秋月。我敢说，今天你登她的门，就没安着好心。不管怎么说，我们毕竟相识一场，才让你走得明白，就这么简单。”

一阵寒风从西面的巷口呼啸而来，夹杂着的碎雪直扑面门，转瞬之间又消失在东面的巷口。

“看来，今天是难逃此劫了。”巫家栋的声音又虚弱下去，但嘴巴仍不停，还在做着最后的努力。“建平，你怎么敢在这里动手？明白了，因为这里让我觉得安全，是为了解除我的戒心，就像刚才酒桌上，你说的那些情真意切的话，与我一起回忆的那些往事，也全是为了这个。哎……建平，当年我就没看错你，真是难得人才。我以为局势尽在我掌控中，我甚至都真的相信当年老赵没有发展你，你现在还是白纸一张。嘿嘿，我真他妈该死。千小心万小心，还是被蓉站出卖了。”

“啥意思？蓉站怎么会出卖你？你不是被他们保护着吗？”背后的声音带着些讥讽，却越发冰凉。

“建平，看来你在组织里地位并不高，连我是被谁出卖的都不知道。”

“你是说，蓉站里有我们的人？”

“除此以外，就凭我在重庆坐了那么些天又脏又臭的大牢，谁能这么快识破我？未必你是因为我后面有两个跟班就认定我现在的身份？就要除掉我？”巫家栋轻叹道，“识破我也就罢了，还偏叫你这位老友来杀我？建平，你真是情何以忍啊。你明知道后面那两个人就是我一路的，但你好像并不担心情况有变，没有使阴招，一刀捅了我。这说明什么？说明你很强大？说明真的要我死个明白？不，只能说明你就是不忍，顾念我们的兄弟情谊，就像我对你不忍一样，是不是？那我们为什么不可以再好好谈谈呢，建平？”

“不是我强大，是你太自信，太狂妄，以为在这种地方，又有两个跟班保护，我就不敢动你。我们还有什么好谈的？还是安心受死吧。”

“终究还是兄弟，能给我最后说话的机会，我谢谢兄弟了。动手吧，来痛快些。对了，不是我自作多情，就不要告诉秋月这件事了，为了她，也为你自己，永远别告诉她。她要问起，就说我远走高飞了。”

身后一片默然。巫家栋将身体坐直了些，竟颤颤巍巍又哼起来：

天上飘着些微云
地上飘着些微风
啊
微风吹动了我的头发
叫我如何不想她
……

哼了一节，背后还是什么动静也没有，反而感觉压在他肩上的手和抵在他背上的硬件又松懈了少许。

“还是下不了手？那我帮你下如何？救……”巫家栋等的就是这一刻，积蓄已久的力量猛烈爆发。其实他一直在积蓄力量。笑话，刘建平可以声泪俱下、声情并茂，哄得他懵懂颟顸，凭他巫家栋的利口，就不能声声泪、字字血，诓他个兄弟情深、心慈手软？

眼看他就要挣扎起身，意念中的呼救声几乎就要蹦出口腔。但他还是低估了背后那位曾经的老友……

巫家栋闷哼一声，左手捂在了胸口——那里已经冒出匕首的刀尖。也就在他手捂胸口的同时，一直压在他肩上的手掌迅疾捂住了他的嘴巴。曾经口若悬河的他，再也发不出一丝声息。

这一切就发生在瞬时之间，发生在一粒碎雪飘落在眼睫毛上还没来得及消融之间。

刘建平将巫家栋的身躯慢慢扶倒在地。随后，抽出匕首，扔进古井，再搜出巫家栋身上的手枪顶上火，喘口气，朝不远处的两个人影喊道：

“喂，两个兄弟，麻烦快点过来帮个忙。”

两个人影没有迟疑，疾步走来。快到近前时，走在前面那个壮汉问道：“咋回事？酒劲发作了？”

刘建平蹲在巫家栋身边，眼见二人已到跟前五六步远的地方，嘴里说道：“是啊，醉倒毬。”

他话出口，手枪也连响两声。

两个身形几乎同时歪倒。刘建平没有片刻停顿，跨过去，弓腰确认二人已然毙命。转回身，又在巫家栋颈脖动脉处触摸片刻，然后将滚落一边的礼帽轻轻盖在对方脸上，蹲在那具气息全无的尸体旁，略微沉吟。

他发现对面几间房舍的灯火在枪响后骤然熄灭，于是站起身准备离开，又好像想起什么事，迅速将三人身上的钱物、武器悉数搜净，揣好，这才跨过街面，推开一扇虚掩的小门，然后消失在一条黑咕隆咚的狭长巷道中……

华丰饭馆已快打烊。肥胖的赖掌柜正在柜台拨着油亮润泽的算盘珠，不时用一管纤细毛笔在账本上记上一笔。这时，一位戴皮帽、捂口罩，身穿长棉袍的人悄无声息地挑帘进来。他依稀记得，这位客人约莫半小时前才从饭馆离开，此时回转，莫非是遗忘了什么物品。

那人语气平淡："没其他事，只是过来打个招呼，今晚我并未到贵店吃过饭。赖老板，切记！"说完，用锐利的目光盯着对方。

赖掌柜神情微凛，郑重点头："都是百年老店咯，自然懂规矩，贵客尽可安心。"

第十一章

六十一

快走到院门时，龚雅竹一抬头正好看见徐孝凡，手里拿着个小纸袋，从那扇铁皮大门上开的小门进来，不由微微蹙眉，随即恢复平常。

“雅竹？你这是去哪里？”徐孝凡停下脚步。

“我去见个老乡，陪着吃个午饭。你呢？”龚雅竹反问。

“我去买了点头痛粉，最近用得多。”徐孝凡冲楼上扬下头。龚雅竹自然知道他说的是站长徐耀庭。

“刚出差两天回来又犯老毛病了？我就奇怪了，站长出差怎么就不带上你？你在身边好照顾他呀。上次也是，去重庆开会四天，也不带你。搞得神秘兮兮的。”龚雅竹不解道。

“长官的事咋能什么都让我们知道。你等下，我陪你一起去，现在街上乱哄哄的。”徐孝凡不想继续这个话题，很贴心地打量下穿着件天青色呢子大衣，臂挽精致提包，亭亭玉立，神态闲适的龚雅竹。

“不用，又不远。你还是多陪陪徐长官，听说他一早大发雷霆，出什么不得了的事了？”

徐孝凡左右瞧瞧：“你还不知道？昨晚就在附近的水井巷，有人一家伙弄翻了我们三个。其中就有那个从重庆来的……”徐孝凡及时止住话头。

“难怪，刚才我去了他办公室，还余怒未消呢。”龚雅竹紧锁眉头嘀咕道，“什么人如此胆大包天啊？”

“身上的钱物、武器全被搜个精光，看似劫财害命，可是站长说哪里就那么巧，偏偏就抢到他们三个？反正现在是一点头绪没有，如何破案？再说，现在我们人手也不够，又要盯到刘、邓、潘三家公馆，又要帮着协防北较场那边……喂，雅竹，你不会是去见那个老同学吧？”徐孝凡酸溜溜地问。“其实警备司令部那边也让站长不省心的，你去劝劝他也好，让他多长个心眼哦。”最后一句明显带着幸灾乐祸的意思。

龚雅竹斜眼瞟了对方几秒钟，哼笑一声：“我看你的心眼才是长多了些，尽说些莫名其妙的话。”言罢，高跟鞋轻盈踏响三合土地面，到门卫室迅速完成外出登记，然后跨出了小门。

徐孝凡直想抽自己一个大嘴巴，懊悔刚才自己又说了蠢话。你吃个毬的醋，那不是等同于承认人家是一对儿了？他暗骂着自己，既不敢追上去解释，又难以遏制一股股醋意翻江倒海。

这么长时间，除了上次他从重庆回来，龚雅竹说要为他接风洗尘，二人去外面亲亲热热吃过一次饭，就再没单独相处过。芬姨怪他不主动，徐长官笑他太木讷。他把一肚皮怨气、醋意都归结到警备司令部那个姓陈的家伙身上。雅竹和自己待的时候少，那么肯定就与姓陈的在一起时候多，这是他的逻辑推理。为印证这个推理，他有几次悄悄跟踪外出的龚雅竹，还真就得到了印证。那次他果然发现龚雅竹与姓陈的，还有刘建平，还有那个叫柳艳梅的女记者，四个人一起在“帝都”喝咖啡，有说有笑。他咬牙克制着没有当场现身。

“我送你的咖啡喝完了？”第二天他问龚雅竹。

“没啊。”

“没‘帝都’的咖啡味道好？”他皮笑肉不笑。

龚雅竹注视他良久，然后帮他理了理衣领，淡淡说道：“都好喝。你别把自己搞得太累，好吗？”没再多解释一句。

龚雅竹自然听得明白刚才徐孝凡提到的三家公馆和北较场。

川康两省中，刘文辉、邓锡侯这两大军界大佬无疑是最强的地方势力，外加一个颇有影响力的川军将领潘文华，固守川西，离不得这三根支柱。但有种种现实的迹象在表明，有过往的历史纠葛在提醒党国的最高统帅，这三根支柱并非全然可以信任和依赖，搞不好反而会成为压垮川西这块最后堡垒的最后三根稻草。因此，蓉站按照上面的指令，对这三人在成都的公馆严密监视，一旦发现异动断然处置，就是再正常不过的事了。

至于要加强北较场那边的协防安排，是因为这几天那位已然心力交瘁，却又绝不甘心失败的最高统帅，正蜗居在那个他目前在成都唯一觉得安全的地方——北较场陆军军官校里，捉襟见肘地调兵遣将，为看不到希望的“川西决战”做着最后的部署。

还有那个让站长徐耀庭也不省心的警备司令部，因其司令王魁盛是邓锡侯的兄弟伙，自然也在监视范围内。这个也不省心，那个也要提防，自然是再多的人手也顾不过来。龚雅竹都替徐长官累得慌，他脑壳不痛才是怪了。

帝都饭店一个雅间内，门窗紧闭，暖和舒适。身穿便服的刘建平和陈锐敏正品着茶随意闲聊。

“虽说是风雪夜，行人稀少，但毕竟是市中心，敢在那个地方取三人性命，会是什么人如此胆大？”陈锐敏咧嘴道。“我出门前王司令一直在念叨这件事，还提醒我在外面要注意安全。”

他们正在聊着昨晚发生在水井巷的那桩命案。

刘建平面色有些苍白，略显疲惫，徐缓说道：“胆大的人多的是，别忘了，现在城里就是一座兵营，最近打打杀杀的事还少？”

“但毙命的三人身份可不一般。听王司令说，他们应该是‘小洋楼’的人。”

“我上班听说这事后，还去问了下蔡局长，毕竟是在街面上死了三个人。他却给我哼哼哈哈，并未安排我们去侦办。”刘建平接口道，“经你一说，这三个死者身份倒是真不一般。也好，我们少受累，更是少惹麻烦。所以啊，我才有时间来此赴约哦。”

“我明白你老兄的意思。虽然不排除强人或兵痞劫财害命的可能性，但真正想杀、敢杀‘小洋楼’的人，还是共产党、游击队吧？所以，不参与破案，就是少惹麻烦。”

刘建平耸耸肩，表示认同。

“不过，这么长时间以来，他们好像没怎么找你麻烦了，你不会不习惯吧？”陈锐敏眨巴几下眼睛，打趣道。

刘建平没有理会陈锐敏的打趣，也没提刚才被跟踪的事，看看手表，望向房门：“雅竹今天主动邀约，真是太阳打西边出来咯，咋还不见人呢？”

“我都不急，你又急什么？”陈锐敏优哉游哉道。

刘建平含义很多地盯了对方一阵：“你别说，我最近还真是替你们两个急。”

陈锐敏一时语塞，好像明白刘建平所指。

房门开了，龚雅竹在一个服务生带引下走进来。陈锐敏满脸堆笑忙着让座，刘建平则招呼服务生抓紧上菜。

两笼鲜肉包，一条清蒸雅鱼，外加爆炒腰花、酱肉丝、蒜苗回锅肉，最后是青菜豆腐汤。

“都是平时你爱吃的。”陈锐敏讨好龚雅竹。

龚雅竹夹了个肉包放在陈锐敏面前的碟子里，轻笑道：“快吃吧。”又转向刘建平："刘大哥，不好意思，今天就不请你们喝酒了。"

刘建平也不说话，慢条斯理吃着，一边时不时瞄下对面互相给对方夹菜的陈锐敏和龚雅竹，当然，主要是陈锐敏往龚雅竹碗里碟里搬运不停。

"雅竹，刚才锐敏说昨晚你们站里损了三名干员，应该忙成一锅粥了，你倒还有闲情请我们吃饭？"刘建平用餐巾揩揩嘴，闲聊似的问龚雅竹。

龚雅竹淡然道："要在平时，死三个人当然算大事，现在，也就算不上多大的事了。因为其他事情本来就够忙成一锅粥了。况且，人死了，也没用了，再是多厉害的干员又能如何？我不在一线，相对空闲些。"

陈锐敏插话道："如果都像你这般洒脱，世间该少好多烦心事了。"

"我洒脱吗？"龚雅竹放下筷子，坐直身板。"我如果洒脱，就不会急着要请你们见面了。"

陈锐敏一张笑脸僵住了，诧异问道："雅竹，发生什么事了？"

"什么事？"龚雅竹斜视陈锐敏一眼。"还能有什么事？我前几天问你的话，忘了？"

"问、问啥？"

"明天、后天，再往后，怎么办？你倒好，要么说听我的，要么就是听司令的，或者干脆来个什么'一动不如一静'，你自己就没个考虑？没办法，所以我今天急着请到刘大哥，想听听他的看法。"龚雅竹一口气将今天饭局的目的说明白了。

虽然印证了刚才自己对今天饭局的猜测，但平时自以为见解不俗的陈锐敏被龚雅竹当着刘建平面一顿责怪，脸上还是有些挂不住，想要辩解，却被龚雅竹不客气地止住："你不要再解释了，那些话我听腻了。"

陈锐敏苦笑下，如刚才刘建平对他一般，冲他耸耸肩，意思是，听你的咯。

"锐敏，你也不要一张苦瓜脸。刚才听雅竹责怪你，我是真心为老弟高兴哦。"刘建平向陈锐敏挤挤眼。

陈锐敏眼珠一转，顿时明白了刘建平话中之意，立刻换了一张面容："多谢雅竹小姐教诲，在下很受用，谢谢！"

龚雅竹伏头抿笑，没回应，却把目光投向刘建平。

刘建平微笑不语，看似在思考着该如何回答龚雅竹很直接、很突然的问题，实则想的事远不止这点。

从他今天上午在警局观察、了解的情况，以及刚才听龚雅竹所说情形来看，蓉站并未对昨晚发生在水井巷三人毙命的事情看得特别严重。死了三个特工，而且是很得力的干员，他们当然会震怒，还会很想尽快缉拿真凶，但当此之际，他们确实腾不出更多人力、精力去摸排线索。他预想过这种情形，很希望出现这种情形，这也是他昨晚敢于冒险除掉巫家栋的原因之一。现在的情形果然与他预想的差不多，但他并未稍感松缓。因为他从警局来饭店的途中，隐隐感觉后面多了个“尾巴”。他不能确定这是否与昨晚水井巷的事情有关，但他也不相信，蓉站在如此短的时间内就将自己列为嫌疑对象。他没有刻意去甩掉身后的“尾巴”，因为他是去赴龚雅竹约请的饭局，有什么可怕的呢？

就在上午，当他正想着以什么合适理由让陈锐敏约龚雅竹见个面时，却先接到了对方打来的电话，说是雅竹有意中午大家一起小聚下，问是否方便，他一口答应。

他现在精神状态很不好，昨晚几乎一夜未眠。有几次刚一迷糊，耳边就想起巫家栋的声音：“这不公平，不公平……”刚一迷糊过去时，又听见果果哭喊着“爸爸、爸爸……”他后来只好坐起身，披上棉袄，点上烟，瞪着眼直到天明。

听罢龚雅竹设此饭局的用意，刘建平吃惊不小，脑袋里的轮子又开始不停打转，好一阵才说道：“其实，我也早想请你们二位聚下，好好谈谈。刚才我还给锐敏说，真替你们两个着急。”

陈锐敏向雅竹微微点下头，表示确有此事。

“大变局就在跟前，恐怕没有几个人不在思考下一步该如何走。特别是你们二位，身居要害之所，着急本也是该当的。”刘建平皱起眉头，点上烟。

“刘大哥见多识广，给我们指点下迷津。”龚雅竹的话还是很直接，神情诚恳。

刘建平看看二位，说：“好，那我就废话少说。我建议你们三十六计，走为上。”

龚、陈二人对视一眼，又再次望向刘建平，似乎有点茫然，又似乎在等他的下文。

刘建平疑惑道：“这主意不好？现在走的人还少吗？人家走得，你们为啥就走不得？”

“抬腿走人？我觉得这主意不咋样。”陈锐敏有如皮球泄气，失望道。

“总比坐困死城好吧？你两个青春年华，又都是单脚利手，无牵无挂，一起到哪儿不能太平幸福过日子？我看，走，最适合二位。”

龚雅竹将笑未笑，赶紧敛住。

“雅竹，我这主意真可笑吗？”刘建平问。

龚雅竹轻咳两声，说：“不、不，不是这个意思。我是笑刘大哥就那么肯定我会和他一起走？”

“难道这是个问题？”刘建平剑眉一挑。陈锐敏双眼恶狠狠一瞪龚雅竹。

“好好，先不说这个。”龚雅竹回瞪一眼陈锐敏。沉吟间神情变得有些怅然，“现在走的人固然很多，但那种逃离、漂泊的日子，起码我不会选择。我和他虽然都是孤儿，确实单脚利手，可要说无牵无挂，倒不尽然，所谓故土难离，好多的人和事，不是一走就能了之的。”

陈锐敏在一旁频频点头，龚雅竹却只看着刘建平：“况且，以我和锐敏目前的处境，也不是说走就走得了的。”

刘建平抚着眉骨上的疤痕，无言。

“刘大哥，我还觉得吧，这也不像是你该出的主意。”龚雅竹说。

“哦，何以见得？”

“因为你不是个消极的人，更不是个愿意当逃兵的人。因为你从未想过自己一走了之。”

刘建平无奈：“我的情况和你们不同，牵挂的确太多，特别是家有母亲大人啊。再说，我一个小警察，也用不着走嘛。”他若有所思地注视了龚雅竹一会儿，旋即笑了：“我明白了，雅竹一定早有主见。”

陈锐敏也扭头看着龚雅竹：“对啊，这也不行那也不行，你究竟是个什么章程？”

“徐长官叫我们拼死一搏，玉石俱焚。如果你们王司令也让你这样，你愿意吗？”龚雅竹盯着陈锐敏。

陈锐敏迟疑着摇摇头：“军人本来应该以服从命令为天职，但，现在的情况下，好像没必要吧……你上次也提过这个问题。”

“对，我也觉得没必要，不值得。”龚雅竹轻咬下唇。

刘建平安静地看着龚雅竹，不知道这个自己一直觉得揣摩不透的女子，今天究竟是唱的哪出戏。唯其如此，他方才也只能提出个别无新意的建议：一走了之。

“走，走不得。坐等，是死路。现在还剩唯一一条路，或许尚能自救。”龚雅竹语调平缓。

“哪条路？”陈锐敏问。

“投共。”

刘、陈二人的惊愕无法言表。房间里一片沉寂。

也不知过了多久，还是陈锐敏压低嗓门，带点揶揄的口吻道：“坐困死城或许不一定死。投共，那不是真的在找死吗？”

龚雅竹不满地斜了陈锐敏一眼，又直视刘建平：“刘大哥觉得怎样？”

虽然刘建平已经从刚才的惊愕中缓过神来，但在这样短时间里根本无法判断龚雅竹话中的真伪，也不知道该如何应对，只好继续装愣：“我还云里雾里的。雅竹，我想听你具体说说理由，怎么就想到那条路了。”

龚雅竹或许感觉到了自己刚才太直接、唐突，抱歉一笑，说：“其实也没好多理由。局势已撑不了多久，投共，虽然有风险，但却是最佳的自保之策。再有，我当年从军，本来也是为了报国。既然原先的东家没本事治理好国家，为什么不可以换个东家？老话说，良禽择木而栖。我觉得，这不是找死，而是新生。”说最后一句时，她盯了陈锐敏一眼。“当然，我也还不能完全确定这条路可行不可行，所以才急着找刘大哥。”

“你是想听我的意见？”刘建平一脸为难，“这个、这个事太大了……”

“刘大哥，你见多识广，一向有主见的。你不要有顾忌，只管凭自己的见识经验，觉得可行不？我实在找不到，也不敢找其他人讨教。”龚雅竹有些穷追不舍。

看着刘建平还是很为难的样子，她低头自嘲一笑：“看我急得，都忘了自己的身份。刘大哥怕是不信任我吧？一个军统的人，又是徐长官的小老乡，平常受他夫妻关照不少，居然这么随随便便提出要投共，说不定就是个陷阱。”

刘建平略显尴尬，忙笑道：“雅竹，你帮过我那么多，担的风险也不小，我怎么会不信任你。今天你请我到这里，说了自己的想法，这本身又是对我的信任。”

他默然思考良久，才郑重说道：“人生在世，报效国家，建功立业，雅竹这是巾帼不让须眉啊，我这个当大哥的好生钦佩。天下，有德者居之。我很赞同雅竹的那句话，为什么不可以换个东家呢？”

“这么说，刘大哥是同意了！”龚雅竹兴奋地看下陈锐敏。

“我只能说不反对，或者说尊重你的、你们的选择。而且还要提醒一句，投共，虽不一定像锐敏所谓的是找死，但风险还是很大。”

龚雅竹抿嘴一笑，很理解刘建平外交辞令般地说辞。“你呢？”她问陈锐敏，“愿意和我一起吗？”

“乐见其成。”陈锐敏故作轻松。

“含糊其词，懒得理你。”龚雅竹不屑地瞟了下陈锐敏。又平静说道，“接下来就是另一个问题了，如何找到共产党。”

刘建平心头“咯噔”一下，没容他多想，龚雅竹已经把问题抛过来。“这事还得麻烦刘大哥。锐敏成天待在王司令身边，肯定不行。我呢，也多在机关工作，又不可能去牢房里去找个地下党说要投他们。所以，只有请刘大哥想办法了。”

刘建平又想起巫家栋临死前的话。心想，你们“小洋楼”里说不定就有共产党，还东找西找?

“刘大哥？”

“嗯？啊啊。你说你说。”刘建平发觉自己有些走神。

“刘大哥三教九流都有接触，门道、办法肯定比我们多。”龚雅竹说。

“雅竹，你不会和他们一样，也怀疑我通共吧？”刘建平语带调侃和无奈。

龚雅竹有点难为情，讪笑道：“我现在巴不得刘大哥就是共党。总之吧，这事一定就拜托刘大哥了。”

“如果这事非得办，我们三人里，还就只有靠你老兄了。”陈锐敏附和道。

“一定得办，我和锐敏一起拜托刘大哥！”龚雅竹殷切地直视着刘建平。

抚着眉骨上的疤痕，刘建平默然不语。

龚雅竹从提包里拿出一本用牛皮纸包裹封面的书本，搭眼可见一侧书面用毛笔所写的书名——《金粉世家》。刘建平自然知道这本名噪一时的长篇小说。龚雅竹语气决然说道：“我晓得，空口说白话，就是找到了共党，人家也不一定相信。刘大哥，这是蓉站制订的撤离成都前实施破坏的计划，代号‘反时针’。”她把书递到刘建平手里，“内容我择其要抄写在牛皮纸背面上了。有这份见面礼，我想他们应该会相信我的诚意了。不过有一点我要说明，潜伏人员名单我只列了负责人，其余的暂时保留在我手里，待共产党组织明确接纳我们时，自然全部提供，还望他们理解。”

如果说之前的谈话虽然不断让刘建平感到惊愕，但还不至于目瞪口呆，还可以适当掩饰。而此刻，当自己准备千方百计也要搞到手的东西，就这样轻而易举已然出现在面前，他无论如何也再难掩饰内心受到的极度冲击。他看看书，又稍显惘然地看看龚雅竹和陈锐敏，一时不知说什么好。

陈锐敏也再次惊呆了，好半天才结结巴巴说道：“这、这可是机密、机密中的机密，你、你如何就能弄到手，还带出来？雅竹，你胆子、胆子也太大了。”

“我想弄到手，自然就能弄到，有什么好奇怪？一般的东西，人家未必看得上。”龚雅竹语气依旧平静。又对刘建平说，“我评估过，这份计划的真实性应该还是可信的。”

刘建平这时已经平静下来，将书随手放在桌上：“说句玩笑话吧，雅竹，我怎么突然觉得你现在就像个赌徒，这一手赌注实在下得够大。”

“我都快觉得不认识你了。”陈锐敏补了句。

“亏你们两个还是大男人，至于吗？我是个想明白了事情就去做的人，我觉得弄个绝密表示诚意，很正常。”龚雅竹抬腕看下手表，“我不能待太久。刘大哥，就算我是赌徒吧，也拜托你帮我和锐敏赌了这把。我实在也找不到其他可托之人了。”

刘建平重新点燃一支烟，没急着接话，过了好一阵才悠悠说道：“雅竹，你该知道，刘大哥我并非胆小怕事之人。还是那句话，当初你担着大干系帮了我，我怎么也该同样帮你。但此事牵涉太多，我一旦接手，就意味着……我还有老母在……”他打住了话头。

龚雅竹点头，似乎早有所料：“我明白的。刘大哥身上本来就担着嫌疑，一旦帮我办这件事，几乎就坐实了你通共。起码徐耀庭、高进他们会这样认为。万一这就是蓉站设的局，那么你就再难说得清道得明，是这样吧？”

刘建平点点头。陈锐敏插话道：“这还用说？那刘兄就是在拿身家性命帮这个忙。雅竹，你不会……”他欲言又止。

“这就是我为什么要让锐敏在场，将他拉入局中的原因。”龚雅竹说。“我没其他办法证明自己的诚意。如果刘大哥真的认为这是蓉站在设局，我不仅害你，而且连锐敏也要拉下水，一事害两人，那么你完全可以拒绝帮忙，我无话可说。说到底，我们三个人都在赌。”

听闻此言，刘建平、陈锐敏对视一眼，默然着。

“你们敢下注吗？”龚雅竹莞尔一笑。

刘建平摁灭烟头：“雅竹不愧是心思通透，既然这样，只要锐敏老弟不反对，那我就试试吧。”

“你们都敢赌，未必我就当缩头乌龟。下注！”陈锐敏一拍桌子。

送走龚雅竹，刘建平与陈锐敏闷头相对，各想心事。好半天，陈锐敏说道：“我怎么总觉得这事太突然，不真实？她事前一点没向我提起过。”

“你不相信雅竹真会投共？”刘建平随口问道。

“雅竹虽是女儿身，想为国家做点事的念头还是很强的。但是不是就一定要投共呢？她毕竟在那种地方待的时间不短。所以我心里不踏实。尤其是把你牵扯进来……”

“你不是也入局下注了吗？”刘建平淡笑道。“你是不是觉得，雅竹之所以要拜托我办这事，其实就是深信，我，刘建平，就是个货真价实的地下党？又或者说，还是担心她是在给我，甚至包括你下套？”

陈锐敏眉头紧锁：“她不应该是那种人吧？雅竹骨子里是个主意很大的人，我宁可相信她是真心想留条后路，也不相信她有害你我之心。”

“我也不相信，起码舍不得害你吧？”刘建平笑道。

“那么就是她也许真可能认为你是共党。你，是吗？”

“正如刚才雅竹所说，现在，我很想是。”刘建平调侃一句，又摆摆手，“探讨这个问题意思不大。既然雅竹开口了，你也不反对，我就想办法试试，既是还她个人情，也算是帮你老弟吧。另外……”他指下桌上的书，“我确实不愿意这座城市受到不该有的破坏，我一家人还要在这里生活。只是，该上哪里去找共党呢……”

六十二

午后，徐耀庭办公室。两个人，两支烟，屋子就似烟熏火燎的灶房。

“说了半天，就没其他一点线索了？”徐耀庭似不甘心，斜视着坐在左边沙发上的高进。

“上午我亲自去查看了现场，又询问了巷子里的居民，现在基本可以确定的是：一人作案，而且是突然袭击。从验尸情况看，他们三人之前都饮过酒，南志新喝得还不少。我已安排人到附近几条街道走访，但那一片是闹市区，大小饭店酒馆还有茶铺数不胜数，估计一时半刻难有收获。别的嘛，暂时找不到其他线索。”高进再一次将方才已经如实报告过的话又复述了一遍。

“南志新每天的行动安排就从不事先报告？”

“站长之前交代过，要对他客气些个。偏偏他又自视甚高，一副老江湖做派。他说为保密考虑，就不事先报告其行踪了。我以为，安排了两名精干特工跟着，应该没问题的。哪晓得……怪我预事不周。”高进垂着头自责道。

“哼哼，自视甚高？出于保密考虑？”徐耀庭往靠背上一仰，冷笑道，“我看他就是信不过我们，这倒好，聪明翻了山，反误了卿卿一条性命。不过，他的死倒是说明了一点，共产党其实已经晓得他变节者的真面目。”

“站长分析就是不一样。那么会是我们内部的人卖了他？”

“这正是我最担心的啊。南志新刚到成都才多久？就这么快翘了小辫儿。所以，问题应该不是出在重庆那边，而是我们这里。”

“配合他行动的人员不到十个，死了两个，其余也都是我精挑细选的，而且他们对南志新身份的来龙去脉也并不知情，我敢保证绝无问题。”高进赶紧表白道。看看徐耀庭脸色，又小心补充道，“站长、我，还有孝凡，都不会有问题吧？”

徐耀庭没吱声，似乎觉得这是句废话。高进自不必说。即便徐孝凡，他也不觉得会有问题。记得就在处决傅绍聪夫妇那批共党分子时，徐孝凡无意中从高进嘴里听说了这事，缠着高进要参加行刑。原因是徐长官有次半开玩笑说：“孝凡什么都好，就是没打过仗、杀过人，空有一身拳脚功夫，没粘过血的手总归是嫩了些。”说者无心听者有意，徐孝凡暗自下决心要尽快亲手杀两个人给长官看看。行刑这事本来可大可小，高进还是顺便向徐耀庭简单提了下。徐耀庭一听哈哈大笑，直言：“竖子可教也，好好，让他上上手。”事后，有次在徐耀庭家里吃饭，高进当着一桌人，对徐孝凡那天在刑场上镇定自若枪毙共党分子的表现大肆吹捧了一番，听得站长夫人汪芝芬直“啧啧”皱眉，龚雅竹只是无所谓地淡笑下。经此一事，徐耀庭倒是对徐孝凡更多了几分信任、喜爱，觉得这娃儿有心劲，把自己的话当圣旨。

“虽说是精挑细选，也万不可大意。剩下的那几号人，暂时不要安排要紧任务了。”徐耀庭叮嘱道。

“是。”高进虽有一丝不快，还是只有应下，接着前一个话题道，“只是可惜了，南志新好像还没去接触他的那位老同学、老朋友……要我说，最容易取他小命的，恰恰可能就是那个人。从背后近距离一刀致命，八成是熟人，甚至朋友兄弟所为。”

“‘事了拂衣去，深藏身与名’，哼哼，好手段啊！”徐耀庭叹道。“敢在我眼皮子下又是刀又是枪的，取我三条性命，我这张老脸丢大咯。只可惜，现在没更多精力和人手料理此事，安排两个人，继续查着吧。”

“是啊，虽说先前收拢了些沦陷区来的散兵游勇，但现在人手还是不够用。”高进苦瓜着一张脸。

“我再次强调，人手再紧，刘、邓、潘三大公馆，还有警备司令部那些要害地方绝对不能减少，必要时，还要加派。更为关键的是，北较场军校那边一丝丝松不得啊。”

徐耀庭侧脸看着办公桌背后挂的蒋介石戎装像，想起前两天在北较场军校外庄稼地里发现的那门迫击炮，背心直发凉。好在他一小时前刚服了头疼粉，不然又该太阳穴“突突”跳颤了。那门迫击炮是冲着谁去的，人人心知肚明。如若不是被巡逻的士兵早发现，如若让炮弹出膛飞进了军校，如若又真的砸在了中枢所在，那将是何等可怕的局面？听说住在军校里的最高统帅了解此事后，瘦削的脸颊挤出的阴森笑意，让身边的人如坠冰窟。

“至于刘建平，按既定计划，留着吧。”徐耀庭缓过神，说道。

“高进明白。我只是担心……”

就在这时，传来敲门声。徐耀庭随口道：“进来。”

徐孝凡报告道：“站长，是雅竹。”

“快叫她进来。”徐耀庭居然起身要相迎，待看见龚雅竹现身，才感觉自己好像有点失态，又一屁股坐下，摆出一副老沉持重的长者状，微笑道，“雅竹来啦？哦，正好，先说个事，今晚都到家里来，吃顿便饭，就算为芬姨饯行吧。孝凡，你先回家帮着准备下。”

“是。”徐孝凡回答得有些迟疑，他感觉站长是在支开自己。

徐耀庭决定先将夫人汪芝芬送去台湾“暂避”，已订好明天一早的机票。这事只有他身边最亲近的人知道，所以参加当晚饯行宴的人不多，就只有高进和徐孝凡、龚雅竹。

徐耀庭曾经单独问过龚雅竹，自己有办法找个理由，让她陪伴芬姨一同过去，这样他会放心不少，只是不知她愿不愿意。龚雅竹说，明白这其实是站长对自己的关照，深为感激。但她还是选择留下，陪着站长为党国尽忠。徐耀庭对此大加赞赏，不过仍然难得地对她开玩笑道：

“怕是舍不得孝凡，抑或是那位陈副官吧？哈哈哈！”

龚雅竹没接这个话茬，反而认真劝慰道：“听说与芬姨同行的还有警局蔡局长的三姨太，另外也有相识的其他太太小姐的，熟人不少，大家自然会互相照应，站长不需太担心。”

徐耀庭欣慰点头，又正色道：“你留下也行，正有个特别任务，你是合适人选。”

好酒好菜的，但大家兴致却不高，气氛显得有些压抑。只有徐耀庭强作欢颜劝着大家饮酒吃菜：“不要搞得生离死别似的嘛，芬姨只是去暂避下，又不是不回来了。再说，就算她不回来，我们也一定可以过去，大家还会团聚的。

来来，都把这杯尽饮咯。”

待重新斟好酒，又各自吃了几口菜，汪芝芬执杯在手，说：“你们是军人，身不由己。我待在这里也帮不上忙，还会成为拖累。我只盼着你们都平平安安，我在那边先把家安置好，等你们来。”说到此，声音有些发哽，眼睛有些发红。略微克制下，又笑道，“高进，耀庭待你如兄弟，拜托你照应好他。孝凡，除了照顾好长官，还有雅竹也要照应好了。”

高进和徐孝凡几乎同时起身。自然是高进先表态：“站长对高进有再造之恩，纵使粉身碎骨也难报这份恩情。芬姨的叮嘱，我记下了。”说完，双手捧杯一饮而尽。

徐孝凡也很激动，一双好看的眼睛竟然泪光闪烁：“孝凡本就是个孤儿，有幸遇着站长和芬姨，我早把你们当成亲爹亲妈了。芬姨只管放心走，孝凡誓死效忠长官。”说完，把杯中酒干了。

“你看你，何至于又把大家搞得如此悲壮。还把我当三岁小屁孩，拜托过去，拜托过来的，才好笑呢。”徐耀庭打趣道。

汪芝芬不好意思轻笑着，用餐巾拭下嘴唇：“怪我、怪我，好好的话出了口，怎么就变了味儿。我敬你们俩。”对高进和孝凡举举杯，小饮了一口，被敬的二人赶紧躬身还礼。待他们坐下，汪芝芬又对徐孝凡微笑道：“刚才我可是叫你照应好雅竹，你却只把话说在长官身上，是不愿意照应雅竹？”

“不是、不是，我愿意的。就不晓得人家愿不愿意。今天上午她上街，我说陪她，她也不愿意，我……”徐孝凡抓住机会稍微发泄着心中对龚雅竹的不满。

“现在大家都忙成一团了，你该陪的是站长。我就是出去见个老乡，不用陪的。”龚雅竹淡淡解释道。

“雅竹，现在外面乱得很，单独外出是叫人不放心。孝凡有心陪，也是好的。”汪芝芬维护着徐孝凡。她轻叹一气，接着说，“看来，在这里是来不及办你们的事了，以后就在那边办吧。”

龚雅竹将一块红烧狮子头夹在汪芝芬的碗里，徐孝凡却按捺不住喜悦之色。

徐耀庭微蹙眉头瞟了眼徐孝凡，心里有些责怪这小娃沉不住气。今天上午龚雅竹外出，是在执行他安排的特别任务，能让你娃儿陪吗？他想起午后在办公室龚雅竹报告的与刘建平、陈锐敏见面的情形。

据龚雅竹报告，刘建平对她的“投共自保”之说在震惊之余，也表示了理解，并答应帮忙，还收下了“反时针”。尽管这并不能板上钉钉地证明刘建平就是地下党。不过，对徐耀庭而言，此时刘建平的真实身份究竟是黑是白已经不是最重要的了。因为他所做的这一套安排设置，其实就是把刘建平视为共党，甚至就是那个一直潜伏在军警系统的“惊雷”。他现在只是要利用刘建平向中共地下组织传递假版“反时针”，然后在最后关头打对方一个措手不及。现在离“最后关头”已经为时不远，越是这个时候，共党越是会千方百计要截取他的“反时针”。他无法预判对方会从何着手，也无法预判自身的堡垒会在哪个地方出现裂缝。因此他要精心布局，主动出招。当他试探着向龚雅竹交代这一特别任务时，还有些担心会被拒绝，怕她下不了决心，又或是勉为其难，因“演出”不到位露出破绽，最终把事情办砸。岂料龚雅竹在一番深思熟虑后答应接下任务，并就一些细节提出了合乎情理的建议（包括将陈锐敏拉入局中，使整个“演出”更显真实），博得他大加赞赏，连连称妙。

饯行宴快结束时，电话铃声响了。徐孝凡接完电话向徐耀庭报告，北较场军校那边，保密局毛局长要召开一个紧急会议，点名让徐耀庭和高进立即前去。

徐耀庭不敢耽搁，忙叫徐孝凡备车。临出门，又叮嘱龚雅竹：“雅竹，你别急着走，陪芬姨好好说下话，或者就在这里住一晚，我们明天一早一起送芬姨。”

“我本来也是这样想的。还真有一肚子话要向芬姨说呢。”龚雅竹走到汪芝芬背后，把双手轻放在她的肩上，很贴心的样子。

“很好，这样我就放心了。”徐耀庭赞许道。

“刚才说我把你当小屁孩，现在你还不是把我当小屁孩啦？”汪芝芬打趣道。

徐耀庭仰头打个哈哈出了门。

汪芝芬和龚雅竹移步到客厅，在一张沙发上紧挨着坐在一起。汪芝芬把龚雅竹的双手握在自己手里，有些不舍地说：“你真该与我同行的。打打杀杀那是他们男人家的事，你一个女儿家，又何必非得忠于什么职守？我只敢与你说，我心头总有不好的预感，怕是这一别，再难相见了……”说到这，汪芝芬眼里已涌出泪水。

龚雅竹忙掏出手绢替芬姨擦拭眼泪：“芬姨，你怎么会有这样奇怪的想法呀。站长说了，大家一定还会团聚。至于我，就更不用担心了，我毕竟没在一线，没什么危险的。”

汪芝芬合拢两手在胸前，闭眼祷告：“求菩萨保佑，但愿如你们所言吧。”重新拉了龚雅竹的手，打量她片刻，说，“雅竹啊，我知道你心气高，有主见。可我总归还是操心你个人的事。你究竟是喜欢还是不喜欢孝凡呀？又或是喜欢那个陈锐敏？喏，我一直想正正经经问你一回，又怕不小心伤着你。如今我要走了，想听你一句实话。”

龚雅竹为难地垂下头，似乎不知如何作答。偏偏这次汪芝芬就不放过她，执意要等个回答般。好半天，龚雅竹才抬起头，字斟句酌说道：

“芬姨，这么些年，你和站长对雅竹的好我都记在心中。孝凡说他视你们如父母，我何尝又不是。我一个女孩家，没多大奢求，真能过上相夫教子，安定平静的生活就很满足了。可是，我生不逢时，偏偏就遇到了动荡不宁的年代。孝凡也好，锐敏也罢，他们与我一样，都是没了爹妈的孩子，他们又都很优秀。如果是在和平年代，也许我会选择其一，依托终身。可他们又都是军人，他们的命运不由自己把握。我也是军人，也有作为一个军人起码的操守。说实话，我看不清以后时局的走向。所以，我不想在这个时候考虑个人问题。我父母死于战火，我不能再次承受同样的失去亲人的痛苦，哪怕只是万分之一的可能，我都不愿意……芬姨，你能理解我吗？”

看着龚雅竹两眼通红，满脸凄婉，汪芝芬的泪水又涌了出来，一把搂住对方：“芬姨晓得了，可怜的孩子，没想到你心里藏着这么些苦。是哟，都怪这兵荒马乱的年月啊！好吧，就等日子安稳下来再说这事。”

龚雅竹挤出点笑：“芬姨，我帮你再收拾下行李吧，看落下什么要紧的东西没有。”

“也好。我这几日就是心神不宁的，说不定就真丢三落四了。走，我们去卧室，你再帮芬姨理理。”

龚雅竹对徐耀庭夫妇这间面积不大，但布置典雅舒适的卧室并不陌生。她常在这间房帮着汪芝芬试穿新做的各色服饰。即便是卧室南墙上那扇穿衣镜后面还有间与站长书房相通的密室，里面储存着站长夫妇的贵重物件和站长存放机密文件的保险柜，她也心知肚明，只是站长夫妇从未提过，她也从未问过，尽管站长夫妇对她绝对信任，但这是礼貌，也是规矩。

站里的人都知道，徐站长和夫人感情甚笃。虽然徐站长也不一味排斥诸如高进之类的属下偶尔安排的看戏吃花酒等消遣娱乐活动，但这些男人的“风雅”之举并不会一丝一毫影响站长对夫人的体贴呵护。以前从与芬姨的闲谈中，龚雅竹还知道，站长虽然才干不俗，但若没有芬姨娘家不俗的家世背景的帮衬，也很难以少将之尊坐上今天的位置。

龚雅竹每次到得这间卧室，常要由衷赞叹：“芬姨啊，这卧室真的布置得好温馨舒适。光是这四季不同的落地窗帘和一月一换的盆景，看着就眼睛一亮。”

“都是你们站长叫人侍弄的，我才没那份闲心，要不是你，我连自己的穿戴都快越来越搞不清爽的了。”

“大家都说站长和芬姨感情好得很。可他们哪晓得，看两口子感情如何，非得看看他们卧室的情形呢，就像这里吧，一看便知，站长和芬姨那才是浓情蜜意的哟！”

“你个疯丫头，平时作古正经，想不到也有象嘴里吐狗牙的时候，尽逗弄芬姨。”说完两人总会相搂着畅笑一番。

清晨时分，徐耀庭带着龚雅竹、徐孝凡在凤凰山机场临风伫立，目送汪芝芬乘坐的飞机消失在云层，直到龚雅竹轻声催促了他几次，才跨进徐孝凡驾驶的轿车里。看着刚才与汪芝芬相拥而泣，此时眼睛红得像樱桃的龚雅竹，他自嘲一笑：“要不是当着你两个小辈儿，说不定我也会哭上一鼻子。这么多年啦，我还真没和你们芬姨别离过呢……”

“我明白，其实站长比我们谁都难受。最近工作又忙，可得注意身体啊。”龚雅竹温言道。又转脸对开车的徐孝凡说，“芬姨不在，站长的生活起居你一定要仔细了。”

“这个你放心，包在我身上。”徐孝凡有点受宠若惊，忙应承道。

六十三

“号外、号外，成都飞台湾省飞机坠海，无人生还！”

一大早，成都的报贩们像打了鸡血，在闹市区扯起喉咙叫卖着这条令整个省城震惊的消息。

高进在昨晚第一时间确认了这一噩耗。但全站上下最后一个获悉这个消息的人却是这个机关的首脑——徐耀庭。也许是送走了夫人，心情不佳，他昨天一直关在办公室里不知在忙什么。而高进也刻意瞒着他，因为，站长的夫人汪芝芬正是搭上了那班坠海的飞机。

当晚，高进和龚雅竹、徐孝凡三人在府邸，婉婉转转、期期艾艾向站长报告了这一十分不幸的消息。

徐耀庭一身僵硬如木雕，面无表情如死水，任凭三个属下你呼我唤，竟是毫无反应。也不知过了多久，才长吁一声，沙哑着嗓门道：“这就是时也、运也、命也。”言罢，佝偻着身，独自去了卧室。徐孝凡要跟进去，被龚雅竹拦下，高进也表示同意。他们在客厅静静守了一夜。

早晨，徐耀庭从卧室出来看见他们，似乎也不吃惊，吩咐徐孝凡招呼厨房上早餐，说上班别迟到了。

也是一早，院门被敲响。刘建平此时已穿戴好，头枕双臂躺在床上想事情。听见敲门声，他一跃而起。小英子已经在大声问着“哪个哇？这么早”，有人回应，声音不大，但刘建平已经听出，是黄秋月。他缓步出了房间，准备向院子里走，他有些隐忧：她这么早回来，肯定有什么急事。

刘建平没料到，黄秋月并未去堂屋，或者去看母亲，或者去小英子屋里看果果，而是径直来找他了。他发现她脸色有些憔悴、苍白，眉头紧蹙，立即意识到果然发生了什么状况。黄秋月瞅了他一眼，沿着廊道向他房间走去，这种情况很少见，刘建平一怔，赶紧跟在后面。

黄秋月站在屋子中间，却没言语。

“坐下说。”刘建平将黄秋月让到书桌前的藤椅坐下。“出啥事了？”他温和问道。

“童杰，走了……”黄秋月低着头，从手提包里掏出个未封口的信封，递给刘建平。“这是早上看医院大门的钟大爷交给我的，说是受童院长之托。”

刘建平不再多问，匆匆抽出信纸展开，快速阅览。

秋月：

在你从钟大爷那里接到这封信时，我应该已在去往香港的飞机上，并将在那里转机飞往美国。

秋月，其实你应该知道，我早有离开的念头，而且已经悄悄托美国的朋友帮忙，办妥一应手续，预定了两张随时可以搭乘的机票。记得有次我问过你，而你明确表示哪里也不会去。自那以后，我差不多放弃了离走的想法。巫先生来访，一席畅谈，我虽大醉，却被他一语点中梦中人。是的，要结束我们之间的困局，我离开，也许是快刀斩乱麻最简单的办法。我自知不善言辞，更怕与你面谈会再次犹豫不决（我已没有犹豫的时间），所以，还是不辞而别吧。

秋月，由于我的不慎，让你遇险（每当想起去刑场收殓绍聪夫妻遗体的情形，我犹自心有余悸），又因为救我出狱，让你蒙受委屈与我“结合”。我知道，我们在一起的这段日子，于你而言是困惑不开心的，但你从未抱怨责怪过，还给了我很多细致的照顾。你已为我做得太多、太多，而我实在不知该如何表达愧疚和谢意。或许我的离开不失为一种方式吧（如果你以为我如此的想法实在荒唐，还请原谅）。

秋月，我确信，新的时代就要到来。我真诚地祝愿你，在新的时代开启新的生活。你是善良坚强的优秀女性，理应拥有属于自己的幸福生活。我也曾经热切期盼过新时代的来临，但此时此刻，太多的事让我疲惫迷茫。现实，比我想象的要残酷、丑陋、无奈。或许单纯的“医者”身份和生活更适合于我。

我们的“婚姻”本是不得已而为之的一场戏。今后，在你需要时，可凭此信，以证我们所谓的“婚姻”已然终结。

我希望能将此信送建平兄一阅。因为我想在此表达对他真诚的感谢。我深知，为搭救我，他付出了很多。

另外，我总觉有必要提下你和建平的老朋友巫先生，即或是多余的闲话。我与他初次见面，把酒言欢。其中还言及你们的过往。事后冷静思之其所言，虽可能并无恶意，却毕竟多有于老朋友身份不妥之意味。当然，那天我也有些酒后失言，可能让他产生了误解，现在想来真是羞愧。

秋月，你我二人，洁本来，洁本去。就此别过，有缘再相见。

再嘱珍重！

童杰于今晨匆笔

刘建平将信慢慢折叠塞入信封，望向窗外灰蒙蒙的天空，叹道：“没想到会这样。”

黄秋月说：“是他要让你看这封信的。”

“如果早知道他要走，我才该好生谢谢他的。但愿以后有机会，也但愿他能平安到达。”

“我回家时听见报贩在喊，说是一架飞台湾的飞机昨天坠海了。他不会……”黄秋月欲言又止。

“昨天下午我就耳闻，想不到竟真发生了。不过你也不要太担心，哪有飞机天天出事的。”刘建平安慰道。

“他怎么说走就走？昨天他在外跑了大半天，晚上我们一起吃的饭，他也没多说啥，后来他又去了办公室，说要处理些杂务。他很晚才回来。我已睡下了。我是一点没察觉，他就走了……”黄秋月似乎感觉到了自己有些絮絮叨叨，便住了口。

刘建平也找不到什么话说，只能默然。

黄秋月好像突然想到什么。盯着刘建平，问："他在信里提起家栋，似有责怪，你知道是啥意思吗？"

刘建平眉头一挑，想了想，拍拍手里的信封，轻笑道："那天他们喝了不少，哪个晓得摆了些什么话。可能有些醉话让老童多心了。老童是个耿介人，估计他也是好意提醒我们，他经历了上次的牢狱之灾，防人之心倒是多了些。"

黄秋月半信半疑点头："也是。遇上家栋又是个话多的人，说起来就没完。我当时就担心他们两个喝多了酒会胡言乱语，果不其然……你说，他们会不会谈到果果……"黄秋月担心地望向刘建平。

"应该不会，老童又不知道果果的身世，他们无从谈起。"刘建平安慰道。

"家栋当年一去没了消息，这次突然回来，我在想，要不要告诉他老幺妹和果果的事……这么些年，我就怕着他出现的一天，不知该咋办。"

看着刘建平抚着眉骨疤痕略有所思，黄秋月继续说道："这次见面，他都没问过老幺妹一个字……难怪老幺妹说他不配做个父亲，可我总觉得他或许也有不得已的苦衷……老幺妹可怜，但巫家栋也未必那么可恨吧。再说，当年要不是我自作聪明，把戏票转送老幺妹，恐怕也不会有后来这些事。说来说去，全怪我。"

刘建平赶紧劝慰道："你啊，总是替别人想得多。不管咋说，在老幺妹这件事上，巫家栋的所作所为都不地道。起码是不负责任。你既然答应过老幺妹不让巫家栋知道果果的事，又何必为此烦恼。即便要告诉他，也要前前后后想明白了，不用这么着急。还有，那天我陪家栋回住地，遇着他一起做事的朋友，说让他马上去香港一趟。他还叫我带话给你，等他回来，大家再好好聚下，到那时，你若决定告诉他也不迟。"

"那……行吧。"

"好了、好了，要走的总归要走，能回的总归能回，先不去想这事了。果果都闹了两次想找你了，快去看看她吧。"

黄秋月神情较刚来时舒缓了许多，起身去看女儿果果。自从与童杰"安家"医院后，她最终还是听了大家的劝，将果果留在了这里。事实上，她也真的不能想象，如果自己独自带女儿会有多困难。

刘建平推着自行车顺路送黄秋月去医院。他们专门寻了背街小巷，虽然要多绕几步路，但能避开大街上的喧嚣拥堵。一路无语。快到医院了，黄秋月才淡笑，带点自嘲的口吻说："我也不知道怎么了，其实用不着这么急告诉你的。

又追不回他。”

“不管咋说，也算重要的事，当然要尽快告诉我。”

“他走，很重要吗？”

“你忘了？你和他身上还背着嫌疑的。他那位美国朋友倒是真有办法，不知找了什么门路帮他打通了多少关节，才能走得如此顺利。换了别人，恐怕轻易走不脱。能走，也算好事。”

“啥意思？”

“他能走，就表明嫌疑解除。相对来说，你也就更安全了。”

“哦。但是，我总觉得他没必要走，还走那么远。就算是要解决我与他之间的问题，也用不着这样。眼看就要改朝换代，谁还能逼着我们继续做假夫妻？他说他愧疚，难保还是对我有怨气。其实，我对他，也很愧疚。可有些事情真是做不到的啊……”

刘建平略微诧异黄秋月如此直白，倏忽间有种不可言状的情绪在心头涌动。

到医院门口，他才平静说道：“人各有志。童杰选择离开，也许不仅仅是为了解决你们的‘困局’，或者还包括了他对生活的一种选择。说到底，他和你都不必愧疚。”顿了顿，他换了个话题。“大变局就要到了。我想让你带妈和果果回乡下暂住一段。最近，我怕照顾不到家里。”

“让小英子陪妈和果果去。我要留下迎接解放。”黄秋月干脆回应道。

听到“解放”二字，刘建平眼睛一亮，笑道：“那两个字可不能随便出口哦。”

“医院里大家早就悄悄说开了，看把你紧张的。”黄秋月打个抿笑。随即又蹙眉道，“你自己万事要小心些，这个时候，更大意不得。”

刘建平能听懂这话里的意思。他明白，对自己真正从事的工作，黄秋月其实已经猜测到十之八九，只是都不去点破。

六十四

与黄秋月分手后，刘建平慢悠悠骑着自行车往警局方向而去。

此时的市区主要的正街大道上，军车拥堵、喇叭震天，十字路口岗台上指挥交通的警察，将平时挥洒自如的指挥棒夹在腋下，与一根烧火棍毫无二致，茫然无措地看着四面涌来的大小汽车、牛车马车，任由司机、车夫们扯开嗓门肆意叫骂。有的交通警察倒是撇脱，干脆跳下岗台躲到路边，抽着纸烟与一群市民一起看热闹。看热闹当中不乏几个自以为见过世面又好出头的主，居然和军车上的司机或站在车厢里押运物质的大头兵扯起了闲篇。

“军爷，看架势你们是往前头火线上开。给老子小心些哦，那个子弹又不张眼睛，都这个时候了，划不来嘛。”

“啥子哦，你龟儿子懂个毬。我看啊，他们肯定是调防省城，回来休整的，是不是嘛，兄弟？”

“休整？你娃儿才会说话呢。嘿嘿，我看多半是从重庆那边退下来的。听到说人家那边都从重庆往这边打咯。我问你，兄弟，这个国军究竟是咋个搞起在，硬是就挡不住共军呢？”

任凭路边的人七嘴八舌、唾沫横飞，车上的军人要么一脸木然，要么皮笑肉不笑，一概不应答。

那些天不收地不管的兵痞，照样吆五喝六，像黄鼠狼一般，三五成群四处乱窜。不少店铺不堪其扰，干脆门板紧闭，关张歇业了事，路边摊贩也比往日大为减少。尽管不时也有军容严整的大头兵队列赳赳招摇过市，但就连贩夫走卒、市井小民都明白，前方国军的大溃退已日甚一日。不少殷实之家，乃至政府职员，或者在乡下有田产房舍，或者有亲戚朋友的人户，已经开始把家眷陆续转移出省城，有的虽然人还没走，尚且在观望，但乡下的落脚“避乱”处则是早已安排妥帖，稍觉心安，也才有些许底气“静观其变”。

刘建平没多少心思关注市面的乱象。从出家门到现在，他确信一直没有发现身后有“尾巴”，有些隐隐奇怪。前天去帝都饭店赴龚雅竹之约时后面跟了“尾巴”。从龚雅竹手里得到“反时针”后，“尾巴”却消失不见了。难道他们又在玩时跟时不跟的老把戏？而让他更隐忧不安的另有其事——龚雅竹所言所行是否可靠，那份“反时针”是否属实。

前天与陈锐敏分手后，他急匆匆赶回家，关紧屋门，反复仔细阅研那份“反时针”计划。计划分两部分：一是销毁或抢运重要物质档案、在最后时刻实施对城市设施最大程度破坏。包括主要目标、行动步骤、方式。二是名曰“川西反共救国别动队”潜伏人员的组织架构。包括三个支队的活动范围、身份伪装、上下彼此间的联络方式、几处武器（主要是炸药）、电台秘密存放点等。正如龚雅竹所言，这部分内容里没有列出所有潜伏人员的名单，只有别动队总负责人及各支队负责人的姓名及其代号。别动队队长赫然标明——高进，代号“老鹰”。其一支队队长则是刘建平认识的冯关雄，代号“山猫”。此人现在已接替高进当了蓉站特勤队队长一职。另外一个代号“菜花蛇”的支队长别说刘建平没见过，根本就从未听说过其人。显然，没有潜伏人员详细名单，这份计划书的价值便打了很大折扣。对龚雅竹玩的这点“小心思”，刘建平报以无可奈何地摇头一笑，但似乎也能理解她的谨慎。可想而知，这个别动队是敌人甚为倚重的一支力量，是蓉站指望有一天在川西地界翻本儿的一笔大赌资，自然也是龚雅竹所谓“投共”而执之在手的主要筹码。她一定认为，有了这个筹码，共产党无论如何也会重视她、接纳她。

为了增加容量，龚雅竹的字写得很小，但清晰可辨。刘建平想象不出她何以有机会如此从容抄写（这可不同于樊步兆的那份审讯笔录的机密等级）。他想起当时陈锐敏问的那句话：“这是机密中的机密，你是如何搞到手的？”而龚雅竹的回答竟是轻飘飘的一句：“我想弄到手自然就会弄到手。”难道果真如其所言，手到擒来、轻而易举？刘建平想到了一种可能性。当初他之所以首先想到通过龚雅竹这个渠道截取敌人的最后计划，正是觉得龚雅竹与徐耀庭夫妇关系亲密，凭借这层关系，她可以在徐耀庭身边行别人难行之事，包括截取机密文件。而如果她是我方打入的内线，与徐耀庭夫妇的亲密关系无疑是最好的保护层。但如果她真是内线，又何必还要匪夷所思唱“投共自保”这一出？

诸多疑问，岂可轻信。刘建平自然明白，如果其中有诈，后果难料。唯其如此，他对这份“反时针”的真伪一时之间难下决断（尽管这的确是一份像模像样的行动计划）。

思之再三，刘建平决定暂缓将轻松到手的“反时针”送交老孙。因为他明白，一份假情报造成的严重危害，也许会抵消十份真情报的价值。他要尽可能核实一下“反时针”的真伪。

刘建平到得警局，发现院子里有警员三五成堆、七嘴八舌，声音却压得低，似在谈论什么严重事情。有人看见他，打个招呼，又扭头凑话去了。他心知有异，不由加快脚步朝刑侦队而去。刚进办公室，王大兴就跟了进来。

“院子里好热闹，发生啥事啦？”刘建平问。

王大兴手里不停拍着警帽，说：“一早得到消息，老蔡的三姨太坠机。先到的队长、科长些已经赶去蔡府了。我看你还是要去下才合适。”

刘建平倒是没料到会有这种祸事落在蔡文广头上，想起那位细眉细眼的三姨太曾经为营救黄秋月、童杰搭过手，嘴里“哦呀”一声，惋惜之意尽在其中。

“还有，徐耀庭的老婆也在那架飞机上。”王大兴说。

刘建平抚着眉骨上的疤痕，咧下嘴：“真是生死无常。”

“这是报应吧？”王大兴冷笑道。

刘建平摆摆手："不说这个了。现在有件重要事情，我在来的路上想好，你办比较合适。"

"你只管交代就是。"王大兴回身将办公室门关上。与刘建平对面而坐。两人密谈了十来分钟后，王大兴匆匆出了办公室。

瓦房街商铺林立，摊贩众多，人来人往。街的半中腰有家两开间的竹器店，专卖背篼、撮箕、箩筐、茶几、椅子等五花八门的竹制品。从街面往里瞧，能看见穿过店铺一道宽敞的门后还有个院坝，里面有匠人正在编制竹器。

这是"反时针"计划里提到的一处电台武器秘密集中存放点。

这天午时刚过，一个头戴破草帽，身穿补丁棉袄的卖菜男人出现在竹器店对面的小酒馆宽敞廊檐下。兴许是从城外赶路得急，一脸汗泥直抹成了个三花脸。他蹲在两个大竹篮后面，巴巴抽着叶子烟杆，时或向路人推销几声。竹篮里是萝卜、莴笋、小白菜之类的几样时令菜蔬。

两个多小时过去，菜贩卖出了几斤萝卜、几斤白菜。正当他收拾挑担准备离去时，眼睛余光已扫到一张肉嘟嘟似曾相识的面孔。没错，去年秋天在华丰饭馆，冒充小商贩与刘建平接头的正是此人。那家伙抬腿正往竹器店里跨，又收回，立在门口向四周随意扫视了一遭，才又快步迈进门去，而且眼见得径直去了里院。菜贩担起挑子，不急不慢向前面的街口而去。没走多远，他察觉到有人跟踪，却也并不慌张，边走边向街道两边的饭馆酒店兜售菜蔬。到得街口朝右，拐入另一条两边都是住家户的小街，他故意放缓脚步，留心着身后，却再没发觉跟踪者。

下午快下班时，王大兴一身警服又进了刘建平办公室。

"你确定那个'小商贩'没认出你？"刘建平问。

"没有。"王大兴很笃定。"我平常有空就帮老婆卖菜，本就是个地道的菜贩子，对面走过，恐怕连你也认不出来。"

"但为啥又有人跟踪？跟出半条街又不跟了，咋解释？"

"我毕竟在对面蹲了两个多钟点，也许引起店里人注意了，人家不放心，所以要跟一段。后来见我沿街卖菜，又拐进小街，准备向住家户销卖，所以觉得没问题，就不跟了嘛。"王大兴说出了自己的解释。

刘建平手指敲着桌面，自言道："也似解释得通。这么说来，竹器店当真有问题？"

"如果'小商贩'不露面，如果没人跟踪我，还真看不出这家竹器店有问题。"

“是啊，咋就这么巧？”刘建平似在自言。

王大兴搞不懂啥意思了，他不再吭声，怕扰了刘建平思绪。

王大兴平时话不多，显得有些木讷颟顸，心思却细腻透亮。他历来敬佩这位比自己小三岁的上司。办案子、抓犯人的能力自不必说，视属下如兄弟，不贪不占，即便因为破案子有功，得了赏钱，或者实在推不掉一些事主给的慰劳酬谢金，也都是要么均分，要么用来接济有困难的兄弟。如此人品，在警界能有几个？更重要的是，王大兴其实也早已隐约觉得，这位小老弟还在干着更大的事，要不然“小洋楼”的人为啥总与他过不去。眼见得大变在即，别看警员们在平头百姓面前仍然昂着脑壳，端着个架子，说话依然哼哼哈哈，其实都在为今后的日子担心，惶恐焦躁的情绪日益蔓延。不少人虽然了解刘邓大军的四点忠告，却又将信将疑，同时又被一些恐怖的传言所惊困。比如，有传言说，凡是以前参与过抓共产党的人，共产党打来掌权后必定秋后算账，绝无好下场。光是这一条传言就让好多人惴惴不安。干警察的，有几个没参与过抓共产党？就是刑侦队，也时不时配合参与抓捕行动。当然，王大兴也细细回忆过，这些年跟着刘队长，刑侦队还真没亲手抓到过一个地下党。但毕竟你总是配合参与过，如果较起真来，谁又洗刷得干净？

一个多月前的一天，王大兴瞧准一个没外人的机会找到刘建平，表达了对时局的担忧，希望这位兄弟上司能指一条明路。刘建平表现得相当欢喜。王大兴自然不知，在发展游方德进组织后，刘建平曾向老孙请示，准备再发展王大兴。老孙的回答是：审慎行事，自行把握。没想到王大兴竟先一步主动寻来。刘建平笑道：“大兴兄不找我，我也正要为这事找哥子呢。”一番长谈，王大兴如迷雾之间见光明，沙漠之中见绿洲。他打心眼里感激这位兄弟上司，因为当此之时，别的道理他也许还懵懂不清，只知道这是刘建平在从坑里拉扯自己，而这分明是要冒风险的，不是绝对信任自己抬举自己，凭人家的精明，犯得着傻地在酒菜摆好、客人入座的关头拉自己入席？他除了郑重表示愿意跟着刘队长上刀山下火海外还能说啥呢？他当时还提到了李为民，“能不能把小和尚也拉进来？”他小心翼翼问。刘建平说：“我总觉得他身上还有些臭毛病，还得洗刷洗刷。再看看吧，你也多教教他。”

“看来不能再等了。”刘建平兀自冒出一句。

“不再等啥？”王大兴问。

“哦哦。大兴兄今天事情办得扎实，抓紧回家去吧，一家老小怕是等着你开夜饭呢。”

六十五

刘建平所说的“不能再等”，是他意识到必须马上向老孙报告。单是除掉巫家栋，可以不急于报告，反正这个隐患已经解决，但事关“反时针”计划和龚雅竹投共，还是要尽快报告。

绕了几个弯，确定无人跟踪，在离警局几个街区外，他架稳自行车，跨入路边的一个公用电话厅，摘下听筒，拨出号码。

“请问梁先生在吗？哦，我姓雷。好好，麻烦了。”

稍等片刻，话筒里传来刘建平熟悉的声音：“雷先生吗？我正等你兄弟的消息呢。”

“嗯嗯，是我啊。梁先生，那笔买卖基本谈妥，对方也催得急，不如抓紧见个面敲定下来？”

“要得、要得。就今晚七点半钟，东大街，老地方吧。”

刘建平叫上游方德一起回家后，在吃晚饭当口劝说母亲明天和小英子带着果果回乡下住一段，说现在兵荒马乱，自己和嫂子都忙，怕照顾不到家里。还说今天已托人给二姨妈带了口信了。老太太愣怔一阵，也许是听出儿子不容商量的语气，也许是想到了那回幺女秀娟的事，理会到了儿子心系两头的为难，板着脸说了句，我们去避难，你和秋月还有童院长也要顾得好自己，遂不再多言，直接吩咐小英子饭后收拾好包裹。刘建平暗自轻松长吁一口气。童杰走的事暂时还没告诉母亲，就是怕她打破砂锅——问到底，他和黄秋月都觉得一时半刻解释不清，一致决定等过一段再说。

看看时间差不多了，刘建平对母亲说要出去见个朋友，便穿上黑呢大衣，戴上礼帽，与游方德各推一辆自行车出了院门。

雅居古玩店，还是上次见面那间雅舍。孙远明一身生意人装束，比前次见面时又憔悴消瘦了几许，唯双目炯炯有神。眼见店主郭老板亲自上好茶水关门出去，刘建平将礼帽放在桌上，眼睛却依然盯着那道门。老孙似明白了他的心思，平缓道：

“郭老，早年是同盟会的人，后来几经波澜沉浮，心灰意冷，干脆大隐隐于市，开了这间不显山露水的小店。不过，他对我们的主张却多有认同。他做的此种营生，按理也难免会招惹到一些麻烦，却偏偏无人来招惹他。因为这老先生虽有心归隐，怎奈在这成都地界上名气犹存，以前的门生故旧还不少，袍哥舵爷官府衙门自然都心照不宣，加上他买卖公道，本是图个雅趣，并不计较赚多赚少，谁还会与他无事生非。所以，在这里很安全。当然，为谨慎，我们也没有每次都在此地碰面。”

刘建平点头释然。他先将除掉巫家栋的事报告了几句。孙远明微笑道：“建平，今天时间还宽裕，说说行动经过吧。”

刘建平本来只想报告结果，不愿细述事情经过，没料到老孙竟有此要求。转念又想，老孙必是要通过自己的叙述，再加以分析判断，从中得出他所需要的信息。对于地下工作者，又尤其是上级领导者来说，这是正常和必要的。倏忽间，他敛定心神，从接到黄秋月邀他去家里见巫家栋，自己动了寻机下手的念头说起，将除掉巫家栋的过程详细叙述了一遍，又补充了从龚雅竹口中得知的蓉站对此事的反应情况。末了，他看看手表，发现自己竟说了二十来分钟，抱歉一笑：“太啰唆咯。”

一直认真在听的孙远明端起盖碗茶浅饮一口，又示意刘建平也润润嗓，然后说：“先期动念，虚与委蛇，寻得机会，断然出手。虽然有些仓促、冒险，但从结果看似无不妥。也真是难为你了。”

“也是他自己找死，这么快送上门来。”

孙远明放下茶碗，以长者和缓的目光注视刘建平良久，轻声问：“心里不好受？”

刘建平摇摇头，迟疑片刻，平静道：“老孙，我有个请求，不知合适不？”

“说吧。”

“等大局已定，我想抽时间去看看巫家栋父母。读书时，他父亲来成都看过他一次，带了不少吃的。我和他陪老人家玩耍了一天……那老人家，和善。”

孙远明起身，踱到刘建平身旁，轻轻拍拍肩膀，什么话没说又转身回去坐下。刘建平心下忐忑，感觉自己向老孙提了个匪夷所思的难题。于是丢开这个话题，而是向对方提出了刚才一直疑惑的一个问道：

“老孙，我怎么感觉你其实早知道巫家栋被除掉了，对吧？”

孙远明一愣，摸下自己的面颊，再垂头看下自己的依着，嘿嘿笑着用手指点点刘建平：“我总不能在郭老面前藏头藏尾吧？”

刘建平本来是想以第一个问题引出另一个问题——蓉站里是否真有我们的内线？否则你老孙为啥这么快就知道，来自巫家栋的危险已经解除？但老孙既然连头一个问题都没正面回答，他也不便再问，抓紧将龚雅竹想要投共并送“反时针”计划，以及今天下午王大兴对竹器店侦察的情况做了汇报。说完，他从礼帽夹层中取出两张信笺纸，送到老孙手里，这是他抄录的“反时针”计划。老孙接过细阅了一遍。沉吟思考一阵，将那两张信笺纸还给刘建平，微笑道：“建平，你就没怀疑过？万一其中有诈呢？”

刘建平略微迟疑下，说：“这个自然是想到的，所以我没急于报告，而是安排路王大兴去侦察了下。”刘建平锁着眉头道。“事关重大，我不能再拖延，必须及时报告。”

“你做得对。说说你的想法。”

刘建平道：“其一，至此大变将至、人心惶惶之际，虽然不排除龚雅竹想投共自保的可能，但事发突然，仓促之间我确实难辨真伪；其二，王大兴确实在那家竹器店发现了‘小洋楼’的人，但也有可能那是人家有意布置；其三，如果这一切根本就是敌人设局使诈，后果十分严重。既会让我们放弃对真计划的截取，又能以此为诱饵，引出我们。”他轻抖下手中的纸张，“今天我让王大兴去侦察那家竹器店，看来还是草率了。”

“你觉得自己可能已经暴露了？但这大半天过去，敌人并未采取任何行动。”

“嗯，我没发现后面有尾巴。或许王大兴确实没被认出来，否则就太奇怪了。”

“我把计划还给你，你不觉得也很奇怪吗？”孙远明语气和缓。

刘建平想起刚才问老孙，是否已经早知道巫家栋被除掉，而对方并未作答，也咧嘴笑道：“该告诉我的，你老孙自然会告诉我。”

孙远明摆摆手，神情变得严肃起来：“之所以还给你，是因为我确实认为，它极有可能是敌人煞费苦心编造的假货。你刚才的分析没错，他们的目的也许就是要掩护真计划的安全，同时也在试探你，乃至于妄想通过你‘放长线钓大鱼’。”

刘建平顺着老孙的话继续分析道：“如此说来，‘小洋楼’应该已经确定了我的真实身份，要借我之手将计划的前半部分送交组织。为了获取计划的后半部分（也是最重要的那部分），组织上势必要与龚雅竹直接建立联系，而那个时候徐耀庭他们就该收网了。”

刘建平见老孙对自己的分析投来赞许的目光，振作道：“现在他们不会对我采取行动，我暂时是安全的。正好，我可以利用这个机会另想办法继续想法截取敌人真实的‘反时针’。”

“不，你现在要做的就是继续扮演徐耀庭希望你扮演的角色。如果你再有所行动，那不就是在告诉对方，你已经知道手中的计划是假货。”

“那真计划咋办？未必巫家栋所言不虚，‘小洋楼’里果真有我们的人？”刘建平终于还是问了一直想问的问题。

老孙再次缓缓起身，来回踱了两步，重又坐下，说道：“我现在也回答不了这个问题。”

刘建平轻轻点头，一时无语，掏出烟点上。

片刻后，老孙温言道：“建平同志，我现在只能告诉你，真计划的截取，组织上已另有安排。现在对敌我双方而言都已经到了最后关头。徐耀庭要花招麻痹迷惑我们，根本是为争取时间，我们又何尝不是在争取时间。因此，你要做好充分准备，把握好安全上的‘暂时’二字。我估计就在这两三天吧，一旦真计划到手，我会立即通知你将手中的假货‘出货’，争取自保。”

在方才的交流中，刘建平总感觉老孙的话看似明白实则稍带含糊滞涩，似有难言隐忧。组织上要以其人之道还治其人之身，用自己反施烟幕，麻痹迷惑敌人，这其中不确定的风险无疑极大。或许老孙顾及自己的安全并不十分赞同如此安排，却又情非得已，包括没有回答自己刚才的问题，也可能仍是时机未到，纪律使然。想到此，他反倒轻松下来。但心中还有个困惑疑难要问：“老孙，我是说万一，龚雅竹真的打算诚心投共自保，我如果将她给的‘反时针’交出去，她和陈锐敏咋办？”

老孙沉吟片刻：“这样吧，接到我的通知后，你先告知龚雅竹你接下来要做的事，建议她和陈锐敏立即转移或隐蔽起来，然后再交出‘反时针’。现在情况特殊，没有其他更好办法，只有这样处置了。”

只在片刻间，刘建平便领会了如此处置的“周全”：万一龚雅竹是真心要“投共自保”，那么在接到“预警”后虽然会对自己心生怨恨，但毕竟可以提前与陈锐敏想法脱险。如果她毫无反应，只能证明，她本就是徐耀庭抛出的诱饵。

“我明白了，这样安排最为妥当。”

“不，如此安排也有一定风险。”老孙摇头。

“你是担心她也许会报告给徐耀庭？如果真是那样也没什么大不了的。

一、我可以不承认事先告知过她。二、就算有这回事，那也只能说明，我刘建平对得起朋友。”

“嗯，这符合你一贯做派。”老孙笑道。

刘建平将抄录的“反时针”计划细细撕碎在烟缸里，又划燃火柴棍点燃……

刘建平如往常与老孙接头一样，在老孙先走后又独自在茶室里待了阵，徐徐品着茶想事情。而他之所想，主要还是集中在一个人身上——龚雅竹。

刘建平看看手表，戴好礼帽，起身出了茶室，正好遇到郭掌柜从前面柜台进到院子里。

“郭掌柜，生意好啊！”刘建平笑着拱手打个招呼。

郭掌柜抱拳回礼道：“见笑咯。俗语云，盛世藏古董，乱世买黄金，现而今，生意能好？就是玩玩，混时间罢了。我送送小老弟吧。”

出得“雅居”，游方德已从暗影中迎上来，低声道：“我跟了两条街，老孙安全。”

“我们回吧。”刘建平说。

六十六

与孙远明碰头后的第三天一大早，刘建平在家里接到了老孙“出货”的电话通知。抬眼瞟下堂屋墙壁上的挂钟，他毫不迟疑拨通了龚雅竹寓所的电话。通过这大半年交往，因为时不时地相邀聚会，他们相互之间已经熟知了彼此的电话号码。电话中，当龚雅竹听完刘建平简单而明确的话意后，淡淡回道：“多谢刘队长实言相告，我晓得该怎么办了。”随后挂断电话。

临近中午，刘建平从办公室给陈锐敏去了个电话，闲聊了几句，问对方晚上能否约上雅竹一起吃饭，陈锐敏说实在太忙，恐怕脱不开身，只有视情况再约。放下话筒，刘建平嘴角闪过一丝冷笑，提个公文包去到蔡文广办公室。来开门的是缉私队队长贾兴旺，看来他正在与局长蔡文广议事。

“我没搅扰吧？”刘建平抱歉道。

“没有、没有，我已向局长报告完事，刚好。”贾兴旺笑呵呵如半个主人家，再向局长哈下腰，告辞而去。刘建平随即将门关严实。

靠在椅背上，瓦灰着一张脸，神情萎靡的蔡文广斜了刘建平一眼：“有急事？还神秘兮兮的。”

那天听闻蔡文广三姨太出事后，刘建平向王大兴交代完任务就赶去了蔡公馆，与其他先到的几个队长、科长一起，陪着蔡局长长吁短叹一阵，翻来覆去说了几箩筐安慰的废话。蔡文广毕竟是老江湖，大小阵仗经历多了，尽管话不多，人倒撑得起，总能与众人客套支应，时或还夜猫子般干笑两声，令人感觉惊悚怪异。

蔡文广的大房和二房一直被他打发在乡下老家的深宅大院里锦衣玉食，三个女儿也早已嫁人。他自己乐得与三姨太在省城逍遥度日。三姨太是欢场出身，跟了他已十年，不仅模样标致，更善周旋交际，替他广结人缘，广开财源，成了他混迹江湖黑白两道、敛财聚宝的得力帮手，人称“三姐”。唯其如此，他才要先期将三姨太送到台湾，让她尽其所能，在人地生疏的地方开辟新境。三姨太之死固然可悲，但更令其顿足的是，他就像一个本来赚足大钱正要关张歇业的生意人，猛然间却亏得血本无归，还得再打主意重新开张。刘建平自然或多或少能体会到蔡文广枯草乱蓬、一言难尽的心绪。

“局长该在家多歇息几日的，何需如此宵衣旰食……叫我们这些属下还有啥话说呢。”说着话，一边从公文包里掏出一包细麻绳捆扎周正的纸包，“来祥楼新进的‘碧螺春’，走那过，顺便带了三两。”

“嗯嗯，有心咯。现在是非常时期，人心惶惶，事情一大堆，当一天和尚就要撞一天钟，歇息不了的。有啥急事抓紧说，等会儿我还要去省府开会。”蔡文广吸口烟，又品口茶后，精神似乎好了点。

“确实有件离奇古怪的事要报告。”刘建平正色道，又从公文包里取出一本牛皮纸包封面的书，送到蔡文广手里。

蔡文广拿在手里翻弄几下，随手扔到桌上：“我会看这些卿卿我我的书？笑话。啥意思？”

刘建平也不吭声，拿过书，三下五除二解开包封面的牛皮纸，展开，翻个面，摆在蔡文广面前：“局长晓得‘反时针’吧？”

“有耳闻。‘小洋楼’里徐耀庭他们前些日子在搞整，神秘兮兮的，还装神弄鬼不让多问，老子也懒得管。”

“这上面写的，就是‘反时针’。”

“啊？”蔡文广坐直了身子，吃力地看了遍牛皮纸上那些密密麻麻的字。抬头盯着刘建平。“咋就到你手里了？”

“‘小洋楼’有个叫龚雅竹的女子，就是她送我的，说是要寻条后路，想投共，这是见面礼。”

“徐耀庭的小老乡嘛。她找你干啥？投共？莫非你、你真是共党？”

“局长真看得起，也这般怀疑我？她说我市面上打交道的人多，又是本地人，托我帮着联系寻找共党。”

“那你交给我又是啥意思？未必我就是你要找的共党？”

“局长如果是共党，我还需要找吗？”

“嗯？”

“全局上下随手捞一个也是啊。也不用捞，凭您局长大人如此关照、提携，我自己肯定也早就是了，何须他们疑神疑鬼。”

“你娃儿尽会说些开胃的笑话。”蔡文广捋捋八字胡，沉声道，“你这是等同于告发龚雅竹，而且还会牵连陈锐敏，能下得了狠心？这可不像你一贯行事风格。我晓得，你们平常关系不错的。”

刘建平叹口气，一收刚才的嬉皮笑脸：“实话说，龚雅竹和陈锐敏以前都帮过我，彼此相处也还不错，看着他们当时那副着急可怜样子，所以我才脑壳一热，答应帮着他们试试。这两三天翻来覆去想，越想越心慌、后怕。这种败家要命的事岂是小娃摆姑姑宴，闹起好耍？我刘建平不是不敢为朋友两肋插刀，如果我单脚利手别无牵挂倒也罢了，可是老母亲咋办？”

“只是这个原因？”蔡文广哼笑一声。

刘建平迟疑下，肩膀一耸：“真是什么都瞒不过局长法眼。直说吧，其实我最怕的是，这是‘小洋楼’放的诱饵，要引我上钩。说到底，他们一直还是怀疑我通共。”

“这就对了嘛，说下去。”蔡文广端起茶碗嘬一口。

“陈锐敏不会成心害我，只因喜欢龚雅竹，事事都将就她、听她的。龚雅竹就不同了，是徐耀庭身边的人，太有可能包藏祸心。既如此，又何来我‘告发’她之说。”

“嗯，是这个道理。那你何不将此物直接交还给‘小洋楼’或是龚雅竹，又干脆又撇托，又可自证清白。”

刘建平摇头苦笑：“只怕为时已晚。”

“也是，东西在你手头已经窝了几天，黄泥巴裹裤裆，不是屎也是屎咯。你想让我做个证人？”

“局长圣明！我是越想越怕，怕这次是真要一步踏进人家挖好的坑里了。这会儿向您老人家坦诚交代了，才总算觉得一身轻松多了。”

“你娃儿说得轻巧吃根灯草哦。”

“当然，如果连局长也不相信我，卑职这条小命任宰任刮，是清蒸还是红烧，是油炸还是干煸，也就只有认命了。”

蔡文广“扑哧”一声，将正饮进嘴里的茶水喷了出来，缓口气道：“刀都架在颈项上，你娃儿还在花的麻的打话牙祭、扯玄龙门阵。老子也刚死了三姨太，弄得人财两空，你又扔个火炭要老子伸手接，哎！”

刘建平歉意地拱拱手：“实在抱歉，本不该这个时候给局长添麻烦。”

蔡文广沉吟着，似有为难。

“三姐是个好人，为搭救我嫂子帮过不少忙，一想起来我这心里就难受得很。您老人家更是对卑职关怀备至。还是那句话，局长若有用得着建平的地方，只管发话，卑职万死不辞。但这件事还万望您老人家千万为我做个证。”刘建平言辞恳切。

蔡文广浑浊的三角眼里闪过一丝亮光，盯了刘建平一阵：“建平啊，你娃儿装莽吃胖，名堂多、水好深。你以为自己做的事神不知鬼不觉，哪里晓得老子替你揩了好多屁股。”

刘建平神情微凛，诧异道：“局长此话啥意思？未必你还当真怀疑我通共，不肯帮我？那还不如现在就绑了我，在你手上，建平就算冤死也认了。”

蔡文广哼了声，慢腾腾拉开办公桌一个抽屉，在里面翻找着什么，片刻，从一叠文件袋中取出一个，推到刘建平面前：“里面的东西，自己看。”

刘建平疑惑不解，默默拨开文件袋封口，往桌上一倒，一叠相片哗啦撒在面前。他拿起一张瞟了一眼，又匆匆看了余下的。这些相片上拍摄的场景人物很清楚、很明白，全是游方德、王大兴、李为成在广和路裕泉汤浴室外守候以及进出浴室大门的画面。

“哦哦，原来是为这件事，真是一切都在局长掌握中，卑职不得不服啊！”刘建平松下一口气。当初他对李为成从贾兴旺嘴里得知彭学忠下落一事一直心存疑虑，总感觉没那么简单。现在，谜底揭开。只是不知这只老狐狸此时抛出这堆相片，究竟会要个啥价钱。

“没有两刷子，老子能降得住警局这么大一摊？噫，我看你娃儿咋像没事人一般呢？”蔡文广板起脸。

“事已至此，卑职还有啥话说。全凭局长处置，清蒸、红烧……”

“去去去，又来这一套。嘻哈打笑就过关啦？”

“不就收拾个彭学忠嘛。他不该死？您局长大人不想他死？”刘建平又向蔡文广敬上一支烟，观察着对方的神情变化。“还是那句话，局长的大恩大德我记下了，有事只管吩咐，卑职听凭差遣就是。”

蔡文广面色和缓多了：“建平啊，你是个人才，那三个娃也是因为讲义气才下的手，对我袍哥人家的胃口，说起来我还有几分欣赏。所以，我咋忍心为彭学忠那龟儿子一条烂命加害你们？”沉吟片刻，又道，“啥大恩大德的，只要你们念我个好就行了。嗯，这个、这个上次盛茂纱厂那桩骗购案，听说你还在催贾兴旺尽快结案？既然人家接手了，你何必多管闲事，你还嫌自己面前麻烦事少？”

“请局长明示。”

“我说得还不清楚？”

将近一个月前，市区一伙长年抓拿骗吃的人，伪装成国军什么大部队的军需官，向盛茂纱厂征购三卡车布匹棉纱。因了这些物资当此之际十分紧俏，厂方颇为慎重，但对方一应证件手续齐备，仓库查验、讨价还加、合约签订，做得煞有介事。及至三车货物出厂，刚才还在财务室负责支付现银的两个军人却一个转身没了人影，厂方才知着了道，赶紧报案。刘建平接手案子后，很快锁定目标。他与这伙人已经不是一两次打过交道，对方的作案手法，乃至人员分布行踪、赃物藏匿变现的大致套路他都基本了然。因为蔡文广从案发开始就盯着，随时过问。岂料，正当案子大体有眉目时，蔡局长要他将案子立即移交缉私处贾兴旺，却另外扔了个大户失劫案给他，还严令要限期破案。前段时间，刘建平两次碰见贾兴旺，问及纱厂骗购案的后续处置，对方总是支支吾吾。今天，蔡文广干脆把话挑明了，要他不再过问插手。他一直隐忧的事还是发生了，蔡文广、贾兴旺果然在打那批赃物的主意。想起刚才蔡文广说的三姨太之死叫他“人财两空”那句话，刘建平心里直是冷笑：即或三姨太不死，随身携带的金银珠宝没有一同葬身大海，你就不会抓住机会最后再捞一把大的？

“盛茂纱厂急着问案子的进展，我也就顺便问了下老贾。既然局长有话，我落得清闲，绝对再不过问。”刘建平打个哈哈，算是遵命了。腹语却是：我倒要看你如何又能吃下那批货。他将桌上那些相片收拢装回文件夹，作退还状。

“你自己带回去处理吧。反正我有底片。”蔡文广干笑道。

刘建平哭笑不得摇摇头。又指指那张包书的牛皮纸：“那这件事，局长准备咋办？”

“现在没想好，或者有用得着的时候。”蔡文广不置可否。看刘建平犹自不放心，又加上一句，“该为你说话的时候老子不会抽你吊台。”

刘建平暗想：老狐狸，但愿你说话算话。一边重新将书包好，一边忙不迭地再次道谢。

六十七

下午三点一过，孙远明一身文化人装扮，簇新的青色夹棉长袍，深灰色毛围巾，黑色礼帽，锃亮黄牛皮鞋，再架一副秀郎镜，手里捏着本说文解字的线装书。

他在少城公园内的青竹褐树间漫步，逗下铁丝围栏里饿得精瘦的猴子，叹息一番少有照料，羽毛凋敝污秽的几只孔雀。又在那座“辛亥秋保路死事纪念碑”前驻足良久，默默缅怀在那场风起云涌的反抗腐朽清政府的运动中牺牲的仁人志士。

转悠一阵，他掏出怀表看看时间，这才走进临溪的一家茶社的竹园凉棚。凉棚里很空阔，十来张茶桌，却没一个茶客。孙远明选了个正对院门的位置坐下。这里可透过一株夹竹桃的枯枝，将整个竹园的情形尽收眼底。好半天，一个腰身佝偻的老汉才过来给他沏好茶水。

约二十分钟后，孙远明放下了手中的书本。因为他看见一位戴口罩，穿薄呢长大衣，臂挽挎包，知性味十足的年轻女士款款走进竹园。几乎没有片刻迟疑，对方已缓缓踱到孙远明的茶桌旁，解开口罩，盯了下茶桌上的书名。

“是赵先生吧？”

“哦哦，赵先生今天临时有事不能来，让我代他道个歉意。鄙人姓孙。请坐吧。”

暗号接上了。坐下后，年轻女士从包中拿出一个做工精良的化妆盒递送给孙远明：“这是完整‘反时针’计划的胶卷。”

孙远明慎重接过，仔细揣好，笑微微打量下对方：“果然是你啊，龚雅竹！”

“您早已猜到会是我？”龚雅竹略感吃惊。

“‘小洋楼’里的人，我还是做过些了解，加上刘建平没少提起你。”孙远明温言道。

“那他不是也会猜到了？”龚雅竹轻笑下。

“很难说。他也许之前确实对你还抱了些‘幻想’，但通过此次你表演的这出‘投共自保’的段子，恐怕对你已经彻底失望了。”孙远明语带揶揄。

“我估计他已经联系了陈锐敏，一旦发现陈锐敏安之若素，对我不仅失望，应该是十分鄙视、恼恨了。”

“这不就是我们想要的效果吗？”孙远明慨叹道，“想不到你如此年轻，心思却如此细密，这次组织上可是完全同意你的行动建议的。”

“谢谢组织对我的信任。没办法，这都是徐耀庭逼的，他花招太多。”

“是的，要对付他这些花招，还是你最有办法。”

“只是太难为建平同志了，让他面临很大风险。我觉得，可以告诉他我的真实身份了。他是值得信任的同志。”

“这不是对建平同志信任与否的问题，而是必要的安全防范原则。他的任务本来就是掩护你。该告诉他时组织上会适时告诉，我相信他会挺过这一关。”

龚雅竹正要接口，却突然被孙远明打断：“别回头……你来时有没有尾巴？”

“什么情况？”

“有个人在茶园门口，好像在寻人。”

“什么样子？”

“嗯，二十多岁，身材健壮，眉目清秀，穿黑色风衣……”

龚雅竹紧蹙眉头牙咬薄唇，她知道来者是谁了。

“老孙，这个人十分危险。你赶紧走，我来应付他。”

“蓉站的人？我没见过。他进园了。”

“对，他叫徐孝凡，徐耀庭的保镖。你快走！”

龚雅竹一边催促着孙远明，一边已经快速地打开挎包，做着必要的准备。

孙远明知道此刻不能争执犹豫。于是站起身，装作要去方便下的姿态，想顺溪水岸边往茶室走，尽量避开徐孝凡。可是还是晚了一步。

徐孝凡是很偶然发现龚雅竹今天下午离开站里的。他本想追上去关心下，又担心像上次一样被干脆拒绝。最近龚雅竹单独外出比较多，他也问过几次，龚雅竹的回答很简单，要么是出去见老乡，要么是去会同学柳艳梅。有一次干脆说是执行任务，至于是什么任务，要他直接去问徐长官，把他呛得没奈何。他小心翼翼试探过徐耀庭：

“雅竹最近一个人经常往外跑，也不怕外面那么乱。”

徐耀庭打个哈哈道：“所以你要多关心她嘛。”

“我要陪她，她又不愿意，有啥办法。”

“你个憨娃，以为追姑娘就那么容易？要多上心，上心，知道吗？”

今天下午徐长官召集几名骨干人员开会，百无聊赖的他在龚雅竹办公室外溜达了几遭，忍住了推门进去的冲动。回到自己办公室，爬在窗户口发呆，无意中看见了院坝里准备外出的龚雅竹。他猛然想起徐长官“多上心”的教诲，竟顾不得多想别的，迅速换了便装撵了出去。

徐孝凡之前跟踪过龚雅竹。那次他忍不住酸溜溜故意问她，难道自己送的咖啡没有帝都饭店的好喝？话一出口他就明白，自己一气之下说漏了嘴。虽然龚雅竹表面淡然，其实已经明白自己跟踪了她，为此还冷落了他好多天。自那以后他再没敢跟踪过她。但今天他又鬼使神差故技重施了。他以为自己是为了保护她，实际上还是那股醋意在作怪。因为他固执地认为，她之所以对自己不冷不热，就是有那个叫陈锐敏的人存在，她频繁外出，就是去约会那个人。他不甘心，就是要一次次印证自己的猜测。至于印证后又会怎么样，却没多想。就像上次明明已经印证了她确实背着他与陈锐敏等人在一起，他也并未怎么样一样，只不过醋意更浓些罢了。这可能是单相思患者的通病吧。

他生怕被龚雅竹发现，提起十二万分小心以及全部的特务本领紧紧跟定。可是，当他发觉龚雅竹也同样小心谨慎，故意兜圈子，玩起摆脱跟踪的惯常手段时，他有些迷惑和吃惊了。她为什么要这样？如果仅仅是见个老乡同学或别的什么熟人朋友，用得着如此周折吗？她一定是要去见一个神秘的不能被可能的跟踪者发现的人，所以才要在并未发现跟踪者的情况下，仍然采取必要的防备跟踪的手段。徐孝凡越想越好奇，越小心。

徐孝凡成功了，居然没有被摆脱，更没被龚雅竹发现。直到他远远看见对方进了少城公园。他知道此时里面游人不多，跟近了极易被发现。他有意在外待了几分钟才进了公园。他相信，只要龚雅竹在公园内，就一定能发现她的踪迹。果然，当他路过这家一片寂静的茶园时，凭直觉，略一停顿，折身踏了进来，而且很快透过那株夹竹桃的枯枝缝隙，看见了那个他再熟悉不过的背影。但他更关注的是对面那个中年男人。只在片刻间，他觉得自己辨认出了对方，尽管对方比相片上的容貌略显瘦削苍老。他没有丝毫犹豫，拔枪在手，顶上火。

“站住！转过身来。说的就是你，孙先生嘛。”徐孝凡声音冷峻，步伐稳实地走近，站在龚雅竹身后三步远的地方。他虽身手不错，但很少在一线执行过任务。此时，他对自己的状态很满意。

孙远明缓缓转过身，奇怪又漠然地看着徐孝凡。

“孙先生，您坐吧。”龚雅竹招呼孙远明，语气平静。“孝凡，能坐下说话吗？”她并未回头。

徐孝凡没想到龚雅竹如此应对，像个没事人样，倒有些迟疑不绝了。思考片刻，他微微摆下枪头，对孙远明说：“你，过来挨着她坐下。”

孙远明撇嘴冷笑下，慢慢走到龚雅竹身旁，拉过边上的竹椅子，沉稳坐下，一副好整以暇的样子。

徐孝凡谨慎地移步到刚才孙远明的位置，坐下。他打量一番龚雅竹，对方脸色有些苍白，神情中含着些无奈和厌烦，这副神情他平常倒并不少见。

“你好本事，居然又跟踪我，正事不做，真是闲得慌了，你到底想怎样？”龚雅竹先呛声道。“你能不能把枪收起来。”

徐孝凡愣了下，干脆又起身走到孙远明身后，用一只手快速地上下摸捏了一遍，确定了对方没带武器。实际上他也听说过，共党地下人员非特殊情况，平常外出都是不能带武器的，就是防备着万一遇上突然搜查。

龚雅竹觉察到了徐孝凡的犹豫，带着些嘲讽的口吻道："你究竟什么意思？你怀疑孙先生？还怀疑我吗？不如连我也搜下？你又什么时候看见我带过枪？凭你一身拳脚功夫，还怕了？"

徐孝凡确实没见过龚雅竹带枪外出，而且包括他在内的站上很多人都知道，龚雅竹对枪有种莫名其妙的排斥。有次他们一起去看电影，他还将配枪带在身上，龚雅竹发现后好一阵奚落，嘲讽他真是一介武夫。他反驳说，哪有不带枪的军人？还劝她也要习惯枪不离身。龚雅竹说，我不带枪不等于我不称职。要是轮到我用枪了，除非你们这些男兵都死光了。那次单独外出约会竟然就是因为他随身带枪，结果搞得不欢而散。徐孝凡只在一瞬间想起了这些往事。他吐口粗气，没动龚雅竹，重新回到座位坐下。板着脸命令道："把你们的手放在桌上。"

龚雅竹气恼地"哼"了声，把双手扣在桌上。孙远明也照做了。徐孝凡这才把枪平放在面前，又掏出一双皮手套，盖在枪上。

"你认识孙先生？"龚雅竹问。

"不认识。但我见过他的相片。他是共党要员。雅竹，你既然和他在此地接头，那么你是什么人？我该不该怀疑你？"

龚雅竹哼笑下，不置可否。"你在哪里见过孙先生相片？怎么就确定他是共党，还是要员？"

"你还不信我的话？"徐孝凡摊下左手。他的右手一直放在皮手套盖着的手枪旁。"干脆就说白。南先生曾提到过，他在重庆时有个直接上线叫'老赵'，此人极可能来了成都，而且此人与市警局的刘建平认识，说不定现在就是刘建平的上线，他们在成都应该碰过头。高进事后想起，刘建平与益民银行这位孙先生有过交道，而孙先生就是来自重庆。高进他们去了益民银行，虽然听说孙先生已经去了香港，人不在了，但他们拿到了孙先生的相片，恰好那天我也看了眼那张相片。相片应该是为了办新'身份证'刚照不久。所以，我知道，面前这位孙先生，就是所谓已经去了香港的孙先生，也几乎可以肯定，他就是南先生口里的'老赵'。还要我继续说吗？"

"你所谓的'南先生'，就是前几天晚上在水井巷被杀的那三人中的一个吧？"龚雅竹问道。

“没错。就是他。”

“你知道他原来的名字吗？”

“当然，他叫巫家栋，后来听说还是刘建平的大学同学，好朋友。”

“那你当然也知道，其实站长和高进一直怀疑就是刘建平杀了他？”

“这个我倒不是很确定。反正刘建平一直就是站里重点怀疑的对象。就算是他杀的巫家栋，也不奇怪。”徐孝凡眉头一皱，“你问这些，还有啥意义吗？能洗清你自己的嫌疑吗？经你这么几问，反倒让我更怀疑你了。”

“哦，说来听听，也许有趣。”龚雅竹戏谑道。

“想听？那好。那个巫家栋到成都，站里只有极少人晓得他的真实身份。站长带我们从重庆接他回到成都的第二天，你就主动约我外出吃饭，说要为我接风洗尘。现在想来，其实那晚你不就是在套我的话吗？我也确实把巫家栋的底细向你透露了。巫家栋被杀后，站长一直怀疑我们内部有人泄露了他的真实身份，我却从来没怀疑过你。如今看来，不是你出卖了巫家栋，还能是哪个？还有，当初高进和孟厚良怀疑刘建平在家里藏了受伤的游击队的人，主张立即突击搜查，偏偏是你竭力阻拦，我还帮你说话，现在我总算明白，你哪里是为站长着想，就是在帮刘建平拖时间、打掩护。”

“说完了？”龚雅竹淡笑道。“徐孝凡，没看出来啊，你还真能一套一套玩推理。”

“这有什么值得推理的？和尚头上的虱子——明摆着的。你就一直看不起我，真以为我是饭桶草包？哼哼，我们还是回站里吧。”徐孝凡要取枪起身。

“别急呀。”龚雅竹拦阻道。转脸对孙远明说道，“对不起，孙先生。按照我们徐长官的安排，本来这出戏还要演下去，我们还会再见一两次面，现在被这位精明能干的，不承认自己是‘饭桶草包’的徐副官搅了局，就只能提前结束了。请吧。”

徐孝凡一脸懵懂：“雅竹，你什么意思？演戏？站长的安排？”

“谁叫你自作聪明的？”龚雅竹没好气道。“我是在执行特别任务。站长明明怀疑刘建平，为什么到此时还不下手抓他？是因为我要投共，要他帮忙找中共地下组织，同时通过我送出的假计划，扰乱他们。他还真帮我找到了，这位孙先生就是他帮忙找到的共产党。本来下一步就可以将他们一网打尽。现在好了，站长的计划全被你搅黄了。”

“啥？这么说刘建平当真是共党卧底？”

“哎呀，一两句对你说不清。不说了，现在只有先把这位孙先生密捕回站里。”

“龚雅竹，你、你……无耻之极！”孙远明脸色铁青。

龚雅竹面无表情，毫不理会，冲徐孝凡示意取枪在手。徐孝凡仍有些迷惑，脑壳里飞快地打旋。他想起来了，那天他在蓉站院门口碰见龚雅竹外出，提出要陪伴却被拒绝。龚雅竹回来后立即去见站长，当时站长似乎很急于见到龚雅竹，却又将自己支开了，好像要谈很机密的事。自那以后，龚雅竹确实单独外出次数增多，但当自己向站长表达担心时，他似乎并不在意。如此看来，龚雅竹倒真有可能在执行特别任务，这种事在站里本是平常，也没什么值得大惊小怪。尽管龚雅竹在此地与共党接头是事实，尽管他之前有过扎实的推理，但他潜意识中根本不愿相信龚雅竹，这个令他又爱又惧的女子真是共党卧底。再联想到平常徐长官对龚雅竹的关照与信任，加之事发仓促，即便他脑壳里飞速打旋，一时之间也再难理清事情的脉络，只能选择暂时相信龚雅竹。他揣好皮手套，重新把枪握在手中。

“我没戴手铐。找根绳子把他捆住吧？”徐孝凡说。

龚雅竹略一思考，摇头道：“那样太招人眼了，反倒不安全。凭我们两个，还怕他跑脱？你挽住他。”

徐孝凡觉得有道理，同时他对自己的身手也有自信。走到孙远明身旁，左手臂挽起对方的右手臂，握枪的右手揣进了风衣口袋。孙远明没有任何反抗的意思，只是将茶桌上的线装书拿在了手上。

两个男人如朋友般手挽手在前，龚雅竹摸出两张纸币压在茶碗下，紧跟他们而去。直到三人走出茶园，那个腰身佝偻的老茶倌儿也没现过身，还歪在灶台边打瞌睡。

惨白的阳光穿过高大树林修竹的枝丫，斑驳洒落在一条碎石小径上，除了三人轻微的沙沙脚步声，以及远处的几声狗叫，周围一片安谧。这是去往公园大门的一条捷径。正值时局混沌、人心惶惶，再加上又是寒冬腊月，公园里本就游人稀疏，而此时此地，前后左右，更是人踪难寻。虽然这条捷径是挽着孙远明的徐孝凡自己选择的，但不知为什么，太过安静的环境还是让他感到了一丝不安。他停下脚步，没有回头，对身后的龚雅竹道：

“雅竹，不如你在前面引路。”

后面的脚步声已停止，却没有搭腔。徐孝凡觉得奇怪，正想侧头来看，只听得如同拔香槟酒瓶塞似的“噗噗”两声响。徐孝凡身子随之颤抖两下，松开挽住孙远明的手臂，双膝一软，扑倒在地，又猛然双手用力撑起上身，但终是不支，翻身仰面躺下。

孙远明惊讶地垂头看一眼脚下的徐孝凡，转身又看龚雅竹。他完全没想到，这个外表文静的女子出手竟如此利索。龚雅竹手提装了消音器的手枪，枪口还冒着丝淡淡的青烟。她神色镇静，几步跨到徐孝凡身边，见他嘴角已涌出血丝，好看的眼睛充满懵懂，好像不知发生了什么事，见到出现在眼前的龚雅竹，艰难地张口要说话。龚雅竹再次出手，又是“噗噗”两枪，正中徐孝凡胸口。

龚雅竹一边拆解着手枪消音器，一边用不容置疑的语气对孙远明说：“老孙，这里我来处理，出公园往右两条街，有家闲云书店，稍后我们在那里见面。”

六十八

闲云书店店堂不小，却因了一排排书架以及供顾客翻阅预览的三张条几而显得有些局促。孙远明在最靠里的一张条几末端没坐多久，龚雅竹已气定神闲款款而来。此时店里几乎没顾客。开书店者自然应该是好读书的人，这家店主也不例外。他是个中年男士，此时正伏在柜台后专注看书，似乎对店里的生意好坏并不上心。

“这倒是个不错的地方。”孙远明说。

“我一直将这里预设为必要时的接头地点。”龚雅竹说。

“他是你的追求者？”孙远明问得有些突兀。

“嗯，是的。”龚雅竹明白这个“他”是指谁，眉头微蹙下，如实回答。

孙远明又观察下周围，说：“没想到你出手如此果断。”

“这个徐孝凡对徐耀庭特别愚忠。刚才他的‘推理’确实全部成立，所以我没有别的选择。”龚雅竹说道。

孙远明点头道：“是的，刚才面临的是个死局。尸体如何处理的？”

“我把他藏在了路边不远的一个土坑里，估计短时间不会被发现。天黑后我再作处理。”

“你就不要来回跑路了，太不安全，我安排人天黑后来处理。”

“也行，不过一定要确保安全，否则别去管他。”

“我知道。嗯，设有标识？”

“上面放了两根腐竹。”

“除掉了徐孝凡，接下来动静应该很大。为了应变，我在考虑是否要调整下原有计划，你觉得呢？”

“老孙，你在担心我和刘建平的安全？”

“是啊，我认为你和建平应该立即转移。”

“徐孝凡之死迟早会被发现，也肯定会震动徐耀庭。但是现在转移，或许会前功尽弃。”

“为啥？你们的转移，不正是在告诉徐耀庭，我们相信拿到的是真计划，所以放弃了继续截取‘反时针’的行动。”

龚雅竹略一思索：“可以让建平同志先转移。他已经为我争取了时间，完成了掩护我的任务。”

“你又何必要独自冒险留下？”

“我原计划让刘建平交出假‘反时针’，既可自保，又可以继续与我一起迷惑扰乱徐耀庭、高进。此次截取‘反时针’行动计划是我向组织建议的，本来就利用了建平同志身上的诸多嫌疑，让他担了极大风险。现在情况有变，很难预料徐耀庭会不会对他突然下手，他确实没必要再冒险陪我一起操演下去。而如果此时我也同时消失，凭徐耀庭的奸猾多疑，必定猜到我已截取到真实的‘反时针’，就达不到稳住他的目的。”

孙远明神情肃然，沉吟着。

“老孙，你不要担心我，我有办法与他们周旋。”龚雅竹安慰道。“还是尽快通知建平同志转移吧。”

“你很自信，雅竹同志。”孙远明温和道。

龚雅竹一愣，咬咬嘴唇：“我一向很自信，或许这样不好。今天徐孝凡意外出现，就是因为我太自信，偏偏把他忽略了。接下来我会多加谨慎。”

见龚雅竹心思如此灵动，竟一下听出了自己话中别意，孙远明再次沉吟思索着。

几天前，南方局派出的一名联络员到了成都，传达了上级对川康省委工作的指示精神，同时确认，蓉站内有我方潜伏者，代号“惊雷 1 号”。之前“惊雷 1 号”传出的情报都是通过秘密电台直发南方局，由南方局斟酌后再转发川康省委。此次南方局联络员传达的指示是，鉴于当前局势瞬息万变，川康省委可直接与“惊雷 1 号”建立联系，相机开展工作，并指定孙远明为其直接上线。

至此，孙远明方才明白，当初上级同意刘建平回成都工作，并指定代号为“惊雷”，或许就已经含着迷惑敌人掩护更为重要的潜伏者——“惊雷 1 号”的用意。联想到成都后发生的一些事，以他老地下工作者的经验，要将那位潜伏在蓉站的“惊雷 1 号”的现实身份猜个七八分，自然不难。但他不能对任何人提及自己的猜测。即便是三天前的晚上与刘建平接头时，他话到嘴边也生生咽下，只能按照上级的指示，向刘建平交代任务。他也明白，这些指示其实大部分是来自那位“惊雷1号”的建议。将计就计，以“惊雷”——刘建平为掩护，明修栈道、暗度陈仓，由“惊雷1号”龚雅竹实施对“反时针”的截取。就当下情形而言，这或许是最佳的方案，他没理由反对。尽管他同样觉得如此安排会让刘建平面临极大风险，也因此在那晚见面时言语滞涩。今天，那份真实的“反时针”已经在他手上，也就证明，当初龚雅竹的谋划是正确的。作为一名老地下工作者，他对所识的两名“惊雷”，也是两名下属的智谋、果敢、担当十分赞赏，同时由于今天发生的意外变故，又为他们的安全更加担心。

昨天深夜，南方局发来指令，确定了今天与“惊雷1号”接头并交接“反时针”的细节安排。今天一大早他电话找到刘建平，用事先约定的暗语指令其立即“出货”，也即是将龚雅竹给他的假“反时针”出手，以求自保。虽然有了如此安排，但他感觉这并非万全之策，还不能完全洗清刘建平的嫌疑，危险依然存在。而今，半路又杀出个程咬金——徐孝凡，致使龚雅竹也面临难以预料的危险。面对此种情形，孙远明岂能不忧心忡忡。

孙远明思虑一番，虽忧心未解，却又只能同意龚雅竹在刀斧丛林中与敌人继续做最后的周旋。

“好，我尽快通知建平转移。”

“刘建平或许不会轻易同意转移。因为，他还有老母、嫂子、侄女……牵绊太多……”

“这个你不用担心，组织上来解决。倒是你，雅竹同志，务必多加小心，一旦发现风头不对，也要立即脱身转移。”

“明白。”龚雅竹微笑点头，“好在离最后的胜利已经不远，我会坚持住！”

一切计划都有难以预知的变故。孙远明和龚雅竹此时就没能料到，在接下来的时间里有两件事脱离了他们预想的轨道：一是徐孝凡的尸体没到天黑就被发现；二是刘建平还没接到转移的通知，却先被蓉站先一步“请”去“协助办案”了。

与孙远明分手后，龚雅竹叫上黄包车直接去了警备司令部。在副官室等了一阵，陈锐敏才一脸汗津津地出现。

“真没想到，你还有空闲到这里。”陈锐敏喝干瓷盅里的冷开水，“我还以为这几天碰不着面呢。”

“我也是顺路过来看你下。至于这么忙吗？”龚雅竹给陈锐敏手里的瓷盅掺满水。

陈锐敏凑到龚雅竹耳边小声道：“事情多啊，现在司令部已经开始清理文件材料，就这事，我都干小半天了。”

“这两天你和刘大哥见面没有？”

“他倒是快中午时来了电话，说晚上聚下，可我实在没时间啊。这一阵司令青风黑脸的，有时在地图面前一站就是半天，还唉声叹气。有时又为一点小事大发脾气，在电话里训斥下面的人，一个大院子的人都听得见。这个时候我哪敢随便外出？”

龚雅竹含义不明地抿嘴一笑，调侃道。“王司令没叫你们准备‘玉石俱焚’？”

“这倒没有。也怪，今天上午他去见了邓长官回来后，好像心情好了一些。”

“邓锡侯？”

“还能是谁？司令一直是邓长官的兄弟伙。”

龚雅竹瞟了眼房门，说：“有件事，我再提醒你下。‘小洋楼’搞的那个破坏计划，在实施时极可能会让你们的人配合行动，你如能提前知晓，要立即通知刘大哥。”

“何需你又提醒。刘大哥也对这件事上心得很。他说了，他还要在这里生活，不愿意看到这个城市遭破坏。”陈锐敏言罢，又焦虑道，“嗨，就是不晓得他这几天找到‘那边的人’没有。整得我是心上心下。你说怪不怪，又希望他找到，又怕他真找到……未必他约我见面，就为这事？”

龚雅竹嘴一撇：“还心上心下，瞧你就这点出息。”然后正色道，“无论如何，我们还是要尽快碰个头，这才是大事。”

“我是真服了你，不让须眉的龚巾帼小姐。我等下看情况，如果腾得开手，就联系他。”

“好，我在站上等你消息。”

临别，龚雅竹淡笑着问：“锐敏，你真不担心我是在设局使诈害刘大哥？”

陈锐敏稍一沉吟：“你不该是那样的人。”

“那你也不会相信，刘大哥会害我们两个？”龚雅竹追问，脸上淡笑依旧。

陈锐敏猛然起身：“你什么意思？凭我对他的了解，他更不会是那种小人。出了什么事？你怎么突然问这个？”

“你别急，我也只是胡思乱想，随便一问。你只要相信，我、你，还有刘大哥，都不会互相伤害就行。你忙吧，我走了。”

看着龚雅竹的背影，陈锐敏发了一阵愣，觉得方才她的一席话奇奇怪怪，可一时之间又品咂不出真味儿。

龚雅竹回到蓉站，在门卫室作了回站登记，去办公室换上军服，取了饭盒，款款地去到徐孝凡的办公室门前，敲了几下门，没回应。

一个姓方的电讯科副科长手拿饭盒正好经过，说道："孝凡这娃，一下午不见人影，站长都问了几次他去哪里了，没人晓得。"

"是吗？这倒是少见。"龚雅竹笑着摇摇头，随方副科长一起往食堂而去。食堂里用餐的人很少，大多是些二线的文职人员。龚雅竹独自坐在靠墙角的餐桌前，喝一小口米粥，撕一小片馒头，夹一小片酸泡菜，有滋有味，优雅闲适。而她内心却并不平静。

龚雅竹的父母是江浙地区的中共地下组织成员，在她十六岁时，由于叛徒出卖双双被捕。危急时刻，父母的战友先敌一步，将正在学校读书的她带离险地。不久，宁死不屈的父亲和母亲被敌人同时杀害。四年后，她继承双亲的遗志，加入了地下组织。经过一段时间的专门训练，组织上为她安排了新的身份。于是，她成了一名随父母逃难到重庆的大学生，而父母又在日寇的轰炸中遇难。她怀揣一腔家国情仇考进了重庆的一所军校。在军校里，她表现上进，成绩优良，尚未毕业时就被到军校招揽人才的徐耀庭带回了成都蓉站。也是从那时开始，她在中共南方局有了正式代号——"惊雷 1 号"。在蓉站的这些年，她按照组织要求，在没有建立联系，接到指令前，必须作为一枚"闲子"，绝对保持静默状态。事实上，她也从未接到过任何任务。直到去年冬天，组织上才与她重新建立联系。也是从那时起，她知道了刘建平的真实身份。

重新与组织建立联系后，除了向上级传递一些有价值的情报外，龚雅竹自认为还没有接到过其他重要任务。此次受命截取"反时针"计划，她十分兴奋，觉得自己潜伏这么多年，总算派上大用场了。几番周折，她终于成功截取"反时针"，并在几小时前，与孙远明接上头，完成了交接。

龚雅竹细嚼慢咽着，比她后到食堂用餐的人都吃完了，她手里还捏着半块馒头。有人边往食堂门口走，边对她开玩笑道："咋啦？没孝凡在，龚大小姐就吃不下饭啦？"她还以矜持、无奈一笑。

六十九

听到有人敲隔壁徐孝凡办公室门，又隐约听见方副科长与龚雅竹说话，直到两人的脚步声消失，静静立在门边的徐耀庭和高进对视一眼，方才慢慢回沙发坐下。

“站长真担心孝凡出事了？”高进低声问道。

徐耀庭神情凝重，将一支烟塞进烟嘴儿，好半天才喑哑着声音道：“门卫室的人说，孝凡是一点钟穿了便服慌慌忙忙出去的，而就在他之前，雅竹刚出站。我原以为他们或许会在一起。现在雅竹回来了，而且来找孝凡，就证明他们根本就不在一起。就算不在一起，按理说孝凡这时也该回来了……现在这个时局下，不得不担心啊！”

“站长的意思是……孝凡应该是一直跟着雅竹的？”

“他还能跟谁？”

“如此说来，孝凡现在的情况还真是蹊跷。不过站长也无须太担心，毕竟他身手不错，自保应该不是大问题。”

“孝凡嘛，自然不必太过担心。我担心的是……”徐耀庭欲言又止，叉开拇指和中指按压着太阳穴。

“龚雅竹？”高进小心翼翼试探着问道。

徐耀庭瞥了眼高进，似乎对其一语点穿自己的心思感到厌恶。高进却不去理会长官此时的心情，其实他早就对龚雅竹憋了一肚子狐疑。“站长，不瞒你说，我早就想提醒你，是不是对龚雅竹太过信任了？”

“说来听听。”徐耀庭点燃香烟。

高进捂嘴假咳两声。“自从雅竹来到蓉站，我就觉得她好像比较另类，就好像总是隔着一层纱，看不清她的面目。她……”

“你这些玄之又玄的话顶个屁用。”徐耀庭不耐烦了。

“就拿站长最为赏识她的情报分析这点来说吧，她确实看问题思维敏捷、逻辑严密，每每有独到见解。可是站长回忆下，凡她经她头头是道分析过的案子，又有哪次让我们取得过实际成果？更多还是‘马后炮’。还有，您叫她与刘建平多交往，要说时间也不短了，但她总是报告刘建平表现‘并无异常’，一点有价值的情况没提供。此次又将如此重要的任务交给她，我真担心……”

“重要任务，哼哼，有那么‘重要’吗？”徐耀庭冷笑打断道，正想要高进再往下说具体点，此时却响起了敲门声，高进只好起身去开门。门口站着的是特勤队队长冯关雄。

“找到孝凡了。”冯关雄进到屋内抹着额头上的汗水报告道。

“在哪里？现在什么情况？”徐耀庭端坐问道。

“在少城公园内，身中四枪……”

徐耀庭起身，又跌坐回沙发。高进道：“说仔细点。”

冯关雄咽口唾沫，声音也压低了些：“按站长命令，我安排能动的人手全城打探孝凡的踪迹。半小时前，有人在少城公园里听见两条狗狂叫得吓人，就寻声找去，在一条僻静小路边的土坑里发现了孝凡尸体。上面的烂竹枯枝被狗刨开了。得到报警，我们的人赶了过去，孝凡身上前后各中两弹……”

高进摆摆手，叫冯关雄不要继续。屋子里安静得瘆人。

“高进。”良久，面色铁青的徐耀庭发话了。“一、通知龚雅竹到我这里来。二、立即对她的办公室和住所进行搜查。嗯，如无异常，恢复原状。三、立即将刘建平‘请’到站里，就说是协助办案。”

高进略微迟疑，但还是说了声“是”，向冯关雄一摆头，二人急匆匆出了办公室。

徐耀庭艰难站起身，在屋子里慢慢踱步。此时的他被一股愤怒烧灼炙烤，燥热难耐；此时的他被一腔凄楚包裹浸透，刺骨寒凉。他一向以算无遗漏、一切皆可掌控自诩，即便是在时局糟糕到眼下这般情形，即便是在夫人汪芝芬突遭不幸的巨大打击下，他也一直笃信，凡是自己谋划的事情，出纰漏和失控的概率定然微乎其微。时局糟糕，那是上层无能，夫人罹难，那是命运使然。但此时，他开始有了些虚幻的，驭马失缰、划船丢桨的感觉。不、不，他不需要，也不能要这种感觉。他要重新掌控一切。

办公室门开了。高进先进来，侧身让进龚雅竹，然后关上门。

“这么晚了，站长还没吃饭？”龚雅竹问，手里拿着洗干净的饭盒。

“雅竹啊，吃过啦？来来坐下。”徐耀庭已经松弛了面部紧绷的肌肉，一副和颜悦色。“这么晚回来，咋不来报告一声。下午见着刘建平啦？”

“就是没见到他人，所以我没急着报告，是我不对。”龚雅竹抱歉道，稳稳坐下。

“那你一下午去哪里了？”徐耀庭饮口茶，随口问。

龚雅竹略微有些不好意思：“我去市警局找刘建平，明明上午约好的，谁知门卫说他刚好出去办案子了。我想着反正请了假，看天气不错，就到少城公园转了转，又去附近的闲云书店买了本书，再后来又去了警备司令部，在陈锐敏那里坐了会儿，让他尽快再约刘建平见次面，最好是今晚或明天。然后回了站里。”

“你知道孝凡去哪里了吗？”徐耀庭稍缓，又问。

“刚才吃饭前我敲他门，没应声。碰见方副科长，说一下午不见他人。”

“他和你一前一后出的站，应该是去追你了。”

“是吗？我怎么没发现？”

“你就一直没发现有人跟踪？”

“谁跟踪？孝凡？这个人真是，干吗老跟踪我呀？”

“你知道为什么。”

“当然知道，他以为我又去和陈锐敏约会去了呗。他之前就跟踪过我。站长，你真得说下他了，老是这样，不好吧？”

“说不着他啦。孝凡，死啦！”

“啊？”龚雅竹惊呼一声，手里的饭盒掉落在木地板上。

徐耀庭面无表情，木然盯着龚雅竹。高进近前弯腰拾起饭盒放在茶几上。

“什么时候？他在哪里？”龚雅竹脸色惨白，声音有些变调。

“就是几小时前，他被人枪杀了。”徐耀庭起身背对龚雅竹，声音喑哑。片刻，却猛然转身直视龚雅竹，厉声道，“就是你今天下午刚去过的少城公园，孝凡，就是在那里被人残忍枪杀的。四枪，四枪啊！你不是思维缜密善于分析吗？那你给我好好分析下，这件事与你没关系吗？”

龚雅竹眼神里掠过一阵惊骇、困惑、茫然、委屈……但很快又平息下来，低头绞着一双白皙的手。徐耀庭和一直没吭声的高进在等她开口。

“孝凡遇害当然与我有关系，如果他不跟踪我出去，就不会死。”龚雅竹用略带凄婉的语气说道。“他一定是跟踪我到了少城公园，然后被人所害。我不去少城公园他也不会去……”

一旁的高进此时又暗自叹息一声。

龚雅竹进门，徐耀庭故作不经意问她下午的行踪，而龚雅竹报告中明白无误说到——去过少城公园。彼时，高进就已经暗自叹息过一声。因为他所期待的是——龚雅竹绝口不提“少城公园”四个字。如果那样，就几乎可以肯定，徐孝凡之死，龚雅竹有重大嫌疑。可是，龚雅竹不仅说出去过少城公园，也主动承认徐孝凡的死与自己有关系。

“果然是个才女，滴水不漏。”高进在心头无奈讥笑。他本就对徐长官这么匆忙提问龚雅竹、“约请”刘建平感觉不妥，认为还可以设计更周密的套路来验明龚雅竹。不过他理解长官此时暴躁难平的心情，对龚雅竹和刘建平实施“突袭”也未尝不可，或许可以从中寻出破绽。眼看徐耀庭听了龚雅竹的一番说辞怒容稍敛，他却不甘心让这小女子如此轻易脱钩过关。

“雅竹，这点浅显分析恐怕不是站长所要的吧？”高进干笑两声，依然站立着说道。“孝凡不假外出，是去跟踪你，这一点应该确凿无疑。问题是，他跟踪你到了少城公园后，为什么就莫名其妙被人所害。站长要听你分析的是这个，对吧，站长？”

徐耀庭“嗯”了声，坐回沙发，跷起了二郎腿，斜视着龚雅竹。龚雅竹腰身挺直了些，说：“两种可能。一是孝凡在跟踪我时，遇到了要杀他的人，也确实杀了他。二是孝凡在跟踪我时，遇到了他要杀或是要抓的人，结果反被对方杀了。”

“连中四枪，动静应该不小，你就一点没察觉？”

“孝凡跟踪我一定不是太靠近，不然我早就会发现他了。再有，那枪肯定是装了消音器，所以我没听见枪声。”

“嗯嗯。孝凡久不在一线，会有什么人非要杀他？又会有什么人值得他去抓？”高进歪着头，是问又似自问。“土匪袍哥？江洋大盗？兵痞烂虾？都不大可能吧？还会是什么人呢？”

“还有可能是共产党的人。”龚雅竹不假思索。

“对对，这个可能性很大。”高进深表赞同，眉头又倏忽一蹙，“我虽还没去过案发现场，不过，孝凡之死，仍让我联想到不久前在水井巷我们三名干员遇害的情形。我们都晓得孝凡拳脚功夫不错，咋就叫对方轻易得手呢？雅竹，你再分析分析。”

龚雅竹默然片刻，站起了身：“高副站长，你再往下也许会问，为什么我就恰好去了少城公园，而共党的人偏偏会在那个时候出现在少城公园？同样是蓉站的人，为什么他们不杀我而杀孝凡？等等，我向你报告，我无法回答这些问题。”转头又对徐耀庭说，“站长，我请求暂停一切工作，接受调查。”

徐耀庭收起二郎腿：“这又是什么意思嘛？我刚才是有些失态，雅竹，你不要多心。”

龚雅竹伤感地笑下：“站长，你又何必装着听不懂高副站长话里话外的意思？什么孝凡一身功夫却被人轻易取走性命，这意思还不明白？如果失去了信任，我就不适合再继续现在的任务。”

“叫你来问问情况，一起分析下案情就是不信任你？岂有此理嘛。”徐耀庭故作恼怒状。“坐下，一起再想想，再分析分析。”

高进以为龚雅竹仍会通过“分析”竭力为自己开脱，岂料对方竟反客为主，直接“摊牌”了，而徐长官不知是真是假，居然有些被唬住的样子，只好尴尬笑下，一时之间不便再穷追猛打，同时他也知道，徐长官之所以提议三个人一起“再想想，再分析分析”，实则是在等候一个消息。三个人都沉默着，龚雅竹不知什么时候掏出了手绢，不时擦下眼角的泪水。

大约又过了二十分钟，敲门声响起，高进去开门。敲门的是冯关雄。高进走了出去，带上门。

“没有任何异常发现。”冯关雄报告道。

“看见一本新买的书没有？”高进问。

“有，一本《唐诗三百首》，就在她办公桌上。盖了闲云书店的戳。”

高进暗叹一气，难掩失望。他当然不知道，在回站里吃饭前，龚雅竹先回住所，对电台和密码本、手枪和消音器作了妥善处置。至于她的办公室，本就毫无不能示人的秘密，包括那本在闲云书店新买的《唐诗三百首》，就摆在办公桌上。

徐耀庭随意望向重新返回的高进。高进瞥一眼低头不语的龚雅竹，向徐耀庭微微摆下头。徐耀庭自然明白，高进摆头的意思是说，对龚雅竹办公室和住所的搜查一无所获。不知为什么，他竟有了些许如释重负之感。缓缓起身，踱了几步，对龚雅竹说：“雅竹啊，孝凡突然被害，无论如何都与共党有牵连，与你也不无关系。虽然我不知道究竟发生了什么状况，但敌变我变，我们也只能中止原计划了。我准备突审刘建平，就由你来主审吧。希望你不要让我失望。”

龚雅竹神情幽怨：“站长这是要我与他对质呀。也好。”

七十

刘建平自从早上见过蔡文广后，就带着游方德、李为成出了警局，继续侦办蔡文广交代下的那桩大户失窃案，直到天擦黑才回到局里。王大兴已经为他们备好了饭菜，还特地去华丰饭馆打了斤曲酒，欢喜得李为成一个劲说：“还是矮子哥周到巴适。”

王大兴嘿嘿笑着回道：“总比下馆子节省些。”

四兄弟高高兴兴、慢条斯理吃喝着扯闲篇。刘建平话不多，因为始终有个不大不小的疑问放不下。昨晚老孙在电话里除了要他尽快把“货”脱手外，还叮嘱一句，叫他今天午后不要待在局里，但又不说原因。刚才回来进大门时，他心思一动，随口问门卫下午是否有人找自己，答复是有，一个戴口罩，穿着时尚的小姐，但没有自报家门。如果是在平常，也许他并不觉得奇怪，因为时不时会有些报社记者，包括诸如柳艳梅之类的摩登女记者也会来找他采访，但这次，他觉得奇怪了，有不少念头时隐时现，却始终理不清头绪。

门外传来一阵杂乱的脚步声。刘建平神情微凛，慢慢举杯浅饮一口。一身黑衣的冯关雄推门而入，后面还有三个跟班。

蓉站二楼小会议室外，六名荷枪实弹全副武装的卫兵分列门口两旁。冯关雄和另外三个便衣以押送的架势带着刘建平拐过楼梯口，一名士兵见状，抢先轻敲会议室门，得到里面的回应后，将门扭开。

徐耀庭居中，高进和龚雅竹分坐两边。他们默默看着进来的刘建平在冯关雄示意下坐在了对面。两名特工按冯关雄指令，不声不响站刘建平身后。冯关雄则悄然落座会议桌一角。

刘建平平静扫视下对面三人，略带讥讽笑道：“这么大的阵仗，徐长官，又是哪股水发啦？”边说边掏出支烟点上。

徐耀庭死盯着刘建平，好一阵才哼笑道：“建平老弟，你这不是明知故问吗？”

“徐长官不问，我岂敢胡说八道？还是按规矩办，有问才有答。”

“爽快。”徐耀庭侧头对龚雅竹道，“雅竹，还是你问吧。”

龚雅竹平视着刘建平。“刘队长，我想还是先表达歉意吧……”

“龚秘书请便，有话直问。”刘建平打断对方。

龚雅竹略微一愣，立时也冷了脸：“那好。我想问，前几日我曾经拜托过刘队长帮忙吧？”

“对，有这事。”

“所托何事？”

“你想投共自保。”

“我有没有交给你一本‘书’？”

“就那个叫啥‘反时针’的计划？有。”

“几天时间过去，你不会什么没干，既没找到共产党，也没有将那本‘书’送给他们吧？”

“还真叫你说准了。龚秘书所托之事，在下实在无能为力。”刘建平往面前的烟灰缸里弹下烟灰。“不过，我也不是什么事没干。恰好，我今天中午将‘书’上交给蔡局长了，把该坦白的都交代了，估计他很快就会来这里。”

“你、你怎么能……如此下作！”龚雅竹有些无措地偏头看看徐耀庭，似乎不知道接下来该怎么办。徐耀庭却神情漠然，好像与己无关。那一边的高进倒是面色阴沉，双拳紧握，但总算还隐忍着。

“下作？龚秘书何出此言？只许你们使诈下套，就不许我‘下作’一回？你也太小看人了。”刘建平冷笑道。

龚雅竹蹙下眉头，强忍心头不快，反唇相讥道：“我就是干这种工作的，使诈下套也是职责所在。而你，一向以仗义、耿介示人，岂料也会做出出卖朋友的卑鄙之事，这才令人耻笑！”

“我之前确实差点把你当朋友了，好在这次多了个心眼。如龚小姐这般的‘朋友’，不做也罢。”刘建平撇下嘴。

“那陈锐敏呢？难道不是你兄弟、朋友？”龚雅竹目光冰凉。

“你还好意思提锐敏！”刘建平脸色一沉，鄙视着龚雅竹。“你祸害我也就算了，反正我一直就是你们的怀疑对象。锐敏对你巴心巴肝，可是你连他也不放过，要把他往火坑里带，你一个年纪轻轻的女娃子，咋能没脸没皮、心狠手辣到这种程度，还有点点人味儿吗？如果不是我‘下作’，他连咋个被你害死的都不知道。”

龚雅竹脸上红一阵白一阵，羞愤难当。她赫然起身道：“刘建平，这里不是你撒野的地方。你以为凭一口铁齿铜牙就能蒙混过关，告诉你，没那么容易！”

此时响起了敲门声。一名特工就近拉开门，蔡文广一头跨将进来。

“耀庭兄，我没来晚吧？”蔡文广笑问。

“一出好戏，正等文广兄观赏。”徐耀庭不咸不淡。

“哦？哦。”蔡文广一时不知该在哪里落座。虽然刘建平起身相迎，但他心说：老子挨着你娃儿坐，一起受审？正在鬼火冒，好在龚雅竹已经往边上挪了个位置，徐耀庭也做了个请的手势。

蔡文广坐下后，笑呵呵扫视一遭，从公文包里掏出早上刘建平上交的那本《金粉世家》，推给徐耀庭，说：“今天手头事情多，没来得及，差点弄出一场大误会。再多的话我也没有，要不然，这出折子戏就此打住？”

“老蔡啊，你就没点好奇心？事情的来龙去脉没弄明白就打住？”徐耀庭恼火地拍拍书本。“你是不是过分信任自己的下属了？人家说什么就是什么，你不是这么容易被糊弄的人嘛。说句不中听的话，如果都像老兄这样遇事就和稀泥、打哈哈，党国还有指望吗？”

当着旁人被徐耀庭一番数落，蔡文广的老脸有些挂不住，他捋捋八字胡，干笑两声道：

“蓉站指派冯队长去‘请’刘建平来此协助办案，刘建平提出要我出个面，冯队长请示徐站长同意，打电话咨会与我。我料知此事与早上刘建平交来的这本‘书’有关，想着这件事耽搁不得，一台酒没顾得吃完，马不停蹄赶过来。现在正是需要各方精诚团结、固守川西的关键时候，有事摊开摆明也就罢了，何苦要窝里斗得鸡飞狗跳。我这不是为了党国还能为哪个？”蔡文广觉得一股恶气消减了不少，但并未打算到此为止，索性敞开说他个痛快。

“刘建平虽是我的属下，但我们之间绝对是君子之交。他今天主动将这么个重要物件交给我，也说了自己的一些想法，无非是盛情难却，脑壳一热，接下了这个火炭。事后冷静了，害怕了，既不敢帮这个忙，也帮不了。又担心这个东西在手里窝久了说不清，这才赶紧交给我当局长的来处理。实话说，在没有其他证据前，我没有理由不信他的话。你们要是拿得出他通共的证据，就是让我立马亲手毙了他，如果眨下眼睛，你们把我蔡某人的名字倒起写！”说到此，他斜一眼旁边的龚雅竹，“设若说我过分信任下属，恐怕与你徐站长也是彼此彼此吧。你们认定刘建平是共党，又让龚秘书找刘建平，口口声声要投共自保，还送上绝密情报，就不怕她将计就计，说不定来个顺水推舟，就此脚踏两只船，也给自己预留一条退路？嘿嘿，这个自然是玩笑话咯。”

满屋的人却没人应和蔡文广的笑声，奇怪地缄默着。蔡文广在成都地界上根基深、枝叶密，黑白通吃，别看他平常一副你好我好大家好，任谁都不轻易得罪的做派，真要耍横了，也是滚刀肉一块。他今天能说出这么一席硬抗徐耀庭的话，其中含义自然很多：担心刘建平真被打成地下党，捎带连累警局、连累自己，正所谓当家不闹事、闹事不当家，所以他要竭力加以袒护，以保他治下警局的名声；刘建平主动向自己坦白，道理上又讲得通，看情形，蓉站至今没有拿到过硬证据，所以敢于袒护；当着众人被徐耀庭训斥，老脸丢不起，所以必须给予回击；大难将至，眼看就要树倒猢狲散，谁怕谁啊，所以少了许多顾忌……

“老蔡今天怎么了，用你们成都土话说，就像吃了火药嘛。”徐耀庭站起身调侃道。眼前这个僵局也只有他来打破了。“我看这样，先到我办公室，我们两兄弟摆摆龙门阵。高进，你也来。”

徐耀庭办公室。

“兄弟刚才说话冲了些。今天火药没有吃，烧酒倒是多喝了几杯，耀庭兄不要介怀才好。”蔡文广浅饮一口高进泡的盖碗茶，对徐耀庭已然恢复应有的礼数。

徐耀庭大度地摆摆手："哪里、哪里，方才是我慌不择言在先嘛。不过也是事出有因，因为今天遇到个特殊情况，你可能已得到报告，下午在少城公园，我的副官徐孝凡遇害了……"

"哦？"蔡文广仰下头，"我还真没听说这事，最近街面上确实比较乱。"

"恐怕不是街面上乱这么简单。鉴于事发突然，我也仓促了些，所以才有刚才这一出。"徐耀庭叹口气。"我考虑过几种情形，却没料到刘建平今天会把那本'书'交给你老兄，而你老兄又直到现在才跑来为他做证担保。倒叫我犯难了……"

"我今天也是忙得鸡飞狗跳的，就没歇过一口气。本想着明天再说的。"蔡文广胡乱解释道。实则他已掂量明白，那本"书"万不能再"奇货可居"，需得赶紧脱手，否则也许会引火烧身。

徐耀庭不置可否干笑下。高进向二位上司分别敬上烟，再用客气的口吻对蔡文广道："蔡局长，你过的桥比我走的路多，吃的盐比我吃的饭多。容高进冒昧，如果就事论事，你真觉得，单凭刘建平把'书'交给你，他就青菜煮豆腐——一清二白了？身为警局刑侦队长，一份绝密文件在手里窝了几天，不报告、不上交，就凭这点，抓了关了，甚至毙了，也不冤枉他刘建平吧？"

"他毕竟还是交出了那东西，之所以在手里窝了几天，刚才也解释了，我觉得也挑不出多少毛病嘛。就因为这个就抓了关了还毙了？不至于嘛。"蔡文广跷起了二郎腿。

"局长对属下的维护真是令人佩服。"高进讪笑道。

"别忘了，你高老弟现在仍然是警局副局长哦。你就那么愿意警局真冒出一个共党卧底来？未必你脸上就光生？"蔡文广还以讥笑。

"我说你们两个就不要打嘴仗了。"徐耀庭起身，手夹烟卷踱步。"想当年，刘关张桃园结义，几乎是白手起家，硬生生闹出个三国鼎立局面，定都成都。而恰恰就是在成都这地面上，以最讲究一个'义'字为标榜的袍哥人家无处不在，为什么？我看，都是深受那三兄弟影响的缘故。是的，连自己的兄弟伙都照顾不来，还当个什么舵爷？这个、这个道理是相通的嘛，如老蔡，当然，也包括我，如果不信任维护属下，那真是连袍哥都不如了。是吧，蔡老哥子？"

谁都知道蔡文广就是个袍哥人家，只是平常他自己不说别人更不会提。此时徐耀庭这番话自然含着嘲弄之意。蔡文广却佯装不觉："嘿嘿，老兄这个话，我听着欢喜。"

徐耀庭无奈摇头一笑。他明白，论耍嘴皮子、打嘴仗，自己在蔡文广面前占不了便宜，而且事情走到现在这步，必须向蔡文广交底了。他把为确保“反时针”计划安全而布局下套的情形，以及今天发生的徐孝凡遇害，他们由此甚至对龚雅竹也产生怀疑的经过做了详细介绍，末了，他轻轻挠着稀疏的头发道：“蔡老哥啊，你我都是干这行的，之所以瞒着你搞这一台戏，想来你是会理解的。现在，事情的来龙去脉你也清楚了，我想听听你哥子的高见。”

蔡文广沉吟良久道：“既然你耀庭兄能对我和盘托出，我也有屁就放了。这台戏的脚本是好的，接下去本应该更有彩头好看，只可惜到此就算落幕了。不过也没啥遗憾。”

“怎么就没遗憾了？”徐耀庭问。

“脚本好，是你老兄编排的这出戏确实精妙，演好了自当可收一石数鸟之效。可惜的是，今天徐副官遇害，情况突变，逼得你不得不临时改了脚本，这台戏也就只能唱到此处落幕了。没遗憾的是，这台戏唱到此刻，几近达到了目的。”蔡文广说得有板有眼。

“我对刘建平实施突审，实则是让他与龚雅竹互相对质，看他们是否露出破绽。可是他们一碰头就你咬我我咬你，我怎么看都像是在演双簧。再加上你老兄屁股一落座就帮着刘建平做证担保，眼见他们各自就要金蝉脱壳，如此，怎就没遗憾？”

“嘿嘿，你老兄编排这台戏，虽说冀望于一石数鸟，但要紧的还是掩护真的那个、那个啥‘反时针’，戏唱到此处，主要目的还是几近达到。”

“知我者，还是你老哥子啊。”徐耀庭冲蔡文广竖下大拇指。“不过，我还是不太明白哥子话中之意。”

“耀庭兄何必假谦虚。刘建平今天中午将那东西交给我，还整了一套说辞，再加上刚才当着你们面与龚秘书撕开脸皮，说明他已识破你们给他下的套、布的局。这种情况下，就凭他当初接受了龚秘书所托之事，且几天不报告，再联系到他身上早有的那么多疑点，你们要办他个通共之罪，当然未尝不可。但若是放在桌面上，恐怕证据毕竟不够充分。他其实也可以反告龚雅竹，欺他仗义耿介，有意栽赃、构陷。以他当下的名头、人望，事情如若闹大，或许会搞成个悬案，僵持不下。且不说别的，光是在警局，兄弟都不知如何向下面的人解释清楚。所以，不管他现在是否是共党，都不便即刻拿下。这也是为啥刚才我要为他辩解的原因，蔡某还不至于会毫无原则袒护属下吧？不知二位以为然否？”

“请文广兄往下说。”徐耀庭客气道。

“如果刘建平与共产党确实不沾边，那他今天的反应也属正常。如果他真是共党，在发觉你们给他下套后，按常理说，本就背了满身嫌疑的他应该明白自己已经危在旦夕，早该脚底下抹清油，可他为什么还不跑呢？”

“说不定是没来得及跑。”高进插话道，“徐长官是在孝凡遇害后，临时决定‘请’他来的。”

“嗯，不排除这个可能。但是以蔡某愚见，他是根本就没打算跑。”

“还想着劫我的‘反时针’？哼！”徐耀庭阴笑道。

“舍不下他老娘？还有漂亮的嫂子？”高进怪笑道。

“哈哈哈。”蔡文广仰头大笑。“你们啊，真是把个刘建平里里外外都琢磨透咯。”

“老蔡，卖关子很好耍吗？”徐耀庭揶揄道。

“如果他真是共党，此时还不跑滩的原因，你们二位刚才的猜测都有可能。但我觉得还有一种可能……”蔡文广端起茶碗，小嘬一口，慢慢放下。“这就要涉及龚雅竹了。设若徐副官之死与她有关，按说她同样要赶紧跑滩，可是这女子像个没事人般回来了，这说明她也没问题嘛。而你们又实在对她已经产生怀疑，那么假设她真是你们所担心的是共党卧底，冒这么大风险回来，又为了啥？”蔡文广斜视着徐、高二人，止言不语了

“还是为了‘反时针’。”徐耀祖沉声道。

“对嘛！‘真货’还没拿到手嘛。”蔡文广一拍茶几，“她与刘建平相比较，哪个更容易上手‘反时针’？你们之前的心思全用在了刘建平身上，怕是着了人家的道咯……”

“文广兄果然老辣！”徐耀祖笑呵呵向蔡文广拱拱手。“嗯，其实你老哥子对刘建平也并非毫无怀疑。这就难办了，抓又抓不得，放任其流似也不妥。”

“这个，难不倒你耀庭兄吧？”蔡文广随口道。因了方才一番精辟分析，让向来自视甚高的徐、高二人也只能洗耳恭听，他此时心情很好。

“那是当然。”徐耀庭已经有了主意。

第十二章

七十一

东出成都平原，龙泉山脉突兀横亘，自东北向西南蜿蜒两百余里内，平均海拔虽不甚高，却也不乏云蒸霞蔚的奇峰竦峙，五龙山便是其中之一。此山，林木葱茏，峭壁险峻，历来就是豪强盘踞，占山为王者的最佳所在。

曹一龙上五龙山已满十四年。上山前，他在一支川军中当大头兵，仗着一身好功夫，外加为人仗义，好勇斗狠，善经营算计，很快笼络了一批小兄弟，由小兵而班长、排长。本来他很有信心凭自己的本事在军队里混出个大名堂，却因一次拒绝执行上峰一道必死的作战命令被军法从事。好在手下的十来个铁杆兄弟伙舍命将他救出了牢房。因为他们都知道，要不是曹排长抗命不从，他们早已成了枉死战场的炮灰。曹一龙带着一起逃出军营的兄弟伙东躲西藏，四处跑滩。最初他们在曹一龙老家一带钻山沟，仗着手头的几条破枪，靠半道打劫或吃大户勉强度日。后来，由于得罪当地大户太多，气得那些大户找到曹一龙原来所在部队，表示愿出血本帮忙追剿曹一龙一杆逃兵。军队长官最恨的就是抗命不从、惧死避战的逃兵。那支军队的长官本就一直没有放弃对曹一龙的追捕，现在既然有人自愿相助，当即满口答应。这下，曹一龙在老家一带再也待不住了。他手下一个兄弟是五龙山人，与五龙山土匪舵爷马瞎子有转弯抹角的亲戚关系，竭力怂恿他去五龙山落脚。

年轻时与人斗殴，弄掉一颗眼珠子，人送外号马瞎子的五龙山土匪舵爷年事已高，眼见自己苦心经营的巢穴不死不活，前路渺茫，因此对曹一龙的入伙自是难以拒绝。不管咋说，人丁兴旺总是好事。

相处日久，只有半只眼的马瞎子却瞧得分明，这曹一龙功夫在身，脑壳滑刷够用，为人也还仗义公允，上山不久就得到新老兄弟伙的一致拥戴。而最为马瞎子看重的是两件事。

其一，曹一龙会聚财。这倒不是说他打家劫舍如何了得，而是算盘珠子打得溜溜转，完全是个生意人。除了不做人贩子买卖，其他的，只要能赚钱，啥生意都敢做。烟土、枪弹自不必说，就连粮食、布匹、木材、桐油、茶叶这些市面上的大路货生意也不放过，能插一脚染一指，绝不客气。而且，他几乎就没做过赔本的买卖。

其二，曹一龙对舵爷马瞎子礼数周全。马瞎子手下有个小头目，在曹一龙上山不久就贴紧了过来，几次在曹一龙面前对马瞎子言语不恭，说什么这么些年跟着马瞎子吃没吃穿没穿，连山里过了气的老猴子都不如，好在龙哥来了，大家才过上舒心日子，马瞎子当真该卷铺盖让位了。曹一龙劝止他，那小头目反而越说越来劲，结果被曹一龙直接一钢镖射残腿杆遣送下山。马瞎子听闻后有苦难言。因为正是他安排那个小头目故意在曹一龙面前说自己的坏话，借以试探对方忠奸。

马瞎子清楚，自己年岁一大把，凭曹一龙的能耐，迟早有一天要取而代之，不如主动让贤算了。在曹一龙上山满一年后，马瞎子聚集全部人马，又邀请来平常有交道的其他山寨码头的舵爷，办了个像模像样的仪式，正式拜曹一龙为五龙山舵把子，而他自己则乐得当个“太上皇”，自此百事不问。四年后，为匪一生的马瞎子居然落得个寿终正寝，被曹一龙风光大葬。十里八乡的人都说马瞎子命好。

距五龙山峰顶十来里的地方，一方宽敞山坪乍然伸展。此处原有一个寺庙，香火本还兴旺，马瞎子带人落草五龙山后，胆小的香客再不敢轻易上山，老住持干脆带着三个徒弟云游四方去了，从此，这里便成了马瞎子的一杆人马的巢穴。虽也经过军警几次清剿，但军警前脚走，他们后脚又返回，把打烂的坛坛罐罐收拾好，重起炉灶又开锅。曹一龙坐上寨主大位后，把主要精力放在做生意上，虽然也免不了强买强卖，但总还是讲个大体上的生意规矩。兜里有了银钱，打家劫舍的事自然就少了许多。或许是因了这个缘故，又或许是政府方面自顾不暇，剿共不遗余力，剿匪虚张声势，曹一龙在五龙山着实过了几年太平舒心日子，兵渐强马渐壮，为此还新建了几处屋舍。

舒心的日子总是短暂的。随着时局的急变，最近曹一龙头上的愁云越集越厚，因为他开始为今后的出路焦虑了。

年方四十，紧身狼皮短褂，腰扎军用皮带，横插一支二十响盒子炮，皮带右侧穿系两个特制的镖囊，里面分别装着四支钢镖，左侧穿系三排弹夹袋。这是入冬后曹一龙惯常的装束。有时也将一条虎皮大氅随意披在肩上。薄唇大口，隆鼻小孔，细眼浓眉，密发过颈。这副尊容乍看之下有股说不出的别扭味儿，却让曹一龙不仅在一群喽啰中，而且在与其他山寨码头的舵把子相处时自有一份鹤立鸡群般的威风。

今天山谷里的风刮得特别邪乎，忽疾忽徐，从早晨起就没歇口气，把昨夜落在屋顶上、山石上、树枝枯草上的薄雪卷起又抛下，抛下又卷起，直至融进飘忽不定的山岚。

曹一龙一大上午都独自待在居室中，干着一件每每可以让自己少安毋躁的事情——打整他那从不离身的八支钢镖。第一道工序，用粗沙石、细沙石，一一打磨。第二道工序，用浸过油的棉纱一一擦拭。最后是用一方白布，揩干擦净。

这最后一道工序看似简单，却半点马虎不得。因为如果钢镖上有一丝油润没揩净，那么在使用时就可能滑指失手，准头要打折扣。三年前就出现过这种情况。那一次几个山寨码头的舵把子难得聚首，酒酣耳热之际纷纷展示各自绝活。有打枪的，有舞拳的，有耍刀弄棍的。曹一龙自幼习武，等闲功夫已不感兴趣，唯独嗜好玩飞镖。那一次他自然也是要展示一番，让众人开开眼。一镖飞出，比幺指还细的吊绳上的酒瓶应声而碎，赢得个满堂彩。曹一龙虽谦逊微笑，拱手致意，心头却鬼火冒。因为他那一镖本是冲着吊绳去的。他当然知道失手的原因，就是钢镖上有残留的油润，钢镖离手前微微滑指。自那以后，打整钢镖的活路他再没让手下的喽啰代劳，而是专心专意，亲力亲为。

曹一龙刚收拾妥钢镖，饮一口浓茶，门外有人叫“龙哥”，他“嗯”了声。进来的人是伍嗣五。

自从在沙河回水沱码头乘乱逃脱后，伍嗣五再不敢留恋省城的灯红酒绿，乖乖跑上五龙山，还将这些年积攒的银钱悉数上缴给曹一龙，总算是归了队。曹一龙一直比较赏识为他生意上帮了很多忙的伍嗣五。虽然这次伍嗣五失了手，但他也没怎么责怪，何况人家还孝敬了全部家当，诚心实意扎窝五龙山，身为舵把子，他岂能慢待此等忠义之人。于是，伍嗣五不觉间成了舵把子曹一龙身边的核心要员。

“龙哥，他们人到啦。按你吩咐，都在议事厅候着呢。”比曹一龙还长几岁的伍嗣五恭敬地禀报道。

“都是之前他们报过的人头？”曹一龙问。

“他们是乘坐军车到的山下，一共有十来号人。因为我们只同意他们来至多五人，所以上山的也确实只有五个，由蓉站那个姓高的副站长领头，哦，他还是市警局副局长。另外有市警局侦缉队长孟厚良，蓉站的一个女秘书龚雅竹，还有个姓张的报务员。再就是、就是……那个刘建平……”

“怎么有这个人？咋啦？一提到这个‘神探’，你老伍还心虚？哈哈……”曹一龙斜一眼伍嗣五仰头大笑。“我还早就想会会这个‘神探’。今天我要安排一出好戏，看看他究竟有几斤几两，顺便也试试这国共双方的诚意胆气。吩咐下去，叫伙食堂子备好席面，今天大宴宾客。”

所谓议事厅实则是原先寺庙的正殿，坐北朝南，殿门外就是宽敞的平坝。中间一张豹皮龙椅，是舵把子曹一龙的专座。厅内中央两边各放一溜木椅木几，此时已端坐了刚上得山来的几位宾客。打头的正是蓉站副站长、市警局副局长高进。在他们后面，木立着六个男丁，全部腰插短枪。

“满都来啦？稀客稀客啊！哈哈哈。”曹一龙打着哈哈跨进正殿，身后跟着几个核心要员。他在豹皮龙椅前站定，向几位客人拱拱手。“各位金驾光临，曹某有失远迎，带过了！看几位的‘提头子’，这一路山高水长的，不容易吧？都坐、都坐嘛。”

高进听着曹一龙夹着土匪惯语黑话的客套话，面露矜持的微笑，正要拱手回应下，却又被曹一龙抬手止住。对刚要落座的伍嗣五说：“老伍，你来‘打响’。”

伍嗣五应声“是”，走到殿中央一一介绍来客，也就是所谓的“打响”。当介绍到刘建平时，他阴阳怪气干笑两声道：“这位，可是好生了得的神探，市警局刑侦队刘建平队长。我们是老熟人，要不是兄弟运气好，只怕这阵还‘镊子对到’，吃着牢饭呢。”他口中的“镊子对到”，大约就是戴手铐的意思。

“能让响当当的伍爷跑滩的可是不多见，等会儿我要多敬刘队长几杯英雄酒。哈哈哈。”曹一龙大笑，倒叫伍嗣五不尴不尬，默然退身。

“高某佩服！”高进起身向曹一龙拱手，昂然高声。“早听说龙哥豪爽苏气，今日得见，果真不虚。既如此，兄弟一行奉命进山，共商大计，大计必定可成！”

“老话说，不是冤家不聚头。刘队长虽与老伍有过节，也坏过我的一桩生意。但来的都是客，我五龙山寨今天总不能以主欺客吧，那就太不仗义咯。至于高站长所言‘大计’，其实也简单，不还是一桩生意嘛，只要价码公道，啥生意不能谈？啥生意又谈不成？高站长不妨先亮个价码。”

闻听此言，高进真是哭笑不得。这狗日的曹一龙当真是个另类土匪，竟然把相当于“军国大事”的要务急务作为一桩生意来谈。他看看前后左右，似有为难不便。

曹一龙挥挥手：“我曹一龙从不背着兄弟伙做墨黑生意，你只管亮价。如果兄弟伙些都认账，这生意就算成啦。”

“好，麻利干脆！”高进一拍木椅扶手，再次起身。“五龙山地处要冲，藏龙卧虎。自龙哥掌舵以来，侠义广播，四面宾服，八方来贺。目前，共军为害倾烈，或许即将染指川西，党国艰困，川西艰困。所谓倾巢之下焉有完卵。实话说，凭共党的那一套，他们岂能放过你五龙山这一帮英雄好汉？”说到此，高进以悲天悯人的眼神巡视曹一龙等人，瞧得连曹一龙刚才还略带嬉笑之色的面容也僵硬了些。

火候已到，高进倏忽间朗声道：“国军的撤退肯定是暂时的。我们有美国的强大支援，何愁不能反败为胜？对龙哥的名望，省城军政也多有赏识，早有延揽之意。当此艰困之际，正是山寨改旗易帜，为国效力，建功立业的绝佳时机。为此，我们已向上请准，特任命曹一龙为川西剿共救国西路军第三纵队少将司令，核定部队员额暂定三千。现在是非常时期，所以，纵队以下可设团、营、连建制若干，由曹司令视情形自行定夺。”言罢，高进向一旁的孟厚良伸手过去。孟厚良早有准备，将一张对折的白纸递上。高进接过，哗啦一下抖开，向曹一龙及众人展示道：“这是盖有国防部大印的委任状。另外——”他又接过孟厚良递来的一张小纸片，“这是先期拨付的三万军饷。还有，先期的三百支步枪、三十支手枪、三挺机枪、一万发子弹、二十箱手雷已运到山下，曹司令随时可派人提取上山。”

看着几个土匪头目面露喜色窃窃私语，曹一龙则是把玩着伍嗣五呈上的委任状和银票，高进慢慢重新落座，说：“龙哥，你觉得这个价码如何？”

曹一龙将一大一小两张纸片随手丢到边上，挠挠一头密发：“虽说这些年我绝少再干‘抱童子’‘接观音’‘拉肥猪’之类的下三烂事情，可毕竟还是土匪一个，有何名望可言？就算有，也多半不是好听的言语。嘿，没想到有朝一日我五龙山寨还真成了香馍馍，这回硬是有争到抢的，哈哈哈。”

高进神情微凛：“争到抢？龙哥的意思，还有人开了价码？我不相信还有人比我开的价码高。”

曹一龙摆手道：“不急、不急。兄弟已备好席面为各位接风洗尘，我们边吃边谈，另外有位高客也正好在山上，等下引荐给各位，大家一起畅叙。老伍，带各位先去客房稍事洗漱，半点钟后聚义堂见。”

伍嗣五领命，招呼那六个一直木立的土匪，半是谦让引领，半是押送一般带客人们出了议事厅。

七十二

所谓客房，设在一个两进的四合院内，以前是供香客临时留宿的。几株参天古柏，使院子更显幽静。

一个圆脸被山风吹得乌红的小土匪挨着房间打来热水，泡好香茶，笑嘻嘻向客人道：龙哥说了，最好不要出院门，山里野兽多，怕不安全。

徒步上山，被寒风碎雪弄得眉毛胡子一脸迷糊。刘建平草草洗了一把脸，又把长皮大衣脱下来使劲抖了抖，再重新穿上，顿时觉得人清爽了许多。他点燃支烟，从小窗户口往外瞅瞅，没发现有人监视。

目前的局面，确实有些超出刘建平的预料。

昨天晚上，冯关雄带人“请”他去“小洋楼”协助办案，虽然没想到徐耀庭会耐心全无，居然就这么匆忙动手了，但毕竟他心中早有准备。当徐耀庭和邀约蔡文广外加高进单独商议完重新回到小会议室，刘建平瞥见三人神情各异。徐耀庭似有难题终解的一份轻松，高进是若有所思的表情，蔡文广则摆出一副可有可无的一脸无奈。

徐耀庭清清嗓门：“刚才，我们三人商议了，这个、这个，目前确实难以及时摘清刘建平队长和龚雅竹秘书的嫌疑，但是也不能随便冤枉了你们。所以，我们决定让你们共同参加一次特别任务，以此检验你们对党国是否忠诚。高副站长具体说说任务吧。”

高进接口道：“任务很简单，收编五龙山土匪曹一龙。之前我们已经与曹一龙接洽过，他同意面谈。站长吩咐，此次进山谈判由本人带队，还希望建平和雅竹二位同志鼎力相助，不辱使命。我们明天一早出发上山。”

“二位，有什么问题吗？”徐耀庭语气中居然有了些和蔼味儿。

龚雅竹面无表情地表示服从命令。

“要去多长时间？”刘建平问。

“这个不好确定。也许一两天，也许更长。”高进回道。

“参加任务没问题，但我要去向我嫂子说声。”刘建平说。

“有这个必要吗？”高进怪笑道。

“对我来说，很有必要。高队长如果不同意，去五龙山，本人恕不奉陪。”刘建平语气强硬。

“人之常情嘛，我看可以嘛。”蔡文广打着哈哈。

高进望向徐耀庭，后者略一沉吟，点头认可：“有蔡局长担保，我能不同意吗？”

“算数！”蔡文广一拍胸脯。

“派两个兄弟，保护好刘队长。”徐耀庭向高进吩咐，又对刘建平缓声道，“建平老弟，见到黄医生代问个好，然后马上回站里来，行不？”

刘建平点头同意。

蓉站院坝里，蔡文广临上车时，将刘建平拉到面前，低声道：“此行凶险，你可当心，我也只能帮你到此咯。”

“要不是局长出面，今天这关我就过不了。谢谢局长了！”刘建平拱手鞠躬。

蔡文广拍拍刘建平肩膀，转身钻进轿车。一前一后跨坐三轮摩托车上的两名特工已等在一旁，刘建平道声“辛苦二位”，跨进了车斗。

即便是蔡文广不提醒“此行凶险”，刘建平也能想象到，五龙山之行必定虎啸狼嚎，吉凶难料。他提出要见黄秋月一面，既是本心，也想顺便验证下，徐耀庭、高进究竟对自己的防控到了何种程度。

本来似有千言万语，可当刘建平出现在黄秋月在医院的家里，黄秋月为他泡上香茗，相对而坐，静待他说话时，他却只顾抽烟饮茶，不知从何说起。抽完第二支烟，他才开口了：

“我要出趟门。”

“去哪里？”

“不远。”

“去多久？”

“说不好……”

“去哪里？”

“不远。五龙山。”

“必须去？”

“必须。”

黄秋月什么都明白了，沉默片刻，说：“我给你下碗面条。嗯，正好还有酒，我陪你喝两杯。”

“那才好呢！”刘建平高兴答应道。

不大一会儿工夫，一大碗热气腾腾的酸辣面端上桌，一盘炒鸡蛋、一盘蒸热过的腊肉片，一壶酒、两只杯、两双筷整齐摆上桌。不用招呼，刘建平径直坐到餐桌前，一边和着面条，一边微笑看着黄秋月斟满酒，说：“你真要喝啊？硬是难得哦。”

黄秋月端起酒杯，轻笑道："因为难得，所以才要喝。来，这杯酒为你壮行色！"说完，兀自一饮而尽。

刘建平笑着摇摇头，举杯饮了。待刘建平吃了两夹面条一口炒鸡蛋，黄秋月又斟满酒，不觉间，眼里已盈满秋潭似的水波："第二杯酒，拜托你一件事。你曾经答应过建安，他如果'走了'，你会照顾好妈，还有我。所以，你怎么进山，就要怎么出山，平安回来。好吗？"

刘建平默默将酒饮干，脸上霜冻般凝固的笑意转瞬又融开去，挑着面条呵呵笑道："我答应的事保准办到就是。都不习惯你这样说话了。我以前又不是没出过门。"

"以前是以前。"黄秋月起身去了卧室，不大一会儿回转来时，双手里多了件带毛领的长皮大衣。对刘建平说："还是新的，童杰没带走。你穿上它进山。"刘建平略迟疑下，点头答应。

临别，黄秋月送刘建平到小院门口，将他夹在腋下的长皮大衣塞紧了些，说："早去早回。回来后，我们一起去双河看妈。"

……

"早去早回。"刘建平在心里念叨着这句话，却分明无法料知，接下来会发生什么难以应对的局面。

一支烟抽完不久，伍嗣五已带着几个小喽啰来请客人赴宴了。龚雅竹也不避讳高进和孟厚良，似是有意走到刘建平身旁，用调侃的语气说道："刘队长，这一路上山，你都没吭过一声腔，还在生我气？行了，请恕我昨晚冒犯，可你也嘴不饶人，我们算是扯平了吧。"

"我还不如你一个女娃子，有那么小气？何况你现在似乎也成了嫌疑对象。"刘建平戏谑道。

龚雅竹"扑哧"一笑："是啊，你该说我们是同病相怜了。"

"我很好奇，堂堂龚秘书，徐长官的小老乡，怎么转眼之间也背上通共嫌疑了？真是可笑至极。"

"高副站长，我能告诉他吗？"龚雅竹用挑衅的语气问走在前面的高进。高进驻足回头，笑嘻嘻道："都到这个地方了，想说什么二位请便。"言罢，继续往前。

龚雅竹这才淡淡解释道："徐孝凡昨天下午在少城公园遇害，而我恰好同一时间也去过那里。所以……"

"所以徐、高二位长官怀疑是你害了徐孝凡？哈哈，你可真够冤的。"刘建平幸灾乐祸，笑得开心。

“要说这事吧，还怪你刘队长。昨天下午我去警局找你，你却外出办案了。要是你在警局，我又何至于去少城公园溜达。”龚雅竹责怪道。

“如此说来，幸好我中午去向蔡局长坦白了你‘投共自保’的事。”

“你这话是什么意思？”

“如果昨天下午见着你，保不定又要被你戏耍一番，保不定心一软，还要将火炭捧在手上。再拖上几天，恐怕你们‘小洋楼’就会直接把我扔进‘四大监’了。”刘建平哼笑道。

“还是那句话，我干的就是这个工作，戏耍也好，使诈下套也罢，就是再不情愿，也必须完成长官交办的任务，刘队长又何必揪住这事不放。再说了，你身上本来也确实有诸多嫌疑。作为朋友，我真希望你能洗清那些嫌疑。”龚雅竹无奈道。

“谢谢龚秘书好意。你还是多操心下自己的嫌疑如何洗清吧。哈哈。”

谈笑间，二人似乎已将昨晚的唇枪舌战抛之脑后。龚雅竹问：“刚才听曹一龙说话，有些不明白是什么意思。刘队长见多识广，一定知道。比如，‘提头子’‘带过’，还有什么‘抱童子’‘接观音’‘拉肥猪’……”

刘建平摆下手：“‘提头子’就是鞋子，‘带过’就是多有得罪的意思。‘抱童子’‘接观音’‘拉肥猪’，指的是抢娃儿、劫妇女、绑人质。这些都是他们的惯用语。多得很，我也懂不完。”

“什么惯用语，就是土匪黑话。”龚雅竹不屑道。

聚义堂是间新建的宽大木屋，足可容纳几十号人同时就餐。伍嗣五引着高进等人进去时，曹一龙与手下几个核心要员已经在一张长条木桌的主位就座，桌上也已摆满陶钵瓦罐盛着的鸡鸭鱼肉。双方简单客套罢后开始吃喝开来。高进左看右瞧一阵，终于忍不住了，问曹一龙道：“龙哥，你不是说要引荐一位高客吗？”

曹一龙面露难色。“是啊，原本说要引荐的，后来经袁先生劝说，还是觉得你们不见面为好，万一弄得彼此不欢喜就莫趣咯。”

高进更好奇了，但心中已猜到几分。笑道：“有缘，吃酒说话；无缘，吃菜喝酒。何况是在龙哥的地盘上，纵使是生冤家死对头，只要龙哥不点头，哪个又敢惹大家不欢喜？”

“这个话在理。”曹一龙对坐在右手边的袁先生道，“袁先生，要不然就请你侄儿子来嘛，有我在，你还有啥子不放心的？”

头裹黑布帕，手执叶子烟杆的袁先生五十六七岁模样，一脸风霜沟壑。听得曹一龙此言，巴巴吸了几口叶子烟，又轻叹口气，说：“既然龙哥发话，我放心。他在我屋里，我去叫他嘛。”

不一会儿，袁先生领着个身形魁梧，粗布棉衣，神情自若的男子进来了。正在低声与龚雅竹说话的刘建平捂嘴咳嗽。龚雅竹何等敏感，看看已被曹一龙请到自己右手边落座的那张新面孔，不动声色地故意戏弄道：“我觉得面熟。你呢？认识他？”刘建平眉头一挑，已然恢复平静。

此时曹一龙举杯在手，对高进言道：“高站长，这位是大名鼎鼎的五龙山游击队队长卿松，卿队长。”

那边的卿松听罢曹一龙对高进等人的介绍，打趣道：“这么些年被你们悬赏捉拿，实在对不起，总是没让你们如愿啊。”

高进已经从刚才的惊愕中回过神来，笑道：“龙哥所言不虚，果然是位‘高客’。”

“承蒙你们国共两家都看得起我山寨，曹某人和山寨的兄弟伙共敬大家一杯，来来，干咯！”曹一龙哈哈大笑着提议众人共饮一杯。

高进放下杯，首先发难了。“想必卿队长此行五龙山寨也是和我们一样，要与龙哥谈‘生意’。不知愿不愿意把你开的价码亮亮，也让我长长见识。要不然我先亮我方的价码？”

“高站长愿意说，我愿意听。”卿松道。

高进便把之前向曹一龙等人的一番说辞以及所开的价码故作平淡地又讲了一遍。讲完，他语带戏谑道：“想来卿队长会出更高的价咯？”

卿松微微一笑道：“若论粮饷枪弹、高官厚禄，我自然莫法与高站长竞价了。我开的价码只有两个字：活路！”

“倒是新鲜，愿闻其详。”高进嬉笑道。

卿松肃然起身：“也好。我愿意把向龙哥已经说过的话再说一遍。自龙哥掌舵山寨以来，特别是最近几年，重贸易少劫掠，民怨民愤虽有，但不大。再者，谁又是天生的土匪？上山落草，各有无奈之情。据我所知，山寨里还有不少兄弟原本也是穷苦人。如今大变在即，我受上级之命前来劝说龙哥，只要能改过自新，或接受我党的整编改造或人马遣散，可确保有一条光明活路。如果继续与民为敌，祸害乡里，甚至为虎作伥、助纣为虐，只有死路一条。”

“哈哈哈。”高进拊掌大笑。“卿队长仅凭一双空手、一张利口就要与龙哥谈生意，真是太欺这山寨无人，全是莽汉。自古道，胜败乃兵家常事，别以为你们共军暂时得势，这天下就当真成你们的了，就以为能吓得龙哥及山寨众兄弟放弃建功立业、鲤鱼跃龙门的大好机会。”

“哈哈……”卿松还以大笑。“高站长一行身处危城，本已穷途末路、自顾不暇，却来山寨拉‘炮灰’，竟然还好意思美其名曰‘鲤鱼跃龙门’，岂不是更欺山寨中人全是瞎子？”

“卿队长不要得意太早。你共产党也有被追打得四处跑滩、命悬一线的时候，为何我国军就没有反败为胜的一天？现而今，我几十万国军精锐固守川西，又有美国军援后盾，再有如龙哥这般义士共克时艰，最终胜败恐怕尚难预料。”高进说得头头是道，其实是搬出了前不久徐耀庭的那套说辞。

高进与卿松你来我往、互不相让。

“二位、二位，我晓得你们都是为曹某人和山寨的兄弟伙好。”曹一龙终于听厌烦了，笑呵呵起身摆摆手。“再扯下去这一桌酒菜就都凉透咯，还是先吃好喝好再说。”

闻听此言，卿松和高进也不便继续打嘴仗，心有不甘地落了座。众人这才开始了互相敬酒吃菜。高进和孟厚良为了套近乎，端着酒杯绕到对面，挨个与山寨里的头面人物开怀痛饮、称兄道弟，高进还挽着曹一龙避开众人单独交谈了一阵。

刘建平和龚雅竹没去凑热闹，边吃边闲谈几句。

“你看最终曹一龙会买谁的账？”龚雅竹小声问。

“你说呢？”刘建平正啃着一只鸡腿。

“我说，他必定会与高进达成交易。”龚雅竹轻蔑地说。

“何以见得？”刘建平问。

“曹一龙怎么会抵挡得住如此高的价码。他骨子里就是个土匪，还是个见钱眼开的土匪。”

“就像这鸡腿，不管是红烧还是清炖、凉拌，啃完了肉一样是鸡腿骨，变不成龙骨凤骨，嘿嘿。那不正好吗？我们算完成任务了。”刘建平将啃光的鸡腿骨一扔，又端起酒杯向对面正投来目光的卿松举了举，卿松也端杯举了举，二人礼节性地微笑下，将酒干掉。

“你们认识？”龚雅竹问。

“这是你第二次问了。”刘建平很奇怪的样子。“来的都是客，这种场合，我这是礼节嘛。”

龚雅竹摇摇头：“他何必来这里当什么孤胆英雄。”

“你在为他担心？”

“我只是为他可惜。”

刘建平还要搭话，却见曹一龙在高进的陪伴下走了过来。

“刘队长，我先前说了要好好敬你几杯英雄酒。”曹一龙大声道，将手中的牛眼珠般大小的酒杯随手往桌上一扔，“来来来，换碗来，我要与刘队长连干三碗。”

“龙哥言重了，我咋能担得起‘英雄’之称。”刘建平笑道。

“咋就担不起哦。老伍一时发昏，干了‘接观音’的下三烂事情，结果被你端客栈、救人质，这莫非不是英雄之举？后来他倒腾枪弹，又栽在你手上，好在侥幸脱身，这莫非不是英雄之举？你年纪轻轻就上火线打小日本，还负了重伤，差点丢了性命，更是英雄之举。有这三条，我咋能不敬你三碗英雄酒？”曹一龙向刘建平拱手道。

“龙哥谬赞。与伍爷那点过节是我职责所在，莫法，只能多有得罪。至于打鬼子，那是国家兴亡匹夫有责，更不值一提。龙哥礼性，那么我就借花献佛，敬你三碗。”刘建平言罢，先端起小喽啰已经倒满酒的陶碗。

“果然英雄气概，苏气！”曹一龙赞道，再不多话，与刘建平连干三碗，二人均是脸不红筋不颤，最后还互相亮碗，滴酒未落，赢得一片喝彩声。

此时高进说话了：“所谓英雄惜英雄，看来龙哥与我建平老弟真是投缘，大有相见恨晚之意。我倒是有个提议，听说龙哥不仅一身功夫，特别是一手飞镖绝技更是无人能敌。恰好，建平老弟也有功夫在身，其枪法尤其精妙。今日欢聚，不如二位给我们大家亮一手，以助酒性？”

众人一片附和。曹一龙哈哈大笑：“也是，山寨比不得省城，除了吃酒打牌再加上个比武游戏，再没其他耍玩意儿。要得，我看要得。”众人又是一片叫好声。只有这边的龚雅竹和对面的卿松淡笑着冷眼旁观。

七十三

在征得刘建平“不愿扫兴，勉力奉陪”的无奈表示后，曹一龙邀约着众人出了聚义堂，向前方的山崖而去，在距山崖二十多步远时才驻足。

要比武的消息已经传遍山寨，凡空闲的人都吵吵嚷嚷聚拢过来。曹一龙直到此时方才将比武的方式告知众人。他说难得今天盛会，平日里耍刀弄棍、射靶打鸟那些老套玩意儿实在莫趣，不如耍回“顶壶作靶”。

所谓“顶壶作靶”，就是将酒壶顶在头顶作为击打的靶子。要这个游戏还有规矩：一则，顶壶之人需得自愿，或死或伤绝无怨言。二则，击打之人万一失手，伤亡了顶壶之人，需得自废一只手腕。三则，击打者虽未伤亡顶壶之人，但也未击中标靶，视为输家，也需自断一指作惩罚。如此比武戏乐，惊险刺激自不必说，其酷烈血腥却也令人瞠目。

曹一龙咧嘴笑着问刘建平：“刘队长，你使枪，我使镖，可还有兴趣？”

刘建平以前隐约听闻过土匪强人间为着利益争斗，在不便拉开阵势火拼的情况下，常以“顶壶作靶”之类的所谓游戏分出胜负输赢，但他并不知晓其细节规矩，此时听来自然大大出乎意料，但已无法退却。

“还是那句话，龙哥有雅兴，我岂能扫兴。”刘建平淡笑道。

“好，对我脾性！”曹一龙赞道，又环顾众人，“这个游戏虽说惊险好看，不过也有为难处。就是这顶壶之人不易寻，因为有此胆量的人实在太少。不过我倒是有个提议。今天是三方聚会，用你们官话说，就是这个、这个‘共商大计’，要我说呢就是谈生意。这个谈生意不外乎讲究四个字，叫‘胆气、诚意’。既是这样，这个比武戏乐还是我们三方都参加为好嘛。”说到此，他笑嘻嘻地冲卿松一拱手，“卿队长单枪匹马来我山寨，兄弟佩服得很，想必你不会拒绝参加吧？”

“客随主便。”卿松沉稳回道。

曹一龙挑下大拇指，转脸又对高进道：“高站长，贵方能否再出个顶壶的？”

高进豪爽道：“这个自然。厚良，就你吧。”

孟厚良似乎早有心理准备，硬着头皮拍下胸脯，说：“给龙哥顶壶作靶，兄弟绝无二话！”

刘建平闻听此言，嘴角划过一丝讥笑，这家伙心中有鬼，当然不愿给我当靶子。

“且慢。”曹一龙一抬手。“高站长，我还有个不情之请。冬天的五龙山雾蒙蒙、白茫茫一片没啥看头，可到了春夏，那也是绿树红花漫山遍野好景致哦。看景致是这样，这耍游戏也一样，要有男有女才热闹。”说到此，他瞟一眼几步远无所事事样子的龚雅竹，“如果那位龚秘书有胆量顶回壶那就更好耍咯，哈哈哈。”

高进脸色大变：“万万不可。龚秘书金贵得很，万一你们二位有个脚打滑手抽筋，伤了她，我没法向徐长官交代的。”

“我自然晓得龚秘书金贵，所以才更能显示贵方诚意哦。”曹一龙语带揶揄。

“要不然我来顶，总可以嘛？”高进铁青着脸。心头直骂狗日的曹一龙。之前在聚义堂，他和曹一龙单独嘀咕时，曹一龙就提出要以检验各方诚意为名，给刘建平摆道砍，翻得过，算他本事大；翻不过，他端客栈救人质、擒伍嗣五、劫枪弹，坏了老子大生意的账也就两清。高进觉得此计甚好。因为无论比武的结果如何，对他都毫无损伤。他只需安排孟厚良去顶壶作靶显“诚意”，而孟厚良的死伤自然微不足道，至于卿松，不死不伤算他命大。转念之间，他不仅热烈认同曹一龙的安排且竭力怂恿。哪知道曹一龙临时来了个“不情之请”，居然坚持要龚雅竹顶壶作靶，这是他完全没料到的。临行前，徐耀庭确实叮嘱过他，在没有过硬证据前不要太过为难龚雅竹。高进太了解这位长官的心性，对龚雅竹就是提不起放不下。在这种情况下，即便是他早已对龚雅竹满肚皮怀疑，也不敢真让龚雅竹去犯险顶壶。毕竟他对徐长官的叮嘱还是从不敢违逆的。

这时龚雅竹发声了：“难得龙哥如此看得起女性，我就顶个壶也没关系，好玩。”说着话，也不知什么时候已经从一个小喽啰那里取了个白色小酒壶在手。

“我说嘛，龚秘书虽是女娃，但更是军人，好胆气！”曹一龙一脸畅快，也不再搭理高进。“卿队长、龚秘书，二位愿意给我和刘队长哪个顶壶作靶呀？”

“龙哥要见我的诚意，按理说我该为你顶壶。不过，还是请这位龚小姐先选吧。”卿松说，也已经手执白色小酒壶。

“正好，身为军人，我更愿领教刘队长的枪法。”龚雅竹快人快语。

“就这么定咯。”曹一龙一锤定音。按照五龙山寨的山规，客人上山，不分贵贱，一律必须将所带武器交由山寨暂为保管，离寨时方得返还（由此也可见曹一龙处事之谨慎）。曹一龙自然记得这事，笑问刘建平：“刘队长还是用自己的枪，会顺手些？”

“都行，龙哥说了算。”刘建平一副无所谓的样子，实则此话有托大之嫌。曹一龙微微一怔，但话已出口，只好示意一个小喽啰将刘建平的手枪交给主人家，刘建平迅速检查一遍，确认没被动过手脚。

此时，乌云翻滚，重重叠叠，天色陡然间变得昏暗许多。卿松和龚雅竹已经走到二十步开外站定，置于头顶的白色小酒壶几乎只是隐约可见。如此视线条件，加之负责击打的曹一龙和刘建平才刚豪饮三碗大酒，怎不叫众人为即将参与这场比武游戏的四人捏把冷汗。

曹一龙与刘建平约五步间距立定。曹一龙双肩一抖，早有小喽啰顺势接住虎皮大氅。“刘队长可是预备妥当？”他问。

刘建平将勃朗宁顶上火，说声可以。曹一龙嘴里叫声“要得”，身形一摆，一支钢镖流星般脱手而出。几乎同时，刘建平抬手就是“啪啪啪”连续三枪，卿松和龚雅竹头上的酒壶碎裂落地，二人纹丝不动，毫发未损。人群短暂静默，随即爆发一片欢呼叫好声。就在欢呼叫好声尚未完全平息之际，曹一龙突然大吼道：“来三个！”话音落地，但见三个白色小酒壶齐刷刷飞上空中，显然是早有约定。曹一龙拔出腰间二十响，抬手也是“啪啪啪”连续三枪，三只酒壶应声碎裂，白色瓷片如雪花飘落。人群爆发出比刚才更加强烈刺耳的欢呼叫好声。

刘建平叫着好走到曹一龙身边，用只有对方才能听见的音调说道：“一时技痒，龙哥海涵。龙哥有此三枪，建平佩服之至！”然后顺手将手枪还给小喽啰继续暂时保管，同时又单手高举，待群声稍静，才大声道：“龙哥一镖一壶，三枪三壶，镖不虚射，弹不虚发。刘某三枪一壶，虽也中靶，但自认技不如龙哥。我认输。”

曹一龙大度地拍拍刘建平肩膀，大声对众人道：“只说了中靶不伤人，又没限定只能打一枪。刚才我也是一时技痒，那三枪与比武无关。要我说，这场比武，算平局。”一席话博得人群一致赞同。

“龙哥雅量，这位刘老弟实在，硬是英雄相惜哦。此番比武，肯定是山寨美谈，必流传久远，大家说是不是啊？”那位袁先生大声道。虽有土匪听不惯他的文辞，不过还是连连叫好附和。

“这个袁先生简直是有眼无珠，还尽冒酸文，外加一群瓜儿土匪，才是笑死人哦。”孟厚良在高进耳边嘀咕道。

高进哼笑道：“姓袁的老头儿在和稀泥，先生、师爷不好做啊。再说，卿松是他侄儿子，他肯定不想节外生枝。”

“我总觉得不久前在哪里见过姓卿的。嘶……又实在想不出……”孟厚良说。

“说这些废话有用吗？”高进撇嘴道，扔下孟厚良径直抱拳迎向曹一龙。

回到聚义堂，曹一龙大呼小叫着吩咐重新上酒加菜，又另摆了两席，招呼来山寨里一众小头目一起与客人吃酒欢喜。他还特地单独给卿松和龚雅竹敬了杯酒，大笑着说，按江湖规矩，凡是敢顶壶作靶的人，虽未见得有什么具体奖赏，但从此人皆佩服，“英名”远播，不管到了哪个山寨、码头都会被高看一眼。然后他又专门与刘建平连干三杯，转过背却没了人影。起先刘建平还没在意，以为他也许是喝多了，去方便处理。待再发现高进，还有袁先生、伍嗣五也不在屋里，才警觉到，他们可能又去偷偷谈“生意”了。他心里一阵冷笑。他见卿松一人枯坐在对面若有所思，便与一边的孟厚良打个招呼，端起酒杯踱了过去。

“卿队长好胆气，兄弟敬你一杯！”刘建平一脸客气的笑容。

卿松起身：“没点胆气，值得你们悬赏捉拿？哈哈。”

二人笑呵呵对干了满杯。刘建平余光一扫，见对面龚雅竹正拉着孟厚良聊得起劲，赶紧低声道：“不可久留，尽快脱身。”脸上依然保持礼节笑容。卿松脸上同样笑着，问：“所谓何来？”又大声道：“来嘛，为刘队长的好枪法，我也敬你！”

“一言难尽。”刘建平呵呵笑着致个意，转身走开了。

刘建平没猜错，曹一龙正是被高进一再催促，只好悄悄避开众人带他去了自己的居室。曹一龙咕咚咕咚饮干一碗浓茶，说：“高兄何必这么着急，怕我们的生意谈黄？”

“不瞒龙哥，山下事情一大堆，我确实不能耽搁久了。”高进也浅饮一口茶水。“价码就是这个价码，我们干脆来个抽刀落气，龙哥给个爽快话。”

曹一龙瞟一眼袁先生。袁先生咳嗽一声，道：“敢问高站长，后一步要我们做些啥活路呢？不会真像松娃，哦，就是卿松说的那样，要我们去当炮灰吧？”

高进闻听此言，暗自松了口气。“袁先生多虑咯。共军来犯川西，国军暂时撤退，肯定不可避免。五龙山地处成渝要道，山寨兄弟们正好对过境共军进行袭扰，断桥毁路迟滞其开进，之后嘛，再视情况与其游击，直至国军大举反攻，收复失地。”高进观察到曹一龙眉头已舒展开来，又补充道，“到那时，政府必定还要对龙哥等众兄弟论功行赏。”

果然，曹一龙没再征求一脸焦虑神情的袁先生意见，径自表态道：“这点活路，我山寨兄弟伙还是做得下的。我只加一条，高站长能否再多给些枪弹？”

“相信只要龙哥振臂一呼，必定八方豪杰云集，多拨些枪弹也正该的。我等下就电告山下，让他们多弄些来就是。”高进爽快应承。“龙哥，如此来说，我们这‘生意’就算成交咯？”

“成交！”曹一龙重重一巴掌拍在桌上。

高进也双手一拍：“龙哥胆识过人，高某佩服，现在你我就真正是同志加兄弟了。”稍停，又道，“眼面前正有个轻而易举、手到擒来，让山寨立下首功的机会，不知曹司令有无兴趣？”

“既是这般轻巧，高站长只管铺排，兄弟照办就是。”

“卿松。”高进说出两个字，仿佛才意识到袁先生在场，于是故作扭捏下。“国事重过亲情，对不住袁先生了。卿松是共党要犯，多年来政府一直悬赏捉拿，但几次都叫他侥幸脱逃。此次他竟然独闯龙哥山寨做说客，可见其胆大包天，正是政府心腹之患。如能将其拿下，绝对是首功、奇功一件……”

“要不得、要不得！”袁先生猛然起身，一口叶子烟呛到肺里，大咳不止，双手却使劲摆着。好半天才缓过来，犹自气喘吁吁，“先不说我与他沾亲带故这一层。龙哥既然答应人家来做客谈生意，那么就该生意不成仁义在。如果把人家黑办了，我袁老头儿背个六亲不认的名声莫关系，但是山寨和龙哥的名声还要不要呢？还咋个振臂一呼、八方云集？吹壳子哦。”

曹一龙沉吟片刻，面露尴尬之态，对高进道：“袁先生的话有道理。卿松如果在我地盘上出了拐，我肯定左右难做人。所以嘛，这个功还真不好立。”

高进叹口气：“可惜了，绝佳的机会啊。不过也没关系，相信他总有落网之日。对了，我还有另外一件事拜托龙哥。”

“高站长说来听下。”这次曹一龙谨慎多了，生怕又会接个烫手火炭。

高进似看明了对方的担心，笑道：“这件事绝对不为难。我明天就和孟队长下山，报务员留下，便于我们随时联络。刘建平和龚雅竹也要留下。所托之事，就是好好照管这二位。”

“哦。这个当然太不为难了。”曹一龙松口气。“高兄放心，我一定好吃好喝伺候他们周到。”

一旁的袁先生冷言道：“恐怕没这么撇脱。”

高进哈哈一笑：“袁先生果然心细。直说吧，这二位现在身上背着很大的通共嫌疑，特别是那个刘建平。徐长官的意思，借山寨宝地，将他们暂存于此，时机一到再作处置。”

曹一龙恍然大悟道：“我还一直弄不懂，谈生意，你带他们干啥？原来是这个样子。好说好说，交给我行了。”

“虽不算难事，但烦请龙哥还是不要大意。”高进正色道。“刘建平的本事你也看见了。就连龚雅竹那女花花，顶壶作靶竟然毫无惧色。这二位皆非常人可比。”

“把他们直接关进监牢，不说他们本就是常人，就真是仙人，也飞不出山寨。”一直没吭声的伍嗣五此时来了精神。他一直就在寻思如何给刘建平找点麻烦，总要出出心中那口恶气才舒服。

高进摆摆手：“如果要抓要关，在山下就办了，何必多此一举带他们来山寨。

徐长官如此安排自有深意。”

“这个也好办。就让他们继续住客房，一样跑不了他们。”曹一龙说。

高进又就如何“照管”刘建平和龚雅竹交代了不少注意事项。他见曹一龙兴味索然，似听非听，觉得有必要再敲打提醒下。

“龙哥今天与刘建平比武，他明明已主动认输，龙哥却裁定平局。龙哥自是大人大量，但就凭他那三枪，显然也是心机颇深、智勇过人啊。”

曹一龙愣怔片刻，笑道：“平局不好吗？未必硬是要他自废手腕或者切根手指？他给我面子，我也不能不给他个台阶。好啦，不提这个了。高兄意思我清楚，保准严严实实‘照管’妥当他们两个就是了。老伍，你带高站长回聚义堂继续吃酒，我和袁先生说几句话，随后就到。”

高进明白，曹一龙已经听懂自己刚才的话，也就不再啰唆，只是提出，既然“生意”谈成，就有必要另外选一个僻静处安置报务员和电台，同时他也急于要发个电文，一来是检验下电台是否通联正常，二来更是要报告“生意”谈成，并安排山下再抓紧准备运送些枪弹到山寨。曹一龙自是十分欢喜，吩咐伍嗣五带引高进去安置电台和报务员。

刘建平比武时连打三枪，在场的人绝大多数其实并未瞧得真切，但自然瞒不过高进的眼睛。刘建平的第一枪，子弹擦过曹一龙的钢镖，将其微微带偏，使之绝不至于伤到卿松，第二、三枪直接击落了卿松和龚雅竹头顶的酒壶。这三枪，即便是行伍多年，各种阵仗见多不怪的高进也暗自叫好。当场点穿的念头只在他脑中一闪而过。曹一龙在刘建平打完三枪后，又另加戏码，临空射落三只酒壶。此举要么是为炫耀身手，更大可能是他也看清了刘建平那三枪的奥秘，却又有苦难言，只得通过另加戏码扳回一局。之后刘建平主动认输，他也借坡下驴，叫了平局。如果此时高进当场点穿，极可能掀起波澜，且难以掌控。所以他只能看破不说破。刚才不过是以此事敲打下曹一龙，看来效果不错。

伍嗣五带高进离去后，曹一龙亲自给袁先生的茶碗续上水，客气道：“袁先生，你说，我们山寨啥时候发过这么大一笔横财？这桩生意我们大发啦。所以，就只好对不住你侄儿了。”

“龙哥，你不觉得松娃的话也有道理？”袁先生蹙眉道。“说句难听话，我怕的是有发财的运，没花钱的命啊！”

“袁先生一向稳重，兄弟最是佩服。但我们干的就是刀口上舔血的营生，哪有见财不伸手的道理？先把该拿的拿了，走一步看一步吧。”

“哎，松娃才是关公卖豆腐哦。”袁先生叹气道。

“此话何意？”

“人强货软嘛。”

曹一龙仰头大笑：“先生妙语！还要劳烦袁先生帮我向卿队长过个话，道个歉意哦。”

“这个事肯定我来做。还有件事，我要龙哥表个态。”袁先生正色道，“明早我送松娃一程，龙哥会行个方便吧？”

曹一龙道：“袁先生是不是因为我叫他顶壶作靶，以为我会对他不利？其实我只是想借此试试两路人马的胆气，免得叫他们小看了我山寨。且不说他是你老人家的侄儿，就冲他是游击队队长，我这个时候也不能真在自家地盘黑办了他。”

“龙哥信义之人，当然不会。”

“就这么定了，明天你尽管放心送卿队长离寨。还要替我多说些好言好语，结个善缘总不是坏事。走，我们去接到吃酒。”

伍嗣五带引着高进和报务员来到位于议事厅后面的一处房间。高进四下观察一番，很满意。张姓报务员二十出头，生得文质彬彬，却是高进精心选定的干员。支开伍嗣五后，高进吩咐报务员道：“立即与山下联系，我有情况要报告。”很快，电台与山下联通了。高进立定口述电文。除报告与曹一龙“生意”谈成外，电文主要内容实则是一项行动建议安排：五龙山游击队长卿松出现身山寨，并极可能将于明晨离寨，望立即调派人手于山寨外围周边设伏捉拿。

七十四

天刚放亮，袁先生和卿松草草吃了点东西，要回卿松的盒子枪，没和任何人打招呼便离寨上路了。虽然号称五龙山游击队，但卿松的队伍经常落脚的却是一个叫鹰嘴崖的小山村，距此还有四十多里崎岖山路。

袁先生与卿松的父亲是同一个祖爷，只是幼年时曾抱给过一户袁姓人家，才改姓了袁。袁先生年轻时与卿松的父亲亲热得胜似亲兄弟。二人携手做买卖，跑货运。袁先生书读得又多又杂，上知天文下知地理，能掐会算，打起算盘来左右开弓，别的账房先生要算一天的账，他只需一顿饭的工夫就干净利落、一清二楚，是方圆百把十里出了名的大秀才、大能人。卿松的父亲生得牛高马大，性情豪爽耿介，浑身似有使不完的劲。两兄弟一个主外，一个主内，虽算计精明，却也买卖公道，生意自是日渐红火，且维持了好些年光景。你这边生意越做越大，难免就会踩了别人的痛脚。那年，两兄弟在外地吃进了三艘货船的菜籽油，准备如往年一般运往省城分销，不料被一个早对他们嫉恨许久的无良商家盯上，也不知买通了何方歹人，在他们货船上做了什么手脚，竟至船毁人亡。负责押运的卿松父亲就在那次变故中葬身河流，尸首无寻。生意赔个精光，兄弟死于非命，歹人踪迹云遮雾罩，大仇无处可报。自此以后，袁先生无心商事，整日以酒度日，到后来竟然穷困潦倒，全靠亲朋故旧接济施舍为生。不过这样的日子并没过多久。因为袁先生的能耐毕竟早就名声在外。不久，五龙山寨新舵把子曹一龙托人带信，恭请袁先生上山，共谋山寨大业。袁先生岂是会轻易落草之人，却挡不住曹一龙八抬大轿三请四请，精诚所至金石为开，冰窟一般的心渐渐有了些暖意。有一天，他亦如平常，正在小酒馆里醉眼迷离，曹一龙的说客又来了。袁先生小指沾酒，在桌上画了三个字，那是一个人的姓名。说客搭眼看罢，点点头，走了。一个月后，街场上传出消息，当初那个嫉恨卿松父亲和袁先生的无良商家，货仓起火，血本无归。与此同时，一伙长期在河道上黑吃黑的水匪也莫名其妙地不断损兵折将，竟至作了鸟兽散。当说客再次出现在袁先生跟前时，他二话不说，坐上了接他的滑竿，最终被曹一龙迎进山寨，拜为师爷。说是师爷，其实袁先生主要精力是协助曹一龙经营生意买卖，一方面是将以前总是纠结不清的账目料理得清清爽爽，再者就是替曹一龙谋划开启了更多的经营之道。

行了大约五六里路，卿松说："幺爸，就送到这里，你老人家回嘛。"

袁先生摇头："还要多送一段。"略微迟疑，接着道，"昨天晚上我没好对你说，那个高站长鼓动曹一龙有意害你。我不答应。曹一龙想立功，又顾忌面子名声，只好表态说不能叫你在他地盘上出拐。姓高的也就没再坚持。不过，我后来越品越觉得曹一龙的话，味儿不对。"

"咋呢？"卿松问。

"不叫你在他地盘上出拐，那么出了他地盘呢？我晓得，你是他们做梦都想抓的人，姓高的肯定不会善罢甘休。这个人不是个善种。他不光想害你，听他话中意思，就连他们一行来的那个啥神探刘建平，还有那个女娃，恐怕都一只脚跨进阎王殿咯。"

"啊？"卿松失口惊呼。"为啥呢？我看那个刘队长仪表堂堂，本事又高，不像个坏人。"

"在你眼中不像坏人，恰恰在他们眼中就该是个坏人嘛。哼，说他有通共嫌疑呢，弄不好给你娃儿还真是一路人呢。”袁先生瞪一眼卿松。

“幺爸说笑了。不过幺爸能如此心细，我真是佩服得很哦。”卿松笑道。

“俗话说，害人之心不可有，防人之心不可无。在虎狼之地，不多个心眼，幺爸的脚杆棒棒恐怕早当柴烧咯。再说，如果你在这里出了事，我以后咋有脸去见你爸？”

“幺爸，既然曹一龙安心要往死路走，你又何必跟到他跳火坑。昨晚我劝你半天，啥道理都讲遍，凭你眼界，会不明白这个道理？”

“幺爸未必不晓得他走的是死路？”袁先生叹口气。“他曹一龙虽然鬼名堂多，会算计，但毕竟有恩于我。当年若不是他出手，我咋能替你爸报仇？他对我讲义，我就对他讲仁。有仇不报非人杰，有恩不报非君子。幺爸上山后，也时常劝他多积点阴德，伤天害理的活路他确实也收敛了好多。这些年下来，十来条性命幺爸还是救下了的。我这把岁数了，生死已经看淡。我是想，留下来，合适的时候再劝劝他，就像当年的马瞎子，好歹落个善终，尽人事听天意嘛。”

卿松无言摇头喟叹，心里生起丝丝愧疚。自己早年离家，其实与这个幺爸少有交道。后来干上了游击队，成天在生死线上游走，更顾不上关心幺爸。只是因为此次要争取劝服曹一龙，才设法与幺爸取得联系，请他从中牵线搭桥。

“你是关公卖豆腐——人强货软。我早就劝你不要多此一举，你娃儿偏要来。幺爸能做的只有保你周全回去。”

“我们何尝不是想给曹一龙，特别是山寨里的兄弟伙一条生路。事已至此，我现在只是担心幺爸以后咋办。”

叔侄二人说着话又行了一阵。卿松四下望望，问：“幺爸，前面应该就出曹一龙地盘了吧？”

“对头，拐过弯，再有里把路，有个幺店子，我们就在那里分手。”袁先生说着加快了脚步。

天色越来越阴沉，雪花纷纷扬扬又开始飘落，峡谷里时不时刮起股股刺骨寒风。快到拐弯处时，袁先生驻足道：“松娃，从这会儿起，我走前头，你远远跟着。没响动就算烧高香老天保佑。如果有啥动静，你千万莫要冒头露面，只管想法脱身就是。”

“幺爸担心前面有埋伏？我年纪轻轻的，咋能让幺爸去探路。”

“你娃儿不要争。这里的沟沟坎坎我最清楚不过，再说了，幺爸身为山寨师爷，就是碰到歹人又能把老子咋样？听话，莫负了幺爸一片苦心。”袁先生拍拍卿松，人已转背消失在弯道处。卿松只好提枪在手，隐身在道边一块凸出的山石后。

不一会儿，前边突然枪声大作，隐约还有人的叫喊声。卿松略一犹豫，随即拔腿一气冲到丁字路口。从此往北直走，通向老鹰嘴，往西右拐则是下山。路口边的幺店子，稻草盖顶、竹笆半围，四面漏风、破败不堪，此时空无一人。卿松立在路口中央，正踌躇着下一步的方向，却听到北边传来说话声。他来不及多想，几步跨进幺店子，四下略一打量，一个跃身跳下店子后面的堡坎，借着一大蓬干枯的草丛躲藏起来。不一阵，杂乱的说话声和脚步声已进到店内。

进到店内的应该有五个人，他们抽着烟吐着痰，还在议论刚才发生的那场追捕。

“不去山崖下搜到人，领个屁的赏金。”一个说。

“我们人生地不熟，那么深的悬崖，你娃儿下得去？简直是想钱想疯咯，我看你是找死。”一个说。

“你敢肯定他就是我们要抓的人？”一个说。

“不是的话，他咋个看到我们就开跑，还打枪？跑不动了，干脆直接跳崖毬。一般人会这样？”一个说。

“我说也是，这个季节，这个鬼天气，哪个会一清早赶山路哦？而且是从五龙山寨方向过来的。不是他还会是哪个？”一个说

几个人七嘴八舌说道了一番。最后一致决定，先向上边报告：本行动组成功阻截五龙山游击队队长卿松，对方负隅顽抗，最后跳崖而亡。由于地势险要，只能后一步雇用当地山民协助，方可验明正身。

如何交差的事情商议定，气也歇够了，几个疲惫不堪的特工相互吆喝着走出幺店子，向山下而去。

四下里又恢复了寂静。草丛中的卿松缓缓将手枪插进腰带。就在刚才，他一次次克制住杀进店内，与特工拼死一搏的冲动。对方是几个训练有素的特工，他几乎没有胜算，只会让幺爸的牺牲毫无意义。幺爸刚才说过，就算碰见歹人，他也可脱身。可是为啥他又是打枪又是逃跑，闹出那么大响动呢？答案只有一个，幺爸是要引开特工。凭幺爸的缜密，他一定早就预料到，如果真有埋伏，作为去往老鹰嘴必经之路的幺店子，是个设伏的绝佳所在。幺爸必定明白，错过这次机会，自己再要安全返回营地，只怕更会难上加难。卿松眼睛又是一阵酸热。他顾不及再多想，赶紧沿着纷乱的足迹往北寻进。走不多远，那些乱糟糟的足迹在一个山崖处消失了，附近地上还有几个子弹壳。卿松断定，幺爸就是从这里跳崖的……

虽说酒量大，但终究头天还是喝得太多，加上一直神经紧绷，身心俱疲，刘建平竟是一觉睡到大天亮。待他穿戴妥当，推门跨到院子里时，似乎早已候着的伍嗣五迎了上来，笑眯眯道：

“刘队长怕是难得睡个好觉哦？”

“是啊，山里清净，这一觉硬是睡得香甜。怎么，伍爷有事说？”刘建平伸个懒腰。

“嗯哪。代龙哥传个话呢。这几日刘队长，还有那边的龚秘书，就在这个院子里静养，不要乱走动。还请刘队长多多包涵。”

刘建平脸色一沉：“龙哥是啥意思？要把我们关起来？”他看看远处院门口端着枪的两个土匪，提高了嗓门，“有这样待客的吗？你给我摆摆清楚！”

伍嗣五装着一副为难样，正要再解释，那边龚雅竹穿着棉袍走了过来，说道：“刘队长不要难为老伍。刚才高副站长和孟队长临下山时专门交代我，也让我转告你，叫我们待在这院里，不要给山寨添乱。”

“对对，龙哥也是按高站长的意思才吩咐下来的。二位放心，龙哥说了，好吃好喝一定把你们伺候周到。”伍嗣五附和道。

“哼，还不是等于关押起来，龙哥真是‘仗义’。”刘建平冷笑道。

“话不能这样说，刘队长。你哥子以为山寨里就真没个牢房吗？二位只要不出院门，在院子里尽可自由活动嘛。还望刘队长不要枉费了龙哥一片好意。”伍嗣五不阴不阳。

“行了、行了，老伍你忙去吧，刘队长堂堂神探，何曾遇到过这种事情，也只是一时不快，过了就没事了。”龚雅竹打起了圆场。

正在此时，一直负责伺候客人的小喽啰提着硕大的木制食盒进到院里，嘴里喊着“早饭来咯”。龚雅竹随口道：“小猪儿，把饭都送到我房屋去，那里宽敞些，我和刘队长一起吃。”被唤作小猪儿的小喽啰答应着“要得、要得”，径直去了龚雅竹住的房间。伍嗣五实在不想多与刘建平打嘴仗，正好借坡下驴，说了几句客套话转身溜了。

龚雅竹招呼刘建平：“走吧，先填饱肚子再说。”

龚雅竹住的房间足足比刘建平住的客房大一倍，不仅客厅、卧室隔开，一应家具也配套齐全，很是讲究，并不亚于省城那些大宾馆饭店客房的陈设。

“小猪儿，我昨天给你的冻疮膏用了吗？”龚雅竹问。

正在往桌上端放饭菜的小猪儿连连道谢，说昨晚已经涂抹了长冻疮的手脚和耳朵，感觉好多了。

早饭很简单，一人一碗热腾腾的羊肉汤，一碗米饭，外加一小碟泡菜，一小碟蘸羊肉的干辣椒面。刘建平拿筷子刨下汤碗，发现汤里面肉头很足，打趣道："曹一龙不仅是土匪，更是个财主。吃。"说罢闷头吃喝起来。龚雅竹嫌肉太多，从自己那份汤碗里夹了多半给刘建平，刘建平也不推辞，呼哧呼哧自顾吃着，直吃得额头冒汗。先吃完的龚雅竹静静看着刘建平喝掉碗里的残汤，掏出手巾擦净嘴角，才笑道："不愧是神探，蛮沉得住气的。"

刘建平惬意地点上一支烟，说："人家说了要'伺候周到'，有啥沉不住气的？"

"你不是说等同于被关起了吗？"

"那不就是说给曹一龙听的嘛，我倒要看他们究竟要什么花样。"

"你那三枪，差不多就坐实了自己的真实身份，该想到下一步是什么结果吧？"

刘建平一愣，讪笑道："自称最不喜欢摸枪的人，原来也看出了名堂。嗯，眼力不错。"

"你射落曹一龙钢镖，分明是顾及卿队长。你和他不仅认识，还是同党。"

"还有种解释，我一时技痒，忍不住炫耀下枪法，虽有不敬，但罪不至死吧？事实上我就是这样向曹一龙表示了歉意，而且主动认输，给足了他面子。他临空射落三个酒壶，不也是'一时技痒'挽回面子了吗？纯属比武好耍，咋就成卿松的同党？"

"强词夺理。你以为高进会信？曹一龙就真忍得下这口气？"

"袍哥土匪中，凡是舵爷，面子就是他们的命。丢了面子，还咋混江湖？曹一龙也不例外。所以，他只能接住我给他的面子。至于他能否忍下这口阴气，我就管不了那么多咯。再者，就算山寨里还有人瞧出了我那三枪的名堂，但我已当众认输，谁又会多嘴多舌，让自己的舵爷下不了台？说到高进，他更不会点穿。因为他此行目的是收编曹一龙，如果曹一龙只是要通过比武抬高自己身价，那么我打压曹一龙，不是给他高进长脸吗？就算他心里认定我护着卿队长，也只不过又加重了对我的怀疑，但放在桌面上，我之所为，未必就解释不通，他又何必没事找事，自毁大计。"

看着刘建平吐着烟圈信口道来的样子，龚雅竹紧蹙眉头，正要说什么，小猪儿来收拾碗筷了。龚雅竹干脆提议道："我们去院子里走走吧，屋里太闷。"

七十五

院子门口两个端着长枪的精壮土匪瞄一眼不远处缓缓踱步的刘建平和龚雅竹，一点没有干涉的意思，叼着烟继续扯他们的闲篇。

龚雅竹将裹着头的紫色毛围巾捂得紧些，低声继续刚才的话题："他们的'生意'还没最终谈成，你真以为曹一龙会对卿队长下手？你应该估计到这种可能性非常小的。"

"可能性小不代表没有可能。我不能十分确定曹一龙提议比武的真实用意，万一他为了向新主子邀功而不顾江湖道义呢？我不能让这种不确定性的危险发生在卿队长身上。"

"也是啊，你之前就救过他，这次当然也不会袖手旁观。"龚雅竹轻笑道。

刘建平微微一怔，转头瞟下龚雅竹。"既然话都到这个份儿上，我们就不打哑谜了吧，你龚大秘书总该告诉我，你究竟是何方人士了吧？"

龚雅竹莞尔一笑："组织上不同意我的建议，没向你说明我的身份。但现在我们被囚禁于此，我觉得再隐瞒已没必要。所以，你就是不问，我也会告诉的。是的，正如你猜测的那样，你我同属一个战壕。'惊雷1号'，是我的代号。其实，前晚上你我当着徐耀祖互相'撕咬'时，你就猜到我的身份了，对吧？"

"你没有向徐耀祖报告我当天一大早给你打过电话。但这并不能完全证明你的身份，或许你只是一时心软呢。"

龚雅竹淡笑认同。

刘建平继而喟叹道："直到此时，我想我能确定了。看来我这个'惊雷'的主要任务本是要掩护你，却没想到很多时候是你在帮助我。"

"话不能这样说。蓉站早就知道，在成都军警系统有个代号'惊雷'的中共潜伏者。如果没有你与徐耀庭、高进他们周旋，我的处境恐怕会艰难很多。对了，有件事我要特别解释下。"

"哪件事？"

"我给你樊步兆审讯记录这件事。"

"哦，那件事。现在不用解释了，我能理解。"

"我请示过上级，上级批准了我的意见……好吧，不解释了。总之，是你帮了我很多，特别是这次截取'反时针'，没有你转移徐耀庭、高进他们的视线，为我争取时间，恐怕我不会这么顺利。”

两人相视一笑，或许都想起了更多自认识以来的往事，也更急于知道其中的缘由甚至细节。而他们接下来的话题正是如此。显然，他们之间，刘建平在明，龚雅竹在暗，因此更多是前者问后者答。刘建平最后问到了眼面前的事情：为什么徐耀庭会突然翻脸，将我们两人同时派来执行“特别任务”？

“徐孝凡之死可能让他大受刺激，怀疑我也在情理之中。”龚雅竹说。“现在局势瞬息万变，他可能觉得必须要有所行动了。也正因如此，让你没能及时转移……”

刘建平一怔：“组织上原本是要我撤出去？”

“是的，可惜老孙没来得及通知你。”

“你以为我会同意？不，我会向老孙提出不同意见。算了，现在说这个没啥意义了。还是给我摆摆，真实的‘反时针’是如何搞到手的吧。”

龚雅竹回答得要言不烦。

徐耀庭习惯将重要文件带回家里，存放在卧室的保险柜中。一来是因为他长期失眠，有时干脆就在晚上阅批文件、谋划机宜，久而久之也就养成了晚上办公的习惯。但如果太晚回家，夫人汪芝芬又总是不放心，所以他经常在晚上将自己关在书房里忙活到大半夜，有时甚至通宵不眠，将文件带回家也就势所必然。二来是因为他一直对“小洋楼”内部的人员不放心，即便是档案室再如何戒备森严，他还是觉得不踏实。龚雅竹断定，如“反时针”这般大的行动计划，徐耀庭多半会反复推敲斟酌，势必会带回家存放于卧室保险柜中。

“我知道你和徐耀庭夫妇关系不一般，出入他们居室应该不难。”刘建平说。“好吧，就算他会将‘反时针’带回家，但要打开保险柜，也不会那么简单容易吧。”

“有些看似不那么简单的事情，是因为我们把它想复杂了。其实原本就真的那么简单。”龚雅竹口气平淡。

原来，一向自以为是的徐耀庭有个颇为自得的习惯——记别人的生日日期。凡是他主动了解或无意听说了某个人的生日日期，只要他认为有必要，就会记住。为了显示对下属的关心、体恤，他经常或有意或无意地提起某个人的生日。有时在半道碰见某个下属，他会笑眯眯说道，嘿，再有两天你过生日，提前道贺了！有时内部开会，结束时，他会突然宣布，今天某某处长、科长过生，我们让他请客如何啊？有时他心血来潮，会让徐孝凡准备个小礼物，送到某人家里，因为当天此人的太太过生日。对他特别看重的人，他还会设家宴为其庆贺。凡此种种，着实笼络了不少人心，让一些下属感激涕零，拍胸蹬脚、赌咒发誓要效忠徐长官。

“徐耀庭保险柜的密码，就与某个人的生日日期有关？”刘建平问。

龚雅竹点头：“是的。我之前就有过这个念头。两年前，有一次我从徐孝凡嘴里套话，他居然说起，徐长官好像在用身边人的生日日期设置密码。他虽是随口一提，在我面前卖弄他的小聪明，但我却因此更觉得，徐耀庭用身边人的生日日期设置密码的可能性很大。自那以后，我就着手开始研究破解之法。我相信，如果能掌握徐耀庭编制密码的套路，也许总有用得着的时候。半年后，我找机会试了一次，我列出十二个徐耀庭身边人，将他们生日日期数字都试了一遍。没有打开。”

“那么容易打开才怪。”刘建平打趣道。

“没错，开始我的方法过于简单。后来，我建了个数据模型，又重新选择了十二个人的生日日期数字进行组合排列……哦，对不起，关于这个我就不具体讲了，虽说是个数字游戏，但对不了解的人，恐怕讲一两天也未必明白。”

你个女娃子，说话也太直了，一点面子不留。刘建平心想，嘴上却很平和：“嗯，这个我确实不在行，就像在听天书。不过，你还是继续说嘛。”

“半年后我又试了一次。”

“还是没成功？”刘建平叹道。

“是的，还是打不开。”

“但你肯定不会放弃。”

“是的，我不会放弃。因为我感觉已经接近破解。”龚雅竹抿笑下。“两个月后，我第三次试开。成功了。”

刘建平挑起大拇指。

“接到上级截取‘反时针’的任务后，我决定再验证一次，看看徐耀祖会不会改变了密码设置套路。我当然也考虑过，如果他改了，短时间内我肯定很难破解，就只能另想办法了。那天我选择了自认为可能性最大的八十组数据。我原本准备着，只要情况允许，就将所有数据组全部试一遍。没想到，试到第十四组数据时，保险柜的门——开了。他设置密码的套路没变。”

刘建平向龚雅竹挑下大拇指，“锐敏说过，你最会揣摩人的小心思，可他或许不晓得，龚大小姐还是个算数家。刚才我在你房间还看到一本油印的册子，有点旧了，似乎就与密码设置破解有关？”

龚雅竹莞尔一笑：“什么算数家啊，只不过当初受训时对这类数字游戏比较感兴趣罢了，而且我知道徐耀庭也有同样的兴趣。你说的小册子，那是我受训时的课本，一个美国教官编写的，没事的时候我拿来打发时间。”

“既会揣摩人的小心思，又会玩数字游戏，难怪你撞上大运了。哦，我说这话你别多心。只是我感觉你运气好，如此容易就得手了。”刘建平揶揄道。

“我不可能选择太多人的生日数据，我也很难把所有的数据组合全试一遍，那需要很多机会时间。所以，我能打开它，当然有很大的运气成分。不过如果说到运气，也不尽然。”龚雅竹将一节枯树枝踢到路边。

“咋啦？有哪次打开了门却没拿到‘反时针’？”

“你猜对了。芬姨去台湾之前那晚上，徐耀祖和徐孝凡他们去北较场开会，很晚才回来。我趁芬姨熟睡，打开了保险柜。但‘反时针’并没有在里面。估计是徐耀庭带到站上去了。”

“那后来呢？”

“好在我已经知道了徐耀庭设置密码的套路没变，所以并不十分着急。既然‘反时针’没在保险柜，那么也许他们当时还在进行最后完善。”龚雅竹说。

“最后是如何截取的呢？”刘建平问。

对那天截取“反时针”的情形，龚雅竹自然记忆深刻。

徐耀庭夫人汪芝芬遇难后，过了几日，龚雅竹判断“反时针”计划已经定案。

那天下午，龚雅竹发现徐耀庭召集人又在闭门开会，于是找到徐孝凡，说，站长这几天心情不好，工作又劳累，反正我下午手上没事，不如先买了菜回站长家准备晚餐，我们一起陪他小酌两杯。徐孝凡自然满心欢喜，满口答应。说，何必劳烦你，我打电话叫老万准备就是了。龚雅竹说这次她想亲自去市场采买，再说也顺路。徐孝凡只好连连道着辛苦你了。龚雅竹去菜市场买了条肥美的鲤鱼以及其他菜蔬，赶到了徐府。她要厨师老万帮忙把鱼打理好，说还是如以往一样，别的菜她不管，唯有这道糖醋鱼等会儿由她下厨烹制。来到客厅，又随口对那个正在收拾屋子的王妈提到，一个月前，她曾送给芬姨一套衣帽，芬姨去台湾前说总觉样式太新潮，这把岁数实在不好意思穿出去，不如还是你自己留着穿吧，就当芬姨送你的，也算是个念想。此时正好有空，她请王妈一起去徐长官夫妇卧室的衣柜中找下。王妈说自从芬姨“走了”，徐长官就没再去卧室住过，只在书房就寝，也不让她去收拾卧室，况且芬姨还有好多衣物当时没带走，她也弄不清要找的是哪件，不如你自己去慢慢翻找。龚雅竹说声也行，大大方方去了卧室。其实这么些年来，徐府上下几乎已经将她视为长官的成员家庭，就没人对她有过戒心。她一进卧室后，首先从衣柜里胡乱抱了些衣物堆在床上，然后才去开保险柜。她用了上次曾经打开过保险柜的那个密码，但保险柜的门纹丝不动。显然，密码已经再次更改。她轻咬嘴唇，有过短暂的气馁、慌乱，继而从手提包里掏出一个小本，沉着地对照着里面的一组组数据迅疾旋转着密码锁钮。时间分分秒秒过去，终于，随着“咔嗒”的一声轻响，握着保险柜门柄的手再稍加用力，门开了。她一眼就看见了放在一叠文件夹最上面的“反时针”副本。之后，她用微型相机将其拍了个遍。当徐耀庭带着高进、徐孝凡，外加冯关雄回到府邸时，龚雅竹已经在厨房忙活了一阵，糖醋鱼即将起锅。就座后，徐耀庭扫一眼满桌的菜品，先自夹了一小块糖醋鱼入口，细细品味片刻才微笑点头。龚雅竹顿时松了口气，抚着胸口说：“站长，味儿对不对你以后快些表态呀，都快把我紧张死啦。”高进插话道：“雅竹，你不是一向自信吗？咋对自己的厨艺没信心？”徐孝凡帮腔道：“人家雅竹又不是天天烧锅做饭，担心手生也正常嘛。”徐耀庭这才笑道：“外酥里嫩、酸酸甜甜，嗯，绝对正宗的西湖糖醋鱼味儿。俗话讲，一招鲜吃遍天，若单论这道菜，老万恐怕也要甘拜雅竹下风。雅竹啊，真是难为你了，知道我和芬姨喜欢这一口，这两年你可花了不少心思哦！”长官一锤定音，其他人再无多话，纷纷下筷糖醋鱼，啧啧称赞龚雅竹。高进边吃边打趣徐孝凡：“孝凡，你以后好口福哦，只要愿意，天天可以吃糖醋鱼。”逗得除了龚雅竹外满堂大笑。那顿晚餐的气氛非常好，徐耀庭似乎稍减了些许丧妻之痛，话也比前几天多了些。临别，他还不忘夸赞感谢了龚雅竹一番。

“听起来简单，做起来不易啊。好在徐耀庭有此两个习惯嗜好。”听罢龚雅竹的叙述，刘建平叹道。

“徐耀庭必定明白，做特工的人，就不该有什么习惯嗜好。当然，有些习惯嗜好或者可以有意为之，紧要时说不定又派上用场。”龚雅竹说。

“就像你吧，一直就有不爱带枪用枪的‘习惯’，哈哈。所以徐孝凡才着了你的道。”刘建平调侃道。

“也是吧。其实这段时间外出，我都是带了枪的。”龚雅竹淡然道。

“那徐耀祖为啥就不改掉那些臭毛病呢？”刘建平继续着刚才的话题。

“因为他向来自负，甚至也有那么一点自恋。”龚雅竹轻蔑一笑。“第一，用人的生日日期设置密码，不少人确实以此为雅趣好玩，但毕竟太过俗套。旁人也许会以为，以徐长官的老谋深算，不至于用这种俗套设置密码，他却偏偏就要用这个俗之又俗的方法。第二，虽然他设置密码的套路没变，但他又定期或不定期更换密码数字，随机性强，自然又加了一层保险系数。所以他也许明知带文件回家的习惯不好，但依然我行我素。”

“真是难为你了，锲而不舍，谁说光靠运气哦。徐耀庭肯定没想到，他身边还有个向来也很‘自负’的人。”

龚雅竹明白刘建平又在打趣自己，也想戏弄下对方，说：“我第一次打开保险柜那次，密码是芬姨和徐孝凡的生日日期数的某种组合。而截取到‘反时针’这次的密码，你猜猜，是哪两个人生日日期数组合？”

刘建平略微思考，咧嘴一笑：“莫非是他和——你？”

龚雅竹侧头，有些惊讶。刘建平一鼓眼：“我又猜对了？”

“你说的‘他’，是谁啊？”

“当然是徐耀庭嘛。既然汪芝芬，哦，还是叫她芬姨吧。既然她和徐孝凡可以组合，那么徐耀庭也可以与你组合。而且，你和徐孝凡有那层、那层关系，所以，以此类推……”

“你猜错了。”龚雅竹打断刘建平感觉良好的分析。“是我和你的。”

刘建平愣怔当场，刚从烟盒里掏出半支烟卷的手僵直一般。龚雅竹忍住笑，斜视着刘建平。

刘建平慢慢将烟卷叼在嘴角，说：“徐耀庭、老狐狸……亏他想得出。还有你，亏你也想得到。”

“有什么好奇怪的。你后来本也是徐耀庭一直放心不下的‘身边人’。”龚雅竹随口道。

刘建平无言以对，心中却对龚雅竹的能耐又增加了几分钦佩，甚至觉得她具有做一名特工的天赋，也难怪她总是不经意间给人颇为自信的感觉。刘建平把自己对龚雅竹的这种感觉向她说了，并真诚地表示了钦佩。

龚雅竹听了这话，神情却变得有些凝重起来，过了一阵，说：“第一次见老孙，他就指出了我这个毛病——自信，今天你倒当好话来说。刘大哥，你知道吗？有件事我一直很自责……”

“哪件事？”

“秀娟妹遇害……”龚雅竹深呼一口气。“那天在徐耀庭家，我明知高进已经怀疑你在家里藏了人，请示徐耀庭要采取行动，我却自以为凭一番说辞就会打消他们的想法。没料到徐耀庭表面认同我的意见，背后却与高进策划了更阴毒的花招，而且很快就实施了。我如果不那么自信，不，或者就是叫‘自负’，总能想法及时向你预警，秀娟妹也不至于……”

“这件事咋能怪你呢？是我自己太麻痹大意。”想到秀娟，刘建平心里一阵抽搐。

二人都不再吱声，在无声飘洒的碎雪中，绕着几株古柏缓缓踱步……

七十六

中午的饭菜也很不错，一碗回锅肉，一碗蘑菇烧鸡，一盘炝炒莲白。饭后，刘建平和龚雅竹又品着香茗继续说话。说到眼下“静养”的处境，刘建平虽有自己的想法，但还是想听听龚雅竹的见解。

“既然他们已经极度怀疑我，甚至包括你，为啥还放心大胆让我们在此‘静养’，而且可以在这个院里自由活动，就不怕我们密谋点啥？”刘建平说。

“徐耀庭现在最上心的是‘反时针’，只要把我们两个困在山上，也就排除了对‘反时针’的安全隐患。既然已经把我们锁困在此地，他更无所谓我们的密谋了。他目前对我应该没下定论，还只是有所防范，说不定他还寄希望我能从你这里套出点有价值的情资呢。你也可以理解为他又在玩猫捉老鼠的把戏，他很享受居高临下、尽在掌控的良好感觉。这是他又一个臭毛病，一时半会儿恐怕也改不了。”

“未必我们就只能被他这只老猫逗着好耍，然后坐以待毙？”

“你想如何？从这里杀将出去？或许曹一龙正等着我们铤而走险，那样他就可以名正言顺对我们动手了。起码可以对你动手。”

“好吧，只能静观其变。那你觉得会给我们多久的时间？”

“这个不好预料。关键点在‘反时针’。只要徐耀庭认定‘反时针’安全，我们就暂时没事。反之，一旦发现‘反时针’已经泄密，或是正式启动了‘反时针’，觉得你我再无利用价值，他也许就该摊牌了。”

刘建平不得不承认，龚雅竹的分析判断挑不出毛病。

半下午时，五龙山又飘起了碎雪。小猪儿来给火盆加了一次木炭。龚雅竹随口问：“那个姓卿的游击队长走了吗？”其实这也是刘建平一直记挂着的事。见小猪儿有些犹豫，龚雅竹安慰他：“我和他又不认识，按说他走不走与我们没啥关系。只是想到我和他昨天都顶过酒壶，所以随便一问，小猪儿不方便，就当我没问。”小猪儿这才一脸释然，回答道：“龙哥正为这事着急。一大早袁先生就送那个卿队长出了寨，到现在还没回。龙哥已派了人去寻找。”

“高进咋可能眼看到老卿脱身？那是到了嘴边的肥肉。你觉得他会不会有事？”小猪儿离开后，刘建平有些不安地问龚雅竹。

“没有更多消息，不好判断。不过有那位袁先生相送，或许平安吧。”龚雅竹说，想了下，又道，“我估计卿队长一定会对我们……哦，不对，他现在还不知道我的身份，他一定对你目前的处境担忧，如果他能安全返回，很可能会设法营救你。”

刘建平点头认可，这也是他担心的事情。因为他知道，五龙山游击队现在的力量并不足以营救自己，如果贸然行动，极易吃大亏。见刘建平脸色凝重，龚雅竹忽然问：“昨天比武时，卿队长虽没明言，但分明是不愿你射他的酒壶？”

“这个很好理解，他是怕我心理压力大，万一失了手，所以宁可给曹一龙作靶。”刘建平说。见龚雅竹欲言又止，他浅笑下，“还有就是，他更怕我面对他时故意脱靶。这样一来，既会引起高进怀疑，又要受罚。情急之下，老卿那点心思也转得够快的。”

“刘大哥，你揣摩人小心思也很厉害呀。”龚雅竹说。“所以，卿队长也是不简单的，就算要实施营救，他也不会贸然行事。或许徐耀庭正是要诱来营救你的人，这一层，老卿应该不难想到。”

被龚雅竹再次点穿自己的隐忧，刘建平略微沉吟，抚着眉骨上的疤痕道：

“不管咋说，徐耀庭其实还是很在乎你的。曹一龙提出要你顶壶作靶，高进是真急了，生怕你出意外。现在我们能在这里享受‘静养’礼遇，我恐怕也是沾了你的光。而且你也认为他对你可能还没下最终结论。接下来万一他们要对我如何，你就不必强出头了，都搭进去划不来。”

龚雅竹不置可否，忽然问：“刘大哥，你想过以后的生活吗？等解放了，你有什么打算？”

刘建平没料到龚雅竹的话题转得如此快，愣了片刻，说：“我还真没多想过。以后吧，反正是用不着像现在这样时时提防、处处小心了。至于工作，当然是听组织分派。”

“你和秋月姐呢？还这么拖着？”

刘建平眉头一挑，有些奇怪地瞅着龚雅竹，继而哼笑道：“你个小女娃，吃饭不多管事不少。我和她……怎么就叫‘拖着’了？”

“你能正面回答吗？难道你心中没她，她心中没你？既然这样，又有什么可以阻碍你们在一起？同志之间我不可以关心下？”

面对龚雅竹的连珠炮，刘建平有些招架不住，又发现对方认真盯着自己，一点调侃的意思都没有。不觉间神情也郑重起来，提议再到院子里走走。

苍穹氤氲，仍有碎雪洒落。院门口已换了岗。

刘建平摊开手掌，仰头伫立，让几粒碎雪落在掌心。然后他对龚雅竹说：

“雅竹，从老孙带我加入组织那天起，我已做好准备，就像这雪花，转瞬即逝。这种情况下，我能去多想个人问题？而且还可能连累秋月。”

龚雅竹不由得也伸出手掌，静静注视着几粒碎雪触掌即融。好半天才幽幽轻言道：“我问的是以后，不是以前。”

“以后的事以后再说吧，想那么多干啥。”

“如果连以后的事都不想，人活着，意义也不大。刘大哥，我看你不是不想，而是不敢想，是在逃避。”

“我们活着的意义，不是为了争取个人以后的好日子。”

“没错。但我们也没必要排斥追求个人的幸福。即使身如碎雪，也要飘舞出生命的曼妙。”

“你说的话，真像以前她写的诗……”刘建平叹息道，随即轻声吟哦：

一瓣雪花的分量
足以浇灭
西山枫林的焰火
却不能浇灭
你的容颜

“秋月姐会写诗？好美呀，我太佩服她了。以后我一定要好好拜读。”

“那是很久以前的事了。她应该早就没再写过……我们的话扯远了。”

“一点不远。马上就要改天换地，如果你和秋月姐能结合在一起，难道不是很幸福的事情？”

“……应该……是吧……”

龚雅竹像个小姑娘般拍着手笑起来，笑声惊动了站岗的土匪，端着枪跨进院门把二人细细打量了一番，又才转回身。

“你终于承认了，这才是我认同的刘大哥！以后的事情就交给我。”龚雅竹压低声音，但仍难掩兴奋。

“啥事又交给你了？”

“媒人啊，我来做！”

刘建平为刚才在龚雅竹步步紧逼之下的失口而有些难堪，此刻却只能装着云淡风轻，笑道：“雅竹啊，你一会儿板着脸吧，一副老成持重的派头。一会儿吧又像个调皮的小女娃，到底哪个是真实的你啊？”

闻听此言，龚雅竹减去大半笑意。“都是我。但谁又愿意一天到晚故作老成？”

“现在该我‘关心’你了，雅竹同志。”刘建平小声笑道。

“哦？你是要问我和陈锐敏的‘以后’？我和他不会有‘以后’。”龚雅竹脱口而出。

“你们才是天生般配。前晚当着徐耀庭他们，我骂你的话多是假的，但说锐敏对你巴心巴肝却是真话。”刘建平驻足，又带点揶揄的口吻道，“你不至于也‘不敢想’吧？”

“是没想明白。”

“能说来听听吗？”

龚雅竹沉吟一阵，用和缓的语调说道：“我父母都是地下党。他们被捕后受尽酷刑，至死也没有说出敌人想要的一个字。你能想象他们最后是怎样牺牲的吗？活埋。为了最后逼迫他们就范，刽子手让他们自己挖好土坑，在坑里相向而立，然后一铲土、一铲土，直到掩埋过头顶……我母亲最后念叨的，是我的乳名‘竹儿’。这些情况是后来地下组织告诉我的。有一次为了获取紧急情报，他们密捕了一名军统特工，我父母牺牲时他在场。”

龚雅竹的身世让刘建平内心很震撼，一时却找不到合适的安慰话。而龚雅竹的语调仍保持着和缓，只是透着凉意：

“如果说日本鬼子禽兽不如，那么国民党反动派同样毫无人性可言。无论怎样，陈锐敏就是他们中的一员。我和他分属敌我阵营，能有‘以后’吗？我真没想明白。”

原来她的心结在这里。刘建平暗松一气，说：“阵营和个人还是不同。虽说锐敏是国军人员，但我觉得他总体还是个正直人，我们完全可以把他带入正途。况且，他不是已经答应与你一起‘投共自保’了吗？这个简单道理你不会不知道。”看看对方神情平和，接着又说，“你对徐孝凡可以只是利用，如果对锐敏也同样，是不是太……”

“太冷酷无情？”龚雅竹瞥一眼刘建平。“不错，他的确有利用价值，毕竟是警备司令的身边人。”

龚雅竹就有这个本事，可以在不经意间改变原来的话题。刘建平无奈地摇摇头，没再继续追问下去。他深吸一口凛冽的空气，说：“还是那句话，以后的事情以后说，先过了‘静养’这一关吧。”

“静养”的日子虽然难耐，但倏忽间又过去了三天。就在刘建平和龚雅竹互相含蓄地安慰鼓励着对方既来之则安之时，这天快晌午时，小猪儿来了，却没提食盒，说是龙哥请他们去聚义堂会餐。他身后还跟着三个带枪的人。

在去往，或者说被押往聚义堂的路上，刘建平和龚雅竹居然看见不少穿着破烂军服的大头兵，三五成群聚堆或溜达。对此情景他们倒并不奇怪，因为前天他们就听小猪儿说起过，最近几天山寨里陆续来了二十多号从前线溃败下来的散兵游勇。他们是曹一龙派人在山下专门招募而来的。曹一龙说，既然当了司令，既然有枪弹有军饷，何不把生意做大呢，赶紧扩充人马，人多才势众，势众腰杆才硬棒。

到聚义堂外，又见十多个土匪似乎在担负警戒。刘建平和龚雅竹对视一下，神情微凛。跨进聚义堂，屋内火烛通明，抬眼向迎面的长条木桌看去，端然而坐的除了寨主曹一龙与几个山寨核心要员，还有几个人，虽然都穿着便服，但太熟悉不过——徐耀庭、高进、冯关雄、孟厚良。

龚雅竹叫了声站长，刘建平微微环视，发现墙根处另有几个便衣人，视其精壮干练神态，不像是山寨土匪。他泰然不语。徐耀庭冲龚雅竹点点头，嘴角咧下，算是笑意。曹一龙手向对面的长凳展展手，说声两位看座。

“一龙司令，我们开席吧。”徐耀庭温声道。

“徐长官发话就是。”曹一龙态度恭敬。

徐耀庭端起酒杯：“早听说五龙山钟灵毓秀，如世外桃源，可惜我还是第一次登临啊，差点错过这人间仙境。特别是一龙司令经营的这个山寨，更是盘龙卧虎，妙趣得很。大家有缘在此相聚，当饮此杯。”

众人为徐耀庭的一番说辞叫着好，纷纷干了杯，就连龚雅竹也象征性端起杯抿了下。刘建平却旁若无人似的，兀自点支香烟。徐耀庭放下杯，说：“建平老弟为何不干啊？”

“心里装着事，没酒兴。”刘建平淡笑道，平视对方。

“多大的事啊，搞得酒都喝不下。能说来听听吗？”徐耀庭饶有兴趣的样子。

“没想到，徐长官也有明知故问的时候，哈哈。”刘建平嘴角挂讥讽。“直说吧，我一个满身嫌疑、有家难回、受困山寨之人，还能有心情吃酒？徐长官太高看我咯。”

“原来是这么回事。”徐耀庭恍然醒悟般。取了眼镜，掏出手绢仔细擦拭。重新戴好眼镜，又拿起面前的玉石烟嘴儿，旁边的高进已将一支烟递到面前。屋内一时无声。

徐耀庭深吸一口烟，似乎把气氛铺垫够了：“我原想着让你老弟和我们一起吃饱喝足，再送你上路，也不枉彼此打了这么久的交道。既然你没心情，也好，那我们就来说道说道吧。嗯，从哪里说起呢？对，该从华丰饭馆说起。你其实心知肚明，你原本就是去接头的。因为在我的字典里，根本就没有‘巧合’二字。那么我为什么一直没动你？因为你是‘蓉城神探’？因为你大哥是抗日英烈、自己也上前线受过伤？因为你善于利用那些记者，在报纸上吹吹捧捧，搞得名气不小，王司令、邓市长、蔡局长都护着你？当然有这方面的顾虑。但实话告诉你，这些都不重要。重要的是，既然你已经进入我的视线，我就不怕你上蹿下跳，你越跳得高，我反而越有定气，慢慢陪着你玩下去。沙河边上配合游击队截取枪弹，营救负伤的游击队员，营救被捕的童杰和黄秋月，彭学忠在澡堂被杀，你把它办成个无头案，刺杀你曾经的同学朋友巫家栋，这些事难道与你无关吗？再后来，你又对雅竹送给你的‘反时针’暗中核实，或许是发觉其中有诈，才将其送交蔡局长，以为就此能蒙混过关以求自保？到了山寨，在与一龙司令比武中要小聪明，不就是担心游击队长卿松或死或伤吗？你就真不怕因此暴露自己？建平老弟啊，我是真的很赏识你的勇气和能耐，可惜咯。你说说，这么多事摆在面前，难道你不该‘满身嫌疑’？你我之间玩的这套把戏，到今天该收场了。你是聪明人，就不要再向我要什么证据了吧。就好比我，也懒得再问你是否是‘惊雷’一样。一来，因为你同样不会承认，二嘛，时至今日，这个问题同样已经不重要。为了你，我不惜劳烦亲自上山，刚才又耐着性子给你此番说道，不想让你这个心思精明的‘神探’，末了却要稀里糊涂去另外一个世界，我够意思了吧？”徐耀庭结束了长篇大论，惬意地小饮一口酒。

“如此说来，我还要感谢徐长官的抬举咯。”刘建平将烟头一扔，冷笑道。“只可笑，你堂堂蓉站的掌门人，一贯以办事公允、铁证如山自我标榜。到头来还不是靠东拉西扯、牵强附会抓人杀人，还不是要的‘宁可错杀，不可放过’那一套。我不会向你要证据，因为你们根本就拿不出证据。既然如此，我也多话没有，一条命交给你们就是。”

“老弟果然是个爽快人。”徐耀庭道。“我会请一龙司令为你备一副好棺，葬你于阳坡。为此，还得劳烦老弟配合着把事情办好。”

“不就是个死嘛，全凭你们安排。”刘建平淡然道。“如果你徐长官真讲‘交情’，可否把我的枪给我，我自己了断。”

“念你抗日有功，枪，可以用你那支枪。自己了断，恐怕不行。因为我还要给你最后派个用场。我刚才说的请你配合，是指配合行刑。你老弟视死如归，正好可以配合下雅竹，她肯定有些手生。”

“站长，你……”龚雅竹猛然起身。

徐耀庭举手止住对方：“身为党国军人，手上不沾点共产党的血，说得过去吗？这是命令，也是你此行的任务之一。”

“可是刘建平或许根本就不是共产党。”龚雅竹说。

“难道你也要‘证据’？我说他是，他就是。亲手毙了他，起码能够证明你——不是共产党。”

“雅竹，这是站长给你的机会，莫要辜负了他的一片苦心。”旁边的高进插话道。“现在是非常时期，也只有用非常手段来验明你的忠诚。”

“如果我抗命不从呢？”龚雅竹盯着徐耀庭。

“这种小孩子话你也问得出口？”徐耀庭冷眼道，“如你真想与他搭伴，那就一起送你们上路。”

“哈哈哈。”刘建平边笑边站起身，对龚雅竹道，“死在谁手上都一样。我自认清白，雅竹小姐又何必害怕脏了手。再说了，不管真假，你总还叫过我几声大哥，你送我走，我愿意配合。走嘛，还是到外边的崖口边，那地方不错。”

“刘队长缓步。”曹一龙高声道，端着两个盛满酒的陶碗走到刘建平身边。“哥子我佩服你兄弟的苏气，技高人胆大，一定巴巴适适厚葬你。来，吃一碗酒，好上路！”

刘建平咧嘴一笑，接过碗一气尽饮，再将酒碗一抛，跨步向门外。几个精壮便衣围拢来，看似要动手擒拿，被曹一龙劝阻道：“我看就不必咯。刘队长是苏气之人，既然答应配合，该不会戏言。”

徐耀庭不置可否，将龚雅竹带在身边，挥下手，径自先出了聚义堂。几个便衣紧围着刘建平跟在后面。

山风呼啸，碎雪漫舞。刘建平在几个便衣的簇拥下，来到崖边，一个便衣调侃道：“神探，刚才曹舵主说了要厚葬你哥子，站这么悬吊吊的地方，你就不怕枪一响，栽下悬崖，还厚葬个毬哦？”

刘建平已断定，这几个便衣是徐耀庭专门带上山的特工。他还以讥讽道：“栽下去才好，免得麻烦你们笨手笨脚地补枪。”

几个特工看他很配合，是真不怕死的主，也就随他意，退了开去。他们当然不知道，刚才他们的戏言正是刘建平执意要立于崖边的用意。

刘建平没料到，徐耀庭会使出如此阴招，居然让龚雅竹充当行刑人。看来，徐耀庭最近几日始终没有放下对龚雅竹的怀疑，抑或因为某种事由（比如知道了“反时针”已然泄密）更加大了怀疑，才要用所谓的“非常手段”来考验她。如此一来也就等于同时捆住了他的手脚，使他不能做出任何反抗。虽然他明白，在目前处境下，任何反抗最终都是徒劳的。但如果不是龚雅竹行刑，他断不至于真会这么“配合”，总会像以前在战场上那般，杀一个够本，杀两个有赚。现在，他唯一的机会就是身后的悬崖，当龚雅竹的枪响时，他会很“配合”地一头栽下去。那天上山时，他一路细细观察过，五龙山草木葱郁，即使是悬崖峭壁也多有藤蔓密织老树横出，他现在只有寄希望于它们。他自幼习武健身，虽说不上身轻如燕，但矫健敏捷不在话下。如果命不该绝，或许还有渺茫的一线生机。纵然奇迹没有发生，如果能帮助龚雅竹自证对党国的“忠诚”，摆脱危局，那么自己的牺牲总还有价值。他现在唯一担心的是，龚雅竹根本就不会对自己开枪。

七十七

十来米开外，高进将那支刘建平一直带在身上，人称“花口撸子”的勃朗宁手枪顶上火，递给龚雅竹。龚雅竹迟疑下，缓缓接过。高进好言安慰道：“举起枪，对着他，手指轻轻一扣，完事，不难。”说罢，就退到人丛中，和徐耀庭站到一起。而几个便衣特工却环列在龚雅竹身后。此中用意再明白不过。龚雅竹稍有异动，就会立即被特工控制。

山风呼啸中，龚雅竹缓缓举起枪，朝向了对面的刘建平，手臂有些颤抖。

“雅竹小姐，瞄准咯，来吧。”对面的刘建平高声喊道。

龚雅竹似乎听从了，因为她举着枪，缓缓迈步向前，好像觉得距离远了担心打不准。

就在这时，“啪啪”两声枪响，却不是龚雅竹所打，而是在围观行刑的人群后响起。随着枪响，三个穿着破烂军服的人也不知从哪里冒出来，一眨眼已经突到近前。

也在此刻，龚雅竹的枪响了两声。这一前一后的枪声，让包括徐耀庭、高进在内的人群瞬间有些发蒙。高进反应最快，也只是刚握住手枪柄，还没来得及抽出枪套，一把盒子炮的枪管已经顶住他太阳穴。旁边的徐耀庭也被枪抵后腰，动弹不得。一个矮个子冲上来，在夺过龚雅竹手中枪的同时，再用肩膀一撞，龚雅竹猝不及防摔倒在地，正待挣扎起身，脑门上也被一支枪顶上了。有个声音大喊道：

“所有人都不要动，不然我一枪打爆徐耀庭的脑壳。”又冲徐耀庭吼道，“叫你的人都不要乱动！”

此时徐耀庭已经从刚才的慌乱中镇静下来，很淡漠地招呼道：“那就都暂时不要动嘛，我倒要看看他几个接下来如何把这场戏唱完。”

龚雅竹开的两枪并未伤着刘建平，刘建平也并未如预想的那样一头栽下悬崖，因为他先听见了最初的两声枪响，而且立即明白了这场突变的缘由。此时他一边大步跨进，一边说道：“都不要伤人。矮子，把我的枪给我。”话音刚落，已经单手凭空接过扔将到面前的“花口撸子”。但他也同时被几支短枪指着了。那是曹一龙的人。

曹一龙手里提着二十响走到刘建平近前，脸色铁青，压着火气道：“刘老弟，这样做未免太不苏气了。这三个兄弟都是你的人？敢到我山寨劫法场，胆子不小哦。”

“你曹一龙自己卖身就算了，偏要给别人提供杀人场地，还有道上规矩吗？你苏气吗？”用枪顶着徐耀庭后腰的人怒中带讥道。听得曹一龙脸上黑一溜白一溜。

“油条，对龙哥说话客气点，他也是莫奈何。”刘建平说，已看见游方德顶着徐耀庭靠近过来。“刘哥，你先走，我们顶着他们，看哪个敢动你。”游方德说。

“走？恐怕没这么简单。”曹一龙干笑两声。“就凭你们三个？是欺我山寨无人嗦？”

“是啊，建平老弟，这个、这个一龙司令的地盘，可不是想来就来想走就走的。哼哼。”徐耀庭这时也发声了，似乎对曹一龙的表现很满意。

此时，山寨中闻讯赶过来的人已围聚得里三层外三层，大都是山寨中的土匪，也有些穿着破烂军服的丘八。

“一龙司令、建平老弟，要不这样吧。”徐耀庭又道，全没了刚才杀气腾腾的派头。“我们都回聚义堂，边吃喝着边商量个办法。总不能老这么僵持着，对不对？看这鬼天气，又是风又是雪，待久了大家都受不住。”他见刘建平似笑非笑沉吟着，再打个哈哈道，“建平老弟，听说你的枪法已入化境，如今枪在你手上，我的命也在你手上，你还犯虚吗？”

刘建平当然明白徐耀庭在玩缓兵之计，可是面前的处境是对方人多势众。抛下三个兄弟自己下山？或许有安全脱身的可能，但他甚至就没往那处想过。以徐耀庭，或者再加上高进、龚雅竹为人质强行下山？且不说曹一龙为了面子不会答应，就算徐耀庭为了活命无奈服从，曹一龙投鼠忌器不敢轻动，但下山路途既远又不熟，徐耀庭和曹一龙的人势必紧紧跟随，还有可能被前后堵截，此种情势下，靠四人之力又能支撑多久？最后的结局依然是鱼死网破，自己难逃一死，还要搭进三个兄弟的性命。见曹一龙也在示意“请”他回聚义堂，便以无所谓的口吻道：“枪法入化境不敢说，不过哪个要是乱来，我的枪第一个点名的人就是你，徐长官。龙哥，也麻烦你招呼好山寨的兄弟伙，如果没了徐长官、高副站长，恐怕你刚谈好的‘生意’就要竹篮子打水。走，回聚义堂。”

一大群人以一种奇怪别扭的姿态缓慢向聚义堂移动而去。进到聚义堂，刘建平对徐耀庭和曹一龙说：“双拳难敌四手。我们就四兄弟，人少。所以，外面的大阵仗你们把握，屋内的小局面该我们掌控。不然就没法好生商量解决办法了。”徐、曹表示同意，让几个特工和仍用枪指着刘建平的土匪退出了聚义堂，但他们全都拥堵在门口。刘建平也不再计较，像个主人家一般，“请”徐耀庭、高进、龚雅竹在正对房门的主位就座，游方德、王大兴、李为成在他们身后执枪而立。曹一龙及山寨几个核心要员，还有冯关雄、孟厚良等人被“请到”对面的客座。

“刚才酒菜没吃舒服，这会儿可以安安心心吃喝咯。”徐耀庭笑呵呵地举筷夹菜，一块凉拌鸡还没咽下肚，又端起面前的酒杯干了，向曹一龙亮亮空杯道，“一龙司令，总不会叫我自己斟酒吧？”

曹一龙叫声：“来人，给徐长官倒酒。”

“我来、我来。”伍嗣五应着声从门外的人堆里挤进来。

“老伍，你跑哪去了？这半天看不到你人。”曹一龙不悦道。

“我忙着给新上山的兄弟伙安排吃住去了，没想到这边出事情……”伍嗣五哈着腰一边回答，一边给徐耀庭斟满酒，见刘建平并未阻止，干脆挨着将空酒杯都一一斟满。

“还说呢，叫你负责这件事，你倒好，竟然叫别人钻了空子，混进山寨还不晓得！”曹一龙沉着脸责怪道。

伍嗣五提着个硕大的酒壶，回到曹一龙身边既像自责又似辩解道：“龙哥该责骂。是我大意咯、大意咯。这几天那些军爷，不，国军兄弟，要么十个八个，要么三三两两上山来。我光顾忙着给他们安排吃住了，确实还没来得及一一仔细甄别。所以……”

“算咯、算咯，你去招呼火堂子，再弄些热菜来，今天这个酒还不晓得吃到啥时候。”曹一龙不耐烦地打发开伍嗣五。

“一龙司令这么快就开始扩充队伍，实乃雷厉风行，很有见识和办法。”徐耀庭又吃口菜。“至于鱼龙混杂也在所难免。没有关系，下一步把门户清理干净便是。就像我今天上山，不也是为清理门户而来嘛。”说到这，他偏头看看在侧面几步远立定的刘建平。“当然，现在看来事情办得有点波折。不过也好，多了三个自己送上门的人，省得以后费神劳力再作清理。”

刘建平拖过一把木椅坐下道：“我就佩服徐长官这点。我以为这个小局面我来掌控，原来徐长官好像任何时候都能够掌控一切。既如此，又何必还在这里‘商量’，你就安排‘清理’我们嘛，只是有一点你徐长官无法掌控，就是你的性命。如有胆量与我们做伴共赴黄泉，我倒是更佩服你。”

“不、不、不。”徐耀庭摇头道。“建平老弟，不是我没胆量陪你们，而是你不忍心让我陪。或者说，是不忍心让你这三兄弟陪我。如果你忍心丢下他们，刚才，而且现在仍然可以只身下山。凭你的能耐，一定可以脱身。但要带着三个兄弟一起，即便是以我为人质，恐怕就结局难料咯。你是不得已才肯坐下来和我们一起‘商量’。所以，我现在确实可以掌控一切。”

“刘哥，这个老龟儿子说得对，你一个人单脚利手，快走嘛！”游方德发声道。

“就是，懒给老虾子废毬话。刘哥你抓紧走！”李为成附和道。

“老子们三兄弟怕死就不上山。刘哥你只管走！”王大兴接着催促道。

刘建平刚才一直淡笑着，此刻那点笑意却有点僵硬了。徐耀庭把他的心思看得明明白白，将他的顾忌掐得精精准准。没错，只要他放不下那三兄弟，他就什么都掌控不了。

“徐长官看事看人果真不凡。”刘建平摆弄着勃朗宁说。“我可以把命留下，但要搭上我这三个兄弟，我会说——不行。我把命留下，放他们下山，这话你最好提都不要再提。因为他们会说——不行。既然如此，就只好按徐长官提议的那样，劳烦你陪我们一起下山。我愿意一试，你愿意吗？”

徐耀庭微微一怔。这摆明了就是铤而走险，万不得已就用四条命换他一条命，或者更多人的命，来个鱼死网破。他有些暗自后悔刚才把话说绝、说满了。正值为难着不知如何接话，忽听外面传来两声炸响。有过军旅经历的刘建平一听就知道是迫击炮炮弹的爆炸声，心中一惊，握枪在手。再看其他人，全是一脸惊愕。

“咋回事？”高进想要起身，却被游方德一把摁住，他恼怒地反揪住对方的衣襟。

“高进，少安毋躁。”徐耀庭强作镇定。见高进忍气重新坐下，又冲曹一龙笑道，“寨子里都备上小钢炮啦？是在操练吗？不错嘛。”

“没、没啊。”曹一龙眨巴着眼说。“我倒是想要那玩意儿，可那东西太精贵，我还玩不起哟。”

徐耀庭蹙眉道：“那还不赶紧去看看，谁在打炮。我不相信五龙山游击队有此装备。”

曹一龙拔出二十响，转身要往外，却见伍嗣五慌忙进来，气喘吁吁地凑到他耳边禀报了几句。曹一龙脸色一沉，木立不动。

“到底怎么回事？”徐耀庭语气严厉起来。

“来了国军。为首的已到山门。”曹一龙定定神道。

“国军？所为何来？也要劫寨？岂有此理！”徐耀庭怒道，“不是已经吩咐过严阵以待吗？给我打下山去！”

曹一龙面有难色。伍嗣五十分见机，忙结结巴巴替舵爷解围道：“恐怕……打不过。这一路上山的卡子根本拦不住。说是有一个连的人。先放那两炮，冲沟里打的，意在、意在警告……”

“领头的是什么人？”徐耀庭面色阴沉。

“好像、好像是个团长。”

“团长？好大的阵仗！”徐耀庭颇为惊诧。慢慢点上支烟，恢复了镇定。“既然来了，不妨请来一叙。今天这出戏越来越热闹，有意思得很！”

曹一龙和伍嗣五一声不吭，脚跟脚出了聚义堂。

七十八

钟虹柄披着军呢大衣跨进聚义堂，身后跟着个年轻军官，年轻军官身后是四个高大威猛，挎着卡宾枪的卫兵。钟虹柄瞪眼扫视下一屋子人，几步来到刘建平面前，拉起刘建平双手：“哎呀，我生怕来晚，老弟没事就好、就好啊！”说完，两个大巴掌又在刘建平双肩重重两拍。刘建平心中虽惊讶于钟虹柄的突然出现，面上也只表现出老友意外相见时应有的欢喜。在与随后踱过来的那位年轻军官——警备司令部少校副官陈锐敏打过招呼后，他问道：

“钟团长，锐敏兄，你们咋来了？”

“奉王司令之命，特来接你老弟下山。”钟虹柄答得很直白。

“哪个王司令？可是王魁盛啊？”徐耀庭在那边发话了。

“这位是？”钟虹柄问刘建平。

“蓉站站长，徐长官。”刘建平说。

钟虹柄回身走到徐耀庭对面的长桌前，随手敬个军礼：“原来是徐长官，失敬了。”

“我今天着便装，不怪钟团长。请坐下说话。”徐耀庭见钟虹柄还讲礼数，面色也和缓许多。

此时在徐耀庭对面，原先落座的人，包括曹一龙在内，全都肃立一旁，紧张地观察着眼前的局面。钟虹柄泰然坐下，向长桌对面的徐耀庭淡笑而视。

“早听说过钟团长虎威猛将大名，其实我们在几个场合是有过碰面的，可惜人太多，没来得及攀谈攀谈，甚是遗憾。”徐耀庭和声暖气微笑道。

“我们见过？看我这记性。”钟虹柄似乎并不很在乎对方套近乎的话。

徐耀庭自然听出了个中意味，也沉下了声：“你刚才说，奉王司令之命接刘建平下山，什么意思啊？”

“没什么意思。命令就是接他下山。对了，命令还说，不惜一切代价。”

“好大的口气。你知道刘建平是什么人吗？他王魁盛有没有告诉你，他要你接的人是个共党分子吗？”

“我不需要知道刘建平是什么人。我只执行司令的命令，接他下山。”钟虹柄的口吻开始变得有些冷硬。“我并不晓得徐长官在此地，没想要冒犯。我也不想与山寨过不去，刚才打两炮也是出于无奈。只要人我带走，大家就相安无事。”

“你身为国军军官，明知刘建平是地下党，还要救他。这不就是要背叛党国、易帜投共？你考虑过严重后果吗？”

“作为军人，我只会考虑如果不执行上司命令的严重后果。”钟虹柄抬腕看下手表。“对不起，徐长官。刚才我已经和曹寨主说过，我如果没在约定时间出寨，下面的弟兄就会行动。我想，大家都不愿意闹到那一步，毕竟来日方长。”

徐耀庭冷笑着盯了钟虹柄片刻，长吁道：“共党嘛，多杀一个是杀，少杀一个本来也无大碍。人，你可以带走。不过我还是要奉劝老弟一句，既然来日方长，尚可悬崖勒马。”

“多谢徐长官指教。”钟虹柄双手一拱。“陈副官，你带建平老弟先走一步。我随后就来。”

陈锐敏似有犹豫，终是下了决心，望向龚雅竹，说：“雅竹，听说你也成了他们怀疑对象，何苦嘛，不如跟我们一起走，落得清静。”

所有人的目光都投向一直没吭过半声的龚雅竹。

“是啊，雅竹，这倒是个机会，不如你就跟他们去吧。”徐耀庭慨然说道。

“站长，我为什么要走？是刚才我没经住考验？如果再让我打两枪，说不定就没后来这些事了。”龚雅竹似乎有些懊恼。

“不走？好、好啊。”徐耀庭语带欣慰。

“雅竹小姐，你就不怕徐长官心眼子多，或者会认为你是对我枪下留情？你还是好自为之咯。”刘建平打趣完龚雅竹，朝游方德他们摆下头，拉着尚在迟疑的陈锐敏就往外走。经过曹一龙面前时，笑着一抱拳：“多谢龙哥这几日的款待。”

曹一龙是“生意人”，最怕做亏本买卖，眼见着山寨的一场炮火劫难就此消弭，悬着的一块大石总算落了地，此时一脸轻松，摆出豪爽状，也是双拳一抱：“青山不老，绿水长流。刘老弟慢走，后会有期。”

钟虹柄驻足片刻后，向徐耀庭再一拱手，带着四个卫兵大步出了聚义堂。

高进一拍桌子站起身：“龟儿子，简直欺人太甚！既然站长现在安全了，老子们还怕他个毬。关雄、厚良，叫上人跟我追。龙哥，把你的人也喊拢。”

“你要怎样？”徐耀庭偏头瞪一眼高进。“冲动。你未必不知道，一个连的正规军，就凭我们带的几个人，就凭山寨的兄弟，能奈他何？为一个刘建平，犯得着吗？我还以为卿松也许会带着游击队来抢人，没想到……这是天意啊！”

“立即发报向上面报告，派部队拿下姓钟的一团，总可以吧？”高进道。

徐耀庭假咳两声，不再理会高进，对曹一龙等人招招手：“来来来，都坐。不是说再搞些热菜吗？抓紧上，这半天就没吃几口东西。”

高进愣下神，明白过味儿来。一个即将被正法的共党，转眼间却叫人劫走。这种丑事，有脸向上报告？他自嘲地摇摇头，端起酒杯一口干掉。

山风夹杂着碎雪，吹扑得人眼睛已快睁不开。刘建平带着他的“三剑客”高一脚低一脚，随着士兵组成的队列向山下急进。饶是如此，钟虹柄仍不断催促着加快行军。其中缘由刘建平不问便知：号称一个连的兵力，据他观察，实则应该只有两个排。虽然他几可料定，徐耀庭既已放行，就应该不会冒险派出追兵。但看着钟虹柄紧绷的神情，刘建平心头还是阵阵感动。下到山脚，钟虹柄又一刻不停前后指挥着大家分乘两辆卡车。直到车轮滚动，他才稍觉轻松地接过刘建平递送的香烟，但一路无话，刘建平也什么都没问。

大约一小时后，卡车开进一团营地。钟虹柄将刘建平一干人引入一个屋舍俨然规整的院落。他告诉刘建平这里是一营营部，他当团长前就是一营长。刘建平心下明白，肯定是因为团部人多眼杂不清爽，钟虹柄才选择了他认为最安全的地方安置自己一行。

天已黑尽，一营长铺排了一桌酒菜，宾主这才边吃喝边谈上了。刘建平首要关心询问的自然是钟团长为何会亲率人马营救自己。从陈锐敏口中，他总算弄明白了事情的由来。

两天前，国防部一位要员突然造访成都警备司令部，当面向司令王魁盛报告了一个坏消息。王魁盛在前线当副团长的二儿子王云峰率部作战，竟至陷入共军重围。王副团长于绝境中指挥部队突围，终因寡不敌众，几乎全军覆没。王副团长身负重伤，宁死不降，最后拉响手雷，与敌同归于尽，其忠勇之气概令全军将士感奋不已，誓言以王副团长为楷模，与共军血战到底。那位要员说，对王副团长的嘉奖令正在拟定中。由于战况紧急，国军无暇打扫战场，所以不能让王副团长的遗体荣归故里，殊为痛心哀哉。临别，要员还恳切劝慰王司令节哀顺变，值此党国危难之际，当拿出当年抗击日寇时那份丹心汗青、铁血铸剑的豪情，听从胡中南长官的统一调遣，为固守川西再建功勋。

送走那位要员，王魁盛懵懵懂懂好半天，然后跳起身开始不断打电话。他要亲自确认儿子阵亡的消息。他动用了能够动用的所有关系渠道，最后汇总各方消息源，切实获悉的情况是：王副团长所在部队近期确实多次与共军发生交战，且伤亡惨重；王副团长在一次率部作战后，确实再没出现在部队。虽然多数消息与国防部那位要员的说法大致相同，但也有一两个消息源给予了另一种猜测假设——王副团长也可能被俘了。

军人战死沙场本属平常事，但向来看重将门虎子传统的王魁盛，对二儿子尤为寄予厚望，钟爱器重有加。自西南战局危殆以来，他一直担忧着二儿子的安危，如今忽闻噩讯，愁肠百结、黯然神伤自是难免。不过表面上王魁盛却一如平常，仍然连轴转地忙碌着。

这天一大早，邓长官府邸来电话，说有位孙先生很快会来拜访王司令，还特别叮嘱安排专人在司令部门口迎一下。一直待在司令部的王魁盛感觉事有蹊跷。在这个特殊敏感时期，除非事关重大紧急，邓长官应该不会专门为一个寻常访客打招呼。他连忙吩咐陈锐敏从警卫连叫上一个班去大门等候迎接。二十分钟后，陈锐敏果然引领着一个气宇温厚的中年男子进到王魁盛办公室。待对方摘下礼帽口罩，王魁盛一眼瞧去，这不是益民银行的那位孙专员吗？算是老熟人了。前几日还听陈思昆说其人已辞了差事去了香港，怎么这会儿又突然到访?

简短寒暄罢，来访者开门见山，自我介绍是中共川康省委的人，之所以急于前来拜访，是为告诉王司令一个重要消息——他的二儿子王云峰副团长目前很安全，正在解放军后方医院养伤。

王魁盛强自镇定，却难掩惊疑。孙先生和缓解释：王副团长心向光明由来已久，而且已经受到军统怀疑。前次他所在部队被上面有意部署在危险区域担任防御。王副团长断然于阵前起义。但是由于准备仓促，消息走漏，受到两支国民党部队的夹击，伤亡不小。危急时刻，我军发起冲锋，掩护王副团长所率的一个营撤离了险境。战斗中王副团长负了伤，好在经过抢救，现在已无大碍。

看着王魁盛仍然将信将疑的神情，孙先生又从怀包里取出一封信双手送递。王魁盛双手接过，发现信封上沾满血渍，不由疑惑地望向孙先生。孙先生平静道:“我们的交通员在传送信件时，与跟踪的特工发生了交火。”王魁盛深深点头，明白此信来之不易。他仔细端详信封上“父亲大人亲启”几个字迹，已然确定是二儿子手笔。再抽出一页信笺，第一眼看的却是落款。没错，云团状的图案。云峰的家书一直就是如此落款，最早是为俏皮，后来成为习惯。

好半天，王魁盛站起身，郑重握住孙先生的双手：“是犬子的亲笔。虽说大恩不言谢，但我，还有我全家人，还是要感谢孙先生，感谢贵党！云娃信中意思我读得懂。孙先生放心，我已和邓长官商议多次，一切听他调遣。”孙先生欣慰点头。见客人并未立即告辞的意思，外粗内细的王魁盛直言道：“孙先生如还有指教，但说无妨，兄弟必定洗耳恭听。”

“王司令言重了。其实是有件事情想求助于王司令……”

“‘求助’二字兄弟担不起。孙先生尽管说事情，只要能办得到，绝无二话。”

于是那位孙先生说出了希望王司令出手营救身陷险境的刘建平的请求。他解释说：“刘建平其实是自己多年挚友，早在重庆就相识了。我到成都后他对我也是多有关照。据我们刚刚获得的消息，他现在身背通共嫌疑，被蓉站困在五龙山土匪窝，旦夕之间恐有不测。以前王司令就相帮过他很多，无奈之下恳请王司令再次搭手施援。”

王魁盛稍一沉吟，立马领会到对方话中意味——请你王司令公然去救一个共产党，目前情势下总归太过唐突。但如果只是去救一个背着通共嫌疑的朋友，即便仍然难免为难，毕竟明面上有说辞，况且以前你也帮过他，比如在营救他嫂子黄秋月那件事情上，你就帮过忙。还有，这位孙先生可是长官引荐来的。虽然人家只字不提这点。

王魁盛来回踱了两步，说："这件事我早两天也有耳闻，说是派他去五龙山执行特殊任务。没想到是这么回事……"

"司令，一团离五龙山近，可以请钟团长……"旁边的陈锐敏忍不住插话，被王魁盛斜视一眼，赶紧闭声。

"孙先生刚才说'旦夕之间'，有这么急？"王魁盛问。

"刻不容缓。"孙先生重重点头。"实话说，我一大早赶来，一为报云峰副团长平安，再就是为救建平老弟。"

"孙先生如此坦言，兄弟佩服！请稍候。"王魁盛快步去到办公桌，取笔在一张便签上匆匆一挥而就，叫过陈锐敏肃然命令，"立刻带上我的手令赶往一团，要钟虹柄务必救出刘建平。那些土匪胆敢阻拦，就给老子剿灭了他们！当然，行事还要尽可能隐秘些。"

陈锐敏挺身一个军礼："是！"正待转身，又迟疑不动了。"啥子意思？"王魁盛厉声问。陈锐敏其实是想起了龚雅竹，心一横，答道："听说我那个同学龚雅竹也在山上，最近她……她还想找刘建平帮忙联系地下党呢。会不会也被怀疑了？我是想……能不能把她一起接出来？"

"都这个时候了，你娃儿还弄儿女私情。"王魁盛叹口气。"她想联系地下党？哼，他们'小洋楼'的水深得很，你娃儿不要被人家小耍了。你只管把刘建平给我救出来，至于你那个女同学，愿走愿留随便吧。"

"对，我也觉得王司令的话稳妥。愿走，是王司令一片好意。不愿走，悉听尊便。"孙先生附和道，又向陈锐敏简短叮嘱了几句相关事宜。

陈锐敏赶到一团时，钟虹柄正在团部召开营以上军官会议，部署部队做好换防开拔的事宜。陈锐敏凭着司令的手令紧急传见钟团长，面授了具体命令。钟虹柄丝毫不敢耽搁，以执行王司令紧急命令为名，立即解散了会议，叫上一营长直奔一营驻地。钟虹柄也是个外粗内细的人，他让一营长留守营房以掩人耳目，自己亲率装备精良的两个排悄然出发。他们到达五龙山下时，陈锐敏按照孙先生的交代，很顺利地与一个乡民装扮的青年接上头，并以之为向导直扑五龙山匪巢。那个青年自称受朋友所托，已在山下等候多时，实则他是五龙山游击队队员。路上遇到几处关卡，都轻易闯过。快到山寨时，他们遭遇了十多个土匪的阻拦。陈锐敏高声通报，此番造访并无他意，只为面见舵主曹一龙，有事商量。谁知那些土匪仗着地势有利，东拉西扯，死活不让路。急于抢时间救人的钟虹柄黑下脸道："吃硬不吃软的东西，那就放两炮，来个先声夺人。"

这一番叙述，听得刘建平百感交集、心潮涌动。他虽然不知详情，但也能猜出事情的大概：一定是卿松担心他打的那三枪会招致祸端，才紧急向老孙报告了自己困于山寨，随时面临危险的情况，也才有了老孙上门请求王魁盛施与援手这回事。不过他现在首先要感谢的还是钟虹柄。他双手举杯：“多谢钟团长出手相救，建平借花献佛，敬老哥子一杯！”

“说谢就见外咯，我不过是奉命行事。”钟虹柄客套一句，还是满饮了一杯，放下杯慨叹道，“要说感谢，王司令、锐敏小老弟自不必说。最该感谢的，是你这三个兄弟啊！没他们劫刑场，恐怕我都没脸去见司令咯。”一番话把游方德、王大兴、李为成说得怪不好意思，只晓得傻乎乎笑。

在刘建平询问下，“三剑客”你一言我一言将他们劫刑场的经过叙述了一番。

自那晚刘建平被蓉站的人带走后，游方德、王大兴、李为成最初并未觉得事情有多大，毕竟之前类似的坡坡坎坎刘建平已遇着不少，他们似乎已经见怪不惊。可第二天快到中午时仍没见刘建平来上班，打电话去家里也无人接听，游方德三人才觉得事情不妙。游方德出面赶紧去找局长蔡文广询问。蔡文广一脸烂相，支支吾吾，总算告知了刘建平随蓉站的人去了五龙山执行特别任务——收编土匪曹一龙。再要深问，蔡文广只是劝他少安毋躁，不要添乱，再无多话。游方德加入组织已有些时日，想问题自然比以前要成熟些了。他将最近发生的事情来回思量琢磨一阵，越发感到事情蹊跷，一个刑侦队长去参与收编土匪，实在有些莫名其妙。他想去找老孙讨主意，但刘建平从未告知过他联系方式。三人关在屋里商量来商量去，还是一筹莫展。心急如焚熬过两天。第三天中午时，游方德接到黄秋月电话，让他去一趟医院。他赶去见到黄秋月，对方第一句话就问刘建平有消息没？游方德暗自吃惊，原来黄秋月知晓刘建平去了五龙山，他本来还想瞒着对方的。黄秋月眉头紧蹙，告诉游方德那晚上刘建平专门来辞行，让她感觉很不好，她让游方德想法打听打听刘建平目前是否平安的消息。她甚至提出想自己去趟五龙山。游方德从未见过一向沉静居多的黄秋月如此焦虑不安。回到警局，他叫来矮子和小和尚，对他们说自己打算立即走一趟五龙山，无论如何要弄清楚刘哥的状况。那两兄弟一听，跳起脚要一同前往。游方德心知拦二人不住，不再多言。三兄弟也没做更多准备，各自换了便装，腰插盒子炮匆匆上路。赶到五龙山脚下的五龙镇时天已擦黑，加上对山道不熟，他们只得寻了个大杂院似的客栈住下。客栈里住着十多个衣衫褴褛，俗称丘八的国军士兵，闹闹嚷嚷猜拳吃酒。经向客栈幺师打听，才知道这些丘八都是部队打散后来投靠曹一龙的，应该在明上午上山，幺师还说别处的客栈也住了不少。三兄弟顿时有了主意。天刚灰蒙，他们从烂醉如泥的丘八那里窃得三套破烂军服，装扮成散兵游勇，早早躲在进山道旁，待天光大亮，山道上陆陆续续出现上山的丘八身影，他们顺势夹杂其间，在前面带路的一个小土匪引领下竟然一路畅通到了山寨。他们不敢贸然打听刘建平的下落，只能混在那些三五成群的丘八中东逛西溜，寻找着机会。中午时，有土匪招呼他们在议事厅西墙根下就着热开水啃馒头，惹来丘八们一阵埋怨，说山寨如此慢待，太小瞧人了，早晓得的话，龟儿子才上山来。管饭的土匪赔着笑不停解释：因为今天山上来了贵客，吃饭的聚义堂被占了，住宿又还没有安排妥当，只好请兄弟们在露天坝将就一顿，晚上一定有酒有肉给大家接风洗尘。正值乱哄哄着，忽听说山寨里抓了共产党，立马要枪毙。游方德三人一个激灵，互视一眼，心领神会。李为成带头大声道："老子还没看过枪毙共产党呢，新鲜。走，看盘热闹去。"有几个丘八正觉无聊，端着碗里的热开水，啃着半冷半热的馒头附和着。当由聚义堂出来的一群人在往平坝南边移动时，游方德他们刚好从议事厅侧面转过弯。李为成认人最是眼尖，远远地认出了走在前面的徐耀庭、龚雅竹，又认出了紧随其后，被几个便衣裹挟而行的刘建平，还认出了高进、冯关雄、孟厚良。他向游方德、王大兴使个眼色，三人都加快了脚步，但他们又不能显得太过匆忙，担心过早暴露行迹。直到游方德隐约听见刘建平高声向龚雅竹喊话时，方知不能再拖沓，他简短地向王大兴、李为成交代两句，扔下装热开水的碗和半块馒头，拔出藏在腰间的盒子炮……接下来发生的事情无须赘述，刘建平已然经历。

"你们三个啊，遇事还是欠考虑。要不是钟团长和锐敏兄及时赶到，只会白白多搭上你们三条性命。"刘建平虽然对游方德三兄弟温言责备，但也端起杯道，"来，一起干一杯。"

李为成率先一口干了，手挠着光头笑嘻嘻说："刘哥，凭这回我的表现，你该拉上我了吧？"

刘建平一愣，看看游方德、王大兴二人，游方德则拿眼盯向王大兴，王大兴只好咧嘴笑道："小和尚脑壳皮子利刷得很，我一点他就透。"

刘建平也不多话，用手指敲了下李为成的光头，四兄弟一起呵呵笑了。旁边人或许多少能猜到他们打的什么哑谜，但都不便说明。

七十九

随着刘文辉、邓锡侯、潘文华三位川军将领通电起义的讯息传遍海内，这天清晨，一架银灰色的专机从成都凤凰山机场仓皇起飞，却又低空盘旋了一圈，像一只秃鹰舍弃不下曾经给它无比荣光和伤痛的故土，但为了苟延残喘，终究还是无奈地选择迁徙。灰蒙蒙天空下，那些灰蒙蒙的平原、山丘，村舍、城郭，以及所有寒战的生命，似乎已经感知到，随着这只落败秃鹰的离去，全新的阳光即将扫荡所有的雾霾，带给他们从未有过的温暖。

仿佛一夜之间，省城成都成了一座不设防的城池，曾经满大街乱哄哄的国军忽然消失殆尽，就像肆虐的洪水消退。街面上偶尔还有巡逻的警察，茫然无措而又习惯性地游荡，市民们似乎还没适应这突然之间的变化，行人步履谨慎，商贩、报贩的叫卖声变得短促不安，茶馆酒肆里吹牛皮、冲壳子的人也压低了平日的大嗓门，互相通报着各种“马路消息”。

蓉站内，少了前几日焚烧文件收拾行装的乌烟瘴气、忙乱喧嚣。徐耀庭枯坐沙发，时或吸口烟，面前茶几上放着一份刚刚收到的“战报”。

随着两下敲门声，头缠绷带的高进推门进来，刚想说什么，已发现徐长官射来的斥责目光。

“对不起，站长，我们该动身了。”他瞟一眼茶几上的“战报”，咽下一口唾沫，缓声道，“成都周边已经没有可战兵力，这份‘战报’也可能是我们能收到的最后一份了。再不动身，我担心……”

高进面容憔悴，两眼血红。这几天他像一条四处觅食，又嗜血过多的饿狼，确实累坏了。依照国防部保密局局长毛人凤“一律枪决”的批示，省政府主席王陵基在此批示下又加批了表示同意的“如拟”二字，三十多个被关押的中共党员和民盟盟员等所谓的“政治犯”，被秘密处决在城西的十二桥处。当年为躲避日军轰炸修建的防空壕，竟成了行刑之地。作为行刑负责人之一，高进清楚记得那个月黑风高夜，他和特工们一起枪打刀刺，疯狂地发泄着对即将到来的彻底失败的恐惧、愤怒、无奈。紧接着，他又被抽调去护送最高统帅去机场。尽管戒备严密，但仓皇的车队在路上仍遭遇了伏击。交火中他被弹片擦伤脑门，好歹捡回一条命。那位不听侍卫劝阻，坚持要和儿子从军校正门而出，据说还故作镇定哼唱着中华民国国歌的最高统帅，也好歹有惊无险，在凤凰山机场登上了“中美号”专机。

“站长，该动身了。”高进再一次柔声催促道。

好半天徐耀庭才嗯了声，缓缓站起。高进赶忙取下衣架上簇新的缎面大衣，帮着他穿上，再递上一顶做工精致的虎皮帽。

高进乘一辆吉普车打头，随后是徐耀庭的轿车，最后是一辆带篷的卡车，里面是全副武装的十多个便衣特工。车队很快驶至徐耀庭府邸门前。高进跳下车，疾步过来为徐耀庭拉开车门，正要陪着进府邸，却被徐耀庭拦下，说："你就别跟着了。"

徐耀庭缓步跨进已然住过多年的府邸。穿过宽敞的门厅，青石砌就的照壁上雕龙画凤，可见当年工匠技艺之精湛。平常回府，他总要在此驻足，或长或短地欣赏玩味一二。花园里，几丛翠竹，几枝蜡梅，看似随性而为，实则相映成趣。府邸一共三进，布局严谨，结构规整。后花园虽不甚宏阔，却曲径蜿蜒、水榭凉亭，别有韵致。徐耀庭悄然无声地信步流连，表情木然，心绪难平。

客厅里，龚雅竹正擦拭完一方木质小相框，桌上是个不大的牛皮箱，见徐耀庭缓步进来，正要起身，却被徐耀庭抬手止住："收捡好啦？"

龚雅竹淡笑下，说："几张相片，一顶帽子、一条围脖。别的就是梳妆盒、首饰盒……"

"行啦，也就是留个念想，有这些够了。"徐耀庭在铺着软垫的太师椅上坐定，从兜里一一掏出玉石烟嘴儿、铝制香烟盒、火柴盒，放在旁边的几案上。龚雅竹见状，起身去泡了碗茶送上。

"还烧了水？"徐耀庭有些惊讶。"人都走光了，谁烧的？你吗？"

"嗯。"龚雅竹点下头。"站长打了电话说要来接我撤离，我想你回来总要坐坐吧。"

徐耀庭哑然一笑："雅竹心细，无人能及。"他慢悠悠点上烟。"雅竹，我正有些话想好好与你说道说道。从五龙山回来，我一直让你住在这里，没再去站里上班。你不会怪我吧？"

"我明白站长是为我好。你是担心我一不小心又惹出麻烦事，不想叫别人对我说三道四。"

"你知道我为什么为你好吗？不、不，不仅因为我们是同乡，也不仅因为你是我亲自从军校选中的。"

龚雅竹疑惑地摇摇头。

"是因为你对芬姨好。别的我不敢断言，但无论如何，你对芬姨的感情至少不完全是虚情假意。自打结婚起，芬姨一直想要孩子，只是因为我身体的原因不能如愿。可是你芬姨从未埋怨过我，外人面前还总是自责自己不争气。她是处处护着我这张老脸啊！"徐耀庭长长叹息。

龚雅竹柳眉紧蹙，心中暗惊。以前，每当话赶话说起生儿育女、传宗接代这类话题时，芬姨确实都要在大家面前自责几句，说对不起徐家祖宗。以至于后来大家都小心地回避这样的话题。而且很多人还为此更觉得徐站长真是个好丈夫，不仅不埋怨夫人不能生育，还对夫人体贴入微。但更让龚雅竹惊奇疑惑的是，徐耀庭此时为什么会突然没来由地对自己叙说此事。

“我早年还在上海求学时就秘密加入了军统。”徐耀庭继续说道。“与共产党的学运分子你来我往缠斗多年，赢面略大吧，但个人事业却屡遭不顺。好在迎娶了你芬姨这个贤内助，我才一步步走到今天。说不上官运亨通、大富大贵，但比上不足比下有余，有好些同僚背地里说我是员福将，哼，也不知是嫉是羡。可以说，没有你芬姨就没有我的今天。如今，她先我而去，看来我的福运也到头了。”徐耀庭又是一声长叹，再点燃一支烟。“所以，只要谁对芬姨好，我就会对谁好，包括你雅竹也不例外。”

“芬姨待我像姆妈一样，我对她好再正常不过。站长说‘例外’，是什么意思？”龚雅竹语带伤感。

徐耀庭用别样的目光注视龚雅竹良久，有些自嘲地笑了。“雅竹啊，当年我在军校选中你，除了我们是老乡这个因素外，主要还是直觉告诉我，你个小丫头做情治工作，必定天赋异禀。后来的事实证明，除了不喜枪械之外，你各方面工作能力确实不错。不过可笑的是，最近的事实同样证明，或许是你太过‘天赋异禀’，最后连我都一直看不透、拿不准你了。”

“站长的话我怎么越听越迷糊了呀。”龚雅竹将相框细心放进皮箱。“难不成你还是怀疑我？”

“我这辈子，除了你芬姨，就没人没怀疑过。”一缕寒光在徐耀庭眼里闪过。“没办法，多年养成的习惯了。雅竹，你知道后来那个‘反时针’计划的执行情况吗？”

“先是困在山上，后来又禁足在这府中。看不上报纸，收音机也被拿走了，我能晓得什么？”龚雅竹略带委屈回道。心下却涌起一阵不安。

“告诉你吧，其实根本就没什么‘反时针’。”徐耀庭吐出一口烟圈，淡淡地斜视下龚雅竹。“唔，准确说，我一开始就没指望执行那个计划。之所以要制定，一则，上面有指令，必须应付。二则，我料定共党会不择手段窃取这个计划。而我手上一旦有了这个诱饵，那该有多少好戏可看啊。果不其然，后来发生的事不是很有趣吗？”

徐耀庭似乎来了精神，起身边踱步边继续道。“可是就在你们去五龙山后第三天，街面上突然之间各式传单满天撒，到政府门前示威请愿的人一拨接一拨，还有几家报纸居然也来凑热闹。都是为着一件事——反对我们破坏市政设施。连我们要实施行动的目标他们都说得有鼻子有眼，你说奇怪不奇怪？在此情况下，除了炸毁了郊外的一处兵工厂，上面也就叫停了‘反时针’的实施。说什么以后还要打回来，与其将来重建，不如暂时留给共产党。还说什么要体恤民意，不要再落得骂名。说辞很多，实际上是仓促间已顾不过来了，何况好些地方由共党地下组织牵头建了护厂队、护校队之类的组织，真要行动，怕是要大动干戈，效果难料。不过这样也好，来此地多年，我还真蛮喜欢成都这座城市，其实内心也是不愿意它受到破坏的。我说这话，你会不相信吧？”

龚雅竹一直安静聆听，但有一种似乎这一切与她没啥关系的神情。

“雅竹，你在听吗？”徐耀庭问。

“在听啊。站长还没说到怀疑我什么呢？”龚雅竹淡笑道。

“你这个丫头，有意思。”徐耀庭手指点点龚雅竹。“好吧，我接着说。毫无疑问，无论真假，两个‘反时针’都已落入地下党之手。因为传单上写的、报纸上登的那些我们要实施破坏的目标，都是列在所谓的真实的‘反时针’中的目标。至于假的那份，是你交给刘建平的。很显然，他们知道它是假的，尽管我还费心布局了一番，而且我有理由相信，刘建平还做过核实，但他们最终还是确定了它是假的。你道为何？当然是因为知情人先报给了中共地下组织，而此人极可能正是窃取真计划的人。”

徐耀庭目视若有所思的龚雅竹，停顿片刻继续道：“很多人都知道我善记人的生日日期，也都知道我有带文件回家办公的习惯。但知道我用人的生日日期编排设置保险柜密码的只有孝凡。不是我绝对信任他。是因为有一次上班，我落下了一份急需用的文件，只好让他回家取来。当然，我告诉了他保险柜密码。后来有一次闲谈，孝凡说起，怎么觉得那密码数字与我和芬姨的生日日期有点关联。这个娃文化不多，人却不笨。我当时装着没在意，随口说句，如此设置密码不是很有趣吗？（现在我可以绝对信任孝凡了，可惜啊，他却不在咯）雅竹，我能想象，只要你愿意向他打听，孝凡恐怕在你面前根本就无秘密可言，包括这件事。而能有本领又有机会打开我家中保险柜的，我思前想后，除了你，我实在想不出第二个人……”徐耀庭在龚雅竹面前站住了。

龚雅竹抬眼平静地对视过去：“站长说完了吗？”

徐耀庭摇头道：“当然没有说完。对刘建平我都有耐心，何况对你。你别急着解释。好，接着絮叨。虽然上面明知道‘反时针’已然泄密（当然，这也是我极不愿意发生的事，毕竟太丢面子），但并未深究此事。你知道这又是为什么吗？那是因为在真假‘反时针’计划中，最重要的部分，也就是安排潜伏人员的部分，都是假的。即使是当初参与草拟计划的高进也并不知情。真正的潜伏人员计划和名单，是我另外、单独、亲自拟定，报毛局长亲自批准的，早十天前就正式着手具体部署了。‘反时针’里面关于对市政设施进行破坏的部分其实并不顶重要。中共已经接管了许多大城市，如何保护关键设施想必早有经验或教训，即使他们没有窃取到‘反时针’，恐怕也会竭力阻止我们的行动。所以，‘反时针’真正重要的内容，还是在于我们的潜伏人员名单和藏身之所。而此计划，我坚信没有泄密。因为真正的绝密文件，我是不会轻易带回家放在家里那个保险柜中的。这也就是上面之所以并未追究我‘反时针’泄密之责的真正原因。这样说吧，不仅没有追究，毛局长还着实夸赞了几句呢。”

徐耀庭的状态如回光返照般越发好起来。坐回太师椅，悠闲地品一口盖碗茶。

“站长不愧是前辈高人，真真假假、虚虚实实这一套，简直是被你玩得得心应手，果然好手段。”龚雅竹不无揶揄道。“不过我记得在山上时，你也是这样自说自话，没拿出一点证据就将共产党的帽子扣在刘建平头上，而且不容他声辩。现在是不是也要这样对我了？如果是，我无话可说，不如你安安静静品品茶，然后再处置我。”

“不想听了？你不觉得我说的故事很精彩吗？”徐耀庭再点上一支烟。“雅竹啊，你以为我愿意怀疑我一直很赏识，而夫人又待之如闺女的你？我有勇气说，你还没勇气听？刘建平口口声声说我没证据，你也同样如此。如果时间允许，我自会做到铁证如山。可惜天不假时，现在我没这个时间了。况且，我们做的是情报工作，不是法官。法官审判案子才是一条二款讲证据，少一条也不行。我们虽说也讲证据，但更要通过对事实、现象的分析、推断得出结论，而这个分析、推断本身就可以作为我们的证据，尤其在非常时期，在某些必须防患于未然的人和事上，我们大可不必拘泥于所谓的‘铁证’。你本来就是做情报分析的，自然懂得这些道理。难道要在你开我保险柜时、在你击毙孝凡时当场将你拿下，才算‘铁证’？时至今日，难道你还不承认，刘建平就是个不折不扣的共产党？”

客厅里安静之极，连外面枯枝落地的声响都听得见。

“怎么不给我斟水啊？”徐耀庭指指茶碗。看着龚雅竹淡笑下，起身去拿了温水瓶，稳稳地将茶碗斟满，滴水不漏。他轻拍几案，叹息一声：“雅竹不简单啊。即便换作我，听了这一番话，恐怕也很难做到你这般泰然自若。”

龚雅竹又淡笑下：“不是泰然自若，而是无话可说。既然你已分析推断、深思熟虑至此，我再辩解也是多余。”

“我何曾阻止你说话了？”徐耀庭饮口茶。

龚雅竹习惯地轻搓双手。“那好，我就问一件事。既然站长因孝凡之死开始怀疑我，将我和刘建平困在五龙山，为啥还大费周章地亲自上山，要通过枪毙刘建平来验证我的忠诚。而那天我也确实开了枪，只是枪法太差没有打中而已。若不是因为突然的变故，我没有再开枪的机会，也许刘建平已经死于我枪下，这还不能证明我的忠诚？”

“嗯，一问就落在点上，好。”徐耀庭赞许道，如同老师面对学生。“第一，我上山不是只为了验证你。更是要亲自实地了解下曹一龙的实力，向他交代相关事宜。第二，我并非一定要杀刘建平，只是利用他来验证下你……”

“不是一定要杀他？”龚雅竹惊讶道。“可是万一我打中了他呢？”

“你会打中吗？连开两枪，皮毛未伤。”

“我说过那是因为我枪法太差。算了，我何必申辩。”

“刘建平作为人质，留着或许还有用，而一个死人，是没有任何利用价值的。当然，如果你果真将他打死，也无关紧要。因为他本该罪无可赦。”

“我听不明白站长的话了。”

“很简单。因为我早打定主意，只要你开了枪，无论打没打中，我都会即刻取消行刑。”

“照此说法，不管刘建平死没死，只要我开了枪，就足可证明忠诚了。为何站长现在依然怀疑我呢？你这不是自相矛盾吗？”

“一点不矛盾。你开的两枪确实在某种程度上对外证明了自己的忠诚，这就够了。至于我对你的怀疑其实还是不重要，因为这些怀疑只限于我。”

“站长的意思是，无论如何——你都要保全我？”龚雅竹这次真的有些觉得匪夷所思了。

“我说了，你对芬姨好，我就要善待你。”徐耀庭缓声道。“我还曾经说过，要保你和孝凡周全。现在孝凡不在了，但我的承诺依然有效。”

“站长，你……”

“共产党我杀得够多了。你肯定不知道，前几日在十二桥，有三十多个政治犯被秘密处决了。当初毛局长召集我们商议时，我也是点了头的。已经杀了那么多，也不在乎少你一个嘛。”

“站长这是要放下屠刀立地成佛？”龚雅竹语带讥讽。

“我效忠党国大半生，死在我手上的共产党不在少数。就说我到成都后吧，这些年我们抓的抓、杀的杀，共产党的地下组织几乎被我们破坏殆尽。但时至今日，我总算明白，共产党所言不虚，他们真的是杀不尽啊。而且杀再多，也没能改变我们失败的事实。我现在只是觉得累了，实在太累了，举不动你所谓的‘屠刀’了。”

“站长这个话是什么意思？你为什么不和他们一起去台湾？”龚雅竹收起了刚才的不屑和讥讽，神情变得凝重起来。

徐耀庭哼笑一声：“或许就因为毛局长的赏识吧，给我升了中将衔，但是要我留下来担任川西剿共救国西路军总指挥。真是笑话呀……算了，不说这些了。没了你芬姨，我这病体残躯其实哪儿也不想去。青山何处不埋忠骨。雅竹，我不指望你念我的好，但希望你别忘了芬姨。她忌日时，给她烧点纸钱吧。至于我，已看好五龙山的风光祥瑞，后事自会安排妥帖……”

龚雅竹一时语塞。

“好啦，就此别过吧。”徐耀庭缓缓起身，环视着宽敞的客厅。

“站长不带我走？”龚雅竹惊讶道。

“带上你还能保你周全吗？我本以为你会不辞而别，自己走人，没想到你居然踏踏实实在家等我。你以为府邸周围我安排了人手？实话说，一个人我都没安排。不过这样也好，给了你我这次最后话别的机会。”徐耀庭从皮箱里拿出一条围脖和一个相框，“这两样留给你，留个念想吧。”关好皮箱拎在手中，走到客厅门口时又停下步，没回身，喑哑道：“雅竹，相识一场，你一直叫我站长、长官。现在，能叫我一声徐叔吗？”他等了一会儿，身后一片寂静。“叫不出口？罢了。以后你好自珍重，高进可是个难缠的对手。”缓缓挑帘，大步跨出门去。

龚雅竹狠狠抹去不知什么时候流出的两行眼泪……

第十三章

八十

这是个星期天，黄秋月从午后就开始在厨房忙活起，到傍晚时，总算置办妥当一桌席面。以前家里请客，有婆婆妈刘李氏提总分派调度，有小英子具体操持，她不过是打打下手，倒不觉得怎样烦琐细碎。如今婆婆妈和小英子带着果果还在双河镇老家，里外就靠她一人忙活，才知道那句老话不是白说的：要一年不清闲，修房造屋；要一天不清闲，请客吃饭。

她着实有些累着了，静静坐在堂屋里等待着。但心里觉得舒畅。

解放大军进城的前一天，刘建平匆匆赶到医院里与黄秋月见了一面。虽然她早已经知道他五龙山脱险，但这毕竟是有点劫后余生意味的再见。她惊喜又惶恐地急着打量他身上是否有伤情，却几乎没听清他说的话，只依稀明白个大意：明天解放大军要举行入城仪式，他很忙，顺道来向她报个平安。这之后的一个多月他们再没见过面。直到前天下午，他又似乎是"顺道"来看她，就在她的诊疗室拉了一阵家常。她向他提出想搬回家住，因为医院里又新来了院长，还有好几个医生，没地方住，她也不好意思老住在童杰的宿舍里。他说现在应该比较安全了，回家住也行。她说你也肯定好久没回去过，不如星期天你回家来吃顿饭吧。他想了下，爽快答应，还说想请几位客人，白天恐怕没时间，就定在晚上。她难得地自夸，说没问题，十个八个客人的饭菜难不着她。他要她无须太劳烦，家常小菜足可。但她又怎能不用心呢。

天还没黑尽，刘建平先回来。厨房里转了转，对黄秋月叹道："叫你不要太劳烦吧，还是整了这么多菜。"黄秋月笑说："妈和小英子不在，我正好练练手。"两人正说着闲话，客人已脚跟脚到了。

先到的一位客人由游方德、王大兴、李为成陪同而来，这是刘建平特意安排的。黄秋月虽与这位客人未曾谋面过，但不知为什么，那沉稳温厚的神态气质立即让她联想到曾经听刘建平提起过的某个人。她热情地迎上去："孙先生吧？快请进！"

旁边的刘建平笑道：“嫂子厉害啊，我也没提到过几次孙先生，你竟一眼就认定是孙先生。不过现在应该称赵先生了。哦，也不对，该称赵政委。他以前是我领导，现在依然是我领导。”

赵英摆摆手：“不必客气，就叫我老赵吧。”

黄秋月似乎对“孙先生”变为“赵政委”并不十分惊讶，但对第二位客人的到来却真是有些意想不到了。因为第二位客人是龚雅竹。一身解放装式样的便服，虽显得有些臃肿，但人却格外精神，英姿飒爽的。黄秋月愣怔当场。龚雅竹微笑道：“怎么，秋月姐不欢迎我？”双手已递上一束馨香扑鼻的蜡梅。黄秋月好一阵才似乎恍然明白，瞪一眼旁边嘻嘻作笑的刘建平。

想到以前的“孙先生”现在已变成“赵先生”，黄秋月迟疑地问刘建平：“还叫龚雅竹？”

“对。”龚雅竹作答，“这个名字是组织上替我取的，伴随我这么些年，已经习惯了。”

“雅竹是行不改姓坐不改名，豪气得很哦！”赵英在一旁打趣道。

“反正你赵政委是批准了的。”龚雅竹扬下脖子，“再说，我也喜欢这个名字。”

刘建平执意将赵英请至主位，赵英无法推辞。龚雅竹拉着游方德落座左边，王大兴不动声色，招呼李为成和自己一起坐在了下方。如此一来，赵英右方的位置自然就留给了作为主人家的刘建平、黄秋月。此时黄秋月还在厨房，刘建平也就先落了座。待黄秋月又摆好一道黄焖鸡热菜，赵英客气道：“黄医生快坐吧，看这一大桌菜，太辛苦了。”

黄秋月在围裙上揩下手，回道：“不多不多，除了灶头上热着的萝卜汤，就这些了。大家快请快请。”边说边找自己的位置，才发现似乎只有和刘建平挨坐一起了。她冲游方德道：“德娃，我坐你那个位置，好照顾雅竹妹子。”

龚雅竹忙说：“我又不是小娃，哪需要照顾。秋月姐快坐下，我可是饿着肚子来的呀。”

黄秋月印象中龚雅竹是个偏冷的人，今日一见，竟是活泼率直多了。她没再坚持，落落大方挨着刘建平坐下。

赵英瞥一眼龚雅竹，龚雅竹对他眨眨眼，赵英会意微笑，端起酒杯，偏头对刘建平道：“看来还是要我先说几句？”刘建平一拍手，一点头。

“行，我就长者自居吧。”赵英慨然起身，大家也都端杯起身。赵英越发消瘦的面颊神采奕奕，他充满暖意的目光环视一周。“建平请客，我是一口答应，虽然并不知道会不会因为有特殊情况爽约。还好，总算得闲赴宴。相信你们个个也是大忙人，能来一聚也不容易。我提议，为了庆祝我们共同的伟大胜利，先干一杯！”说罢，率先仰头满饮杯中酒。待大家又斟满酒，倏忽间赵英的神情凝重起来：“胜利来之不易，我们多少亲人战友同志为之牺牲，所以我提议，这第二杯酒敬献给他们。”他轻拍刘建平肩膀，“建平，这里面也包括你的妹妹秀娟啊！我说过，我们会永远记住她！”

谁也没料到赵英会特别提到秀娟。刘建平眼眶一红，用力点头。

“可惜我还没见过秀娟妹妹……”龚雅竹轻声叹息道。大家随着赵英，侧身将杯中酒缓缓浇落地面。

稍过了会儿，赵英微笑道：“好啦，今天该是高兴的日子，我还有第三杯酒要提议呢。”伸手去拿酒壶，龚雅竹抢先拿过：“我来倒这杯酒。”

恰在此时，外面传来门环敲打声。赵英呵呵笑道：“你们没发现我面前多一双筷子吗？俗话说，多了筷子要多客人，看看，应验了吧？”

“我去开门。”游方德话音落地，人已跃出堂屋。

片刻后，屋外传来游方德的惊呼：“刘哥、刘哥，你猜是哪个来了？”满屋的人正自诧异，但见游方德双臂推着一个身形高大、身穿粗布棉袄的人跨进来。

“老卿！”刘建平大呼道，两步扑上去抱住了卿松，卿松还以热烈拥抱，继而两双手紧紧相握。五龙山一别，这是他们再次相见。

“没想到会有我这个不速之客吧？”卿松哈哈大笑道。

“太没想到了，我是太高兴了！”刘建平上下打量着卿松。“听说你现在担任五龙区区委书记和区长，咋就突然冒出来啦？”

“是啊，我今天到军管会开会，会议完了就去找你，寻你不着，干脆奔家来了。”卿松回答道。

刘建平点着头，这才想起还有一屋子人在旁边，正寻思着一一介绍下，卿松已先自招呼起来。其实屋里人当中，他只与王大兴和李为成未曾正式谋过面，但人是早已熟知的，因此在与其他人见过面后也很热情地叫着他们的名字热烈握手。而王大兴和李为成对卿松的大名更是耳熟能详，如今得见这位颇有几分神秘传奇色彩的游击队长，自然难掩敬重仰慕之情。其实他们应该见过卿松一面，办秀娟丧事时，刘建平先送母亲回乡下，在众人面前顺带走了卿松。当时他们俩就在场，只是没太在意。后来李为成还是想起来了，说给王大兴听，王大兴一拍脑门：“对对，我是觉得眼熟呢。还是你娃儿认人厉害，只要打过照面就记得八九不离十。”

赵英拉卿松在自己身边落座，卿松也没推辞。黄秋月早已添摆好了一副碗筷。

一桌人边吃边聊，身为省治安联防总队政委的赵英自然是话题的主导者。治安联防总队是个综合性临时机构，横跨军地，担负着维护社会治安，消除国民党残余势力，协助征粮剿匪等任务。刘建平被赵英临时抽调去担任行动队队长，刘建平又申请将自己的“三剑客”带上了。而龚雅竹则在总队情报科任科长。

“卿松同志，说说你们在下面的工作情况吧。”赵英急于了解基层情况，此时正好有个基层工作的人在身边，他自然不肯放过这种难得的机会。

“按照军管会部署，我们现在正大力宣传党的政策，把群众发动起来、组织起来、武装起来，目前已经收到了一些成效。征粮工作开展还算顺利，一些隐藏的土匪要么被群众检举抓获，要么迫于我们的宣传攻势自己现出了原形，交出武器、投案登记、接受训诫，民愤大的则被公审枪毙，老百姓是拍手称快。总之吧，形势是一片大好啊！”卿松一脸豪迈之情。

“干得好啊！”刘建平轻扣桌子，“赵政委，老卿的话很鼓舞人心，我们为此干一杯吧？”

“干干干！”不等赵英发话，游方德、王大兴、李为成早已兴奋地端起杯，就连黄秋月都受到感染，主动端起杯。

“嗯，工作做得不错，成绩可喜，干一杯！”赵英笑呵呵率先与卿松碰杯。卿松谦虚几句，还是将杯中酒饮干了。放下杯，又道：“昨天一早，五龙山一个土匪偷跑下来投诚，交代了一件稀奇事，如果是真的话，也是值得高兴的一件事。”

“哦？稀奇事？”赵英来了兴趣，“我正想多了解些五龙山曹一龙那股土匪的近况，说来听听，如何个稀奇法呀？”

“据那个土匪交代，就在四天前，蓉站站长徐耀庭头晚一觉睡下去，结果第二天竟没再起得床来，就那么蹬腿儿玩完咯。你们说稀奇不稀奇？”

“老卿，能说得再具体详细点吗？”龚雅竹眉头微蹙。

“我也很重视这个事情，亲自见了那个投诚的土匪。”卿松说，“据他交代，徐耀庭自从进山寨后很少在大庭广众露面，有传言说是心脏的老毛病犯了，头也痛得很。所以对他的突然蹬腿儿，山寨的说法是心脏病突发而死，不过也有人私底下说，是因为吃多了安眠药。还说这个徐耀庭很神，好像早有预感，居然上山不久就开玩笑似的为自己选了个风水宝地。对了，曹一龙还吩咐手下，对徐耀庭的死要严密封锁消息。我是觉得这件事很稀奇古怪，已安排人抓紧想法再核实下。”

“这个老龟儿子就这么死毬？倒是便宜他咯，哼！”李为成在一边气哼哼道。

龚雅竹默默端起杯饮了口酒，短暂间有些神思恍惚。关于自己是如何从蓉站脱身的经过，她已经向组织上毫无隐瞒地作过专门的口头和书面汇报。恰在此时，她注意到了赵英投来的关切目光，赶紧挤出笑容，说：“老特务头子去了西天，确实是高兴事，值得喝一杯。老卿，请你们就此事搞个书面材料，抓紧送我们情报科。”

赵英在随众人浅饮一口后，以和缓的口吻道：“卿松同志刚才谈的情况，虽然说明我们近期各方面的工作都取得了不少进展，但是我们切忌盲目乐观。要充分认识到当前对敌斗争的复杂性、艰巨性。最近各地的匪患有加重的趋势，国民党残余势力中的顽固分子不甘心他们的失败，潜伏下来的特务还大有人在，且组织严密、装备不差，他们纠结国民党军队的散兵游勇，勾连大大小小的土匪势力，裹挟不明真相的老百姓，大肆阻挠我们的征粮工作，杀害基层干部和群众积极分子，甚至明目张胆组织暴动，围攻县乡政府机关，妄图在新生政权立足未稳之际加以颠覆。因此，我们务必要提高警惕，做好应对更加困难局面的准备。”

一番话听得众人面色凝重，都停下了碗筷。赵英无声地轻叹一气。他未尝不知道这番话会影响大家的情绪，但以他现在的身份，给大家敲敲警钟又势在必行。

“对了，刚才我还说要提议第三杯酒呢，卿松同志一来竟是搞忘咯。”赵英笑道。“来来，大家都满上杯。”见大家的酒杯已满，他又故意卖关子道：“有谁能猜到我这第三杯酒会提议为什么干吗？”只几句话又把众人的情绪调动起来。大家嘻嘻地笑着，互相对视一番。

“我能猜到。”龚雅竹举手道。她很善于调整自己的心绪。乍闻徐耀庭死讯，难免会有些复杂情感波动，但毕竟她早有预料，徐耀庭自知梦幻破灭，死不足惜。

“哦，我们的女诸葛果然厉害。”“女诸葛”是最近赵英封给龚雅竹的雅号。“你说，猜对了我自罚一杯。”

“这杯酒应该是提议为秋月姐和刘大哥干杯。”龚雅竹脱口而出。

屋子里奇怪地一片安静。但也就静了那么一瞬间，卿松先稳稳地说了声“好”，紧接着是游方德跳起来叫“好”，再接着是王大兴、李为成连连叫“好”。反倒是黄秋月、刘建平两位当事人还愣怔着。其余的人又全将眼光落在赵英身上。赵英也不吭声，笑眯眯将满杯酒干掉。

“赵政委认罚了，我猜准咯！”龚雅竹像个小女孩般拍手欢呼道，随即又给赵英满上杯。

赵英重新端杯在手，说：“是啊，这杯酒我正是要提议敬给黄医生和建平。行了，我也不称黄医生了，就叫秋月吧。秋月、建平，这杯酒，一来是感谢你们今天的盛情款待；二来是特别要感谢秋月，曾经冒着莫大风险帮助过革命工作，谢谢！”说到这里，他微微侧下头，旁边的卿松向黄秋月投去感激的目光。“这第三嘛，”赵英接着说，“现在胜利了，也衷心祝愿你们二位工作、生活两不误，大胆追求自己的幸福，日子越过越舒心！”

一桌的人全都笑呵呵地看着黄秋月和刘建平，伸过酒杯要与他们碰杯。话虽没挑明，但二人显然都听出了赵英话中之意，举杯不是不举杯也不是。刘建平还好，黄秋月已满脸绯红。这拨人中，赵英年龄最大，又是大干部，他的话在情在理，冠冕堂皇，黄秋月是辩无可辩，急又不能急。

“嫂子，喝了吧，老赵和大家还等着呢。”刘建平故着沉稳劝道。

“嫂子喝吧。赵政委说得多好啊！”游方德也催促道。

黄秋月这才勉强匆匆与大家碰下杯，小饮一口。龚雅竹放下酒杯，板着脸责怪起旁边的游方德来：“你怎么也是一口一个‘嫂子’叫？都把人叫老似的。不能像我一样，就叫秋月姐吗？”

“哦，对对，叫嫂子是显老气，以后我也叫秋月姐。以前是叫习惯了，嘿嘿。”游方德积极配合着龚雅竹。

“还有你，刘大哥。”龚雅竹又冲刘建平道。“人家秋月姐年龄比你还小呢，我看该改改口了，就叫秋月嘛。”没等刘建平回应，她又转过头，“方德同志，你刚才说叫‘嫂子’习惯了，嗯，这个也确实难改。要不，以后你还是叫‘嫂子’，只是得在前面多加一个字。”

“多加一个字？啥、啥字？”游方德有些犯迷糊。众人也一时不解，等着龚雅竹的下文。

龚雅竹一本正经道：“加个数字。”

游方德金鱼眼睛一鼓，轻声道：“二嫂？……”

听得此言，一桌的人反应不一。赵英笑微微的眼中闪过一丝不安。卿松含笑不语。刘建平神情尴尬，不知如何应对。王大兴和李为成刚要叫好，却见黄秋月正默然拭泪，赶紧哑了口。游方德也慌了手脚，惶恐道：“嫂子，我说错话了？”

龚雅竹快步走到黄秋月身后，扶着对方双肩柔声道：“秋月姐，如果是我惹你生气，你只管骂我。但是我真的并无恶意……”

黄秋月还是垂头抹着眼泪。这下大家是真的有些手脚无措了，就连赵英都觉得有些歉疚不安，因为刚才的话题本是他挑起的。于赵英而言，刘建平的婚姻大事一直挂在心中，只是碍于以前与敌斗争复杂残酷，形势不允许，条件不具备。现在胜利了，时机应该成熟了，加之龚雅竹曾经将她和刘建平在五龙山寨那番事涉刘建平与黄秋月的对话做了汇报，赵英更觉得是该找个机会帮他们撮合撮合了，而今天当然就是个难得的机会，而且已经与龚雅竹达成默契，也因此才有刚才他提议的第三杯酒说的那番话。他完全相信那二人能够听明白自己的话中之意。但他没料到龚雅竹竟是按捺不住，画蛇添足，以致搞成眼下的局面。他不得不说话了。

“雅竹啊，平时你说话做事没这样毛毛躁躁过，今天是咋啦？该批评。你并无恶意，但也不能像个市井长舌妇，只图嘴巴痛快。当然，我也有该检讨的地方，秋月同志，我向您道歉，请不要难过了，好吗？”赵英说罢，起身就要鞠躬似的。

刘建平赶紧止住：“老赵，这个哪里得行哦。我嫂子不是个小气人，何至于让你赵政委又是批评雅竹，又是自己道歉，是不是啊，嫂子？”

黄秋月也已经慌忙抹净眼泪：“赵政委言重了。不怪你们，是我自己不争气，许是刚才酒猛了点。”又转过身，微笑道，“雅竹，当初为救我出狱，你可是帮了不少忙，我还没机会感谢你，咋会生你气，快请回座。我不会做菜，好歹大家将就着多吃点。”

龚雅竹手放胸口长吁一口气，亲昵地虚抱了抱黄秋月，赶紧回到座位。刘建平笑道：“怎么样，赵政委？我说我嫂子不是小气之人吧？”

“是不太好听。”黄秋月嘀咕了一句。

大家似没听清，刘建平也没听明白，侧身问：“嫂子，啥、啥不好听？”

黄秋月一边为赵英碗里夹菜，一边随口回道：“叫嫂子不好听。”说完，继续为其他人碗里夹菜。

一桌的人这下听得真真切切，短暂愣怔后，同时爆发出欢笑声。

八十一

赵英并未待太久，将近一个小时就告辞了。临行，他问卿松身边怎么不带个人，这样太不安全。卿松笑答说，本来是带着通讯员包谷的，因为区上几名干部在省城采购了一些急需物资，今天中午要往回运，他担心不安全，就让包谷随他们的马车先回去了。赵英蹙眉道，只顾及其他同志的安全，却忽视自身安全，这可不行。批评完卿松，赵英将刘建平拉到一旁低声叮嘱了一番，这才由游方德、王大兴、李为成一路护送而去。

刘建平建议卿松在家留宿一晚，第二天再直接回区上，还说这也是老赵的意见。卿松说老赵就是心细，他自己本来正有这个打算的。没想到龚雅竹也主动提出要留下陪秋月姐好好说说话，黄秋月自然满口答应。她和雅竹一起简单收拾下先离开的客人的碗筷，又重新把菜热了热。四个人这才各坐一方，边吃喝着边说话。

他们聊起了上次在五龙山寨不期而遇的事。卿松责怪刘建平不该在与曹一龙比武时顾及自己，太冒险了。刘建平没作过多解释，反而问起卿松离开山寨时一路是否顺利，因为他和龚雅竹听小土匪小猪儿说过，送卿松离寨的那位袁先生，也就是卿松的幺爸一去未归。

卿松缓缓说起了自己和幺爸那天离寨后遇上的险情。

那天，卿松在确定了幺爸跳崖地方后，顾不得危险，只身下到谷底，找到了满头是血，奄奄一息的幺爸，又凭一己之力将幺爸背回营地。安排人救治幺爸后，卿松马不停蹄亲自赶往成都，向上级报告了说服曹一龙无果和刘建平身陷山寨恐有不测的情况。等他第二天再赶回营地，只来得及听幺爸强撑着断断续续说的最后一句话："松娃，我欢喜哦，这回我总算有脸去见你爸咯……"

"袁先生,称得上是一位奇人啊！"刘建平叹道。"我们为老人家干一杯吧。"

四个人默默举杯。龚雅竹和黄秋月限于酒量，只浅饮了口，两个男人却一饮而尽。

卿松缓过劲来，也问起刘建平后来脱困的情形。一时也没别的话题好聊，龚雅竹索性绘声绘色向卿松讲起来。当讲到刘建平要被枪毙，而且行刑者就是龚雅竹自己时，黄秋月惊呼一声站起身，面色煞白，瞪眼盯着龚雅竹，却说不出话。刘建平嘿嘿笑着轻扶她坐下："没事，我这不是好好的嘛。"又冲龚雅竹道："你倒像个说书的，咋个玄咋个讲。"龚雅竹"扑哧"一笑，也没反驳，继续往下讲，只是言辞平淡多了。"慢点、慢点。"卿松阻止道，"你真向建平打了两枪？啥意思？"刘建平也挑眉道："是啊雅竹，我一直没问过你，你当时是作何打算的？当然，我知道你不会真向我开枪。"龚雅竹淡笑下："当时那种情况下，我也没别的办法。原本想着假意以距离太远怕打不准为由，尽量向你靠拢，然后掩护你脱险。不过我也知道，成功概率很小。谁知正在这时听见后面有人叫嚷，还打枪。虽然当时并不知道是游方德他们，但我立刻判断，这是来了搅局者，要救你。我开两枪，既是向他们示警，促使他们加快行动，又可以向徐耀庭他们显示我的‘忠诚’，何乐而不为？没‘打中’你，那是我枪法不行呀。”龚雅竹扮个鬼脸，本是想缓和下气氛，谁知黄秋月依旧紧张得快把手里的筷子拧出水，而刘建平和卿松也是神情肃然，感佩不已。他们都听明白了：龚雅竹当时为了救刘建平，已经做好了要么自己牺牲，要么与刘建平一起牺牲的准备。待龚雅竹将后面的故事讲完，卿松终于有了赞叹的机会：

“雅竹同志，你这份胆识，真让我们这些男儿子家家的都不能不竖大拇指。还有，后来你明明有机会与建平一起脱离险境，却偏偏仍然选择留在徐耀庭身边，一定是想继续在狼穴战斗。来来，我老卿敬你一杯！”

龚雅竹摆手道：“卿书记过奖了。是啊，我本来是打算继续潜伏，便于接下去彻底清除徐耀庭、高进，包括曹一龙他们。而且我以为通过在山寨的表现，徐耀庭多少会打消一些对我的怀疑……不过还好，最终我还是脱开了身。”

卿松欲言又止，因为他感觉到了龚雅竹不愿谈及她最终是如何脱身的细节。

那一夜，卿松在刘建平房间，龚雅竹在黄秋月房间，各自聊到鸡叫两遍。卿松和刘建平聊的是彼此的工作。刘建平告诉卿松，由于徐耀庭在“反时针”上玩的阴招，致使我方虽然成功阻止了敌人对市政设施的破坏，但对潜伏敌特的情况却掌握很少。之前自己的行动队和龚雅竹的情报科，主要精力是在挖出潜伏在市区的敌特分子上面，目前已取得一定收获，市区的秩序一天天好转，散布谣言搞破坏、打黑枪搞暗杀的情况基本被打压下去。下一步他们要在剿匪上下狠功夫。卿松建议先收拾掉曹一龙这股土匪。一来他们是一股离市区较近，而实力不可小觑的土匪。目前已发展到两百多人。二来曹一龙本就十分狡猾，再加上有高进等蓉站的一伙人唆使相帮，还为他训练队伍，越发有恃无恐。他们时而化整为零，时而啸聚山寨，统一行动。虽然我们的部队有过两次进剿，却都无功而返，如放任其继续坐大，恐怕会贻害无穷。卿松讲的这些情况联防总队上下均有不同程度了解，刘建平自然了解得更多些。他提醒卿松别忘了刚才老赵的话，五龙镇就在曹一龙眼皮子下，得把弦绷紧咯。卿松点头笑道：

“那是当然。别看曹一龙上次好像对我‘以礼相待’，假模假样装江湖义气，实则是个有奶便是娘的下三烂。现在更是露出了吃人獠牙。前不久他就活埋了我们一个征粮工作队队员。这笔账，老子迟早要他还的！”

刘建平闻听此事，一脸凝重。卿松宽慰道：“老弟别太为我担心，我老卿也不是吃素的，手底下毕竟还有个三十来号人的区中队，有多半是以前跟我的老游击，大小也见过些阵仗，武器装备也不差，这之中就包括那次在沙河回水沱截获的枪弹。对了，泰和作坊的老张他们也归队了，老张现在是区中队副队长，他还让我代问你好呢。”

刘建平高兴道：“是的、是的，老张是个很有经验的同志。我听说蒋介石逃离成都去机场时，老张带人也参加了半道的伏击行动，听说还负了伤，好在没大碍呀！”

两人越摆兴致越高，时而忍不住爆发一通笑声，连隔着几间房的黄秋月和龚雅竹都能隐约听见。而两个女人摆的多是家常话。她们和衣并肩，靠在床头，细语柔声交谈着，虽也有笑，但更有清泪两行。她们讲各自的身世。龚雅竹讲到牺牲了的父母。在五龙山寨她对刘建平说起同样的事情时没流一滴眼泪，现在面对黄秋月，也不知为什么，却是边抹泪水边叙说，黄秋月不时抚着她的双手安慰。黄秋月的身世经历虽然不及龚雅竹那般激流险滩似的，但讲起母亲的早逝、后妈的刻薄，讲起丈夫刘建安为国捐躯……还是忍不住泪花连珠，龚雅竹帮她轻轻拭去。更让龚雅竹震惊的是，黄秋月还将果果的身世，这个只有家人知晓的秘密也告诉了龚雅竹。

“能走到今天，大家都不容易啊！”龚雅竹感叹道。“以后我们一定要好好珍惜来之不易的胜利，好好幸福生活。秋月姐，我知道你一直向往光明，追求进步。听说解放大军进城那天，你们医院好多人都参加了欢迎队伍，而且就是你组织动员的。你可真了不起！”

“啥了不起。”黄秋月不好意思道。“医院那些女娃早就有参加欢迎队伍的心思，只是担心我阻挡，我咋会呢？就让她们抓紧准备小彩旗、排练秧歌舞。可惜那天我没能出医院门，留下看护病人了。”

“哎呀，那真是太遗憾。”龚雅竹叹息道。

“是有些遗憾。不过，那些小妹回来都叽叽喳喳给我讲了那天的盛况。说解放大军队列好长好长，还有装甲车、炮车、马队。说解放军战士个个好年轻、穿戴好整齐，才不是以前报纸广播上说的那样，啥‘共匪、流寇’。有两个小护士没给我说上几句话，又哑声了，你猜是怎么了？原来是因为和着路两边的人喊欢迎的口号，早把嗓子喊破了。”

龚雅竹听到此好一阵笑，黄秋月想起那天的情形也忍不住笑起来。两人笑罢，龚雅竹讲起她那天的见闻：“那天我和刘大哥都在街面上暗中警戒。部队行进过来时，道路两旁立时涌满了人群，临街的吊脚楼走廊上、窗户口也挤满了人。有人实在挤不到前面去，就站在高凳子上、黄包车上，还有人干脆上了树，总是要亲眼看下解放大军的模样才算满足。有个卖担担面的，又要护着两桶挑子，又想看解放大军，急得满头大汗。还是刘大哥过去说帮他照看，他才脱了身。回来时，我看他的围裙都扯丢了，嘴里不停说‘看到咯、看到咯，不简单、不简单’，为了感谢刘大哥，还坚持要请他吃碗担担面呢。”

“他吃没吃？”黄秋月好奇地问。

“吃了，还叫我也吃一碗。不过刘大哥让我付钱。因为他说身上没带钱。”

“咋会呢？平常他都会揣些钱在身上的。莫非最近手头紧？”黄秋月既觉得龚雅竹刚才说的故事有趣，但更关心刘建平兜里是否拮据的问题。

龚雅竹捂嘴兀自笑起来。“你笑啥子嘛？”黄秋月问。“笑你关心刘大哥真是事无巨细到家了。”见黄秋月面露羞色，并未恼怒，龚雅竹接着道，“秋月姐，你和童杰院长的关系早已了结，不如早些与刘大哥生活在一起，这样就更便于互相照顾了。”

黄秋月听罢此话没应声，略有所思。雅竹问：“还有什么问题吗？是不是伯母那里……”

黄秋月微微颔首。龚雅竹拍拍黄秋月的手：“我和赵政委也想到了这一层。没关系，这事就算是我的使命了，我去做伯母的工作，准让她老人家高高兴兴点头同意。”

“我倒相信你有这个本事。忙过了这阵，我去老家接她们回来……”

“好，到时我陪你一起去接老人家，顺便就把媒婆子做了。”龚雅竹咯咯笑道。

“我犟不过你。”黄秋月叹口气。“建平的心思其实我都知道，但他好像又一直在回避我。在早，我心里一直放不下建安，后来又顾忌妈的那些忌讳，所以总是瞻前顾后。还有，我隐约感觉到，建平因为他做的事很危险，怕连累我，加上他对建安的兄弟感情，同时也顾忌妈的态度，所以也一直啥也不说。”黄秋月既像叙说又像在自言自语。“再后来，当听说要我和童杰结婚……那一刻，我才突然明白，我想要在一起的人，是建平……”

龚雅竹轻轻抹去黄秋月眼角滚落的一滴泪珠……

这之后的一段时间，稍有空闲的龚雅竹又单独去看过黄秋月几次。不觉间她们已成为无话不说的好姐妹。

第二天一大早，游方德按照昨晚刘建平的吩咐，开着一辆吉普车到了院门口。屋里的四个人也刚吃完早饭。临行，卿松为自己负伤被救治的事再次向黄秋月表达了谢意。又笑着对刘建平说，昨晚我们可约定了，你和秋月同志办喜事，必须通知到我老卿哦。黄秋月微微红了脸。刘建平推他往屋外走，嘴里说着一定、一定。卿松又说，这次没见到伯母，太遗憾，下次我一定还要好好感谢她老人家。

来到院门口的车旁，刘建平低声对龚雅竹说："我去送下老卿。你呢？"

"城外最近确实不太平，能送下最好。我有个会要参加，要赶回去。"龚雅竹说。

卿松蹙眉道："你们咋婆婆妈妈的，我几步就回去了，哪需专车送。"

"这是赵政委昨天专门交代给我的任务，上车、上车。"刘建平推着卿松上车。

黄秋月上前将一个饭盒塞到卿松手上，说是一点香肠腊肉。卿松难为情地连连道谢。

黄秋月温言道："要不是卿书记赶去报信，赵政委及时想办法，建平在山寨能脱险？该我感谢卿书记才是。"

"秋月姐这话一点没错。"龚雅竹接过话茬。"所以啊，你们都别客气了。"

"好，我收下。连吃带裹，不虚此行！"卿松打趣道。把大家也逗乐了。刘建平向黄秋月投去赞许的目光。转头又对龚雅竹说："不如我们先送你，绕不了多远。"

"不用，我坐黄包车回去。"龚雅竹说。

刘建平恍然，对卿松说："嗯，前段时间干部们响应艰苦朴素号召，结果搞得街上的黄包车师傅没了生意，少了收入，对新政府意见很大……"

卿松呵呵笑着插话道："我虽没在城里，不过也听说了这事。后来军管会首长发了话，黄包车该坐还是要坐嘛。雅竹同志这是在用实际行动关心照顾黄包车师傅，难得啊，有这份心意，值得我们学习！"

"更值得我们致敬。"刘建平揶揄道。

"你们一唱一和，我说不过二位，先告辞了。"龚雅竹拉拉黄秋月的手，转身独自朝巷口跑去。

八十二

大半个月后的一天下午，五龙区区中队副队长老张专程赶到省联防总队，向总队领导汇报五龙区区公所遭土匪袭击，区委书记兼区长、区中队队长卿松等同志牺牲的经过。

刘建平已经很久没见过老张。他穿着一件补巴旧棉袄，扎了条军用皮带，随意斜挎了盒子枪。头上还是那顶毡帽。人比以前更瘦削苍老，背比以前更驼，还抽那根叶子烟杆。老张旁边还坐着一个长得愣头愣脑的年轻后生，或许是没见过这种场面，显得有些紧张。会议室里，包括赵英在内的总队几位首长以及中层干部都没有催促，静默着等老张说话。

“哎，这事全怪我啊！”老张终于发出嘶哑的声音。“自从领回征粮任务后，卿书记满脑壳想的就是咋个完成任务，还说要争取多完成、早完成。他将区中队分成四个武装小组，保护着区上的干部和上面下来的征粮工作队队员，天天挨村逐户宣传动员。区上呢，留了十七个队员驻防，同时作为机动力量。那天镇子上逢场，一大早场头场尾就涌起人。我在街上逛了一圈，除了觉得人比往常多以外，别的也没看出啥问题。我还去瞄了瞄以前的乡保长，都在家老实待着，我叫他们没事就出去帮着维持下秩序，他们满口答应。半上午时，包谷，喏，就是这个娃。”老张指指身边的年轻人，“他在外办事回来，无意中说起今天逢场硬是热闹，不仅货摊比往常多，茶馆酒馆里也坐满了人，还说区公所外的石梯上都摆起了摊子。我这心头才一下觉得有些慌，去给卿书记说了这个情况。卿书记正忙着给几个干部开会布置任务，听了我的话也没在意，笑着说，人多生意旺，说明老百姓日子越来越好，好事情。也就这个时候，石牛村的一个干部跑来报信，说第三征粮小组今天早上刚进他们村，一股土匪就扑拢，二十多号人，三小组的人已退到后山沟，情况很紧急。组长让他来报信，请求区上增援。石牛是离镇上最远的一个村，全是山路。卿书记当即就要亲自带人去支援。我说我就是石牛的人，熟悉地形，还是我去吧。卿书记同意了，坚持叫我带八个人去，还觉得不够，又安排人分头通知其余三个组的区中队队员马上赶往石牛村。我觉得区上留的力量太少，怕万一有啥情况应付不过来。卿书记说有他坐镇不用担心，一再指示我把三小组安全带回来。哎哎！”老张说到这，又重重叹气。“怪我啊、怪我啊！就在前几日，我们还派人摸到山上，发现曹一龙的山寨连个鬼影子都没有，以为龟儿子些又蹿到其他地方去了。大意咯。咋就没有冷静地把情况分析分析呢？结果还是中了奸计……我带人出发不久，石牛村方向就传来枪声。走了大半节路，碰到了三小组的人。他们说追他们的土匪追到山沟，胡乱打了一阵枪，就没了动静。没说上几句话，一小组、二小组、四小组的人也赶到与我们汇合了。刚好这个时候，却听到从镇子那边传来枪声。我这才回过神，大事不好啊！赶紧带人一起往回跑。还是晚咯、晚咯……我们与外围的土匪交火后，拼死往区公所冲，土匪毕竟是土匪，加上他们号称来了百十号人，其实据我们后来分析估算，最多也就六十多人，所以他们也不敢恋战，很快开始撤退。我们人少，还要顾着去区公所和粮食仓库扑火，也不敢真追。好在头天我们运走了一批征粮，仓库存粮少，这次损伤失不大。可卿书记……我带人去增援三小组了，后来发生的事就没亲身参与。怕说不全，才让包谷今天一起来，他当时是留在卿书记身边的。包谷娃，你接到说。”

包谷更紧张了，两手死死攥住茶盅。赵英过去给他的茶盅续上水，轻轻拍拍他肩头：“小同志，莫慌，慢慢讲。”包谷喝口水，讲述起来。

老张带人走后，卿松立即在电话里向上级报告了有关情况，随后又召集包谷等六名留在区上的队员，要他们立即清点现存武器装备，做好战斗准备。又派出两名队员去粮食仓库，与平常在那里执勤的另两名队员一起加强保卫，再安排两名机关干部到街上巡查，看有无异常，同时叫包谷在区，公所大门立岗警戒。安排布置完这几件事，他可能心中稍安，便独自在办公室里处理文件。

包谷腰插短枪，在区公所大门外来回踱步警戒。区公所位居镇子中央，是全镇地势最高的一处砖木结构双层建筑。出大门，下十来个石梯是个小平坝，正中一株老槐树，树冠几乎遮蔽了整个坝子，这里也是全场镇最热闹的地方。包谷模样愣头愣脑，人却十分精明。他将三个在台阶上售卖柴火的庄稼汉好言好语劝到石梯下，如此，他可以居高临下监视坝子中的情况。

大约又过了半小时，喧嚣热闹而又看似一切如常的集市中传来尖厉惊恐的呼叫：“包谷，快、快，土匪要搞事！”随着呼叫，一个身体单薄的男娃子奋力拔开路人，跌跌撞撞向区公所奔来。

包谷认得，那是在街上巡查的两名干部其中之一，因为人长得干瘦，大家都叫他干鸡子。

“干鸡子，啥情况？”包谷大声问，刚想迎下去，又警觉地收住了脚。干鸡子已斜绕过老槐树，冲到石梯下，气喘吁吁地喊着：“土匪、有土匪……”突然，刚才那个被包谷劝离，一脸憨笑着将柴火挑子移到石梯下的庄稼汉上前拦住了干鸡子，憨笑着二话不说，一刀捅进干鸡子的腹部。干鸡子张着嘴，鼓着眼，一只手伸向包谷。憨笑的庄稼汉抽出刀，转过头盯着包谷，还是一脸憨笑。而干鸡子已然瘫软在地。包谷又看见另外两个卖柴火的庄稼汉已从柴火捆里抽出枪来，眼看着抬腿要上石梯。包谷毕竟是老游击，反应十分敏捷。他拔出短枪瞬时开火，在用眼睛余光看见两个“庄稼汉”随枪响跌倒的同时，人已经退入大门内，再用全力快速关闭了两扇厚重的木门，插上门杠。

包谷飞快奔到二楼卿松办公室时，卿松已将几份重要文件揣进文件包背在身上，向包谷一招手，一起来到一楼的会议室。此时，尚在机关内的所有人已经集中到会议室，包括食堂做饭的伙夫，共有十八个人，这其中还有昨天傍晚刚到区机关的两男两女四个年轻人，他们是上级新分配来的征粮工作队队员。听着区公所外早已响成一片的乱七八糟枪声和嘶吼声，会议室里气氛紧张不安。卿松神情严峻说道："这是土匪有预谋的暴动。同志们，从现在起，所有人必须一切行动听指挥。"

这时，区公所外突然安静了许多，有人尖声喊话道："里头的人听清楚，我们曹司令有话说。"

紧接着，响起另一个粗嗓门声音："卿书记、卿老弟，我是曹一龙啊。山寨一别，甚是挂怀，不如敞开大门我们好好叙谈叙谈，我保证和在山寨一样，不伤你半根寒毛，如何啊？"

卿松略一思考，拉开会议室门，大声道："果然不出所料，还真是你曹大司令在搞鬼，哼，好大的阵仗。"

说完，他回转身开始分派任务。命令包谷率队，带领全部非战斗人员在伙房待命，一旦听见前院打响，立即向后山转移。他取下身上的文件包交给包谷，又吩咐两名负责财务的文书，务必将征粮账本和所余征粮款带上。

外面又传来曹一龙的声音："卿书记说笑话咯，今天这个阵仗算啥大哦，也才来了百十来号兄弟，以后大阵仗还多的是。我记得你老弟是个爽快人，这个门到底开还是不开，你给个痛快话。"

"你人多势众，开不开门，我是要想一下。"卿松高声回应道。

包谷趁这个机会想要争执什么，被卿松挥手止住："你率队突围最合适。我在这里拖住曹一龙，一旦打响，你们立即突出去。"

"那你们咋办？"包谷急道。听见包谷此问，会议室其他人也七嘴八舌起来，是啊、是啊，卿书记，我们一起走吧！

卿松扫视一眼另外三名带枪队员，坚毅说道："我们固守待援！大家放心，这区公所扎实着呢，一时半刻土匪攻不破。老张他们应该很快赶回来，附近的解放军也会来支援。包谷，你和其他同志要照顾好新来的征粮队员，他们不熟悉山路。行动吧！"

包谷还要说什么，外面的曹一龙又发声了："卿书记，想清楚了吗？念在老交情上，本司令仁至义尽、先礼后兵。未必你还想拖延时间吗？再拖，又能拖到几时？给你最后一分钟！"

卿松眼神严厉，示意包谷立即带人离开。嘴里大声道："曹司令，我就算开了门，未必你就敢进来？”

“那当然要你先交出武器，亲自出门相迎。还要记得带上你们用来征粮的款项，我好不容易走这一趟，总不至于叫我打空手回去嘛，哈哈。”

卿松继续拖延着时间，内心一万个不愿意离开他的包谷只好服从命令，带着其余人悄悄集结于伙房。包谷从伙房的窗户将干河沟两岸的情况细细观察了几个来回，还好，似乎没有情况。

包谷自然明白，卿书记选择自己带队突围的原因。

区机关建立之初，身为区中队副队长的老张便带着包谷，将区公所前后左右的地形地貌进行了仔细踏勘。老张在省城以开酱品坊为掩护，干地下工作多年，养成了在居所驻地预设“后路”的习惯。五龙区是个大区，区机关人员不少，加之曹一龙的匪巢就在山上，老张自然更不敢大意。经过踏勘，他和包谷一起将方案向卿书记作了报告。区公所原来有道后门，就在伙房内，如果不在镇子里办事，很多人图赶路方便，经常就从这里进出。老张建议关闭后门，对外理由是伙房重地，人来人往太不安全，需要严防食品货物失窃，更要严防坏人投毒祸害干部。卿松明白老张用意，笑道：“这个理由很充分，事实上也很有必要嘛。”于是，区公所伙房这道后门被大张旗鼓地关闭了，并且还在河沟边新扎了一道篱笆，而操办这件事的人正是那两天“闲来无事”的老张和包谷。老张特别关照过包谷，此事需注意保密，如果知道其中名堂的人多了，可能关键时候就不管用了。包谷明白，老张之所以让自己知道这个“名堂”，是因为他随时负责警卫卿书记。

包谷一干人在伙房闭声憋气等了一阵，前边终于响起一连串枪声，还有手榴弹爆炸声。包谷晓得，这是卿书记带着三个兄弟和土匪干上了。他再观察了下外面的情况，然后在众人帮助下七手八脚拆解开那些小机关。至此，那些干部才似乎明白过来，原来看似被封得严严实实的老后门，其实就像戏台上的道具摆设，哄人的。不过此刻谁也没闲情多想此事，跟着包谷快速蹚下干河沟。这条小河沟只有在盛夏季节才跑跑山洪，山洪一过，又只是几缕山泉浅流，当地人称之为“干河沟”倒也贴切。包谷带着众人，就像脚上长了眼睛，踩着那些似乎杂乱无章，实则恰到好处的大石块，蹬蹬蹬几大步跨了过去，又拔开一蓬干莎草，三四步就上了河岸。就在他们再要横过小路，钻进对面密林时，左侧小径上猛地冒出三个人，一边追赶着喊“有人跑咯”，一边放枪。包谷观察了下，发现四周就这么三个土匪，于是指挥众人继续往对面山坡林子里钻，自己则隐藏在一株老树后，待三个土匪更近了些，觉得有把握了，才闪身而出，一梭子扫过去……

听着身后区公所传来的一阵阵枪声、爆炸声，包谷强忍着拔腿回转的念头，带着众人专捡小道，一刻不停地翻坡下坎，将五龙镇远远抛在身后。见众人实在迈不动腿，加上估摸着至少也走了半个小时的路程，应该已经摆脱了险境，包谷寻了个长满灌木丛的山洼，将大家暂时安置妥当，又四下里查看了遍，确认安全后，这才脱下文件包交付给一名区干部，反复叮嘱几句，便马不停蹄地往回赶。他远远看见了镇子方向浓烟滚滚，却没听见枪声和爆炸声。包谷满脸又是汗水又是泪水，连滚带爬拼命往镇上赶。此时，他只有一个念头，要么救出卿书记，要么就和卿书记死在一起。

可是，包谷返回得太晚了……

一个多小时前还规整完好的区公所已是断壁残垣，院门被炸开了，两层结构的主体建筑被大火烧塌了一半，另一半也弹痕累累，千疮百孔。卿书记和三个队员加上干鸡子的遗体已经被先期赶回的老张等区中队队员暂时停放在院子里，遗体血肉模糊，有的大部分已经烧焦。卿书记的半个身子也快烧焦。而院子角落处，则堆放着十来具土匪的尸体。回想起那惨烈的景象，包谷像个小娃一样，呜呜地哭出了声，再也讲述不下去。

八十三

空荡荡的会议室中只剩下刘建平和龚雅竹。刘建平面色铁青，望着天花板一口接一口抽烟。龚雅竹给他茶盅续上水，他也一点反应没有。龚雅竹轻叹一气，安慰道："你也别太难过，事情发生毕竟都几天了。"

刘建平这才侧头勉强笑笑，说："刚才听了老张和包谷的讲述，心头还是……"

"谁听了包谷那哭声会好受呀。你没见老赵悄悄抹泪？"龚雅竹绞着双手。"不管怎么说，老卿牺牲得很壮烈。为了拖住曹一龙，掩护其他同志转移，他选择了留下。有个情况我也是刚知道。"

"啥情况？"刘建平问。

"在安全转移的人员中，有一个还是你我的老熟人。"

"哦？哪个？"

"陈晖岚，益民银行经理陈思昆的女儿，锐敏的干妹子。"

"咋会有她？"刘建平吃惊道。

“这个女孩很追求进步，报名参加了征粮工作队。经过培训，就分配在五龙区工作。谁知刚去就遭遇了土匪暴动。要不是卿松同志，恐怕这次……”

刘建平长吁一口气，犹自心有余悸：“如果晖岚有啥闪失，我们今后咋去面对思昆老……”

“好啦，我们商议商议下一步工作吧。”龚雅竹说。

在刚才的会议上，总队首长传达了军管会的指示，此次五龙区土匪暴动影响十分恶劣，其他地方的土匪也遥相呼应，袭扰地方政权、阻挠征粮工作、杀害部队战士和地方干部，一些受到威逼利诱的群众也裹挟其中。目前形势下，坚决消灭曹一龙这股顽匪，打掉其嚣张气焰已刻不容缓。总队首长要求刘建平和龚雅竹密切配合，下达的具体任务是，尽快掌握曹一龙所属土匪流窜活动情况，为部队发动进剿提供准确情报。

“曹一龙本就狡猾。再加上有高进在后面出谋划策，对付起来会更难。”刘建平说。

“是啊，徐耀庭死了，曹一龙的山寨又人去寨空，老卿或许就是因此放松了警惕……殊不知，曹一龙和高进必定是早有预谋。”龚雅竹说到这，忽然想起徐耀庭临别时说过的那句话：高进可是个难缠的对手。

“再难缠，他们也有弱点。”刘建平轻蔑一笑。

“你有高招？”

“高进这个人吧，十分狡猾阴毒，这一点很像他的师傅徐耀庭。他行动力很强，但求功心切。恰恰这一点就不如徐耀庭，老谋深算，沉得住气。”刘建平点上支烟，继续道，“再说曹一龙。同样狡猾，自不待言。但他的毛病一是太贪财，凡事只要有利可图，就不会轻易撒手。再就是好面子。”

“没错，此二人就是这副德行。你想从这方面着手？”

“这次他们在五龙区暴动，当然是大功一件。说不定台湾那边已经给他们开了什么嘉奖之类的空头支票。但由于老卿将征粮款转移了，老张他们又回防及时，就曹一龙而言，这场暴动尽管争得了面子，实惠却一点没捞着，反而死了十来个脚脚爪爪，一贯重视笼络人心的他，势必还要花一笔钱安抚其家属，对此次暴动取得的实际效果，他应该不会太欢喜。土匪嘛，最忌讳下了山却打空手回，但在当时的情况下，他们又不可能把仓库中的粮食背啊扛的全弄走。”

“看来你这几天没闲着，是早有主意咯？”龚雅竹抿嘴笑道。

“老卿出事后，我们大大小小的会开了那么多，我能闲得下？”刘建平使劲挠挠头发，接着道，“曹一龙这帮土匪，时聚时散，行踪诡异。如何能聚而歼灭之，是最大问题。嗯，未必这些天你就闲着？”

“我自然也没闲着。”龚雅竹说。“还在部队进城不久，我们就监听到脚板街一带有奇怪电波出现，目前已排除了商业电台的可能。这个电台多数时间都静默着，奇怪的是，就在曹一龙和其他几处土匪暴动前，它却活跃了三四天，之后又很少有响动了。”

“你是说这个神秘电台与此次各地土匪暴动有关？”

“目前还只是揣测。不过我已经向老赵汇报了这个情况。”

“老赵咋说？”

“老赵说，这次川西地区较大范围的土匪暴动，绝非偶然，极可能是在统一谋划指挥下实施的。那天曹一龙与高进就是分头行动，高进带人偷袭了别的场镇，我们有四名战士牺牲。”

“统一谋划指挥？”刘建平思索道。“如此规模的行动，凭高进那点能耐，谋划指挥得来吗？看来，我们应该继续加强对脚板街那个区域的人员排查监控，说不定有意外发现。”刘建平建议道。

“之前我们已协调公安的同志，对那一带逐户进行核查，目前还没有发现可疑线索。另外，我也安排了人员在街面加强巡查。”

刘建平一敲桌子：“你的人不多。这样，我让李为成和王大兴也去参与监控。干这种事，他们在行。”

二人一直分析商议到天都快擦黑，总算有了大致方案，决定吃过饭再细化下，然后连夜向总队首长报告。

刘建平和龚雅竹提出的诱敌之计其实并不复杂。以押送征粮款为诱饵，引诱贪财的曹一龙和立功心切的高进上钩，然后聚而歼之。

自从开展征粮工作以来，所需征粮资金都采用逐级武装押运的方式进行。以前也发生过一两次土匪半道劫夺的事件，由于是小股土匪，加之情报可能没拿准，纯属瞎摸瞎撞，都被击退了。但由此可以判断，土匪对征粮款早已垂涎三尺。总队首长经过反复权衡，最终同意了他们的计划。并指示他们双管齐下，刘建平主要负责诱敌，龚雅竹主要负责加强对城区，特别是脚板街一带的人员排查、电台监控。

脚板街，不宽也不长。或者是因了街名奇特，对它周边的街巷人们可能记不得姓甚名谁，但只要提起脚板街，十有八九都晓得。

一大早，龚雅竹带着两名情报科的人悄悄进到负责这个辖区治安的公安局派出所。最近几天她基本上都是这样安排的工作时间：上午待在派出所，下午回总队。小会议室的桌上照例已摆好辖区内所有的户籍册。余副所长和苏干事也已照例候在了那里。

“我们继续吧。”简单寒暄后，龚雅竹说道。

“龚科长，你真要一户一户听情况介绍？这要搞到猴年马月哦。”四十多岁，有些秃顶的余副所长笑道。他以前就是这个辖区的老警员，新政后，因为表现积极，居民们对他以前的为人处世也多有认可，不仅保住了饭碗，还提拔成了副所长。他时常开玩笑说，我这条老鱼儿在污水里游了半辈子，没想到新政府不嫌弃，还把我放在又清又大的水池里继续游，硬是像在做梦。老街坊们替他高兴，说，你以为新政府是瞎眼睛？你这叫好人有好报。

“干我们这个工作，就是要有耐性。”龚雅竹态度温和。“再说，也不是每户都需过细。老余同志，你是这一带的活地图、活字典，听你说话，有趣。”

“好好，全凭龚科长指示。那我们还是像昨天，你点到哪户，我就介绍哪户的情况。”

龚雅竹在之前已经将所有户籍阅览过，并将一些重点户记在笔记本上。此时，她翻开笔记本看看，说：“曾吉仓这户的情况，说说吧。”

苏干事听罢，迅速从堆在桌上的户籍册中抽出一册，翻开几页，送到余副所长手里。这位苏干事也是以前的老警员留任的，虽然年轻些，精明干练却不在余副所长之下。

余副所长只瞄了瞄户籍册，就放在一边。“这曾记锁店的户主曾吉仓，全家六口人。夫妇两个，儿子儿媳妇两个，还有一男一女两个孙孙儿。这户人是四年前从城外天回镇迁来这里的。为啥子呢？曾吉仓修锁配钥匙的手艺高啊。俗话说，一把钥匙开一把锁。市面上的锁，只要是大路货，你拿一把在他眼睛前晃一下，不必给他钥匙样，他立马就能给你配上一把，且一捅即开。匠人嘛，本来就是靠手艺吃饭，手艺越精本来是好事。可也怪，偏偏这门手艺如果太精通了，就未必是好事，因为容易招惹贼娃子。”

听到这，龚雅竹会心一笑。见此，余副所长也不再卖关子，继续道：“在天回镇，他就惹上了几拨贼娃子，经常带把锁样去找他配钥匙。整得他是不胜其扰，还提心吊胆。所以干脆搬进城里来，又换了个字号。曾吉仓快六十的人了，这一户，应该是本分人家。”

龚雅竹略微沉吟，用笔在曾吉仓名下画了个叉，又向余副所长点了下一户。

按照龚雅竹或简或详的询问，余副所长一口气介绍了十多户人的情况，大半个上午就过去了。

“余副所长，请你介绍下周元达这户的情况。”龚雅竹一点没有歇息下的意思。

余副所长喝口茶水，打点起精神，接过苏干事递过的户籍册：“这户情况简单。三口人。这周元达年少就没了双亲，从小在北门上一家鞋铺当学徒娃，也就是童工嘛。后来成了家才自立门户来脚板街开了这间小铺子，算下来少说也有十来年了。生意不好不歹，日子马马虎虎过得起走吧。只是他都三十好几的人，老婆肚子还不争气，一直莫得生的，说来也是命苦哦。”

“还有个人，你忘说了。”龚雅竹提醒道。

“对对。邱望春，周元达的大舅。”余副所长拍拍自己脑袋。“他自己爹妈死得早，却有个大舅邱望春要供养起，所以我说他命苦。不过呢，他也全靠了这个大舅帮衬，才盘下了铺子后面的小院，比起原先吃住都在铺子里好多咯。”

“大舅？为啥要他供养？”龚雅竹问。

“他大舅早些年一直在外跑生意。据说生意一度还做得很大，赚了不少钱，安家在重庆。哪晓得硬是祸从天降，日本鬼子飞机的一颗炸弹下来，房子垮咯，婆娘娃儿全炸没咯，他大舅也伤了一条腿。后来实在没办法，三年前带了全部家当回来，落户投靠周元达养老咯。”

“你们见过他那个大舅？”

“难得见到。只是隔一段时间会看见他在街上一瘸一拐闲逛。”

“这个，我倒记得。去年我曾经顺口问过周元达，为啥好久不见他大舅。”苏干事插话道。“他说他大舅时不时要回老家乡下住一段时间，闲着没事还爱四处访亲问友。”他见龚雅竹略有所思，又补充道：“最近半年，邱望春身体不太好了。我两次看见他在铺子门前廊檐下，躺在躺椅上看街景。这次排查，我和鱼头，哦，余副所长也进过他们家，当时那个邱望春还躺在床上给我们打了招呼的。”

“他长什么样？”

“哪个？邱望春？”余副所长和苏干事对视一眼。“中等个头，大半白的头发胡子，老花眼镜，咋看都是挨边七十的人。对了，瘸腿。”

龚雅竹紧蹙眉头好一阵，才又点了下一户。可当余副所长在介绍下一户的情况时，她却老是不能集中精力去听，悄悄在周元达名下画了个问号。

十二点整，余副所长和苏干事起身去厨房安排午饭。龚雅竹叫过一名同行的情报科侦查员，低声交代了几句。那名侦查员点头出去了。十多分钟后，他带着两个人回到会议室。看着那两人的装束打头，龚雅竹忍不住捂嘴笑了。一个是头裹白帕地地道道的乡下人，一个是脚拖半截破鞋活脱脱游手好闲的街娃。

“龚科长，对面撞过，也不一定认得出我们哥俩吧？嘿嘿。”李为成摘下只有半边护耳的棉帽嘻嘻笑道。旁边的王大兴搓着一双没洗干净泥垢的手，一脸颟顸样，说：“十多天了，婆娘种的菜都快拿给我卖尽咯，还是点发现莫得。龚科长，我这个菜贩子还要装好久？”

龚雅竹笑道：“怪不得刘建平说你们干这个在行，在街上遇到，我确实不一定认出你们。”稍停，她止住笑，开始交代任务。“刚才发现一个新情况。有家布鞋店，户主叫周元达，三口人，除他妻子外，还有个大舅叫邱望春。从现在开始，对这家店铺的重点监控任务就交给你们了。我还想再次提醒二位，万不可打草惊蛇！”

余副所长和苏干事送来了午饭。龚雅竹招呼王大兴和李为成一起吃，趁吃饭的工夫大家又商议了不少监控的具体事项。

八十四

“浅茶居”，五龙镇街场上最大的一家老字号茶馆，兼卖小炒菜饭。即便是不逢场的“寒天”，茶馆里也随时客流不断。这天临近中午，区公所四个干部嘻哈打笑上了茶馆的二层吊脚楼。十来张茶桌都坐满了人，刚好还空着一张，忙招呼来堂倌儿看茶。四人边饮茶边闲聊起来。

一个说：“哎呀，每次押款车来都搞得好紧张，里三层外三层警戒起。我刚才硬是夹着一泡尿守到财会室没敢动下脚。”

再一个说：“三个铁皮箱的征粮款，你我一家吃一辈子吃得完不？肯定要戒备森严嘛。上次曹一龙不就是要打征粮款的主意吗？幸好有卿书记在，才没叫他狗日的得手。”

“其实我觉得吧，没必要这么紧张兮兮的。除了区中队，现在镇上还住了一个班的解放军，给他曹一龙一百个胆子，敢来？不过呢，就怕他娃儿在半道上打主意。”又一个说。

“半道上？那一个班押运的战士是吃素的？不打他龟儿子屁滚尿流。”又一个不屑道。

“喂，我一直没搞懂。原来是五天才押运一个铁皮箱，现在咋个三天就要押三箱呢？况且也没看到比之前多的粮食入库嘛。”一个问道。

一个答道："你又没有具体参与征粮工作，当然不晓得。这个事情和我们五龙区的地理位置有关。五龙区离省城近，离县城远。从县城运款过来，路远，太不安全。所以现在改为直接从省城过来，这是其一。其二呢，经过了上次土匪暴动，上级加强了我们区的守卫力量，顺势将五龙区作为附近两个区征粮款调度的中心，你说，那还不要三个铁皮箱？至于征得的粮食，还是各自往上头运缴。"

"所以说嘛，上级的决定就是英明，这样安排肯定比以前安全多咯。"一个附和道。"只不过如此一来，我们的神经就要绷得更紧了。"

"所以我才提议，趁到接完押运款这点闲工夫，我们抓紧一起吃杯茶、冲几句壳子，也好放松放松。"一个自夸道。

四个人决定奢侈一回打个牙祭，干脆就在这里吃中午。叫来堂倌儿，兴致勃勃商量着点了几样炒菜。然后又转弯抹角继续聊起刚才的话题。

与这四个区干部闲谈中透露的相类似的信息，以各种不同的渠道在五龙镇已传播了一段时间。这背后的导演当然是刘建平了。而这些担负信息传播的干部，都是经过他和老张反复甄别后确定的。

龚雅竹一个人在办公室心不在焉地翻弄着工作笔记，不时抬腕看下手表。她在等刘建平。这些日子他们每天至少必碰一次头，说说各自工作开展情况，再分析研判一番。虽然多数时候并没有什么新情况可供他们分析研判，反而是无形的压力让他们一天比一天焦虑不安。

今天，龚雅竹却有些急切地要见刘建平。因为她决定将内心一直萌动着的一个怀疑告诉刘建平。但当刘建平推门进来时，她又有些迟疑起来。

"我还以为你已经出门去脚板街了，怎么又急着找我？有新情况？昨天忘了说？"刘建平笑问。

龚雅竹将特地为吸烟的同事预备的烟灰缸递过去，掩饰住了微微的尴尬之情。待刘建平在办公桌对面坐下，慢慢点上支烟，她才犹豫着说："是啊，其实有件事一直想说，又没考虑成熟，怕你笑话。"

"哈哈哈。"刘建平仰头大笑，"堂堂'女诸葛'，竟然也有不自信的时候。嗯，不对，这应该叫作'为名所累'。"

"看嘛，事情还没说，你倒先取笑起来。"

"好好，不笑了。不说出来你憋得难受，那肯定是件有意思的事。说说，我听着。"

龚雅竹将身板坐直了："你还记得三天前我们碰情况时我说过的事吧？我让王大兴、李为成重点监控周元达那一户人？"

"对，我记得。"刘建平回忆道。"我当时问了你原因。你说是因为那户只有三口人，而且那个叫、叫邱望春的大舅是三年前落的户，之前在重庆跑生意，来龙去脉不是很清楚，所以列入重点监控。"

"你记性不错。"龚雅竹先夸赞一句。"上次我还曾经告诉你，老赵说最近这次土匪暴动绝非偶然，而是极可能有人统一谋划指挥，而你当时说的是：'凭高进那点能耐，统一谋划指挥得来吗？'还记得不？"

刘建平弹一节烟灰入缸："对，我说过。以我对高进的了解，他充其量是个将才，做帅，还差些。"

"你知道我听了这话在想什么？"

"当然是在想，谁在做这个'帅'。你想到哪个了？"刘建平身子向前一倾。

"徐耀庭。"

刘建平咧嘴一笑："唔，当然，徐耀庭绝对有能耐统一谋划指挥。"

"我是说，这次土匪暴动，就是徐耀庭本人亲自谋划指挥的。"

"啊？"刘建平眉头一挑，"你是说，徐耀庭没死？这个玩笑开大了。当初老卿说了徐耀庭死讯，你又亲自去询问了那个自行下山投诚的土匪，还从别的渠道加以印证，只差开棺验尸了。而且也是你，说与徐耀庭分手时，他已流露出心灰意冷，想要自我了断的意思，所以，听到他的死讯你并十分惊讶。"

"你说的都没错。但是这几天我也不知为什么，脑子里始终就要想起徐耀庭以前谋划阴谋诡计的样子，赶都赶不走。"

"那是你和他相处太久，有心理阴影。"刘建平打趣道。

"没那么简单。脚板街神秘的电波，布鞋铺店主周元达那个很少露面、三年前才落户的大舅……"

"你怀疑那个邱望春是——徐耀庭？这太不可思议了吧？"

"你以为我会随随便便让王大兴、李为成重点监控这户人？对，我就是怀疑这个邱望春。"

"又是直觉？"

"不光是直觉。徐耀庭向来深谋远虑。一般人下棋，看三走一，他肯定不止看三步。如果说他早已看穿'党国'的最终结局而预留后路，那是一点也不奇怪。狡兔三窟，说的就是他这种人。"

"不管咋说，这些都是你凭空推断。"刘建平故意还要激将下龚雅竹。

“以前徐耀庭有时会玩下‘失踪’的把戏。少则一两天，多则三四天。谁都不知道他去了什么地方。当然，对外的说辞永远都是两个字：‘开会’。但有几次明明徐孝凡就在站上，徐耀庭也没了踪影。我还问过徐孝凡，站长开会怎么不带上他这个保镖。徐孝凡回答说站长有站长的私事，我们就不要多打听了。我当时还胡乱揣测，徐耀庭是不是在外面养了什么人。这种事对他们而言再平常不过。我除了为芬姨叹息两声，也就一直没在意了。现在想来……”

“现在想来，他几年前早就开始经营这个密窟咯。徐耀庭啊，真快成精了。”刘建平嘲讽道。

“你好像不太怀疑我的怀疑了？”龚雅竹道。

“其实我从来就不怀疑你的怀疑。”

“恭维就不必了。”龚雅竹撇下嘴。“昨天王大兴向我报告了一件‘小事’，更有意思。”

“一定与你的‘怀疑’有关。”

昨天上午，周元达的老婆挽了个菜篮出了门。这是个身子敦实，再普通不过的女人。转过两个弯，遇到熟人亲热地打个招呼，那女人缓缓径直去了不远的一个菜市场。市场里摊铺纵横排列，很是热闹。她似乎对要买的东西早已确定，直接去到卖水货的摊点，向二十多岁的年轻摊主交代了几句什么。年轻摊主回身在一个大木盆中捞起一条足足约有三斤大小还活蹦乱跳的鲤鱼，娴熟地用一根细篾条穿过鱼嘴儿，再挂在秤钩上象征性称了下，双手将鱼放进女人的菜篮。

“施兄弟，还是老价钱？”女人一脸是笑，边问边从很小的布钱包里掏出几张纸币。

摊主很会笼络买主，笑嘻嘻道：“四姐，你是老买主咯，就是涨别个的价，我兄弟也不会涨你的价。这个斤两大小，做糖醋鱼最安逸。我算到你今天差不多又该来买鱼了，所以专门给你留着的。”

“哎呀，施兄弟是越来越会做生意了。”那女人夸赞道，同时将钱递过去，又说，“等三天，再给我留条这般大小的。不准卖给别个哈。”

“晓得、晓得。你们家大舅爱吃糖醋鱼嘛。”

“他不光爱吃，兴趣来了还亲自做呢，嫌我做的不对味儿。”那女人打个哈哈侧身又去别的摊位买了点小菜，一路向熟人打着招呼回了店铺。她绝没留意到，自她一出门，一副庄稼汉进城卖菜打扮的王大兴就一直跟在后面，而她与鱼摊主的对话也被王大兴听了个一清二楚。

“你知道吗，徐耀庭最爱吃的菜是什么？”龚雅竹克制着兴奋，问刘建平。

“我又难得与他一起吃饭，咋晓得。糖醋鱼？”刘建平淡笑道。

“没错。徐耀庭最好附弄风雅、讲究吃喝。他喜好川菜，但平时最爱吃的还是老家的两道菜，一是糖醋鱼，二是红烧狮子头。一个人，或许什么都可以改变。但有两样不容易改。一个是乡音难改。一个是饮食口味难改。”龚雅竹说。“徐耀庭早就会说一口地道的成都话，甚至四川各地的土话也能应付。他还要我也学说本地话，说是便于工作。他把嘴巴的说话功能管住了，却没管住另一个功能——吃。或者他忽略了这点。或者他以为吃个糖醋鱼算不上什么犯忌之事，本地人吃糖醋鱼的也很多呀。”

“是哦，别人可以吃，偏偏他就不能吃。看嘛，吃出大麻烦咯。”刘建平揶揄道。

“王大兴说周元达老婆买菜是件‘小事’，恰恰就是这件‘小事’，让我昨晚反复掂量，最后决定找你说出我的怀疑。”龚雅竹双手往桌上一摁。

“那还等啥？走哇。”刘建平站起身。

“哪去？”龚雅竹一时没明白过来。

“赶紧向领导报告去啊。雅竹同志，你晓不晓得，你已经犯了严重错误了。”刘建平板着脸。

龚雅竹一边收捡笔记本一边蹙眉问：“什么严重错误？”

“有了如此重大怀疑，你竟然憋了如此之久才说出来，你就是私心作怪。还真叫我说准了，‘为名所累’。准备挨批吧。”

龚雅竹愣了片刻，再没了刚才条分缕析时的精神气。看着她面色难看，刘建平缓声道：“给你开玩笑呢，咋就真紧张了？”

龚雅竹摇摇头：“或许你说得对。走吧，去找老赵。”

听罢龚雅竹的汇报，赵英双手合抱茶盅，还是那副温厚样，只是很久不言声。

“政委，刘建平说我会挨批。要不然，你就批我一顿吧。”龚雅竹怯生生道。

“你们在敌营潜伏多年，哪天不是在怀疑和被怀疑中度过的。干情报工作，对什么人和事有怀疑，甚至仅仅是直觉，也是很正常的，而且还要很珍视这份敏感。”赵英温和说道。“你没有提早说出最初的怀疑，是因为那也许就是直觉，而不是怀疑。这是对自身‘敏感’的控制。‘直觉’不是不能说，而要视情况而定。如果我们每个人成天把自己的‘直觉’挂在嘴上，还了得？那不是乱了敌人，是乱了自己。现在，综合各种因素，由‘直觉’而足够‘怀疑’，你不是就说出来了吗？我还批评你这个‘小诸葛’什么呢？”

龚雅竹一手抚胸口，悄悄吁了口气。

“当然，就这件事来说，你如能早点说出，起码与建平沟通沟通，那就该得到表扬咯。”赵英手指虚点下龚雅竹，扭头问刘建平，“建平，你那边有进展吗？”

“按计划，我们的诱饵早撒出去了。最近几天，五龙镇街场上已经隐约有人在打听征粮款押运的事。我认为鱼儿应该快咬钩了。”刘建平回答。

“好。我带你们去找老郑。”赵英口中的老郑，就是总队队长，一位老八路。

三人正要起身时，屋门被急促地敲响。赵英高声一句“请进”，穿得破破烂烂的李为成推门而入，呼哧呼哧喘着气报告：“发现、高、高进了！”

“坐下说。”赵英沉稳道。

李为成说，今天一早他刚在脚板街路口边蹲下，就在行人中发现了体型高长，行色匆匆的高进，尽管对方穿长衫戴礼帽嘴巴捂口罩，但还是被李为成一眼认出。他知道高进非同一般，所以只跟了半条街就不敢再跟下去。“龚科长反复招呼过，万不能打草惊蛇的。”他说。

“你能确定是高进？”龚雅竹问。

“这些年与这个虾子打交道不是两三回了，我能确定。”李为成说。

“小和尚有这个眼力。”刘建平插话道。

“那是哦，你神探师傅教出来的嘛。”李为成笑嘻嘻道，一看领导们神情肃然，赶紧也把脸板起了。

“看来必须立即采取行动了！走，一起去老郑那里。”赵英率先起身。

八十五

周记布鞋铺后院，一间门窗紧闭光线微弱的房间里，店主周元达的大舅邱望春手夹烟卷，犹如笼中困兽，来回踱步。

房门被轻轻推开，周元达闪身入内。他身板单薄，面相忠厚，腰杆上常年系条黑围裙。

“没事吧？”邱望春问。

“四妹看到他上了黄包车才回来的。”周元达回道。

“短短半个月他已经来了两次。大为不妥啊！”邱望春叹口气。

“这么大的事，他能不来当面请示吗？再说，您又不愿使用电台联络。”周元达小心辩解道。

“你以为用电台就安全？你晓不晓得有多少人就栽倒在电台上？我希望永

远都不要用那招祸的鬼东西！”邱望春还是有点毛焦火辣。

周元达只好无语了。也许是自感有些蛮横，邱望春舒缓语气道：“前些日频繁使用电台，那是要统一指挥调度各路人马的行动，或许已经引起共党的注意。现在行动完成了，不到万不得已，最好别碰那玩意儿。小心驶得万年船，这都是为你我‘一家人’安全着想嘛。”

“是、是，大舅咋说咋是。”周元达连连点头。

“我非圣贤，岂可‘咋说咋是’。”邱望春摇头苦笑下，“就比如这次他想干的这档子买卖吧，我还真有点拿不定、吃不准。元达，你如何看这件事啊？”

周元达有点受宠若惊：“进哥也是被曹一龙逼到莫奈何，所以才来请示您。要说干不干得，还是您老人家定哦。”

“一个贪财，一个贪功。真是一副挑子不打倒栽，一样重。”邱望春讥讽道。“这桩买卖太大。干成了自然利益多多。但万一……我还得想想、想想啊。你还是去铺面吧，照管好自己的生意。”

周元达正有此意，忙告辞闪身退出房间。邱望春则继续踱步。

临近中午时，周元达老婆慌慌张张轻声叫着“大舅、大舅”推门进来。

“这么慌，四妹子，啥子事？”邱望春问道。

“大舅啊快躺下，公安派出所那个余副所长、苏干事他们又来查户口了！”周元达老婆压着嗓门道。

“老办法应付。”邱望春强作镇定，转身躺在了床上。周元达老婆帮着盖上被子放下蚊帐帘，又手脚利索地将屋子清捡了番。待她回到铺面时，查户口的三男一女还在与她男人拉着家常。

“你大舅最近身体咋样？还起不了床吗？”余副所长随口问道。

“吃了几服药，见好些，就是人还立不大起来。”周元达回道。

“走走，去看望下他老人家。”余副所长说。

“谢谢、谢谢咯。”周元达只好起身相陪。

从铺面来到后面的小院，空气中弥漫着由西墙角厨房里飘出的阵阵香味。

“元达老弟，你小日子过得滋润哦，天天打牙祭吗？”余副所长笑道。

“我大舅身子虚，咋个说也要尽量给他补补嘛。”周元达应道。

“闻这香味儿，像是红烧狮子头？”查户口的三男一女中，那个年轻女公安小声问道。

“哎呀，想不到你个年轻妹子鼻子还这么灵哦，硬叫你说对咯，不是红烧狮子头还是啥子呢？”周元达老婆恭维道。

年轻女公安嘴角撇过一丝讥笑，跟着大家进了邱望春的房间。

“大舅、大舅，余所长他们来看望你了。”周元达挑开半边蚊帐帘，缓声道。

“劳烦咯、劳烦咯，才没隔几天哦，老朽咋敢当啊！”邱望春声音苍老，颤颤巍巍戴上老花镜，吃力地侧过半个身子、半张脸。

“老人家，病好些没有啊？”余副所长亲切询问。

“都是老毛病咯，在见好。”

“来来，我给你介绍下。”余副所长热情道。“我和苏干事是早就认识的。另两位呢……”他轻轻虚推开身边的周元达。“这位是治安联防总队的李为成同志。还有位年轻女同志，可是了不起啊，联防总队情报科科长龚雅竹同志。”

随着介绍，一直在人堆后面的龚雅竹淡笑着缓步至床前，微微探头，直视邱望春。邱望春眯虚着眼，嘴里嗯嗯啊啊。两人就这样对视了足足有几秒钟时间，最终还是邱望春垂下眼帘。

“老人家好啊！”李为成这时也靠拢过来，一边问候着，一边打量了一眼邱望春，然后对龚雅竹微点下头，退回到后面。

“依我看，你老人家的病怕是很难医治。因为你得的是心病，心病难医，吃再多的糖醋鱼、狮子头也无济于事。”龚雅竹语带讥讽。其实不用李为成确认，她已然认出了对方。

屋子里一片静寂。周元达和他老婆惊慌地交换着眼神，却不敢吭气。

邱望春长长地吐口粗气，缓慢撩开被子，缓慢移动着身体。龚雅竹向余副所长示意下，余副所长点头走到屋门口，掏出警哨吹了三声。只在片刻间，院子里响起嘈杂的脚步声，两名持枪便衣侦查员随即跨进屋里。

邱望春似乎对这些视而不见。他穿上棉鞋，缓步走到一把太师椅边，一屁股坐下，又缓慢撕下花白的假长须、摘掉花白的假头套。

还原了本来面目的徐耀庭，用死鱼般的目光盯向龚雅竹。

两名侦查员正在给周元达和他老婆上手铐，周元达老婆哀哀切切叫了声：“大舅。”周元达也带着哭腔唤了声：“总指挥。”

徐耀庭双眼微微泛潮，嘶哑道：“难为你们这几年了。他们问啥你们就答啥，不必隐瞒。或许你们罪不至死。”目送二人被押走后，他摸摸索索半天，点上支烟，见一直立身对面的龚雅竹没有阻拦，他面色和缓多了，干笑道：“雅竹啊，我想过有这么一天，只是没料到会这么快就又见面，也许我们的缘分太深。”他指指龚雅竹背后的独凳，“能坐下谈谈吗？单独谈，像我们上次在家里告别那样。”他见龚雅竹略显迟疑，又说道：“有些话我愿意单独对你说说，换个地方，我可能就没谈的兴趣了。”

在龚雅竹示意下，李为成、余副所长等人退出了房间。龚雅竹将身后的独凳挪挪，腰板笔直地坐下。

“雅竹啊，脚板街一带商铺众多，人口密集，鱼龙混杂，你是如何锁定这里的？”徐耀庭好奇问道。龚雅竹也不隐瞒，择要叙述了事情经过。听完，徐耀庭苦笑道：“我就说嘛，电台是招祸的鬼东西。当然，高进也不该出现。还要怪我这张贪吃的嘴巴，哈哈，糖醋鱼、红烧狮子头。”

这个藏身窝点，是生性多疑，信奉狡兔三窟的徐耀庭几年前着手布局的。当初他将这个任务交给了高进。高进为此颇费了一番心思。高进的父亲是个布鞋匠，在北门上开了个小店铺。将近二十年前，周元达的父母先后过世，一个远房亲戚将生活无着的他带到布鞋店，高进父亲推脱不开，收下了这个唯一的学徒。高进父亲倒是对这个看似木讷，实则心灵手巧的徒弟娃很是喜欢，从不打骂。周元达身子瘦弱，几次重病，都是师傅竭尽心力救活过来。刚成年，又是师傅为他张罗了个媳妇。周元达两口儿对这个中年丧偶的师傅感恩戴德，本想着要好好伺候老人家几年，师傅却没能享他们几天福，撒腿走了。这之后，周元达夫妇才在脚板街自立门户，开了这家布鞋店。高进自小就与周元达相处得来，周元达更是对这位“进哥”又亲又敬。虽然师傅死后他们交往少了，但偶尔碰面，还是亲热得很。接到上司徐耀庭的任务后，高进扣了半天脑瓜皮，总算想到了这个从小到大的毛根儿朋友。接下来的事情就好办多了，三言两语将周元达两口子吸收为蓉站秘密特工，徐耀庭亲自考察面试后也甚为满意。如此这般，这个关键时以防万一，可进可退的藏身窝点就此筑成。此事被徐耀庭视为绝对机密，除了高进，就连他的贴身侍卫徐孝凡也毫不知情。此后，徐耀庭隔段时间就要玩一至四天失踪把戏，对外声称外出开机要会议，实则是伪装后有意出现在脚板街，扮演起了周元达大舅邱望春的角色。

“其实招祸的是你不甘心失败、不服输的心。”龚雅竹平和道。“你既然已经‘死’了，就不该死而不僵。”

“是啊，如果我什么都不做，老老实实在这里当‘大舅’，做个无用老朽‘邱望春’，也许还能安度晚年，起码也能多活几年。对，我就是不甘心、不服输。当初我放你走，就是想与你这个小丫头片子继续斗法，看看究竟是我这块老姜辣，还是你这根小葱香，这才有趣嘛。今天斗法终结，我输得心服口服。毕竟我多少也算你半个师傅，师傅输在弟子手上，不丢脸。”

“这点倒是不假，从你身上我确实学到过不少本事。”龚雅竹淡笑道。“但是，你说当初放我走是为了继续与我斗法，未免太高看我了。你只是为了让你诈死这出戏更逼真才放我走的。你几乎已经达到目的。因为正是我的报告，让组织上没有对你的‘死’产生任何怀疑。你在利用我。”

“对，我在利用你。但无论你信与不信，你对芬姨好，我不忍心加害你，这点也是真的。”徐耀庭用温和的目光看着龚雅竹。“为此，我绞尽脑汁才谋划出你所谓的‘诈死’这出戏，以为能收一举两得之效。”

“我不想再纠缠这个问题。你还有什么话，抓紧说吧。”龚雅竹神情肃然。

“前次是假死，这次是真要死了。雅竹你又何必催促一个将死之人。”徐耀庭摆出一副其言也哀的样子。

“谁说你要死了？”龚雅竹又好气又好笑。“你抓紧坦白交代，如能戴罪立功，我保你不死，行了吧？”

“是吗？”徐耀庭眼里闪过一丝光亮。又开始卖弄起嘴皮子，“晋代文人左思描述成都，叫‘既崇且丽，实号成都’。没错，我喜欢这个‘既崇且丽’的地方，这里的老街古巷、民居公馆、百味佳肴，我都喜欢，比之我们的江南水乡，毫不逊色，能在这里多活几年自然也不是坏事……”

看着徐耀庭一脸怅然，龚雅竹耐着性子说道。“不管你以前做了多少对不起人民的坏事，只要真诚悔过自新，甚至戴罪立功，我们都会酌情给予宽大处理的机会。不管是军统、中统、三青团、大小特务，包括蓉站在内，现在有不少人已经投案自首，有的已经得到宽大处理。共产党绝不会像国民党的还乡团，成都解放以来，你什么时候听到看到共产党不分青红皂白大开杀戒了？”

“我的情况，恐怕不太一样……”徐耀庭挠挠稀疏的头发。

“只要你戴罪立功，同样有宽大处理的机会。”龚雅竹神情笃定。

徐耀庭认真观察着龚雅竹，半晌，他重重点头：“还是那句老话，时也、运也、命也。我已尽人事，又岂能不从天意？雅竹，我信你。把你们的人叫来，我就在这里，那个、那个竹筒倒豆子，该交代的全部交代了吧。”

第十四章

八十六

青草从残损的老城墙干裂的砾石中、从街市屋檐长满苔藓的青瓦间、从被人恣意踩踏了不知多少年月的青石板缝隙里，野性蓬松地探出身子；鸟儿在碧树翠竹里嬉戏；朝晖夕阳，晨雾暮霭在原野丘陵如缕缕白色纱幔自由飘荡。一夜春雷，一场春雨，杂花生树，落英缤纷。不经意间，川西平原上的油菜花也悄然地由淡黄而金黄，由星星点点而成陇成片直至蔚为壮观。

一辆福特黑色轿车在金黄的油菜花海中行驶。开车的是游方德。后面坐着黄秋月和龚雅竹。

“德娃，开慢点，借人家陈经理的车别弄坏了。”黄秋月说道。

“他能不急吗？眼看就要见着没过门的媳妇儿了。”龚雅竹打趣道。

“哪个说的？我只是想让秋月姐早点见着果果。”游方德辩解道，稍微放慢了车速。

“其实我也想快点到，见着伯母，早点完成我的使命。”龚雅竹揶揄道。

“你不就是和我们一起去接干妈和果果么，还有啥别的‘使命’？”游方德奇怪道。

“你娃儿不懂，少打听。”龚雅竹笑道。旁边的黄秋月悄悄拉了下她的衣袖。

“怪不得你定了今天去接干妈，又不叫刘哥一起去，偏让他在家等着啥‘好消息’，原来真有‘使命’在身。”游方德在前面摇头晃脑。“这个‘使命’嘛，龚科长，你不说我也能猜到。”

“哦？说来听听。秋月姐，怎么老是扯我衣袖啊。”

游方德嘿嘿地笑开了：“不用我说了吧？龚科长，如果你能完成这个‘使命’，叫我给你磕个头我都愿意。”

“你们两个，一个比一个油嘴滑舌，懒得理你们。”黄秋月假嗔道。引得龚雅竹和游方德一起畅笑。黄秋月终是也被逗得捂嘴偷笑。

说说笑笑中，目的地已到。时近中午，由于之前已托人捎带过信，二姨妈早已吩咐儿媳妇预备下待客的饭菜。简单寒暄、洗手擦脸后，大家就围桌开始吃饭。席间刘李氏不停给龚雅竹碗里夹菜，嘴里还一个劲念叨，你这个妹娃子哦，长得好瘦哦，要多吃点东西哦。弄得龚雅竹最后只好捂着碗连连道谢，同时又瞪一眼黄秋月和游方德，那意思再明白不过：不是你们两个刚才在做介绍时，添油加醋说什么我不仅是刘建平的同事，还救过他的命，老太太至于对我如此不依不饶地亲热？黄秋月和游方德这时哪还顾得上理会她的“责怪”，一个搂着果果亲了又亲，一个看着小英子眼睛就没挪开过。龚雅竹只好无奈地打个抿笑，独自应付着几个老人的“盘问”。特别是那个一向关心时局的二姨爹，问了好多省城里的新鲜事。龚雅竹在与刘建平的闲聊中，听说过这位老爷子，知道他在当地的名望，所以也尽量回答得认真仔细，老爷子很是高兴满意。龚雅竹也好奇地向老爷子打听当地解放后的情况，不过着重了解的还是征粮剿匪的情况。老爷子也是一一作答。据他讲，由于此地紧靠岷江，又在省城去往雅安的要道上，交通便利，消息还算灵通，民风还算开明，公道自在人心，国民党与共产党究竟哪个好，绝大多数老百姓自有见识，所以新政权安排的诸多事宜都能得到拥护支持，比如征粮工作在此地开展得就很顺利。另外，以前这一带也时有土匪拦截长途客运车，半路打劫过往商旅的事。但自从解放后，因为附近除了一些浅丘，离大山密林较远，不便土匪盘踞隐藏，因此匪患并不常有，至于袍哥等帮会中人也还守规矩，周边乡野大致太平。

耐着性子与老爷子聊得差不多了，龚雅竹急于要将话题转入与自己此行“使命”相关的正轨。“德娃，我发觉你的眼睛就没离开过小英子。伯母，我来说个媒，您老人家来做个主，干脆让德娃抓紧把小英子娶过门当媳妇儿嘛。”一听此话，小英子脸一红，起身跑出去，也顾不得身后的一片哄笑声。

刘李氏眼睛笑成一道缝：“妹娃子，你怕不是来接我的哦，是来做媒的哦？”

“既是来接您老人家的，也算是来做媒的。”龚雅竹顽皮道。

“难怪不得你能救平娃，硬是本事又大又多哦。好好，就依你妹娃子，让你做成这个媒。”看得出，因为听说眼前这个妹娃子救过儿子的命，刘李氏已经对她满是信任喜爱。

“好事情、好事情嘛！”二姨爹捋着胡须笑道。他一贯器重刘建平，再加上方才与龚雅竹一番攀谈，内心中对这位救过刘建平性命的年轻女子也是佩服得很。

“伯母，那可说定了，我们这次回去就给他们办喜事？”

“都依你、都依你！”刘李氏疼爱地拍拍龚雅竹的手，那慈祥的目光就像面对自己的亲闺女一般。

“伯母啊，您老人家太好了，通情达理不说，还事事处处为晚辈着想。”龚雅竹恭维道。

“德娃，还不谢谢你干妈？”黄秋月提醒道。

游方德慌忙起身，恭恭敬敬对干妈鞠躬道谢。

“哎呀，没想到我第一次做媒人就这么顺利。”龚雅竹拍手道。“我知道，这全是伯母给我薄面。俗话说，好事成双，我呀，还想趁伯母高兴，再当一回媒人……”

“果果，吃饱了吧？妈妈带你出去摘野花玩。”黄秋月坐不住了，抱起果果向几位长辈致意下，慌慌忙忙离桌出去了。

刘李氏有些懵懂，想要叫住黄秋月，那母女早没了人影。“妹娃子，当媒婆子还上瘾啦？”她取笑着龚雅竹。“说，还想给哪个做媒？”

“远在天边，近在门外。”龚雅竹嘻嘻地笑，故作神秘。

“门外？”刘李氏眨巴着眼睛一时没回过神来。“小英子？刚才不是说好啦？”

“干妈，龚科长说的是嫂子、秋月姐……”游方德小心翼翼提醒道。

“秋月？”刘李氏张开的嘴半天没合上。她惶惑地望着龚雅竹：“你要把秋月说给哪个啊？”

“还能有哪个？当然是刘建平、刘大哥呀。”龚雅竹坦然道。“我们所有的同事朋友都觉得，他们俩般配得不能再般配。伯母，您老人家未必一直没看出来？”

“我、我……哎……”刘李氏一时语塞。

龚雅竹拉过刘李氏的双手，温言道：“伯母啊，虽说我们初次见面，但我晓得您最心疼刘大哥和秋月姐，您老人家早该让他们结合在一起了，我保证他们一定会很幸福的。”

刘李氏已经平静多了，问：“他们自己都愿意？”

“我这个媒人可不干拉郎配的事。要不是他们你情我愿，我哪敢在伯母面前提呀？”龚雅竹作出撒娇状。

“你这个妹子，本事真的大，胆子也真的大哦。”刘李氏叹息道。

“哈哈哈，好事、好事嘛！”二姨爹开怀大笑，独自将满杯酒干了。

“大姐呢，都劝过你好多回了，你还不信。”二姨妈也乐呵呵冲刘李氏说道。

“肥水不流外人田哦，多好的事哦！”

“有你说话这么难听的？啥叫‘肥水’？枉自还是读过几天书的人。”二姨爹向二姨妈横眼瞪去。

“话丑理端嘛。”二姨妈低声辩解道。

“啊！原来你们几位长辈早有这个意思？太好咯！”游方德高兴道。

“哎。”刘李氏擦下不知什么时候溢出的泪滴。“我眼睛又没瞎，咋看不出他们那点心思？几个娃自幼一起长大，能没感情？咋不般配？可、可是……童院长就不提了，那秋月先还是我大儿媳妇啊，外人面前咋、咋说啊……”

“我说大姐呢，现在是新社会了，你那些旧脑筋该换换咯。”二姨爹烟杆敲桌面。虽然口称刘李氏“大姐”，其实他比对方还长几岁。“说句你莫要多心的话，平娃和秋月就是叫你耽搁久了。两个娃多理性、多好，你还要耽搁他们多久哦？”

“德娃，快去叫你嫂子回屋来。”刘李氏抹干眼泪吩咐道。

“我去。”不知什么时候溜进来的小英子一闪身出去了。

很快，黄秋月牵着果果进来了。

刘李氏起身离座迎上去，叫着：“秋月呢，我可怜的女子呢……是妈不好呢，耽搁你和平娃久咯、久咯……”

黄秋月一愣神，立刻就什么都明白了，轻轻唤了声“妈”，人已半跪着扑进刘李氏怀里。

果果被眼前这一幕吓着了，哇地哭起来，又是叫“妈妈”又是唤“奶奶”。旁边的人看着此情此景，又是笑又是抹眼泪……

刘李氏在老家双河镇或远或近的亲戚中辈分本来就高，加上他做郎中的男人在世时救活过不少人，至今还为镇上人感念。听说她要回省城了，从一出院门一路上就有好多人或陪着送行，或笑着请她二天再来。喊娘娘婶婶的，叫婆婆奶奶的，还有唤老祖祖的不绝于耳。老太太在小英子搀扶下，颠颠迈着尖尖小脚，前后左右地回应，真有些应接不暇了。直到在区公所门前上了车才喘口气，说：“哎，住久咯，还有些舍不得走呢。”

“那还不容易？”抱着果果坐在前面副驾驶位置的黄秋月笑道。“妈，你要是喜欢，就常回来住一段。”

“常回怕是不得行哦。以后果果要念书咯，再以后嘛，我还有孙儿要带。你和平娃要抓紧哦。”

“妈……”黄秋月耳根子羞得通红，好在坐在前面才不至于太难堪。

一车人都忍不住笑了。

八十七

午后的春阳还是那么柔柔和和，道路两边的油菜花还是那么金灿灿，漫无边际。

驶离镇子有十多里地了。游方德驾驶的福特轿车进入到一段道路狭窄多弯道，同时又远离农家住户十分僻静的区域。

一架乡下常用的独轮木车停在前方，车上绑着两捆柴火，却不见推车人。独轮车并非停放在路中央，而是稍微靠边，但又实实在在让包括小轿车在内的车辆无法通过。给人感觉这是推车人的无心之过。

“哪个的鸡公车哦，以为这么停就不挡路？莽子。”游方德嘟囔着，摁了几声喇叭，在离独轮车二十多步远的地方将车刹住。他要留够让独轮车挪开的距离。

“或者人家有啥急事，我去帮着挪一挪。”后面的小英子遇上这种事总是很热心。

“看样子车不轻。你陪干妈安坐好，我去。”游方德心疼小英子，自然不会劳烦她。

这时果果小声对妈妈说想尿尿。黄秋月答应着妈妈带你去，就和游方德一左一右拉开了车门几乎同时下了车。游方德嘴里哼着小调往前去，黄秋月牵着果果往车后走。

游方德走到独轮车跟前，叫了两声“鸡公车，哪个的？”见没人应答，便弯腰伸手握住了两个车把。

尽管方才听二姨爹说过，最近这一带总算太平，但机警的龚雅竹从游方德下车始，嘴里在和小英子、刘李氏闲谈，眼睛却仍然本能地一直观察着前方的动静。就在游方德握住车把的同时，龚雅竹突然发现道路两边有情况。一边是油菜地里似有人朝公路上蹿，另一边是小树林灌木丛里也似有人向独轮车停放处扑去。

龚雅竹一手掏枪一手推开车门，一个闪身已到车外。情急之下，她无法判断是否确实遭遇了敌情，只好枪口向上，扣动了扳机，大喊道：“秋月姐，快上车！”几乎同时，游方德已经与来路不明的劫道者交上火。虽有独轮车为掩体，但因为要面对公路两边射来的子弹，处境十分危急。好在龚雅竹也接着开火了，为他吸引开一部分枪弹。

“龚科长，不要过来，保护好她们！”这是游方德发出的最后喊叫。

“妈妈、妈妈……”枪声中，龚雅竹听见身后传来果果的哭喊声。

“表嫂、表嫂……”这是小英子的惊呼声。

“果果？秋月姐？”龚雅竹闻声心中大慌，朝油菜地里的人影开了两枪，顾不得飞来的乱弹，反身就往回跑。轿车后面，小英子抱着果果还在转着圈哭喊“妈妈”“表嫂”。

“秋月姐呢？”龚雅竹急声问。

小英子只是哭着摇头，果果抽泣着说：“有坏人……坏人抢走了妈妈……”

龚雅竹感觉一阵晕眩，略眯下眼，待睁开眼再急速四下里观察时，哪里还有黄秋月的影踪。正在茫然无措之际，枪声停止了。

“小英子，快上车！”龚雅竹强自镇定，不容分说地将小英子和果果送进车内，关好车门，然后向游方德的位置冲去。

游方德瘫软地背靠独轮车，手枪落在一旁，腹部血流一片。他眯缝着双眼，有些恍惚木然地看着龚雅竹。小英子扶着刘李氏牵着果果踉踉跄跄赶过来，看见血泊中的游方德，小英子哇地一声哭着扑上去搂住他，“德娃哥、德娃哥”地叫着。先还一直哭着叫妈妈的果果，此时又哭叫起小德叔。刘李氏完全被这不到两分钟内发生的事彻底搞蒙了，跺着脚念着：“咋得了哦、咋得了哦！”

游方德强睁眼睛，嘴角露出一丝笑，看看小英子又看看龚雅竹和干妈，嘴唇颤抖着，说不出话，那眼神中传递的意思却再明白不过。

龚雅竹靠近道：“德娃你放心，我们都会照顾好小英子。你坚持住，我们这就赶回城去医院，你会没事的。小英子，我们一起把他抬上车，快！”

经龚雅竹提醒，小英子似乎燃起了希望，赶紧止住悲声，与龚雅竹合力将游方德抬到轿车后座躺下，她自己则蹲下身，伸出右臂枕着游方德的头。刘李氏抱着果果坐在了副驾驶位置。

龚雅竹驾驶的轿车风一般向省城方向卷了过去……

又是一弯半月高悬。树枝间、墙角里，蝉鸣虫闹，院落却更显冷清。刘建平独自在院子里徘徊，满地烟头。

本来这段时间刘建平的内心是快乐兴奋的，甚至充满了一种从未有过的幸福感。徐耀庭落网，精神防线被彻底击垮。为争取戴罪立功，他向求财立功心切的高进、曹一龙发出了同意其行动计划的电报指令。高进、曹一龙不知是计，两天后纠集齐人马于省城去往五龙镇的半道上设下埋伏，企图截取征粮款。他们以为虽有解放军战士押运，但区区一个班的人枪又岂是自己两百来号人的下饭菜？再加上地形有利，连徐长官也认为此地乃绝佳设伏之地，只要倾巢出动、速战速决，必定万无一失。他们哪里料到，在他们设伏地的外围，解放军一个营的兵力早已对其展开了反包围。战斗打响，土匪们几乎一触即溃，漫山遍野逃命。曹一龙拼死顽抗，被当场击毙。曾嚣张一时的所谓“川西剿共救国西路军第三纵队”就此灰飞烟灭。唯有警觉性和自保逃命的本事比土匪要强的高进等原来蓉站的少量特工，以及逃遁术也不差的土匪伍嗣五趁乱逃脱。饶是如此，还是击毙了那位张姓报务员，击伤俘获了前蓉站特勤队队长冯关雄。可惜这家伙没撑住，两天后不治而亡。

接下来的十来天时间里，战果不断扩大。先是城内隐藏得极深的几个特务窝点被拔除，再是省城周边的几支势力较大、活动较猖獗的土匪及反动武装被歼灭。这些战果里面，有联防总队和相关部门单位前期所做的情报搜索等准备工作，也有徐耀庭这个“总指挥”的积极配合。为此，龚雅竹还曾请示政委赵英，可否去“慰劳”下徐耀庭，一是对他前期的立功表现给予勉励，二是劝导他再想想，还有什么没有交代完的问题。赵英爽快同意，说徐耀庭确实有立功表现。

龚雅竹心中明白，不久前，组织上最终将被捕牺牲在蓉站的樊步兆确定为革命烈士。而在这件事上，除了赵英、刘建平、龚雅竹，以及当初护送樊步兆进城的交通员、杂货店汪老板的证明，徐耀庭的供词也起了重要作用。赵英为此深感欣慰，所以才如此爽快同意她去“慰劳”徐耀庭。龚雅竹又特地邀约上刘建平同行。

听着龚雅竹的情况介绍和勉励的话，品尝着龚雅竹专门为他烹制的糖醋鱼，徐耀庭不失风度地淡笑道：“能够为你们发挥些许残余价值，是我的荣幸。”他见刘建平的眼神中一直对他有种或多或少蔑视意味，略一沉吟，正色道：“建平老弟。哦，不对。刘队长。以前我对您伤害不少，现在想来，真是羞愧难当，无地自容啊！什么相逢一笑泯恩仇，我是不敢奢望了。不过请你们二位放心，我一定积极改造，争取二世为人。有用得着我的地方，只管吩咐。”看刘建平眼神比之先前多有和缓，徐耀庭爱耍嘴皮子的老毛病又犯了，“也请向黄医生代为转达我的歉意。哎，当初让她嫁给童院长，这主意确实损了点。不过你们晓得不？童杰要飞去香港，情况我是掌握的，我本可以拦下，起码让他走得不那么顺畅。后来转念一想，何不就做个顺水人情，让他走了也好，正所谓‘一别两宽’嘛。建平老弟，您说是不是这个道理？”“老徐啊，我看你话还是太多咯。”刘建平讥讽地打断了对方，心里却分明闪过了一丝对徐耀庭的好感，赶紧又在心里骂了句“龟儿子老狐狸”。是的，最近只要有谁在他面前提到黄秋月，即使是徐耀庭虚情假意地提到，一种暖暖的幸福感也会油然而生。

而今，德娃牺牲，黄秋月被劫下落不明、生死未卜，这突如其来的打击几乎让他神经麻木，疼痛无感，仅凭一股毅力支撑着。母亲面前他要好言劝慰，小英子需要他安抚，就连果果他也要诓哄：二爸一定会把妈妈找回来。德娃的后事虽有组织上料理安排，但他还是要操心过问，提出建议。面对领导，他还要提起精神参加会议，共同分析研判案情。总队长老郑指示很明确，方德同志已经牺牲，现在的首要任务是尽快营救黄秋月医生，并请政委赵英亲自牵头抓此事。赵英召集刘建平和龚雅竹等人，对营救行动做了具体部署。

今天下午在烈士陵园参加完游方德的葬礼，刘建平好不容易劝慰着把哭得死去活来的小英子交由她哥哥小阳送回家，自己却一屁股跌坐在游方德的坟头再也直不起身。赵英过来拍拍他肩膀，说了句“别待太久”，赶去参加一个会了。

参加葬礼的人都走了，空旷的烈士陵园鲜花盛开，松柏参天。王大兴、李为成似乎早有准备，默默地在墓碑前的青石板上摆好酒杯。

“我们三个再陪德娃吃台酒。”王大兴嘶哑着嗓门说。

“要喝高兴。”眼睛哭肿的李为成斟满了四个酒杯。

“德娃这一辈子有高兴事吗？”刘建平木然问道。

王大兴与李为成对视一眼，说：“有啊。德娃虽然没了家人，但后来遇上了你刘哥，还有了干妈，又有亲人了，高兴事啊。”

“还遇上了小英子。虽然没过门，但比亲媳妇儿还亲他。你看小英子刚才哭得，那、那么……”李为成说不下去了。

“还有。”王大兴接着说，“他老家那个恶霸，叫啥子魏先生的，十多天前被当地政府镇压枪毙毬，当团长的儿子据说也被我们的部队打死在战场上，德娃听说后高兴得很哦。”

“就这些？”刘建平又木然问道。

“还有。”一个女声在旁边响起。三人抬头一看，龚雅竹不知什么时候来到近前。她神情肃穆，“游方德同志被追认为中国共产党党员，他在天之灵一定会得到告慰！”

刘建平默默举杯一饮而尽。王大兴、李为成与那只属于游方德的酒杯碰了下，也干了。

“你们说，德娃要是不死，他还会有多少高兴事？”刘建平依旧木然问道。

“刘哥，你不要再问了啊！”李为成哭喊道，头埋在两腿间呜呜哭起来。

龚雅竹背转身，任热泪长流。好半天才擦干泪水回过头，对刘建平道：“建平同志，现在不是我们沉溺在悲痛里的时候。秋月姐还等着我们营救，你忘了总队首长的指示？”

刘建平听闻此言，木然的神情逐渐化开，眉头紧蹙。“你有线索吗？”他淡淡问道。

“线索要靠我们去找，坐等不来。”龚雅竹暖言道。“走吧，我们去见个人，或许有点收获。”

刘建平盯了盯龚雅竹，又垂头沉吟片刻，艰难地要起身，竟一下子没起得来。王大兴赶紧一把将他牵起。

八十八

龚雅竹带着刘建平再一次去见了徐耀庭。

“没想到二位这么快又来看望老朽，真是叫我感激涕零啊！”徐耀庭气色比前一次见面更活泛了。他发现龚雅竹打着空手，略微有点失望，打个哈哈掩饰过去。

“今天来得匆忙，没给你带吃的。”龚雅竹直言道。

“雅竹把我当老小孩了，嘿嘿。建平老弟，能赏支烟吗？”

刘建平面无表情，满足了徐耀庭的请求，自己也点上一支。

“你们一定遇上难事了。”徐耀庭扫视下二人。“说吧，看我能否帮上忙。”

龚雅竹简要叙述了路上被袭击、游方德牺牲、黄秋月被劫持的事情经过。“实话说吧，我们现在线索不多，所以才想请你帮着分析下。”末了，龚雅竹态度诚恳道。

徐耀庭重重点头，起身在狭窄的审讯室踱起步来，不经意间似乎又找到了以前巧思布局、预人在先的感觉。打了几个圈，重又坐下，慢悠悠吸着烟屁股。刘建平见状，干脆将一包烟丢到桌上，说：“随便抽。”

“谢谢。”徐耀庭故作矜持，手却控制不住赶忙从烟盒里捻出一支就着烟屁股续上火。

“离开镇子十多里路遇袭，你为什么不折返回镇上，而要舍近求远回城里，就不怕耽误了伤员救治？”徐耀庭问龚雅竹。

龚雅竹一听便知徐耀庭的老毛病又来了，只好耐着性子道："正因为离开镇子不远就遇袭，当时情况不明，我担心镇子上也不安全，所以我不敢折返回去。况且，游方德的伤势太重，即使返回去，凭镇上的那两家小医馆，根本无法救治。赶回城里去大医院，或许还有一线希望。"她望一眼刘建平，"可惜还是太晚了，游方德在路上其实已经牺牲了……"

"你也没有立即去搜寻劫持黄医生的人。"徐耀庭转眼对刘建平说，"雅竹的决策是对的。当时情况下，她万不可丢下其他人不顾，唯一正确的处置就是尽快离开险地。"

至此，龚雅竹和刘建平总算明白了徐耀庭的用意。刘建平略带讥讽道："徐长官，谢谢你的好意。我们谁都没有责怪过雅竹。"

"那就好、那就好。"虽然一番讨好卖乖被点破，徐耀庭却一点不尴尬，反正他已做了个顺水人情。神情一转，话入正题，"依我之愚见，此次设伏，极有可能是高进所为。"

"继续往下说。"龚雅竹似乎并不惊讶。

"就设伏的地点选择、具体行动实施及效果看，情报准确、计划周密、目标明确，绝不拖泥带水。一般的土匪袍哥应该没这个能耐，倒极似我们蓉站特工的手段。这一点，相信雅竹会有同感。"徐耀庭总是不忘讨好龚雅竹。

"仅凭这一点就判断是高进所为，未免太牵强了。"龚雅竹说。

"当然不止这一点。"徐耀庭掰着手指分析道，"第二，他们人不多，所以无法劫持更多人，那样转移、藏匿起来会不方便。当然，游方德小老弟是必定受到攻击的，换了任何人，只要去挪动独轮车都会受到攻击。这是他们早就预谋妥的，以便使你们首尾难顾。为什么他们人不多？按你们之前介绍的情况，曹一龙部几乎被全歼，高进等只是侥幸逃脱。第三，也是我判断此次袭击极可能是高进所为最重要的一点。"说到这里，徐耀庭似有些为难，瞄了瞄刘建平。

"我听着呢。"刘建平说。

"一直以来，高进对黄医生好像有某种、某种特别的兴趣……如果是其他土匪强盗为图钱财，大可劫走她女儿，岂不更容易？但他们偏偏劫持了黄医生……"

"什么叫……'特别兴趣'？你能讲具体点吗？"龚雅竹皱着眉头问。

"也可以理解为'钦慕''仰慕'，或者'有好感'，等等吧。当然，这个还不是最重要的。最重要的是他知道，黄医生对建平老弟意味着什么……"徐耀庭作难地挠挠稀疏头发，急于跳过这一敏感话题。"如果我的第一步分析没错，此次行动确属高进所为，那么我的进一步分析是，他的动机倒不一定是劫持黄医生，而是剑指刘队长。”

“就像当初你们逼着她嫁给童杰，实际的目的却是为了扰乱、打击一直被你们怀疑的刘建平那样？我现在难道还不是他的眼中钉肉中刺？为什么那天不直接冲我来？”龚雅竹有些控制不住愤懑了。

“对付你怕要多费手脚。当然，或许、或许他另有诡计，故意为之，就是要让你在组织面前不清不楚吧。所以刚才我要帮你解释……”徐耀庭干笑着。

“好啦。”龚雅竹手拍桌面。“什么叫‘一丘之貉’？你和高进就是。”

“是、是，我承认，他玩的小把戏都与我之前的说教影响脱不了干系，实在抱歉！”徐耀庭一副沉痛忏悔状。

面色阴郁的刘建平缓缓从烟盒里捻出两支烟，递一支给徐耀庭，为他点着，自己也点着，什么话也没说。徐耀庭自然会意，深吸两口烟，继续着他的分析：

“高进是我到成都后一手栽培提携起来的。我也反复考验过他，他对我应该说还是忠诚可靠的，也还知道感恩。但他更是个睚眦必报的家伙。这么久以来，我们与刘队长交手几多回合，说来惭愧，虽然表面占了些上风，但最后还是输了个精光。特别是你们以征粮款为诱饵，一举灭掉曹一龙，高进也失去了最后的本钱，成了丧家之犬，再加上我又被你们擒获，我想他无论如何是咽不下这口气的。而要撒了这口气，他会找谁？依我对他的了解，就是建平老弟，哦，刘队长。要不是我拦着他蛮干，他早就想对你下黑手了。我潜伏下来后，他还曾经提出过要对你打黑枪，还是被我以大局为重的理由拦下了。”

“蓉站在双河镇附近还有窝点吗？”刘建平问，懒得搭理徐耀庭的自我标榜。

“绝对没有。这一点也是我迷惑之处。他们设伏的地方应该距离藏身地不太远。大白天带着个人质，转移起来多有不便。不过话又说回来，高进是条地头蛇，保不定他自己在双河镇附近就预设有藏身窝点，就如我在脚板街预设后路一样，干我们这行的，不奇怪。我建议你们加大对双河镇周边的搜寻盘查。”

“高进劫持黄医生，你觉得他会……”龚雅竹欲言又止。

“这个你们放心。”徐耀庭正色道。“高进表面自恃清高，骨子里又自觉卑微。这种人面对黄医生，只会假装斯文正经，再说，他的目标是刘队长，一时半会儿不会干出那些、那些下三烂的事。上次、上次在站里……我们不是也没为难黄医生嘛。”

“那么，用你‘徐长官’爱说的话，这出戏他要如何唱下去呢？”刘建平面色和缓多了。

“他会联系你。”龚雅竹先自言道。

“没错。”徐耀庭点头。

龚雅竹和刘建平及时将徐耀庭的一番分析说辞向赵英做了汇报。他们共同认为，站在徐耀庭的角度，其分析猜测比较合乎情理，有些看法甚至与他们之前的分析研判几乎一致。赵英指示他们再加派力量搜寻摸排。他特别叮嘱刘建平，如果高进果真与其联系，必须立即报告，共同制定行动方案。刘建平请求亲自去双河镇参与调查，被赵英劝止了。其实刘建平知道，龚雅竹在负责双河镇那边的工作，设卡检查、走访搜寻，除了总队派出了不少人手，双河区公所也组织了力量参与，甚至连二姨爹都亲自出面，拜托当地三教九流帮忙打探消息。赵英不同意，说既然已经分析到高进可能联系你，你就一动不如一静，同时也多陪伴下母亲。之前龚雅竹已经向他讲述了老人家同意刘建平、黄秋月婚事的情况，他深感，黄秋月被劫对老人家的打击有多大。

汇报完工作，龚雅竹要陪刘建平回家。自遇袭以后，龚雅竹在市区和双河镇之间来回跑，一直忙个不停，就连游方德的葬礼都没赶上准点。她颧骨微凸的面容憔悴了许多。她说这几天一直没空去看望老人家，今天无论如何要去看看。刘建平没有拒绝。

龚雅竹径自上了吉普车的驾驶位，刘建平略愣下，坐在了副驾驶位。刚才去见徐耀庭，同样是龚雅竹驾车。要在以前，哪有让龚雅竹驾车的道理。

“也怪，自从遇袭后，我经常自己开车了。”龚雅竹含蓄解释道。

“你是看我状态不好。”刘建平苦笑下。

见着龚雅竹，刘李氏如同盼来了救星，拉着她就不松手。“妹娃子啊，你本事大，救过平娃，这回你千万千万要救秋月哦。我苦命的秋月哟……我苦命的德娃哟……”

刘建平从未见过母亲如此长声悠悠悲切哭诉。即使在失去大哥建安、妹妹秀娟时，母亲也表现得坚强多于悲痛。其中缘由虽难以言表，但刘建平似能够体会。

饶是龚雅竹善解人意、心思细腻，也流着泪说了许多安慰宽心话，总算让老太太止住了悲声，答应保重好身体等秋月回家。

眼看天色不早，龚雅竹婉拒了刘李氏留她吃夜饭的盛情。她对送她到车边的刘建平说：“老人家淤积在心的苦痛太多，畅畅快快地发泄下不是坏事。我马上赶去双河镇，可惜不能多陪她。”

“我总觉得最有可能藏匿人的地方，应该是在‘二镇子’——双河码头。”刘建平思索道。

“是啊，双河码头的情况确实比较复杂，你之前也提到过。放心，我马上组织力量再摸排一次。”龚雅竹说。

问明了龚雅竹不是一人前往，刘建平虽稍觉放心，但还是提醒龚雅竹注意安全。车已发动，龚雅竹又探出头道：“建平同志，别忘了老赵的话呀。”刘建平明白其所指，点头应承。

“妈妈、妈妈……”小英子房间里传来果果梦呓的哭喊，打断了刘建平的思绪。他轻脚走近些，听见小英子正小声哄慰。

刘建平长吁一口气，尽量压抑住内心涌起的悲怆。他现在需要的是冷静的思考，是韧性的等待。虽然不确定，也不愿意即将面对的对手就是高进，但即或是高进，他也希望对方早点亮出底牌。因为没有人比他更难以忍受如此的煎熬。

堂屋里突然响起电话铃声，刘建平精神一振：但愿是“开价”的电话！

八十九

刘建平的预感很准。电话的确是为“开价”而来。但让他惊讶的是，致电者竟然是开雅居古玩店的郭老板。郭老板电话里语气和缓，只说有位故人想见他，希望他一人独自赴约。

刘建平犹豫下，一口答应，骑着自行车很快赶到。穿着缎面长袍马褂的郭老板亲自在门外迎他，客气地引至那间他与当时的老孙曾经碰头的房间，又亲自沏好盖碗茶，这才坐下笑微微道：“刘队长莫怪老朽唐突，这么晚还惊扰你。实在是受人之托，万般无奈。”

“郭老客气。以前您可是为我们行了颇多方便，建平一直记着呢。我听说前不久老孙还曾经专门来拜访过您。”面对这位深藏不露的长者，刘建平尽量做到礼数周全。

“是啊、是啊，那天我与赵政委相谈甚欢。”郭老板慨然道。“鄙人幸逢新时代，着实欢喜啊。不过，喜新又还念旧，乃是我们这帮老朽的臭毛病，即或是如我这样的退隐之人，一时三刻也改不了。所以，今晚我才斗胆有此一邀，该当何罪，但凭刘队长责罚就是。”

“郭老何出此言，倒让建平不安了。”刘建平谨慎道。

“你们都不要这不安、那不安，怕个毬嘛。”随着话音，门帘一挑，一个也是长袍马褂，左手捏一顶黑色礼帽的干瘦老头跨进房间。

刘建平搭眼一看，愕然道：“蔡局长？”

“建平啊，别来无恙？”蔡文广将礼帽随手往衣帽架上一挂，不请自坐。不待刘建平搭腔，又说道，“我劳烦郭兄咨会你，又借此宝地见个面，郭兄何罪之有？你建平真要抓我，还不是要记郭兄一功？”

郭老板为蔡文广同样沏好茶，和蔼地向蔡、刘二人拱拱手：“二位慢谈。”转身出了房间。

蔡文广边用茶盖不断轻轻荡开水面上的浮茶边道：“前次你给我的那把紫砂壶，就是出自此店吧？哈哈。实话给你说，我与老郭是多年故交，只差拜把子了，那是因为我们都烦了那些俗套。我们平常虽不往来，但关键处还是靠得住的。”

刘建平一副恍然大悟的样子，暗自感慨蔡文广这个老袍哥名堂太多、水太深。而郭老板竟然与蔡文广有如此交情，其背景更是深不可测。刘建平收回思绪，对蔡文广说道：“自从上五龙山前一晚别过后，我们再未谋面，我还以为局长大人跟到国民党败军一起跑滩了。”

蔡文广撇嘴道：“我向来不屑与军界过多交道，跟到他们跑啥子？”

“就在城里东躲西藏？我晓得你蔡局长关系广、名堂多，但就能藏一辈子？像王魁盛司令那样率部起义，你是学不到了，学学邓季粟，趁早登记自首，争取宽大处理，总还可以。”刘建平劝道。

蔡文广苦笑下：“人这个东西就是怪，所谓不见棺材不落泪、不撞南墙不回头，我左思右想，还是觉得能寻个地方，自自在在活些年好，所以我要赌一把，嘿嘿。”

“你想自己蹚条出去的路？万一赌输了呢？会输得精光的哦。你们的前省主席王陵基，聪明狡猾吧？化装潜逃到江安县地界，还不是被我们抓住了。”

“那只能怪他运气差。当然，我也试过两次，确实不容易，所以一直在等机会。今天恰好逮着个机会，说不定就能赌赢了这把。”蔡文广捋着八字胡。

“你想找我帮忙出去？”刘建平哼笑着，干脆一语点穿。“真把我当袍哥兄弟伙啦？”

蔡文广摆手道：“你老弟现如今是什么身份？我又是什么身份？平白无故

你娃儿岂会帮我。不过，如果我先帮你一个大忙，作为交换，或许你会同意搭手。比如，弄个特别通行证。”说完，笑嘻嘻盯着刘建平。

刘建平心里“咯噔”一下，知道这是在“开价”了，平淡道：“不妨先把事情来龙去脉说来听听。”

蔡文广又捋捋八字胡：“说来也硬是巧。今天我也是受另一个故人所托带个口信给你，是关于你嫂子黄医生的……”

虽有心理准备，但刘建平还是差点撑起身来：“哪个‘故人’？是不是高进？”

这下轮到蔡文广微微吃惊了：“你咋晓得是他？”

“蔡局长，我不管你提什么条件，还先请你快把黄秋月的事情仔细说说。”

蔡文广叹息道：“哎，这龟儿子高进，果真就掐住你娃儿的软肋咯。好嘛，容我摆给你听。”

按蔡文广所述，今天大下午时，有人在他的藏身处找到他，希望由他出面传话给刘建平，黄秋月已然在高进手上，需得满足所提条件才能放人。而高进提的条件很简单，由刘建平驾车，护送他们七个人经雅安至西昌境内。

“只要跨进西昌地界一步，他们保证放了你和黄医生。”蔡文广怕刘建平疑虑，再次强调道。“所谓盗亦有道，我觉得高进不至于食言。”

“高进的人说没说黄秋月现在的情况？”刘建平先问了最关心的问题。

“这个自不待言，我肯定要问的。放心，他们绝没太过为难黄医生。据说黄医生也很配合。因为他们为避免麻烦，只好威胁黄医生，如果她不配合，就会想办法再去劫持她女儿，甚而至于找你、你母亲、你一家在双河镇老家亲戚的麻烦，故而黄医生……”

刘建平抬手止住对方，用严厉的目光盯向对方：“蔡文广，你的意思，我不给你通行证，你就不告诉我具体的时间地点？”

刘建平还从未当面直呼其名。蔡文广毫无尴尬之情，摆出一副滚刀肉的泼皮状：“正有此意。”

“我完全可以马上抓你回去突审！”

“你当然完全可以，我也完全预料过。据说你们共产党搞审讯不会用刑，那我怕啥子呢？不就是扳嘴劲嘛。嘿嘿，我肯定能抗一两天。而你建平老弟，怕是拖不起哦，因为高进定的日子就在明天。”

刘建平暗吁一气，他其实很明白，对蔡文广这个泼皮老江湖用强，就是拳头打在棉花上。他掏出烟自顾自点上。蔡文广咧嘴一笑，好像一点不计较对方的无礼，伸手取过烟盒，捻出一支。刘建平只好再将火柴盒推过去，缓和道：“不如我一并送你和高进他们一起去跑滩，何必多此一举，要啥子特别通行证。”

蔡文广慢悠悠点上火：“蛇有蛇路，鸟有鸟道。我要走的是重庆方向。”

“就算我给了你特别通行证，你也未必就真的能远走高飞。”刘建平讥讽道。

“有那物件总比没有强。我说过，我想赌一把。另外，我要的是两份通行证——还有贾兴旺与我搭伴。”蔡文广双手合抱茶碗，叹口气，神情恳切道，“建平，你我相交这么些年，你摸到你心口说，我老蔡待你不薄，好多事情上帮过你吧？把你嫂子的事放一边不说，就是再为难，你也该帮我这一次嘛。”

刘建平沉吟不语。

“为啥高进偏要我带口信给你？”蔡文广站起身，“俗话说，人情留一线，日后好见面。他知道我们有交情，只有我说的话你才信。多话我不说了，明早七点，带上我要的东西，还是在这里碰头。我一准告诉你具体时间地点，耽误不了你去救黄医生。”

刘建平手抚眉骨上的疤痕，还是没言语。

蔡文广连敲两下桌子：“好嘛，我再说一遍。你要搞一辆车，起码能装下十来个人的那种，还要七八套你们平时穿的军服，按我明天早上告诉你的时间地点，接上高进，保送他们一伙人进入西昌境内，然后你就可以带黄医生回来了。最要紧的是，这件事你不能向你们的组织报告，只能你一个人去办。一旦你们要用强救人，用高进的话说，他只好与黄医生来个‘玉石俱焚’。‘玉石俱焚’，你听清楚了吗？”蔡文广又重重敲两下桌子。“还有，我是见过你们特别通行证的。如果你娃儿明天给我弄两份虚三假四的玩意儿，过不了我老蔡的眼，休怪我耽搁了你救人。”

“都听清楚了。都按你说的办。”刘建平淡淡回应。

“那好，明早七点见，你抓紧回去准备。”蔡文广温言道，“我呢，今晚就留宿雅居，好生与郭兄摆摆龙门阵。你要是变卦了，随时来抓我就是。”

出得雅居，不知什么时候夜空里已飘起细雨。刘建平推着自行车踽踽而行，不一会儿就淋湿了大半身。已经慢慢寂静下来的街巷和凉凉的雨丝，似乎有助于他此时冷静思考，但有个声音越来越猛烈地撞击着他的耳膜直至脑髓，那是蔡文广，抑或是高进的话音——玉石俱焚、玉石俱焚……于是，所有理智的思考、利弊的权衡都变得微不足道。

刘建平神情平静地回到队部，在队部值夜勤的恰好是小和尚李为成。

“刘哥，说好我在这替你盯着的，咋不在家好好睡一觉哦？”李为成对老上司很心疼，跟着来到队长办公室，递上干毛巾，转身又端上一盅温开水。

“本来就该我当班，再说也没法睡了。”刘建平揩着湿漉漉的头发，然后喝一口水。“刚才接到任务，要提前准备下。你先去宿舍收罗收罗，搞七套军装，要从头到脚齐全，放到道奇车上，我有用。”

刘建平口中的道奇车是一辆美式中型军用吉普车，连驾驶室和车厢装载个十来人没问题。这辆车的车厢用漆成黑色的铁皮包裹过，前不久在诱歼曹一龙部时曾押运过“征粮款”，后来上级就干脆调配给了刘建平的行动队使用。

“啥子任务，这么特殊？是不是要去救秋月姐？”李为成难掩兴奋。

“又忘了规矩？”刘建平瞪眼过去。

刘建平自然知道李为成对营救黄秋月特别焦急上心。前不久，黄秋月给李为成介绍了一个小护士，二人已见过面，欢喜得李为成睡着都笑醒，加上以前黄秋月受刘建平所托，请了骨科大夫治愈过他父亲的腰伤，他也一直心怀感激，总说以后要好好报答嫂子。

“是、是，守纪律，不打听。”李为成无奈道。

“抓紧去办吧。”

按照蔡文广的要求，车辆和军装都不难解决，唯有特别通行证的申领稍微麻烦点，需经过总队首长亲批。不过对于经常执行特殊任务的行动队而言，也只是个手续办理的事情。发现某某可疑人员，需要派员外调，这个理由足够充分。以前就有好几次因为类似工作需要而申领特别通行证。为确保不出纰漏，刘建平决定自己出面去总队那边办。但他很担心今晚老赵值班。他不能确定，面对老赵的询问，自己是否还能装作若无其事。他当然记得龚雅竹几小时前叮嘱的话——别忘了老赵的叮嘱。

老赵没在总队。值班的一位副总队长爽快批准了他提出的两份有效期为十天的特别通行证申请。只是特地强调：用后立即归还。

天快亮时，绵绵春雨毫无停歇的意思。

刘建平将一身军装再整理整理，从办公桌抽屉里拿出车钥匙，信步来到值班室，对李为成交代：“叫上八个兄弟，全部便装，随我去执行任务。”

“好呢。”李为成兴奋地答应一声，人已飞奔而出。

六点四十分，刘建平亲自驾车来到雅居古玩店附近，向队员们交代任务：在雅居古玩店周围秘密布控，以他的警哨为号，立即突进古玩店抓捕原市警察局局长蔡文广。

按照刘建平的计划，他先去与蔡文广接头，用货真价实的特别通行证换取其待价而沽的情报，而后实施抓捕。可他没料到，当他七点钟准时跨进古玩店时，却只有郭老板笑微微地候在那里。

“噫？咋不见蔡局长呢？”他问。

店内靠东墙有两把隔几而设的太师椅，几上已泡好两碗盖碗茶。郭老伸手邀他落座：“哎，我那个老弟聪明一世糊涂一时哦。”

“郭老，此话怎讲？”刘建平心知有异。

“我本意只是想为你们牵个线搭个桥，行个方便，其余概不多问，这是老朽一贯的行事规矩。可是昨晚你走后，文广执意要与我摆谈摆谈，不听都不行。或许也是他心中无底吧。他眼目前的处境，这个也属常情。”

“于是您老就了解了事情的来龙去脉。然后呢？”

“然后嘛，也算是一语点醒梦中人咯。”郭老板自嘲笑道。“恕我唐突。敢问刘队长，特别通行证你带着吧？”

“自然带来了。蔡局长坚持要，没办法。”

“再敢问刘队长，你恐怕不光带了特别通行证，还带了其他人吧？”

“……”

“所以我说他是糊涂一时啊。”

“他人呢？”刘建平有点着急了。

“走了。”

“走了？”刘建平缓缓起身。

“刘队长莫急。”郭老板从衣兜里掏出一张纸条，“我已把道理横起竖起给他讲明了，接下来何去何从就看他个人造化咯。好说歹说，总算他还是答应了，让我把这个转交与你，应该就是你之所需吧。”

刘建平接过纸条迅疾看了看，拱手道：“郭老，建平感激不尽！蔡局长以前确实帮过我，还望郭老有机会再劝劝他，也代为转达我一句肺腑之言：唯有向政府自首，才是出路。”

“一定。刘队长此行，万望保重！”

“谢谢！”

离开古玩店，刘建平招拢周围的队员，命令李为成带队步行返回，而他自己则声称另有公干。李为成不敢多问刘建平另有什么公干，心有不甘地带队走了。

刘建平跳进驾驶室，道奇吉普车平稳向城外驶去。

九十

距双河镇十来里地，岷江在此划出一道大弧形，且水势丰润平缓，是天然的泊船良港。作为岷江航运的大码头之一，粮食、油料、盐、糖、烟草、布匹、生铁、山货等诸多物质在这里集散，南来北往的客运船也多在此上下旅客或停泊过夜。要不是因为码头周边地势陡峭狭窄，难以伸展，或许这里才该是双河镇的中心所在。饶是如此，不少当地人仍然瞧准了码头客货通达带来的商机，不惜物力财力，炸石开崖、凿洞挤缝地在码头上起房造屋，开起茶馆、酒馆、烟馆、妓院、客栈，还有脑瓜灵活的，干脆建起大小不等的各式货仓库房，租借给各路商贾，便于他们囤积购销的货物。抗战期间，为便于物资进出，当地又通过募捐，将以前出入码头的陆路小道进行了拓宽改造，使其足可通行大货车。如此一来，双河码头更是水陆通衢，如虎添翼。

据实说，如今的双河码头的商情人气比之双河镇，有过之而无不及，难怪当地人现在将双河码头戏称为"二镇子"。

这是双河码头众多货仓中的一个。山石垒墙，青瓦盖顶。与周围其他用作仓库的房屋一样，因地势缘故，为依山而建，所以房屋构造摆布极不规整，凹凸别扭。推开院门，左侧是间小屋，住着看守货仓的老两口。

高进摸索着擦燃一根火柴，点亮木墩上的小煤油灯，又就着火点上烟卷，捻去挂在额头上一根谷草，缓缓查看一番四周。这是一间存放粮食的大房，一坨坨大麻布口袋堆砌得快齐了房顶高，里面大概装的是陈年稻谷或玉米、豌豆。他所在的位置是用粮袋隔出的一个角落空间，有十几平方米，勉强能容纳包括他在内的七个人。旁边再以一人高的粮袋隔出一块逼仄空间，被劫持来的黄秋月就容身在那里。

孟厚良、苟来富、伍嗣五，加上另外三个蓉站特工还在铺了些干谷草的木地板上屁股顶脑壳地酣睡。高进聚神听了听，隔壁的黄秋月一如之前，了无声息。又听听外面的风雨声，似乎更稠密了些。

高进从电台收到徐耀庭同意行动的指令后，与曹一龙率领集合拢的人马半道打劫征粮款，却反被聚歼，折损了冯关雄和张姓报务员。之后就一直带着幸存的几个手下如钻地鼠般东躲西藏。他也曾动过化整为零各自逃命的念头，但又实在不甘心，还想着某天或许可以东山再起，而要东山再起，手底下有几个难兄难弟总不是坏事。由于以前的落脚点都被拔掉，没被拔掉的也不敢贸然前往，走投无路之际，他猛然想到了双河码头人称冯三哥的船帮老大冯关生。高进知道，目前川康地界上，唯有西昌地区尚有国军残部在活动，那里应该是他们亡命的不二之地，而双河镇是去往雅安进而西昌的绝佳跳板。心念至此，高进带着一帮人连滚带爬，总算有惊无险地蹿到双河码头，与冯关生接上头。

四十出头，身形魁梧，面膛赤红，说话像打雷，一条汗巾不分四季都搭在颈脖上，双河码头船帮老大冯关生给人豪爽耿介、朴实平易的印象，似乎就是个靠力气吃饭的普通船工。

冯关生与冯关雄两家住地南辕北辙，但却是排得起号的本家兄弟。冯关生为人仗义，处事公允，时或还来点扶弱济贫之举，在当地口碑相当不错。但身为船帮老大，总要遇上些疙疙瘩瘩的麻烦事，实在摆不平了，他有时图省心，干脆就请冯关雄出面，仗着军统的身份，替他把矛盾纠纷化解了。他倒并非仗势欺人，一般而言，只要做到不吃亏就行。

但是两年前，冯关生遇上了一件大麻烦。有位商家托运的上百斤烟土莫名其妙在货船上不见了，原本装烟土的木箱里全是沙土。那位客商似乎有军方背景，一口讹上船主，开出的索赔价能把省城里的银行经理吓个半死。这种事，船主只有求救于船帮出面与对方相商解决了。双方协商的“讲茶”吃过好几回，对方却分文不让。冯关生再次派出冯关雄。虽说那时冯关雄已身为蓉站特勤队副队长，没想到人家还是正眼都不看他下，淡淡报了个“刘”字头的公馆名，又淡淡说，既是军方人士，就去那里谈吧。惊得冯关雄拱拱手，扭头便走。万不得已，冯关生又亲自去求成都警局的局长蔡文广帮忙。想着凭蔡文广的神通广大，此事或许还有得通融。谁知蔡文广一听对方来头，眉毛胡子皱成了一堆，连连摇头说，冯三哥啊，你我多年交情了，不是兄弟不搭手，实在是与军方素来少交道，一时之间无从落子。不过他提了个切实建议：既然你有本家兄弟在“小洋楼”某差，化解此事还要靠这条线哦。冯关生心领神会，谢过蔡文广指道后，再次缠上冯关雄，逼着他无论如何要想办法。冯关雄并非心思木讷的主，很快有了主意。他找到自己的顶头上司高进，好歹哄得高进同意与冯关生见个面。酒席上，两兄弟将高进伺候高兴了，这才说了拜请帮忙的事。也不知为什么，高进似乎对冯关生颇有好感，竟一口答应帮忙。拍着胸口说，明天我就摆平了它。又冲冯关雄不满道，屁大一点事，你何必让冯三哥亲自跑一趟。两天后，那位商家主动上门，说是已然查明，烟土失窃全是他们内部有人搞鬼，与船家无关，此事就此罢了吧。自此以后，冯关生视高进如神明。

其实高进当时也还只是蓉站特勤队的队长，连蔡文广都要退避三舍的棘手活路，他哪里就敢轻易答应帮忙？只是事有凑巧，他那时手上正有个军方通共的线索，牵涉那位客商的大后台身边的一位高级军官。他有些投鼠忌器，担心羊肉没吃成反而惹身骚。正准备向徐耀庭禀报，冯氏两兄弟就求上门来，他干脆就以此为筹码，与那边做了个交易。那边虽不承认通共一说，但最后还是以息事宁人、懒于纠缠的态度同意了这桩交易。这件事高进也没再向徐耀庭提起，因为他太明白不过，川军中的头面人物刘文辉、邓锡侯之流与共产党勾勾搭搭早已不是什么新鲜事，但在没有确凿证据下，徐耀庭也拿对方莫奈何，多半也会不了了之。

此番高进落难来投，冯关生对他依然尊崇有加，丝毫没有为难勉强的意思，对此，他甚为满意，暗自庆幸当初帮对了人。他从孟厚良、荀来富随身携带的两皮箱金条中取出五根送予冯关生，以表对其接纳收留的谢意，冯关生笑道："高兄，我冯三哥历来讲究的便是仗义疏财，图的是广交朋友，有仇报仇、有恩报恩，活得痛快苏气。你现在反而给我搞财散人聚这一套，不是羞我脸吗？"高进闻言，想起当初自己笑纳冯关生为求帮忙送上的四根金条一事，自嘲一笑，收回金条，转而提出想让冯关生帮忙去到西昌。冯关生摆手道："走个二三十里路段，我能保证不出问题。再远，关卡太多，肯定混不过去的。"他让高进等人既来之则安之，少安毋躁，容他谋划个万全之策。高进无奈，也明白现在的情形是往成都方向走相对容易，而出成都再往外走，无论哪个方向，都难上加难，自己一伙人虽然都揣着早已准备妥当的正规身份证，但要蒙混过一道道关卡，平安进入西昌境内，其成功概率微乎其微。好在冯关雄将他们一行安顿在一处僻静的客栈中，一天三顿好酒好菜伺候周全，一有空冯关生还来陪着吃酒吹壳子。有天冯关生在摆谈当地风土人情时，无意中提到双河镇大名鼎鼎的"贤大爷"曾大爷，还说方圆百把里，最让他佩服的就是这个曾大爷。说着说着就提到了曾大爷的侄子刘建平的名号。高进这才恍然惊觉，刘建平的老家正是双河镇。他一拍脑门，这么重要的事情咋就忘得一干二净呢？

只要一提起刘建平，高进心里总不是滋味，总要想起刘建平挂在嘴角的那丝讥笑，而且总认为自己正是被讥笑的对象。那讥笑仿佛在说：你和徐耀祖使了那么多手段，又能把老子咋样？最后还不是徐耀祖进了牢房，你落难跑滩。

"你晓得不？关雄兄弟就是死在这个刘建平的枪下。"高进对冯关生说，心中早有了谋划。

"对对。刘建平枪法好，那天我亲眼看到，就是他追到冯队长打了两枪。"伍嗣五十分见机，在旁边添油加醋。

对于兄弟的死，冯关生很是惋惜，如今听说是死在刘建平枪下，本与刘建平并无恩怨的他禁不住一拳砸在桌上。

“三哥刚才说，刘建平的老母现在就住在那个曾大爷家，我们或许可以……”高进欲言又止。

“你想打他老娘的主意？万万不行。”冯关生连连摇头。“冤有头债有主，动一个老太婆，不仗义。再说，凭曾大爷的名望，要动他的亲戚，没那么简单。”

高进略一沉吟，表示理解，说：“那这样行不，我们去人盯着，万一刘建平来看他老娘，总该设法给他点教训吧？”

冯关雄对这个说法表示认可。高进将监视双河镇曾家的任务派给了苟来富。让他装成客商，天天就在镇上或溜达或坐在茶馆里与人扯闲篇，密切监视曾家的一举一动。四天后，苟来富眼见一辆黑色轿车停在了区公所门前。他先还以为来了共党的什么大首长，却惊讶地发现车上下来的是龚雅竹、黄秋月、游方德，直接去了曾家院子。苟来富急匆匆赶回码头向高进报告。高进略一思量，赶忙找来冯关生，以不容商议的口吻摆明了自己的计划，要冯关生负责配合。冯关生听说可以通过劫持人质诱来刘建平，再由刘建平护送高进等人离开双河，并且高进保证只劫持一个叫黄秋月的女医生，尽量不殃及其他人，冯关生答应帮忙配合，而且对设伏地点提出了建议。

劫持人质行动十分顺利，完全达到高进预期。当然，这之后他们不可能再待在客栈优哉游哉混天度日了。冯关生将他们连同人质黄秋月八个人一并转移到了这处仓库躲藏。他们的饮食起居就由看守仓库，冯关生口称四舅公、四舅婆的老两口照料。关于这老两口是否可靠的问题，高进绝口不问，冯关生也没解释一句。

不出所料，政府的大搜查很快开始。

鉴于冯关生在当地口碑人缘都不错，明面上几乎毫无恶德败行，解放后他也处处服从新政府的号令规矩，表现积极，区公所也就暂时默认他船帮老大的身份地位，继续让他维持住码头的正常运转秩序。劫持人质事件发生后，冯关生主动配合政府开展摸排搜查。曾大爷放出话，拜托道上朋友帮忙打探消息，冯关生也拍着胸口应承下来。如此这般，在冯关生及其心腹兄弟的掩护下，高进一伙竟安然无恙地将这几日挨过了。当然，这也得益于黄秋月不吵不闹，只是对高进冷漠相向。高进明白，他威胁黄秋月的话起了作用。

关于如何带话给刘建平的问题，高进有点犯难。派自己的人去风险太大，说不定半道上或刚进城就被拿下，岂不前功尽弃。眼看风声越来越紧，冯关生比他还着急，提出干脆自己亲自跑一趟。高进说那太过招眼，搞不好刘建平没得到信，双河镇这边先自起疑动手，你不在，谁兜得住。高进说，而且带话的人最好还要与刘建平熟识，说话有斤两。

“让刘建平的老上司蔡文广带话咋样？”冯关生撇口而出道。

“就没有比他更合适的人。”高进两眼冒光。“三哥，你有门路找到蔡文广？”

“我与他虽不是同门，但还有些渊源。别人找不到，我要找他，就像走亲戚人户。”冯关生不屑道，又用汗巾抹一把脸。“只是不知他愿不愿掺和这件事。”

高进打个哈哈：“有这种好买卖找上门，他应该不会推辞。”

冯关生在帮会里选了个精明干练的年轻人作为信使，交代清楚如何寻得蔡文广的门路，昨天上午临行前，高进又如此如此将要带的话反复叮嘱一番。昨晚九点过，信使已安然返回。禀报说，虽然费了些周折，不过总算找到了蔡文广，而他果然对这个“差事”很感兴趣，在装腔作势说了些为朋友两肋插刀之类的场面话后，满口应承：一定在当天把话带给刘建平。

一切都太过顺利，高进反而有点心神不定。这时他隐约听见院门打开又关闭的声音，抬腕瞄一眼手表，刚到五点。冯关生这么早过来，未必是出了什么状况？因为他们约定的是上午九点动身。随着仓库房门开关声后响起的脚步声，高进知道，冯关生正七拐八拐绕过粮袋堆砌隔离出的通道走来。

“出啥事了？这么早。”高进不待冯关生喘气，直接问道。

冯关生习惯性地扯起汗巾抹把赤红的面膛，尽量压低嗓门道：“我刚得到信，今天他们要对码头一带彻底搜查，看来是盯上二镇子咯。”

“那我们提前动身。”高进决断道。

“我也是这个意思。”冯关生说。“我用摆渡船将你们送到小庙子，先在乱坟岗藏起来。”

与刘建平的接头地点，是高进与冯关生精心选定的。高进对那里的地形地貌已了然于胸，因为前几天他们正是在此地设伏，打死了游方德，劫持了黄秋月。

早年间，从双河码头顺江而下十多里，还有个老码头叫小庙子，因水势湍急，一般船工不敢轻易靠岸，终被双河码头取代，久而久之几乎被当地人遗忘干净。上得小庙子码头不远，以前确实有座小庙——小庙子码头也因此得名。早些年庙子里的酒肉和尚干出作奸犯科的恶浊勾当，为首二人被当局就地正法，尸身埋在附近的乱坟岗。从此小庙子再无人问津，荒废至今。当地传言，乱坟岗自葬下两个淫恶之徒后，连白天都时常闹鬼了，寻常人避之不及。而乱坟岗东头百米，就是公路，直通雅安。那日高进他们劫持黄秋月得手后，就是冯关生在小庙子码头接应，用摆渡船将他们转移回双河码头，再将被打晕的黄秋月伪装成生病的旅客，一架滑竿抬进了现在他们躲藏的仓库。

“黄医生，我们马上离开这里，劳烦你准备下。”高进冲隔壁轻声道。

九十一

临出门时，四舅婆帮黄秋月披好蓑衣，又递上一根竹杖，说落雨天，路滑。暗影中，黄秋月接过竹杖，微微向老妇人鞠个躬，感谢她这几日来的照料，然后戴上斗笠，默然地跟在高进后面跨出院门，在她身后是孟厚良。

那天被打晕遭劫持，黄秋月醒来已是傍晚时分。待她完全清醒后，估计是一直守在旁边的高进立即对她做了番解释。大意是说，用这种方式将黄医生请来这里，确实万不得已，十分抱歉。他们的目的只是想借助黄医生之力，摆脱目前的困境，还希望黄医生搭手相帮。再有就是，希望黄医生听从一应安排，安安静静待着、等着，不要抱逃跑的念头，也不要做出高声呼救之类的举动，否则，手下的兄弟或许会做出对她本人不礼貌的事情，还会对包括她女儿在内的刘家老小做出不利的事。他们今天之所以只“请”黄医生单独来此，就是不想牵涉太多，累及旁人。高进保证，一旦他们脱身，黄医生就能重获自由，而且他们还会有所酬谢。

听罢高进的一番说辞，黄秋月冷漠地闭上眼睛，好半天才哼了声，算是回答。高进诚恳地表示了谢意。对高进之流黄秋月并不陌生，而今他们已然是一伙绝境中挣扎的亡命之徒，还有什么事干不出来？高进的话，她自然要宁可信其有，绝不能心存侥幸，拿刘家老小的安危作赌注。

就在刚才，高进又将之前威胁过黄秋月的话重复了一遍。只不过这次在他轻言细语中掩饰不住一股阴森煞气。高进说，与人方便自己方便。黄医生如果理性配合，到了地头，我自会放你回家与女儿团圆。如果不配合，那就是逼迫我们玉石俱焚、鱼死网破。只不过我们几兄弟临死前也必定拉上你和刘家老少垫个背，信不信由你。黄秋月照例哼了声，算是回答。

穿蓑衣戴斗笠的一行人在冯关生的带引下，过井巷下堤坎，很快上了一艘朱篷船……

晨光熹微中，在船头撑竿的冯关生与船尾摇橹的壮汉奋力靠岸。冯关生在船头与岸堤上搭妥一条木踏板，又四下张望一番，对高进道：“高兄，抓紧上岸。”

高进向其他人挥挥手。孟厚良率先引着黄秋月经过踏板上岸。待众人全都上岸，高进对冯关生拱手道：“三哥，大恩不言谢。我说过，国军总有打回来的一天，等兄弟回来，这岷江上的大小船帮码头管保都是你哥子的盘口！”

冯关生哈哈大笑：“我双河船帮讲究的是兄弟伙挽手过河，风大浪凶，怕他个毬。你高兄以前帮过我，我冯三哥这回帮你，天经地义，哪来啥子‘大恩’还‘不言谢’哦。”

高进哑然，再一拱手：“三哥苏气，就此别过，后会有期。”

冯三哥笑呵呵也抱拳：“一路蹚平，高兄好走。”他说这话时眼睛却不经意向岸上瞄去。高进疑惑，顺其视线也瞄过去，心里猛然一惊，明白了。他低声道：“三哥宽心，那个黄医生……”不待他话毕，冯关生笑呵呵地推他一把：“抓紧上岸。”

乱坟岗里灌木丛生，又有杂树掩蔽，确实是个藏身的绝佳所在。在一处坡坎下，高进指挥众人停下脚步就地隐蔽。爬上小坡顶，可以透过树林看见公路。

天完全亮了，但阴云密布。雨点仍淅淅沥沥落着，除了偶尔时远时近有斑鸠的鸣叫，四下里一片死寂。

高进等人毕竟是训练有素的特工，无论什么环境下蹲守，对他们来说都是家常便饭。但即或是他们，时间久了也免不了要悄悄伸伸胳膊抬抬腿，稍微活动下。唯有黄秋月，一直端坐在一块石头上，两手拄杖，斗笠之下，眼帘微垂，玉雕一般。

“黄医生，你也可以稍微活动下的。”高进好意提醒。他以为黄秋月要么不会理会，至多会“哼”一声。却没料到黄秋月这次竟然回应了：“不用，我这样很好。”高进正奇怪，黄秋月又发声了：

“是在等人吗？”

“是。”高进略微犹豫下。

“什么人？”

高进将一直叼在嘴角却没点火的烟卷摘下，沉吟片刻，决定还是不能过早告诉对方。

“一个和你一起，可以帮助我们脱困的人。”

黄秋月抬眼，疑惑地审视高进。高进微笑不语。黄秋月审视的眼神转为厌恶，重新低垂了眼帘。

虽然重回玉雕状，黄秋月内心的忧虑却愈加凝重。高进他们等的人会是谁呢？她有种可怕的预感，高进等的人就是她朝思暮想，而此情此景又最怕见到的人——刘建平。

她还记得，当她和童杰举行完所谓的婚礼后，刘建平大病一场。看着病床上昏迷不醒的刘建平，那一刻，她什么都明白了。回想起自己曾经因为和童杰结婚的事对他怨气冲天，她真是悔恨交加。虽然她后来从来没向刘建平表示过一点歉意——她总是什么都装在心里，他也一样。但因了此事，她更知道自己在他心中的分量。眼下的情形，她自然不难预感，高进要等的人正是刘建平。其实她一直在怀疑，仅仅靠劫持自己，高进他们就能安全脱困?

他们劫持自己，是要引来建平!

一念至此，黄秋月心中有那么片刻暖流涌动，但随即就被冰凉刺骨的惊惧重重包裹，让她感觉窒息痛苦。虽然她依然纹丝不动。

离约定时间还差将近半个小时，高进已迫不及待地命苟来富爬上小坡，密切观察公路动静。他并不十分担心刘建平不会如约而来。他是担心蔡文广言而无信，或是别的什么缘故没有将口信带给刘建平。如果真是那样，这场赌局自然就提前结束了。好在十多分钟后，公路上又传来罕有经过的汽车马达声……

一路掐着时间的刘建平将道奇吉普车停在公路边凹进去的一块草坪上，车头和黑漆铁皮包裹的车厢沾满了泥浆。刘建平跳下车，前后观望下，细细雨丝中点燃一支烟，慢慢踱到车头前，拉开引擎盖用支架杆撑住，装成检修车辆的架势。很快，他看见一个披蓑衣戴斗笠的人钻出树林，东张西望地蹚过齐腰高的蓬草向他走来。还有十来步远时，他认出对方——苟来富，蓉站特工。

“刘队长好啊。”苟来富脸上挂着恭敬的笑意。

“哦，是来富兄弟。”刘建平撇下嘴。

“高站长叫我打个前站，还望刘队长这个、这个多包涵。”

“打前站？你随意就是。”

“那，你的枪……”

“哦。”刘建平从腰带上的枪套里掏出勃朗宁。“别给我弄坏咯。”

苟来富双手接过。“对不住，刘队长，还得、还得搜下身。”

“你娃儿越来越把细。”刘建平讥笑道，伸开了双臂。

搜完身，苟来富又走到车尾，拉开两扇铁皮门，探头进去，一眼看见了堆放着的军装。他放心了，回身打个呼哨。

“哈哈，建平老弟果然是有信之人啊！”高进打着哈哈第一个走出林子，快步到了车旁。

刘建平根本没理睬高进，而是专注于他后边的人。在随后走来的披蓑衣戴斗笠的五个人里，他一眼看见黄秋月。不对，孟厚良怎么像是搀扶着她呢？刘建平心中一紧，难道她受伤了？

“秋月！”刘建平疾步上前。

“小心。”高进伸手隔拦住。面对怒目相视的刘建平，他讪笑道，“建平老弟，恕高某无礼。为保万全，我们不得已，在黄医生身上设了个小机关。”

刘建平再次上下打量黄秋月，这才发现，黄秋月的左手臂内侧，用布条绑着个手雷，一根长麻线系在拉环上，而麻线的另一端在孟厚良的手上。难怪孟厚良要搀扶着黄秋月。

“建平……”黄秋月轻唤道，苍白的脸上露出欣喜。“妈和果果，还有雅竹、德娃他们好吗？”

刘建平两眼通红，挤出笑容说：“他们都没事，都好……”

“建平老弟，此地不是说话的地方，上车吧。”高进在一旁提醒道。

刘建平呆立，突然侧身，一拳砸在高进腮帮上。高进猝不及防，两个趔趄差点栽倒。站稳，直起身，擦去嘴角的血丝，他自嘲地笑下，算是认领了这一拳。

如果顺江岸直行，经那条几年前改造加宽的公路，只需十来分钟就可抵达双河码头。而由此前行五六里路程后拐弯向西，擦过双河镇边缘，则是直达雅安的公路。

在双河镇外，道奇吉普车被一道检查哨卡拦停。一个挎冲锋枪的解放军战士来到车门旁。驾车的刘建平向他还个军礼，将特别通行证和自己的个人身份证件一并递交，说，执行特殊任务。那名战士显然熟知这两个证件的效力，匆匆审视后双手送还，后退两步，再次行礼。

已换上一身解放军服装，坐在副驾驶位的高进，将视线从后视镜里收回，侧头干笑道：“我说嘛，有刘大队长保驾，就是走到天边，那还不是畅通无阻。”

“建平，你就不该来。你咋能相信他们的鬼话呀？”车厢里传来黄秋月的埋怨声。驾驶室与车厢就隔着一方帆布帘。黄秋月与孟厚良坐在靠驾驶室的位置。

“秋月，你别担心，我总是要带你回家。”刘建平语气和缓。

“嗯？建平老弟，啥时候改称呼了？不叫‘嫂子’了。”高进酸溜溜戏谑道。“莫非你与黄医生真要成一家人了？先恭喜咯，哈哈哈。”

刘建平蔑视一笑，换了个档位，将车开得尽量平稳些。过了会儿，他冷脸道：

“高进啊，以前我还真是有点佩服你的才干，心眼多，手段黑。所谓各为其主，本也不足为奇。但你今天的所为，未免太过下三烂。你如果还是个男人，就该把手雷绑我身上，何必为难一个女人。”

“建平老弟，你在激我。没用。你的本事哪个不晓得？绑你身上，我吃得住你吗？”高进没好气说。“我心眼多、手段黑？你们要起花样来不照样一套是一套？要不是你们使计，拿运款车诱我们，我现在还和曹一龙四处逍遥呢，何至于走到今天这一步。”

“我们诱你不假，但如果没有徐耀庭帮忙，恐怕你不会轻易上钩吧？你高进不外乎就是徐耀庭驯养的一条狗。狗主子还知道审时度势，戴罪立功，所以他把你卖了。你呢，还相信以前主子的那套瞎话，还要做条忠犬义犬，岂不可笑。你以为到了西昌，找到了那些残兵败将就有活路？告诉你，那只是苟延残喘罢了。”

“哈哈哈，好一张利口。都这个时候了，还要挑拨离间、乱我军心。”高进又是一阵狂笑。“你以为只有你们才讲什么同志情、战友义？我视徐长官为父兄，与后面的兄弟伙也是生死之交。要论重情重义，我们哪点不如你们？徐长官毕竟上了岁数，落到你们手上，为了少受罪，他肯定多有无奈之举，我都能理解，一点不会怪他。人各有命，相信你们会善待他。至于我们几个兄弟伙的命运，倒不用你老弟多操心。”

“一群丧家之犬，我何必操心。”

“老弟不必逞口舌之快，至少现在你和黄医生的命与我们的命是拴在一起的。话不多说，来来，整支烟嘛。”

高进摸出两支烟，同时点燃，递一支给刘建平，刘建平接过叼在嘴角。他们二人其实都明白，刚才那番对话交锋，既是在互相试探摸底，又是希望在心理上压过对方一头。其结果，应该算是打了个平手，彼此也都没露出一点底牌。

一时无话。不久，前方又出现了检查站。

九十二

快进入雅安境内时，车厢里伍嗣五闹着要解手，其他人附和着。黄秋月也提出需要方便下。在一处僻静路段，高进示意刘建平将车停下。

“咋办呢？”高进皮笑肉不笑地问刘建平。

“高进，你总不至于寡廉鲜耻到无底线吧？”刘建平听出他话中之意，咬着牙帮骨低声怒道。

“当然不会。”高进一摆手，回头冲车厢说道：“厚良，替黄医生解开手雷，远远跟着就是，不得无礼。来富，你下车，去刘队长车门边立个桩，其他人，先在车上待命。黄医生，我相信你会自己回来，因为建平老弟还等着你呢。”

刘建平与高进同时侧头观察着路边。不一会儿，他们看见黄秋月下了路基，她应该是相中了二十多步远的那片竹林。孟厚良也下了路基，但没跟几步就停下了，东张西望着。

车是靠右停在路边的，刘建平在驾驶位，要透过车窗观察右边车外的情况需要尽量避开高进的干扰。好在高进也一直神情自若地扭头观察着那片竹林——显然，他丝毫不担心黄秋月不回来。刘建平趁着高进没在意，迅速观察清楚外面大致的地形地貌，并判断竹林后面应该便于逃遁或藏匿。他意识到，他一直等待的机会出现了。

刘建平掐着黄秋月那边的时间，猛然推开车门，连同推倒了车门边立桩警戒的苟来富。苟来富哎哟一声痛叫，刘建平已绕过车头直朝路基下的孟厚良扑去，嘴里同时高喊：“秋月快跑、快跑！不要回来！”

孟厚良闻声，刚要转身，腰上已吃了刘建平一腿。或许是地面湿滑坑洼，减弱了这一腿的力道，身板敦实的孟厚良竟然没被踢到。刘建平正要出拳再击，忽觉后颈来风，只得收拳侧身，躲开了高进的劈掌，却不料被孟厚良死死搂住腰杆。其实这也许正是刘建平最愿意的状态，他顺势也将高进腰杆搂住，嘴里再次大喊着“秋月快跑”。

“你们不要打啦，我在这。”黄秋月不知什么时候已经返回。

所有人陡然安静下来，已冲到路基下，准备联手制服刘建平的伍嗣五和另外三个特工也僵持在原地。

互相扭在一起的刘建平、高进、孟厚良几乎同时松开了手。刘建平喘着粗气，沮丧道：“秋月，你、你为什么不跑啊？”

卸下了蓑衣斗篷的黄秋月，在被劫持几天后，依然秀发盘髻，一丝不乱，全身上下除了黑色平跟皮鞋粘了些许泥浆外，几乎纤尘不染，就好像平常上下班时的模样，娴静淡雅。她略显苍白的脸上露出风轻云淡的微笑，对刘建平说：“你在，我会跑哪儿去？”

“给她，绑上手雷。”同样喘着粗气的高进对孟厚良厉声命令道。

黄秋月主动伸出左手臂，眼睛却关切打量刘建平：“没伤着吧？”

高进转身掏出手枪，顶住刘建平的头，“刘建平，你以为就你不怕死，信不信老子一枪敲了你？”

刘建平忧郁地望着黄秋月，挥开高进的枪，就像挥走一只苍蝇。

“没事，大不了我们死在一起。”黄秋月笑着安慰道。

“我会带你回家。”刘建平柔声道，转眼瞪向孟厚良，“孟厚良，你整稳当咯！”他下意识地摸摸腰带上的枪套。枪在，但只起道具作用。乱坟岗出发前，高进将勃朗宁弹夹及枪膛里的子弹全部清空，将空枪还给刘建平装进枪套。他担心路上万一被检查，刘建平下车应对时露了馅儿。

“只要黄医生不乱动，保准没事，我也不愿意弄响这玩意儿。”孟厚良苦笑着一边说，一边小心翼翼在黄秋月手臂上绑着手雷。

待众人重新上了车，高进车前车后溜达一转，确定没有任何异常情况。或许刚才发生那一幕时，公路上恰好既无车辆驶过，更无路人经过，即或是有，恐怕在情况不明之下也要赶紧躲开。高进暗自庆幸着，又担心接下去的旅途中刘建平还会不会兴风作浪。不过经了刚才的事，他更能确定，刘建平和黄秋月的确是一对生死鸳鸯！只要控制住一个，就不怕另一个不就范。冷血的高进也不免因此心生感叹。如果黄秋月刚才利用刘建平与自己和孟厚良缠斗，而其他几个兄弟还在车上的机会，听了刘建平的话，撒腿就跑，或许真的就能脱身。即便是几个人联手最终制服了刘建平，再要去草木茂盛密织中追赶、搜寻，一时半刻恐怕也难以得手，而如果在此地耽搁时间太久，说不定又会出现其他变故，局面就此可能完全失控。刘建平一定在瞬时之间已经算计好了这一切。可叹的是，黄秋月竟然自己回来了。你刘建平千算万算，就是失算了这一丁点啊！

道奇吉普再次启动上路。高进不时揉搓活动下右手腕，估计是之前打斗时拧伤了。瞟一眼神情专注，就像刚才什么事都没发生过一样的刘建平，他心头又有些发毛。干咳两声道：“你说得对，我们兄弟几个，现在就是一群丧家犬，没有其他奢望，只想找个新窝。你把我们送到地头，大家好说好散，两不亏欠。有些事，可一不可再二。你若是还要搞名堂，结局只能是玉石俱焚，老蔡应该把这话带给你了的。未必我光脚的，还怕你穿鞋的？”

刘建平没搭腔，仍然神情专注地开车。

高进叹口气：“我其实没有底牌了。刚才黄医生说，大不了死在一起。也行，你们死在一起，我们兄弟也和你们死在一起就是。来富，把干粮分下，肚皮饿毬。”

西行的道路变得越来越崎岖，两侧葱绿的山势越来越陡峭，更远处的大山森林，在雨雾缭绕灰蒙中连绵起伏。

“要加油。”刘建平说，同时减速靠边。

高进也已观察到油表盘亮起红灯。车停稳后，他拦住想要下车的刘建平，吩咐车厢里的一名特工操办加油，他知道车厢里有一铁桶汽油。按里程计算，如果油箱满装，不至于这么快就需要加油。他心里嘀咕，这恐怕又是刘建平的预先谋划，借此寻找机会。

“建平，果果还听话吧？”黄秋月在车厢里问道。

“哦，果果乖得很。只是她知道妈妈被坏人抢走了，头一天哭闹着要找你，我向她保证把妈妈接回家，她就不闹了。乖得很。”刘建平侧头温言回应。

“是啊，果果就听你的话，咋说咋是呢。”黄秋月轻笑道。

“我早把她当自己女子了。”刘建平也笑道。

“那小女孩我见过。”高进插话道。“那次我和厚良去刘府拜访，见过。嗯，有件事我至今还有印象。当时小女孩哭闹说，平时大人不许她去二爸房间看小德叔，因为脏。我就纳闷了，一个医生的女儿还怕药味不成？游方德是枪伤，又不是传染病，咋就不准小女孩去看看？后来据我们打探，其实果果经常去医院。如此说来，莫非……”高进将身体扭下，尽量正对刘建平。“建平老弟，现在你可以实言相告了吧，当时你房间里是否真藏了什么人？平时不让果果去，是怕被她猛不丁撞见？又怕小娃儿嘴不严，所以……”

“事情都过了，再提，你想证明自己很聪明？”刘建平嘴角又现讥笑。

“我说对了？”高进一拍大腿。“要是当初我坚持自己判断，不叫徐长官被龚雅竹蛊惑，劳心费力去玩借刀杀人的‘花活’，或许就没有后来好多麻烦事咯。”

“对了，建平。妈已答应德娃和小英子的婚事，这次回去就给他们办了吧。”黄秋月似乎根本没在意高进的插话，自顾自地继续与刘建平说话。

刘建平心中一颤，尽量和缓道：“好。我们的婚事也一起办。”

黄秋月似乎没料到刘建平当着旁人如此直白，一时无声，估计是有些难为情。

“噫？油条还活着？命真大哦。”高进漫不经心又插话道。

“德娃怎么了？”黄秋月惊问。“建平，德娃怎么了？那天他过去推车，后来就响起了枪，再后来的事我不知道了。他、他怎么了？”

“德娃只是受了点伤……”刘建平嘴里回答，眼睛却瞪向高进。

“对、对，他肯定没事。”高进敷衍道。

“咋可能嘛？”苟来富在车厢里不服气地怪笑道，“我起码打中他一火，权二娃肯定打中他两火，没事才怪咯，你说呢，权二娃？”

“我说没事就没事，你屁话好多！”高进冲后面吼道。

苟来富哑口不语了。黄秋月也没再追问。作为医生，一个人身中三枪会是什么样的情形，不问便知。也许她已明白，刘建平没说实话。

加好油，继续前行。不久，一辆小型美式军用吉普从后面快速驶近，摆明了要超车。高进神情微凛，从后视镜中他能看出驾车人穿着军装。

“是军车。”高进自言，然后命令刘建平，“减速让道，等它超过去。”

小型吉普在超车后，鸣笛致意，绝尘而去。高进暗自松口气，又掏出两支烟点上火，递给刘建平一支。刘建平面无表情，接过，叼在嘴角。

又行进大约二十里路，拐过一道弯，一个检查站赫然出现在前方两百米处。公路中间，一名战士舞动小红旗，示意车辆停靠接受检查，在他身后不远，是拦截车辆的障碍物——一根长圆木，两端架在三脚架木桩上，放行车辆时，需用人力挪开。在他的右手公路边，搭着个简易草棚，草棚侧后是个小木屋，估计用作检查站人员休息。看得出，这是个常设检查站，值守人员应该有一个班。

刘建平在指定位置停车，但仍如之前接受检查一样，没有熄火。这是高进要求的。

此时，一名背长枪的战士从草棚里已来到车门边。刘建平还个军礼，将早就准备在手上的两份证件递送过去。战士迅速浏览下，咧开掉了两颗门牙的大嘴，友善笑了笑，又打量下高进，高进随手草草敬了个礼，算是招呼了。

“车厢里还有人？”战士问。听口音应该是当地人。

“嗯，一起执行任务。哦，路上还顺带了一个女老师，她崴了脚。”高进抢先回答。

战士向车尾走去。苟来富早已主动推开铁皮车厢的后门。很快，战士回到驾驶室门边，态度友善说：“女老师的情况比较特殊，需要她去检查站简单询问下。请先熄火嘛。”

“她脚崴了，行走困难，免了吧。”高进语气温和。

“又不远，你们可以搀扶到她。”

“我说你这位小同志，咋就非要为难人家一个女同志呢？”高进提高了嗓门。“再说，我们是在执行紧急任务，要忙着赶路，请你不要耽搁我们的时间。”

战士似乎也有些为难。“我做不了主。要不你去和我们班长解释下。还有，你们这种情况本来也需要签个字，我们才好留档备查的。”

“我去？”这下轮着高进为难了。

“还是我去吧。”刘建平说，但并未动身，显然是在等高进的同意。

“我还真看不出你们哪个是领导。”战士揶揄道。

“他、他是。他去。”高进指下刘建平，有些不耐烦。

“同志，检查站应该备有汽油吧？能不能支援下？”刘建平一边熄火，一边问道。

“有、有，只要班长同意，你签个字就行。”

“来富，把空桶递出来。”刘建平跳下车。

“我看你们咋都是一身泥浆哦？”战士看看刘建平身上。

“路上车打滑进了边沟，好不容易才抬出来，就弄成这副狼狈相了。”刘建平自嘲道，接过苟来富递过来的空铁桶，跟着战士往十多步远的草棚走去。

“都打起精神来！”高进冲车厢里低吼道，同时再次检查了下手枪。

高进之所以敢让刘建平独自下车，一方面是他自己不敢去，怕应付不周惹出麻烦。更主要的还是，他坚信只要黄秋月在自己手上，刘建平就要不出任何花招。

时间一分一秒过去，从高进的位置已看不真切刘建平，因为草棚里有几个军人遮住了他的视线。五分钟过去，六分钟过去……

“黄医生，刘建平不会丢下你自顾逃命吧？啊哈！”高进此时想起了刚才超过去的那辆小吉普车，内心开始紧张惶恐，细雨凉风中额头上竟冒出一层虚汗，表面却佯装镇定，冲后面调侃道。“我不信，他绝非寡情薄义之人，哪里会舍得下你这么个大美人，哈哈，是不是嘛？他若真的一去不回，也没关系，仰慕你黄医生的人多的是，我，我们兄弟伙就很仰慕你嘛……跟到我们，亏待不了你……”高进扯开衣领，脸上是狰狞的怪笑，恰似一只孤狼预感到落入猎人的包围圈。“兄弟伙些，把家什操起，顶上火，我们这趟路恐怕要到头咯。我看好了，这一带山高林密，惹毛毬，老子们就上山去做个山大王又何妨，反正压寨夫人是现成的，哼哼……且慢、且慢。姓刘的果然又现身了，哈哈，我说嘛，他会回来的……”

就在这时，高进突然听见后面传来孟厚良绝望的哀号：“哎、哎、哎呀，她、她……”

瞬时之间，高进脑袋里一声炸响，他本能地一把推开车门，想要纵身一跃。但一切都晚了，因为车厢里真实地炸响了……

尾声

又近清明，晨雾早已散去，阳光洒落在平静流淌的江面，洒落在田野丘壑的油菜花瓣上，金黄无际。林子里鸟雀叽喳，芳草萋萋。

两个年岁相仿的老妇人，一个花白枯涩的齐耳短发，满脸皱纹，穿着件有些不太合身的老旧风衣，微微佝偻臃肿的腰背更让人难以想象，她也曾经年轻姣好过；另一个不仅发型打理得有模有样，还淡妆薄施，同样是穿一件风衣，却款式新潮，熨贴合体，更有一副精致的茶色镜遮去半生沧桑。她们身后跟着个二十多岁穿着公安制服的姑娘，肩挎皮革公文包，双手里捧了束鲜花。

她们相携穿过林中小径。很快，一片排列有序，大小新旧却不尽相同的坟茔出现在眼前。在穿老旧风衣的妇人引领下，她们来到一座坟头前，立定。片刻后，她们接过穿公安制服姑娘递上的那束鲜花，一起端庄地摆放在坟头，又一起缓缓三鞠躬。

"秋月姐，雅竹我来看你咯。"穿老旧风衣的妇人对着坟头说道。"还给你带来个老妹子呢。哎，她说了好久，一定要来看看你。"

戴茶色镜的老妇人随即也对坟头温言道："秋月姐，你还记得我吗？我是艳梅，早想来看你了……"

龚雅竹蹲下身，一边拔扯着坟前的野草，一边念叨："人家艳梅啊，现在是大作家，砖头似的书都出好几本咯。这不，现在又缠着我，要写我们以前的故事。我说啊，有啥好写的呀？"

柳艳梅也蹲下，帮着拔扯野草，嘴里说道："秋月姐，我早想着要写写雅竹，写写刘大哥，还有你秋月姐，写写你们的故事。刘大哥倒是给我讲了些。可偏偏雅竹这个老婆子不配合。"

"你个老妖精，不是说素材差不多了吗？还想听什么呀？"龚雅竹斜一眼柳艳梅。

"听小米讲，你每次来看秋月姐，都要重三巴四给秋月姐说说话。我就想听这个。"

“你呀……”龚雅竹拍拍手上的泥土。正俯下头四处寻找什么，她的秘书，也就是穿公安制服叫小米的姑娘，早已经将两块平坦的石块安放她们身边，上面还铺了旧报纸。

“坐下说吧。”已是花甲之年的龚雅竹吃力地将身体移到石块上。柳艳梅也赶紧坐下，清理下手上的泥土，掏出一个小本一支笔。

“是啊，每次来，我都要守着秋月姐念叨念叨，也不知道她爱听不爱听。”龚雅竹伸手轻抚着有些歪斜长满苔藓的墓碑。“秋月姐，我有两年没来看你了吧？忙啊！不过以后就好啦，今年底，我就退下来了，只要想你了，随时都能来和你说说话……”

龚雅竹捋捋花白的头发，慢腾腾地点上一支烟，却呛得好一阵咳。接过小米递过的保温杯喝口水，抬头眯虚着眼睛看着枝叶间投射下的光束，时或轻吸一口烟。她沉浸在往事中，像个街坊老太婆似的开始念叨。她所念叨的事，有些柳艳梅已经听说过，甚至亲身参与经历过，比如为营救黄秋月和童杰，她曾经在报纸上写过消息报道，借以施压当局。而有些则闻所未闻。柳艳梅不时在小本上快速记录。

“对，秋月姐走后第四年吧，刚入冬，建平和小英子成婚……”龚雅竹又接上支烟。柳艳梅本想劝止，又怕打断她的思绪，蹙下眉头，听她继续念叨，“王大兴和李为成，还有些老同事都去喝了喜酒，却没人通知我……听说这事后，我就到这里来守着秋月姐好一阵哭啊，嘿嘿。现在想来也真是好笑，我有什么可委屈的？委屈建平为啥就没娶我？可他凭什么娶我呀？自从秋月姐走后，好长时间，建平甚至连话都不和我说，无论我怎么安慰他、关心他……无论我在他面前怎样自责、懊悔……我们都知道，秋月姐毅然选择与敌人同归于尽，是为了保护她心爱的建平。但站在建平的角度，他又怎能轻易原谅我啊……

“那天，建平驾车驶过双河镇检查站，我随后也到了检查站，听执勤的战士报告，有一辆改装了车厢的中型吉普车一小时前通过了检查站，无须多问，我已知道出了什么情况。我叫上两名战士，立即驾车追赶。我追上了，而且在雅安境内的一号检查站做了部署，决定就在那里实施营救。建平认得我乘坐的那辆车，当然能预料到我们可能会在检查站采取行动。当我们在检查站小木屋里见面后，他甚至不等我将营救计划讲完，就表示了反对，认为我的计划不够周全，凭高进的狡猾谨慎狠毒，难以保证万无一失。但我坚持认为，如果再继续随高进他们驾车前行，同样会有太大的危险。而且我还责怪他不顾老赵的叮嘱，擅自行动，已经严重违反纪律，希望他立即改正错误，和我共同完善计划实施营救。但他说一时之间他也没有万全之策，只有继续上路后再寻找机会。我从未见过他那样急躁不安又固执己见，我能感受到他看我眼神中的陌生和不屑。我们在木屋里争执不下。后来，也许是担心耽搁时间太久引起高进怀疑，他不顾劝阻，提上装满了汽油的铁桶跨出了木屋，我还在愣怔之中时，外面已经炸响……”

龚雅竹使劲吸了一口烟，烟雾中，两行浊泪长淌在皱纹密布的面颊。柳艳梅靠过去轻轻拍下她。

“是啊，他怎么会原谅我呢？就连我自己也不能原谅自己。如果当时我能拿出一个万全之策，如果当时我同意让他继续在途中寻找机会，如果当时我能多给他些信任，没与他争执不休……也许后来的结果会不一样吧。尽管后来组织上认为我在当时情况下决定实施营救并无不妥，但是，艳梅啊，我的内心如何得安！

“秋月姐与敌人同归于尽，建平也受了伤——一块挡风玻璃的碎片扎进了他的左臂，扎得真深，骨头都断了。后来，手臂也没能保住，截肢了……我敢肯定，如果秋月姐能判断出当时建平与汽车的距离，如果她知道那个美制手雷爆炸的威力可能会危及建平的安全，她是不会做出那惊天一举的。秋月姐，你知道那个魔鬼高进临死前对我说了什么吗？他说，没想到你黄秋月原来是个烈女子，他服气了。狗东西高进，他总算说对了一句话，秋月姐，你真是烈女啊！

“建平伤好后，组织上给了他很重的处分，免了职务，安排去一个派出所做民警，其实也就是在收发室工作。不久，联防总队解散。老赵可能也因为建平擅自行动，负有领导责任，组织上让他当了市公安局副政委。我被分配到省公安厅，做反特工作。

“我最初去过建平工作的派出所看他，给他带些营养品。他还是不和我说话。听派出所的同志讲，其实他平常也沉默寡言，分内工作倒是丝毫不差，一间收发室让他一只手收拾得井井有条。听说他很多时候就住在那里。每当我看见他那只空荡荡的衣袖，艳梅，你知道我有多难受吗？老赵找他谈过两次，要他振作起来。有次还亲自做东，请他吃饭，让我和王大兴、李为成作陪。他对我还是那么冷淡，没多话。自那以后，我尽量克制，不去看他了。

“是啊，你也许会问到一个人——陈锐敏。哎！自从他随王魁盛司令的部队起义后，一直在外地接受整训。这期间我们通过几次信。后来他主动请战，参加了进藏部队后勤运输队，钟虹柄团长就是他们那个中队的中队长。在一次运输途中，锐敏和另一个战士随托运物资的牦牛一同摔下了河谷……”

龚雅竹又点上一支烟，轻抚墓碑。“钟团长大概知道我和锐敏的那点关系，专门捎了信来。我得到消息后，就去派出所找建平。那时他正一个人吃晚饭。走到房门时，我竟然听见他若有若无地哼唱着一支曲子。啊，我知道那是支什么歌儿。对，就是那支《叫我如何不想她》……我静静地听啊，听了很久。后来，我将不知什么时候流出的眼泪擦干，才推门进去。建平似乎意识到我或许听见了他的哼唱，端着酒杯的手僵住了。我直接告诉他，锐敏牺牲了。他呆愣了一会儿，从小柜里又拿出一个酒杯，对我说，还是老规矩，我们一起遥祭下锐敏，我的好兄弟。那一刻，我差点扑到他身上大哭一场……

“自那以后，我又常去看他了，派出所，或是家里。至于原因，我自己也模糊不清，或者是装着模糊不清吧。建平对我，话虽比以前多了些，但总归是不咸不淡。我还能怎样呢？老赵倒是看出了我的心思，可他那时已经重病在床，没精力再关心过问这些说不清道不明的儿女私情，只是一再叹息说，建平还没走出来，多给他一点时间吧！没多久，老赵去世了。他是活活累死的……

“去到家里啊，虽说建平不大与我说话，爱理不理。可伯母、小英子、果果对我一直很亲热。他们还住在原来那个院里，只不过房子已经收归了政府，成了公房。他们分配到三间房。建平住一间，老太太和小英子带着果果住一间。还有一间，给那个巫家栋的父母住了。秋月姐走后一年，建平请假外出，也不知怎么的，竟然把那两个老人找着了，又接来成都一同生活。建平哄他们说，自己受身在国外的老同学所托照顾他们。他让果果叫他们爷爷、奶奶。也许是血缘关系使然，果果就真是亲热地叫上了。说来也怪，那两位不明就里的老人竟然也对果果喜欢得很。对这件事，小英子自然没话说，只不过家务更多更忙些。就是伯母也好像不在意，好像乐得家里多了陪她说话聊天的人。秋月姐应该一直不知道巫家栋是个什么样的人，更不知道就是建平亲手结果了他的性命。每次去家里，看着这一家子和睦相处的景象，我心里总有说不出的滋味。没多久，有次我去家里，忽然听果果叫建平爸爸，叫小英子妈妈。看我很惊讶，伯母解释说，都是一家人，果果又没了爹妈，不如就给建平和小英子当闺女，一个屋檐下，又是二爸、又是表孃地叫，不说外人，我老太婆听着都扭捏。当时我还夸老人家心疼果果，替她想得周到。等没过多久来建平和小英子他们成婚，我才恍然大悟，原来伯母早有计较。哎呀，真是佩服她老人家！这以后，我就很少再去家里，派出所自然也不去了。一年后，听说小英子生了个儿子，取小名承承。我寻思，这是承续了刘家香火的意思吧。再一年，伯母也走了……哦，待会儿我还要去她坟头行个礼，老人家一辈子也真不易！”

龚雅竹从风衣口袋里掏出揉成一团的手绢，擦擦干涩的眼眶，扫视了一遍附近的坟头，又继续自顾自念叨。

“还别说，自从建平和小英子成婚，又有了小孩，我这心里反而轻松敞亮多了，一门心思就放在工作上。我不笨，工作中再大的困难也难不住我。所以啊，受表扬、被提拔也是顺理成章的事。可惜，好景不长，运动来了……仿佛一夜之间，公、检、法、司就被砸了个稀里哗啦，大大小小的头头脑脑都靠了边站，抄家、批斗、戴高帽子游街……我也自然幸免不了。他们给我扣上了国民党大特务的帽子，要我交代历史问题。艳梅，你知道吗？他们要我交代的问题中，就包括当年我和建平在五龙山寨被困，后来钟团长带人解救，我明明可以就此脱离敌巢，为什么我偏要选择留下？之后，徐耀庭为什么又轻易放我离开蓉站？为什么我们在双河镇遭袭，德娃牺牲、秋月姐被劫持，偏偏我完好无损？为什么我隔段时间要带个饭盒，去监狱里探视特务头子徐耀庭，为什么我每年要偷偷给徐耀庭的老婆烧纸钱……我能对他们交代解释什么呀？解释得清吗？就算解释，他们哪里又会听进一个字。你知道在那群揪斗我、审讯我的人中，谁跳得高、吼得凶吗？是李为成！他本来在市公安局，偏要纠集一伙人到我们省公安厅来造反夺权。他们把我关在黑屋子里，交代不清问题就不给饭吃。从没心死绝望过的我，那会儿真想着像秋月姐诗中的那瓣雪花，就此融化了吧……

“以前大家都说我救过建平的命，哪曾有过。五龙山上，徐耀祖叫我行刑，我不外乎就是打算着与他一起赴死罢了。他倒是真真切切救了我。那天，当我从昏迷中醒来时，已躺在建平和小英子的床上，后来才知道，是王大兴得到消息告诉了建平，建平二话没说，带上王大兴趁乱摸进黑屋子救出了我……我算捡回了一条命。就这样，我一直躲在他们家疗伤。李为成他们也不是没找过我。有次他好像嗅到点味儿，居然去派出所找建平，口口声声劝刘哥不要难为他，挡了他的‘阳光大道’。还说，你刘哥何必维护一个害死了秋月姐和德娃的女人。建平厉声质问他，谁说过黄秋月是龚雅竹害死的？德娃牺牲又与龚雅竹有何关系？还警告他，你娃儿想出人头地往上爬，老子管不着，但如果再敢胡说八道，扭到龚雅竹不依不饶，老子就凭一只手也能废了你这个不成材的狗东西。这些都是王大兴后来告诉我的。巧不巧？他那时就在建平的派出所当副所长呢。

“三个多月吧，我在建平、小英子家足足住了三个多月。那时，在巫家栋父母一再坚持下，建平已经将他们送回重庆老家了。小英子把我照顾得好仔细，果果和承承也亲热我。建平还是不多话，但我们彼此都明白，我们的心结已经解开，有些话不必说、不用说了，说了又是难过伤心。我的伤完全好了，李为成他们那一派也靠边站了，我试着去了趟单位，还好，直接被送到了干校，关进牛棚接受改造。运动结束后，李为成被调出了公安队伍，过了几年，慢慢又与建平和王大兴有了来往，毕竟他们曾经是患难兄弟。有次我在建平家碰见他，搞得他无地自容、落荒而逃。其实吧，我后来也没怎么记恨他。他当初那样整我，有部分原因是，他一直觉得秋月姐的死责任在我。他笃信，如果不是我的阻拦，凭他刘哥的本领，一定有办法最终制服高进他们，救回秋月姐。

“重回省公安厅，我又干了几年的情报工作，牵头破了几个大案子，这之中还没少请教建平呢。后来我去警校做了校长，这才离开了办案一线。不久，果果也考入警校，成了我的学生。她当知青回城后，本来已经在一家国营商店工作了，可那丫头立志要子承父业，也要当警察。就是在果果入警校前，建平当着小英子和我的面，将她的身世告诉了她。建平就像是在讲一件寻常故事，可我知道他有多难。最终，他还是没有勇气告诉果果，是谁除掉了她的亲生父亲。果果懂事还聪明，看着建平提起她亲生父亲时那难受难堪的样子，她能不明白吗？可她只是流泪说，我的亲生父母就是刘建安、黄秋月，我的档案上也是这样填写的。他们永远是我的亲生父母。至于二爸和表娘，以前是，将来仍然是我敬爱的爸爸和妈妈。看看，这丫头多不简单呀！那一刻，我头次看见建平抹眼泪，还笑。那老东西的一块心病总算解除咯！

“到警校工作后，我每学期还自己开几次讲座，主要是讲讲以前一线工作中的经验教训吧。还别说，很受学员们欢迎。有次，我突发奇想，死拉硬拽要把建平请到学校、推上讲台。我说，你个老东西，组织上早已给你落实了相关待遇，你也该发挥发挥余热。别的不讲，就讲讲你做神探时破的那些案子，不难吧？后来还是果果也帮我求情，他才勉强答应。老东西就会惯着果果，咋说咋好。我事前给学员们介绍过建平，说他不仅是位优秀的老地下工作者，还是当年成都鼎鼎有名的神探。学员们一听，那兴趣可大了。但当大家看到走上讲台的是个一头稀疏白发，还缺了一条胳膊的干瘦老头时，明显有些失望的意味。不过建平真会讲啊，那些发生在三十多年前的案子他还记得清清楚楚，如何勘验现场、如何收集线索、如何分析案情辨别真伪……简直是把学员们的耳朵都吹来立起了，连我都听得津津有味。讲完，他还愿意与学员们现场交流。从那以后，每有新学员进校，我都要请他来讲座一次。可是，有一次在与学员交流时，一个愣头青娃娃竟然老是追问建平，老革命啊，您那只胳膊是怎么回事？一定是在执行任务时受的伤吧？给我们讲讲具体经过好吗？那一刻，建平就像木头人似的呆在了台上，过了很久才呢喃般说，是的，那是我一生中执行的最失败的一次任务……哎……秋月姐啊，你是他一生的痛呢！你也是我一生的痛呢！呜……呜……秋月姐啊！”

突然间，龚雅竹嘶哑着嗓门悲声大放。

柳艳梅没料到，三十多年过去了，多少的人事爱恨情仇如烟似幻，龚雅竹竟然还会出现如此状况。她听小米私下说过，龚雅竹最近两年身体大衰，经常神思恍惚，有时莫名其妙就笑了、哭了，虽说还在领导岗位，但实际上很多事情都已力不从心。

柳艳梅心疼地靠过去，将雅竹的头搂在怀中，轻声说：“雅竹啊，你平时抽烟、喝酒，成天忙工作，装作女强人。年轻时人家给你介绍那么多对象，你一个也看不上。说什么要一辈子当个快乐的单身女郎。其实，他们哪里晓得你心中的苦啊、痛啊！你自信倔强。侠骨柔肠了一辈子，就是没学会心疼下自己。徐耀庭结束劳改出狱后，你跑前跑后帮他在省文史馆谋了个差事，又在人民公园附近为他找了间房，隔段时间就去看看。要不是你，那老头子的晚景还不知如何凄凉，末了，连他的后事也是你一手一脚料理，还把他葬在了五龙山上。你对他的好，不知招来多少闲言碎语，可你呀，就像一个字没听见。哭吧，痛痛快快哭一场也好……”

待龚雅竹悲声略减，柳艳梅双手轻捧着她的脸颊，柔声说道：“雅竹，你知道吗？最支持我写你们故事的人，是果果。她说，历史可以被尘封甚至遗忘，但亲历者的苦难与悲伤，哪里是轻易就能被时间抹去甚至治愈的！既然这样，还不如在叙述和记录中，细嚼慢咽下过往的悲欢离愁、是非恩怨，勇敢地卸下心灵的沉疴！这孩子说得或许有道理。雅竹，我们共同来完成这件事，好吗？”

在柳艳梅和小米搀扶下，龚雅竹缓缓起身，倏忽间已恢复平静，俨然一位久经风霜的老干部神态。她轻轻推开柳艳梅和小米的搀扶，淡笑道：“果果现在也是省厅里的女秀才、笔杆子，说的话文绉绉。什么叫‘勇敢地卸下心灵的沉疴’？真是娃儿话。我龚雅竹从不后悔走过的路、做过的事，有什么‘沉疴’需要卸下？我唯一觉得痛惜的人，就是她的秋月妈妈……是啊，我曾经说过，即使身如碎雪，也要飘舞出生命的曼妙，可秋月姐这瓣美丽的雪花，融化得太早、太早了！”

龚雅竹略微蹒跚着向青青坟茔更深处寻去。柳艳梅和小米跟在后面，听她嘴里轻轻念叨：

一瓣雪花的分量
足以浇灭
西山枫林的焰火
却不能浇灭
你的容颜

柳艳梅知道，这是秋月姐曾经写过的诗句。接着又听龚雅竹继续自语：

菜花一地黄
清明三炷香
故人安好否
无语醉壶觞

柳艳梅同样知道，这是曾经的成都益民银行经理陈思昆，在刘建平和龚雅竹陪同下，于故交孙远明墓前所吟哦的寄语……

完稿于 2020 年 8 月
定稿于 2020 年 12 月